Né en 1892 à Bloemfontein (Afrique du Sud), John Ronald Reuel Tolkien passe son enfance, après la mort de son père en 1896, au village de Sarehole près de Birmingham (Angleterre), ville dont sa famille est originaire.

Diplômé d'Oxford en 1919 (après avoir servi dans les Lancashire Fusiliers pendant la première guerre mondiale), il travaille au célèbre Dictionnaire d'Oxford, obtient ensuite un poste de maître assistant à Leeds, puis une chaire de langue ancienne (anglo-saxon) à Oxford de 1925 à 1945 — et de langue et littérature anglaises de 1945 à sa retraite en 1959.

Spécialiste de philologie faisant autorité dans le monde entier, J.R.R. Tolkien a écrit en 1936 Le Hobbit, considéré comme un classique de la littérature enfantine; en 1938-1939 : un essai sur les contes de fées. Paru en 1949, Farmer Giles of Ham a séduit également adultes et enfants. J.R.R. Tolkien a travaillé quatorze ans au cycle intitulé Le Seigneur des Anneaux composé de : La Communauté de l'Anneau (1954), Les Deux Tours (1954), Le Retour du roi (1955) — œuvre magistrale qui s'est imposée dans tous les pays.

Dans The Adventures of Tom Bombadil (1962), J.R.R. Tolkien déploie son talent pour les assonances ingénieuses. En 1968, il enregistre sur disque les Poèmes et Chansons de la Terre du Milieu, tirés des Aventures de Tom Bombadil et du Seigneur des Anneaux. Le conte de Smith of Wootton Major a paru en 1967.

John Ronald Reuel Tolkien est mort en 1973.

DU MÊME AUTEUR

DANS PRESSES POCKET :

J. R. R. TOLKIEN

LE SEIGNEUR
DES ANNEAUX

Tome I

LA COMMUNAUTÉ DE L'ANNEAU

Traduit de l'anglais
par F. Ledoux

CHRISTIAN BOURGOIS ÉDITEUR

Titre original :

THE LORD OF THE RINGS

© George Allen & Unwin Ltd, 1966.
© Christian Bourgois éditeur, 1972, pour l'édition française.

ISBN : 2 - 266 - 02655 - 0

Trois Anneaux pour les Rois Elfes sous le ciel,
Sept pour les Seigneurs Nains dans leurs demeures de pierre,
Neuf pour les Hommes Mortels destinés au trépas,
Un pour le Seigneur des Ténèbres sur son sombre trône
Dans le Pays de Mordor où s'étendent les Ombres.
Un Anneau pour les gouverner tous, Un Anneau pour les trouver,
Un Anneau pour les amener tous et dans les ténèbres les lier
Au Pays de Mordor où s'étendent les Ombres.

PROLOGUE

I

DES HOBBITS

Ce livre traite dans une large mesure des Hobbits, et le lecteur découvrira dans ses pages une bonne part de leur caractère et un peu de leur histoire. On pourra trouver d'autres renseignements dans les extraits du Livre Rouge de la Marche de l'Ouest déjà publiés sous le titre : *Le Hobbit*. La présente histoire a pour origine les premiers chapitres du Livre Rouge composé par Bilbon lui-même, premier Hobbit à devenir fameux dans le monde entier; il leur donna pour titre : *Histoire d'un aller et retour*, puisqu'ils traitaient de son voyage dans l'Est et de son retour : aventure qui devait engager tous les Hobbits dans les importants événements de cet Age, ici rapportés.

Mais maints lecteurs voudront sans doute en savoir dès l'abord davantage sur ce peuple remarquable; certains peuvent aussi ne point posséder le premier livre. A l'intention de telles personnes, nous réunissons ici quelques notes sur les points les plus importants de la tradition hobbite, et nous rappelons brièvement la première aventure.

Les Hobbits sont un peuple effacé mais très ancien, qui fut plus nombreux dans l'ancien temps que de nos jours; car ils aiment la paix, la tranquillité et une terre bien cultivée : une campagne bien ordonnée et bien mise en valeur était leur retraite favorite. Ils ne comprennent ni ne comprenaient, et ils n'aiment pas davantage les machines dont la complication dépasse celle d'un soufflet de forge, d'un moulin à eau ou d'un métier à tisser manuel, encore qu'ils fussent habiles au maniement des outils. Même dans l'ancien temps, ils se méfiaient des « Grandes Gens », comme ils nous appellent, et à présent où ils nous évitent avec effroi, il devient difficile de les trouver. Ils ont l'oreille fine et l'œil vif, et s'ils ont tendance à l'embonpoint et ne se pressent pas sans nécessité, ils n'en sont pas moins lestes et adroits dans leurs mouvements. Ils ont toujours eu l'art de disparaître vivement et en silence quand des Grandes Gens qu'ils ne désirent pas rencontrer viennent par hasard de leur côté, et cet art, ils l'ont développé au point qu'aux Hommes il pourrait paraître magique. Mais les Hobbits n'ont en fait jamais étudié de magie d'aucune sorte, et leur caractère insaisissable est dû uniquement à une habileté professionnelle que l'hérédité et la pratique, ainsi qu'une amitié intime avec la terre, ont rendue inimitable pour les races plus grandes et plus lourdes.

Car ce sont de petites personnes, plus menues que les Nains : ils sont moins gros et trapus, disons, même s'ils ne sont pas vraiment beaucoup plus courts. Leur taille est variable et va de 60 cm à 1 m 20 selon notre mesure. Aujourd'hui, ils atteignent rarement 90 cm; mais ils ont diminué, disent-ils, et dans l'ancien temps ils étaient plus grands. D'après le Livre Rouge, Bandobras Touque (Le taureau mugissant), fils d'Isengrin II, mesurait 1 m 40 et il était capable de monter à cheval. Il ne fut dépassé dans toutes les annales hobbites que par deux personnages fameux de l'ancien temps; mais il sera traité de ce curieux sujet dans le présent livre.

Quant aux Hobbits de la Comté, dont il s'agit dans ces récits, ils étaient, du temps de leur paix et de leur prospérité, de joyeuses gens. Ils se vêtaient de couleurs vives et affectionnaient particulièrement le jaune et le vert; mais ils portaient rarement des chaussures, leurs pieds ayant la plante dure comme du cuir et étant revêtus d'un épais poil frisé, très semblable à leur chevelure, communément brune. Ainsi le seul métier manuel qui fût peu en honneur chez eux était-il la cordonnerie; mais ils avaient les doigts longs et habiles, et ils savaient fabriquer bien d'autres objets utiles et agréables à l'œil. Leur visage était en règle générale plus aimable que beau – large, avec les yeux brillants, les joues rouges et la bouche toute prête au rire, au manger et au boire. Et, pour ce qui était de rire, de manger et de boire, ils le faisaient bien, souvent et cordialement, car ils aimaient les simples facéties en tout temps et six repas par jour (quand ils pouvaient les avoir). Ils étaient hospitaliers, et ils se plaisaient aux parties ainsi qu'aux cadeaux, qu'ils s'offraient avec libéralité et qu'ils acceptaient avidement.

Il est clair qu'en dépit d'un éloignement ultérieur, les Hobbits nous sont apparentés : ils sont beaucoup plus proches de nous que les Elfes ou même que les Nains. Ils parlaient autrefois la langue des hommes, à leur propre façon, et leurs goûts étaient très semblables à ceux des hommes dans leurs inclinations ou leurs aversions. Mais il est impossible de découvrir aujourd'hui notre relation exacte. L'origine des Hobbits remonte très loin dans les temps anciens, maintenant perdus et oubliés. Seuls les Elfes conservent encore des annales de cette époque évanouie, et leurs traditions ne concernent pratiquement que leur propre histoire, dans laquelle les Hommes apparaissent rarement et où il n'est fait aucune mention des Hobbits. Il est cependant clair que ceux-ci avaient, en fait, vécu tranquillement dans la Terre du Milieu durant de longues années avant que d'autres n'eussent même conscience de leur existence. Et le monde étant après tout rempli d'innombrables créatures étranges, ce petit peuple semblait de bien peu d'importance. Mais du temps de Bilbon et de son héritier Frodon, ils devinrent soudain, malgré eux, importants et renommés, et ils troublèrent les conseils des Sages et des Grands.

Ces temps, le Tiers Age de la Terre du Milieu, sont du lointain passé, et la forme de toutes les terres a été modifiée; mais les régions où vivaient alors les Hobbits étaient sans doute celles où ils demeurent encore : le Nord-Ouest de l'Ancien Monde, à l'Est de la Mer. De leur pays originel, les Hobbits du temps de Bilbon ne conservaient aucune connaissance. Le goût du savoir (autre que la généalogie) était peu prononcé parmi eux, mais il restait encore quelques membres des plus anciennes familles qui étudiaient leurs propres livres et même rassemblaient les documents des anciens temps et des terres lointaines auprès des Elfes, des Nains et des Hommes. Leurs propres archives ne remontaient qu'à l'établissement de la Comté, et leurs légendes les plus anciennes ne se reportaient pas au-delà du temps de leur odyssée. Il ressort néanmoins clairement de ces légendes et du témoignage de leurs paroles et coutumes particulières que, comme maints autres peuples, les Hobbits s'étaient dans un lointain passé déplacés vers l'Ouest. Leurs plus anciens récits semblent entrevoir un temps où ils demeuraient dans les vallées supérieures de l'Anduin, entre les saillants de Vertbois-le-Grand et les Monts Brumeux. On ne sait plus avec certitude pour quelle raison ils entreprirent plus tard la dure et périlleuse traversée des montagnes et se rendirent en Eriador. Leurs propres récits parlent de la multiplication des Hommes dans le pays et d'une ombre tombée de la forêt, de sorte qu'elle devint ténébreuse et reçut le nouveau nom de Forêt Noire.

Avant la traversée des montagnes, les Hobbits s'étaient déjà divisés en trois branches quelque peu différentes : les Pieds velus, les Forts et les Pâles.

Les Pieds velus étaient plus bruns de peau, plus petits et plus courts; ils n'avaient pas de barbe, et ils allaient sans chaussures; ils avaient les mains et les pieds agiles et lestes; ils préféraient les hautes terres et les collines. Les Forts étaient plus larges, de conformation plus lourde; leurs mains et leurs pieds étaient plus grands; ils préféraient les terrains plats et le bord des rivières. Les Pâles étaient plus clairs de peau et aussi de cheveux, et ils étaient plus grands et plus élancés que les autres; ils aimaient les arbres et les terrains boisés.

Les Pieds velus eurent beaucoup de rapports avec les Nains dans les temps anciens, et ils vécurent longtemps sur les contreforts des montagnes. Ils émigrèrent de bonne heure dans l'Ouest et ils parcoururent l'Eriador jusqu'au Mont Venteux, tandis que les autres étaient encore au Pays Sauvage. C'était la variété la plus normale et la plus représentative des Hobbits, de beaucoup la plus nombreuse. Ils étaient les plus enclins à s'établir dans un endroit précis, et ce furent eux qui conservèrent le plus longtemps la coutume ancestrale de vivre dans des galeries et des trous.

Les Forts s'attardèrent longtemps sur les bords du Grand Fleuve Anduin, et ils craignaient moins les Hommes. Ils vinrent dans l'Ouest après les Pieds velus et suivirent le cours de la Sonoreau en direction du sud; et là, ils furent nombreux à demeurer entre Tharbad et la frontière du Pays de Dun avant de repartir vers le nord.

Les Pâles, les moins nombreux, étaient une branche nordique. Ils avaient plus de rapports amicaux avec les Nains que les autres Hobbits, et ils s'entendaient davantage au langage et au chant qu'aux travaux manuels; et jadis ils préféraient la chasse à l'agriculture. Ils traversèrent la montagne au nord de Fondcombe et suivirent la

Fontgrise. En Eriador, ils ne tardèrent pas à se mêler aux autres espèces qui les avaient précédés; mais, plus hardis et plus aventureux, on les trouvait souvent comme meneurs ou chefs de clan parmi les Pieds velus ou les Forts. Même du temps de Bilbon, on pouvait encore constater la puissante veine pâle dans les grandes familles telles que les Touque et les Maîtres du Pays-de-Bouc.

Dans les terres de l'ouest d'Eriador, entre les Monts Brumeux et les Monts de Lhùn, les Hobbits trouvèrent tant des Hommes que des Elfes. En fait, demeurait là un restant des Dúnedains, les rois des Hommes qui vinrent par la mer de l'Ouistrenesse; mais ils diminuaient rapidement, et les terres de leur royaume du nord retombaient partout en friche. La place ne manquait pas pour de nouveaux arrivants, et les Hobbits ne tardèrent pas à s'établir en communautés ordonnées. La plupart de leurs premiers établissements, depuis longtemps disparus, étaient oubliés à l'époque de Bilbon; mais l'un des premiers à prendre de l'importance avait persisté, bien qu'en dimension réduite; il se trouvait à Bree au milieu de la forêt de Chet, à quelque quarante milles à l'est de la Comté.

Ce fut sans nul doute en ces temps anciens que les Hobbits apprirent leurs lettres et commencèrent à écrire à la manière des Dúnedains, qui avaient eux-mêmes acquis longtemps auparavant cet art des Elfes. Et à cette époque aussi ils oublièrent les langues qu'ils pouvaient avoir parlées antérieurement, pour adopter dorénavant le langage ordinaire, nommé Ouistrain, courant dans tous les territoires des rois de l'Arnor au Gondor et le long de toutes les côtes de la mer, de Belfalas à Lune. Ils conservèrent néanmoins quelques mots à eux, ainsi que leurs propres appellations pour les mois et les jours et un grand fonds de noms personnels du passé.

C'est vers cette époque que, chez les Hobbits, la légende commence à devenir de l'histoire avec une datation des années. Car ce fut en l'an mille six cent un du Tiers Age que les frères Pâles Marchon et Blancon partirent de Bree; et après avoir obtenu la permission du grand roi de Fornost (1), ils franchirent la rivière brune

_____

(1) Selon les archives de Gondor, il s'agissait d'Argeleb II, vingtième de la dynastie du Nord, qui devait s'éteindre trois cents ans plus tard avec Arvedvi.

Baranduin avec une grande suite de Hobbits. Ils passèrent par le pont des Arbalètes qui avait été construit du temps de la puissance du Royaume du Nord et prirent tout le territoire au-delà pour y résider, entre la rivière et les Monts Reculés. Ils eurent pour seules obligations de maintenir en bon état le Grand Pont ainsi que tous les autres ponts et les routes, de faciliter le voyage des messagers du roi et de reconnaître sa suzeraineté.

Ainsi débuta la *datation de la Comté*, car l'année du passage du Brandevin (c'est ainsi que les Hobbits modifièrent le nom) devint l'An Un de la Comté, et toutes les dates suivantes furent calculées en conséquence (1). Les Hobbits occidentaux tombèrent aussitôt amoureux de leur nouveau territoire; ils y demeurèrent et ne tardèrent pas à sortir derechef de l'histoire des Hommes et des Elfes. Tant qu'il y eut un roi, ils furent nominalement ses sujets; mais ils étaient gouvernés en fait par leurs propres chefs, et ils ne se mêlaient en aucune façon des événements du monde extérieur. Lors de la dernière bataille à Fornost avec le seigneur-magicien d'Angmar, ils envoyèrent des archers au secours du roi ou tout au moins est-ce ce qu'ils soutenaient, encore qu'on n'en trouve aucune trace dans les annales des Hommes. Mais, dans cette guerre, le Royaume du Nord prit fin; les Hobbits gardèrent alors le pays pour leur propre compte, et ils choisirent parmi leurs chefs un Thain pour détenir l'autorité du roi disparu. Là, durant mille ans, ils furent peu troublés par les guerres; ils prospérèrent et se multiplièrent après la Peste Noire (D.C. 37) jusqu'au désastre du long hiver et à la famine qui s'ensuivit. Des milliers de gens périrent alors, mais les Jours de Disette (1158-60) étaient depuis longtemps passés à l'époque de ce récit, et les Hobbits étaient de nouveau accoutumés à l'abondance. La terre était riche et favorable; en dépit d'un long abandon avant leur arrivée, elle avait été auparavant bien cultivée, et le roi y avait eu de nombreuses fermes, des terres à blé, des vignes et des bois.

Le pays s'étendait sur quarante lieues des Haut Reculés au Pont du Brandevin et sur cinquante des landes du nord aux marais du sud. Les Hobbits le nommèrent la Comté, comme région placée sous l'autorité de leur Thain et district d'affaires bien ordonnées; là, dans cet agréable

---

(1) Ainsi pourra-t-on déterminer les années du Tiers Age selon les Elfes et les Dúnedains en ajoutant 1600 à la datation de la Comté.

coin du monde, ils menèrent l'affaire bien ordonnée de leur vie, et ils s'occupèrent de moins en moins du monde extérieur où évoluaient de sombres choses, au point qu'ils en vinrent à penser que la paix et l'abondance étaient de règle dans la Terre du Milieu et de droit pour tous les gens sensés. Ils oublièrent ou négligèrent le peu qu'ils avaient jamais su des Gardiens et des peines de ceux qui avaient rendu possible la longue paix de la Comté. S'ils étaient en fait à l'abri, ils en avaient perdu le souvenir.

Jamais les Hobbits d'aucune sorte n'avaient été belliqueux et ils ne s'étaient jamais battus entre eux. Dans les temps anciens, ils avaient souvent été obligés, bien sûr, de se battre pour se maintenir dans un monde dur; mais à l'époque de Bilbon, c'était de l'histoire très ancienne. La dernière bataille avant le début de ce récit, et en fait la seule qui eût jamais été livrée à l'intérieur de la Comté, datait d'un temps immémorial : c'était la Bataille des Champs Verts (D.C. 1147), dans laquelle Bandobras Touque défit une invasion d'Orques. Même le climat s'était fait plus doux, et les loups qui autrefois, pendant les hivers rigoureux, descendaient du nord en quête de leur proie n'étaient plus qu'un conte de bonne femme. Aussi, bien qu'il y eût encore une certaine quantité d'armes dans la Comté, ne servaient-elles surtout que comme trophées, suspendues au-dessus des cheminées et sur les murs ou rassemblées au musée de Grand'Cave. On appelait celui-ci la Maison des Mathoms, car tout ce pour quoi les Hobbits n'avaient pas d'usage immédiat, mais qu'ils ne voulaient pas jeter, ils le nommaient un *mathom*. Leurs demeures avaient tendance à être un peu encombrées de mathoms, et maints cadeaux qui passaient de main en main étaient de cette sorte.

Le bien-être et la paix avaient néanmoins laissé à ce peuple une étrange endurance. Ils étaient, si les choses en venaient là, difficiles à abattre ou à tuer; et peut-être la raison pour laquelle ils aimaient si insatiablement les bonnes choses était-elle qu'ils pouvaient s'en passer en cas de nécessité; ils étaient capables aussi de survivre aux plus durs assauts du chagrin, de l'ennemi ou du temps au point d'étonner qui, ne les connaissant pas bien, ne regardait pas plus loin que leur panse et leur figure bien nourrie. Quoique lents à la querelle et ne tuant aucun être vivant pour le plaisir de la chasse, ils étaient vaillants quand ils étaient acculés et, au besoin, ils savaient encore manier les armes. Ils tiraient bien à l'arc, car ils avaient l'œil perçant et ils frappaient juste. Et pas seulement avec l'arc et les flèches. Quand un Hobbit se baissait pour ramasser une pierre, il était bon de se mettre vivement à couvert, comme le savaient bien tous les animaux intrus.

Les Hobbits avaient tous vécu à l'origine dans des trous creusés dans le sol, ou tout au moins le croyaient-ils, et c'est dans de telles demeures qu'ils se sentaient le plus à l'aise; mais avec le temps ils avaient dû adopter d'autres formes d'habitations. De fait, dans la Comté au temps de Bilbon, seuls en général les plus riches et les plus pauvres maintenaient l'ancienne coutume. Les plus pauvres continuaient à vivre dans des terriers de l'espèce la plus primitive, de simples trous en vérité à une seule fenêtre ou sans fenêtre du tout; tandis que les gens cossus construisaient des versions plus luxueuses des simples excavations d'autrefois. Mais les sites convenables à ces vastes tunnels ramifiés (ou *smials*, comme on les appelait) ne se trouvaient pas n'importe où; et dans les terrains plats et les régions basses, les Hobbits, à mesure qu'ils se multipliaient, commencèrent à construire en surface. En fait, même dans les régions accidentées et dans les villages les plus anciens, tels que Hobittebourg ou Bourg de Touque, ou dans la commune principale de la Comté, Grand'Cave sur les Blancs-Hauts, il y avait à présent nombre de maisons de bois, de brique ou de pierre. Elles étaient particulièrement en faveur auprès des meuniers, des forgerons, des cordiers, des charrons et autres artisans; car, même quand ils avaient des trous à habiter, les Hobbits avaient dès longtemps accoutumé de construire des hangars et des ateliers.

L'habitude de construire des fermes et des granges avait, selon la tradition, pris naissance parmi les habitants du Maresque sur les bords du Brandevin. Les Hobbits de cette région, le Quartier de l'Est, étaient assez grands, lourds de jambes, et ils portaient des bottes de nains par temps boueux. Mais, de notoriété publique, ils avaient une grande part de sang Fort, comme il se voyait bien au duvet que nombre d'entre eux portaient au menton. Nul Pied velu et nul Pâle n'avait trace de barbe. En fait, les gens du Maresque et du Pays de Bouc, à l'est de la rivière, qu'ils occupèrent par la suite, arrivèrent pour la plupart postérieurement dans la Comté, venant du sud; et ils ont encore maints noms particuliers et maints mots étranges qui ne se rencontrent pas ailleurs dans la Comté.

Il est probable que l'art de construire provint, comme bien d'autres, des Dúnedains. Mais les Hobbits ont pu l'apprendre directement des Elfes, les maîtres des Hommes dans leur jeunesse. Car les Elfes de haute lignée n'avaient pas encore abandonné la Terre du Milieu, et ils résidaient encore à cette époque aux Havres Gris dans l'ouest et à d'autres endroits accessibles de la Comté. On pouvait encore voir trois tours des Elfes d'âge immémorial sur les Collines des Tours, au-delà des Marches de l'Ouest. Elles brillaient au loin au clair de lune. La plus haute était la plus éloignée, et elle se dressait isolée sur une butte verte. Les Hobbits du Quartier de l'Ouest disaient que du haut de cette tour on pouvait voir la mer; mais on ne sache pas qu'aucun Hobbit y ait jamais grimpé. En vérité, peu de Hobbits avaient jamais vu la mer ou navigué dessus et encore bien moins étaient jamais revenus pour le raconter. La plupart d'entre eux considéraient même les rivières et les petites embarcations avec une grande méfiance, et rares étaient ceux qui savaient nager. A mesure que les jours de la Comté s'étendaient, les Hobbits eurent de moins en moins de rapports avec les Elfes; ils commencèrent à les craindre et à se défier de ceux qui les fréquentaient; la mer devint parmi eux un mot redoutable, un signe de mort, et ils détournèrent le visage des collines de l'ouest.

Peut-être l'art de construire vint-il des Elfes ou des Hommes, mais les Hobbits l'appliquèrent à leur façon. Ils n'élevèrent pas de tours. Leurs maisons étaient habituellement longues, basses et confortables. Les plus anciennes n'étaient en fait qu'une imitation bâtie des *smials*, couverte d'herbe sèche, de paille ou de tourbe, avec des murs quelque peu bombés. Ce stade appartenait toutefois aux premiers temps de la Comté, et la construction hobbite s'était depuis longtemps modifiée, améliorée grâce à des procédés appris des Nains ou découverts par eux-mêmes. Une préférence pour les fenêtres et même les portes rondes était la principale particularité subsistante de l'architecture hobbite.

Les maisons et les trous des Hobbits de la Comté étaient souvent vastes et habités par des familles nombreuses. (Bilbon et Frodon Sacquet, célibataires, étaient très exceptionnels, comme en bien d'autres matières, par exemple leur amitié avec les Elfes.) Parfois, comme dans le cas des Touque des Grands Smials ou des Brandebouc de Château-Brande, de nombreuses générations de parents vivaient ensemble en paix (relative) dans une seule demeure ancestrale à nombreuses galeries. Les Hobbits étaient tous, et dans tous les cas, attachés aux clans, et ils tenaient un compte extrêmement soigneux de leurs parentés. Ils dressaient des arbres généalogiques longs et compliqués, aux branches innombrables. Quand on a affaire aux Hobbits, il est important de se rappeler qui est parent de qui, et à quel degré. Il serait impossible de donner dans ce livre un arbre généalogique qui ne comprenne même que les membres les plus importants des principales familles à l'époque où se déroule le présent récit. Les généalogies qui se trouvent à la fin du Livre Rouge de la Marche de l'Ouest forment à elle seules un petit livre, et tous autres que les Hobbits les trouveraient extrêmement fastidieuses. Eux se délectaient de pareilles choses, si elles étaient exactes; ils aimaient avoir des livres emplis de choses qu'ils savaient déjà, posées nettement et sans conteste.

II

DE L'HERBE À PIPE

Il est une autre chose à mentionner au sujet des Hobbits du temps jadis, une habitude étonnante : ils aspiraient ou inhalaient au moyen de pipes en terre ou en bois la fumée des feuilles en combustion d'une herbe qu'ils appelaient *herbe* ou *feuille à pipe*, sans doute une variété de *Nicotiana*. Une bonne dose de mystère entoure les origines de cette coutume particulière, de cet « art » comme les Hobbits préféraient l'appeler. Tout ce qui a pu être découvert à ce sujet dans l'Antiquité a été réuni par Meriadoc Brandebouc (par la suite Maître du Pays de Bouc) et, puisque lui-même et le tabac du Quartier Sud jouent un rôle dans l'histoire qui suit, il sera bon de citer l'introduction à son *Herbier de la Comté*.

« Cet art, dit-il, est bien celui que nous pouvons revendiquer comme étant de notre invention. On ne sait quand les Hobbits commencèrent à fumer; toutes les légendes et les histoires de famille le considèrent comme chose établie; durant des siècles, les gens de la Comté fumèrent différentes herbes, certaines nauséabondes, d'autres odorantes. Mais tous les documents s'accordent sur le fait que ce fut Tobold Sonnecor de Longoulet dans le Quartier Sud qui le premier fit pousser la véritable herbe à pipe dans ses jardins, du temps d'Isengrin II, vers l'an 1070 de la datation de la Comté. La meilleure du pays provient toujours de ce district, spécialement les variétés connues sous les noms de Feuille de Longoulet, Vieux Tobie et Etoile du Sud.

« Il n'existe aucune trace de la façon dont le Vieux Tobie trouva la plante, car il ne voulut jamais le révéler de son vivant. Il avait une grande connaissance des

19

herbes, mais il n'était pas voyageur. On dit que dans sa jeunesse il se rendait souvent en Bree, encore qu'il ne se fût certainement jamais éloigné davantage de la Comté. Il est donc fort possible qu'il ait eu connaissance de cette plante en Bree où, maintenant en tout cas, elle pousse bien sur les versants sud de la colline. Les Hobbits de Bree prétendent avoir été les premiers fumeurs de l'herbe à pipe. Ils prétendent, naturellement, avoir tout fait avant les gens de la Comté, qu'ils traitent de « colons »; mais dans ce cas leur prétention est, à mon avis, sans doute justifiée. Et c'est certainement de Bree que l'art de fumer l'herbe véritable se répandit au cours des siècles récents parmi les Nains et autres gens tels que les Rôdeurs, les Magiciens ou les vagabonds qui allaient et venaient encore par cet ancien carrefour de routes. Le lieu et centre de l'art se trouve ainsi dans la vieille auberge de Bree, le *Poney Fringant*, tenue de temps immémorial par la famille Poiredebeurré.

« Néanmoins, certaines observations que j'ai faites au cours des mes nombreux voyages dans le sud m'ont convaincu que l'herbe même n'est pas originaire de notre partie du monde, mais qu'elle est venue vers le nord de l'Anduin inférieur, où elle fut, je l'imagine, originairement apportée par mer par les hommes de l'Ouistrenesse. Elle pousse en abondance en Gondor; elle y est plus plantureuse et plus grande que dans le nord, où on ne la trouve jamais à l'état sauvage, mais où elle ne croît qu'en des endroits chauds et abrités comme Longoulet. Les hommes de Gondor la nomment *galenas douce*, et ils ne l'apprécient que pour la fragrance de ses fleurs. De cette terre, elle a dû être transportée par le Chemin Vert au cours des siècles qui s'écoulèrent entre la venue d'Elendil et notre propre époque. Mais les Dúnedains de Gondor eux-mêmes nous accordent que les premiers à la mettre dans des pipes furent les Hobbits. Même les Magiciens n'y pensèrent pas avant nous. Encore que l'un d'entre eux, que j'ai connu, se soit adonné à cet art il y a bien longtemps et qu'il y fût devenu aussi habile qu'en tout ce à quoi il s'appliquait. »

DE L'ORDONNANCE DE LA COMTÉ

La Comté était divisée en quatre Quartiers, auxquels nous avons déjà fait allusion : le nord, le sud, l'est et l'ouest; et ceux-ci comprenaient à leur tour un certain nombre de régions qui portaient encore le nom de quelques-unes des anciennes familles marquantes, bien qu'à l'époque de cette histoire ces noms ne se trouvassent plus seulement dans leur propre région. Presque tous les Touque vivaient encore en Pays de Touque, mais il n'en était pas de même de maintes autres familles, tels les Sacquet et les Bophin. A l'extérieur des Quartiers se trouvaient les Marches de l'Est et de l'Ouest : le Pays de Bouc, et la Marche de l'Ouest annexée à la Comté en C.12.1462.

La Comté n'avait guère à cette époque de « gouvernement ». Les familles géraient pour la plus grande part leurs propres affaires. Faire pousser la nourriture et la consommer occupaient la majeure partie de leur temps. Pour le reste, ils étaient à l'ordinaire généreux et peu avides, et comme ils se contentaient de peu, les domaines, les fermes, les ateliers et les petits métiers avaient tendance à demeurer les mêmes durant des générations.

Restait, naturellement, l'ancienne tradition du haut roi de Fornost, ou Norchâteau comme ils l'appelaient, loin au nord de la Comté. Mais il n'y avait plus de rois depuis près de mille ans, et même les ruines de Norchâteau-le-Roy étaient couvertes d'herbe. Les Hobbits disaient cependant des sauvages et des vilaines choses (comme les trolls) que ceux-ci n'avaient jamais entendu parler du roi. Car ils attribuaient au roi de l'ancien temps toutes leurs lois essentielles; et ils les observaient d'ordinaire de bon gré, parce que c'étaient les règles (comme ils disaient), tant anciennes que justes.

Il est vrai que la famille des Touque avait été longtemps prééminente; car la fonction de Thain leur était dévolue (des Vieilbouc) quelques siècles auparavant, et le chef Touque avait toujours porté ce titre depuis lors. Le Thain était le maître de l'Assemblée de la Comté et le capitaine du rassemblement et de la hobitterie sous les armes; mais comme l'assemblée et le rassemblement n'avaient lieu qu'en cas de circonstances critiques, qui ne se présentaient plus, la Thanerie n'était plus qu'une dignité nominale. En vérité, la famille Touque jouissait toujours d'un respect spécial, car elle demeurait en même temps nombreuse et extrêment riche, et elle produisait à chaque génération de forts caractères aux mœurs originales et même de tempérament aventureux. Ces dernières qualités étaient toutefois plutôt tolérées (chez les riches) que généralement approuvées. La coutume demeurait néanmoins de donner au chef de la famille l'appellation de « Le Touque » (1), et d'y ajouter un numéro s'il y avait lieu : ainsi d'Isengrin II, par exemple.

Le seul personnage officiel de la Comté était à cette date le maire de Grand'Cave (ou de la Comté), qui était élu tous les sept ans à la Foire Libre tenue sur les Blancs-Hauts au Lithe, c'est-à-dire au solstice d'été. Comme maire, il n'avait guère pour fonctions que de présider des banquets donnés les jours de fête de la Comté, qui se présentaient à intervalles fréquents. Mais aux fonctions de maire étaient attachées celles de Maître des Postes et de Premier Shirriff, de sorte qu'il dirigeait en même temps le Service des Messagers et le Guet. C'étaient les seuls services de la Comté et les messagers étaient les plus nombreux et de beaucoup les plus actifs des deux. Les Hobbits étaient loin d'être tous lettrés, mais ceux qui l'étaient ne cessaient d'écrire à tous ceux de leurs amis (et à un choix de relations) qui habitaient à plus d'un après-midi de marche.

Shirrifs était le nom que les Hobbits donnaient à leur police ou à ce qui approchait le plus chez eux de policiers. Ceux-ci ne portaient évidemment pas d'uniforme (pareille chose étant totalement inconnue), mais une simple plume au chapeau, et c'étaient en fait davantage des gardes champêtres que des policiers, qui avaient

_____

(1) Cette coutume existe toujours en Ecosse pour le chef du clan.

plus à s'occuper des égarements des animaux que des gens. Ils n'étaient que douze dans toute la Comté, trois par Quartier, pour le travail de l'Intérieur. Un corps plutôt plus nombreux, variable selon les besoins, était affecté à « battre les limites du pays » pour s'assurer qu'aucun intrus, grand ou petit, ne causait de nuisance.

A l'époque où commence ce récit, le nombre des Frontaliers, comme on les appelait, s'était grandement accru. On parlait beaucoup, pour s'en plaindre, de personnes et de créatures étranges qui rôdaient le long des frontières ou les passaient : premier signe que tout n'était pas tout à fait dans l'ordre, comme ce l'avait toujours été, sinon dans les contes et légendes du temps jadis. Peu de gens en tinrent compte, et même Bilbon n'avait encore aucune idée de ce que cela présageait. Soixante années s'étaient écoulées depuis qu'il était parti pour sa mémorable expédition, et il était vieux même pour les Hobbits, qui atteignaient souvent la centaine; mais il lui restait manifestement une bonne partie des richesses considérables qu'il avait rapportées. Combien, il ne le révélait à personne, pas même à Frodon, son « neveu » préféré. Et il gardait toujours le secret sur l'anneau qu'il avait trouvé.

IV

DE LA DÉCOUVERTE DE L'ANNEAU

Comme il est raconté dans *Le Hobbit*, se présentèrent un jour à la porte de Bilbon le grand Magicien, Gandalf le Gris, et avec lui treize Nains : nuls autres, en vérité, que Thorin Ecu de Chêne, descendant de rois, et ses douze compagnons en exil. Avec eux, il se mit en route, à son durable étonnement, un matin d'avril de l'an 1341 de la datation de la Comté pour la quête du grand trésor des Nains, amassé jadis par les rois sous la montagne, sous Erebor du Val, loin dans l'est. La quête fut couronnée de succès, et le dragon qui gardait le trésor fut détruit. Mais bien qu'avant le succès final eût eu lieu la Bataille des Cinq Armées, où Thorin fut tué et où furent accomplis beaucoup de hauts faits, l'affaire n'aurait guère intéressé l'histoire ultérieure ni valu plus qu'une note dans les longues annales du Tiers Age, sans un « accident » fortuit. Le groupe fut assailli par des Orques dans un haut col des Monts Brumeux, alors qu'il se dirigeait vers le Pays Sauvage; il arriva ainsi que Bilbon fut perdu pendant quelque temps dans les ténébreuses mines orques au plus profond de la montagne; et là, en tâtonnant vainement dans le noir, il posa la main sur un anneau qui gisait sur le sol d'une galerie. Il le mit dans sa poche. Cela ne lui sembla sur le moment qu'un simple hasard.

Dans ses efforts pour trouver une sortie, Bilbon descendit dans le tréfonds de la montagne jusqu'au moment où il ne put aller plus loin. Au fond de la galerie s'étendait un lac glacé, loin de toute lumière, et sur une île constituée par un rocher au milieu de l'eau vivait Gollum. C'était une créature répugnante : il dirigeait une petite barque en pagayant avec ses grands pieds plats, scrutant l'obscurité de ses yeux d'une pâle luminescence et attrapant avec ses longs doigts des poissons aveugles qu'il consommait crus. Il mangeait toute créature vivante, même de l'orque, s'il pouvait l'attraper et l'étrangler sans lutte. Il possédait un trésor secret qui lui était échu il y avait très, très longtemps, alors qu'il vivait encore à la lumière : un anneau d'or qui rendait invisible qui le portait. C'était l'unique objet de son amour, son « trésor », et il lui parlait, même quand l'objet n'était pas avec lui. Car il le gardait caché en sûreté dans un trou de son île, sauf quand il chassait ou espionnait les orques des mines.

Peut-être eût-il attaqué Bilbon aussitôt s'il avait eu l'anneau sur lui au moment de leur rencontre; mais tel n'était pas le cas, et le Hobbit tenait à la main une dague d'Elfe qui lui servait d'épée. Aussi, pour gagner du temps, Gollum défia-t-il Bilbon au jeu des énigmes, disant que, s'il posait une énigme que Bilbon ne pouvait deviner, il le tuerait et le mangerait; mais si Bilbon le battait, il ferait ce que Bilbon voudrait; il le mènerait à une sortie des galeries.

Perdu sans espoir dans les ténèbres et ne pouvant ni continuer ni retourner en arrière, Bilbon accepta le défi; et ils se posèrent réciproquement un grand nombre d'énigmes. Bilbon finit par gagner, plus par chance (semblait-il) que par ingéniosité; car réduit finalement à quia pour poser une énigme, il s'écria, comme sa main rencontrait l'anneau qu'il avait ramassé et oublié : « Qu'ai-je dans ma poche ? » A cette question, Gollum ne put répondre, malgré sa demande de trois chances.

Les autorités diffèrent, il est vrai, sur le point de savoir si cette dernière question était une simple « question » et non une « énigme » conforme aux règles strictes du jeu; mais tous conviennent qu'après l'avoir acceptée et avoir tenté de trouver la réponse, Gollum était tenu par sa promesse. Et Bilbon le pressa d'observer sa parole; car la pensée lui vint que cette créature visqueuse pourrait se révéler déloyale, bien que certaines promesses fussent tenues pour sacrées et qu'autrefois tous, hormis les plus pervers, craignissent de les enfreindre. Mais, après des siècles de solitude dans les ténèbres, le cœur de Gollum était noir et abritait la perfidie. Il s'esquiva et regagna son île, que Bilbon ignorait, non loin dans l'eau sombre. Là, se trouvait son anneau, pensait-il. Il avait faim à présent et il était irrité; or, une fois qu'il aurait son « trésor » avec lui, il n'aurait plus à craindre aucune arme.

Mais l'anneau n'était pas dans l'île; il l'avait perdu, l'anneau avait disparu. Son cri perçant fit frémir Bilbon, bien qu'il ne comprît pas encore ce qui s'était passé. Mais Gollum avait enfin sauté sur une solution, trop tard. *Qu'est-ce que ça a dans ses poches?* cria-t-il. La lueur de ses yeux ressemblait à une flamme verte comme il revenait en hâte pour tuer le Hobbit et récupérer son « trésor ». Bilbon vit juste à temps le péril où il était; il s'enfuit à l'aveuglette dans la galerie qui l'éloignait de l'eau, et sa chance le sauva une fois de plus. Car, dans sa course, il mit la main dans sa poche et l'anneau se glissa doucement à son doigt. Ce fut ainsi que Gollum passa près de lui sans le voir et poursuivit son chemin pour garder l'issue, de peur que le « voleur » ne s'échappât. Bilbon le suivit avec précaution, tandis qu'il allait, jurant et se parlant à lui-même de son « trésor »; et, à ses propos, Bilbon finit par deviner la vérité, et l'espoir lui vint dans les ténèbres : il avait lui-même trouvé l'anneau merveilleux et une chance d'échapper aux Orques et à Gollum.

Ils finirent par s'arrêter devant une ouverture invisible qui menait aux portes inférieures des mines sur le versant oriental des montagnes. Là, Gollum s'accroupit, aux abois, flairant et écoutant; et Bilbon fut tenté de le tuer avec son épée. Mais la pitié le retint et, s'il garda l'anneau dans lequel résidait son seul espoir, il ne voulut pas s'en servir pour tuer la misérable créature en état d'infériorité. Enfin, rassemblant tout son courage, il bondit dans le noir par-dessus Gollum et s'enfuit le long du passage, poursuivi par les cris de haine et de désespoir de son ennemi : « *Voleur, voleur! Sacquet! On le hait z'a jamais!* »

Or, fait curieux, ce n'est pas ainsi que Bilbon raconta d'abord l'histoire à ses compagnons. Pour eux, son récit fut que Gollum avait promis de lui faire un *cadeau*, s'il gagnait la partie; mais en allant chercher le trésor dans son île, il en avait découvert la disparition : c'était un anneau magique qui lui avait été donné longtemps auparavant pour son anniversaire. Bilbon avait deviné qu'il s'agissait de l'anneau même qu'il avait trouvé et, comme il avait gagné la partie, l'anneau lui appartenait déjà de droit. Mais, se trouvant en lieu fermé, il n'en dit rien et laissa Gollum lui montrer l'issue comme récompense et non comme cadeau. C'est cette version que Bilbon consigna dans ses mémoires, et il semble ne l'avoir jamais modifiée lui-même, fût-ce même après le Conseil d'Elrond. Elle parut encore à l'évidence dans le Livre Rouge original, comme dans maintes copies et abrégés. Mais nombre de transcriptions contiennent la version réelle (en variante), tirée sans doute des notes de Frodon ou de Samsagace, qui avaient tous deux appris la vérité, encore qu'ils semblent n'avoir rien voulu supprimer de ce qui avait été positivement écrit par le vieux Hobbit lui-même.

A la première audition du récit de Bilbon, Gandalf ne lui accorda toutefois pas créance, et il continua à montrer une grande curiosité au sujet de l'anneau. Par la suite, il tira de Bilbon l'histoire véritable, après beaucoup de questions qui gâtèrent un temps leur amitié; mais le Magicien semblait attacher de l'importance à la vérité. Et, bien qu'il ne le dît pas à Bilbon, il jugea aussi importante et fâcheuse la découverte que le bon Hobbit n'avait pas d'emblée dit la vérité : c'était tout à fait contraire à son habitude. L'idée d'un « cadeau » n'était pas toutefois une simple invention de Hobbit. Elle lui avait été suggérée, selon son aveu, par les paroles de Gollum qu'il avait surprises; car celui-ci avait en fait appelé plusieurs fois l'anneau « son cadeau d'anniversaire ». Cela aussi, Gandalf le trouva étrange et suspect; mais il ne découvrit la vérité sur ce point que bien plus tard, comme on le verra dans ce livre.

Il n'y a pas lieu de s'étendre ici sur la suite des aventures de Bilbon. Ayant échappé grâce à l'anneau aux gardes orques de la porte, il rejoignit ses compagnons. Il eut souvent recours à l'anneau durant sa quête, surtout pour aider ses amis; mais il garda le secret à ce sujet aussi longtemps qu'il le put. Après son retour chez lui, il n'en reparla plus jamais à personne, hormis à Gandalf et à Frodon, et nul dans la Comté ne connaissait l'existence de l'anneau, ou tout au moins le croyait-il. Il ne montra qu'à Frodon le récit de son voyage, qu'il était en train d'écrire.

Il suspendit son épée, Dard, au-dessus de sa cheminée et il prêta à un musée (la Maison des Mathoms de Grand'Cave) sa cotte de merveilleuses mailles, cadeau des Nains prélevé sur le trésor du Dragon. Mais il garda dans un tiroir à Cul-de-Sac le vieux manteau et le capuchon qu'il avait portés dans ses voyages. Quant à l'anneau, il demeura dans sa poche, attaché à une belle chaînette.

Il rentra chez lui à Cul-de-Sac le 22 juin, dans sa cinquante-deuxième année (DC 1342), et rien de bien notable ne se produisit dans la Comté jusqu'au moment où M. Sacquet commença les préparatifs en vue de son cent onzième anniversaire (DC 1401). C'est à ce point que commence l'histoire.

NOTE SUR LES ARCHIVES DE LA COMTÉ

A la fin du Tiers Age, le rôle joué par les Hobbits dans les grands événements qui conduisirent à l'inclusion de la Comté dans le Royaume Réuni éveilla chez eux une curiosité plus étendue pour leur propre histoire, et bon nombre de leurs traditions, jusqu'alors surtout orales, furent rassemblées et consignées par écrit. Les plus grandes familles s'intéressèrent aussi aux événements du Royaume en général, et nombre de leurs membres étudièrent ses histoires et légendes anciennes. Vers la fin du Quatrième Age, on trouvait déjà dans la Comté plusieurs bibliothèques contenant de nombreux livres d'histoire et archives.

Les plus importantes de ces collections étaient sans doute celles des Tours d'Endessous aux Grands Smials, et à Château-Brande. Le présent récit de la fin du Tiers Age est tiré en majeure partie du Livre Rouge de la Marche de l'Ouest. Cette principale source pour l'histoire de la Guerre de l'Anneau tire son nom du fait qu'elle fut longtemps conservée aux Tours d'Endessous, résidence des Belenfant, gardiens de la Marche de l'Ouest. C'était à l'origine le journal personnel de Bilbon, qu'il emporta avec lui à Fondcombe. Frodon le rapporta dans la Comté en même temps que de nombreuses feuilles de notes volantes, et au cours de DC 1420-21, il en remplit presque entièrement les pages de son récit de la guerre. Mais, annexés à ce fond et conservés avec lui, probablement dans un seul étui rouge, se trouvaient trois gros volumes, reliés de cuir rouge, que Bilbon lui donna en cadeau d'adieu. A ces quatre volumes en fut ajouté, dans la Marche de l'Ouest, un cinquième contenant des commentaires, des généalogies et divers autres éléments au sujet des membres hobbits de la Communauté.

Le Livre Rouge original n'a pas été conservé, mais de nombreuses copies en furent faites, particulièrement en ce qui concerne le premier volume, à l'usage des descendants des enfants de Maître Samsagace. La plus importante a toutefois une histoire différente. Elle fut conservée aux Grands Smials, mais elle avait été écrite en Gondor, sans doute à la demande de l'arrière-petit-fils de Peregrin, et complétée en DC 1592 (FA 172). Son scribe du sud y ajouta la note suivante : « Findigal, écrivain du roi, termina cet ouvrage en IV 172. C'est une copie exacte dans tous les détails du Livre de Thain de Minas Tirith. Celui-ci était une copie, faite sur l'ordre du roi Elasser, du Livre Rouge de Periannath, et elle lui fut apportée par le Thain Peregrin quand il se retira en Gondor en IV 64. »

Le Livre de Thain fut ainsi la première copie faite du Livre Rouge, et il contenait un grand nombre de choses qui furent par la suite omises ou perdues. A Minas Tirith, il reçut de nombreuses annotations et citations en langues elfiques, et il y fut ajouté une version abrégée des parties de l'*Histoire d'Aragorn et d'Arwen* qui restent en dehors du récit de la guerre. L'histoire entière est réputée avoir été écrite par Barahir, petit-fils de l'intendant Faramir, quelque temps après la mort du roi. Mais l'importance principale de la copie de Findagil est que seule elle contient la totalité des traductions de l'elfique faites par Bilbon. On a constaté que ces trois volumes formaient une œuvre de grand talent et de grande érudition pour laquelle, de 1403 à 1418, il s'était servi de toutes les sources, tant orales qu'écrites, dont il pouvait disposer à Fondcombe. Mais comme Frodon y eut peu recours étant donné qu'elles concernent presque exclusivement les Jours des Anciens, on n'en dira pas davantage ici.

Meriadoc et Peregrin étant devenus les chefs de leurs grandes familles et ayant en même temps conservé leurs relations avec le Rohan et le Gondor, les bibliothèques de Châteaubouc et de Bourg-de-Touque contenaient beaucoup de choses qui ne paraissent pas dans le Livre Rouge. A Château-Brande, il y avait de nombreux ouvrages traitant de l'Eriador et de l'histoire de Rohan. Certains furent composés ou commencés par Meriadoc en personne, bien que dans la Comté on se souvînt surtout de lui pour son *Herbier de la Comté* et pour son *Compte des*

Années, dans lequel il étudiait les rapports entre les calendriers de la Comté et de Bree et ceux de Fondcombe, de Gondor et de Rohan. Il écrivit aussi un court traité des *Anciens Mots et Noms dans la Comté*, où il montrait un intérêt particulier à découvrir la parenté avec le langage des Rohirrim de « mots de la Comté », tels que *mathom* et d'anciens éléments dans les noms de lieux.

A Grands Smials, les livres présentaient moins d'intérêt pour les gens de la Comté, bien qu'ils eussent davantage d'importance pour l'histoire plus générale. Aucun d'eux n'était de la main de Peregrin, mais lui et ses successeurs réunirent de nombreux manuscrits écrits par les scribes de Gondor : principalement des copies ou des résumés des histoires et légendes relatives à Elendil et à ses héritiers. Ce n'est qu'ici dans la Comté que l'on pouvait trouver d'amples matériaux pour l'histoire de Númenor et de l'élévation de Sauron. Ce fut sans doute à Grands Smials que l'*Histoire des Années* fut composée, à partir de matériaux rassemblés par Meriadoc. Bien que les dates données soient souvent conjecturales, surtout pour le Deuxième Age, elles méritent attention. Il est probable que Meriadoc obtint de l'aide et des informations de Fondcombe, où il se rendit à plusieurs reprises. Là, bien qu'Elrond fût mort, ses fils demeurèrent longtemps, ainsi que certains des Hauts Elfes. On dit que Celeborn alla y résider après la mort de Galadriel; mais il n'y a aucun document sur le jour où il chercha les Havres Gris et où, avec lui, s'en fut le dernier témoin des Jours des Anciens en Terre du Milieu.

LA COMMUNAUTÉ
DE L'ANNEAU

Première partie du Seigneur des anneaux

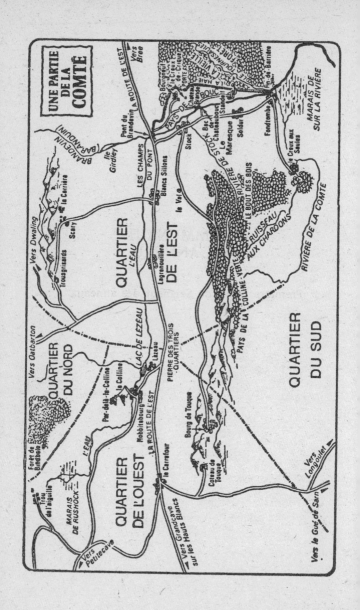

LIVRE I

CHAPITRE PREMIER

UNE RÉCEPTION
DEPUIS LONGTEMPS ATTENDUE

Quand M. Bilbon Sacquet, de Cul-de-Sac, annonça qu'il donnerait à l'occasion de son undécante-unième anniversaire une réception d'une magnificence particulière, une grande excitation régna dans Hobbitebourg, et toute la ville en parla.

Bilbon était en même temps très riche et très particulier, et il avait fait l'étonnement de la Comté pendant soixante ans, c'est-à-dire depuis sa remarquable disparition et son retour inattendu. Les richesses qu'il avait rapportées de ses voyages étaient devenues une légende locale, et l'on croyait communément, en dépit des assurances des anciens, que la Colline de Cul-de-Sac était creusée de galeries bourrées de trésors. Et si cela n'eût pas suffi à rassurer sa renommée, sa vigueur prolongée aurait encore fait l'admiration de tous. Le temps s'écoulait, mais il semblait n'avoir aucune prise sur M. Sacquet. A quatre-vingt-dix ans, il était tout semblable à ce qu'il était à cinquante. A quatre-vingt-dix-neuf ans, on commença à le qualifier de *bien conservé*; mais inchangé aurait été plus près de la vérité. D'aucuns hochaient la tête, pensant que c'était trop d'une bonne chose; il paraissait injuste que quelqu'un pût jouir (visiblement) d'une jeunesse perpétuelle en même temps que (suivant l'opinion commune) d'une opulence inépuisable.

– Cela aura sa contrepartie, disait-on. Ce n'est pas naturel, et il en viendra certainement des ennuis!

Mais jusque-là aucun ennui n'était venu; et comme M. Sacquet était généreux de son argent, la plupart des gens lui pardonnaient volontiers ses singularités et sa bonne fortune. Il était en relations de visite avec ses parents (hormis, naturellement, les Sacquet de Besace) et il avait de nombreux admirateurs fervents parmi les Hobbits des familles pauvres et peu importantes. Mais il n'eut pas d'amis intimes jusqu'au moment où certains de ses jeunes cousins commencèrent à prendre de l'âge.

L'aîné de ceux-ci et le favori de Bilbon était le jeune Frodon Sacquet. A quatre-vingt-dix-neuf ans, Bilbon l'adopta comme héritier; il l'amena vivre à Cul-de-Sac, et les espérances des Sacquet de Besace furent définitivement anéanties. Bilbon et Frodon se trouvaient avoir le même anniversaire : le 22 septembre. « Tu ferais mieux de venir habiter ici, Frodon, mon gars, dit un jour Bilbon; nous pourrons ainsi célébrer confortablement notre anniversaire ensemble. » A cette époque, Frodon était encore dans ses années intermédiaires, comme les Hobbits appelaient les années d'irresponsabilité qui s'étendaient entre l'enfance et la majorité à trente-trois ans.

Douze autres années s'écoulèrent. Tous les ans, les Sacquet avaient donné des réceptions d'anniversaire pleines d'entrain à Cul-de-Sac; mais à présent il était entendu que quelque chose de tout à fait exceptionnel se préparait pour cet automne. Bilbon allait avoir *undécante-un* ans, 111, chiffre plutôt curieux et âge très respectable pour un Hobbit (le Vieux Touque lui-même n'avait atteint que 130 ans) et Frodon allait en avoir *trente-trois*, 33, chiffre important : la date de sa « majorité ».

On commença à jaser à Hobbitebourg et à Lèzeau; et la rumeur de l'événement attendu court partout dans la Comté. L'histoire et le personnage de M. Bilbon Sacquet firent une fois de plus le principal sujet de conversation; et les gens âgés virent soudain leurs souvenirs très bienvenus.

Personne n'eut d'auditoire plus attentif que le vieux Ham Gamegie, communément appelé l'Ancien. Il pérorait au *Buisson de Lierre*, une petite auberge de la route de Lèzeau, et il parlait avec quelque autorité, car il avait entretenu le jardin de Cul-de-Sac durant quarante ans, et avant cela il avait déjà aidé le vieux Trogon dans le même office. Maintenant que lui-même, devenu vieux, avait les articulations ankylosées, le travail était principalement effectué par son plus jeune fils, Sam Gamegie. Tant le père que le fils étaient en relations très amicales avec Bilbon et Frodon. Ils habitaient sur la Colline même, au

N° 3 du Chemin des Trous-du-Talus, juste sous Cul-de-Sac.

« C'est un aimable gentilhobbit à la parole affable que M. Bilbon, comme je l'ai toujours dit », déclarait l'Ancien. Ce qui était l'exacte vérité : car Bilbon se montrait très poli à son égard, l'appelant « Maître Hamfast » et le consultant constamment sur la pousse des légumes – en matière de « racines », et en particulier de pommes de terre, tout le voisinage (lui-même compris) le considérait comme l'autorité maîtresse.

– Mais qu'en est-il de ce Frodon qui vit avec lui? demanda le Vieux Chénier de Lèzeau. Il s'appelle Sacquet, mais il est plus qu'à moitié un Brandebouc, à ce qu'on dit. Je ne comprends pas pourquoi un Sacquet de Hobbitebourg irait chercher femme là-bas dans le Pays de Bouc, où les gens sont si bizarres.

– Et il n'y a rien d'étonnant à ce qu'ils le soient, intervint Papa Bipied (voisin immédiat de l'Ancien), vu qu'ils habitent du mauvais côté du Brandevin et tout contre la Vieille Forêt. C'est un sombre et mauvais endroit, si la moitié de ce qu'on rapporte est vrai.

– Tu as raison, Papa! dit l'Ancien. Non que les Brandebouc du Pays de Bouc vivent *dans* la Vieille Forêt; mais c'est une drôle de lignée, apparemment. Ils batifolent toujours en bateau sur cette grande rivière – et ce n'est pas naturel, ça. Ce n'est pas étonnant qu'il en soit sorti des ennuis, que je dis. Mais quoi qu'il en soit, M. Frodon est un jeune Hobbit aussi gentil qu'on pourrait le souhaiter. Il ressemble beaucoup à M. Bilbon, et pas seulement de traits. Son père était un Sacquet après tout. Et c'était un respectable Hobbit très comme il faut que M. Drogon Sacquet; il n'y a jamais eu grand-chose à dire de lui jusqu'au jour où il s'est noyé.

– Noyé? firent plusieurs voix.

On avait déjà entendu cela et d'autres rumeurs plus sombres, bien sûr; mais les Hobbits ont une passion pour l'histoire des familles, et on était prêt à l'entendre raconter de nouveau.

– Eh bien, c'est ce qu'on dit, répondit l'Ancien. Voyez-vous : M. Drogon, il avait épousé la pauvre Mlle Primula Brandebouc. Elle était la cousine germaine de notre M. Bilbon du côté maternel (sa mère étant la plus jeune des filles du Vieux Touque); et M. Drogon était son cousin issu de germain. Ainsi M. Frodon est en même temps son cousin germain et son cousin issu de germain, son oncle à la mode de Bretagne des deux côtés, comme on dit, si vous me suivez. Et M. Drogon était en séjour à Château-Brande chez son beau-père, le vieux Maître Gorbadoc, comme il le faisait souvent après son mariage (car il était assez porté sur la boustifaille, et le vieux Gorbadoc tenait une bonne et généreuse table); et il était allé *canoter* sur le Brandevin; et lui et sa femme se sont noyés, alors que M. Frodon était encore un enfant et tout.

– J'ai entendu dire qu'ils étaient allés sur l'eau après le dîner au clair de lune, dit le Vieux Chénier; et que c'était le poids de Drogon qui avait fait couler la barque.

– Et *moi* j'ai entendu dire qu'elle l'avait poussé dedans et qu'il l'avait entraînée avec lui, dit Rouquin, le meunier de Hobbitebourg.

– Tu ne devrais pas écouter tout ce que t'entends, Rouquin, dit l'Ancien, qui n'aimait pas beaucoup le meunier. Y a pas besoin de parler de poussée ou de tirage. Les bateaux, c'est déjà assez ficelle pour ceux qui restent assis tranquilles sans aller chercher plus loin la cause des ennuis. En tout cas : y avait ce M. Frodon resté orphelin et échoué, comme qui dirait, parmi ces bizarres gens du Pays de Bouc, élevé en tout cas à Château-Brande. Une vraie lapinière, de tous points de vue. Le vieux Maître Gorbadoc n'avait jamais moins de deux centaines de parents chez lui. M. Bilbon n'a jamais fait meilleur action qu'en ramenant le gamin vivre parmi des gens normaux.

– Mais j'ai dans l'idée que ç'a été un coup dur pour ces Sacquet de Besace. Ils pensaient qu'ils allaient avoir Cul-de-Sac, la fois où il était parti et où on l'avait cru mort. Et le voilà qui revient et les renvoie; et il continue à vivre, à vivre, sans jamais paraître d'un jour plus vieux, Dieu le bénisse! Et tout d'un coup il sort un héritier et il fait proprement établir tous les papiers. Les Sacquet de Besace ne verront jamais l'intérieur de Cul-de-Sac, à présent, ou il faut l'espérer.

– Y a un gentil petit magot serré là-haut, que j'ai entendu raconter, dit un étranger, venu pour affaire de Grand'Cave dans le Quartier Ouest. Tout le haut de votre colline est truffé de galeries remplies de coffres d'or et d'argent, et de joyaux, d'après ce qu'on m'a dit.

– Eh bien, vous en avez entendu plus que je ne pourrais garantir, répondit l'Ancien. Je ne sais rien de *joyaux*. M. Bilbon ne regarde pas à l'argent, et il ne paraît pas en manquer; mais je n'ai pas connaissance du creusement de galeries. J'ai vu M. Bilbon quand il est revenu, il y a à peu près soixante ans, alors que j'étais gosse. Il n'y avait pas longtemps que j'étais en apprentissage chez le vieux Troglon (qu'était un cousin de papa), mais il m'a fait monter à Cul-de-Sac pour l'aider à empêcher les gens de se balader partout et de tout piétiner dans le jardin pendant la vente. Et au milieu de tout ça, voilà M. Bilbon qui monte la colline avec un poney et des énormes sacs et deux coffres. Je ne doute pas qu'ils étaient remplis pour la plus grande part de trésors qu'il avait ramassés à l'étranger, où il y a des montagnes d'or, qu'on dit; mais il n'y avait pas de quoi remplir des galeries. En tout cas, mon gars Sam doit en savoir plus long là-dessus. Il est tout le temps fourré à Cul-de-Sac. Il est fou des histoires de l'ancien temps, et il écoute tous les récits de M. Bilbon. M. Bilbon lui a appris ses lettres – sans malice, remarquez bien, et j'espère qu'il n'en sortira aucun mal.

« *Des Elfes et des Dragons!* que je lui dis. *Mieux vaut pour toi et moi des choux et des pommes de terre. Ne va pas te mêler des affaires de ceux qui sont au-dessus de toi, ou tu vas aboutir à des ennuis trop gros pour toi*, que je lui dis. Et je pourrais en dire autant à d'autres », ajouta-t-il, jetant un regard à l'étranger et au meunier.

Mais l'Ancien ne convainquit pas son auditoire. La légende des richesses de Bilbon était à présent trop fermement établie dans l'idée de la jeune génération de Hobbits.

– Ah, mais il est bien probable qu'il a ajouté à ce qu'il avait d'abord rapporté, argua le meunier, exprimant l'opinion commune. Il est souvent parti de chez lui. Et pensez à ces étrangers qui viennent le voir : des Nains qui viennent la nuit et ce vieux magicien errant, Gandalf, et tout ça. Vous me direz ce que vous voudrez, l'Ancien, mais Cul-de-Sac est un endroit bizarre et ses habitants sont bizarres.

– Et *vous* pourrez me dire ce que vous voudrez sur ce à quoi vous ne connaissez pas davantage qu'à la navigation, monsieur Rouquin, répliqua l'Ancien, détestant le meunier plus encore qu'à l'ordinaire. Si cela est être bizarre, eh bien on pourrait s'accommoder d'un peu plus de bizarrerie par ici. Il y en a pas loin qui n'offriraient pas une pinte de bière à un ami, s'ils vivaient dans un trou aux murs d'or. Mais à Cul-de-Sac on fait les choses convenablement. Notre Sam dit que *tout le monde* sera invité à la réception, et il y aura des cadeaux, notez, des cadeaux pour tous – ce mois même où nous sommes.

Ce mois même était celui de septembre, et il était aussi beau qu'on pouvait le souhaiter. Un ou deux jours après, une rumeur (sans doute lancée par ce Sam si bien informé) se répandit, comme quoi il y aurait un feu d'artifice – qui plus est, un feu d'artifice tel qu'on n'en avait plus vu dans la Comté depuis près d'un siècle, depuis la mort du Vieux Touque, en fait.

Des jours passèrent et Le Jour approchait. Un soir, un chariot d'aspect inhabituel transportant des paquets également d'aspect inhabituel traversa Hobbitebourg et gravit la Colline vers Cul-de-Sac. Les Hobbits saisis passèrent la tête par les portes éclairées pour regarder bouche bée. Le chariot était conduit par des étrangers, qui chantaient des chansons étranges : des Nains à longue barbe et à profonds capuchons. Quelques-uns d'entre eux restèrent à Cul-de-Sac. A la fin de la seconde semaine de septembre, une charrette entra en plein jour par Lèzeau, venant de la direction du Pont de Brandevin. Un vieillard la conduisait seul. Il portait un haut chapeau bleu à pointe, un long manteau gris et un cache-col argenté. Il avait une longue barbe blanche et des sourcils broussailleux qui ressortaient sous le bord de son chapeau. Des petits enfants hobbits coururent derrière la charrette à travers tout Hobbitebourg et jusqu'au haut de la colline. La charrette portait un chargement de pièces d'artifice, comme ils le devinaient justement. A la porte de devant de Bilbon, le vieillard commença de la décharger : il y avait de grands paquets de pièces d'artifice de toutes sortes et de toutes formes, dont chacun était marqué d'un grand G⚶, rouge et de la rune elfique ⍓.

C'était la marque de Gandalf, naturellement, et le vieillard était Gandalf le Magicien, dont la renommée dans la Comté se fondait en premier lieu sur son habileté au maniement des feux, fumées et lumières. Son affaire principale était bien plus difficile et dangereuse, mais les gens de la Comté n'en connaissaient rien. Pour eux, il n'était qu'une des « attractions » de la Réception. De là l'excitation des petits Hobbits. « G comme Grand », criaient-ils, et le vieillard sourit. Ils le connaissaient de vue, bien qu'il ne parût qu'occasionnellement à Hobbitebourg et qu'il ne s'y arrêtât jamais longtemps; mais ni eux ni aucun des plus vieux de leurs aînés n'avaient vu un de ses spectacles de feux d'artifice, qui appartenaient maintenant à un passé légendaire.

Quand le vieillard eut achevé le déchargement, avec l'aide de quelques Nains et de Bilbon, celui-ci distribua quelques sous; mais pas un seul pétard, pas le moindre diablotin ne parut, à la déception des spectateurs.

– Sauvez-vous, maintenant! dit Gandalf. Vous aurez tout ce qu'il faut le moment venu.

Puis il disparut à l'intérieur avec Bilbon, et la porte se referma. Les jeunes Hobbits restèrent un moment les yeux écarquillés en vain sur la porte, puis il s'en furent avec l'impression que le jour de la réception n'arriverait jamais.

A Cul-de-Sac, Bilbon et Gandalf étaient assis à la fenêtre ouverte d'une petite chambre donnant à l'ouest sur le jardin. Cette fin d'après-midi était claire et paisible. Les fleurs rutilaient, rouge et or : gueules-de-loup et soleils, et des capucines qui grimpaient sur toutes les parois de gazon et débordaient au bord des fenêtres rondes.

– Que votre jardin est éclatant! dit Gandalf.

– Oui, répondit Bilbon, je l'aime beaucoup, comme toute cette vieille Comté; mais je crois que j'ai besoin de vacances.

– Vous voulez donc poursuivre votre projet?

– Oui. J'ai pris ma décision il y a plusieurs mois, et je ne l'ai pas changée.

– Très bien. Il est inutile de rien ajouter. Tenez-vous-en à votre plan – à votre plan dans son entier, notez-le bien – et j'espère que cela réussira au mieux, pour vous et pour nous tous.

– Je l'espère. En tout cas, je me propose de bien m'amuser jeudi et de faire ma petite farce.

– Qui rira, je me le demande, dit Gandalf avec un hochement de tête.

– On verra, dit Bilbon.

Le lendemain, d'autres charrettes et d'autres encore gravirent la Colline. Il aurait pu y avoir quelques murmures sur « le commerce local », mais la même semaine commencèrent à se déverser de Cul-de-Sac des commandes de toutes les sortes de fournitures, de denrées, de friandises que l'on pouvait se procurer à Hobbitebourg, à Lèzeau ou en tout autre endroit du voisinage. Les gens s'enthousiasmèrent; ils se mirent à cocher les jours sur le calendrier, et ils guettèrent avec avidité le facteur, dans l'espoir d'invitations.

Elles ne tardèrent pas à pleuvoir; la poste de Hobbite-bourg fut embouteillée, celle de Lèzeau débordée, et il fallut faire appel à des facteurs auxiliaires. Ils montaient la colline en un courant continu pour porter des centaines de variations polies sur le thème *Merci, je viendrai certainement*.

Une pancarte apparut à la grille de Cul-de-Sac : ENTRÉE INTERDITE SAUF POUR AFFAIRE CONCERNANT LA RÉCEPTION. Même ceux qui prétendaient avoir à faire avec la réception étaient rarement admis à l'intérieur. Bilbon était très occupé à écrire des invitations, à pointer les réponses, à empaqueter des cadeaux et à faire certains préparatifs personnels et secrets. Depuis l'arrivée de Gandalf, il était devenu invisible.

En se réveillant un beau matin, les Hobbits trouvèrent le grand champ au sud de la porte de devant de Bilbon couvert de cordes et de montants destinés à dresser des tentes et des pavillons. Une entrée spéciale fut ouverte dans le talus menant à la route, et de larges marches et une grande porte blanche y furent construites. Les trois familles hobbites du Chemin des Trous-du-Talus, qui longeait le champ, y prirent un intense intérêt, et tout le monde les envia. Le Vieux Gamegie l'Ancien cessa même de prétendre travailler dans son jardin.

Les tentes commencèrent à s'élever. Il y avait un pavillon particulièrement grand, si vaste que l'arbre qui poussait dans le champ y était englobé et se dressait fièrement près d'une des extrémités, à la tête de la table principale. Des lanternes furent suspendues à toutes ses branches. Qui était plus prometteur encore (dans l'esprit d'un Hobbit) : une énorme cuisine en plein air fut érigée au coin nord du champ. Un continent de cuisiniers vint de toutes les auberges et de tous les restaurants à des milles à la ronde compléter l'équipe des Nains et autres curieuses gens cantonnés à Cul-de-Sac. L'excitation fut à son comble.

Puis le temps se couvrit. C'était le mercredi, veille de la Réception. L'inquiétude était intense. Puis l'aube du jeudi 22 septembre apparut pour de bon. Le soleil se leva, les nuages s'évanouirent, les drapeaux furent déployẽs, et la fête commença.

Bilbon Sacquet l'appelait réception, mais c'était en réalité toute une variété de distractions condensées en une. Pratiquement tout le voisinage était invité. Très peu de gens furent oubliés par accident, mais comme ils vinrent tout de même, l'oubli fut sans importance. De nombreuses personnes d'autres régions de la Comté avaient été aussi conviées; et il y en eut même d'au-delà des frontières. Bilbon reçut en personne les invités (et les ajouts) à la nouvelle porte blanche. Il distribua des cadeaux à tous et au-delà – cet au-delà représentant ceux qui ressortaient par-derrière et revenaient par la porte. Les Hobbits font des cadeaux à autrui à l'occasion de leur propre anniversaire. Pas des cadeaux coûteux en général, et pas avec la même prodigalité qu'en ce jour; mais ce n'était pas un mauvais système. En fait, à Hobbitebourg et à Lèzeau, chaque jour de l'année était l'anniversaire de quelqu'un, de sorte que tout Hobbit de cette région avait une bonne chance de recevoir au moins un cadeau une fois par semaine, au moins. Mais ils ne s'en lassaient jamais.

En cette occasion, les cadeaux étaient inhabituellement beaux. Les jeunes Hobbits étaient tellement excités qu'ils oublièrent presque, un moment, la question du manger. Il y avait des jouets dont ils n'avaient jamais vu d'exemple, tous magnifiques et certains manifestement magiques. Un grand nombre de ces jouets avaient été commandés un an auparavant; ils venaient d'aussi loin que la Montagne et le Val, et ils étaient d'authentique fabrication naine.

Quand tous les invités eurent été individuellement accueillis et eurent finalement passé la porte, il y eut des chants, des danses, de la musique, des jeux et, naturelle-ment, à manger et à boire. Il y avait trois repas formels : le déjeuner, le thé et le dîner (ou souper). Mais le déjeuner et le thé furent surtout marqués par le fait qu'à ce moment tous les invités étaient assis et mangeaient ensemble. Entre-temps, il y avait simplement des quan-tités de gens qui mangeaient et buvaient – de façon conti-nue de onze heures à six heures et demie, moment où commença le feu d'artifice.

Ce feu d'artifice était de Gandalf : il ne l'avait pas seulement apporté, mais combiné et fabriqué; et ce fut lui qui tira les effets spéciaux, les pièces montées, les vols de fusées. Mais il y eut aussi une généreuse distribution de pétards, de serpenteaux, de soleils, de torches, de chan-delles de Nains, de fontaines d'Elfes, d'aboyeurs, de gobelins et de coups de tonnerre. Tout cela était superbe. L'art de Gandalf se perfectionnait avec l'âge :

Des fusées ressemblaient à un vol d'oiseaux scintillants chantant avec de doux accents. Il y eut des arbres verts aux troncs de fumée sombre : leurs feuilles s'ouvrirent comme si tout un printemps se déployait en un instant, et leurs branches répandirent sur les Hobbits étonnés des fleurs rayonnantes qui disparurent avec un doux parfum juste avant d'atteindre les visages levés. Des fontaines de papillons s'envolèrent en étincelant dans les arbres; des colonnes de feux colorés s'élevèrent pour se muer en aigles, en navires sous les voiles, en une phalange de cygnes volants; il y eut un orage rutilant et une averse de pluie jaune; une forêt de javelots d'argent jaillit soudain dans l'air avec un hurlement comme d'une armée en bataille et retomba dans l'eau avec le sifflement de cent serpents ardents. Et il y eut aussi une dernière surprise en l'honneur de Bilbon; et elle saisit à l'extrême tous les Hobbits, comme le voulait Gandalf. Les lumières s'éteignirent. Une grande fumée s'éleva. Elle prit la forme d'une montagne vue dans le lointain, et elle commença de rougeoyer en son sommet. Puis elle cracha des flammes vertes et écarlates. S'envola un dragon d'or rouge – non pas grandeur nature, mais terriblement naturel d'aspect –; il y eut un rugissement, et il survola par trois fois les têtes de la foule, en sifflant. Tous se jetèrent face contre terre. Le dragon passa comme un express, se retourna en un soubresaut et éclata au-dessus de Lèzeau en une explosion assourdissante.

– C'est le signal du souper! dit Bilbon. La douleur et l'alarme s'évanouirent d'un coup, et les Hobbits prostrés se relevèrent d'un bond. Il y eut un souper splendide pour tout le monde, hormis ceux qui étaient conviés au dîner de famille spécial. Celui-ci se tint dans le grand pavillon à l'arbre. Les invitations étaient limitées à douze douzaines (chiffre que les Hobbits nomment aussi une grosse, encore que ce mot ce fût pas jugé convenir à des personnes); et les invités étaient choisis parmi toutes les familles auxquelles Bilbon et Frodon étaient apparentés, avec l'addition de quelques amis personnels non parents (tels que Gandalf). Maints jeunes Hobbits étaient compris et étaient présents par autorisation paternelle; car les Hobbits étaient coulants à l'égard de leurs enfants pour ce qui était de veillée tardive surtout quand il y avait une chance de repas gratuit. Elever de jeunes Hobbits nécessitait une ample provende.

Il y avait de nombreux Sacquet et Bophin, et aussi de

nombreux Touque de Brandebouc; il y avait divers Fouille (parents de la grand-mère de Bilbon Sacquet) et divers Boulot (alliés de son grand-père Touque), et une sélection de Fouine, Bolger, Sanglebuc, Trougrisard, Bravet, Sonnecor et Fierpied. Certains n'étaient que de très lointains parents de Bilbon, et d'aucuns qui vivaient dans des coins retirés de la Comté n'étaient à peu près jamais venus à Hobbitebourg. Les Sacquet de Besace n'avaient pas été oubliés. Ohton et sa femme Lobelia étaient présents. Ils n'aimaient pas Bilbon et détestaient Frodon; mais si magnifique était la carte d'invitation, écrite à l'encre d'or, qu'ils avaient trouvé impossible de refuser. Du reste, leur cousin Bilbon s'était spécialisé depuis bien des années dans la bonne chère, et sa table était hautement réputée.

Tous les cent quarante-quatre invités espéraient un agréable festin; encore qu'ils craignissent assez le discours d'après-dîner de leur hôte (élément inévitable). Il avait tendance à introduire des morceaux de ce qu'il appelait poésie; et parfois, après quelques verres, à faire des allusions aux aventures absurdes de son mystérieux voyage. Les invités ne furent pas déçus : ils eurent un *très* agréable festin, en fait un banquet qui avait toutes les qualités : riche, abondant, varié et prolongé. Les achats de nourriture tombèrent presque à zéro dans la région durant toute la semaine suivante; mais comme l'approvisionnement de Bilbon avait épuisé les stocks de la plupart des magasins, des caves et des entrepôts dans un rayon de plusieurs milles, cela n'eut pas grande importance.

Après le banquet (plus ou moins) vint le discours. Mais la plupart de la compagnie était à présent d'humeur tolérante, à ce stade délicieux où l'on « remplit les derniers coins », comme ils disaient. Les invités sirotaient leur boisson favorite en grignotant leurs friandises préférées, et leurs craintes étaient oubliées. Ils étaient prêts à écouter n'importe quoi et à applaudir à toute pause.

Mes Chers Amis, dit Bilbon, se levant à sa place. « Silence! Silence! Silence! » crièrent-ils, ne cessant de répéter ces mots en chœur sans paraître vouloir suivre leur propre injonction. Bilbon quitta sa place et alla grimper sur une chaise sous l'arbre illuminé. La lumière des lanternes tombait sur son visage radieux; les boutons d'or brillaient sur son gilet de soie brodée. Tous pouvaient le voir là debout, agitant une main en l'air, tandis que l'autre était enfouie dans la poche de son pantalon.

Mes chers Sacquet et Bophin, reprit-il, *et mes chers Touque et Brandebouc, Fouille, Boulot, Fouine, Sonnecor, Bolger, Sanglebuc, Bravet, Trougrisard et Fierpied.* « Proud-FEET! (1) », cria un vieux Hobbit du fond du pavillon. Il s'appelait Fierpied, bien entendu, et il méritait bien son nom : ses pieds étaient grands, exceptionnellement velus, et ils reposaient tous deux sur la table.

Fierpied, répéta Bilbon. *Et aussi mes bons Sacquet de Besace, dont le retour enfin à Cul-de-Sac est le bienvenu. Ce jour est celui de mon cent onzième anniversaire : j'ai undécante-un ans aujourd'hui!* « Hourra! Hourra! Bon anniversaire! » cria-t-on, et de marteler joyeusement les tables. Bilbon s'en tirait magnifiquement. C'était le genre de discours qu'on appréciait : clair et bref.

J'espère que vous vous amusez tous autant que moi. Acclamations assourdissantes. Cris de *Oui* (et de *Non*). Retentissement de trompettes et de cors, de pipeaux et de flûtes, et autres instruments de musique. Il y avait là, comme il a été dit, de nombreux jeunes Hobbits. On avait tiré des centaines de diablotins musicaux. La plupart portaient la marque VAL; ce qui ne signifiait pas grand-chose pour les Hobbits, mais tous s'accordèrent à déclarer que c'étaient de merveilleux diablotins. Ils contenaient des instruments, petits, mais d'une facture parfaite et d'une sonorité enchanteresse. De fait, dans un coin, certains des jeunes Touque et Brandebouc, supposant que l'oncle Bilbon en avait fini (puisqu'il avait clairement dit tout le nécessaire), formèrent alors un orchestre impromptu et entamèrent un joyeux air de danse. Le jeune M. Everard Touque et Mlle Melilot Brandebouc grimpèrent sur une table et, clochettes à la main, se mirent à danser la saltarelle : une jolie danse, mais assez vigoureuse.

Bilbon n'avait toutefois pas terminé. Saisissant le cor d'un garçon qui se trouvait près de lui, il donna trois puissants cornements. Le brouhaha s'apaisa. *Je ne serai pas long*, cria-t-il. (Acclamations de toute l'assemblée.) *Je vous ai tous rassemblés pour une certaine raison.* (Quelque chose dans son ton fit impression. Il y eut presque le silence et un ou deux Touque dressèrent l'oreille.)

(1) *Proudfoot* signifie Fierpied; c'est un nom, donc invariable, mais le pluriel de *foot* est *feet*.

Pour trois raisons, en vérité! Tout d'abord, pour vous dire que je vous aime tous immensément et qu'undécante-un ans sont un temps trop court à vivre parmi de si excellents et si admirables Hobbits. (Formidable explosion d'approbation.)

Je ne connais pas la moitié d'entre vous à moitié autant que je le voudrais; et j'aime moins que la moitié d'entre vous à moitié aussi bien que vous le méritez. (Il y eut çà et là quelques applaudissements, mais la plupart de l'assistance s'efforçait de démêler s'il s'agissait d'un compliment.)

En second lieu, pour célébrer mon anniversaire. (Nouvelles acclamations.) *Je devrais dire: NOTRE anniversaire. Car c'est aussi, bien sûr, celui de mon héritier et neveu, Frodon. Il entre aujourd'hui dans sa majorité et dans son héritage.* (Quelques applaudissements pour la forme de la part des aînés; et de bruyants cris de « Frodon! Frodon! Chic au vieux Frodon! » de la part des plus jeunes. Les Sacquet de Besace se renfrognèrent, se demandant ce que signifiait « entrer dans son héritage ».)

Ensemble, nous comptons cent quarante-quatre ans. Votre nombre a été choisi pour concorder avec ce total remarquable: une Grosse, si vous me permettez cette expression. (Aucune acclamation. Cela était ridicule. Maints invités, et particulièrement les Sacquet de Besace, se sentirent insultés, dans leur certitude de n'être là que pour compléter le nombre requis, comme des marchandises dans un emballage. « Une Grosse, en vérité! Quelle expression vulgaire. »)

C'est aussi, s'il m'est permis de me rapporter à l'histoire ancienne, l'anniversaire de mon arrivée par tonneau à Esgaroth sur le Long Lac; bien que le fait que ce fût mon anniversaire me fût sorti de la mémoire en cette occasion. Je n'avais alors que cinquante et un ans, et les jours de naissance ne paraissaient pas aussi importants. Le banquet fut splendide, toutefois, encore que je fusse affligé d'un fort rhume à ce moment, je m'en souviens, et je pouvais seulement dire « Berci beaugoup ». Je le répète à présent plus correctement: Merci beaucoup d'être venus à ma petite réception. (Silence obstiné. Tous craignaient l'imminence d'une chanson ou de quelque poésie; et ils commençaient à en avoir assez. Pourquoi ne pouvait-il s'arrêter de parler et les laisser boire à sa santé? Mais Bilbon ne chanta ni ne déclama. Il observa une courte pause.)

Troisièmement et pour finir, dit-il, *je voudrais vous faire* une ANNONCE. (Il prononça ce dernier mot avec tant de force et de soudaineté que tous ceux qui le pouvaient encore se redressèrent.) *J'ai le regret de vous annoncer – quoique, je vous l'ai dit, undécante-un ans soit un temps bien insuffisant à passer parmi vous – que ceci est la* FIN. *Je m'en vais. Je pars* MAINTENANT. ADIEU!

Il descendit de sa chaise et disparut. Il y eut un éclair aveuglant, et les invités cillèrent tous. Quand ils ouvrirent les yeux, Bilbon ne se voyait plus nulle part. Cent quarante-quatre Hobbits abasourdis se renversèrent sans voix dans leur chaise. Le vieil Odon Fierpied retira les pieds de la table et en frappa le sol. Puis il y eut un silence absolu jusqu'à ce que soudain, après plusieurs profondes inspirations, tous les Sacquet, Bophin, Touque, Brandebouc, Fouille, Boulot, Fouine, Bolger, Sanglebuc, Trougrisard, Bravet, Sonnecor et Fierpied se missent à parler en même temps.

Il fut généralement convenu que la plaisanterie était de très mauvais goût, et il fallut encore de la nourriture et de la boisson pour remettre les invités du choc et du désagrément. « Il est fou, je l'ai toujours dit », fut sans doute le commentaire le plus commun. Même les Touque (à quelques exceptions près) trouvèrent la conduite de Bilbon absurde. Pour le moment, la plupart considérèrent que sa disparition n'était rien d'autre qu'une farce ridicule.

Mais le vieux Rory Brandebouc n'en était pas aussi sûr. Ni l'âge ni un dîner énorme n'avaient obnubilé sa finesse d'esprit, et il dit à sa belle-fille Esmeralda : « Il y a un micmac là-dedans, ma chère! Je pense que ce fou de Sacquet est de nouveau parti. Quel vieux nigaud! Mais pourquoi s'en faire? Il n'a pas emporté la boustife. » Il cria d'une voix forte à Frodon de faire de nouveau passer le vin.

Frodon était la seule personne présente à n'avoir rien dit. Durant un moment, il était resté silencieux près de la chaise vide de Bilbon, négligeant toutes remarques et toutes questions. Il s'était amusé de la farce, bien sûr, quoiqu'il fût au courant. Il avait eu peine à se retenir de rire de la surprise indignée des invités. Mais il se sentait en même temps profondément troublé : il se rendait soudain compte qu'il aimait tendrement le vieux Hobbit. La plupart des invités continuèrent à manger et à boire, tout en discutant des bizarreries passées et présentes de

Bilbon Sacquet; mais les Sacquet de Besace étaient déjà partis, furieux. Frodon ne voulait plus rien avoir à faire avec la réception. Il ordonna de servir encore du vin; puis il se leva, vida en silence son propre verre à la santé de Bilbon et se glissa hors du pavillon.

Quant à Bilbon Sacquet, tandis même qu'il faisait son discours, il n'avait cessé de tripoter l'anneau d'or dans sa poche : cet anneau magique sur lequel il avait gardé le secret durant tant d'années. En descendant de sa chaise, il le glissa à son doigt, et jamais plus aucun Hobbit de Hobbitebourg ne devait le revoir.

Il regagna son trou d'un pas alerte, et là, il se tint un moment à écouter, le sourire aux lèvres, le brouhaha en provenance du pavillon et les sons joyeux qui montaient des autres parties du champ. Puis il rentra chez lui. Il retira ses vêtements de fête, plia et enveloppa dans du papier mousseline son gilet de soie brodée, et il le rangea. Il revêtit ensuite rapidement de vieux habits négligés et se ceignit la taille d'une vieille ceinture de cuir. Il y accrocha une courte épée dans un fourreau de cuir bossué. D'un tiroir fermé à clef, qui répandait une odeur de naphtaline, il sortit un vieux manteau et un vieux capuchon. Ils y avaient été enfermés comme s'ils avaient une grande valeur, mais ils étaient tellement rapiécés et tachés par les intempéries que la couleur originale en était difficilement discernable : c'eût pu être un vert foncé. Ils étaient plutôt trop grands pour lui. Il passa ensuite dans son bureau, où il tira d'un gros coffre-fort un paquet enveloppé dans une vieille toile et un manuscrit relié en cuir; et aussi une grande et volumineuse enveloppe. Le livre et le paquet, il les fourra sur le dessus d'un lourd sac qui se trouvait là, déjà presque plein. Il glissa dans l'enveloppe son anneau d'or et sa belle chaînette; puis il la cacheta et l'adressa à Frodon. Il commença par la poser sur la cheminée, mais il se ravisa soudain et la mit dans sa poche. A ce moment, la porte s'ouvrit, et Gandalf entra vivement.

— Salut! dit Bilbon. Je me demandais si vous viendriez.

— Je suis heureux de vous trouver visible, répondit le magicien, s'asseyant. Je voulais vous attraper et avoir avec vous un dernier petit entretien. Vous trouvez sans doute que tout a splendidement marché, et selon votre plan?

– Oui, dit Bilbon. Encore que cet éclair fût surprenant :
il m'a saisi moi-même, sans parler des autres. Une petite
addition de votre cru, je suppose?

– Oui. Vous avez eu la sagesse de garder le secret sur
cet anneau durant toutes ces années, et il m'a paru
nécessaire d'offrir quelque chose d'autre aux invités pour
expliquer votre disparition soudaine.

– Et gâter ma farce. Vous êtes un vieux touche-à-tout
quelque peu gênant, dit Bilbon, riant; mais vous devez
avoir raison, comme toujours, je pense.

– Oui – quand j'y ai matière. Mais je ne suis pas trop
assuré sur toute cette affaire. Elle en est maintenant au
point final. Vous avez fait votre farce, vous avez alarmé
ou offensé la plupart de vos parents et fourni à toute la
Comté de quoi parler pendant neuf jours ou plus probablement quatre-vingt-dix-neuf. Poursuivez-vous?

– Oui, sûrement. Je sens qu'il me faut des vacances, de
très longues vacances, comme je vous l'ai déjà dit. Des
vacances permanentes, sans doute : je ne pense pas que
je reviendrai. En fait, ce n'est pas dans mes intentions, et
j'ai pris toutes mes dispositions.

« Je suis vieux, Gandalf. Je ne le parais pas, mais je
commence à le sentir au plus profond de mon être. *Bien
conservé!* grogna-t-il. Mais je me sens tout maigre, *détiré*
en quelque sorte, si vous voyez ce que je veux dire :
comme du beurre qu'on a gratté sur une trop grande
tartine. Ça ne paraît pas normal. J'ai besoin d'un changement, de quelque chose, quoi.

Gandalf le scruta avec curiosité :

– Non, ça ne paraît pas normal, dit-il pensivement.
Non, je pense après tout que votre plan est probablement
le meilleur.

– Eh bien, je suis décidé, en tout cas. Je veux revoir des
montagnes, Gandalf – *des montagnes*; et puis trouver un
endroit où je puisse *me reposer*. En paix et dans la
tranquillité, sans un tas de parents qui fourrent leur nez
partout et une procession de maudits visiteurs suspendus
à ma sonnette. Peut-être trouverai-je un endroit où je
pourrai finir mon livre. J'ai pensé à une bonne conclusion : *et il vécut ainsi heureux jusqu'à la fin de ses jours.*

Gandalf rit :

– J'espère qu'il le fera. Mais personne ne lira ce livre,
quelle qu'en soit la fin.

– Oh, on le pourrait, plus tard. Frodon en a déjà lu un

peu, au point où il en est. Vous garderez un œil sur Frodon, n'est-ce pas?

– Oui, deux, aussi souvent que je pourrai en disposer.

– Il m'accompagnerait, bien sûr, si je le lui demandais. En fait, il me l'a proposé une fois, juste avant la réception. Mais il n'en a pas vraiment envie, pour le moment. Je veux revoir les pays sauvages avant de mourir, et les montagnes; mais lui adore toujours la Comté, avec ses bois, ses champs et ses petites rivières. Il devrait être bien ici. Je lui laisse tout, naturellement, sauf quelques broutilles. J'espère qu'il sera heureux, une fois habitué à être à son compte. Il est temps pour lui d'être son propre maître, à présent.

– Tout? dit Gandalf. L'anneau aussi? Vous en étiez convenu, vous vous le rappelez.

– Oui, euh, oui, je le suppose, balbutia Bilbon.

– Où est-il?

– Dans une enveloppe, si vous tenez à le savoir, dit Bilbon avec impatience. Là, sur la cheminée. Enfin, non! La voici, dans ma poche! (Il marqua une hésitation.) N'est-ce pas curieux, voyons? se dit-il doucement à lui-même. Oui, après tout, pourquoi pas? Pourquoi ne resterait-il pas ici?

Gandalf scruta le visage de Bilbon, et il y avait une lueur dans ses yeux :

– Je crois que je le laisserais derrière, Bilbon, dit-il doucement. Vous ne voulez pas?

– Enfin... oui, et non. Maintenant que j'y suis, je n'aime pas du tout m'en séparer, je puis le dire. Et je ne vois vraiment pas pourquoi je le ferais. Pourquoi le voulez-vous? demanda-t-il (un curieux changement se fit dans sa voix. Le soupçon et l'ennui le rendaient acerbe). Vous êtes toujours à me tarabuster avec mon anneau; mais vous ne m'avez jamais embêté au sujet des autres choses que j'ai acquises dans mon voyage.

– Non, mais il me fallait vous tarabuster, dit Gandalf. Je voulais connaître la vérité. C'était important. Les anneaux magiques sont... eh bien, magiques; et ils sont rares et curieux. J'avais un intérêt professionnel pour votre anneau, pourrait-on dire; et je l'ai toujours. J'aimerais savoir où il est, si vous allez de nouveau vagabonder. Je trouve aussi que *vous* l'avez eu tout à fait assez longtemps. Vous n'en aurez plus besoin, si je ne me trompe du tout au tout.

La figure de Bilbon s'empourpra, et une lueur de colère passa dans ses yeux. Son bon visage se durcit :

– Pourquoi pas? s'écria-t-il. Et en quoi cela vous regarde-t-il, de toute façon, de savoir ce que je fais de mes propres affaires? Il est à moi. C'est moi qui l'ai trouvé. C'est à moi qu'il est échu.

– Oui, oui, dit Gandalf. Mais ce n'est pas la peine de vous mettre en colère pour ça.

– C'est votre faute si je le suis, dit Bilbon. L'anneau est à moi, je vous dis. A moi personnellement. Mon trésor, oui, mon trésor.

Le visage du magicien demeura grave et attentif, et seule une petite lueur vacillante dans ses yeux enfoncés montra qu'il était saisi, voire alarmé :

– Il a déjà été appelé ainsi, dit-il, mais pas par vous.

– Eh bien, je le dis maintenant. Et pourquoi pas? Même si Gollum disait la même chose autrefois. L'anneau n'est plus à lui, mais à moi. Et je le garderai, je le déclare.

Gandalf se leva. Il parla d'un ton sévère :

– Ce serait stupide de votre part, Bilbon. Chaque mot que vous prononcez le montre plus clairement. L'anneau a une bien trop grande prise sur vous. Abandonnez-le! Et alors vous pourrez partir vous-même, libre.

– Je ferai ce que voudrai et partirai comme il me plaira, dit Bilbon avec obstination.

– Allons, allons, mon cher Hobbit! dit Gandalf. Durant toute votre longue vie, nous avons été amis, et vous me devez quelque chose. Voyons! Faites ce que vous avez promis : abandonnez-le!

– Enfin, si vous voulez vous-même mon anneau, dites-le! s'écria Bilbon. Mais vous ne l'aurez pas. Je ne donnerai pas mon trésor, je vous le déclare.

Sa main s'égara sur la garde de sa petite épée. Les yeux de Gandalf lancèrent un éclair.

– Ça va bientôt être à mon tour de me mettre en colère, dit-il. Une seule répétition de cela suffira. Vous verrez alors Gandalf le Gris sans manteau.

Il fit un pas vers le Hobbit et il parut grandir, menaçant; son ombre emplit la petite pièce.

Bilbon recula jusqu'au mur, haletant, la main crispée sur sa poche. Ils restèrent un moment face à face, tandis que l'air de la pièce vibrait. Les yeux de Gandalf restaient abaissés sur le Hobbit. Lentement, les mains de celui-ci se relâchèrent, et il se mit à trembler.

— Je ne sais pas ce qui vous a pris, Gandalf, dit-il. Vous n'avez jamais été ainsi. Qu'est-ce que tout cela veut dire? L'anneau est à moi, non? Je l'ai trouvé, et Gollum m'aurait tué si je ne l'avais gardé. Je ne suis pas un voleur, quoi qu'il en ait dit.

— Je ne vous ai jamais traité de voleur, répliqua Gandalf. Et je n'en suis pas un non plus. Je ne cherche pas à vous dépouiller, mais à vous aider. Je voudrais que vous ayez confiance en moi, comme dans le passé.

Il se détourna, et l'ombre passa. Il parut se réduire de nouveau à un vieillard grisonnant, courbé et inquiet.

Bilbon se passa la main sur les yeux.

— Je regrette, dit-il. Mais j'ai eu une impression si bizarre! Et pourtant ce serait un soulagement d'un certain côté de ne plus avoir à m'en soucier. Il a pris une place tellement croissante dans mon esprit ces derniers temps. J'ai eu parfois l'impression que c'était un œil qui me regardait. Et je suis tout le temps à vouloir le mettre et disparaître, vous savez; ou à me demander s'il est en sécurité et à le sortir pour m'en assurer. J'ai essayé de le mettre sous clef, mais je me suis aperçu que je n'avais aucun repos s'il n'était dans ma poche. Je ne sais pas pourquoi. Et il me semble que je ne puisse me décider.

— Alors, croyez-m'en, dit Gandalf. C'est tout décidé. Partez et laissez-le derrière vous. Cessez de le posséder. Donnez-le à Frodon, et je veillerai sur celui-ci.

Bilbon resta un moment tendu et indécis. Bientôt, il soupira :

— Bon, dit-il avec effort, je le ferai. (Puis il haussa les épaules avec un sourire assez triste.) Après tout, c'était là le but de toute cette réception, en vérité : distribuer des tas de cadeaux d'anniversaire et rendre en quelque sorte plus facile de le donner du même coup. Cela n'a rien facilité en fin de compte, mais ce serait pitié que de gâcher tous mes préparatifs. Cela gâterait complètement le plaisanterie.

— En fait, cela supprimerait la seule raison que j'aie vue en l'affaire, dit Gandalf.

— C'est bon, dit Bilbon, il ira à Frodon avec tout le reste (il respira profondément). Et maintenant il faut vraiment que je parte, sans quoi quelqu'un d'autre m'attrapera. J'ai fait mes adieux, et je ne pourrais supporter de tout recommencer.

Il ramassa son sac et se dirigea vers la porte.

– Vous avez toujours l'anneau dans votre poche, dit le magicien.

– Ah, c'est vrai! s'écria Bilbon. Et aussi mon testament et tous les autres documents. Vous feriez mieux de le prendre et de le donner pour moi. Ce sera plus sûr.

– Non, ne me donnez pas l'anneau, dit Gandalf. Mettez-le sur la cheminée. Il sera assez en sûreté là, jusqu'à ce que Frodon vienne. Je l'attendrai ici.

Bilbon sortit l'enveloppe, mais au moment de la poser à côté de la pendule, sa main eut un brusque mouvement de recul, et le paquet tomba à terre. Avant même qu'il eût pu le ramasser, le vieillard s'était baissé, l'avait saisi et l'avait mis à sa place. Un éclair de colère passa derechef sur le visage du Hobbit; mais il céda soudain à une expression de soulagement, accompagnée d'un rire.

– Eh bien, voilà qui est fait! dit-il. Et maintenant, je file!

Ils sortirent dans le vestibule. Bilbon choisit dans le porte-parapluies sa canne préférée; puis il siffla. Trois Nains sortirent de pièces différentes où ils s'étaient affairés.

– Tout est-il prêt? demanda Bilbon. Tout est empaqueté et étiqueté?

– Tout, répondirent-ils.

– Eh bien, en route, alors!

Il franchit la porte d'entrée.

C'était une belle nuit, et le ciel noir était piqueté d'étoiles. Il leva la tête, humant l'air :

– Quelle chic chose! Quelle chic chose que de repartir, de repartir sur la route avec des Nains! C'est ce après quoi j'ai soupiré depuis des années! Adieu! dit-il, regardant sa vieille maison et s'inclinant devant la porte. Adieu, Gandalf!

– Adieu, pour le moment, Bilbon. Prenez bien soin de vous! Vous êtes assez vieux, et peut-être assez sage.

– Prendre soin! Je ne m'en soucie pas. Ne vous en faites pas pour moi! Je suis plus heureux que jamais, et c'est beaucoup dire. Mais le moment est venu. Je suis entraîné enfin, ajouta-t-il.

Puis, à mi-voix, comme pour lui-même, il chanta doucement dans l'obscurité :

La route se poursuit sans fin
Descendant de la porte où elle commença.
Maintenant, loin en avant, la route s'étire

Et je la dois suivre, si je le puis,
La parcourant d'un pied avide,
Jusqu'à ce qu'elle rejoigne quelque voie plus grande
Où se joignent maints chemins et maintes courses.
Et vers quel lieu, alors? Je ne saurais le dire.

Il s'arrêta et resta un moment silencieux. Puis, sans ajouter un mot, il se détourna des lumières et des voix dans le champ et dans les tentes, et, suivi de ses trois compagnons, il passa dans son jardin et s'en fut en trottinant dans la longue allée descendante. En bas, il sauta par-dessus une encoche dans la haie et se lança dans les prés, passant dans la nuit comme un bruissement du vent dans l'herbe.

Gandalf resta un moment à le suivre du regard dans les ténèbres.

« Adieu! cher Bilbon, jusqu'à notre prochaine rencontre! » dit-il doucement, et il repassa à l'intérieur.

Frodon rentra peu après et le trouva assis dans l'obscurité, plongé dans ses pensées :

— Il est parti? demanda-t-il.

— Oui, répondit Gandalf, il est parti enfin.

— Je voudrais... je veux dire que, jusqu'à ce soir, j'avais espéré que ce n'était qu'une farce, dit Frodon. Mais je savais au fond de mon cœur qu'il avait vraiment l'intention de partir. Il avait toujours l'habitude de plaisanter sur les choses sérieuses. Je regrette de ne pas être revenu plus tôt, juste pour le voir partir.

— Je crois vraiment qu'il préférait partir tranquillement en catimini à la fin, dit Gandalf. Ne soyez pas trop inquiet. Il se débrouillera très bien, maintenant. Il a laissé un paquet pour vous. Le voilà!

Frodon prit l'enveloppe sur la cheminée et y jeta un coup d'œil, mais il ne l'ouvrit pas.

— Vous trouverez là-dedans son testament et tous les autres documents, je pense, dit le magicien. Vous êtes maintenant le maître de Cul-de-Sac. Et vous trouverez aussi, j'ai idée, un anneau d'or.

— L'anneau! s'écria Frodon. Il me l'a laissé? Je me demande pourquoi. Enfin, il peut être utile.

— Il peut l'être comme il peut ne pas l'être, dit Gandalf. A votre place, je ne m'en servirais pas. Mais tenez-le secret et en sécurité! Et maintenant, je vais me coucher.

Maître de Cul-de-Sac, Frodon sentit qu'il était de son pénible devoir de dire adieu aux invités. Des rumeurs d'événements étranges avaient alors envahi tout le champ. Mais Frodon déclara seulement que *sans nul doute, tout serait éclairci le lendemain matin*. Vers minuit, des voitures vinrent chercher les gens importants. Une à une, elles s'en furent, emplies de Hobbits repus mais insatisfaits. Des dispositions avaient été prises pour faire venir des jardiniers, lesquels emportèrent dans des brouettes ceux qui étaient demeurés là par inadvertance.

La nuit passa lentement. Le soleil se leva. Les Hobbits se levèrent assez tard. La matinée continua. Des gens vinrent et commencèrent (par ordre) à enlever les pavillons, et les cuillers, les couteaux, les bouteilles et les assiettes, et les lanternes, et les arbrisseaux fleuris dans leurs caisses, et les miettes et les papiers de diablotins, les sacs, les gants et les mouchoirs oubliés, et la nourriture non consommée (élément très restreint). Puis un certain nombre d'autres gens vinrent (sans ordre) : des Sacquet et des Bophin, des Bolger, des Touque, et d'autres convives qui habitaient ou séjournaient dans les environs. Vers midi, quand même les mieux nourris furent sur pied et ressortis, il y eut une grande affluence à Cul-de-Sac, non invitée mais non pas inattendue.

Frodon se tenait sur le seuil de la porte, souriant, mais l'air assez fatigué et soucieux. Il accueillit tous les visiteurs, mais il n'avait guère plus à dire que précédemment. Sa réponse à toutes les questions était simplement la suivante :

« M. Bilbon Sacquet est parti définitivement, pour autant que je sache. »

Il invita certains visiteurs à entrer, Bilbon ayant laissé pour eux des « messages ».

A l'intérieur, dans le vestibule, était entassé un grand assortiment de paquets et de petits meubles. A chaque objet était attaché une étiquette. Il y en avait plusieurs de ce genre :

Pour Adelard Touque, pour son usage TRES PERSONNEL, *de la part de Bilbon*, sur un parapluie. Adelard en avait emporté un grand nombre non étiquetés.

Pour DORA SACQUET, en souvenir d'une LONGUE *correspondance, avec l'affection de Bilbon*, sur une vaste corbeille à papiers. Dora était la sœur de Drogon et l'aînée des parentes survivantes de Bilbon et de Frodon;

elle avait quatre-vingt-dix-neuf ans, et elle avait écrit des pages et des pages de bons conseils durant plus d'un demi-siècle.

Pour MILON FOUINE, *dans l'espoir que ceci lui sera utile, de la part de B.B.*, sur une plume et un encrier d'or. Milon ne répondait jamais aux lettres.

*A l'usage d'*ANGELICA, *de la part d'Oncle Bilbon*, sur un miroir rond convexe. C'était une jeune Sacquet, qui considérait trop manifestement son visage comme attrayant.

Pour la collection de HUGO SANGLEBUC, *de la part d'un contributeur*, sur une bibliothèque (vide). Hugo était un grand emprunteur de livres et en dessous de la moyenne pour ce qui était de les rendre.

Pour LOBELIA SACQUET DE BESACE, *en* CADEAU, sur un coffret de cuillers d'argent. Bilbon la soupçonnait d'avoir acquis une bonne part de ses cuillers, durant son absence au cours de son voyage précédent. Lobelia le savait fort bien. A son arrivée, mais un peu plus tard dans la journée, elle saisit aussitôt l'allusion, mais elle saisit aussi les cuillers.

C'est là seulement une petite sélection des cadeaux rassemblés. La résidence de Bilbon s'était un peu encombrée de toutes sortes de choses au cours de sa longue vie. Les trous de Hobbits y avaient tendance, et la coutume de donner tant de cadeaux d'anniversaire en était largement responsable. Non, bien sûr, que les cadeaux d'anniversaire fussent toujours neufs; deux ou trois *mathoms* dont l'usage était complètement oublié avaient fait le tour de toute la région; mais Bilbon avait généralement donné des cadeaux neufs et gardé ceux qu'il recevait. On dégageait un peu le vieux trou à présent.

Chacun des différents cadeaux d'adieu portait une étiquette, écrite de la main même de Bilbon, et plusieurs comportaient quelque allusion ou quelques farces. Mais, naturellement, la plupart des objets étaient donnés là où ils seraient utiles et les bienvenus. Les Hobbits les plus pauvres, et particulièrement ceux du Chemin des Trous-du-Talus, furent bien servis. Le Vieux Gamegie l'Ancien reçut deux sacs de pommes de terre, une bêche neuve, un gilet de laine et un flacon de liniment pour les jointures craquantes. Le Vieux Rory Brandebouc, en remerciement d'une grande hospitalité, eut une douzaine de bouteilles de Vieux Clos : un vin rouge corsé du Quartier Sud, maintenant tout à fait mûri, car il avait été mis en cave par le père de Bilbon. Rory pardonna entièrement à Bilbon, et déclara, dès la première bouteille bue, que c'était un type épatant.

Il restait de tout en abondance pour Frodon. Et, naturellement, tous les principaux trésors, ainsi que les livres, les tableaux et des meubles plus qu'en suffisance furent laissés en sa possession. Il n'y avait toutefois aucune mention d'argent ni de joyaux : pas un sou ni une perle de verre ne lui furent donnés.

Frodon eut fort à faire cet après-midi-là. Une fausse rumeur se répandit comme une traînée de poudre comme quoi tout le contenu de la maison était distribué gratis, et celle-ci ne tarda pas à être bourrée de gens qui n'avaient aucun motif d'y être, mais que l'on ne pouvait empêcher d'entrer. Des étiquettes furent arrachées et mélangées, et les disputes éclatèrent. Certains tentèrent de faire des trocs et des marchés dans le vestibule; et d'autres essayèrent de filer avec de menus objets qui ne leur étaient pas adressés ou avec toute chose qui semblait sans destination et sans surveillance. La route menant au portail était embouteillée de brouettes et de voitures à bras.

Au milieu de tout ce remue-ménage, arrivèrent les Sacquet de Besace. Frodon s'était retiré un moment, laissant à son ami Merry (1) Brandebouc le soin d'avoir l'œil sur tout. Quand Othon demanda avec force à voir Frodon, Merry s'inclina poliment.

– Il est indisposé, dit-il. Il se repose.

– Il se cache, vous voulez dire, s'écria Lobelia. En tout cas, nous voulons le voir, et nous en avons la ferme intention. Allez simplement le lui dire!

Merry les laissa un long moment dans le vestibule, et ils eurent le loisir de découvrir leur cadeau d'adieu : les cuillers. Leur humeur n'en fut pas améliorée. Finalement, ils furent introduits dans le bureau. Frodon y était assis à une table, avec une masse de papiers devant lui. Il paraissait indisposé – de voir les Sacquet de Besace, en tout cas; et il se leva, tripotant quelque chose dans sa poche. Mais il parla tout à fait poliment.

Les Sacquet de Besace se montrèrent assez désagréa-

(1) Abréviation du prénom Meriadoc, qui signifie en même temps « joyeux ».

bles. Ils commencèrent par lui offrir de vils prix de rabais (comme entre amis) pour divers objets de valeur qui ne portaient pas d'étiquette. Quand Frodon répondit que seules les .choses spécialement adressées par Bilbon étaient distribuées, ils déclarèrent que toute l'affaire était très louche.

— Il n'y a qu'une chose de claire pour moi, dit Othon : c'est que vous en sortez extrêmement à votre avantage. J'exige de voir le testament.

Sans l'adoption de Frodon, Othon aurait été l'héritier de Bilbon. Il lut soigneusement le testament et eut un reniflement de mépris. Le document était, malheureusement, tout à fait clair et correct (conformément aux coutumes juridiques des Hobbits, qui exigent entre autres choses sept signatures de témoins à l'encre rouge).

— Refaits encore! dit-il à sa femme. Et après avoir attendu *soixante* ans. Des cuillers? Fichaise!

Il fit claquer ses doigts sous le nez de Frodon et s'en fut en clopinant. Mais il était moins facile de se débarrasser de Lobelia. Un peu plus tard, Frodon, sortant du bureau pour voir comment allaient les choses, la trouva encore là en train d'examiner les coins et les recoins et de donner de petits coups aux parquets. Il la raccompagna avec fermeté jusqu'à la porte, après l'avoir débarrassée de plusieurs petits (mais assez précieux) objets, tombés d'une façon ou d'une autre dans son parapluie. Le visage de Lobelia montrait les affres de l'élaboration d'une remarque finale vraiment écrasante; mais tout ce qu'elle trouva à dire, se retournant sur le seuil, fut :

— Vous aurez à le regretter, mon jeune ami! Pourquoi n'êtes-vous pas parti également? Vous n'êtes pas d'ici; vous n'êtes pas un Sacquet... vous... vous êtes un Brandebouc!

— Tu as entendu cela, Merry? C'était une insulte, si tu veux, dit Frodon, fermant la porte derrière elle.

— C'était un compliment, répondit Merry Brandebouc, et donc, naturellement, faux.

Puis ils firent le tour du trou et expulsèrent trois jeunes Hobbits (deux Bophin et un Bolger) qui creusaient des trous dans les murs d'une des caves. Frodon en vint aussi aux mains avec le jeune Fierpied (petit-fils du vieil Odon Fierpied) qui avait commencé une excavation dans la plus grande dépense, où il avait cru entendre un écho. La légende de l'or de Bilbon suscitait en même temps la curiosité et l'espoir; car l'or légendaire (mystérieusement obtenu, sinon positivement mal acquis) appartient, comme chacun sait, à qui le trouve – sauf interruption de la recherche.

Après être venu à bout de Sancho et l'avoir poussé dehors, Frodon se laissa tomber sur une chaise du vestibule.

– Il est temps de fermer boutique, Merry, dit-il. Boucle la porte et ne l'ouvre plus à personne aujourd'hui, apporterait-on même un bélier.

Puis il alla se remonter d'une tardive tasse de thé.

A peine était-il assis que quelqu'un frappa doucement à la porte d'entrée.

« Encore Lobelia, probablement, se dit-il. Elle a dû trouver quelque chose de vraiment méchant, et elle sera revenue me le jeter à la figure. Ça peut attendre. »

Il continua de boire son thé. Les coups se renouvelèrent, beaucoup plus forts, mais il ne s'en soucia aucunement. Soudain, la tête du magicien apparut à la fenêtre.

– Si vous ne m'ouvrez pas, Frodon, je vais faire sauter votre porte jusqu'au fond de votre trou et au-delà à travers la colline, dit-il.

– Mon cher Gandalf! Une seconde! s'écria Frodon, se précipitant hors de la pièce vers la porte. Entrez! Entrez! Je croyais que c'était Lobelia.

– Dans ce cas, je vous pardonne. Mais je l'ai vue il y a quelque temps, conduisant un tonneau à poney en direction de Lèzeau avec une figure à faire cailler du lait frais.

– Elle m'a déjà presque figé moi-même. Franchement, j'ai failli essayer de l'anneau de Bilbon. Je n'avais qu'une envie, c'était de disparaître.

– Ne faites pas cela! dit Gandalf, s'asseyant. Prenez garde à cet anneau, Frodon. En fait, c'est en partie à ce sujet que je suis venu vous dire un dernier mot.

– Quoi donc?

– Que savez-vous déjà?

– Seulement ce que Bilbon m'en a dit. J'ai entendu son histoire : comment il l'avait trouvé et comment il s'en était servi; au cours de son voyage, je veux dire.

– Quelle histoire, je me demande, dit Gandalf.

– Oh, pas celle qu'il a racontée aux Nains et qu'il a consignée dans son livre, dit Frodon. Il m'a dit l'histoire véritable quand je fus venu habiter ici. Il m'a dit que vous l'aviez harcelé jusqu'à ce qu'il vous l'ait racontée, et qu'autant valait donc que je la connaisse. « Pas de secrets entre nous, Frodon, me dit-il; mais ils ne doivent pas aller plus loin. Il est à moi, de toute façon. »

– Voilà qui est intéressant, dit Gandalf. Alors, qu'avez-vous pensé de tout cela?

– Si vous entendez l'invention au sujet d'un « cadeau », eh bien, j'ai trouvé l'histoire réelle beaucoup plus vraisemblable, et je n'ai pas compris pourquoi y avoir rien changé. Cela ressemblait très peu à Bilbon de le faire, de toute façon; et j'ai trouvé la chose plutôt curieuse.

– Moi aussi. Mais de curieuses choses peuvent arriver aux gens qui possèdent pareils trésors, s'ils s'en servent. Que ce vous soit un avertissement d'être très prudent en ce qui concerne l'anneau. Il peut avoir d'autres propriétés que de vous faire disparaître à volonté.

– Je ne comprends pas, dit Frodon.

– Ni moi non plus, répondit le magicien. Je viens seulement de commencer à m'interroger sur cet anneau, surtout depuis la nuit dernière. Il y a matière à s'inquiéter. Mais si vous m'en croyez, vous l'utiliserez très rarement, sinon pas du tout. Je vous demande au moins de ne vous en servir en aucune façon qui soit de nature à faire jaser ou à susciter des soupçons. Je vous le répète : gardez-le en sécurité et gardez-le secret!

– Vous êtes bien mystérieux! Que redoutez-vous?

– Je n'ai aucune certitude; je ne parlerai donc pas davantage. Peut-être pourrai-je vous dire quelque chose quand je reviendrai. Je pars tout de suite : ainsi c'est un au revoir pour le moment.

Il se leva.

– Tout de suite! s'écria Frodon. Je croyais que vous restiez encore au moins une semaine. Je comptais sur votre aide.

– Telle était mon intention, mais j'ai dû changer d'idée. Il se peut que je sois absent un bon moment; mais je reviendrai vous voir, aussitôt que je le pourrai. Attendez-moi pour quand vous me verrez! Je viendrai en catimini. Je ne reparaîtrai pas souvent ouvertement dans la Comté. Je m'aperçois que je suis devenu plutôt impopulaire. On dit que je suis un gêneur et un trublion. D'aucuns m'accusent positivement d'avoir fait disparaître Bilbon par enchantement, ou pis. Si vous voulez le savoir, on suppose qu'il y a eu complot entre vous et moi pour nous emparer de sa fortune.

– D'aucuns! s'exclama Frodon. Vous voulez dire Othon et Lobelia. Quelle abomination! Je leur donnerais Cul-de-Sac et tout le reste, si seulement je pouvais ramener Bilbon et aller battre le pays avec lui. J'aime la Comté. Mais je commence à souhaiter en quelque sorte d'être parti aussi. Je me demande si je le reverrai jamais.

– Moi aussi, dit Gandalf. Et je me demande bien d'autres choses. Adieu, maintenant! Ayez soin de vous-même! Guettez-moi, surtout aux moments les moins probables! Au revoir!

Frodon l'accompagna à la porte. Gandalf fit un dernier geste de la main et s'en fut d'un pas surprenant; mais Frodon trouva que le vieux magicien paraissait inhabituellement courbé, presque comme sous une lourde charge. Le soir tombait, et sa silhouette enveloppée dans son grand manteau s'évanouit rapidement dans le crépuscule. Frodon ne devait pas le revoir de longtemps.

CHAPITRE II

L'OMBRE DU PASSÉ

Les commentaires ne s'éteignirent pas en neuf jours, ni même en quatre-vingt-dix-neuf. La seconde disparition de M. Bilbon Sacquet fut discutée à Hobbitebourg et, en fait, dans toute la Comté durant un an et un jour, et on s'en souvint encore beaucoup plus longtemps. Elle devint un conte du coin du feu pour les jeunes Hobbits; et, en fin de compte, Sacquet le Fou, qui disparaissait avec fracas dans un éclair pour reparaître avec des sacs de joyaux et d'or, devint un personnage de légende favori qui continua de vivre bien après que tous les événements réels eurent été oubliés.

Mais entre-temps l'opinion générale dans le voisinage était que Bilbon, qui avait toujours été un peu timbré, avait fini par devenir complètement fou et s'était enfoui dans l'inconnu. Là, il avait sans nul doute chu dans un étang ou une rivière et avait trouvé une fin tragique, sinon prématurée. On en fit principalement grief à Gandalf.

« Si seulement ce sacré magicien veut bien laisser le jeune Frodon tranquille, peut-être celui-ci s'assagira-t-il et développera-t-il quelque bon sens de Hobbit », disait-on. Et selon toute apparence le magicien laissa effectivement Frodon tranquille; celui-ci se rangea, mais le développement du bon sens de Hobbit ne fut guère perceptible. En fait, il commença aussitôt à poursuivre la réputation d'excentricité de Bilbon. Il refusa de porter le deuil; et, l'année suivante, il donna une réception en l'honneur du cent douzième anniversaire de son oncle, qu'il qualifia de Fête des 112 livres (1). Mais ce n'était pas

(1) Unité de poids.

tout à fait exact, car il y eut vingt invités et plusieurs repas où il neigea de la nourriture et plut de la boisson, comme disent les Hobbits.

D'aucuns furent assez choqués; mais Frodon conserva l'habitude de célébrer la Fête de Bilbon, année après année, tant et si bien qu'on s'y accoutuma. Il ne pensait pas que Bilbon fût mort, disait-il. Et quand on lui demandait : « Où est-il, alors? », il se contentait de hausser les épaules.

Il vivait seul, comme Bilbon; mais il avait bon nombre d'amis, surtout parmi la jeune génération des Hobbits (descendants pour la plupart du Vieux Touque), qui, enfants, avaient aimé Bilbon et étaient souvent fourrés à Cul-de-Sac. Foulque Bophin et Fredegan Bolger étaient de ceux-ci; mais ses amis les plus intimes étaient Peregrin Touque (généralement appelé Pippin (1) et Merry Brandebouc (son nom véritable était Meriadoc, mais on s'en souvenait rarement). Frodon parcourait la Comté à pied avec eux; il lui arrivait toutefois encore plus souvent de vagabonder seul, et il provoquait l'étonnement des gens raisonnables qui le voyaient parfois loin de chez lui, marchant dans les collines et les bois à la clarté des étoiles. Merry et Pippin le soupçonnaient de rendre parfois visite aux Elfes, comme le faisait Bilbon.

Avec le temps, on commença de remarquer que Frodon, lui aussi, présentait des signes de bonne « conservation » : d'extérieur, il gardait l'apparence d'un robuste et énergique Hobbit juste sorti de l'entre-deux-âges. « Il y en a qui ont toutes les veines! » disait-on; mais ce ne fut pas avant que Frodon approchât de l'âge plus rassis de cinquante ans que l'on commença à trouver la chose bizarre.

Frodon lui-même, après le premier choc, trouvait qu'être son propre maître et le (2) M. Sacquet de Cul-de-Sac était assez agréable. Durant quelques années, il fut parfaitement heureux et il ne se soucia guère de l'avenir. Mais, à moitié à son insu, le regret de n'être pas parti avec Bilbon croissait régulièrement. Il s'aperçut qu'il pensait parfois, surtout en automne, aux Terres Sauvages, et d'étranges visions de montagnes qu'il n'avait jamais vues hantaient ses rêves. Il se mit à penser : « Peut-être franchirai-je moi-même la rivière, un jour. » A quoi l'autre

(1) Pippin : pomme reinette.
(2) « Le » dénote le chef de clan.

moitié de son esprit répondait toujours : « Pas encore. ».

Ainsi allèrent les choses jusqu'au moment où il frisa la cinquantaine. Son anniversaire approchait, et cinquante était un chiffre qui lui paraissait avoir quelque importance (ou augurer quelque chose). C'était en tout cas à cet âge que l'aventure était soudain advenue à Bilbon. Frodon commença de ressentir de l'agitation, et les vieux chemins lui paraissaient trop battus. Il regardait des cartes et se demandait ce qu'il y avait au-delà de leur bordure : celles qui étaient faites dans la Comté montraient surtout des espaces blancs à l'extérieur des frontières. Il se mit à vagabonder de plus en plus loin et le plus souvent seul; et Merry et ses autres amis l'observaient avec inquiétude. On le voyait souvent marcher en parlant avec les voyageurs étrangers qui commençaient à cette époque d'apparaître dans la Comté.

Il y eut des rumeurs d'étranges choses qui se passaient dans le monde extérieur, et comme Gandalf n'avait pas encore reparu et n'avait pas envoyé de messages depuis plusieurs années, Frodon récoltait toutes les nouvelles qu'il pouvait avoir. On voyait maintenant des Elfes, qui se promenaient rarement dans la Comté, traverser le soir les bois en direction de l'ouest; ils passaient et ne revenaient pas; mais ils quittaient la Terre du Milieu et ils ne se souciaient plus de ses problèmes. Il y avait toutefois des Nains sur la route, en nombre inhabituel. L'ancienne route est-ouest traversait la Comté jusqu'à son extrémité aux Havres Gris, et les Nains l'avaient toujours empruntée pour se rendre à leurs mines des Montagnes Bleues. Les Hobbits trouvaient chez eux la source principale de nouvelles des terres lointaines, s'ils en voulaient : en règle générale, les nains parlaient peu, et les Hobbits n'en demandaient pas davantage. Mais à présent Frodon rencontrait souvent des Nains de pays éloignés, qui cherchaient refuge dans l'ouest. Ils étaient inquiets, et certains d'entre eux parlaient à mi-voix de l'Ennemi et du Pays de Mordor.

Ce nom, les Hobbits ne le connaissaient que par les légendes du ténébreux passé, comme une ombre à l'arrière-plan de leur mémoire; mais il était sinistre et inquiétant. Il semblait que la puissance mauvaise de la Forêt Noire n'eût été chassée par le Conseil Blanc que pour reparaître avec davantage de vigueur dans les anciennes places fortes de Mordor. La Tour Noire avait été reconstruite, à ce qu'on disait. De là, la puissance s'étendait de tous côtés; au loin, à l'est et au sud, il y avait des guerres, et la peur croissait. Les orques se multipliaient de nouveau dans les montagnes. Les trolls se répandaient, non plus obtus, mais rusés et munis d'armes redoutables. Et on murmurait qu'il existait des créatures plus terribles que toutes les précédentes, mais elles n'avaient pas de nom.

De tout cela, peu de chose atteignait les oreilles du commun des Hobbits, naturellement. Mais même les plus sourds et les plus casaniers commençaient à entendre de curieuses histoires; et ceux que leurs affaires amenaient aux confins du pays voyaient d'étranges choses. La conversation au *Dragon Vert* de Lèzeau, un soir de printemps de la cinquantième année de Frodon, montrait que même au confortable cœur de la Comté des rumeurs s'étaient fait entendre, encore que la plupart des Hobbits continuassent de s'en moquer.

Sam Gamegie était assis dans un coin près du feu; en face de lui se trouvait Ted Rouquin, le fils du meunier, et divers autres campagnards hobbits écoutaient leur conversation.

– On entend de curieuses choses, ces temps-ci, pour sûr, dit Sam.

– Ah, dit Ted, on les entend si on y prête l'oreille. Mais je peux entendre des contes de coin du feu et des légendes pour enfants à la maison, s'il me plaît.

– Sans doute, répliqua Sam, et je dois dire qu'il y a plus de vérité dans certains qu'on ne le pense. Qui a inventé ces histoires, de toute façon? Prenez les dragons, par exemple.

– Non, merci, dit Ted, riant avec les autres. Mais qu'en est-il de ces Hommes-arbres, ces géants, comme qui dirait? On raconte bien qu'on en a vu un plus grand qu'un arbre là-bas au-delà des Landes du Nord, il n'y a pas très longtemps.

– Qui ça, *on*?

– Mon cousin Hal pour commencer. Il travaille pour M. Bophin à Par-delà-la-Colline, et il va dans le Quartier Nord pour la chasse. Il en a *vu* un.

– Il le dit peut-être. Ton Hal est tout le temps à dire qu'il a vu des choses; et peut-être en voit-il qui ne sont point là.

– Mais celui-ci était aussi grand qu'un orme, et il marchait, il faisait plusieurs mètre à chaque enjambée, si c'était un pouce.

— Eh bien, je parie que ce n'était pas un pouce. Ce qu'il a vu, *c'était* probablement un orme.

— Mais celui-là *marchait*, que je vous dis; et il n'y a pas d'ormes sur les Landes du Nord.

— Dans ce cas, il n'a pas pu en voir, dit Ted.

Il y eut des rires et des applaudissements; l'auditoire semblait juger que Ted avait marqué un point.

— Tout de même, dit Sam, vous ne pouvez nier que d'autres que notre Halfast aient vu des gens bizarres traverser la Comté – la traverser, notez bien : il y en a d'autres qui sont retournés aux frontières. Les frontières n'ont jamais été aussi actives.

— Et j'ai entendu dire que des Elfes se déplacent vers l'ouest. Ils déclarent qu'ils vont aux havres, bien au-delà des Tours Blanches.

Sam agita vaguement le bras : ni lui ni personne d'entre eux ne savait à quelle distance était la mer, après les vieilles tours au-delà des frontières occidentales de la Comté. Mais une ancienne tradition voulait que là-bas se trouvent les Havres Gris, d'où parfois les navires elfiques prenaient la mer pour ne jamais revenir.

— Ils naviguent, naviguent, naviguent sur la mer; ils s'en vont vers l'ouest et ils nous quittent, dit Sam, psalmodiant presque les mots et hochant la tête avec tristesse et solennité.

Mais Ted rit.

— Eh bien, cela n'a rien de nouveau, si l'on en croit les vieux contes. Et je ne vois pas ce que cela nous fait, à toi ou à moi. Qu'ils naviguent! Mais je suis bien certain que tu ne les as pas vus faire; ni personne d'autre dans la Comté.

— Enfin, je ne sais pas, dit Sam pensivement. (Il croyait avoir vu une fois un Elfe dans les bois, et il espérait en voir d'autres un jour. De toutes les légendes qu'il avait entendues dans son jeune âge, des passages de contes et d'histoires à demi retenus au sujet des Elfes que connaissaient les Hobbits l'avaient toujours le plus profondément ému.) Il y en a, même par ici, qui connaissent les Belles Gens et qui ont des nouvelles d'eux, dit-il. Il y a par exemple M. Sacquet, pour qui je travaille. Il m'a dit qu'ils naviguaient, et il en connaît un bout sur les Elfes. Et le vieux M. Bilbon en savait encore davantage : j'en ai eu des conversations avec lui quand j'étais gosse!

— Oh, ils sont tous les deux timbrés, dit Ted. Ou du moins le vieux Bilbon *l'était*, et Frodon le devient. Si c'est de là que tu prends tes renseignements, tu ne manqueras jamais de fariboles. Eh bien, les amis, je rentre chez moi. A votre bonne santé!

Il vida sa chope et sortit sans bruit.

Sam resta assis en silence et ne dit plus rien. Il avait ample matière à réflexion. Tout d'abord, il y avait beaucoup à faire dans le jardin de Cul-de-Sac, et il aurait une journée chargée le lendemain, si le temps se nettoyait. L'herbe poussait vite. Mais Sam avait autre chose en tête que le jardinage. Après un moment, il poussa un soupir, se leva et sortit.

On était au début d'avil, et le ciel se nettoyait à présent après une lourde pluie. Le soleil était couché, et un crépuscule pâle et froid se perdait tranquillement dans la nuit. Sam rentra à pied sous les premières étoiles à travers Hobbitebourg et le long de la colline, sifflant doucement et remuant ses pensées.

Ce fut juste sur ces entrefaites que Gandalf reparut après sa longue absence. Il était resté au loin durant trois ans après la réception. Puis il fit une brève visite à Frodon, et, après l'avoir bien observé, il était reparti. Pendant un ou deux ans après cela, il avait fait des apparitions assez fréquentes, surgissant à l'improviste après la tombée de la nuit et repartant sans prévenir avant le lever du soleil. Il se refusait à parler de ses affaires et de ses voyages personnels, et il semblait surtout s'intéresser aux petites nouvelles de la santé et des faits et gestes de Frodon.

Et puis ses visites avaient soudain cessé. Il y avait plus de neuf ans que Frodon ne l'avait vu ou n'avait entendu parler de lui, et il avait commencé à penser que le magicien ne reviendrait plus et qu'il avait complètement cessé de s'intéresser aux Hobbits. Mais ce soir-là, comme Sam rentrait chez lui et que le crépuscule s'évanouissait, vinrent les petits coups autrefois familiers à la fenêtre du bureau.

Frodon accueillit son vieil ami avec surprise et grande joie. Ils s'entre-regardèrent longuement.

– Tout va bien? demanda Gandalf. Vous êtes toujours le même Frodon!

– Vous aussi, répondit Frodon.

Mais il pensait en lui-même que Gandalf avait l'air plus vieux et usé par les soucis. Il le pressa de lui donner des nouvelles de lui-même et du vaste monde; ils furent bientôt plongés dans la conversation, et ils veillèrent fort avant dans la nuit.

Le lendemain matin, après le petit déjeuner, le magicien se tenait avec Frodon dans le bureau près de la fenêtre ouverte. Un feu clair brûlait dans l'âtre, mais le soleil était chaud et le vent venait du sud. Tout avait l'air nouveau, et le vert frais du printemps chatoyait dans les champs et au bout des branches.

Gandalf pensait à certain printemps de près de quatre-vingts ans auparavant, où Bilbon était parti en courant de Cul-de-Sac, sans mouchoir. Ses cheveux étaient peut-être plus blancs qu'alors, sa barbe et ses sourcils peut-être plus longs, et son visage plus ridé par les soucis et la sagesse; mais ses yeux étaient plus brillants que jamais, et il fumait et lançait des ronds de fumée avec la même vigueur et le même plaisir.

Il fumait maintenant en silence, car Frodon était assis immobile, plongé dans ses pensées. Même à la lumière du matin, il ressentait l'ombre ténébreuse des nouvelles que Gandalf lui avait apportées. Enfin, il rompit le silence.

– Hier soir, vous avez commencé à me dire d'étranges choses sur mon anneau, Gandalf, dit-il. Et puis vous vous êtes arrêté parce que, m'avez-vous dit, mieux valait laisser ces choses-là pour le plein jour. Ne croyez-vous pas le moment venu d'achever? Vous dites que l'anneau est dangereux, beaucoup plus dangereux que je ne puis le croire. En quoi?

– De bien des façons, répondit le magicien. Il a une puissance bien plus grande que je n'aurais osé le rêver au début, une puissance telle qu'en fin de compte il asservirait totalement tout mortel qui en serait possesseur. C'est lui qui le posséderait.

« En Eregion, il y a bien longtemps, étaient fabriqués de nombreux anneaux elfiques, des anneaux magiques comme vous les appelez, et ils étaient, bien sûr, de diverses sortes : plus ou moins puissants. Les moindres n'étaient que des essais dans cet art avant qu'il n'eût atteint sa maturité, et pour les Elfes orfèvres ce n'étaient que des babioles, néanmoins, à mon idée, dangereuses pour les mortels. Mais les Grands Anneaux, les Anneaux de Puissance, eux, étaient périlleux.

« Un mortel qui conserve un des Grands Anneaux, Frodon, ne meurt point, mais il ne croît pas ni n'obtient un supplément de vie; il continue simplement jusqu'à ce qu'enfin chaque minute lui devienne lassitude. Et s'il se sert souvent de l'Anneau pour se rendre invisible, il *s'évanouit* : il finit par devenir invisible en permanence, et il se promène dans le crépuscule sous l'œil du pouvoir ténébreux qui régit les Anneaux. Oui, tôt, ou tard – tard s'il est fort ou si ses intentions sont pures au début, mais jamais la force ou les bonnes intentions ne dureront – tôt ou tard, le pouvoir ténébreux le dévorera.

– Que c'est terrifiant! dit Frodon.

Il y eut de nouveau un long silence. On entendait, venant du jardin, le bruit que faisait Sam Gamegie en tondant la pelouse.

– Depuis quand savez-vous cela? finit par demander Frodon. Et qu'en savait Bilbon?

– Bilbon n'en savait pas plus que ce qu'il vous a dit, je suis sûr, dit Gandalf. Il ne vous aurait certainement rien repassé qu'il aurait pensé être dangereux, même si je lui ai promis de veiller sur vous. Il trouvait l'anneau très beau, et très utile en cas de besoin; et si quelque chose n'allait pas ou était bizarre, c'était lui-même. Il disait que l'anneau « prenait une place croissante dans son esprit », et il ne cessait de s'en inquiéter, mais il ne soupçonnait pas que l'anneau même en fût responsable. Bien qu'il eût découvert que l'objet nécessitait une surveillance; celui-ci ne paraissait pas être toujours de la même dimension ou du même poids : il se rétrécissait ou se dilatait d'étrange façon, et il pouvait glisser soudain d'un doigt qu'il avait enserré étroitement.

– Oui, il m'en a prévenu dans sa dernière lettre, dit Frodon, aussi l'ai-je toujours gardé au bout de sa chaînette.

– C'est très sage, dit Gandalf. Mais pour ce qui est de la longueur de sa vie, Bilbon ne l'a jamais en aucune façon rattachée à l'anneau. Il s'en accordait tout le mérite, et il en était très fier. Mais il n'en devenait pas moins agité et inquiet. *Maigre et détiré*, disait-il. Signe que l'anneau commençait son assujettissement.

– Depuis quand savez-vous tout cela? demanda de nouveau Frodon.

– Savoir? dit Gandalf. J'ai su beaucoup de choses que seuls connaissent les Sages, Frodon. Mais si vous entendez la connaissance au sujet de cet anneau particulier, eh bien, je ne *sais* toujours pas, pourrait-on dire. Il y a une dernière épreuve à tenter. Mais je ne doute plus de mes hypothèses.

– Quand ai-je commencé à les former? dit-il d'un ton rêveur. Voyons, ce fut l'année où le Conseil Blanc chassa la puissance ténébreuse de la Forêt Noire, juste avant la Bataille des Cinq Armées, que Bilbon trouva son anneau. Une ombre tomba alors sur mon cœur, sans toutefois que je susse encore ce que je craignais. Je me demandais comment Gollum était venu en possession d'un Grand Anneau, comme cè l'était manifestement – cela au moins était clair dès le début. Puis j'ai entendu l'étrange histoire de Bilbon, comme quoi il l'avait « gagné », et je ne pouvais le croire. Quand enfin j'ai pu tirer de lui la vérité, j'ai vu aussitôt qu'il avait voulu supprimer tout doute quant à la légitimité de ses prétentions sur l'anneau. Tout comme Gollum avec son « cadeau d'anniversaire ». Ces mensonges étaient trop semblables pour ma tranquillité. L'anneau avait clairement un pouvoir maléfique qui agissait aussitôt sur qui le détenait. Ce fut là le premier véritable avertissement que j'eus de ce que tout n'était pas bien. Je répétai souvent à Bilbon qu'il valait mieux laisser pareils anneaux inemployés; mais il s'en formalisait, et il ne tarda pas à s'irriter. Il n'y avait pas grand-chose à faire. Je ne pouvais le lui prendre sans déclencher un mal plus grand; et je n'en avais d'ailleurs aucun droit. Je ne pouvais qu'observer et attendre. J'aurais pu peut-être consulter Saroumane le Blanc, mais quelque chose me retenait.

– Qui est-ce? demanda Frodon. Je n'ai jamais entendu parler de lui.

– Cela se peut, répondit Gandalf. Il ne s'intéresse ou ne s'intéressait pas aux Hobbits. Oui, il est grand parmi les Sages. C'est le chef de mon ordre, et il est à la tête du Conseil. Son savoir est profond, mais son orgueil a crû parallèlement, et il prend ombrage de toute ingérence. La tradition des Anneaux elfiques, grands et petits, est son domaine. Il l'a longtemps étudiée, cherchant les secrets perdus de leur fabrication; mais quand les débats du Conseil portèrent sur les Anneaux, tout ce qu'il voulut bien nous révéler de ses connaissances s'oppposait à mes craintes. Mes doutes furent donc mis en sommeil – mais un sommeil inquiet. Je continuai d'observer et d'attendre.

« Et tout semblait aller bien pour Bilbon. Les années passaient et ne semblaient pas le toucher. Il ne montrait pas de signes de l'âge. L'ombre m'envahit de nouveau. Mais je me disais : « Après tout, il est d'une famille de grande longévité du côté maternel. Il y a encore le temps. Attendons! »

« Et j'attendis. Jusqu'à cette nuit où il quitta cette maison. Il dit et fit alors des choses qui m'emplirent d'une crainte qu'aucune parole de Saroumane ne put calmer. Je sus enfin que quelque chose de sombre et de mortel était à l'œuvre. Et j'ai passé la plupart des années suivantes à découvrir la vérité.

– Il n'y a pas eu de mal permanent, j'espère? demanda anxieusement Frodon. Il s'en tirerait sans dommage à la fin, n'est-ce pas? Il pourra reposer en paix, je veux dire?

– Il s'est aussitôt senti mieux, dit Gandalf. Mais il n'est qu'une seule puissance au monde qui sache tout des Anneaux et de leurs effets; et, à ma connaissance, il n'en est aucune au monde qui sache tout des Hobbits. Parmi les Sages, je suis le seul qui s'intéresse à la tradition hobbite : branche obscure de la connaissance, mais pleine de surprises. Ils peuvent être mous comme beurre et pourtant, parfois, aussi durs que de vieilles souches. Je croirais assez que certains résisteraient aux Anneaux bien plus longtemps que ne le croiraient la plupart des Sages. Je ne pense pas que vous ayez à vous tourmenter au sujet de Bilbon.

« Evidemment, il a possédé l'anneau de nombreuses années, et il s'en est servi; il pourrait donc falloir assez longtemps pour que disparaisse l'influence – avant qu'il soit sans danger pour lui de le revoir, par exemple. Autrement, il pourrait continuer à vivre des années, tout à fait heureux : s'arrêter juste où il en était quand il s'en est séparé. Car il y a renoncé en fin de compte de son propre gré : c'est un point important. Non, je n'avais plus d'inquiétude pour ce cher Bilbon, une fois qu'il eut laissé partir l'objet. C'est à *votre* égard que je me sens une responsabilité.

« Dès le départ de Bilbon, et toujours depuis lors, je me suis profondément soucié de vous et de tous ces charmants, absurdes et impuissants Hobbits. Ce serait un coup douloureux pour le monde que la Puissance Ténébreuse étende sa domination sur la Comté; si tous vos aimables, joyeux et stupides Bolger, Sonnecor, Bophin, Sanglebuc, et autres, sans compter les ridicules Sacquet, étaient réduits en esclavage.

Frodon frissonna :

– Mais pourquoi cela nous arriverait-il? demanda-t-il. Et pourquoi voudrait-elle de pareils esclaves?

– A vrai dire, répondit Gandalf, je pense que jusqu'à présent, notez-le bien, l'existence des Hobbits lui a complètement échappé. Vous devriez en être reconnaissants. Mais votre sécurité est passée. La Puissance n'a pas besoin de vous – elle a bien des serviteurs plus utiles – mais elle ne vous oubliera plus. Et les Hobbits misérables esclaves lui plairaient bien davantage que des Hobbits heureux et libres. La malignité et la vengeance sont des choses qui existent!

– La vengeance? dit Frodon. Vengeance de quoi? Je ne comprends toujours pas ce que cela peut avoir à faire avec Bilbon et moi-même, et avec notre anneau.

– Ça a tout à faire avec cela, dit Gandalf. Vous ne connaissez pas encore le véritable péril; mais vous le connaîtrez. Je n'en étais pas sûr moi-même, la dernière fois que je suis venu ici; mais le moment est venu de parler. Donnez-moi l'anneau un moment.

Frodon le tira de la poche de sa culotte, où il était accroché à une chaînette suspendue à sa ceinture. Il le détacha et le tendit lentement au magicien. Il parut soudain très lourd, comme si lui ou Frodon lui-même répugnait à laisser Gandalf le toucher.

Gandalf l'éleva. Il parut être d'or pur et massif.

– Y voyez-vous quelque inscription? demanda le magicien.

– Non, répondit Frodon. Il n'y en a aucune. L'anneau est tout uni, et il ne montre jamais une égratignure ni aucun signe d'usure.

– Eh bien, regardez!

A l'étonnement et au désarroi de Frodon, le magicien jeta soudain l'anneau au milieu d'un endroit embrasé du feu. Frodon poussa un cri et voulut saisir les pincettes; mais Gandalf le retint.

– Attendez, dit-il d'une voix autoritaire, jetant à Frodon un regard rapide de sous ses sourcils hérissés.

Aucun changement apparent ne se produisit sur l'anneau. Après un moment, Gandalf se leva, ferma les volets à l'extérieur de la fenêtre et tira les rideaux. L'obscurité et le silence envahirent la pièce, encore que le claquement des cisailles de Sam, plus proches maintenant de la fenêtre, se fissent encore entendre faiblement du jardin. Le magicien se tint un moment le regard fixé sur l'âtre; puis il se baissa, retira l'anneau du feu à l'aide des pincettes et le ramassa aussitôt. Frodon sursauta.

– Il est tout à fait froid, dit Gandalf. Prenez-le!

Frodon le reçut dans sa paume contractée : l'objet semblait être devenu plus épais et plus lourd que jamais.

– Elevez-le! dit Gandalf. Et regardez attentivement.

Le faisant, Frodon vit alors des lignes fines, plus fines que les plus fins traits de plume, qui couraient le long de l'anneau, à l'extérieur et à l'intérieur : des lignes de feu qui paraissaient former les lettres d'une gracieuse inscription. Elles brillaient d'un éclat perçant et pourtant lointain, comme d'une grande profondeur.

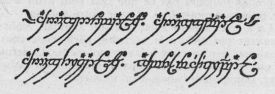

– Je ne puis lire les lettres de feu, dit Frodon d'une voix mal assurée.

– Non, dit Gandalf, mais moi je le peux. Les lettres sont de l'elfique, d'un mode antique, mais la langue est celle de Mordor, que je ne veux pas prononcer ici. Voici toutefois en langue commune ce que cela dit, assez littéralement :

Un Anneau pour les gouverner tous. Un Anneau pour les
[trouver.
Un Anneau pour les amener tous et dans les ténèbres les
[lier.

Ce ne sont que deux vers d'un poème depuis longtemps connu dans la tradition elfique :

Trois Anneaux pour les Rois Elfes sous le ciel,
Sept pour les Seigneurs Nains dans leurs demeures de
[pierre,
Neuf pour les Hommes Mortels destinés au trépas,
Un pour le Seigneur Ténébreux sur son sombre trône,
Dans le Pays de Mordor où s'étendent les Ombres.
Un Anneau pour les gouverner tous. Un Anneau pour les
[trouver,
Un Anneau pour les amener tous et dans les ténèbres les
[lier
Au Pays de Mordor où s'étendent les Ombres.

Il s'arrêta, et puis dit lentement d'une voix grave :

– Celui-ci est le Maître Anneau, l'Anneau Unique pour les gouverner tous. C'est l'Anneau Unique qu'il a perdu il y a bien des siècles, au grand affaiblissement de son pouvoir. Il le désire immensément – mais il ne faut *pas* qu'il l'ait.

Frodon restait assis en silence et sans mouvement. La peur semblait étendre une vaste main, comme un nuage sombre qui se lèverait à l'Orient et s'avancerait pour l'engloutir :

– Cet anneau! balbutia-t-il. Comment, comment diantre est-il venu jusqu'à moi?

– Ah! dit Gandalf, c'est une très longue histoire. Le commencement en remonte aux Années Noires, dont seuls les maîtres de la tradition se souviennent à présent. Si je voulais vous raconter toute cette histoire, nous serions encore ici quand le printemps aurait passé à l'hiver.

« Mais hier soir je vous ai parlé de Sauron le Grand, le Seigneur Ténébreux. Les rumeurs que vous avez entendues sont vraies : il s'est en effet levé de nouveau; il a quitté son repaire de la Forêt Noire pour retourner à son ancienne place forte de la Tour Sombre de Mordor. Ce nom, même vous autres Hobbits, vous en avez entendu parler, comme une ombre en marge des vieilles histoires. Toujours après une défaite et un répit, l'Ombre prend une autre forme et croît de nouveau.

– J'aurais bien voulu que cela n'eût pas à se passer de mon temps, dit Frodon.

– Moi aussi, dit Gandalf, comme tous ceux qui vivent pour voir de tels temps. Mais la décision ne leur appartient pas. Tout ce que nous avons à décider, c'est ce que nous devons faire du temps qui nous est donné. Et déjà, Frodon, notre temps commence à paraître noir. L'Ennemi devient rapidement très puissant. Ses plans sont loin d'être mûrs, je pense, mais ils mûrissent. Nous serons à rude épreuve. Nous devrions être à très rude épreuve, même sans cette terrible occurrence.

« L'ennemi manque encore d'une chose qui lui donnerait la force et la connaissance nécessaires pour abattre toute résistance, briser les dernières défenses et recouvrir toutes les terres de secondes ténèbres. Il lui manque l'Anneau Unique.

« Les Trois, les plus beaux, les Seigneurs Elfes les lui ont soustraits, et sa main ne les a jamais touchés ni souillés. Les Rois Nains en possédaient sept, mais il en a recouvré trois et les autres, les dragons les ont consumés. Il en donna neuf aux Hommes Mortels, orgueilleux et grands, et les a ainsi piégés. Il y a bien longtemps, ils tombèrent au pouvoir de l'Unique et devinrent des Esprits servants de l'Anneau, ombres sous sa grande ombre, ses serviteurs les plus terribles. Il y a bien longtemps. Cela fait maintes années que les Neuf sont partis au loin. Mais qui sait? L'Ombre grandissant de nouveau, peut-être reviendront-ils. Allons! Nous ne parlerons pas de pareilles choses, même dans le matin de la Comté.

« Voici l'état de choses actuel : les Neuf, il les a rassemblés entre ses mains, les Sept aussi, ou bien ils sont détruits. Les Trois sont encore cachés. Mais cela ne le gêne plus. Il ne lui faut que l'Unique; car il a fabriqué cet Anneau pour lui-même, il est à lui, et il a laissé passer dedans une grande part de son ancienne puissance, de façon à pouvoir gouverner tous les autres. S'il le recouvre, il les commandera tous de nouveau, où qu'ils soient, même les Trois; tout ce qui a été forgé avec eux sera mis à nu, et il sera plus puissant que jamais.

« Et voici la terrible chance, Frodon. Il croyait que l'Unique avait péri; que les Elfes l'avaient détruit, comme c'eût dû être. Mais il sait maintenant qu'il n'a *pas* péri, qu'il a été trouvé. Il le cherche donc; il le cherche, et toute sa pensée est fixée là-dessus. C'est son grand espoir et notre grande crainte.

— Pourquoi, mais pourquoi donc n'a-t-il pas été détruit? s'écria Frodon. Et comment l'Ennemi est-il jamais arrivé à le perdre, s'il était si puissant et si l'Anneau lui était si précieux?

Il serra l'Anneau dans sa main, comme s'il voyait déjà des doigts sombres se tendre pour le saisir.

— Il lui a été dérobé, dit Gandalf. La force des Elfes pour lui résister était plus grande, il y a longtemps; et tous les Hommes ne leur étaient pas aliénés. Les Hommes de l'Ouistrenesse vinrent à leur aide. C'est là un chapitre de l'histoire ancienne qu'il pourrait être bon de rapporter; car il y avait, alors aussi, de l'affliction et des ténèbres grandissantes; mais une grande vaillance et des hauts faits qui ne furent pas entièrement vains. Je vous en ferai peut-être un jour le récit, ou vous l'entendrez de bout en bout de la bouche de quelqu'un qui les connaît mieux.

« Mais, pour le moment, puisque vous voulez surtout savoir comment cet objet vous est venu, et ce sera déjà un récit assez long, c'est tout ce que je vous en dirai. Ce furent Gil-galad, Roi-Elfe, et Elendal de l'Ouistrenesse qui renversèrent Sauron, mais qui périrent eux-même dans l'action; et le fils d'Isildur Elendil, arrachant l'Anneau de la main de Sauron, s'en empara pour lui-même. Sauron fut alors vaincu; son esprit s'enfuit et resta de longues années caché, jusqu'au moment où son ombre reprit forme dans la Forêt Noire.

« Mais l'Anneau fut perdu. Il tomba dans le Grand Fleuve d'Anduin et disparut. Car Isildur marchait vers le nord le long des rives orientales de la rivière; près des Champs d'Iris, il tomba dans un guet-apens des Orques des Montagnes, et presque tous ses gens furent massacrés. Il sauta dans les eaux, mais l'Anneau glissa de son doigt tandis qu'il nageait; et puis les Orques le virent et le tuèrent avec leurs flèches. »

Gandalf fit une pause.

– Et là, dans les sombres étangs, parmi les Champs d'Iris, dit-il, l'Anneau disparut de toute connaissance et de toute légende; et même ce pan de son histoire n'est plus connu que de quelques-un, et le Conseil des Sages n'a pu en découvrir davantage. Mais, enfin, je puis poursuivre l'histoire, à ce que je crois.

« Longtemps après, mais c'était encore dans un temps très lointain, vivait près des rives du Grand Fleuve, à la lisière du Pays Sauvage, un petit peuple à la main habile et au pied silencieux. Je pense qu'ils étaient du genre hobbit, apparentés aux pères des pères des Forts, car ils aimaient le Fleuve; ils y nageaient souvent et confectionnaient des petites embarcations de roseaux. Il y avait parmi eux une famille de grande réputation, car elle était nombreuse et plus fortunée que la plupart; elle était gouvernée par une grand-mère, sévère et versée dans ce qui restait de la tradition ancienne. Le membre le plus inquisiteur et le plus curieux de sa famille s'appelait Sméagol. Il s'intéressait aux racines et aux origines; il plongeait dans les étangs profonds; il fouissait sous les arbres et les plantes en croissance; il creusait dans les monticules verts; et il cessa de lever le regard sur le haut des collines, les feuilles sur les arbres ou les fleurs s'ouvrant dans l'air : sa tête et ses yeux étaient dirigés vers le bas.

« Il avait un ami nommé Déagol, du même genre, à l'œil plus perçant, mais moins rapide et moins fort. Un jour, ils prirent une embarcation et descendirent jusqu'aux Champs aux Iris, où il y avait de grands parterres d'iris et de roseaux fleuris. Là, Sméagol débarqua pour aller fureter sur les rives; mais Déagol resta dans la barque et se mit à pêcher. Soudain, un gros poisson mordit à son hameçon et, avant d'avoir pu savoir où il était, il fut entraîné dans l'eau, jusqu'au fond. Puis il lâcha sa ligne, car il crut voir briller quelque chose dans le lit de la rivière; et, retenant son souffle, il saisit l'objet.

« Il remonta ensuite, tout crachant, avec des algues dans les cheveux et une poignée de boue; et il regagna la rive. Et voici qu'après avoir fait partir la boue, il avait dans la main un splendide anneau d'or; celui-ci brillait et scintillait au soleil, de sorte qu'il eut le cœur content. Mais Sméagol l'avait observé de derrière un arbre, et tandis que Déagol contemplait l'anneau, Sméagol s'avança doucement derrière lui.

« – Donne-moi cela, Déagol, mon cher, dit Sméagol par-dessus l'épaule de son ami.

« – Pourquoi? demanda Déagol.

« – Parce que c'est mon anniversaire, mon cher, et je le veux, dit Sméagol.

« – Ça m'est égal, répondit Déagol, je t'ai déjà fait un cadeau, un cadeau au-dessus de mes moyens. J'ai trouvé ceci, et je vais le garder.

« – Ah oui, vraiment, mon cher? dit Sméagol.

« Et il saisit Déagol à la gorge et l'étrangla, parce que l'or avait l'air si brillant et si beau. Puis il passa l'anneau à son doigt.

« Personne ne découvrit jamais ce qu'était devenu Déagol; il avait été assassiné loin de chez lui, et son corps avait été habilement caché. Mais Sméagol rentra seul; et il s'aperçut qu'aucun membre de sa famille ne pouvait le voir quand il portait l'anneau. Très content de sa découverte, il se garda de la révéler; il apprenait des secrets, et il appliqua son savoir à des usages malhonnêtes et méchants. Il acquit une vue perçante et une ouïe fine pour tout ce qui était nuisible. L'anneau lui avait donné un pouvoir proportionné à sa stature. Il n'y avait pas à s'étonner qu'il fût très mal vu de tous et que toutes ses relations l'évitassent (quand il était visible). On lui donnait des coups de pied, et lui mordait les pieds des gens. Il se mit à voler, et il allait de-ci de-là, se marmonnant à lui-même et faisant entendre des gargouillements dans sa gorge. Ce pourquoi on l'appela *Gollum*; on le maudit et on lui dit de s'en aller au loin; et sa grand-mère, désirant avoir la paix, le chassa de la famille et l'expulsa de son trou.

« Il erra solitaire, pleurant un peu sur la dureté du monde; il remonta le Fleuve, jusqu'au moment où il parvint à un affluent qui descendait des montagnes, et il alla dans cette direction. Il attrapait des poissons dans les mares profondes avec des doigts invisibles, et il les mangeait crus. Un jour qu'il faisait très chaud et qu'il était penché sur un étang, il sentit une brûlure sur le dos de sa tête et une lumière éblouissante venue de l'eau heurta ses yeux mouillés. Il s'en étonna, car il avait presque oublié le soleil. Alors, pour la dernière fois, il leva le regard et le menaça du poing.

« Mais, comme il baissait les yeux, il vit loin devant lui les sommets de Monts Brumeux, d'où descendait la rivière. Et il pensa soudain : « Il doit faire frais et ombreux sous ces montagnes. Là, le soleil ne pourrait m'observer. Les racines de ces montagnes doivent être de vraies racines; il doit y avoir là de grands secrets enterrés qui n'ont jamais été découverts depuis l'origine. »

« Il monta donc de nuit jusqu'aux hautes terres, et il trouva une petite caverne d'où coulait la sombre rivière; et il se glissa comme un ver dans le cœur des montagnes et disparut de la connaissance de quiconque. L'Anneau descendit avec lui dans les ombres, et même celui qui l'avait fabriqué, quand son pouvoir eut commencé de décliner, ne put rien en savoir.

– Gollum! s'écria Frodon, Gollum? Voulez-vous dire que c'est la même créature Gollum qu'a rencontrée Bilbon? Quelle horreur!

– Je pense que c'est une triste histoire, dit le magicien, et elle aurait pu arriver à d'autres, et mêmes à certains Hobbits que j'ai connus.

– Je ne peux pas croire que Gollum fût apparenté avec les Hobbits, de si loin que ce soit, s'écria Frodon avec quelque chaleur. Quelle idée abominable!

– Ce n'en est pas moins vrai, répliqua Gandalf. Sur les origines des Hobbits, en tout cas, j'en sais plus long qu'eux-mêmes. Et même l'histoire de Bilbon suggère la parenté. Il y avait bien des choses très semblables dans le fond de leurs pensées et de leurs souvenirs. Ils se comprirent remarquablement bien, bien mieux qu'un Hobbit ne comprendrait, mettons, un Nain, un Orque ou même un Elfe. Pensez aux énigmes qu'ils connaissaient l'un et l'autre, pour commencer.

– Oui, dit Frodon. Encore que d'autres que les Hobbits posent des énigmes, et d'un geste assez semblable. Et les Hobbits ne trichent pas. Gollum avait tout du long l'intention de tricher. Il essayait simplement d'endormir la vigilance du pauvre Bilbon. Et sans doute cela amusait-il sa méchanceté de commencer un jeu de nature à lui fournir une victime facile qui, en cas de défaite, ne pourrait lui faire aucun mal.

– Ce n'est que trop vrai, je le crains, dit Gandalf. Mais il y avait autre chose, je crois, qui vous échappe encore. Même Gollum ne fut pas entièrement ruiné. Il s'était révélé plus résistant que l'un des Sages mêmes ne l'aurait deviné – comme l'aurait pu un Hobbit. Il y avait un petit coin de son esprit qui lui appartenait encore, et la lumière vint par là, comme par un interstice dans les ténèbres : une lumière venue du passé. Il lui fut en réalité agréable, je présume, d'entendre à nouveau une bonne voix, qui faisait surgir des souvenirs de vent, d'arbres, de soleil sur l'herbe et de pareilles choses oubliées.

« Mais cela, naturellement, ne ferait qu'irriter davantage en fin de compte le mauvais côté de lui-même – à moins qu'il ne pût être dominé. A moins qu'il ne pût être guéri (Gandalf soupira). Il y a peu d'espoir de cela pour lui, hélas! Et pourtant pas nul espoir. Non, même s'il posséda l'Anneau si longtemps, presque de temps immémorial pour lui. Car il y avait longtemps qu'il ne l'avait beaucoup porté : dans la ténébreuse obscurité, il en était rarement besoin. Il ne s'était certainement jamais « évanoui ». Il est encore mince et solide. Mais la chose lui rongeait l'esprit, naturellement, et le tourment était devenu presque insupportable.

« Tous les « grands secrets » de sous les montagnes s'étaient révélés n'être que nuit vide : il n'y avait rien de plus à découvrir, rien qu'il valût la peine de faire, uniquement de mauvais et furtifs repas et des souvenirs pleins de ressentiment. Il était totalement misérable. Il avait horreur des ténèbres et il détestait encore davantage la lumière; il haïssait tout, et l'Anneau plus que toute autre chose.

– Que voulez-vous dire? demanda Frodon. Assurément,

l'Anneau était son trésor et la seule chose dont il se souciât? Mais s'il le détestait, pourquoi ne s'en est-il pas débarrassé, ou pourquoi n'est-il pas parti, le laissant là?

– Vous devriez commencer à comprendre, Frodon, après tout ce que vous avez entendu, répondit Gandalf. Il le détestait et il l'aimait, comme il détestait et aimait sa propre personne. Il ne pouvait s'en débarrasser. Il n'avait plus aucune volonté en la matière.

« Un Anneau de Pouvoir a soin de lui-même, Frodon. Il peut glisser traîtreusement du doigt, mais son gardien ne l'abandonne jamais. Tout au plus joue-t-il avec l'idée de le repasser aux soins de quelqu'un d'autre – et cela seulement de bonne heure, quand l'Anneau commence à avoir prise. Mais, pour autant que je sache, seul dans l'histoire Bilbon a dépassé le stade du jeu et a vraiment agi. Il lui a fallu toute mon aide, d'ailleurs. Et même ainsi, il n'y aurait jamais renoncé ou ne s'en serait jamais défait. Ce n'était pas Gollum, Frodon, mais l'Anneau lui-même qui décidait des choses. C'est l'Anneau qui l'a quitté, lui.

– Comment! Juste à temps pour rencontrer Bilbon? dit Frodon. Un Orque ne lui eût-il pas mieux convenu?

– Il n'y a pas matière à plaisanter, dit Gandalf. Pas pour vous. Ç'a été l'événement le plus étrange jusqu'à présent dans toute l'histoire de l'Anneau; cette arrivée de Bilbon juste à ce moment et la façon dont il a posé la main dessus, à l'aveuglette, dans le noir.

« Il y avait plus d'un pouvoir à l'œuvre, Frodon. L'Anneau cherchait à revenir à son maître. Il avait glissé de la main d'Isildur et l'avait trahi; puis, à la première occasion, il attrapa le pauvre Déagol, et celui-ci fut assassiné; et après cela Gollum, et l'Anneau l'avait dévoré. Il n'avait plus rien à faire de lui : il était trop petit, trop minable; et tant que l'Anneau restait avec lui, il ne quitterait plus jamais son étang profond. Alors maintenant, son maître étant de nouveau éveillé et lui envoyant de la Forêt Noire sa sombre pensée, il a abandonné Gollum. Seulement pour être ramassé par la personne la moins vraisemblable : Bilbon de la Comté!

« Derrière cela, il y avait quelque chose d'autre à l'œuvre, en dehors de tout dessein du Créateur de l'Anneau. Je ne puis le faire comprendre plus clairement qu'en disant que Bilbon était *destiné* à trouver l'anneau, et pas par la volonté de Celui qui l'avait créé. Et c'est peut-être là une pensée encourageante.

– Elle ne l'est pas, dit Frodon. Encore que je ne sois pas

bien sûr de vous comprendre. Mais comment avez-vous appris tout cela au sujet de l'Anneau, et au sujet de Gollum? Le savez-vous vraiment, ou sont-ce encore des hypothèses?

Gandalf regarda Frodon et ses yeux étincelèrent :

— Je savais beaucoup de choses, et j'en ai appris beaucoup, répondit-il. Mais je ne vais pas vous faire, à vous, un compte rendu de tous mes actes. L'histoire d'Elendal et d'Isildur et de l'Anneau Unique est connue de tous les Sages. L'inscription de feu montre à elle seule, sans autre preuve, que votre anneau est cet Anneau Unique.

— Et quand avez-vous découvert cela? dit Frodon, l'interrompant.

— Juste à présent, dans cette pièce, naturellement, répondit le magicien avec brusquerie. Mais je m'attendais à la trouver. Je suis revenu de sombres voyages et d'une longue recherche pour faire cette épreuve finale. C'est la dernière preuve, et tout n'est maintenant que trop clair. Découvrir la partie concernant Gollum et combler grâce à elle la lacune de l'histoire a nécessité une bonne dose de pensée. Je suis peut-être parti d'hypothèses au sujet de Gollum, mais ce n'en sont plus maintenant. Je sais. Je l'ai vu.

— Vous avez vu Gollum? s'écria Frodon, ébahi.

— Oui. C'était manifestement ce qu'il fallait faire, si on le pouvait, bien sûr. J'ai longtemps essayé mais j'y suis enfin parvenu.

— Et alors, que s'est-il passé après que Bilbon lui eut échappé? Le savez-vous?

— Pas trop clairement. Ce que je vous en dis, c'est ce que Gollum a bien voulu me raconter — encore que ce ne fût pas de la façon dont je vous l'ai rapporté, bien sûr. Gollum est un menteur, et il faut éplucher ses paroles. Il appelait, par exemple, l'Anneau son « cadeau d'anniversaire », et il s'y tenait mordicus. Il disait que cela lui venait de sa grand-mère, qui avait beaucoup de belles choses de ce genre. Une histoire ridicule. Je ne doute pas que la grand-mère de Sméagol eût quelque chose de matriarcal, que ce fût une personne puissante à sa façon; mais dire qu'elle possédait de nombreux Anneaux elfiques, et raconter qu'elle les donnait, c'était un pur mensonge. Un mensonge qui contenait un grain de vérité, toutefois.

« Le meurtre de Déagol hantait Gollum, et il avait élaboré une défense, la répétant sans cesse à son « trésor » tandis qu'il rongeait ses os dans les ténèbres, au point de finir par y presque croire lui-même. *C'était* son anniversaire. Déagol aurait dû lui faire cadeau de l'Anneau. Celui-ci avait manifestement fait son apparition pour être un cadeau. *C'était* son cadeau d'anniversaire, etc.

« Je le supportai aussi longtemps que je le pus, mais la vérité était désespérément importante, et à la fin je dus me montrer dur. Je suscitai en lui la peur du feu, et je lui arrachai la vérité, par bribes, non sans beaucoup de pleurnicheries et de grognements. Il se croyait incompris et victime. Mais quand il eut fini par me raconter son histoire, jusqu'à la fin du Jeu des Enigmes et l'évasion de Bilbon, il se refusa à en dire davantage, hormis quelques sombres allusions. Il avait en lui une autre peur, plus grande que celle que je lui inspirais. Il marmonna qu'il allait recouvrer son bien. On verrait s'il supportait d'être repoussé, contraint à vivre dans un trou, et puis d'être *volé*. Gollum avait de bon amis maintenant, des amis fidèles et très puissants. Ils allaient l'aider. Sacquet expierait. C'était là sa maîtresse pensée. Il haïssait Bilbon et maudissait son nom. Qui plus est, il savait d'où Bilbon venait.

– Mais comment avait-il découvert cela ? demanda Frodon.

– Oh, quant au nom, Bilbon le lui avait stupidement dit lui-même ; et après cela, il n'était plus difficile de découvrir son pays, une fois Gollum sorti. Oh oui, il est sorti. Son désir ardent de recouvrer l'Anneau domina sa crainte des Orques ou même de la lumière. Après un an ou deux, il quitta les montagnes. Quoique encore lié par le désir de l'Anneau, voyez-vous, celui-ci ne le dévorait plus ; il commençait à revenir un peu à la vie. Il se sentait vieux, terriblement vieux, et cependant moins timide, et il avait mortellement faim.

« La lumière, la lumière du soleil ou de la lune, il la craignait et la détestait encore, ce qu'il fera toujours, à mon avis ; mais il était rusé. Il découvrit qu'il pouvait se soustraire à la clarté du jour ou de la lune et se débrouiller rapidement et sans bruit au plus profond de la nuit, avec ses pâles yeux froids, pour attraper des choses de petite taille ou inattentives. Il reprit d'une nourriture nouvelle et d'un air nouveau force et hardiesse. Il trouva le chemin de la Forêt Noire, comme on pouvait s'y attendre.

– Est-ce là que vous l'avez trouvé? demanda Frodon.

– C'est là que je le vis, répondit Gandalf; mais, auparavant, il avait erré loin, sur la trace de Bilbon. Il était difficile de rien apprendre de certain de sa bouche, car ses propos étaient constamment entrecoupés de jurons et de menaces. « Qu'avait-il dans ses poches? » disait-il. « Je ne pouvais le dire, pas de trésor. Petite tricherie. Question pas honnête. Ça a triché d'abord, ça a. Ça a enfreint les règles. On aurait dû l'étouffer, oui, mon trésor. Et on le fera, mon trésor! »

« Voilà un exemple de ses paroles. Je suppose que vous ne désirez pas en entendre davantage. Cela m'a valu des jours fastidieux. Mais d'après certaines allusions lâchées au milieu des grognements, je déduisis que ses pieds vagabonds avaient fini par l'amener en Esgaroth et même dans les rues du Val, où il observa et prêta secrètement l'oreille. Or, donc, les nouvelles des grands événements couraient partout dans le Pays Sauvage, et nombreux étaient ceux qui avaient entendu le nom de Bilbon et qui savaient d'où il venait. Nous n'avions fait aucun mystère de notre voyage de retour chez lui dans l'ouest. Les oreilles attentives de Gollum ne tardèrent pas à apprendre ce qu'il voulait savoir.

– Pourquoi, alors, n'avait-il pas poursuivi Bilbon plus avant? demanda Frodon. Pourquoi n'est-il pas venu jusqu'à la Comté?

– Ah, répondit Gandalf, nous y voilà! Je crois que Gollum l'a essayé. Il partit et revint vers l'ouest, jusqu'au Grand Fleuve. Mais là, il se détourna. Il n'était pas découragé par la distance, j'en suis sûr. Non, quelque chose d'autre l'attira ailleurs. C'est ce que pensent mes amis, ceux qui le poursuivaient pour moi.

« Ce furent d'abord les Elfes des Bois : la tâche était aisée pour eux, car sa trace était encore fraîche alors. Elle les mena à travers la Forêt Noire et retour, mais ils ne l'attrapèrent jamais. La forêt était remplie de rumeurs à son sujet, d'histoires horribles même parmi les bêtes et les oiseaux. Les bûcherons déclarèrent qu'il y avait une nouvelle terreur lâchée, un spectre qui buvait du sang. Il grimpait aux arbres à la recherche des nids; il se glissait dans les trous pour trouver les petits, il s'introduisait par les fenêtres en quête des berceaux.

« Mais à la lisière occidentale de la Forêt Noire, la trace se détournait. Elle s'écartait en direction du sud et se perdait hors du domaine des Elfes des Bois. Et à ce moment je commis une grande erreur. Oui, Frodon, et ce n'était pas la première, encore qu'elle puisse se révéler la pire, je le crains. Je laissai les choses en l'état. Je le laissai partir; car j'avais beaucoup d'autres soucis à ce moment et je me fiais encore au savoir de Saroumane.

« Enfin, cela se passait il y a des années. Je l'ai payé par la suite de maints jours sombres et périlleux. La piste était depuis longtemps froide quand je la repris, après le départ de Bilbon d'ici. Et ma recherche eût été vaine sans l'aide que je reçus d'un ami : Aragorn, le plus grand voyageur et chasseur de ce temps. Ensemble, nous cherchâmes Gollum sur toute l'étendue du Pays Sauvage, sans espoir et sans succès. Mais enfin, comme j'avais renoncé à la chasse et que je m'étais tourné vers d'autres régions, Gollum fut découvert. Mon ami revint après de grands périls, ramenant avec lui la misérable créature.

« Ce que Gollum avait fait tout ce temps, il refusa de le dire. Il se contentait de pleurer et de nous accuser de cruauté, non sans maints *gollums* dans la gorge; et quand nous le pressions, il geignait et se dérobait, frottant ses longues mains et se léchant les doigts comme s'ils le faisaient souffrir, comme s'il se souvenait de quelque ancienne torture. Mais je crains qu'aucun doute ne soit possible : il s'était dirigé à sa manière lente et furtive, pas à pas, kilomètre par kilomètre, vers le sud, et il avait fini par arriver au pays de Mordor.

Un lourd silence tomba sur la pièce. Frodon pouvait entendre le battement de son cœur. Même au-dehors tout paraissait immobile. On n'entendait plus aucun son des cisailles de Sam.

– Oui, en Mordor, dit Gandalf. Hélas! le Mordor attire tout ce qui est mauvais, et la Puissance Ténébreuse appliquait toute sa volonté à l'y rassembler. L'Anneau de l'Ennemi devait laisser sa marque aussi, le laisser prêt à l'appel. Et tout le monde se parlait alors à l'oreille de la nouvelle Ombre dans le sud et de sa haine de l'ouest. Voilà les beaux nouveaux amis qui allaient l'aider à se venger!

« Le pauvre idiot! Dans ce pays, il allait en apprendre beaucoup, certainement trop pour être à l'aise. Et tôt ou tard, comme il restait tapi ou furetait aux lisières, il devait être pris et arrêté – pour interrogatoire. Ce fut ainsi que cela se passa, je crains. Quand il fut découvert, il était déjà là depuis assez longtemps, et il se préparait à rentrer. Il accomplissait quelque démarche mauvaise. Mais peu importe à présent. Son principal méfait était déjà accompli.

« Oui, hélas! par lui, l'ennemi a appris que l'Unique avait été retrouvé. Il sait où Isildur tomba. Il sait où Gollum trouva son anneau. Il sait que c'est un Grand Anneau, car il donnait longue vie. Il sait que ce n'est pas un des Trois, qui n'ont jamais été perdus et qui ne supportent aucun mal. Il sait que ce n'est pas un des Sept, ni des Neuf, car on en connaît le sort. Il sait que c'est l'Unique. Et il a enfin entendu parler, je crois, des *Hobbits* et de *la Comté*.

« La Comté, il est peut-être en train de la chercher à l'heure qu'il est, s'il n'a pas encore découvert où elle se trouve. En fait, Frodon, je crains qu'il ne pense même que le nom longtemps passé inaperçu de *Sacquet* soit devenu important.

– Mais c'est terrible! s'écria Frodon. Bien pire que le pis que j'avais imaginé d'après vos allusions et vos avertissements. Ah, Gandalf, le meilleur des amis, que dois-je faire? Car à présent j'ai vraiment peur. Que dois-je faire? Quelle pitié que Bilbon n'ait pas poignardé cette vile créature quand il en avait l'occasion!

– Quelle pitié? C'est la Pitié qui a retenu sa main. La Pitié et la Miséricorde : ne pas frapper sans nécessité. Et il en a été bien récompensé, Frodon. Soyez assuré que, s'il fut si peu atteint par le mal et s'il s'échappa en fin de compte, ce fut parce qu'il avait commencé sa possession de l'Anneau de cette façon. Avec Pitié.

– Je regrette, dit Frodon. Je ne vous comprends pas. Voulez-vous donc dire que vous et les Elfes, vous l'avez laissé vivre après tous ces horribles faits? Maintenant, en tout cas, il est aussi mauvais qu'un Orque, et simplement un ennemi. Il mérite la mort.

– La mérite! Je crois bien. Nombreux sont ceux qui vivent et qui méritent la mort. Et certains qui meurent méritent la vie. Pouvez-vous la leur donner? Alors, ne soyez pas trop prompt à dispenser la mort en jugement. Car même les très sages ne peuvent voir toutes les fins. Je n'ai pas grand espoir de la guérison de Gollum avant sa mort, mais il y a tout de même une chance. Et il est lié au sort de l'Anneau. Mon cœur me dit qu'il a encore un rôle à jouer, en bien ou en mal, avant la fin; et quand celle-ci arrivera, la pitié de Bilbon peut déterminer le sort de beaucoup – à commencer par le vôtre. En tout cas, nous ne l'avons pas tué : il est très vieux et très malheureux. Les Elfes des Bois le tiennent en prison, mais ils le traitent avec toute la bonté qu'ils peuvent trouver dans leurs sages cœurs.

— De toute façon, dit Frodon, même si Bilbon ne pouvait pas tuer Gollum, je voudrais bien qu'il n'eût pas gardé l'Anneau. Je voudrais qu'il ne l'eût jamais trouvé et que moi je ne l'eusse pas! Pourquoi m'avez-vous laissé le conserver? Pourquoi ne m'avez-vous pas obligé à le jeter ou... ou à le détruire?

— Laissé? Obligé? dit le magicien. N'avez-vous pas écouté tout ce que j'ai dit? Vous ne pensez pas à ce que vous dites. Mais pour ce qui était de le jeter, c'était manifestement mauvais. Ces Anneaux ont une façon d'être trouvés. Entre de mauvaises mains, il aurait pu faire beaucoup de mal. Plus que tout, il aurait pu tomber aux mains de l'Ennemi. En fait, ce serait certainement le cas; car cet Anneau est l'Unique, et l'Ennemi applique tout son pouvoir à le trouver ou à l'attirer à lui.

« Naturellement, mon cher Frodon, c'était un danger pour vous; et cela m'a profondément tourmenté. Mais il y allait de tant qu'il fallait prendre quelque risque – bien que, même quand j'étais au loin, il n'y ait jamais eu un seul jour que la Comté ne fût gardée par des yeux vigilants. Tant que vous ne vous serviez pas de l'Anneau, je ne pensais pas qu'il eût aucun effet durable sur vous, pas en mal, pas pour très longtemps en tout cas. Et n'oubliez pas qu'il y a neuf ans, quand je vous ai vu pour la dernière fois, je ne savais pas encore grand-chose pour sûr.

— Mais pourquoi ne pas le détruire, comme vous dites que c'eût dû être fait depuis longtemps? s'écria derechef Frodon. Si vous m'aviez averti ou même envoyé un message, je l'aurais fait disparaître.

— Vraiment? Comment feriez-vous? Avez-vous jamais essayé?

— Non. Mais je suppose qu'on pourrait l'écraser au marteau ou le fondre.

— Essayez donc! dit Gandalf. Essayez tout de suite.

Frodon tira de nouveau l'Anneau de sa poche et le regarda. Il paraissait à présent lisse et uni, sans aucune marque ou devise visible. L'or semblait très clair et très pur, et Frodon admira la richesse et la beauté de sa couleur, la perfection de sa rondeur. C'était un objet admirable et grandement précieux. En le sortant, Frodon se proposait de le jeter loin de lui dans la partie la plus chaude du feu. Mais il s'aperçut alors qu'il ne pouvait le faire sans grande lutte. Il soupesa l'Anneau dans sa main, hésitant et s'efforçant de penser à tout ce que lui avait dit Gandalf; et puis, par un effort de volonté, il fit un mouvement, comme pour le jeter, mais il s'aperçut qu'il l'avait remis dans sa poche.

Gandalf eut un ricanement sinistre :

– Vous voyez? Déjà vous aussi, Frodon, vous ne pouvez l'abandonner facilement, et vous n'avez pas la volonté nécessaire pour l'endommager. Et je ne pourrais pas vous le *faire* faire, sauf par la force, ce qui vous briserait l'esprit. Mais pour ce qui est de briser l'Anneau, la force est vaine. Le prendriez-vous et le frapperiez-vous avec une pesante masse, vous n'y feriez pas la moindre bosselure. Il ne peut être détruit par vos mains, ni par les miennes.

« Votre petit feu ne fondrait pas même de l'or ordinaire, naturellement. Cet Anneau y a déjà passé sans dommage et même sans échauffement. Mais il n'existe pas dans cette Comté de forge capable de lui faire subir le moindre changement. Pas mêmes les enclumes et les fours des Nains ne le pourraient. On a dit que le feu du dragon était capable de fondre et de consumer les Anneaux de Puissance, mais il ne reste plus maintenant sur terre aucun dragon dont la vieille flamme soit assez chaude; et il n'y en eut jamais aucun, pas même Ancalagon le Noir, qui aurait pu faire du mal à l'Anneau Unique, l'Anneau Souverain, car celui-là avait été fait par Sauron lui-même.

« Il n'est qu'un moyen : trouver les Crevasses du Destin dans les profondeurs d'Orodruin, la Montagne de Feu, et y jeter l'Anneau, si vous voulez vraiment le détruire, pour le mettre à jamais hors de portée de l'Ennemi.

– Oui, je veux vraiment le détruire! s'écria Frodon. Ou, enfin, le faire détruire. Je ne suis pas fait pour les quêtes périlleuses. Je voudrais bien n'avoir jamais vu l'Anneau! Pourquoi m'est-il venu? Pourquoi ai-je été choisi?

– On ne peut répondre à de pareilles questions, dit Gandalf. Soyez assuré que ce n'est pas pour quelque mérite que les autres ne posséderaient pas : pas pour le pouvoir ou la sagesse, en tout cas. Mais vous avez été choisi, et il vous faut donc déployer la force, le cœur et l'intelligence que vous pouvez avoir.

— Mais j'ai si peu de tout cela! Vous êtes sage et puissant. Ne voulez-vous pas prendre l'Anneau?

— Non! s'écria Gandalf, se dressant d'un bond. Avec ce pouvoir, j'en aurais un trop grand et trop terrible. Et sur moi l'Anneau gagnerait un pouvoir encore plus grand et plus mortel. (Ses yeux jetaient des éclairs et son visage était éclairé par un feu intérieur.) Ne me tentez pas! Car je ne souhaite pas devenir semblable au Seigneur Ténébreux lui-même. Pourtant le chemin de l'Anneau vers mon cœur passe par la pitié, la pitié pour la faiblesse et le désir de la force pour faire le bien. Ne me tentez pas! Je n'ose le prendre, pas même pour le garder en sûreté, inemployé. Le désir de l'utiliser serait trop grand pour ma force. Je vais en avoir un tel besoin! De grands périls m'attendent.

Il alla à la fenêtre, tira les rideaux et ouvrit les volets. Le soleil inonda de nouveau la pièce. Sam passa dans l'allée en sifflant.

— Et maintenant, dit le magicien, se retournant vers Frodon, la décision est entre vos mains. Mais je vous aiderai toujours (il posa une main sur l'épaule de Frodon). Je vous aiderai à porter ce fardeau, tant qu'il vous appartiendra de le porter. Mais il nous faut faire quelque chose, et vite. L'Ennemi bouge.

Il y eut un long silence. Gandalf se rassit et tira sur sa pipe, comme perdu dans ses pensées. Ses yeux semblaient fermés, mais de sous ses paupières, il observait Frodon avec attention. Frodon, lui, regardait fixement les braises de l'âtre, au point qu'elles emplissaient toute sa vision et qu'il paraissait plonger le regard dans de profondes fontaines ardentes. Il pensait aux légendaires Crevasses du Destin et à la terreur de la Montagne de Feu.

— Hé bien! dit enfin Gandalf. A quoi pensez-vous? Avez-vous décidé de votre action?

— Non! répondit Frodon revenant à lui de l'obscurité et s'apercevant avec surprise qu'il ne faisait pas noir et que, par la fenêtre, il pouvait voir le jardin ensoleillé. Ou si, peut-être. Pour autant que j'aie compris ce que vous m'avez dit, je suppose que je dois conserver l'Anneau et le garder, au moins pour le moment, quoi qu'il puisse me faire.

— Quoi qu'il puisse faire, il sera lent, lent à faire le mal, si vous le conservez dans ce dessein, dit Gandalf.

— Je l'espère, dit Frodon. Mais je souhaite que vous

trouviez bientôt un meilleur gardien. En attendant, il semble que je sois un danger, un danger pour tous ceux qui vivent auprès de moi. Je ne puis conserver l'Anneau et demeurer ici. Je devrais quitter Cul-de-Sac, quitter la Comté, tout quitter et m'en aller (il soupira). J'aimerais sauver la Comté, si je le pouvais – bien qu'il y ait eu des moments où je trouvais les habitants par trop stupides et obtus, et que j'aie pensé qu'un tremblement de terre ou une invasion de dragons pourrait leur être salutaire. Mais ce n'est pas ce que je sens à présent. J'ai l'impression que tant que la Comté est derrière, solide et confortable, je trouverai l'errance plus supportable : je saurai qu'il y a quelque part une ferme assiette, même si mes pieds ne peuvent plus s'y poser.

« J'ai naturellement pensé parfois à m'en aller, mais je voyais cela comme une sorte de vacances, une suite d'aventures comme celles de Bilbon ou mieux, s'achevant en paix. Mais cela signifierait l'exil, une fuite d'un danger à un autre, l'entraînant derrière moi. Et je suppose qu'il me faut partir seul, si je dois faire cela et sauver la Comté. Mais je me sens très petit, très déraciné et... eh bien, désespéré. L'Ennemi est si fort et si terrible!

Il ne le dit pas à Gandalf, mais tandis qu'il parlait, un grand désir de suivre Bilbon s'enflammait dans son cœur – de suivre Bilbon et peut-être même de le retrouver. Ce désir fut si fort qu'il triompha de sa peur : il aurait presque été capable de s'en courir incontinent sur la route sans chapeau, comme avait fait Bilbon un matin semblable, il y avait bien longtemps.

– Mon cher Frodon! s'exclama Gandalf. Les Hobbits sont vraiment des êtres étranges, je l'ai déjà dit. On peut bien apprendre en un mois tout ce qu'il y a à connaître de leurs façons, et puis après un siècle ils peuvent encore vous étonner au besoin. Je m'attendais peu à recevoir semblable réponse, fût-ce de votre part. Mais Bilbon ne s'est pas trompé dans le choix de son héritier, encore qu'il ne soupçonnât guère l'importance de ce choix. Je crains que vous n'ayez raison. L'Anneau ne pourra rester beaucoup plus longtemps caché dans la Comté; et tant pour votre propre salut que pour celui des autres, il vous faudra partir et laisser derrière vous le nom de Sacquet. Il ne serait pas sûr de le conserver hors de la Comté ou dans les régions sauvages. Je vais vous donner un nom de voyage. Quand vous partirez, vous vous appellerez M. Soucolline.

« Mais je ne pense pas qu'il vous soit nécessaire de partir seul. Pas si vous connaissez quelqu'un de confiance, qui serait disposé à aller à votre côté – et que vous seriez disposé à entraîner dans des périls inconnus. Mais si vous cherchez un compagnon, faites bien attention à votre choix! Et faites attention à ce que vous dites, même à vos amis les plus intimes! L'Ennemi a de nombreux espions et de nombreuses façons d'entendre.

Il s'arrêta soudain, comme pour écouter. Frodon s'aperçut que tout était très silencieux, tant à l'intérieur qu'à l'extérieur. Gandalf s'approcha précautionneusement d'un côté de la fenêtre. Puis il bondit comme l'éclair contre le rebord et lança un long bras au-dehors, vers le bas. Il y eut un cri rauque et monta la tête bouclée de Sam Gamegie, hissée par une oreille.

– Tiens, tiens, par ma barbe! dit Gandalf. C'est Sam Gamegie? Alors, que fabriquez-vous là?

– Dieu vous bénisse, monsieur Gandalf, dit Sam. Rien! Ou du moins je coupais juste la bordure de la pelouse sous la fenêtre, si vous voyez.

Il ramassa ses cisailles et les exhiba à preuve.

– Non, je ne vois pas, dit Gandalf avec sévérité. Voilà quelque temps que je n'ai entendu le bruit de vos cisailles. Depuis combien de temps êtes-vous aux écoutes à la fenêtre?

– Ecoutes à la fenêtre, monsieur? Excusez-moi, je ne vous comprends pas. Y a pas d'écoutes à Cul-de-Sac; ça, c'est un fait.

– Ne faites pas l'idiot! Qu'avez-vous entendu et pourquoi écoutiez-vous?

Les yeux de Gandalf flamboyaient, et ses sourcils se hérissaient.

– Monsieur Frodon, monsieur! cria Sam, tremblant. Ne le laissez pas me faire du mal, monsieur! Ne le laissez pas me transformer en quelque chose de pas naturel! Mon vieux papa serait tellement désespéré. Je n'ai pas de mauvaises intentions, sur mon honneur, monsieur!

– Il ne te fera pas de mal, dit Frodon, qui avait peine à ne pas rire, bien qu'il fût lui-même saisi et quelque peu déconcerté. Il sait aussi bien que moi que tu n'es pas mal intentionné. Mais debout, et réponds à ses questions, en vitesse!

– Eh bien, monsieur, fit Sam, un peu tremblant, j'ai entendu pas mal de choses que j'ai pas bien comprises sur un ennemi, et des animaux, et M. Bilbon, monsieur, et des dragons, et une montagne de feu et... et des Elfes, monsieur. J'ai écouté parce que j'ai pas pu m'en empêcher, si vous voyez ce que je veux dire. Dieu me bénisse, monsieur, mais j'aime tellement les histoires comme ça. Et j'y crois aussi quoi qu'en puisse dire Ted. Des Elfes, monsieur! Ah, que je voudrais les voir, *eux*. Pourriez-vous pas m'emmener voir des Elfes, monsieur, quand vous irez?

Gandalf rit soudain :

– Entrez! cria-t-il.

Et, tendant les deux bras à l'extérieur, il souleva par la fenêtre un Sam étonné, avec les cisailles, les rognures d'herbe et tout, et il le mit debout devant lui :

– Vous emmener voir les Elfes, hein? dit-il, examinant attentivement Sam (mais un sourire jouait sur ses lèvres). Ainsi, vous avez entendu que M. Frodon partait?

– Oui, monsieur. Et c'est pour ça que je me suis étranglé, ce que vous avez entendu, semble-t-il. J'ai essayé de me retenir, monsieur, mais ça a éclaté; j'étais tellement bouleversé.

– On n'y peut rien, Sam, dit Frodon avec tristesse.

Il s'était soudain rendu compte que la fuite de la Comté allait signifier des séparations plus pénibles que le simple au revoir aux douceurs de Cul-de-Sac :

– Il me va falloir partir. Mais (il scruta alors le visage de Sam) si tu te soucies vraiment de moi, tu garderas là-dessus le secret *absolu*. Tu me comprends? Si tu ne le fais pas, si tu souffles fût-ce un mot de ce que tu as entendu ici, alors j'espère que Gandalf te transformera en crapaud tacheté et qu'il remplira le jardin de couleuvres à collier.

Sam tomba à genoux, tremblant.

– Debout, Sam! dit Gandalf. J'ai pensé à quelque chose de mieux que cela. Quelque chose qui vous fermera la bouche et vous punira convenablement d'avoir écouté. Vous allez partir avec M. Frodon!

– Moi, monsieur! s'écria Sam, bondissant comme un chien invité à la promenade. Moi, aller voir des Elfes et tout? Hourra! cria-t-il.

Et il fondit en larmes.

CHAPITRE III

TROIS FONT DE LA COMPAGNIE

– Vous devriez partir sans bruit et bientôt, dit Gandalf.

Deux à trois semaines s'étaient écoulées, et Frodon ne semblait faire aucun préparatif de départ.

– Je sais. Mais l'un et l'autre sont difficiles, objecta-t-il. Si je disparais simplement comme Bilbon, l'histoire courra toute la Comté en un rien de temps.

– Bien sûr que vous ne devez pas disparaître! s'écria Gandalf. Cela n'irait pas du tout! J'ai dit *bientôt*, je n'ai pas dit *à l'instant*. Si vous pouvez imaginer un moyen quelconque de sortir à la dérobée de la Comté sans que ce soit connu de tous, cela vaudrait bien un peu de délai. Mais il ne faut pas attendre trop longtemps.

– Que penseriez-vous de l'automne, le jour de notre anniversaire ou après? demanda Frodon. Je crois pouvoir prendre certaines dispositions d'ici là.

A vrai dire, il lui répugnait beaucoup de partir, maintenant qu'il était au pied du mur. Cul-de-Sac lui semblait une résidence plus agréable qu'elle ne lui avait paru depuis des années, et il voulait goûter le plus possible de son dernier été dans la Comté. Il savait que, l'automne venu, une partie au moins de son cœur envisagerait plus aisément le voyage, comme il en allait toujours à cette saison. Il avait en fait décidé en son for intérieur de partir le jour de ses cinquante ans : le cent vingt-huitième anniversaire de Bilbon. Ce qui lui semblait en quelque sorte le jour adéquat pour se mettre en route et le suivre. Suivre Bilbon était son premier objectif et celui qui rendait supportable l'idée de départ. Il pensait aussi peu que possible à l'Anneau et à la destination à laquelle celui-ci pourrait l'amener en fin de compte. Mais il ne fit pas part de toutes ses pensées à Gandalf. Ce que devinait le magicien était toujours difficile à déterminer.

Il regagna Frodon et sourit :

— Bon, dit-il. Je pense que cela ira, mais il ne faut pas que ce soit plus tard. Je commence à être très inquiet. En attendant, faites bien attention, et ne laissez sortir aucune allusion à l'endroit où vous allez! Et veillez à ce que Sam Gamegie ne parle pas. S'il le faisait, je le métamorphoserais véritablement en crapaud.

— Pour ce qui est de *l'endroit* où je vais, répliqua Frodon, j'aurais bien de la peine à le révéler, car je n'en ai encore guère idée moi-même.

— Ne soyez pas stupide! dit Gandalf. Je ne vous mets pas en garde contre la remise d'une adresse au bureau de poste! Mais vous quittez la Comté, et cela ne devrait pas se savoir avant que vous soyez loin. Et il faudra bien aller – ou du moins partir – vers le nord, le sud, l'ouest ou l'est, et la direction ne doit assurément pas être connue.

— J'ai été tellement absorbé par la pensée de quitter Cul-de-Sac et de dire adieu que je n'ai même pas considéré la question de la direction, dit Frodon. Car où dois-je aller? Et d'après quoi me dirigerai-je? Quelle doit être ma quête? Bilbon était parti chercher un trésor, en aller et retour; mais moi, je dois en prendre un et ne pas revenir, pour autant que je puisse voir.

— Mais vous ne pouvez voir très loin, dit Gandalf. Ni moi non plus. Ce peut être votre tâche de trouver les Crevasses du Destin, mais cette recherche peut être réservée à d'autres; je n'en sais rien. En tout cas, vous n'êtes pas encore prêt pour cette longue route.

— Non, certes! dit Frodon. Mais en attendant, quel chemin dois-je suivre?

— Celui du danger, mais pas inconsidérément, pas trop directement, répondit le magicien. Si vous voulez mon avis, allez vers Fondcombe. Ce voyage-là ne devrait pas être trop périlleux, encore que la route soit moins facile qu'elle ne le fut – et elle empirera avec le déclin de l'année.

— Fondcombe! dit Frodon. Bon. J'irai vers l'est et je me dirigerai vers Fondcombe. J'emmènerai Sam voir les Elfes; il sera ravi.

Il parlait d'un ton léger, mais son cœur fut soudain pris du désir de voir la maison d'Elrond Semi-Elfe et de respirer l'air de cette vallée profonde où bon nombre des Belles Gens vivaient encore en paix.

Un soir d'été, une nouvelle étonnante parvint au *Buisson de Lierre*, et au *Dragon Vert*. On oublia les Géants et autres mauvais présages aux frontières de la Comté pour des questions plus importants : M. Frodon vendait Cul-de-Sac. En vérité, c'était déjà fait... aux Sacquet de Besace!

« Et pour une somme rondelette », disaient certains. « Très bon marché », disaient d'autres. Et c'était plus probable, l'acheteur étant Mme Lobelia. (Othon était mort quelques années auparavant, à l'âge mûr, mais déçu, de 102 ans.)

La raison précise pour laquelle M. Frodon vendait son magnifique trou prêtait encore plus à discussion que le prix. D'aucuns tenaient – théorie appuyée par les signes d'assentiment et les allusions de M. Sacquet lui-même – que la fortune de Frodon s'épuisait : il allait quitter Hobbitebourg pour aller vivre simplement du produit de la vente dans le Pays de Bouc, auprès de ses cousins Brandebouc. « Aussi loin que possible des Sacquet de Besace », ajoutaient certains. Mais l'idée de la richesse incommensurable des Sacquet de Cul-de-Sac était si bien ancrée que la plupart des gens avaient peine à y croire, plus même qu'à toute autre raison ou déraison que pouvait leur suggérer leur imagination : pour la plupart, cette vente évoquait une machination ténébreuse, jusqu'alors secrète, de Gandalf. Bien qu'il se tînt très tranquille et qu'il ne se montrât pas de jour, il était bien connu qu'il « se cachait dans Cul-de-Sac ». Mais de quelque façon qu'un déplacement pût s'accorder avec les desseins de sa magie, il n'y avait aucun doute sur ce fait : M. Frodon Sacquet retournait au Pays de Bouc.

– Oui, je déménagerai à l'automne, disait-il. Merry Brandebouc me cherche un gentil petit trou, ou peut-être une petite maison.

En fait, avec l'aide de Merry, il avait déjà choisi et acheté une petite maison au Creux-de-Crique dans le pays au-delà de Châteaubouc. Pour tout le monde, hormis Sam, il prétendit qu'il allait s'établir là en permanence. La décision de s'en aller vers l'est lui en avait suggéré l'idée; car le Pays de Bouc était situé à la frontière orientale de la Comté, et, comme il y avait vécu dans son enfance, son retour là-bas était tout à fait digne de créance.

Gandalf resta plus de deux mois dans la Comté. Puis, un soir, à la fin de juin, peu après l'arrangement définitif du plan de Frodon, il annonça soudain son départ pour le lendemain matin :

– Pour peu de temps seulement, j'espère, dit-il. Mais je descends au-delà des frontières du sud pour recueillir, si possible, des nouvelles. Je suis resté inactif plus longtemps que je ne l'aurais dû.

Son ton était léger, mais Frodon eut l'impression qu'il était assez soucieux :

– S'est-il passé quelque chose? demanda-t-il.

– Euh... non; mais j'ai appris quelque chose qui m'inquiète et qui mérite d'être approfondi. Si je juge, après tout, que votre départ doive être immédiat, je reviendrai aussitôt, ou tout au moins vous le ferai-je savoir. En attendant, tenez-vous-en à votre plan; mais faites plus attention que jamais, particulièrement à l'Anneau. Permettez-moi d'insister encore une fois : *ne vous en servez pour rien au monde!*

Il partit à l'aube.

– Je puis revenir à tout moment, dit-il. Au plus tard, je serai là pour la réunion d'adieu. Je pense après tout que vous pourrez avoir besoin de ma compagnie sur la route.

Au début, Frodon fut passablement troublé, et il se demanda souvent ce que Gandalf pouvait bien avoir entendu dire; mais son malaise s'estompa et, avec le beau temps, il oublia un moment ses inquiétudes. La Comté avait rarement joui d'un si bel été ou d'un si riche automne : les arbres étaient chargés de pommes, le miel dégouttait des rayons, et les épis étaient grands et fournis.

L'automne s'avançait déjà quand Frodon commença de s'inquiéter de nouveau de Gandalf. Septembre passa, et il n'y avait toujours pas de nouvelles du magicien. L'anniversaire et le déménagement approchaient, et il ne venait toujours pas plus qu'il ne s'annonçait. L'affairement commença à Cul-de-Sac. Des amis de Frodon vinrent en séjour pour l'aider à emballer : il y avait Fredegar Bolger et Foulque Bophin, et, naturellement, ses amis intimes, Pippin Touque et Merry Brandebouc. A eux-tous, ils mirent tout sens dessus dessous.

Le 20 septembre, deux charrettes couvertes partirent chargées pour le Pays de Bouc, emportant le mobilier et les biens que Frodon n'avait pas vendus vers son nouveau domicile, via le Pont de Brandevin. Le lendemain, Frodon commença à devenir vraiment inquiet, et il guettait sans répit la venue de Gandalf. Le jeudi, matin de son anniversaire, le jour se leva aussi beau et clair que, longtemps auparavant, pour la grande réception de Bilbon. Mais Gandalf n'apparut toujours pas. Dans la soirée, Frodon donna sa fête d'adieu : elle était restreinte, un simple dîner pour lui et ses quatre commensaux; mais il était troublé, et il ne se sentait pas dans l'humeur adéquate. La pensée d'une séparation prochaine de ses jeunes amis pesait sur son cœur. Il se demandait comment leur annoncer la nouvelle.

Les quatre jeunes Hobbits étaient toujours pleins d'entrain, et la soirée ne tarda pas à devenir très gaie en dépit de l'absence de Gandalf. La salle à manger était nue en dehors d'une table et de chaises, mais la chère était bonne, et il y avait du bon vin : le vin de Frodon ne figurait pas dans la vente aux Sacquet de Besace.

– Quoi qu'il advienne du reste de mes affaires, quand les Sacquet de Besace poseront leurs griffes dessus, j'ai en tout cas trouvé une bonne retraite pour ceci! dit Frodon, vidant son verre – c'était la dernière goutte de Vieux-Clos.

Après avoir chanté beaucoup de chansons et parlé de maintes choses qu'ils avaient faites ensemble, ils portèrent un toast à l'anniversaire de Bilbon et ils burent à sa santé conjointement à celle de Frodon, selon la coutume de celui-ci. Puis ils sortirent humer l'air et admirer les étoiles, et s'en furent se coucher. La soirée de Frodon était terminée, et Gandalf n'était pas venu.

Le lendemain matin, ils s'affairèrent à charger une autre charrette du restant des bagages. Merry en prit la direction et s'en fut avec le Gros (c'est-à-dire Fredegar Bolger).

– Quelqu'un doit arriver là-bas avant pour chauffer la maison pour ton arrivée, dit Merry. A bientôt – après-demain, si tu ne t'endors pas en route!

Foulque rentra chez lui après le déjeuner, mais Pippin resta derrière. Frodon était agité et inquiet, guettant en vain un écho de Gandalf. Il décida d'attendre jusqu'à la tombée de la nuit. Après cela, si Gandalf voulait le voir d'urgence, il irait à Creux-de-Crique, où il pourrait même arriver le premier. Car Frodon partait à pied. Son plan était – tant pour le plaisir que pour jouir d'un dernier regard sur la Comté – de marcher sans se presser de Hobbitebourg au Bac de Châteaubouc.

– Et puis cela m'entraînera un peu, dit-il, se regardant dans un miroir poussiéreux du vestibule à demi vide. (Il y avait longtemps qu'il n'avait fait aucune marche fatigante, et son image avait un certain air de mollesse, se dit-il.)

Après le déjeuner, surgirent les Sacquet de Besace, Lobelia et son fils Lothon aux cheveux blond roux, au grand ennui de Frodon. « Enfin à nous! » s'écria Lobelia en pénétrant dans la maison. Ce n'était guère poli, ni strictement vrai, puisque la vente de Cul-de-Sac ne prenait effet qu'à partir de minuit. Mais Lobelia avait peut-être quelque excuse : elle avait dû attendre Cul-de-Sac environ soixante-dix-sept ans de plus qu'elle ne l'avait escompté, et elle avait alors cent ans. Quoi qu'il en fût, elle était venu s'assurer que rien n'avait été emporté de ce qu'elle avait payé; et elle voulait les clefs. Il fallut un long temps pour la satisfaire, car elle avait apporté un inventaire détaillé qu'elle vérifia de bout en bout. Enfin elle partit avec Lothon et le double de la clef, non sans s'être fait promettre que l'autre exemplaire serait déposé chez les Gamegie, Chemin des Trous-du-Talus. Elle grogna, montrant clairement qu'elle pensait les Gamegie capables de piller le trou au cours de la nuit. Frodon ne lui offrit pas le moindre thé.

Il prit le sien avec Pippin et Sam Gamegie dans la cuisine. Il avait été officiellement annoncé que Sam allait en Pays de Bouc « au service de M. Frodon et pour s'occuper de son bout de jardin »; arrangement approuvé par l'Ancien, bien que cela ne le consolât aucunement de la perspective d'avoir Lobelia pour voisine.

– Notre dernier repas à Cul-de-Sac! dit Frodon, repoussant sa chaise.

Ils abandonnèrent la vaisselle à Lobelia. Pippin et Sam sanglèrent leurs trois paquets et les empilèrent sous le porche. Pippin sortit faire un dernier tour dans le jardin. Sam disparut.

Le soleil descendit. Cul-de-Sac paraissait triste, morne et désordonné. Frodon erra par les pièces familières; il vit la lumière du crépuscule s'évanouir sur les murs, et les ombres s'avancer furtivement des coins. L'obscurité gagna lentement l'intérieur. Frodon sortit et alla jusqu'à la grille au bout de l'allée; puis il descendit un peu sur la

Route de la Colline. Il s'attendait à moitié à voir Gandalf monter à grands pas dans la nuit tombante.

Le ciel était clair et les étoiles commençaient de briller. « Ça va être une belle nuit, dit-il tout haut. Bon début. J'ai envie de marcher. Je ne puis plus supporter de traîner. Je vais partir, et Gandalf devra me suivre. » Il se retourna pour rentrer, puis s'arrêta au son d'une voix juste derrière le tournant au bout du Chemin des Trous-du-Talus. L'une était indubitablement celle du Vieil Ancien; l'autre était étrange et assez déplaisante. Il ne put discerner ce qu'elles disaient, mais il entendait les réponses de l'Ancien, assez stridentes. Le vieillard semblait énervé.

— Non, M. Sacquet est parti. Il est parti ce matin, et mon Sam est parti avec lui; de toute façon, ses affaires sont parties. Oui, vendues et liquidées, je vous dis. Pourquoi? Ça ne me regarde pas, ni vous non plus. Où? Ce n'est pas mon secret. Il est allé à Châteaubouc ou quelque part comme ça, au loin, là-bas. Oui, la route est bonne. Je n'ai jamais été aussi loin pour ma part; ce sont des gens bizarres, dans le Pays de Bouc. Non, je ne peux pas transmettre de message. Bonsoir!

Des pas descendirent la colline. Frodon se demanda vaguement pourquoi il ressentait un grand soulagement du fait qu'ils ne montaient pas, au contraire. « J'en ai assez des questions et de la curiosité sur mes faits et gestes, je suppose, se dit-il. Quelle bande de fouinards, ils font tous! » Il eut presque envie d'aller demander à l'Ancien qui était le questionneur; mais il revint sur cette idée, tourna les talons et remonta d'un pas rapide vers Cul-de-Sac.

Pippin était assis sur son bagage sous le porche. Sam n'était pas là. Frodon passa dans l'obscurité de derrière la porte :

— Sam! appela-t-il. Sam! Il est temps!

— Voilà, monsieur!

La réponse vint des profondeurs, bientôt suivie de Sam en personne, qui s'essuyait la bouche. Il venait de faire ses adieux au tonneau de bière dans la cave.

— Tout est paré, Sam?

— Oui, monsieur. Je tiendrai le coup un moment maintenant, monsieur.

Frodon boucla la porte ronde et remit la clef à Sam :

— Cours porter cela chez toi, Sam! dit-il. Puis coupe par le chemin et rejoins-nous aussi vite que possible à la barrière du sentier vers les prairies. Nous ne traverserons pas le village ce soir. Il y a trop d'oreilles et d'yeux à l'affût.

Sam s'en courut à toute allure.

– Eh bien, nous voilà enfin partis! dit Frodon.

Ils chargèrent leurs paquets sur l'épaule, saisirent leur bâton et firent le tour vers le côté ouest de Cul-de-Sac. « Adieu! » dit Frodon, regardant les fenêtres noires et vides. Il fit un signe de la main, puis se retourna et (suivant Bilbon à son insu) se hâta derrière Peregrin dans l'allée du jardin. Arrivés en bas, ils sautèrent à l'endroit moins élevé de la haie et gagnèrent les champs, passant dans l'obscurité comme un bruissement dans les herbes.

Au bas de la colline, sur le versant occidental, ils arrivèrent à la barrière qui ouvrait sur un étroit sentier. Là, ils firent halte et ajustèrent les courroies de leurs paquets. Bientôt Sam survint, à un trot rapide et tout soufflant; son lourd paquet était hissé haut sur ses épaules, et il s'était coiffé d'un sac de feutre informe qu'il qualifiait de chapeau. Dans l'obscurité, il avait tout l'air d'un Nain.

– J'ai l'impression que vous m'avez donné tout ce qu'il y avait de plus lourd, dit Frodon. Je plains les escargots et tout ce qui porte sa maison sur le dos.

– Je pourrais en prendre beaucoup plus, monsieur. Mon paquet est tout à fait léger, dit Sam avec vigueur, mais quelque peu mensongèrement.

– Non, Sam, dit Pippin. C'est bon pour lui. Il n'a rien de plus que ce qu'il nous a dit d'emballer. Il a été assez flemmard depuis quelque temps, et il sentira moins le poids quand il aura perdu un peu de son propre poids par la marche.

– Soyez bon pour un pauvre Hobbit! s'écria Frodon en riant. Je serai mince comme une tige de saule avant d'arriver dans le Pays de Bouc, j'en suis sûr. Mais je disais des bêtises. Je soupçonne que tu as pris plus que ta part, Sam, et j'y mettrai le nez à notre prochain empaquetage. (Il reprit son bâton.) Eh bien, nous aimons tous marcher dans le noir, dit-il; alors, mettons quelques milles derrière nous avant le coucher.

Ils suivirent sur une courte distance le sentier vers l'ouest. Puis, l'abandonnant, ils tournèrent à gauche et reprirent en silence par les champs. Ils longèrent en file indienne des haies et la lisière de taillis, et la nuit les enveloppa de ses ténèbres. Dans leurs manteaux sombres, ils étaient aussi invisibles que s'ils avaient tous des anneaux magiques. Etant tous des Hobbits et s'efforçant au silence, ils ne faisaient aucun bruit audible fût-ce pour des Hobbits. Même les animaux sauvages des champs et des bois remarquèrent à peine leur passage.

Au bout de quelque temps, ils passèrent l'eau à l'ouest de Hobbitebourg sur un étroit pont de planches. La rivière n'était guère plus en cet endroit qu'un sinueux ruban noir, bordé d'aulnes penchés. A un mille ou deux plus au sud, ils traversèrent vivement la grand-route du Pont de Brandevin; ils se trouvaient alors dans le Pays de Touque et, obliquant vers le sud-est, ils allèrent en direction du Pays de la Colline Verte. Comme ils commençaient à en gravir les premières pentes, ils jetèrent un regard en arrière et virent scintiller dans le lointain les lampes de Hobbitebourg dans la douce Vallée de l'Eau. Cette vue disparut soudain dans les plis du terrain obscurci, et elle fut suivie de celle de Lèzeau près de son étang gris. Quand la lumière de la dernière ferme fut loin derrière eux, perçant parmi les arbres, Frodon se retourna et agita la main en signe d'adieu.

– Je me demande si je contemplerai jamais de nouveau cette vallée, dit-il tranquillement.

Après trois heures de marche, ils firent une pause. La nuit était claire, fraîche et étoilée, mais des traînées de brume montaient lentement comme de la fumée des ruisseaux et des prés profonds le long des pentes. Des bouleaux au feuillage ténu, qui se balançaient au-dessus de leurs têtes dans un vent léger, dessinaient des entre-lacs noirs sur le ciel pâle. Ils mangèrent un souper très frugal (pour des Hobbits), puis reprirent leur route. Ils arrivèrent bientôt à une route étroite qui, montant et descendant, se perdait grise dans l'obscurité : la route de Castelbois et de Stock et du Bac de Châteaubouc. Elle partait en grimpant de la grand-route de la Vallée de l'Eau pour serpenter sur les pentes des Collines Vertes en direction du Bout-des-Bois, un coin sauvage du Quartier de l'Est.

Au bout d'un moment, ils s'enfoncèrent dans une piste profondément encaissée entre de hauts arbres dont les feuilles sèches bruissaient dans la nuit. Il faisait très noir. Au début, ils parlèrent ou fredonnèrent doucement un air en chœur, étant à présent loin de toute oreille indiscrète. Puis ils poursuivirent leur chemin en silence, et Pippin

commença à clampiner. Finalement, comme ils atta-
quaient une pente escarpée, il s'arrêta et se mit à bâiller.

– J'ai tellement sommeil que je vais bientôt tomber sur
la route, dit-il. Allez-vous donc dormir sur vos jambes? Il
est près de minuit.

– Je croyais que tu aimais marcher de nuit, dit Frodon.
Mais rien ne nous presse. Merry nous attend à un
moment quelconque de la journée d'après-demain; cela
nous laisse encore près de deux jours. On s'arrêtera au
premier endroit convenable.

– Le vent est à l'ouest, dit Sam. En arrivant sur l'autre
versant de la colline, on trouvera un endroit abrité et
assez confortable, monsieur. Il y a un bois de sapins secs
juste devant nous, si je me souviens bien.

Sam connaissait bien la région à vingt milles à la ronde
de Hobbitebourg, mais sa géographie n'allait pas plus
loin.

Juste après la crête de la colline, ils arrivèrent au pan
de sapins. Quittant la route, ils pénétrèrent dans la
profonde obscurité des arbres aux senteurs de résine, et
ils rassemblèrent du bois sec et des cônes pour faire du
feu. Ils eurent bientôt un joyeux crépitement de flammes
au pied d'un grand sapin, et ils s'assirent quelque temps
autour, jusqu'au moment où ils commencèrent à dodeliner de la tête. Alors, chacun dans un coin des racines du
grand arbre, ils se ramassèrent dans leurs manteaux et
leurs couvertures, et ils ne tardèrent pas à dormir profondément. Ils n'avaient établi aucune garde; même Frodon ne craignait aucun danger pour le moment, car ils se
trouvaient encore au cœur de la Comté. Quelques bêtes
vinrent les regarder quand le feu se fut éteint. Un renard
qui passait par le bois pour ses propres affaires s'arrêta
plusieurs instants pour flairer le groupe.

– Des Hobbits! pensa-t-il. Qu'est-ce que cela veut dire?
J'ai entendu parler d'étranges faits dans ce pays, mais j'ai
rarement ouï parler d'un Hobbit dormant dehors sous un
arbre. Et ils sont trois! Il y a quelque chose de bien
extraordinaire là-derrière.

Il avait parfaitement raison, mais il n'en sut jamais
davantage.

L'aube se leva, pâle et humide. Frodon fut le premier à
se réveiller, et il constata qu'une racine de l'arbre lui avait
creusé un trou dans le dos et qu'il avait le cou ankylosé.

« Marcher pour le plaisir! Que n'ai-je pris une voiture? se dit-il, comme il faisait d'ordinaire au début d'une expédition. Et tous nos merveilleux lits de plume qui sont vendus aux Sacquet de Besace! Ces racines d'arbres leurs feraient du bien. (Il s'étira.) Debout, Hobbits! s'écria-t-il. Il fait une matinée magnifique.

– Qu'est-ce qu'elle a de magnifique? demanda Pippin, glissant un œil par-dessus sa couverture. Sam! Le petit déjeuner pour neuf heures et demie! Avez-vous fait chauffer l'eau du bain?

Sam sauta sur ses pieds, les yeux encore embués :

– Non, monsieur, non, dit-il.

Frodon arracha les couvertures qui enveloppaient Pippin et le retourna, puis il alla jusqu'à l'orée du bois. A l'est, le soleil se levait tout rouge des brumes qui s'étendaient épaisses sur le monde. Tachées de l'or et du rouge de l'automne, les arbres semblaient naviguer sans racines sur un océan d'ombre. Un peu au-dessous de lui, sur la gauche, la route descendait en pente rapide et disparaissait dans un creux.

A son retour, Sam et Pippin avaient allumé un bon feu :

– L'eau! cria Pippin. Où est l'eau?

– Je ne conserve pas d'eau dans mes poches, dit Frodon.

– On croyait que tu étais allé en chercher, dit Pippin affairé à sortir la nourriture et les tasses. Tu ferais bien de le faire maintenant.

– Tu peux venir aussi, dit Frodon, et emporter toutes les gourdes.

Il y avait un ruisseau au pied de la colline. Ils emplirent leurs gourdes et la marmite à une petite cascade où l'eau tombait de quelques pieds sur un affleurement de pierre grise. Elle était glaciale; et ils s'ébrouèrent en soufflant tandis qu'ils se baignaient le visage et les mains.

Le petit déjeuner terminé et les paquets bien sanglés, il était plus de dix heures et la journée se faisait belle et chaude. Ils descendirent la pente, passèrent le ruisseau à l'endroit où il plongeait sous la route, remontèrent de l'autre côté, puis franchirent un nouvel épaulement de collines; et à ce moment leur chargement de manteaux, couvertures, eau, nourriture et autre équipement commença déjà de leur paraître lourd.

La marche de la journée promettait d'être chaude et

fatigante. Après quelques milles, toutefois, la route cessa de monter et descendre; elle grimpa en zigzags jusqu'au sommet d'une arête escarpée, d'où elle ménageait une dernière descente. Devant eux, ils virent la plaine pointillée de petits bouquets d'arbres qui se fondaient au loin en une brume brunâtre de forêts. Leur regard portait par-dessus le Bout-des-Bois en direction du Brandevin. La route se déroulait devant eux comme un cordon.

– La route se poursuit sans fin, dit Pippin; mais je ne peux pas continuer sans me reposer. Il est grand temps de déjeuner.

Il s'assit sur le talus et regarda au loin dans la brume à l'est, au-delà de laquelle se trouvaient la rivière et la fin de la Comté où il avait passé toute sa vie. Sam était debout à côté de lui. Ses yeux ronds étaient écarquillés – car il contemplait, par-dessus des terres qu'il n'avait jamais vues, un nouvel horizon.

– Y a-t-il des Elfes dans ces forêts? demanda-t-il.

– Pas que je sache, dit Pippin.

Frodon gardait le silence. Lui aussi suivait la route du regard en direction de l'est, comme s'il ne l'avait jamais vue. Soudain il parla, à voix haute mais comme pour lui-même, disant lentement :

La route se poursuit inlassablement
Descendant de la porte où elle commençait.
Maintenant, loin en avant la route est parvenue,
Et je dois suivre, si je le puis,
La poursuivant d'un pied las,
Jusqu'à ce qu'elle rencontre quelque voie plus large
Où maints sentiers et courses se rencontrent.
Et où, alors? Je ne saurais le dire.

– Voilà qui rappelle un peu la poésie du vieux Bilbon, dit Pippin. Ou est-ce une de tes imitations? Ça ne paraît pas très encourageant.

– Je ne sais pas, répondit Frodon. Ça m'est venu comme si je l'inventais; mais j'ai pu l'entendre jadis. Il est certain que ça me rappelle beaucoup Bilbon dans les dernières années, avant son départ. Il disait souvent qu'il y avait une seule route; qu'elle ressemblait à une grande rivière; ses sources étaient à chaque porte, et tout sentier était son affluent.

« C'était une affaire dangereuse de passer ta porte, Frodon, me disait-il. Tu vas sur la route et, si tu ne retiens pas tes pieds, Dieu sait jusqu'où tu pourrais être emporté. Te rends-tu compte que c'est ici le chemin même qui traverse la Forêt Noire et que, si tu te laisses faire, il pourrait t'emmener au Mont Solitaire, ou même au-delà, à des endroits pires ? »

« Il disait cela dans l'allée devant la porte d'entrée de Cul-de-Sac, particulièrement quand il était sorti faire une longue promenade à pied.

– Eh bien, la route ne m'emportera nulle part avant une heure au moins, dit Pippin, mettant sac à terre.

Les autres suivirent son exemple, appuyant leurs paquets contre le talus et étendant leurs jambes sur la route. Après un temps de repos, ils firent un bon déjeuner, et puis se reposèrent encore.

Le soleil était bas et la lumière de l'après-midi s'allongeait sur la terre quand ils descendirent la colline. Jusque-là, ils n'avaient pas rencontré une âme sur la route. Cette voie était peu usitée, étant à peine propre à la circulation des charrettes, et il y avait peu de trafic en direction du Bout-des-Bois. Ils faisaient leur petit bonhomme de chemin depuis une heure ou plus, quand Sam s'arrêta un moment comme pour écouter. Ils se trouvaient alors en terrain plat, et la route, après beaucoup de méandres, s'étendait droit devant eux à travers des prairies parsemées de grands arbres qui annonçaient l'approche des bois.

– J'entends un poney ou un cheval qui vient sur la route derrière nous, dit Sam.

Ils se retournèrent, mais une courbe les empêchait de voir loin :

– Je me demande si c'est Gandalf qui vient nous rejoindre, dit Frodon, mais tout en prononçant ces mots, il eut le sentiment que ce ne l'était pas, et il fut pris d'un soudain désir de se cacher à la vue du cavalier.

– Cela peut n'avoir que peu d'importance, dit-il d'un ton d'excuse, mais je préférerais ne pas être vu sur la route – par personne. J'en ai par-dessus la tête des gens qui épient et discutent mes faits et gestes. Et si c'est Gandalf, ajouta-t-il après réflexion, on pourra lui faire un peu la surprise pour lui revaloir son retard. Mettons-nous à couvert !

Les deux autres coururent vivement sur la gauche se réfugier dans un petit creux non loin de la route. Là, ils se tapirent. Frodon hésita une seconde : la curiosité ou quelque autre sentiment luttait avec son désir de se cacher. Le bruit de sabots approchait. Au dernier moment, il se jeta à plat ventre dans une parcelle d'herbe haute derrière un arbre qui étendait ses branches au-dessus de la route. Puis il leva la tête et jeta un coup d'œil précautionneux par-dessus une des grosses racines.

Un cheval noir, pas un poney de Hobbit, mais un vrai cheval, s'avançait dans le tournant; et dessus était assis un homme de grande taille qui semblait ramassé sur la selle, enveloppé dans un grand manteau noir à capuchon, de sorte que seules ses bottes se voyaient en dessous dans les hauts étriers; sa figure était invisible dans l'ombre.

Arrivé à l'arbre, au niveau de Frodon, le cheval s'arrêta. Le cavalier resta immobile, la tête baissée, comme s'il écoutait. De sous le capuchon vint le son de quelqu'un qui renifle pour saisir une odeur fugitive; la tête se tourna d'un côté à l'autre de la route.

Une peur irraisonnée d'être découvert s'empara soudain de Frodon, et il pensa à son Anneau. Il osait à peine respirer et pourtant le désir de le sortir de sa poche devint si fort qu'il commença de remuer lentement la main. Il sentait qu'il lui suffisait de le glisser à son doigt et qu'alors il serait en sécurité. L'avis de Gandalf paraissait absurde. Bilbon avait utilisé l'Anneau. « Et je suis encore dans la Comté », pensa-t-il comme sa main touchait la chaîne à laquelle l'Anneau était attaché. A ce moment, le cavalier se redressa et agita les rênes. Le cheval repartit, doucement au début, puis à un trot rapide.

Frodon rampa jusqu'au bord de la route et observa le cavalier jusqu'à ce que celui-ci disparût dans le lointain. Il n'en fut pas tout à fait sûr, mais il lui sembla que tout à coup le cheval, avant de disparaître, se détournait et pénétrait parmi les arbres sur la droite.

— Ah ça, je trouve cela très bizarre et certes troublant, se dit Frodon, tout en allant vers ses compagnons.

Pippin et Sam étaient restés à plat dans l'herbe et ils n'avaient rien vu; Frodon leur décrivit donc le cavalier et son étrange conduite.

— Je ne sais pas pourquoi, mais je suis sûr qu'il me cherchait ou qu'il *humait* ma piste; et je suis tout aussi certain que je ne voulais pas qu'il me découvrît. Je n'ai jamais rien vu ou senti de semblable dans la Comté jusqu'à ce jour.

— Mais qu'est-ce qu'une des Grandes Gens a à faire

avec nous? demanda Pippin. Et que fait-il dans cette partie du monde?

– Il y a des Hommes dans les parages, répondit Frodon. Dans le Quartier Sud, ils ont eu des ennuis avec les Grandes Gens, je crois. Mais je n'ai jamais entendu parler de rien de semblable à ce cavalier. Je me demande d'où il vient.

– Sauf votre respect, dit Sam, intervenant soudain, je sais d'où il vient. C'est de Hobbitebourg que vient ce cavalier noir-là, à moins qu'il n'y en ait plus d'un. Et je sais où il va.

– Que veux-tu dire? s'écria vivement Frodon, le regardant avec étonnement. Pourquoi n'as-tu rien dit plus tôt?

– Je viens seulement de me rappeler, monsieur. Voici comment ça s'est passé : quand je suis revenu à notre trou hier soir avec la clef, mon père il m'a dit :

« *Tiens, Sam!* qu'il dit, *je te croyais parti ce matin avec M. Frodon. Y a eu un bonhomme bizarre qu'a demandé après M. Sacquet de Cul-de-Sac, et il vient tout juste de partir. Je l'ai envoyé à Châteaubouc. C'est pas que j'aimais beaucoup son ton. Il avait l'air assez furieux quand je lui dis que M. Sacquet avait définitivement quitté son vieux domicile. Il m'a sifflé après, oui. Ça m'a donné le frisson.* »

« *Quel genre de type c'était?* » que j'ai demandé à l'Ancien.

« *Je sais pas*, qu'il dit; *mais c'était pas un Hobbit. Il était grand et noiraud, et il s'est penché sur moi. Je pense que c'était une des Grandes Gens de l'étranger. Il avait un drôle d'accent.* »

« Je n'ai pas pu rester pour en savoir plus long, monsieur, parce que vous m'attendiez; et je n'y ai pas prêté grande attention moi-même. L'Ancien se fait vieux, et il devait faire presque nuit quand ce type a monté la colline et l'a trouvé en train de prendre l'air au bout de notre chemin. J'espère qu'il n'a pas fait de mal, monsieur, ni moi non plus.

– L'Ancien n'est à blâmer en aucune façon, dit Frodon. En fait, je l'ai entendu parler à un étranger qui semblait s'enquérir de moi, et j'ai failli aller lui demander qui c'était. Je regrette de ne l'avoir pas fait ou que tu ne m'en aies pas parlé plus tôt. J'aurais peut-être fait plus attention sur la route.

– Mais il peut n'y avoir aucun rapport entre ce cavalier et l'étranger de l'Ancien, dit Pippin. On a quitté Hobbitebourg assez secrètement, et je ne vois pas comment il aurait pu nous suivre.

– Et le *flair*, monsieur? dit Sam. Et l'Ancien a dit que c'était un noiraud.

– J'aurais bien dû attendre Gandalf, murmura Frodon. Mais peut-être cela n'aurait-il fait qu'empirer les choses.

– Alors tu sais ou tu devines quelque chose sur ce cavalier? dit Pippin, qui avait saisi la teneur du murmure.

– Je ne sais pas, et je préfère ne pas faire d'hypothèse, dit Frodon.

– Bon, cousin Frodon! Tu peux garder ton secret, si tu veux faire le mystérieux. En attendant, que doit-on faire? J'aimerais bien casser la croûte et boire un coup, mais je crois qu'on ferait mieux de décamper d'ici. Ton commentaire sur les cavaliers humant avec des nez invisibles m'inquiète.

– Oui, je crois que nous allons partir maintenant, dit Frodon; mais pas par la route – pour le cas où ce cavalier reviendrait ou qu'un autre le suive. Il faudrait faire un bon bout de chemin aujourd'hui. Le Pays de Bouc est encore à bien des milles d'ici.

Comme ils repartaient, l'ombre des arbres s'étirait longue et mince sur l'herbe. Ils se tenaient à présent à un jet de pierre sur la gauche de la route, autant que possible hors de vue. Mais cela les retardait, car l'herbe était épaisse et en touffes, le sol inégal, et les arbres commençaient à s'assembler en fourrés.

Le soleil s'était couché rouge derrière les collines dans leur dos, et le soir tombait à leur retour sur la route, à la fin de la longue surface de niveau sur laquelle elle se déroulait tout droit depuis plusieurs milles. A cet endroit, elle décrivait une courbe sur la gauche pour descendre dans les basses terres du Yale et se diriger vers Stock; mais un chemin se détachait sur la droite et serpentait à travers une forêt de vieux chênes en direction de Castelbois.

– Voilà ce qu'il nous faut, dit Frodon.

Non loin de l'embranchement, ils tombèrent sur l'énorme carcasse d'un arbre : il était encore vivant et il y avait des feuilles sur les petites branches qui avaient poussé autour des moignons de ses membres depuis longtemps tombés; mais il était creux et on pouvait y entrer par une grande fissure sur le côté opposé à la route. Les Hobbits se glissèrent à l'intérieur et s'assirent là sur un sol de vieilles feuilles et de bois pourri. Ils se reposèrent et prirent un repas léger, parlant doucement et écoutant de temps à autre.

Le crépuscule les environnait quand ils regagnèrent le chemin. Le vent d'ouest soupirait dans les branches. Les feuilles susurraient. Bientôt, la route commença de sombrer doucement mais sans rémission dans l'obscurité. Une étoile sortit au-dessus des arbres à l'est qui s'enténébrait devant eux. Ils marchaient côte à côte et au pas pour maintenir leur allant. Au bout de quelque temps, comme les étoiles se faisaient plus fournies et plus brillantes, le sentiment d'inquiétude les quitta et ils cessèrent de guetter le son de sabots. Ils se mirent à fredonner doucement à la façon des Hobbits quand ils marchent, surtout à l'approche de leur maison la nuit. Chez la plupart, c'est une chanson à souper ou une berceuse; mais ceux-ci fredonnèrent une marche (qui n'était pas sans allusions au souper et au lit, bien sûr). Les paroles étaient de Bilbon Sacquet sur un air aussi ancien que les collines, et il les avait enseignées à Frodon tandis qu'ils parcouraient les chemins de la Vallée de l'Eau en parlant de l'Aventure.

> *Dans l'âtre, le feu est rouge,*
> *Sous le toit, il y a un lit;*
> *Mais nos pieds ne sont pas encore las,*
> *Nous pouvons encore rencontrer derrière le tournant*
> *Un arbre soudain ou une pierre levée*
> *Que nul autre n'a vus que nous seuls.*
> *Arbre, fleur, feuille, herbe,*
> *Qu'ils passent! Qu'ils passent!*
> *Colline et eau sous le ciel,*
> *Passons-les! Passons-les!*
>
> *Encore derrière le tournant peut attendre*
> *Une nouvelle route ou une porte secrète,*
> *Et, bien que nous les passions aujourd'hui,*
> *Demain nous pouvons revenir par ici*
> *Et prendre les sentiers cachés qui courent*
> *Vers la lune ou vers le soleil.*
> *Pomme, épine, noix et prunelle,*
> *Laissons-les! Laissons-les!*
> *Sable et pierre, étang et combe,*
> *Adieu! Adieu!*

La maison est derrière, le monde devant,
Et il y a bien des chemins à parcourir
A travers les ombres jusqu'à l'orée de la nuit,
Jusqu'à ce que les étoiles soient toutes allumées.
Alors, monde derrière et maison devant,
Nous reviendrons vers la maison et le lit.
Brume et crépuscule, nuage et ombre,
S'évanouiront! S'évanouiront!
Feu et lampe, et viande et pain,
Et puis au lit! Et puis au lit!

La chanson s'acheva :

– Et *maintenant* au lit! Et *maintenant* au lit! chanta Pippin d'une voix haute.

– Chut! dit Frodon. Je crois que j'entends de nouveau des sabots.

Ils s'arrêtèrent soudain et se tinrent aussi silencieux que des ombres d'arbres, l'oreille tendue. Un bruit de sabots se faisait entendre dans le sentier, à quelque distance derrière eux, mais il approchait lentement, clairement porté par le vent. Vite et sans bruit, ils se glissèrent hors du chemin et coururent se mettre à couvert dans l'ombre des chênes.

– N'allons pas trop loin! dit Frodon. Je ne veux pas être vu, mais je veux voir si c'est un autre cavalier noir.

– Bon! dit Pippin. Mais n'oublie pas le humage!

Le bruit de sabots approcha. Ils n'eurent pas le temps de chercher une meilleure cachette que l'obscurité générale sous les arbres; Sam et Pippin se tapirent derrière un gros fût, tandis que Frodon revenait en rampant de quelques mètres vers le chemin. Celui-ci apparaissait gris et pâle comme une ligne de lumière qui se perdait dans la forêt. Au-dessus, les étoiles étaient serrées dans le ciel obscur, mais il n'y avait pas de lune.

Le son des sabots s'arrêta. Comme Frodon observait, il vit quelque chose de sombre traverser l'espace plus clair entre deux arbres, puis faire halte. Cela ressemblait à l'ombre noire d'un cheval mené par une ombre noire plus petite. L'ombre noire se tenait tout près de l'endroit où ils avaient quitté le chemin, et elle se balançait de côté et d'autre. Frodon crut entendre un reniflement. L'ombre se pencha jusqu'à terre, puis se mit à ramper vers lui.

Une fois de plus, le désir de glisser l'Anneau à son doigt s'empara de Frodon; mais cette fois, il était plus fort qu'auparavant. Si fort qu'avant de se rendre compte de ce qu'il faisait, sa main tâtonnait dans sa poche. Mais à ce moment se fit entendre le son de chants et de rires mêlés. De claires voix s'élevaient et retombaient dans la nuit étoilée. L'ombre noire se redressa et se retira. Elle grimpa sur le cheval indistinct et sembla disparaître dans les ténèbres de l'autre côté du chemin. Frodon respira de nouveau.

– Des Elfes! s'exclama Sam en un rauque murmure. Des Elfes, monsieur!

Si on ne l'avait ramené en arrière, il se serait précipité hors des arbres pour rejoindre les voix.

– Oui, ce sont des Elfes, dit Frodon. Il s'en rencontre parfois dans le Bout des Bois. Ils ne vivent pas dans la Comté, mais ils y divaguent au printemps et à l'automne de leurs propres terres d'au-delà des Collines des Tours. J'en suis bien heureux! Vous ne l'avez pas vu, mais ce cavalier noir s'est arrêté juste ici, et il rampait précisément vers nous quand le chant s'est élevé. Aussitôt qu'il a entendu les voix, il s'est esquivé.

– Et les Elfes? dit Sam, trop excité pour se préoccuper du cavalier. On ne peut pas aller les voir?

– Ecoutez! Ils viennent de ce côté, dit Frodon. Il suffit de les attendre.

Le chant s'approcha. Une voix claire s'éleva alors au-dessus des autres. Elle chantait dans la belle langue elfique dont Frodon avait quelque connaissance, mais les autres aucune. Le son qui se mariait à la mélodie semblait toutefois prendre dans leur esprit la forme de mots qu'ils ne comprenaient qu'en partie. Voici la chanson, telle que Frodon l'entendit :

Blanche-neige! Blanche-neige! O claire dame!
O Reine d'au-delà des Mers Occidentales!
O Lumière pour nous qui errons ici
Parmi le monde des arbres entrelacés!

Gilthoniel! O Elbereth!
Vifs sont tes yeux et claire ton haleine!
Blanche-neige! Blanche-neige! Nous chantons pour toi
Dans une terre lointaine au-delà de la Mer.

O Etoiles qui dans l'Année sans soleil
Par sa lumineuse main fûtes semées,
Dans les champs venteux maintenant brillante et claire
Nous voyons notre floraison d'argent essaimée!

O Elbereth! Gilthoniel!
Nous nous souvenons encore, nous qui demeurons
Dans cette terre lointaine sous les arbres,
De ta lumière stellaire sur les Mers Occidentales.

Le chant s'acheva.

– Ce sont des Hauts Elfes! Ils ont prononcé le nom d'Elbereth! dit Frodon, stupéfait. On voit peu de ces plus Belles Gens dans la Comté. Il n'en reste plus beaucoup dans la Terre du Milieu, à l'est de la Grande Mer. C'est là, certes, une étrange chance!

Les Hobbits s'assirent dans l'ombre sur le bas-côté de la route. Les Elfes ne tardèrent pas à descendre le chemin vers la vallée. Ils passèrent lentement, et les Hobbits virent la clarté des étoiles luire sur leurs cheveux et dans leurs yeux. Ils ne portaient pas de lumières, mais, tandis qu'ils marchaient, une lueur semblable à celle de la lune au bord des collines avant son lever tombait autour de leurs pieds. Ils étaient à présent silencieux et, en passant, le dernier Elfe se retourna, regarda vers les Hobbits et rit.

– Salut, Frodon! cria-t-il. Tu es dehors bien tard. Ou peut-être es-tu égaré?

Puis il appela les autres, et toute la compagnie s'arrêta et s'assembla autour d'eux.

– La chose est assurément merveilleuse! dirent-ils. Trois Hobbits dans un bois la nuit! Nous n'avons rien vu de pareil depuis le départ de Bilbon. Qu'est-ce que cela signifie?

– Ce que cela signifie, Belles Gens, dit Frodon, c'est simplement que nous allons dans la même direction que vous, semble-t-il. J'aime marcher sous les étoiles. Mais je jouirais avec reconnaissance de votre compagnie.

– Mais nous n'avons aucun besoin d'autre compagnie, et les Hobbits sont si obtus! répliquèrent-ils en riant. Et comment savez-vous que nous allons du même côté que vous, puisque vous ignorez où nous allons?

– Et comment connaissez-vous mon nom? demanda Frodon en retour.

– Nous savons bien des choses, dirent-ils. Nous t'avons vu souvent autrefois avec Bilbon, encore que tu ne nous aies peut-être pas aperçus.

– Qui êtes-vous, et quel est votre seigneur? demanda Frodon.

– Je suis Gildor, répondit leur chef, l'Elfe qui l'avait hélé en premier. Gildor Inglorion de la Maison de Finrod. Nous sommes exilés; la plupart de nos parents sont depuis longtemps partis, et nous ne faisons maintenant que nous attarder un peu ici avant de repasser la Grande Mer. Mais quelques-uns des nôtres demeurent en paix à Fondcombe. Allons, Frodon, dites-nous donc ce que vous faites. Car nous voyons qu'il y a sur vous une ombre de peur.

– O Sages Gens! dit Pippin, l'interrompant avec ferveur. Parlez-nous des Cavaliers Noirs!

– Les Cavaliers Noirs? dirent-ils à voix basse. Pourquoi cette question sur les Cavaliers Noirs?

– Parce que deux Cavaliers Noirs nous ont rattrapés aujourd'hui, ou l'un d'eux l'a fait à deux reprises, dit Pippin; il s'est éclipsé à votre approche, il y a un moment seulement.

Les Elfes ne répondirent pas immédiatement, mais ils échangèrent doucement quelques paroles dans leur propre langue. Gildor se tourna finalement vers les Hobbits:

– Nous ne parlerons pas de cela ici, dit-il. Nous pensons que vous feriez mieux de venir avec nous. Ce n'est pas dans nos habitudes, mais pour cette fois-ci nous vous emmènerons sur notre route, et vous logerez avec nous ce soir, si vous le voulez.

– Oh, Belles Gens! Ceci est une bonne fortune qui dépasse mon espérance, dit Pippin.

Sam était sans voix.

– Je vous remercie vivement, Gildor Inglorion, dit Frodon, s'inclinant. *Elen sila lùmenni, omentielvo*, une étoile brille sur l'heure de notre rencontre, ajouta-t-il en haut-elfique.

– Attention, amis! s'écria Gildor en riant. Ne racontez pas de secrets. Voici un érudit en langue ancienne. Bilbon était bon maître. Salut, Ami des Elfes! dit-il, s'inclinant devant Frodon. Venez maintenant avec vos amis, et joignez-vous à notre compagnie! Vous feriez mieux de marcher au milieu, de façon à ne pas vous écarter. Vous serez peut-être fatigués avant que nous ne fassions halte.

– Pourquoi? Où allez-vous? demanda Frodon.

– Pour ce soir, nous allons aux forêts des collines qui dominent Castelbois. Cela fait quelques milles, mais vous pourrez vous reposer à la fin, et cela raccourcira votre voyage de demain.

Ils reprirent alors leur marche en silence, passant comme des ombres ou de faibles lueurs : car les Elfes (plus encore que les Hobbits) pouvaient, quand ils le voulaient, marcher sans le moindre bruit ni son de pas. Pippin eut bientôt sommeil, et il trébucha à deux ou trois reprises; mais chaque fois un Elfe de haute taille qui était à côté de lui tendait le bras pour l'empêcher de tomber. Sam marchait à côté de Frodon comme dans un rêve, avec une expression mi-partie de crainte et mi-partie de joie étonnée.

Les bois se firent plus denses de part et d'autre; les arbres étaient à présent plus jeunes et plus épais; et comme le chemin descendait, courant dans un pli des collines, il y avait de nombreux et profonds fourrés sur les pentes montantes de chaque côté. Enfin, les Elfes quittèrent le sentier. Une piste verte s'allongeait presque invisible à travers les halliers sur la droite; et ils en suivirent les méandres dans sa montée le long des pentes boisées jusqu'au sommet d'un épaulement qui s'avançait dans les terres plus basses de la vallée de la rivière. Soudain, ils sortirent de l'ombre des arbres et devant eux se déploya un vaste espace d'herbe, gris sous le ciel nocturne. Les bois l'enserraient de trois côtés; mais vers l'est, le terrain dévalait à pic, et le sommet des arbres sombres qui poussaient au bas de la pente était sous leurs pieds. Au-delà, les terres basses s'étendaient ternes et plates sous les étoiles. Plus près, quelques lumières clignotaient dans le village de Castelbois.

Les Elfes s'assirent sur l'herbe et parlèrent entre eux à mi-voix; ils semblaient ne plus prêter aucune attention aux Hobbits. Frodon et ses compagnons s'enveloppèrent dans leurs manteaux et leurs couvertures, et l'assoupissement les gagna. La nuit s'avança, et les lumières dans la vallée s'éteignirent. Pippin s'endormit, avec une petite butte pour oreiller.

Au loin, haut à l'Orient, se balançait Remmirath, le réseau d'étoiles, et lentement au-dessus des brumes s'éleva la rouge Borgil, brillante comme un joyau de feu. Puis, par quelque mouvement des airs, toute la brume fut tirée comme un voile, et se leva, grimpant par-dessus le pourtour du monde, le Tireur d'Epée du Ciel, Menelvagor à la brillante ceinture. Les Elfes éclatèrent en chants. Soudain, sous les arbres, un feu monta, répandant une lumière rouge.

– Venez! crièrent les Elfes aux Hobbits. Venez! Le moment est venu de la parole et de la gaieté!

Pippin se redressa sur son séant et se frotta les yeux. Il frissonna.

– Il y a du feu dans la grand-salle et de la nourriture pour les hôtes qui ont faim, dit un Elfe debout devant lui.

A l'extrémité sud de la prairie se trouvait une ouverture. Là, le tapis de verdure se poursuivait dans le bois et formait un large espace semblable à une salle couverte d'un plafond de branches d'arbres. Les grands troncs bordaient chaque côté comme des colonnes. Au centre flambait un grand feu de bois, et aux arbres-colonnes, des torches à la lumière d'or et d'argent brûlaient avec continuité. Les Elfes s'assirent autour du feu sur l'herbe ou sur les ronds sciés de vieux troncs. Quelques-uns allaient et venaient tenant des coupes et versant à boire; d'autres apportaient de la nourriture entassée sur des assiettes et des plats.

– Ce n'est que pauvre chère, dirent-ils aux Hobbits, car nous logeons dans la forêt, loin de nos demeures. Si jamais vous êtes nos hôtes à la maison, nous vous traiterons mieux.

– Cela me paraît assez bon pour une fête d'anniversaire, dit Frodon.

Pippin se rappela peu de chose, par la suite, de la nourriture ou de la boisson, car il avait l'esprit accaparé par la lumière sur les visages des Elfes et le son de voix si variées et si belles qu'il avait l'impression de vivre un rêve éveillé. Mais il se souvint d'un pain qui surpassait en saveur une belle miche blanche pour un affamé; et de fruits aussi doux que des baies sauvages et plus parfumés que les fruits cultivés des jardins; il vida une coupe remplie d'une boisson odorante, fraîche comme une source claire, dorée comme un après-midi d'été.

Sam ne put jamais décrire par des mots ni se représenter nettement à lui-même ce qu'il sentit ou pensa cette nuit-là, bien que cela demeurât dans sa mémoire comme un des événements majeurs de son existence. Le plus près qu'il parvint fut de dire :

– Eh bien, monsieur, si j'étais capable de faire pousser des pommes semblables, je m'appellerais un jardinier. Mais c'est le chant qui m'est allé au cœur, si vous voyez ce que je veux dire.

Frodon se tenait là, mangeant, buvant et conversant avec un grand plaisir, mais son esprit se fixait principalement sur les paroles prononcées. Il connaissait un peu le parler elfique, et il écoutait avidement. De temps à autre, il parlait à ceux qui le servaient et les remerciait dans leur propre langue. Ils lui souriaient et disaient en riant :

– Voici un joyau parmi les Hobbits!

Après un moment, Pippin s'endormit, et on le souleva pour l'emporter jusqu'à un berceau de verdure parmi les arbres; là, il fut déposé sur un doux lit, où il dormit tout le reste de la nuit. Sam refusa de quitter son maître. Pippin parti, il vint s'accroupir aux pieds de Frodon, où il finit par dodeliner de la tête et fermer les yeux. Frodon demeura longtemps éveillé, à converser avec Gildor.

Ils parlèrent de maintes choses, anciennes et nouvelles, et Frodon interrogea longuement Gildor sur les événements du vaste monde extérieur à la Comté. Les nouvelles étaient pour la plupart tristes et inquiétantes : les ténèbres grandissantes, des guerres chez les Hommes et la fuite des Elfes. Enfin, Frodon posa la question qui lui tenait le plus cœur :

– Dites-moi, Gildor, avez-vous vu Bilbon depuis qu'il nous a quittés?

Gildor sourit :

– Oui, répondit-il. Deux fois. Il nous a dit adieu ici même. Mais je l'ai revu une autre fois, loin d'ici.

Il ne voulut pas en dire davantage sur Bilbon, et Frodon se tint coi.

– Vous ne me demandez ni ne me dites pas grand-chose en ce qui vous concerne vous-même, Frodon, dit Gildor. Mais j'en sais déjà un peu, et je puis en lire davantage sur votre figure et dans la pensée qui dicte vos questions. Vous quittez la Comté et pourtant vous doutez de trouver ce que vous cherchez, d'accomplir ce que vous vous proposez ou de jamais revenir. N'est-il pas vrai?

– Si, dit Frodon; mais je croyais que mon départ était un secret connu seulement de Gandalf et de mon fidèle Sam.

Il abaissa le regard sur Sam, qui ronflait doucement.

– Le secret n'atteindra pas l'Ennemi de notre fait, dit Gildor.

– L'Ennemi? dit Frodon. Vous savez donc pourquoi je quitte la Comté?

– Je ne sais pas pour quelle raison l'Ennemi vous poursuit, répondit Gildor; mais je vois que c'est le cas – aussi étrange pourtant que cela me paraisse. Et je vous avertis que le danger est à présent tant devant que derrière vous, et des deux côtés.

– Vous voulez parler des Cavaliers? Je craignais qu'ils ne fussent au service de l'Ennemi. Que *sont* les Cavaliers Noirs?

– Gandalf ne vous a rien dit?

– Rien au sujet de pareilles créatures.

– Eh bien, je pense qu'il ne m'appartient pas de vous en dire davantage – de crainte que la terreur ne suspende votre voyage. Car il me semble que vous n'êtes parti que juste à temps, si même il est encore temps. Il faut maintenant vous hâter, ne pas demeurer ni retourner en arrière : la Comté n'est plus d'aucune protection pour vous.

– Je ne puis imaginer d'information plus terrifiante que vos allusions et vos avertissements! s'exclama Frodon. Je savais que j'avais devant moi des dangers, naturellement; mais je ne m'attendais pas à en rencontrer dans notre propre Comté. Un Hobbit ne peut-il donc se promener en paix de l'Eau à la Rivière?

– Mais ce n'est pas votre propre Comté, dit Gildor. D'autres ont résidé ici avant que les Hobbits n'existassent; et d'autres y résideront de nouveau quand les Hobbits ne seront plus. Le vaste monde vous entoure de tous côtés : vous pouvez vous enclore, mais vous ne pouvez éternellement le tenir en dehors de vos clôtures.

– Je sais – mais elle nous a toujours paru si sûre et si familière! Que puis-je faire, maintenant? Mon destin était de quitter la Comté secrètement et de me rendre à Fondcombe; mais à présent mes pas sont suivis, avant même d'arriver dans le Pays de Bouc.

– Je crois que vous devriez vous en tenir à ce plan, dit Gildor. Je ne pense pas que la route se révèle trop dure pour votre courage. Mais si vous voulez des conseils plus précis, vous devriez les demander à Gandalf. Je ne connais pas les raisons de votre fuite, et j'ignore par conséquent par quel moyen vos poursuivants vous attaqueront. Cela, Gandalf doit le savoir. Sans doute le verrez-vous avant de quitter la Comté?

– Je l'espère. Mais c'est là un autre sujet d'inquiétude. J'ai attendu Gandalf bien des jours. Il aurait dû venir à

Hobbitebourg au plus tard la nuit avant-dernière; mais il n'a jamais paru. Je me demande maintenant ce qui a pu arriver. Devrais-je l'attendre?

Gildor resta un moment silencieux.

– Cette nouvelle ne me plaît pas, dit-il enfin. Que Gandalf soit en retard ne présente rien de bon. Mais il est dit : « Ne vous mêlez pas des affaires des magiciens, car ils sont subtils et prompts à la colère. » C'est à vous de choisir : partir ou attendre.

– Et il est également dit : « N'allez pas demander conseil aux Elfes, car leur réponse sera en même temps non et oui », répliqua Frodon.

– Vraiment? dit Gildor, riant. Les Elfes donnent rarement un avis inconsidéré, car un avis est un don dangereux, même de sage à sage, et tous les partis peuvent mal tourner. Mais que voudriez-vous? Vous ne m'avez pas tout dit à votre sujet; comment pourrais-je donc choisir mieux que vous? Mais si vous tenez absolument à un avis, je vais vous le donner par amitié. Je pense que vous devriez partir immédiatement et sans délai; et si Gandalf n'arrive pas avant votre départ, je vous conseille aussi ceci : ne partez pas seul. Emmenez avec vous des amis qui soient sûrs et disposés à vous accompagner. Et vous devriez m'être reconnaissant, car je ne vous donne pas ce conseil de bon cœur. Les Elfes ont leurs propres labeurs et leurs propres peines, et ils ne s'occupent guère des façons des Hobbits ou de toutes autres créatures sur terre. Nos chemins croisent rarement les leurs, que ce soit par hasard ou à dessein. Dans la présente rencontre, il peut y avoir un peu plus qu'un hasard; mais le dessein n'est pas clair pour moi, et je crains d'en dire trop.

– Je vous suis profondément reconnaissant, dit Frodon; mais je voudrais bien que vous me disiez franchement ce que sont les Cavaliers Noirs. Si je suis votre conseil, il se peut que je ne voie pas Gandalf avant longtemps, et je devrais savoir quel est le danger qui me poursuit.

– Ne vous suffit-il pas de savoir qu'ils sont au service de l'Ennemi? répondit Gildor. Fuyez-les! Ne leur parlez jamais! Ils sont mortels. Ne m'en demandez pas davantage! Mais mon cœur me dit qu'avant que tout ceci ne soit terminé, vous, Frodon, fils de Drogon, vous en saurez plus sur ces choses redoutables que Gildor Inglorion. Qu'Elbereth vous protège!

– Mais où trouverai-je le courage? demanda Frodon. C'est ce dont j'ai le plus besoin.

– Le courage se trouve parfois dans des endroits inattendus, dit Gildor. Ayez bon espoir! Dormez maintenant! Au matin, nous serons partis; mais nous enverrons nos messages par les terres. Les Compagnies Errantes seront au courant de votre voyage, et ceux qui ont du pouvoir pour le bien seront aux aguets. Je vous nomme Ami des Elfes; et que les étoiles brillent sur la fin de votre route! Rarement avons-nous pris autant de plaisir à la rencontre d'étrangers, et il est bon d'entendre les mots de l'ancien langage de la bouche d'autres voyageurs dans le monde.

Frodon se sentit gagner par le sommeil au moment même où Gildor achevait de parler : « Je vais dormir, maintenant », dit-il; l'Elfe le conduisit à un berceau de verdure auprès de Pippin, où il se jeta sur un lit et tomba aussitôt dans un sommeil sans rêve.

CHAPITRE IV

UN RACCOURCI VERS LES CHAMPIGNONS

Au matin, Frodon se réveilla tout dispos. Il était couché dans un berceau formé par un arbre vivant aux branches entrelacées qui pendaient jusqu'à terre; sont lit était de fougère et d'herbe, profond, doux et étrangement odorant. Le soleil brillait à travers les feuilles frémissantes. Il se leva d'un bond et sortit.

Sam était assis sur l'herbe à l'orée du bois. Pippin, debout, étudiait le ciel et le temps. Il n'y avait aucune trace des Elfes.

– Ils nous ont laissé des fruits, de la boisson et du pain, dit Pippin. Viens déjeuner. Le pain est presque aussi bon qu'hier soir. Je ne voulais pas t'en laisser, mais Sam a insisté.

Frodon s'assit à côté de Sam et commença à manger.

– Quel est le programme pour aujourd'hui? demanda Pippin.

– Marcher jusqu'à Châteaubouc aussi vite que possible, répondit Frodon – et il reporta son attention sur la nourriture.

– Crois-tu que nous verrons quelque chose de ces Cavaliers? demanda gaiement Pippin. (Au soleil du matin, la perspective d'en voir toute une troupe ne lui paraissait pas très alarmante.)

– Oui, sans doute, répondit Frodon, qui n'aimait guère ce souvenir. Mais j'espère arriver de l'autre côté de la rivière sans qu'ils nous voient.

– As-tu tiré quelque chose de Gildor à leur sujet?

– Pas grand-chose – seulement des allusions et des énigmes, dit Frodon évasivement.

– L'as-tu interrogé sur le humage?

– Nous n'en avons pas parlé, dit Frodon, la bouche pleine.

– Vous auriez dû. Je suis sûr que c'est très important.

– Dans ce cas, je suis sûr que Gildor aurait refusé de l'expliquer, dit Frodon avec brusquerie. Et maintenant laisse-moi un peu la paix! Je n'ai pas envie de répondre à une kyrielle de questions pendant que je mange. Je veux penser!

– Seigneur! dit Pippin. Au petit déjeuner?

Il s'écarta vers l'extrémité de la prairie.

Dans l'esprit de Frodon, la claire matinée – traîtreusement claire, pensait-il – n'avait pas changé la crainte de poursuite; et il réfléchissait aux paroles de Gildor. La voix joyeuse de Pippin parvint jusqu'à lui. Il courait en chantant sur le gazon.

– Non, je ne pourrais pas, se dit Frodon. Une chose est d'emmener mes jeunes amis se promener avec moi dans la Comté jusqu'à ce que nous ayons faim, que nous soyons fatigués et que la nourriture et le lit soient doux. Les emmener en exil où la faim et la fatigue pourraient être sans remède, en est une tout autre – même s'ils sont volontaires pour venir. L'héritage est à moi seul. Je ne crois pas que je devrais même emmener Sam.

Il regarda Sam Gamegie et s'aperçut que celui-ci l'observait.

– Alors, Sam! dit-il. Qu'en penses-tu ? Je vais quitter la Comté aussi vite que possible – en fait, je suis décidé maintenant à ne pas même attendre un jour au Creux-de-Crique si je peux l'éviter.

– Bien, monsieur!

– Tu veux toujours venir avec moi?

– Oui.

– Cela va être très dangereux, Sam. Ce l'est déjà. Il est très probable qu'aucun de nous n'en reviendra.

– Si vous ne revenez pas, monsieur, moi non plus, ça c'est certain, dit Sam.

« Ne le quitte pas! qu'ils m'ont dit. Le quitter! que j'ai dit. Je n'en ai pas la moindre intention. Je vais avec lui même s'il grimpe à la lune; et si jamais un de ces Cavaliers Noirs cherche à l'arrêter, ils auront à compter avec Sam Gamegie, que j'ai dit. Ils ont ri.

– Qui cela ils, et de quoi parles-tu?

– Les Elfes, monsieur. On a bavardé hier soir, et ils paraissaient savoir que vous partiez, alors je n'ai pas vu la nécessité de le nier. Des gens merveilleux, les Elfes, monsieur! Merveilleux!

– C'est bien vrai, dit Frodon. Tu les aimes toujours, maintenant que tu les as vus de plus près?

– Ils semblent être un peu au-dessus de mes sympathies ou de mes antipathies, pour ainsi dire, répondit lentement Sam. Ce que je pense d'eux a l'air d'importer peu. Ils sont tout à fait différents de ce à quoi je m'attendais – si vieux et si jeunes, et si gais et si tristes, pourrait-on dire.

Frodon regarda Sam avec étonnement, s'attendant presque à voir quelque signe extérieur du curieux changement qui semblait s'être emparé de lui. Cela ne sonnait pas comme la voix de l'ancien Sam Gamegie, assis là, hormis une expression inhabituellement pensive.

– Vois-tu la nécessité de quitter la Comté maintenant – maintenant que ton désir de les voir s'est déjà réalisé? demanda-t-il.

– Oui, monsieur. Je ne sais comment l'exprimer, mais après cette nuit, je me sens différent. Il me semble voir devant moi, en quelque sorte. Je sais que nous allons suivre une très longue route, jusque dans l'obscurité; mais je ne peux pas retourner. Ce n'est plus pour voir des Elfes, ni des dragons, ni des montagnes que je veux... je ne sais pas exactement ce que je veux; mais j'ai quelque chose à faire avant d'en avoir fini, et c'est devant, pas dans la Comté. Il faut que j'aille jusqu'au bout, monsieur, si vous me comprenez.

– Pas tout à fait. Mais je comprends que Gandalf m'a choisi un bon compagnon. Je suis content. Nous irons ensemble.

Frodon acheva son déjeuner en silence. Puis, se levant, il contempla les terres qui s'étendaient devant lui, et il appela Pippin.

– Tout est prêt? dit-il à celui-ci, qui accourait. Il faut partir tout de suite. Nous avons dormi tard; et il y a beaucoup de milles à parcourir.

– *Tu* as dormi tard, tu veux dire, répliqua Pippin. Il y avait longtemps que j'étais debout; et on attend seulement que tu aies fini de manger et de penser.

– J'ai fini l'un et l'autre, à présent. Et je vais gagner le Bac de Châteaubouc aussi vite que possible. Je ne vais pas faire le détour par la route que nous avons quittée hier soir; je vais couper tout droit d'ici à travers la campagne.

– Tu vas voler, alors, dit Pippin. Tu ne pourras pas couper tout droit à pied par où que ce soit dans cette campagne-là.

– En tout cas, on peut prendre un chemin plus court que la route, répondit Frodon. Le Bac est à l'est de Castelbois; mais la route en dur tourne sur la gauche – tu peux voir une courbe là-bas vers le nord. Elle contourne l'extrémité nord du Maresque de façon à rejoindre la chaussée venant du pont au-dessus de Stock. Mais cela est à des milles de notre route. Nous pourrions économiser un quart de la distance en allant en ligne droite au Bac de l'endroit où nous nous trouvons.

– *Les raccourcis font de longs délais*, argumenta Pippin. Le pays est accidenté par ici, et il y a des frontières et toutes sortes de difficultés dans le Maresque – je connais le terrain dans cette région. Et si tu t'inquiètes des Cavaliers Noirs, je ne vois pas en quoi il serait pire de les rencontrer sur une route plutôt que dans un bois ou un champ.

– Il est moins facile de trouver des gens dans les bois et les champs, répliqua Frodon. Et si on est censé être sur la route, il y a des chances qu'on vous cherche sur la route et non en dehors.

– Bon! dit Pippin. Je te suivrai dans toutes les fondrières et tous les fossés. Mais c'est dur! J'avais compté passer par le *Perchoir Doré* à Stock avant le coucher du soleil. La meilleure bière du Quartier de l'Est, ou en tout cas l'était-ce : il y a longtemps que je n'y ai goûté.

– Voilà qui règle la question! dit Frodon. Les raccourcis font peut-être de longs délais, mais les auberges en font de plus longs encore. Il faut à tout prix te tenir à distance du *Perchoir Doré*. Nous voulons arriver à Châteaubouc avant la nuit. Qu'en dis-tu, Sam?

– J'irai avec vous, monsieur Frodon, dit Sam (en dépit d'un doute personnel et d'un profond regret quant à la meilleure bière du Quartier de l'Est).

– Eh bien, si on doit peiner par les fondrières et les ronces, allons-y maintenant! dit Pippin.

Il faisait déjà presque aussi chaud que la veille, mais des nuages commençaient à se lever à l'ouest. Il semblait que le temps dût tourner à la pluie. Les Hobbits descendirent en s'aidant des pieds et des mains un glacis vert escarpé et plongèrent dans l'épaisseur des arbres en contrebas. Leur itinéraire avait été choisi de façon à laisser Castelbois sur leur gauche et à couper en biais a travers les bois ramassés le long de la pente orientale de la colline, pour atteindre au-delà le terrain plat. Ils pourraient alors piquer sur le Bac en terrain libre sauf pour quelques fossés et barrières. Frodon avait calculé qu'ils avaient dix-huit milles à parcourir en ligne droite.

Il ne tarda pas à constater que le hallier était plus touffu et plus emmêlé qu'il ne lui avait paru. Il n'y avait pas de sentiers tracés dans les broussailles, et ils n'allaient pas bien vite. Quand ils furent arrivés tant bien que mal au bas du glacis, ils tombèrent sur un ruisseau qui descendait des collines dans un lit profondément creusé entre des berges escarpées et glissantes, couvertes de ronces. Il coupait très inopportunément le tracé qu'ils avaient choisi. Ils ne pouvaient sauter par-dessus ni, certes, le franchir aucunement sans en sortir trempés, écorchés, et couverts de boue. Ils firent halte, se demandant que faire.

– Première anicroche! dit Pippin avec un sourire sardonique.

Sam Gamegie regarda en arrière. Par une ouverture entre les arbres, il aperçut le sommet de la pente verte qu'ils avaient dévalée.

– Regardez! dit-il, saisissant le bras de Frodon.

Ils regardèrent tous, et, sur le bord, haut au-dessus d'eux, ils virent, se dressant sur le ciel, un cheval. A côté, se penchait une silhouette noire.

Ils abandonnèrent aussitôt toute idée de remonter. Frodon prit la tête et plongea vivement dans l'épaisseur des buissons bordant le ruisseau :

– Ouf! dit-il à Pippin.

– Nous avions tous les deux raison! Le raccourci est déjà devenu aléatoire, mais nous ne nous sommes mis à couvert que juste à temps. Vous qui avez l'ouïe fine, Sam, entendez-vous venir quelque chose?

Ils se tinrent immobiles, retenant leur souffle pour écouter; mais il n'y avait aucun son de poursuite.

– Je ne pense pas qu'il essaierait de faire descendre cette pente à son cheval, dit Sam. Mais j'imagine qu'il sait que nous l'avons descendue. On ferait mieux d'aller de l'avant.

Aller de l'avant n'était pas chose aisée. Ils avaient des paquets à porter, et les buissons et les ronces s'opposaient à leur passage. Ils étaient coupés du vent par la crête derrière eux, et l'air était immobile et étouffant.

Quand ils eurent fini par se frayer un chemin vers un terrain plus découvert, ils avaient chaud, ils étaient fatigués et très écorchés, et de plus ils n'étaient plus très certains de la direction dans laquelle ils allaient. Les rives du ruisseau s'abaissèrent comme ils atteignaient le terrain plat, et il s'élargit, moins profond, dans ses méandres vers le Maresque et la rivière.

— Mais c'est le ruisseau de Stock! dit Pippin. Si nous voulons essayer de revenir à notre itinéraire, il faut traverser tout de suite et prendre à droite.

Ils passèrent le ruisseau en pataugeant et, de l'autre côté, ils traversèrent en hâte un large espace découvert, rempli de joncs et sans arbre. Au-delà, ils atteignirent une nouvelle ceinture d'arbres : de hauts chênes pour la plupart, avec çà et là un orme ou un frêne. Le sol était assez uni, et il y avait peu de broussailles; mais les arbres étaient trop serrés pour leur permettre de voir loin devant eux. Les feuilles étaient soulevées par de brusques coups de vent, et des gouttes commencèrent à tomber du ciel assombri. Puis le vent s'apaisa, et la pluie s'abattit à torrents. Ils clopinèrent aussi vite qu'ils le pouvaient sur des parcelles d'herbe et d'épais amoncellements de feuilles mortes; et tout autour d'eux la pluie crépitait et ruisselait. Ils ne parlaient pas, mais ne cessaient de jeter des regards en arrière et de part et d'autre.

Au bout d'une demi-heure, Pippin dit :

— J'espère que nous ne marchons pas dans la longueur de ce bois! Ce n'est pas une ceinture très épaisse – je dirais pas plus d'un mille à l'endroit le plus large – et nous devrions avoir atteint l'autre côté.

— Il ne vaudrait rien de commencer à zigzaguer, dit Frodon. Cela n'arrangerait pas les choses. Continuons à aller dans le même sens! Je ne suis pas trop sûr de vouloir encore déboucher en terrain découvert.

Ils poursuivirent leur route encore une couple de milles. Puis le soleil brilla de nouveau du milieu de nuages déchiquetés, et la pluie diminua. Il était à présent midi passé, et ils sentirent qu'il était grand temps de déjeuner. Ils firent halte sous un orme : son feuillage, en passe de tourner rapidement au jaune, était encore épais, et le sol à son pied était assez sec et abrité. Quand ils en vinrent à la confection de leur repas, ils découvrirent que les Elfes avaient rempli leurs gourdes d'une boisson claire, couleur d'or pâle : elle avait une odeur de miel de

fleurs très variées, et elle était merveilleusement rafraî-
chissante. Ils ne tardèrent pas à rire, se moquant de la
pluie et des Cavaliers Noirs. Ils sentaient que les derniers
milles seraient bientôt derrière eux.

Frodon s'appuya le dos contre un tronc d'arbre et
ferma les yeux. Sam et Pippin, assis à côté, commencèrent
à fredonner, puis à chanter doucement :

> *Ho! Ho! Ho! A la gourde je recours*
> *Pour calmer mon cœur et noyer ma peine.*
> *La pluie peut tomber, le vent peut souffler,*
> *Et bien des milles être encore à parcourir,*
> *Mais sous un grand arbre je m'étendrai,*
> *Laissant les nuages voguer dans le ciel.*

Ho! Ho! Ho! reprirent-ils plus fort. Ils s'interrompirent
brusquement. Frodon se dressa d'un bond. Un long cri
plaintif venait, porté par le vent, tel le cri de quelque
créature malfaisante et solitaire. Il s'élevait et s'abaissait,
et il s'acheva sur une note stridente. Tandis qu'assis ou
debout ils étaient comme soudainement gelés, un autre
cri répondit, plus faible et plus distant, mais non moins
glaçant pour le cœur. Puis il y eut un silence, rompu
seulement par le son du vent dans les feuilles.

— Et que croyez-vous que c'était? demanda enfin Pippin, quelque peu tremblant malgré ses efforts pour prendre un ton léger. Si c'était un oiseau, je n'ai jamais
entendu son pareil dans la Comté.

— Ce n'était ni un oiseau ni une bête, dit Frodon. C'était
un appel, ou un signal – il y avait des mots dans ce cri,
bien que je n'aie pu les saisir. Mais aucun Hobbit n'a une
telle voix.

Plus rien ne fut dit sur le sujet. Ils pensaient tous aux
Cavaliers, mais personne n'en parla. Ils hésitaient maintenant à partir comme à rester; mais il leur fallait tôt ou
tard traverser le pays découvert pour rejoindre le Bac, et
mieux valait le faire le plus tôt et de jour. Quelques
instants plus tard, ils avaient chargé leurs paquets sur
l'épaule et repris leur route.

Avant peu, le bois arriva à une brusque fin. De vastes
prairies s'étendirent devant eux. Ils constatèrent alors
qu'ils avaient en effet tourné trop au sud. Au loin,
dominant le terrain plat, ils apercevaient la colline basse
de Châteaubouc de l'autre côté de la rivière, mais elle se

trouvait à présent sur leur gauche. Se glissant avec précaution hors des arbres, ils se lancèrent en terrain découvert aussi vite qu'ils le pouvaient.

Au début, ils avaient peur, sortis de l'abri du bois. Loin derrière eux se dressait l'endroit élevé où ils avaient pris le petit déjeuner. Frodon s'attendait presque à voir sur la crête la silhouette distante d'un cavalier se détacher sur le ciel; mais il n'y en avait aucun signe. Le soleil, échappé des nuages démembrés comme il descendait vers les collines d'où ils venaient, brillait maintenant de nouveau de tous ses feux. La peur les quitta, bien qu'ils se sentissent encore assez mal à l'aise. Mais le pays, de moins en moins sauvage, se faisait ordonné. Ils ne tardèrent pas à arriver dans des prés et des champs cultivés; il y avait des haies, des barrières et des fossés d'irrigation. Tout paraissait tranquille et paisible – c'était juste un coin ordinaire de la Comté. Leur courage croissait à chaque pas. La ligne de la rivière approcha, et les Cavaliers Noirs commencèrent à sembler des fantômes des bois, maintenant laissés loin derrière.

Ils longèrent un immense champ de navets et arrivèrent à une forte barrière. Au-delà, un chemin sillonné d'ornières courait entre des haies basses et bien plantées vers un bouquet d'arbres assez éloigné. Pippin s'arrêta.

– Je connais ces champs et cette barrière! dit-il. C'est la Haricotière, la terre du vieux Père Maggotte. Voilà sa ferme, là-bas dans les arbres.

– Les ennuis se succèdent! dit Frodon, l'air presque aussi alarmé que si Pippin eût déclaré que le chemin était la piste menant à l'antre d'un dragon.

Les autres le regardèrent avec surprise.

– Qu'y a-t-il à redire au vieux Maggotte? demanda Pippin. C'est un bon ami de tous les Brandebouc. Il fait la terreur des intrus, bien sûr, et il a des chiens féroces – mais, après tout, on est près de la frontière ici, et les gens doivent être davantage sur leur gardes.

– Je sais, dit Frodon. Mais tout de même, ajouta-t-il avec un rire un peu honteux, lui et ses chiens me terrifient. J'ai évité sa ferme des années durant. Il m'a pris plusieurs fois en train de chercher des champignons sur ses terres, quand j'étais gosse à Château-Brande. La dernière fois, après m'avoir rossé, il m'a désigné à ses chiens.

« Regardez bien, mes agneaux, dit-il : la prochaine fois que ce petit polisson mettra les pieds sur mes terres, vous

pourrez le dévorer. Pour le moment, mettez-le dehors! »
Ils m'ont poursuivi tout le long du chemin jusqu'au Bac.
Je ne suis jamais revenu de ma peur – bien que, je dois le
dire, ces bêtes, qui connaissaient bien leur affaire, ne
m'eussent jamais touché. »

Pippin rit :

– Eh bien, il est temps d'y remédier. Surtout si tu
reviens vivre dans le Pays de Bouc. Le vieux Maggotte est
vraiment un brave homme – si tu ne touches pas à ses
champignons. Suivons le chemin et nous ne serons pas en
infraction. Si nous le rencontrons, c'est moi qui lui
parlerai. C'est un ami de Merry, et je venais souvent avec
lui à une certaine époque.

Ils suivirent donc le chemin jusqu'à ce qu'ils vissent
apparaître parmi les arbres les toits de chaume d'une
grande maison et de bâtiments de ferme. Les Maggotte,
les Barbotteux de Stock et la plupart des habitants du
Maresque vivaient dans des maisons; la ferme était soli-
dement bâtie en brique et elle était complètement entourée d'un haut mur. Un large portail de bois ouvrait le mur
sur le chemin.

A leur approche, des hurlements et des aboiements
terrifiants éclatèrent soudain, et une voix cria : « Etau!
Croc! Loup! Allons, mes agneaux! »

Frodon et Sam s'arrêtèrent pile, mais Pippin continua
d'avancer de quelques pas. Le portail s'ouvrit, et trois
énormes chiens bondirent dans le chemin et se précipitèrent vers les voyageurs, aboyant férocement. Ils ne
prêtèrent aucune attention à Pippin; mais Sam s'aplatit
contre le mur comme les deux chiens à l'aspect de loups
le reniflaient soupçonneusement et montraient les dents
au moindre mouvement. Le plus gros et le plus féroce des
trois s'arrêta, hérissé et grondant, devant Frodon.

Par le portail parut alors un Hobbit d'épaisse et large
carrure, surmontée d'une figure ronde et rougeaude :

– Holà holà! Qui êtes-vous donc, et que désirez-vous?
demanda-t-il.

– Bonjour, monsieur Maggotte! dit Pippin.

Le fermier le regarda avec attention :

– Ah, ça, si c'est pas le petit monsieur Pippin – monsieur Peregrin Touque, je veux dire! s'écria-t-il, son
expression passant du renfrognement au large sourire. Ça
fait bien longtemps qu'on ne vous a pas vu par ici.
Heureusement pour vous que je vous connais. J'allais

juste lancer mes chiens sur tout étranger. Il se passe de curieuses choses ces temps-ci. Evidemment, on a des gens bizarres qui se promènent parfois par ici. Trop près de la rivière, dit-il avec un hochement de tête. Mais ce type-là était le plus étrange que j'aie jamais vu. Il ne passera pas une seconde fois sur mes terres sans permission, si je peux l'empêcher.

— Quel type voulez-vous dire? demanda Pippin.

— Vous ne l'avez pas vu, alors? dit le fermier. Il a monté le chemin vers la chaussée, il n'y a pas longtemps. C'était un drôle de client, et il posait de drôles de questions. Mais peut-être voulez-vous entrer, et on se passera les nouvelles plus confortablement. J'ai une goutte de bonne bière en perce, si vous et vos amis êtes d'accord, monsieur Touque!

Il était clair que le fermier leur en dirait davantage pour peu qu'il lui fût permis de le faire au moment et à la façon de son choix, et ils acceptèrent tous l'invitation.

— Mais les chiens? demanda Frodon avec inquiétude.

Le fermier rit :

— Ils ne vous feront pas de mal, à moins que je ne le leur dise. Ici, Etau! Croc! Suffit! cria-t-il. Suffit! Loup!

Au grand soulagement de Frodon et de Sam, les chiens se détournèrent, les laissant aller librement.

Pippin présenta les deux autres au fermier :

— Monsieur Frodon Sacquet, dit-il. Peut-être ne vous souvenez-vous pas de lui, mais il habitait autrefois à Château-Brande.

Au nom de Sacquet, le fermier sursauta et il jeta un regard aigu sur Frodon. Celui-ci crut un instant que le souvenir des champignons volés s'était réveillé et que les chiens allaient recevoir l'ordre de le mettre dehors. Mais le père Maggotte lui prit le bras.

— Eh bien, c'est-y pas plus étrange que tout? s'exclama-t-il. C'est monsieur Sacquet? Entrez! Il faut qu'on ait une petite conversation.

Ils entrèrent dans la cuisine du fermier et s'assirent près de la vaste cheminée. Mme Maggotte apporta de la bière dans un énorme pot et remplit quatre gobelets. C'était un bon brassage, et Pippin s'estima plus que dédommagé d'avoir manqué le *Perchoir Doré*. Sam, soupçonneux, but sa bière à petites gorgées. Il éprouvait une méfiance naturelle à l'égard des habitants des autres parties de la Comté; de plus, il n'était pas disposé à faire rapidement amitié avec quelqu'un qui avait battu son maître, si anciennement que ce fût.

Après quelques remarques sur le temps et les perspectives agricoles (qui n'étaient pas plus mauvaises qu'à l'ordinaire), le père Maggotte posa son gobelet et les regarda tous l'un après l'autre.

— Alors, monsieur Peregrin, dit-il, d'où venez-vous donc, et où allez-vous? Venez-vous me voir? Car, dans ce cas, vous auriez passé ma porte sans que je vous aperçoive.

— Eh bien, non, répondit Pippin. A vrai dire, puisque vous l'avez deviné, nous sommes entrés dans le chemin par l'autre bout : nous étions venus par vos champs. Mais c'était tout à fait par accident. Nous nous étions perdus dans les bois, presque en partant de Castelbois, en essayant de gagner le Bac par un raccourci.

— Si vous étiez pressés, la route aurait mieux fait votre affaire, dit le fermier. Mais ce n'était pas ça qui me préoccupait; vous pouvez vous promener sur toute ma terre si vous le voulez, monsieur Peregrin. Et vous aussi, monsieur Sacquet — encore que vous aimiez toujours les champignons, je suppose! (Il rit.) Eh oui, j'ai reconnu le nom. Je me rappelle le temps où le jeune Frodon Sacquet était l'un des pires petits garnements du Pays de Bouc. Mais ce n'était pas aux champignons que je pensais. Je venais d'entendre le nom de Sacquet avant votre apparition. Que croyez-vous que ce drôle de client m'avait demandé?

Ils attendirent la suite avec impatience.

— Eh bien, reprit le fermier, approchant son sujet avec une savoureuse lenteur, il est venu, monté sur un grand cheval noir, par le portail qui se trouvait ouvert, jusqu'à ma porte même. Tout noir, qu'il était lui-même aussi, et enveloppé dans un manteau et un capuchon comme s'il ne voulait pas être connu. « Et alors, qu'est-ce qu'il peut bien vouloir dans la Comté? » que je me suis demandé. On ne voit pas beaucoup de Grandes Gens de ce côté de la frontière; et, de toute façon, je n'avais jamais entendu parler de rien de pareil à ce noiraud.

« Bonjour à vous, que je lui dis, allant à lui. Ce chemin ne mène nulle part, et où que vous alliez, le plus court c'est de retourner à la route. » J'aimais pas son allure; et quand Etau est sorti, il a flairé une seule fois, et il a lancé un jappement comme s'il avait été piqué : il est parti en hurlant, la queue basse. Le type noir est resté parfaitement immobile.

« Je suis venu de par là, dit-il, lent et raide, désignant l'ouest, par-dessus *mes* champs, s'il vous plaît. Avez-vous vu *Sacquet* ? » qu'il a demandé d'une voix bizarre, et il s'est penché vers moi. Je ne voyais pas de figure, car son capuchon descendait très bas; et j'ai senti une sorte de frisson me parcourir le dos. Mais je ne voyais pas pourquoi il traverserait avec tant d'audace ma terre à cheval.

« Fichez-moi le camp! que je lui dis. Il n'y a pas de Sacquet ici. Vous êtes dans une mauvaise partie de la Comté. Vous feriez mieux d'aller vers l'ouest, à Hobbitebourg... mais vous pouvez y aller par la route, cette fois. »

« Sacquet est parti, répondit-il dans un murmure. Il vient. Il n'est pas loin. Je voudrais le trouver. S'il passe, voudrez-vous me le dire? Je reviendrai avec de l'or. »

« Non, vous ne reviendrez pas, que je lui ai dit. Vous allez retourner là où est votre place, et en vitesse. Je vous donne une minute avant d'appeler tous mes chiens. »

« Il a émis une sorte de sifflement. Ce pouvait être un rire, ou ne l'être pas. Puis il éperonna son grand cheval pour le lancer sur moi, et je n'ai eu que le temps de sauter de côté. J'ai appelé les chiens, mais il s'est retourné, il est parti, il a passé la porte et monté le chemin jusqu'à la chaussée, tout cela comme un éclair. Que pensez-vous de ça?

Frodon resta un moment à contempler le feu, mais sa seule pensée était de savoir comment diable ils allaient atteindre le Bac.

— Je ne sais que penser, finit-il par dire.

— Eh bien, moi, je vais vous le dire, reprit Maggotte. Vous n'auriez jamais dû aller vous mêler aux gens de Hobbitebourg, monsieur Frodon. Ils sont bizarres, là-haut. (Sam remua sur sa chaise, jetant un regard hostile au fermier.) Mais vous avez toujours été casse-cou. Quand j'ai entendu dire que vous aviez quitté les Brandebouc pour aller chez ce vieux M. Bilbon, j'ai dit que vous alliez au-devant d'ennuis. Notez bien ce que je dis : tout ça vient des actes étranges de M. Bilbon. Il a acquis son argent d'une façon étrange dans les régions lointaines, qu'on dit. Peut-être qu'y en a qui veulent savoir ce que sont devenus l'or et les joyaux qu'il a enfouis dans la colline de Hobbitebourg, à ce que j'ai entendu dire.

Frodon ne répondit rien : la perspicacité des hypothèses du fermier était assez déconcertante.

– Enfin, monsieur Frodon, poursuivit Maggotte, je suis heureux que vous ayez eu le bon sens de revenir au Pays de Bouc. Mon avis est : restez-y! Et ne vous mêlez plus à ces gens d'ailleurs. Vous aurez des amis par ici. Si jamais un de ces noirauds revient vous chercher, je m'occuperai de lui. Je dirai que vous êtes mort, que vous avez quitté la Comté, ou tout ce que vous voudrez. Et ce pourrait être assez vrai; car il est bien probable que c'est du vieux M. Bilbon qu'ils veulent avoir des nouvelles.

– Peut-être avez-vous raison, dit Frodon, les yeux fixés sur le feu pour éviter le regard du fermier.

Maggotte l'observa d'un air pensif :

– Eh bien, vous avez vos idées, dit-il. Il est clair comme l'eau de roche que ce n'est pas un accident qui vous a amenés ici, le même après-midi, vous et ce cavalier; et peut-être ma nouvelle n'en était guère une pour vous, après tout. Je ne vous demande pas de me dire quoi que ce soit que vous voulez garder pour vous; mais je vois que vous avez des ennuis de quelque sorte. Peut-être vous dites-vous qu'il ne sera pas facile d'atteindre le bas sans être pris?

– En effet, dit Frodon. Mais il nous faut tenter d'y arriver; et ce n'est pas en restant assis à réfléchir que ce sera fait. Alors je crains qu'il ne nous faille partir. Merci infiniment pour votre amabilité! J'ai été terrifié par vous et vos chiens pendant plus de trente ans, père Maggotte, bien que cela puisse vous faire rire. C'est grand dommage, car je me suis privé d'un bon ami. Et maintenant, je regrette de vous quitter si vite. Mais je reviendrai peut-être un jour... si j'en ai la chance.

– Vous serez le bienvenu quand vous viendrez, dit Maggotte. Mais j'ai une idée. Le soleil est déjà sur le point de se coucher, et nous allons souper; car nous nous couchons pour la plupart peu après le soleil. Si vous, monsieur Peregrin, et tous pouviez rester prendre une bouchée avec nous, ça nous ferait plaisir!

– A nous aussi! répondit Frodon. Mais il nous faut partir tout de suite, je le crains. Même comme cela, il fera nuit avant que nous puissions atteindre le Bac.

– Ah! mais minute! J'allais dire après un bout de souper, je sortirai une petite charrette et je vous conduirai tous au Bac. Ça vous évitera un bon bout de chemin, et ça pourrait aussi vous éviter des ennuis d'une autre sorte.

Frodon accepta alors l'invitation avec reconnaissance,

au grand soulagement de Pippin et de Sam. Le soleil était déjà derrière les collines de l'ouest, et le jour baissait. Deux des fils de Maggotte et ses trois filles entrèrent, et un généreux souper fut apporté sur la grande table. La cuisine fut éclairée de chandelles et le feu ranimé. Mme Maggotte allait et venait, tout affairée. Deux ou trois Hobbits de la ferme vinrent, et bientôt quatorze convives étaient assis à la table. Il y avait de la bière en abondance et un grand plat de champignons au lard, en plus d'une solide nourriture de ferme. Les chiens, couchés près du feu, rongeaient des croûtes et faisaient craquer des os.

Le repas fini, le fermier et ses fils sortirent avec une lanterne et attelèrent la charrette. L'obscurité régnait dans la cour quand les hôtes sortirent. Ils jetèrent leurs paquets dans le véhicule et y grimpèrent eux-mêmes. Le fermier s'assit sur le siège et fouetta ses deux forts poneys. Sa femme était debout dans la lumière de la porte ouverte.

— Prends soin de toi, Maggotte! cria-t-elle. Ne va pas discuter avec des étrangers, et reviens tout droit ici!

— Oui, dit-il en passant le portail.

Il n'y avait à présent pas un souffle de vent; la nuit était calme et silencieuse, et il faisait un peu frisquet. Ils allaient sans lanternes, et ils roulèrent assez lentement. Au bout d'un mille ou deux, le chemin prit fin, traversant un profond fossé et grimpant une courte pente pour atteindre la chaussée surélevée.

Maggotte descendit pour observer attentivement de part et d'autre, au nord et au sud, mais on ne voyait rien dans l'obscurité, et aucun son ne se faisait entendre dans l'air immobile. De minces bandes de brume d'eau étaient suspendues au-dessus des fossés et rampaient sur les champs.

— Le brouillard va être épais, dit Maggotte, mais je n'allumerai pas mes lanternes avant de tourner vers la maison. On entendra n'importe quoi sur la route longtemps avant de le rencontrer, ce soir.

Il y avait cinq milles ou davantage du chemin de Maggotte au Bac. Les Hobbits s'emmitouflèrent, mais leurs oreilles étaient tendues vers tout bruit qui pourrait surmonter le grincement des roues et le lent *clac-clac* des sabots des poneys. Frodon avait l'impression que la charrette allait à un train d'escargot. A côté de lui, Pippin dodelinait de la tête, tout prêt au sommeil; mais Sam gardait les yeux fixés sur le brouillard qui se levait devant eux.

Ils atteignirent enfin l'entrée du chemin du Bac. Elle était marquée par deux poteaux blancs qui apparurent soudain sur la droite. Le père Maggotte serra la bride de ses poneys, et la charrette s'arrêta avec un grincement. Ils commençaient juste à descendre, quand ils entendirent soudain ce qu'ils avaient tous redouté : des sabots sur la route devant eux. Le son venait dans leur direction.

Maggotte sauta à terre et resta là, debout, tenant la tête des poneys et scrutant l'obscurité. *Clac-clac, clac-clac*; le cavalier approchait. Le bruit des sabots résonnait dans l'air immobile et brumeux.

— Vous feriez mieux de vous cacher, monsieur Frodon, dit Sam avec inquiétude. Mettez-vous dans le fond de la charrette, sous les couvertures, et on enverra promener ce cavalier !

Il descendit se placer au côté du fermier. Les Cavaliers Noirs seraient obligés de lui passer sur le corps pour approcher de la charrette.

Clac-clac, clac-clac. Le cavalier était presque sur eux.

— Holà ! cria le père Maggotte.

Les sabots s'arrêtèrent court. Les voyageurs crurent discerner à un mètre ou deux dans le brouillard une forme sombre enveloppée d'un manteau.

— Attention ! dit le fermier, jetant les rênes à Sam et faisant un grand pas en avant. N'approchez pas d'un pas. Que voulez-vous, et où allez-vous ?

— Je cherche M. Sacquet. L'avez-vous vu ? dit une voix assourdie.

Mais cette voix était celle de Merry Brandebouc. Une lanterne sourde fut découverte, et sa lumière tomba sur la figure étonnée du fermier.

— Monsieur Merry ! s'écria-t-il.

— Oui, bien sûr ! Qui croyiez-vous donc que c'était ? dit Merry, s'avançant.

Comme il sortait du brouillard et que leurs craintes disparaissaient, il sembla soudain rapetisser jusqu'à la taille habituelle des Hobbits. Il montait un poney, et son cou et son menton étaient enveloppés d'une écharpe pour le garantir du brouillard.

Frodon sauta à bas de la charrette pour l'accueillir.

— Te voilà donc enfin ! dit Merry. Je commençais à me demander si tu apparaîtrais aucunement aujourd'hui, et j'allais rentrer souper. Quand le brouillard s'est levé, j'ai traversé et j'ai été vers Stock pour voir si tu n'étais pas tombé dans quelque fossé. Mais je veux bien être damné si je sais quel chemin tu as pris. Où les avez-vous trouvés, monsieur Maggotte? Dans votre canardière?

– Non, je les ai pris alors qu'ils s'étaient introduits sur ma terre, et j'ai failli lâcher mes chiens dessus, dit le fermier; mais ils vous raconteront toute l'histoire, je n'en doute pas. Et maintenant, si vous voulez bien m'excuser, monsieur Merry, monsieur Frodon et tous, je ferais mieux de rentrer. Madame Maggotte va s'inquiéter, avec cette nuit qui s'épaissit.

Il fit reculer la charrette dans le chemin et la tourna.

– Eh bien, bonsoir à tous, dit-il. Ç'a été une curieuse journée, y a pas d'erreur. Mais tout est bien qui finit bien; quoiqu'il vaudrait peut-être mieux ne pas dire cela avant d'avoir atteint chacun sa porte. Je ne vous cache pas que je serai content quand j'y serai.

Il alluma ses lanternes et se leva. Soudain, il sortit un grand panier de sous le siège:

– J'allais oublier, dit-il. Mme Maggotte a mis cela pour monsieur Sacquet avec ses compliments.

Il le tendit et s'en fut, suivi d'un chœur de remerciements et de bonsoirs.

Ils suivirent du regard les pâles halos des lanternes, tandis qu'elles se perdaient dans la nuit brumeuse. Tout à coup, Frodon éclata de rire: du panier couvert qu'il avait à la main montait une odeur de champignons.

CHAPITRE V

UNE CONSPIRATION DÉMASQUÉE

– On ferait bien de regagner nous-mêmes la maison à présent, dit Merry. Il y a quelque chose de curieux dans l'affaire, à ce que je vois; mais il faudra que cela attende jusqu'à ce que nous soyons rentrés.

Ils tournèrent dans le chemin du Bac, qui était droit, bien tenu et bordé de grosses pierres badigeonnées à la chaux. En cent mètres environ, il les amena au bord de la rivière, où il y avait un embarcadère de bois. Un grand bac plat était amarré à côté. Les pieux blancs luisaient au bord de l'eau dans la lumière de deux lanternes perchées sur de hauts poteaux. Derrière, les brumes des champs plats dépassaient maintenant les haies; mais devant eux l'eau était sombre avec seulement quelques spirales comme de vapeur parmi les roseaux proches de la rive. Il semblait y avoir moins de brouillard de l'autre côté.

Merry mena le poney au Bac par une passerelle, et les autres suivirent. Merry déborda lentement en poussant à l'aide d'une longue perche. Le Brandevin coulait, lent et large, devant eux. De l'autre côté, la rive était escarpée, et un sentier la gravissait en lacets à partir du débarcadère. Des lanternes y scintillaient. Derrière se dressait indistinctement la colline de Bouc; et sur son flanc, à travers des voiles espacés de brume, brillaient de nombreuses fenêtres rondes, jaunes ou rouges. C'étaient celles de Château-Brande, l'ancestrale demeure des Brandebouc.

Jadis, Gorhendad Vieilbouc, chef de la maison des Vielbouc, une des plus anciennes du Maresque, voire de la Comté, avait traversé la rivière, frontière originelle du pays à l'est. Il édifia (et excava) Château-Brande, changea son nom en celui de Brandebouc et s'établit pour devenir maître de ce qui était virtuellement un petit pays indépendant. Sa famille s'accrut constamment et continua de le faire après lui, tant et si bien que Château-Brande finit par occuper la totalité du bas de la colline; il comportait trois grandes portes d'entrée, maintes portes latérales et une centaine de fenêtres. Les Brandebouc et les nombreuses personnes dépendant d'eux se mirent alors à creuser et plus tard à construire tout autour. Ce fut là l'origine du Pays de Bouc, bande à dense population, située entre la rivière et la Vieille Forêt, qui faisait figure en quelque sorte de colonie de la Comté. Le village principal en était Châteaubouc, ramassé sur les rives et les pentes derrière Château-Brande.

Les gens du Maresque entretenaient des relations d'amitié avec ceux du Pays de Bouc, et l'autorité du maître du château (comme on appelait le chef de la maison de Brandebouc) était encore reconnue par les fermiers de Stock à Rushey. Mais la plupart des habitants de la vieille Comté considéraient les gens du Pays de Bouc comme des originaux, presque des étrangers pour ainsi dire. Quoique, en fait, ils ne fussent guère différents des autres Hobbits des Quatre Quartiers. Hormis sur un point : ils aimaient les bateaux, et certains d'entre eux savaient même nager.

Leur terre n'avait pas, à l'origine, de protection du côté de l'est; mais ils y avaient élevé une haie : la Haute-Barrière. Plantée bien des générations auparavant, elle était à présent drue et élevée, car elle était l'objet de soins constants. Elle courait en une grande courbe partant de la rivière sur toute la distance du Pont de Brandevin à Fin de Barrière (où le Tournesaules affluait de la forêt dans le Brandevin) : elle mesurait ainsi plus de vingt milles de bout en bout. Mais elle ne constituait pas, bien sûr, une protection complète. La forêt avançait en maints endroits jusqu'à la haie. Les gens du Pays de Bouc tenaient leurs portes verrouillées à partir de la tombée de la nuit, et cela non plus n'était pas dans les habitudes de la Comté.

Le Bac avançait lentement à travers la rivière. La rive du Pays de Bouc approcha. Sam était le seul membre du groupe à n'avoir jamais encore traversé. Il éprouvait un curieux sentiment tandis que glissait le lent et clapotant cours d'eau; sa vie ancienne restait derrière dans les brumes, la sombre aventure l'attendait en avant. Il se gratta la tête, souhaitant fugitivement que M. Frodon eût continué de vivre en toute tranquillité à Cul-de-Sac.

Les quatre Hobbits descendirent du Bac. Merry l'amarrait et Pippin menait déjà le poney dans le sentier, quand Sam (qui avait jeté un regard en arrière comme pour dire adieu à la Comté) dit en un rauque murmure :

– Regardez derrière, monsieur Frodon ! Ne voyez-vous pas quelque chose ?

Sur l'autre appontement, sous les lanternes lointaines, on pouvait tout juste distinguer une forme : elle avait l'air d'un sac noir oublié. Mais, tandis qu'ils regardaient, elle sembla bouger et se pencher de côté et d'autre, comme pour inspecter le sol. Puis elle rampa ou repartit à croupetons vers l'obscurité au-delà des lanternes.

– Qu'est-ce que cela, par la Comté ? s'exclama Merry.

– Quelque chose qui nous suit, dit Frodon. Mais n'en demande pas davantage pour le moment ! Partons immédiatement !

Ils se hâtèrent de gravir le sentier jusqu'au sommet de l'escarpement, mais quand ils regardèrent de là, la rive opposée était noyée dans la brume, et rien n'était plus visible.

– Béni soit Dieu que vous ne gardiez pas d'embarcations sur la rive Ouest ! dit Frodon. Les chevaux peuvent-ils traverser ?

– Ils peuvent aller à vingt milles au nord, au Pont de Brandevin, où ils pourraient passer à la nage, répondit Merry. Encore que je n'aie jamais entendu dire qu'un cheval l'aurait fait. Mais qu'est-ce que les chevaux ont à voir dans l'affaire ?

– Je te le dirai plus tard. Quand nous serons à la maison, nous pourrons causer.

– Bon ! Vous connaissez le chemin, Pippin et toi ; je vais donc aller en avant à cheval pour prévenir Gros Bolger de votre arrivée. On s'occupera du souper et du reste.

– Nous l'avons déjà pris de bonne heure chez le père Maggotte, dit Frodon ; mais on s'accommoderait bien d'un autre.

– Vous l'aurez ! Passe-moi ce panier ! dit Merry.

Et il partit en avant dans l'obscurité.

Il y avait une certaine distance du Brandevin à la nouvelle maison de Frodon au Creux-de-Crique. Ils laissèrent la Colline de Bouc et Château-Brande sur leur gauche et, à la périphérie de Châteaubouc, ils rejoignirent la grand-route du Pays de Bouc, qui partait du pont vers le sud. A un demi-mille en direction du nord, ils arrivèrent à un chemin qui obliquait sur la droite. Ils le suivirent sur une couple de milles dans ses montées et descentes à travers la campagne.

Ils arrivèrent enfin à une étroite porte, ménagée dans une haie épaisse. On ne voyait rien de la maison dans l'obscurité : elle s'élevait en retrait du chemin au centre d'une vaste circonférence de gazon, entourée d'une ceinture d'arbres bas qui doublaient la haie. Frodon l'avait choisie en raison de sa situation dans un coin écarté de la campagne, et il n'y avait pas d'autres demeures dans les environs immédiats. On pouvait entrer et sortir sans être remarqué. La maison avait été construite longtemps auparavant par les Brandebouc à l'usage d'invités ou de membres de la famille désireux d'échapper pour quelque temps à l'entassement de la vie à Château-Brande. C'était une demeure rurale, aussi semblable que possible à un trou de Hobbit : elle était longue et basse, sans étage; et elle avait un toit de gazon, des fenêtres rondes et une grande porte ronde.

Tandis qu'ils gravissaient l'allée verte qui montait de la porte extérieure, aucune lumière n'était visible; les fenêtres étaient noires et les volets clos. Frodon frappa à la porte, et Gros Bolger vint ouvrir. Une lumière accueillante coula au-dehors. Ils se glissèrent vivement à l'intérieur, où ils s'enfermèrent eux-mêmes et la lumière. Ils se trouvaient dans un vaste vestibule avec des portes de part et d'autre; devant eux, au centre de la maison, partait un couloir.

– Alors, qu'en penses-tu ? demanda Merry, venant par le couloir. Nous avons fait de notre mieux en si peu de temps pour donner une impression de chez-soi. Après tout, le Gros et moi nous ne sommes arrivés qu'hier avec le dernier chargement.

Frodon jeta un regard circulaire. Il y avait vraiment une atmosphère de chez-soi. La plupart de ses meubles préférés – ou plutôt ceux de Bilbon (ils le lui rappelaient vivement dans leur nouveau cadre) – étaient disposés d'une façon aussi proche que possible de l'arrangement de Cul-de-Sac. C'était un endroit plaisant, confortable, accueillant; et il se prit à souhaiter être venu réellement s'installer dans cette retraite tranquille. Il lui parut injuste d'avoir occasionné toute cette peine à ses amis; et il se demanda de nouveau comment leur annoncer qu'il devait les quitter si vite, aussitôt, en fait. Et pourtant il fallait le faire ce soir même, avant qu'ils n'allassent tous se coucher.

– C'est merveilleux! dit-il avec effort. J'ai à peine l'impression d'avoir déménagé.

Les voyageurs suspendirent leurs manteaux et entassèrent leurs paquets sur le sol. Merry leur montra le chemin le long du couloir et ouvrit une porte à l'autre bout. Jaillit la lumière d'un feu, et aussi une bouffée de vapeur.

– Un bain! s'écria Pippin. Ah! Meriadoc béni!

– Dans quel ordre passerons-nous? dit Frodon. L'aîné le premier? Ou le plus rapide? Tu seras le dernier de toute façon, mon jeune monsieur Peregrin.

– Fiez-vous à moi pour un meilleur arrangement! dit Merry. On ne peut pas commencer la vie au Creux-de-Crique par une querelle de bain. Dans cette pièce, il y a *trois* tubs, et un chaudron plein d'eau bouillante. Il y a aussi des serviettes, des tapis et du savon. Allez-y, et ne traînez pas!

Merry et le Gros allèrent dans la cuisine, de l'autre côté du couloir, et s'affairèrent aux derniers préparatifs d'un souper tardif. Des fragments de chansons concurrentes vinrent de la salle de bains, mêlés au bruit d'éclaboussements et de retournements dans l'eau. La voix de Pippin s'éleva soudain au-dessus des autres, chantant une des chansons de bain favorites de Bilbon :

Chantons ohé! pour le bain à la tombée du jour,
Qui lave la boue et emporte la fatigue!
Rustre est celui qui ne chantera pas :
Ah! l'eau chaude est une noble chose!

Ah! doux est le son de la pluie qui tombe
Et du ruisseau qui bondit de colline en plaine,
Mais meilleure que la pluie ou les ruisseaux ondoyants
Est l'eau chaude qui fume et lance sa buée.

Ah! l'eau froide, on la peut verser, s'il en est besoin,
Dans un gosier altéré et en être heureux assurément;
Mais meilleures sont la bière, si de boisson l'on manque,
Et l'eau chaude versée le long du dos.

Ah! l'eau est belle qui jaillit haut
En une source blanche sous le ciel;
Mais jamais source n'eut si doux accents
Que l'eau chaude que fait rejaillir mon pied!

Il y eut un terrible éclaboussement et un « hélà! » de Frodon.

Il semblait qu'une bonne partie du bain de Pippin avait imité la source et jailli haut.

Merry alla à la porte :

– Que penseriez-vous d'un souper et de bière dans un gosier altéré? cria-t-il.

Frodon sortit, s'essuyant les cheveux :

– Il y a tant d'eau dans l'air que je vais achever dans la cuisine, dit-il.

– Seigneur! dit Merry, jetant un regard à l'intérieur (le dallage de pierre était tout inondé). Vous devriez éponger tout ça avant de prendre la moindre bouchée, Peregrin, dit-il. Dépêchez-vous, ou on ne vous attendra pas.

Ils soupèrent dans la cuisine, sur une table placée près du feu.

– Je suppose que vous autres trois, vous ne voudriez pas de champignons? dit Fredegar, sans grand espoir.

– Mais si! s'écria Pippin.

– Ils sont à moi! dit Frodon. Ils m'ont été personnellement donnés par Mme Maggotte, reine des femmes de fermiers. Retirez vos mains avides, et je vais les servir.

Les Hobbits ont pour les champignons une passion qui surpasse même les goûts les plus voraces des Grandes Gens. Fait qui explique en partie les longues expéditions du jeune Frodon aux champs renommés du Maresque, et la colère d'un Maggotte lésé. En la présente occasion, il y en avait abondance pour tous, fût-ce selon les normes des Hobbits. Il y avait aussi beaucoup d'autres choses pour suivre, et quand ils eurent terminé, même Gros Bolger poussa un soupir de contentement. On repoussa la table, et on amena les sièges autour du feu.

– On desservira plus tard, dit Merry. Et maintenant, racontez! Je devine que vous avez eu des aventures, ce qui n'était pas très juste sans moi. Je veux un récit complet; et par-dessus tout, je veux savoir ce qu'avait le vieux Maggotte et pourquoi il m'a parlé comme il l'a fait.

On avait presque l'impression qu'il avait *peur*, si la chose est possible.

— Nous avons tous eu peur, dit Pippin, après un silence pendant lequel Frodon garda les yeux fixés sur le feu sans dire un mot. Tu l'aurais eu aussi, si tu avais été poursuivi durant deux jours par des Cavaliers Noirs.

— Et que sont-ils ?

— Des formes noires montées sur des chevaux noirs, répondit Pippin. Si Frodon ne veut pas parler, je vais te raconter toute l'histoire depuis le début.

Il fit alors un récit complet de leur voyage depuis leur départ de Hobbitebourg. Sam apporta le concours de hochements de tête et d'exclamations variées. Frodon resta silencieux.

— Je croirais que tu inventes tout cela, dit Merry, si je n'avais vu cette forme noire sur l'appontement, et si je n'avais entendu le son bizarre de la voix de Maggotte. Que penses-tu de tout cela, Frodon ?

— Le cousin Frodon a été très secret, dit Pippin. Mais le moment est venu pour lui de s'ouvrir. Jusqu'à présent, on n'a eu d'autre indication que l'hypothèse du père Maggotte, comme quoi cela aurait à voir avec le trésor du vieux Bilbon.

— Ce n'était là qu'une hypothèse, dit vivement Frodon. Maggotte ne *sait* vraiment rien.

— Le vieux Maggotte est un type sagace, dit Merry. Il passe beaucoup plus de choses derrière sa face ronde qu'il n'en sort dans ses paroles. J'ai entendu dire qu'il avait coutume d'aller autrefois dans la Vieille Forêt, et il a la réputation de connaître pas mal de choses étranges. Mais tu peux au moins nous dire, Frodon, si tu juges son hypothèse juste ou fausse.

— Je *crois*, répondit lentement Frodon, que cette hypothèse était juste, pour ce qui est de cela. Il y a en effet un rapport avec les anciennes aventures de Bilbon, et il est certain que les Cavaliers Noirs le cherchent, ou même le recherchent, lui ou moi. Je crains aussi, si vous tenez à le savoir, que ce ne soit pas une histoire pour rire, et je pense n'être en sûreté ni ici ni nulle part.

Il jeta un regard circulaire sur les murs et les fenêtres, comme s'il eût peur de les voir soudain céder. Les autres l'observaient en silence et ils échangèrent entre eux des regards significatifs.

— Ça va sortir dans une minute, murmura Pippin à Merry, qui opina de la tête.

– Eh bien, dit enfin Frodon, se redressant sur sa chaise comme s'il venait de prendre une décision, je ne puis le tenir plus longtemps secret. J'ai quelque chose à vous dire à tous. Mais je ne sais pas trop par où commencer.

– Je crois pouvoir t'aider en t'en disant moi-même une partie, dit tranquillement Merry.

– Qu'entends-tu par là? demanda Frodon avec un regard inquiet.

– Simplement ceci, mon cher vieux Frodon : tu es malheureux parce que tu ne sais comment nous faire tes adieux. Tu voulais quitter la Comté, naturellement. Mais le danger est survenu plus tôt que tu ne l'attendais, et maintenant tu es en train de décider de partir sur-le-champ. Et tu n'en as pas envie. Nous te plaignons beaucoup.

Frodon ouvrit la bouche et la referma. Son expression de surprise était si comique qu'ils éclatèrent de rire.

– Cher vieux Frodon! dit Pippin. Croyais-tu vraiment nous avoir jeté de la poudre aux yeux, à tous? Tu n'as vraiment pas pris assez de soin ou montré assez d'habileté pour cela! Tu as manifestement eu pour dessein de partir et de dire adieu à tous tes lieux préférés toute cette année depuis avril. On t'a constamment entendu murmurer : « Contemplerai-je jamais de nouveau cette vallée, je me le demande! », et autres choses de ce genre. Et prétendre être arrivé au bout de ton argent! Aller vendre positivement ton Cul-de-Sac bien-aimé à ces Sacquet de Besace! Et tous ces conciliabules avec Gandalf!

– Seigneur! s'écria Frodon. Moi qui croyais avoir fait preuve d'autant de soin que d'habileté! Je ne sais ce qu'en dirait Gandalf. Est-ce que tout la Comté discute de mon départ, alors?

– Oh, non! dit Merry. Ne t'en fais pas pour cela! Le secret ne tiendra pas longtemps, évidemment; mais pour le moment, il n'est connu, je crois, que de nous autres conspirateurs. Il faut te rappeler, après tout, que nous te connaissons bien et que nous sommes souvent avec toi. Nous pouvons en général deviner tes pensées. Je connaissais Bilbon aussi. A vrai dire, je t'avais observé d'assez près depuis son départ même. Je pensais que tu le suivrais tôt ou tard; en fait, je m'attendais que tu partisses plus tôt; et, ces derniers temps, nous nous sommes beaucoup inquiétés. Nous étions terrifiés à l'idée que tu pourrais nous fausser compagnie et partir brusquement, tout seul, comme lui. A tout moment depuis le printemps, nous avons gardé les yeux ouverts et dressé passablement de plans nous-mêmes. Tu ne vas pas t'échapper aussi aisément que cela!

– Mais il faut que je parte, dit Frodon. On n'y peut rien, mes chers amis. C'est malheureux pour nous tous, mais il est vain d'essayer de me retenir. Puisque vous en avez tant deviné, je vous en prie, aidez-moi au lieu de me faire obstacle!

– Tu ne comprends pas! dit Pippin. Tu dois partir – et par conséquent, nous aussi. Merry et moi, nous allons avec toi. Sam est un excellent garçon, et il sauterait à la gorge d'un dragon pour te sauver, s'il ne s'embarrassait pas dans ses propres pieds; mais tu auras besoin de plus d'un compagnon dans ta dangereuse aventure.

– Mes chers et très aimés Hobbits! dit Frodon, profondément ému. Mais je ne pourrais le permettre. J'en ai ainsi décidé depuis longtemps aussi. Vous parlez de danger, mais vous ne comprenez pas. Ceci n'est pas une chasse au trésor, ni un voyage aller et retour. Je fuis de péril mortel en péril mortel.

– Bien sûr que nous comprenons, dit Merry avec fermeté. C'est pourquoi nous avons choisi de venir. Nous savons que l'Anneau ne prête pas à plaisanterie, mais nous allons faire de notre mieux pour t'aider contre l'Ennemi.

– L'Anneau! s'écria Frodon, complètement abasourdi, à présent.

– Oui, l'Anneau, dit Merry. Mon cher vieux Hobbit, tu ne tiens pas compte de la curiosité de tes amis. Il y a des années que je connais l'existence de l'Anneau – dès avant le départ de Bilbon, en fait; mais comme il considérait manifestement cela comme un secret, j'ai gardé cette connaissance dans ma tête jusqu'au moment où nous avons formé notre conspiration. Je ne connaissais évidemment pas Bilbon aussi bien que je te connais, toi; j'étais trop jeune, et il faisait aussi plus attention – pas assez cependant. Si tu veux savoir comment j'ai découvert la chose, je vais te le dire.

– Vas-y! dit mollement Frodon.

– Ce furent les Sacquet de Besace qui le perdirent, comme tu pourrais t'y attendre. Un jour, un an avant la réception, je me promenais par hasard sur la route, quand je vis devant moi Bilbon. Tout à coup apparurent au loin les Sacquet de Besace, qui s'avançaient vers nous.

Bilbon ralentit le pas et puis, passez muscade! il disparut. J'étais tellement saisi que j'eus à peine la présence d'esprit de me cacher d'une façon plus courante; je me glissai tout de même à travers la haie et marchai derrière, le long du champ. Je jetai un regard furtif sur la route après le passage des Sacquet de Besace, et je regardais droit du côté de Bilbon quand il reparut soudain. J'entrevis un éclair d'or tandis qu'il remettait quelque chose dans la poche de son pantalon.

« Après cela, je gardai les yeux ouverts. En fait, j'avoue que je l'espionnai. Mais tu dois admettre qu'il y avait de quoi exciter la curiosité, et je n'avais pas encore vingt ans. Je dois être le seul dans la Comté, à part toi Frodon, à avoir jamais vu le livre secret du vieux bonhomme.

– Tu as lu son livre! s'exclama Frodon. Dieu du ciel! Rien n'est donc à l'abri?

– Pas trop, je dois dire, répliqua Merry. Mais je n'ai pu y jeter qu'un rapide coup d'œil, et encore ç'a été difficile. Il ne laissait jamais traîner le livre. Je me demande ce qu'il en est advenu. J'aimerais bien y mettre de nouveau le nez. Est-ce toi qui l'as, Frodon?

– Non. Il n'était pas à Cul-de-Sac. Bilbon a dû l'emporter.

– Enfin... Comme je le disais, poursuivit Merry, j'ai gardé cette connaissance pour moi, jusqu'à ce printemps, quand les choses ont commencé à devenir sérieuses. C'est alors que nous avons formé notre conspiration; et comme nous étions sérieux aussi et que ce n'était pas une plaisanterie, nous n'avons pas été trop scrupuleux. Tu n'es pas très commode, et Gandalf est pire. Mais si tu veux connaître notre investigateur principal, je peux te le présenter.

– Où est-il? demanda Frodon, jetant un regard circulaire comme s'il s'attendait à voir surgir d'un placard une forme masquée et sinistre.

– Approchez, Sam! dit Merry. (Et Sam se leva, la figure écarlate jusqu'aux oreilles.) Voici notre collecteur d'informations! Et il en a rassemblé beaucoup, je peux te le dire, avant d'être finalement pris. Après quoi, il est vrai, il a semblé se considérer comme prisonnier sur parole, et la source s'est tarie.

– Sam! s'écria Frodon, avec l'impression que la stupéfaction ne pouvait aller plus loin et tout à fait incapable de déterminer s'il était furieux, amusé, soulagé ou simplement stupide.

– Oui, monsieur, dit Sam. Sauf votre respect, monsieur!
Mais je ne vous voulais aucun mal, monsieur Frodon, ni à
monsieur Gandalf, pour ce qui est de cela. *Lui* a du sens
commun, notez; et quand vous avez parlé de *partir seul*, il
a dit : « *Non! Emmenez quelqu'un en qui vous puissiez
avoir confiance.* »

– Mais il semble que je ne puisse avoir confiance en
personne, dit Frodon.

Sam le regarda d'un air malheureux.

– Tout dépend de ce que tu veux, dit Merry, intervenant. Tu peux nous faire confiance pour rester attachés à
toi contre vents et marées, jusqu'au bout. Et tu peux nous
faire confiance pour garder n'importe quel secret – mieux
que tu ne le fais toi-même. Mais tu ne peux pas nous faire
confiance pour te laisser affronter seul le danger et te
laisser partir sans un mot. Nous sommes tes amis, Frodon. En tout cas, voilà le fait. Nous savons la majeure
partie de ce que t'a dit Gandalf. Nous savons beaucoup de
choses sur l'Anneau. Nous avons affreusement peur, mais
nous allons avec toi, ou nous te suivrons comme des
limiers.

– Et après tout, monsieur, ajouta Sam, vous avez bien
essayé d'avoir l'avis des Elfes. Gildor a dit que vous
devriez prendre qui serait volontaire, et vous ne pouvez
pas le nier.

– Je ne le nie pas, dit Frodon, regardant Sam qui
arborait maintenant un large sourire. Je ne le nie pas,
mais je ne croirai plus jamais que tu dors, que tu ronfles
ou non. Je te flanquerai un bon coup de pied pour m'en
assurer.

« Vous êtes une bande de fourbes chenapans! dit-il, se
tournant vers les autres. Mais Dieu vous bénisse! ajouta-
t-il avec un rire, se levant et agitant les bras, je mets les
pouces. Je suivrai l'avis de Gandalf. Si le danger n'était si
sombre, je danserais de joie. Même ainsi, je ne puis me
retenir d'être heureux, plus heureux que je ne l'ai été
depuis longtemps. J'avais redouté ce soir.

– Bon! Voilà qui est réglé. Un triple hourra pour le
capitaine Frodon et sa compagnie! crièrent-ils – et ils
dansèrent autour de lui.

Merry et Pippin entamèrent une chanson qu'ils avaient
apparemment préparée pour cette occasion.

Elle était faite sur le modèle de la chanson de Nains qui
avait accompagné le départ de Bilbon longtemps auparavant, et elle se chantait sur le même air :

Adieu, crions-nous au foyer et à la salle!
Que le vent souffle et que la pluie tombe,
Il nous faut partir avant le point du jour
Loin par les bois et la montagne haute.

A Fondcombe, où les Elfes demeurent encore
Dans des clairières sous la colline brumeuse,
Par lande et friche nous chevauchons en hâte
Et où, de là, nous ne pourrions le dire.

Ennemis devant, derrière la peur,
Sous les cieux sera notre lit,
Jusqu'à ce que soit enfin achevée notre peine,
Fini notre voyage, terminée notre course.
Il faut partir! Il faut partir!
Nous serons en selle avant le point du jour!

— Bravo! dit Frodon. Mais dans ce cas, il y a des tas de choses à faire avant d'aller au lit – sous un toit, pour cette nuit, en tout cas.

— Oh, c'était de la poésie! dit Pippin. Tu as vraiment l'intention de partir avant le point du jour?

— Je ne sais pas, répondit Frodon. Je redoute ces Cavaliers Noirs, et je suis sûr qu'il est imprudent de rester longtemps au même endroit, surtout un endroit où il est bien connu que je me rendais. Et aussi Gildor m'a conseillé de ne pas attendre. Mais j'aimerais beaucoup voir Gandalf. J'ai pu constater que Gildor lui-même avait été troublé en entendant que Gandalf n'avait jamais paru. Cela dépend vraiment de deux choses. Combien de temps faudrait-il aux Cavaliers pour arriver à Châteaubouc? Et à partir de quand pourrons-nous partir? Cela va nécessiter une bonne dose de préparation.

— La réponse à la seconde question est que nous pourrions partir dans une heure, dit Merry. J'ai pratiquement tout préparé. Il y a six poneys dans une écurie de l'autre côté des champs; les provisions et ustensiles sont tout emballés, hormis quelques vêtements de rechange et les denrées périssables.

— Ce paraît avoir été une conspiration très efficace, dit Frodon. Mais les Cavaliers Noirs? Ne serait-il pas dangereux d'attendre Gandalf une journée?

— Tout dépend de ce que tu penses que feraient les Cavaliers s'ils te trouvaient ici, répondit Merry. Ils *pour-*

raient être déjà arrivés, naturellement, s'ils n'étaient arrêtés à la Porte Nord, où la haie descend jusqu'à la rive, juste derrière le pont de ce côté-ci. Les gardes ne les laisseraient pas passer de nuit, encore qu'ils puissent passer de force. Même de jour, les gardes essaieraient de les empêcher d'entrer, je pense, en tout cas avant d'avoir fait parvenir un message au maître du château, car ils n'aimeraient guère l'aspect des Cavaliers, et ils en seraient certainement effrayés. Mais, naturellement, le Pays de Bouc ne pourrait résister longtemps à une attaque déterminée. Et il est possible qu'au matin on laisse passer un Cavalier Noir qui viendrait demander après M. Sacquet. Il est assez généralement connu que tu reviens vivre au Creux-de-Crique.

Frodon resta assis un long moment à réfléchir :

– J'ai pris ma décision, finit-il par dire. Je partirai demain dès l'aube. Mais je ne prendrai pas la route : ce serait plus sûr d'attendre ici que de faire cela. Si je passais par la Porte Nord, mon départ du Pays de Bouc serait immédiatement connu au lieu de rester secret pendant plusieurs jours au moins, comme il se pourrait. Qui plus est, le Pont et la Route de l'Est près des frontières seront certainement surveillés, qu'un Cavalier pénètre dans le Pays de Bouc ou non. Nous ne savons pas combien ils sont; mais il y en a au moins deux, et peut-être davantage. La seule chose à faire est de partir dans une direction tout à fait imprévue.

– Mais ce ne pourrait être que par la Vieille Forêt! s'écria Frédegar, horrifié. Tu n'y songes pas. C'est tout aussi dangereux que les Cavaliers Noirs.

– Pas tout à fait, dit Merry. Cela paraît une solution très désespérée, mais je pense que Frodon a raison. C'est la seule façon de partir sans être immédiatement suivis. Avec de la chance, nous pourrions prendre une avance considérable.

– Mais vous n'avez aucune chance dans la Vieille Forêt, objecta Fredegar. Personne n'y a jamais de chance. Vous vous perdrez. On n'entre pas là-dedans!

– Oh, que si! dit Merry. Les Brandebouc y vont – à l'occasion, quand l'accès les en prend. Nous avons une entrée privée. Frodon y est allé une fois, il y a longtemps. J'y suis entré plusieurs fois moi-même : de jour, bien sûr, quand les arbres sont somnolents et assez tranquilles.

– Eh bien, faites selon que vous jugerez le mieux! dit

Fredegar. J'ai plus peur de la Vieille Forêt que de toute autre chose que je connaisse : les histoires qu'on raconte sont des cauchemars; mais mon vote ne compte guère, puisque je ne suis pas du voyage. Tout de même, je suis bien content que quelqu'un reste derrière, qui pourra dire à Gandalf ce que vous aurez fait, quand il apparaîtra, ce qui ne saurait tarder, j'en suis sûr.

En dépit de toute son affection pour Frodon, Gros Bolger n'avait aucune envie de quitter la Comté ni de voir ce qui se trouvait au-dehors. Sa famille venait du Quartier de l'Est, de Gué-du-Pont dans les Champs-du-Pont exactement, mais il n'avait jamais traversé le Pont de Brandevin. Sa tâche, selon le plan primitif des conspirateurs, était de rester derrière pour s'occuper des curieux et maintenir aussi longtemps que possible le faux-semblant sur la présence de M. Sacquet au Creux-de-Crique. Il avait même apporté de vieux vêtements de Frodon pour l'aider à tenir son rôle. Ils ne se doutaient guère du danger que celui-ci devait présenter.

— Excellent! dit Frodon, quand il eut compris le plan. On n'aurait pu laisser de message pour Gandalf, autrement. Je ne sais si les Cavaliers Noirs peuvent lire ou non, évidemment, mais je n'aurais osé prendre le risque d'un message écrit, pour le cas où ils pénétreraient dans la maison et la fouilleraient. Mais si le Gros est disposé à tenir le fort et que je sois assuré que Gandalf sache le chemin que nous aurons pris, cela me décide. Je pénétrerai dans la Vieille Forêt demain matin, dès l'aube.

— Eh bien, voilà! dit Pippin. Tout bien considéré, j'aime mieux notre tâche que celle du Gros – à attendre ici l'arrivée des Cavaliers Noirs.

— Attendez d'être au beau milieu de la Forêt, dit Fredegar. Vous souhaiterez d'être revenu ici avec moi avant la même heure demain.

— Inutile de discuter plus avant, dit Merry. Nous avons encore à tout ranger et mettre la dernière main à l'empaquetage avant d'aller au lit. Je vous appellerai tous avant le point du jour.

Quand il fut enfin couché, Frodon eut de la peine à s'endormir. Il avait mal aux jambes. Il était heureux de partir à dos de poney le lendemain. Il finit par tomber dans un vague rêve, dans lequel il lui semblait regarder par une haute fenêtre une sombre mer d'arbres entrelacés. D'en bas, parmi les racines, montait le bruissement de créatures rampantes et flairantes. Il avait la certitude qu'elles le sentiraient tôt ou tard.

Puis il entendit un bruit dans le lointain. Il crut tout d'abord que c'était un grand vent qui passait dans les feuilles de la forêt. Puis il sut que ce n'était pas les feuilles, mais le bruit de la mer lointaine; bruit qu'il n'avait jamais entendu dans sa vie éveillée, mais qui avait souvent troublé ses rêves. Soudain, il s'aperçut qu'il était dehors, en plein air. Il n'y avait pas d'arbre, après tout. Il se trouvait sur une sombre bruyère, et il y avait dans l'air une étrange odeur de sel. Levant le regard, il vit devant lui une haute tour blanche, dressée seule dans une crête élevée. Un grand désir le prit de grimper dans la tour et de voir la mer. Il commença à gravir péniblement le crêt en direction de la tour; mais soudain une lumière illumina le ciel, et le tonnerre retentit.

CHAPITRE VI

LA VIEILLE FORÊT

Frodon se réveilla brusquement. Il faisait encore noir dans la chambre. Merry était là debout; une chandelle dans une main, il cognait de l'autre sur la porte.

– Bon, bon! Qu'est-ce qu'il y a? demanda Frodon, encore secoué et ahuri.

– Ce qu'il y a! s'écria Merry. Il est temps de se lever. Il est quatre heures et demie, et le temps est brumeux. Allons! Sam est déjà en train de préparer le petit déjeuner. Même Pippin est debout. Je vais aller seller les poneys et chercher celui qui sera le porteur du bagage. Réveille ce flemmard de Gros! Il faut au moins qu'il se lève pour nous voir partir.

Peu après six heures, les cinq Hobbits étaient prêts au départ. Gros Bolger continuait à bâiller. Ils se glissèrent hors de la maison. Merry partit en avant, conduisant un poney chargé; il s'engagea dans un chemin qui passait par un bosquet derrière la maison, puis il coupa à travers divers champs. Les feuilles des arbres luisaient, et chaque brindille dégouttait; l'herbe était grise de rosée froide. Tout était tranquille, et les bruits lointains paraissaient proches et nets : volailles caquetant dans une cour, quelqu'un fermant la porte d'une maison éloignée.

Ils trouvèrent les poneys dans leur hangar; de robustes petites bêtes, de la sorte qu'aiment les Hobbits, peu rapides, mais excellentes pour la tâche d'une longue journée. Ils se mirent en selle, et bientôt ils furent partis dans la brume qui semblait ne s'ouvrir qu'à contrecœur pour se refermer d'un air rébarbatif derrière eux. Après avoir chevauché une heure environ, lentement et sans parler, ils virent la haie se dessiner soudain en avant

153

d'eux. Elle était haute et couverte d'un filet argenté de toiles d'araignées.

– Comment allez-vous traverser cela ? demanda Fredegar.

– Suivez-moi et vous verrez ! dit Merry.

Il prit vers la gauche le long de la haie, et ils arrivèrent bientôt à un point où elle s'infléchissait vers l'intérieur, courant le long d'une dépression. Une excavation avait été pratiquée, à quelque distance de la haie, et elle s'enfonçait en pente douce dans le sol. Elle avait des parois de brique qui s'élevaient tout droit sur les côtés jusqu'à un endroit où elles se voûtaient pour former un tunnel qui plongeait profondément sous la haie et ressortait de l'autre côté dans la dépression.

Là, Gros Bolger s'arrêta :

– Adieu, Frodon ! dit-il. Je voudrais bien que vous n'alliez pas dans la Forêt. J'espère seulement que vous n'aurez pas besoin de secours avant la fin de la journée. Mais bonne chance – aujourd'hui et tous les jours !

– J'aurai de la chance, si rien de pire ne nous attend que la Vieille Forêt, dit Frodon. Dis à Gandalf de se hâter sur la route de l'est : nous l'aurons bientôt retrouvée, et irons aussi vite que nous le pourrons.

– Adieu ! crièrent-ils.

Sur quoi ils s'engagèrent dans la pente et disparurent de la vue de Fredegar dans le tunnel.

Il était sombre et humide. A l'autre extrémité, il était fermé par une grille de solides barreaux de fer. Merry descendit ouvrir la grille, et quand ils furent tous passés il la repoussa. Elle se ferma avec un bruit métallique, et la serrure cliqueta. Le son était sinistre.

– Voilà ! dit Merry. Vous avez quitté la Comté ; vous êtes maintenant au-dehors et à l'orée de la Vieille Forêt.

– Les histoires qu'on raconte à son sujet sont-elles véridiques ? demanda Pippin.

– Je ne sais pas de quelles histoires tu veux parler, répondit Merry. Si tu veux dire les vieux contes à faire peur que les nourrices du Gros lui racontaient, sur des gobelins, des loups et des choses de ce genre, je répondrai que non. En tout cas, je n'y crois pas. Mais la Forêt est véritablement bizarre. Tout y est beaucoup plus vivant, plus conscient de ce qui se passe, pour ainsi dire, que ne le sont les choses dans la Comté. Et les arbres n'aiment pas les étrangers. Ils vous observent. Ils se contentent généralement de cela tant qu'il fait jour, et ils ne font pas grand-chose. A l'occasion, les plus hostiles peuvent laisser tomber une branche, dresser une racine ou vous accrocher d'une longue plante rampante. Mais, la nuit venue, les choses peuvent prendre un tour des plus alarmants; c'est ce qu'on m'a dit, en tout cas. Je n'ai pénétré ici après le coucher du soleil qu'une ou deux fois; encore suis-je resté près de la haie. Il me semblait que tous les arbres se murmuraient les uns aux autres, se passant des nouvelles ou tramant des complots en un langage inintelligible; et les branches se balançaient et tâtonnaient sans aucun vent. On dit bien que les arbres se meuvent réellement et qu'ils peuvent entourer un étranger et le cerner. En fait, ils ont jadis attaqué la haie : ils vinrent se planter juste à côté et se penchèrent par-dessus. Mais les Hobbits accoururent, coupèrent des centaines d'arbres; ils firent un grand feu de joie dans la Forêt et brûlèrent tout le terrain sur une large bande à l'est de la haie. Après cela, les arbres renoncèrent à l'attaque, mais ils devinrent très hostiles. Il existe encore un large espace nu, pas loin à l'intérieur, à l'endroit où le feu de joie avait été allumé.

— Sont-ce seulement les arbres qui sont dangereux? demanda Pippin.

— Il y a diverses choses bizarres qui vivent au plus profond de la Forêt et de l'autre côté, dit Merry, ou en tout cas l'ai-je entendu dire; mais je n'en ai jamais vu aucune. Quelque chose trace des sentiers, toutefois. Quand on pénètre à l'intérieur, on trouve des pistes ouvertes; mais elles semblent bouger et changer de temps à autre de curieuse façon. Non loin de ce tunnel, il y a, ou il y a longtemps eu, le commencement d'un chemin tout à fait large menant à la Clairière du Feu de Joie, et continuant plus ou moins dans notre direction, vers l'est, puis un peu au nord. C'est celui que je vais essayer de trouver.

Les Hobbits quittèrent alors la grille du tunnel et traversèrent la large dépression. De l'autre côté, un sentier un peu effacé menait au terrain de la Forêt, à cent mètres et quelques de la haie; mais il s'évanouit aussitôt après les avoir amenés sous les arbres. Regardant en arrière, ils pouvaient voir la ligne sombre de la haie à travers les fûts d'arbres, déjà épais autour d'eux. Devant, ils ne voyaient que des troncs de dimensions et de formes innombrables : droits ou courbés, tordus, penchés, trapus ou minces, lisses ou noueux et branchus et tous les fûts étaient verts ou gris de mousse et d'excroissances visqueuses ou pelucheuses.

Seul Merry paraissait avoir gardé son entrain.

– Tu ferais mieux de prendre la tête et de trouver ce sentier, lui dit Frodon. Ne nous perdons pas les uns les autres, et n'oublions pas de quel côté se trouve la haie!

Ils choisirent une direction parmi les autres, et les poneys cheminèrent en évitant soigneusement les nombreuses racines tordues et entrelacées. Il n'y avait pas de broussailles. Le terrain s'élevait constamment et, comme ils avançaient, il semblait que les arbres se faisaient plus grands, plus sombres et plus épais. Il n'y avait aucun son sauf, de temps à autre, un égouttement d'humidité parmi les feuilles immobiles. Pour le moment, il n'y avait pas un murmure, pas un mouvement dans les branches; mais ils avaient tous le désagréable sentiment d'être épiés avec une désapprobation qui s'approfondissait jusqu'à l'aversion et même l'hostilité. Ce sentiment s'accrut toujours davantage, au point qu'ils se mirent à lever vivement les yeux ou à jeter un regard par-dessus l'épaule, comme s'ils s'attendaient à quelque coup soudain.

On ne voyait toujours aucun signe de sentier, et les arbres semblaient constamment leur barrer le passage. Pippin sentit tout d'un coup qu'il ne pouvait plus le supporter et, à l'improviste, il poussa un cri :

– Holà! Holà! Je ne vais rien faire. Laissez-moi seulement passer, voulez-vous?

Les autres s'arrêtèrent, effrayés; mais le cri retomba comme étouffé par un lourd rideau. Il n'y eut ni écho ni réponse, bien que la forêt parût devenir plus peuplée et plus attentive qu'auparavant.

– A ta place, je ne crierais pas, dit Merry. Cela fait plus de mal que de bien.

Frodon commença à se demander s'il était possible de trouver un moyen de passer et s'il avait eu raison d'entraîner les autres dans cette abominable forêt. Merry regardait de part et d'autre, et il semblait déjà incertain sur le chemin à suivre. Pippin le remarqua :

– Il ne t'a pas fallu longtemps pour nous égarer, dit-il.

Mais, à ce moment, Merry émit un sifflement de satisfaction et pointa l'index en avant :

– Eh bien! dit-il. C'est un fait que ces arbres bougent.

Voilà la Clairière du Feu de Joie devant nous – enfin, je l'espère; mais le sentier qui y mène semble être parti.

La lumière devint plus claire à mesure qu'ils avançaient. Soudain, ils débouchèrent des arbres et se trouvèrent dans un vaste espace circulaire. Il y avait du ciel au-dessus d'eux, bleu et clair à leur grande surprise, car en bas, sous la voûte de la Forêt, ils n'avaient pu voir le matin se lever ni la brume s'évanouir. Le soleil n'était toutefois pas encore assez haut pour briller dans la clairière, bien que sa lumière se posât sur le sommet des arbres. Les feuilles étaient toutes plus drues et plus vertes sur les bords de la clairière, l'entourant d'un mur presque solide. Aucun arbre ne poussait là, mais seulement de l'herbe inégale et de nombreuses plantes hautes : persil des bois, ciguës flétries sur leur longue tige, herbe à feu s'égrenant en cendres duveteuses, orties et chardons exubérants. Un endroit lugubre : mais après la Forêt étouffante, il donnait l'impression d'un charmant et riant jardin.

Les Hobbits, encouragés, levèrent des regards pleins d'espoir vers la croissante lumière du jour dans le ciel. De l'autre côté de la clairière, il y avait une brèche dans le mur d'arbres et au-delà un sentier dégagé. Ils pouvaient le voir s'enfoncer dans la forêt, par endroits large et ouvert sur le ciel, bien qu'à chaque instant les arbres se resserrassent et le couvrissent de leurs branches sombres. Ils partirent par là. Ils montaient toujours en pente douce, mais ils allaient maintenant d'un train beaucoup plus rapide et de meilleur cœur : car il leur semblait que la Forêt s'était radoucie et qu'elle allait les laisser passer sans obstruction après tout.

Mais au bout d'un moment, l'air se fit chaud et étouffant. Les arbres se resserrèrent de nouveau de chaque côté, et ils ne voyaient plus loin devant eux. Ils sentirent alors, plus fortement que jamais, la malveillance de la Forêt les presser derechef de toutes parts. Il régnait un tel silence que le son des sabots de leurs poneys, bruissant sur les feuilles mortes et trébuchant par moments sur des racines cachées, leur paraissait retentir avec un bruit sourd dans leurs oreilles. Frodon tenta de chanter une chanson pour les encourager, mais sa voix se réduisit à un murmure :

Oh, errants dans la terre obscurcie
Ne désespérez point! Car, si ténébreuses qu'elles soient,
Toutes les forêts existantes doivent se terminer enfin
Et voir passer le soleil découvert :
Le soleil couchant, le soleil levant,
La fin du jour ou le jour commencé,
Car à l'ouest ou à l'est toutes les forêts doivent s'éclaircir...

S'éclaircir – au moment où il prononçait ce mot, sa voix s'éteignit. L'air semblait lourd et la composition des paroles fastidieuses. Juste derrière eux, une grosse branche tomba avec fracas dans le sentier. Les arbres leur parurent se fermer devant eux.

– Ils n'aiment pas ce que tu dis d'une fin ou d'un éclaircissement, dit Merry. Je ne chanterais pas davantage pour le moment. Attends que nous arrivions en effet à l'orée, et alors nous nous retournerons pour leur envoyer un chœur vibrant!

Il parlait gaiement et, s'il ressentait une grande inquiétude, il ne la montrait aucunement. Un lourd fardeau pesait à présent sur le cœur de Frodon, et chaque pas en avant lui faisait regretter davantage d'avoir jamais pensé à défier la menace des arbres. Il était, en fait, sur le point de s'arrêter et de proposer de rebrousser chemin (si c'était encore possible), quand les choses prirent un nouveau tour. Le sentier cessa de monter pour se faire pendant un moment presque de niveau. Les arbres sombres s'écartèrent et, en avant, les Hobbits purent voir le sentier se poursuivre à peu près droit. Devant eux, mais à une certaine distance, se dressait une croupe verte, sans arbre, qui sortait comme une tête chauve de la forêt environnante. Le sentier semblait y mener directement.

Ils s'élancèrent alors en avant, ravis à la pensée de grimper un moment au-dessus de la voûte de la Forêt. Le sentier plongea et recommença de monter, les amenant enfin au pied de la pente raide de la colline. A cet endroit, il quittait les arbres et se perdait dans le gazon. La Forêt entourait l'éminence comme une chevelure épaisse qui dessinerait un cercle net autour d'un sommet de tête tondu.

Les Hobbits gravirent la pente sur leurs poneys, tournant sans cesse jusqu'au moment où ils arrivèrent au sommet. Là, debout, ils regardèrent alentour. L'atmosphère, éclairée par le soleil, était rayonnante, mais embrumée, et la vue ne portait pas à une grande distance. Tout près, le brouillard avait maintenant à peu près disparu, bien qu'il en demeurât encore par-ci par-là dans le creux de la Forêt; et, au sud, d'un profond repli qui coupait droit au travers, s'élevait encore comme une vapeur ou des rubans de fumée blanche.

– Là, dit Merry, désignant l'endroit de la main, c'est la ligne du Tournesaules. Il descend des hautes plaines et coule au sud-ouest au milieu de la Forêt pour rejoindre le Brandevin sous Fin-de-Barrière. Nous ne voulons pas aller de ce côté-*là*! La vallée du Tournesaules est réputée la partie la plus bizarre de toute la Forêt – le centre d'où provient toute l'étrangeté, pour ainsi dire.

Les autres regardèrent dans la direction qu'indiquait Merry, mais ils ne virent guère que des brumes qui s'étendaient sur la vallée profonde et humide; et au-delà, la partie méridionale de la Forêt disparaissait de la vue.

Sur le sommet, le soleil devenait chaud. Il devait être environ onze heures; mais la brume automnale les empêchait encore de voir grand-chose dans les autres directions. A l'ouest, ils ne pouvaient distinguer la ligne de la haie ni, au-delà, la vallée du Brandevin. Au nord, qu'ils regardaient avec le plus d'espoir, ils ne pouvaient rien voir qui pût être la ligne de la grande Route de l'Est, qu'ils voulaient gagner. Ils étaient sur une île perdue au milieu d'une mer d'arbres, et l'horizon était voilé.

Du côté sud-est, le sol descendait abruptement, comme si les pentes de la colline continuaient loin sous les arbres, tels les rivages d'îles qui sont en réalité les flancs d'une montagne surgie du sein d'eaux profondes. Ils s'assirent sur le bord vert et regardèrent par-dessus la forêt qui se déployait à leurs pieds, en mangeant leur repas de midi. Comme le soleil s'élevait et passait la méridienne, ils entrevirent dans le lointain à l'est la ligne gris-vert des hauts qui s'étendaient de ce côté au-delà de la Vieille Forêt. Cette vue les réconforta grandement, car il était bon d'avoir un aperçu de quoi que ce fût au-delà de l'orée de la Forêt, bien qu'ils n'eussent aucune intention d'aller de ce côté s'ils pouvaient l'éviter : les Hauts des Galgals avaient, dans la légende hobbite, une réputation aussi sinistre que la Forêt même.

Ils se décidèrent finalement à repartir. Le sentier qui les avait amenés à l'éminence reprenait sur la pente nord; mais ils ne l'avaient pas longtemps suivi quand ils s'aperçurent qu'il s'incurvait de plus en plus vers la droite. Il ne tarda pas à descendre rapidement, et ils devinèrent qu'il devait en fait se diriger vers la vallée du Tournesaules : ce n'était pas du tout la direction qu'ils désiraient prendre. Après un moment de discussion, ils décidèrent de quitter ce chemin qui les fourvoyait et d'aller vers le nord; car, s'ils n'avaient pu voir la route du sommet de la colline, elle devait se trouver par là et ne devait pas être très éloignée. Et aussi, du côté du nord et sur la gauche du sentier, le terrain semblait être plus sec et plus ouvert : il grimpait vers les pentes où les arbres étaient moins drus; des pins et des hêtres remplaçaient les chênes, les frênes et autres arbres étranges et inconnus de la forêt plus dense.

Au début, le choix leur parut bon : ils allaient à un train assez rapide, quoique à chaque fois qu'ils apercevaient le soleil dans une percée il leur semblât inexplicablement avoir tourné vers l'est. Mais au bout d'un moment, les arbres commencèrent à se resserrer, juste à l'endroit où ils avaient paru, à distance, être plus clairsemés et moins enchevêtrés. Puis de profonds replis de terrain se découvrirent à l'improviste, comme les ornières d'immenses roues de géants ou de larges fossés et des routes affaissées, depuis longtemps hors d'usage et obstruées de ronces. Ces replis s'étendaient pour la plupart en travers de leur ligne de marche et ils ne pouvaient les franchir qu'en jouant des pieds et des mains pour descendre et en ressortir, ce qui était incommode et difficile avec les poneys. A chaque descente, ils trouvaient le creux rempli d'épais buissons et de broussailles emmêlées qui, de curieuse façon, refusaient de céder sur la gauche et ne livraient passage que si les voyageurs se tournaient à droite; et ceux-ci devaient parcourir une certaine distance dans le fond avant de trouver un moyen de remonter de l'autre côté. Chaque fois qu'ils avaient escaladé la pente, les arbres paraissaient plus profonds et plus sombres; et toujours sur la gauche et vers le haut il était des plus difficiles de trouver un chemin : ils étaient contraints d'aller vers la droite et de descendre.

Au bout d'une heure ou deux, ils avaient perdu tout sens clair de l'orientation; mais ils savaient bien qu'ils avaient depuis longtemps cessé d'aller aucunement vers le nord. Ils étaient détournés et ne faisaient plus que suivre un itinéraire choisi pour eux – vers l'est et le sud, vers le cœur de la Forêt, et non vers une issue.

L'après-midi tirait à sa fin quand ils descendirent en dégringolant dans un repli plus large et plus profond que tous ceux qu'ils avaient rencontrés jusqu'alors. Il était si escarpé, avec un surplomb tellement prononcé, qu'ils se virent dans l'impossibilité de regrimper pour en sortir ni d'un côté ni de l'autre sans abandonner leurs poneys et leur bagage. Tout ce qu'ils purent faire fut de suivre le repli dans sa descente. Le sol se fit mou et, en certains endroits, marécageux; des sources apparurent sur les talus, et ils se trouvèrent bientôt suivre un ruisseau qui gazouillait dans un lit rempli d'herbes sauvages. Puis le sol commença de descendre rapidement, et le ruisseau, devenu fort et bruyant, se mit à couler à flots bondissants et rapides le long de la pente. Ils se trouvaient dans la pénombre d'une profonde ravine, couverte d'une haute voûte d'arbres.

Après avoir suivi péniblement le cours du torrent sur une certaine distance, ils débouchèrent soudain de l'obscurité. Comme par un portail, ils virent devant eux le soleil. A l'approche de l'ouverture, ils constatèrent qu'ils avaient cheminé en descendant par une crevasse creusée dans une haute paroi escarpée, presque une falaise. A son pied était un grand espace d'herbe et de roseaux; et, au loin, se voyait une autre paroi à peu près aussi escarpée. L'or d'un soleil tardif s'étendait, chaud et lourd, sur le terrain caché entre les deux parois. Au milieu, une rivière aux eaux brunes traçait de paresseux méandres; elle était bordée de vieux saules, recouverte d'une voûte de saules, obstruée de saules tombés et mouchetée de milliers de feuilles de saule flétries. L'atmosphère était épaissie de ces feuilles qui descendaient en voletant, jaunes, des branches; car une douce et chaude brise soufflait mollement dans la vallée, les roseaux bruissaient, et les rameaux de saules grinçaient.

– Eh bien, maintenant, j'ai au moins quelque idée de l'endroit où nous nous trouvons! dit Merry. Nous sommes arrivés presque à l'opposé de la direction que nous voulions suivre. C'est ici le Tournesaules! Je vais aller reconnaître le terrain.

Il passa dans le soleil et disparut parmi les hautes herbes. Après un moment, il reparut et déclara qu'il y avait un sol assez solide entre le pied de la falaise et la rivière; en certains endroits, un gazon ferme descendait jusqu'au bord de l'eau :

– Qui plus est, dit-il, il semble qu'il y ait une espèce de sentier qui serpente de ce côté de la rivière. En tournant à gauche et en le suivant, nous ne pouvons que sortir en fin de compte du côté oriental de la Forêt.

– Sans doute! dit Pippin. Enfin... si la piste va jusque-là et si elle ne nous conduit pas simplement à un marécage pour nous y laisser. Qui a tracé le sentier, à ton avis, et pourquoi? Je suis bien certain que ce n'est pas à notre bénéfice. Je commence à me méfier grandement de cette Forêt et de tout ce qui s'y trouve; et je commence à croire à toutes les histoires qu'on raconte à son sujet. Et as-tu aucune idée de la distance que nous devrions parcourir à l'est?

– Non, dit Merry, je n'en ai pas. Je ne sais pas le moins du monde à quelle hauteur du Tournesaules nous nous trouvons, ni qui a bien pu venir assez souvent pour tracer un sentier le long de la rivière. Mais je ne vois pas d'autre moyen de sortir.

Faute d'autre solution, ils avancèrent à la queue leu leu, et Merry les mena au sentier qu'il avait découvert. Les herbes et les roseaux étaient partout hauts et luxuriants, dépassant de beaucoup par endroits la tête des voyageurs; mais, une fois découvert, le sentier était facile à suivre dans ses tours et détours qui épousaient la fermeté du terrain au milieu des marécages et des mares. Par-ci par-là, il passait au-dessus d'autres ruisseaux qui rejoignaient le Tournesaules en descendant par des ravines des terres forestières plus élevées et à ces endroits des troncs d'arbres ou des faisceaux de broussailles étaient soigneusement posés en travers.

Les Hobbits commençaient à avoir très chaud. Des armées de mouches de toutes sortes bourdonnaient à leurs oreilles, et le soleil de l'après-midi leur brûlait le dos. Enfin, ils arrivèrent brusquement dans une ombre légère : de grandes branches grises s'étendaient au-dessus du sentier. Chaque pas en avant leur coûtait un peu plus que le précédent. La somnolence semblait monter furtivement de la terre le long de leurs jambes et tomber doucement de l'air sur leur tête et leurs yeux.

Frodon sentit son menton tomber et sa tête dodeliner. Juste devant lui, Pippin s'affaissa en avant sur les genoux. Frodon fit halte.

– C'est inutile, entendit-il dire Merry. Impossible de faire un pas de plus sans repos. Faut un somme. Fait frais sous les saules. Moins de mouches!

Frodon n'apprécia pas le ton de ces mots :

– Allons, cria-t-il. On ne peut pas faire un somme encore. Il faut d'abord nous tirer de la forêt.

Mais les autres étaient déjà trop assoupis pour se soucier. A côté d'eux, Sam bâillait debout, les yeux stupides et papillotants.

Frodon se sentit soudain accablé par le sommeil. La tête lui tournait. L'air était presque entièrement silencieux. Les mouches avaient cessé de bourdonner. Seul un doux son à peine audible, un faible bruissement comme d'une chanson murmurée parut voleter dans les branches au-dessus de lui. Il leva ses yeux alourdis et vit, penché sur lui, un énorme saule, vieux et chenu. L'arbre paraissait immense; ses branches étalées s'élevaient comme des bras tendus, aux mains pourvues de longs et multiples doigts; son tronc noueux et tordu s'ouvrait en larges fissures qui grinçaient faiblement au mouvement des branches. Les feuilles qui s'agitaient devant le ciel brillant éblouissaient Frodon; il s'écroula, et il resta étendu là où il était tombé dans l'herbe.

Merry et Pippin se traînèrent en avant pour s'allonger le dos contre le tronc du saule. Derrière eux, les grandes fissures béèrent pour les accueillir, tandis que l'arbre se balançait en grinçant. Ils regardèrent vers les feuilles grises et jaunes qui chantaient en se mouvant doucement devant la lumière. Leurs yeux se fermèrent et il leur sembla alors entendre des mots, des mots frais, parlant d'eau et de sommeil. Ils s'abandonnèrent au sortilège et tombèrent dans un profond sommeil au pied du grand saule gris.

Frodon resta un moment à lutter contre le sommeil qui l'écrasait; puis, dans un grand effort, il parvint à se remettre sur pied. Il éprouvait un désir irrésistible d'eau fraîche.

– Attends-moi, Sam, balbutia-t-il. Me faut me baigner les pieds un instant.

Dans un demi-rêve, il gagna en titubant le côté de

l'arbre tourné vers la rivière, où de grandes racines noueuses s'avançaient dans l'eau comme des dragons tortus qui s'étireraient pour boire. Il en enfourcha une et barbota dans l'eau brune et fraîche; et là, lui aussi sombra brusquement dans le sommeil, le dos appuyé contre l'arbre.

Sam s'assit et se gratta la tête, bâillant comme une caverne. Il était soucieux. L'après-midi tirait à sa fin, et il trouvait cette soudaine somnolence inquiétante. « Il y a autre chose là-dedans que du soleil et de l'air chaud, se murmura-t-il à lui-même. Ce grand arbre ne me dit rien qui vaille. Il ne m'inspire pas confiance. Ecoute sa berceuse à présent! Ça ne peut pas se passer comme ça! »

Il se remit péniblement sur ses pieds et partit en trébuchant voir ce qu'il en était des poneys. Il constata que deux d'entre eux étaient partis à l'aventure assez loin dans le sentier; il venait de les rattraper et de les ramener vers les autres, quand il entendit deux bruits : l'un fort, et l'autre doux, mais très clair. Le premier était l'éclaboussement de quelque chose de lourd qui était tombé dans l'eau; le second, un son semblable au déclic de la serrure quand une porte est doucement refermée à fond.

Il se précipita vers la rive. Frodon était dans l'eau, tout près du bord, et au-dessus de lui une grande racine semblait le maintenir à bas; mais il ne se débattait pas. Sam l'agrippa par sa veste et le tira de sous la racine; après quoi, il le remonta non sans difficulté sur la rive. Frodon se réveilla presque immédiatement, toussant et s'ébrouant.

— Sais-tu, Sam, finit-il par dire, que ce sacré arbre m'a *jeté* à l'eau! Je l'ai senti. La grande racine m'a simplement enveloppé et fait basculer!

— Vous rêviez sans doute, monsieur Frodon, dit Sam. Vous ne devriez pas vous asseoir en un tel endroit, si vous avez sommeil.

— Et les autres? demanda Frodon. Je me demande quel genre de rêves ils font.

Ils retournèrent de l'autre côté de l'arbre, et Sam comprit alors quel était le déclic qu'il avait entendu. Pippin avait disparu. La fissure contre laquelle il s'était étendu s'était refermée de sorte qu'on ne voyait plus la moindre lézarde. Merry était coincé : une autre fente s'était refermée autour de sa taille; ses jambes étaient à l'extérieur, mais le reste de son corps se trouvait à l'intérieur de l'ouverture noire, dont les bords le serraient comme des tenailles.

Frodon et Sam commencèrent par frapper le tronc contre lequel Pippin s'était appuyé. Puis ils tentèrent frénétiquement d'écarter les mâchoires de la fente qui retenait le pauvre Merry. Tous leurs efforts furent vains.

– Quelle chose horrible! s'écria Frodon, éperdu. Pourquoi avons-nous jamais pénétré dans cette affreuse forêt? Comme je voudrais qu'on soit tous au Creux-de-Crique.

De toutes ses forces, il assena un grand coup de pied à l'arbre, sans souci de son propre corps. Un frisson à peine perceptible parcourut le tronc et passa jusque dans les branches; les feuilles bruirent et murmurèrent, mais avec un son maintenant de faible et lointain rire.

– Nous n'avons pas de cognée dans nos bagages, je suppose, monsieur Frodon? demanda Sam.

– J'ai emporté une petite hachette pour fendre le bois de chauffage, répondit Frodon. Cela ne servirait pas à grand-chose.

– Une minute! s'écria Sam, frappé d'une idée que lui suggérait le bois de chauffage. On pourrait se servir du feu!

– Peut-être, dit Frodon d'un air dubitatif. On pourrait réussir à rôtir Pippin tout vif à l'intérieur.

– On pourrait commencer par faire mal à cet arbre ou l'effrayer, répliqua Sam d'un air féroce. S'il ne les laisse pas aller, je l'abattrai, fût-ce en le rongeant.

Il courut aux poneys et revint bientôt avec deux briquets et une hachette.

Ils assemblèrent rapidement de l'herbe, des feuilles sèches et des petites parcelles d'écorce; puis ils firent un amas de brindilles et de bois sec. Ils les entassèrent contre le tronc du côté opposé à celui où se trouvaient les prisonniers. Dès que Sam eut fait jaillir une étincelle sur l'amadou, celui-ci enflamma l'herbe sèche, et une bouffée de flamme et de fumée s'éleva. Les brindilles pétillèrent. De petites langues de feu léchèrent l'écorce sèche et striée du vieil arbre et la roussirent. Un frémissement parcourut tout le saule. Les feuilles semblèrent émettre au-dessus de leurs têtes un sifflement de souffrance et de colère. Merry jeta un grand cri, et, venu du tréfonds de l'arbre, ils entendirent un hurlement étouffé de Pippin.

– Eteignez! Eteignez! cria Merry. Il va me couper en deux, sans cela. C'est ce qu'il dit!

– Qui? Quoi? cria Frodon, se précipitant de l'autre côté de l'arbre.

– Eteignez! Eteignez! dit Merry, suppliant.

Les branches du saule se mirent à se balancer avec violence. Un son s'éleva : on eût dit un grand vent qui s'étendait aux branches de tous les arbres environnants, comme si elles avaient laissé tomber une pierre dans le tranquille sommeil de la vallée de la rivière, suscitant des ondes de colère qui gagnaient la totalité de la Forêt. Sam donna des coups de pied dans le petit feu et étouffa les étincelles. Mais Frodon, sans trop savoir pourquoi il le faisait ni ce qu'il espérait, courut dans le sentier en criant *au secours! au secours! au secours!* Il avait l'impression de ne pouvoir entendre qu'à peine le son de sa propre voix aiguë : aussitôt les mots sortis de sa bouche elle était emportée par le vent du saule et noyée dans une clameur de feuilles. Il se sentit désespéré : perdu et stupide.

Soudain, il s'arrêta. Il y avait une réponse, ou du moins le crut-il; mais elle paraissait venir de derrière lui, dans le sentier plus loin dans la Forêt. Il se retourna pour écouter, et il n'eut bientôt plus de doute : quelqu'un chantait une chanson; une voix profonde et réjouie chantait avec une heureuse insouciance, mais les paroles n'avaient aucun sens :

> *Holà! Viens gai dol! sonne un donguedillon!*
> *Sonne un dong! Saute! fal lall le saule!*
> *Tom Bom, gai Tom, Tom Bombadillon!*

Emplis mi-partie d'espoir et mi-partie de la peur d'un nouveau danger, Frodon et Sam restèrent alors tous deux immobiles. Soudain, d'une longue suite de mots dépourvue de sens (ou qui le semblaient) la voix s'éleva, forte et claire, pour entonner cette chanson :

> *Holà! Viens gai dol! derry dol! Chérie!*
> *Légers sont le vent du temps et l'étourneau ailé.*
> *Là-bas sous la colline, brillante au soleil,*
> *Là est ma belle dame, fille de Dame Rivière,*
> *Mince comme la baguette de saule, plus claire que l'onde.*
> *Le vieux Tom Bombadil, porteur de lis d'eau,*
> *Rentre de nouveau en sautillant. L'entends-tu chanter?*
> *Holà! Viens gai dol! derry dol! et gai-ho,*

Baie d'or, baie d'or, gaie baie jaune, oh!
Pauvre vieil Homme-Saule, retire tes racines!
Tom est pressé à présent. Le soir va suivre le jour.
Tom rentre, porteur de lis d'eau.
Holà! viens derry dol! M'entends-tu chanter?

Frodon et Sam se tenaient comme sous l'effet d'un enchantement. Le vent lança une dernière bouffée. Les feuilles pendirent de nouveau silencieuses aux branches raides. La chanson jaillit derechef, et puis, soudain, sautant et dansant dans le sentier, parut au-dessus des roseaux un vieux chapeau cabossé à haute calotte, avec une longue plume bleue fichée dans le ruban. Un nouveau sautillement et un bond amenèrent en vue un homme, ou tout au moins le semblait-il. En tout cas, il était de trop forte carrure et trop lourd pour un Hobbit, s'il n'était pas tout à fait d'assez haute taille pour être un des Grandes Gens, bien qu'il fît assez de bruit pour cela, clopinant sur d'épaisses jambes couvertes de grandes bottes jaunes et chargeant à travers l'herbe et les joncs comme une vache qui descend boire. Il avait un manteau bleu et une longue barbe brune; ses yeux étaient bleus et brillants, et sa figure d'un rouge de pomme mûre, mais plissée de mille rides de rire. Il portait dans ses mains sur une grande feuille comme sur un plateau un petit tas de lis d'eau blancs.

— Au secours! crièrent Frodon et Sam, courant vers lui, les mains en avant.

— Ho! ho! Du calme, là! cria le vieillard, levant une main, et ils s'arrêtèrent court, comme figés. Et maintenant, mes petits amis, où allez-vous donc, à souffler comme des bœufs? Qu'est-ce qui se passe donc? Savez-vous qui je suis? Je suis Tom Bombadil. Dites-moi quels sont vos ennuis! Tom est pressé à présent. N'écrasez pas mes lis!

— Mes amis sont coincés dans le saule, cria Frodon, haletant.

— Monsieur Merry est comprimé dans une fente! cria Sam.

— Comment? s'écria Tom Bombadil, sautant en l'air. Le vieil Homme-Saule? Ce n'est que cela, hé? Ce sera vite arrangé. Je connais l'air qu'il lui faut. Ce vieux grison d'Homme-Saule! Je vais lui geler la moelle, s'il ne se tient pas bien. Je vais lui chanter un air qui lui racornira les racines. Je vais soulever par une chanson un vent qui emportera feuilles et branches. Le vieil Homme-Saule!

Après avoir soigneusement déposé ses lis sur l'herbe, il courut à l'arbre. Là, il vit les pieds de Merry qui dépassaient encore – le reste avait déjà été attiré davantage à l'intérieur. Tom mit la bouche contre la fissure et se mit à chanter dedans à mi-voix. Ils ne purent saisir les paroles, mais Merry fut à l'évidence stimulé. Ses jambes commencèrent à donner des ruades. Tom s'écarta d'un bond et, ayant arraché une branche pendante, il en frappa le flanc du saule :

– Veux-tu bien le laisser sortir, vieil Homme-Saule! dit-il. A quoi penses-tu? Tu ne devrais pas être éveillé. Mange de la terre! Creuse profond! Bois de l'eau! Dors! Bombadil parle!

Il saisit alors les pieds de Merry et le tira de la fissure soudain élargie.

Il y eut un grincement déchirant; l'autre fissure s'ouvrit, et Pippin bondit dehors, comme sous l'effet d'un coup de pied. Puis, avec un claquement sonore, les deux fissures se refermèrent. Un frisson parcourut l'arbre de la racine au sommet, et un silence absolu s'établit.

– Merci, dirent les Hobbits, à tour de rôle.

Tom Bombadil éclata de rire :

– Eh bien, mes petits amis, dit-il, se baissant pour regarder leurs visages. Vous allez venir à la maison avec moi. La table est toute chargée de crème jaune, de rayons de miel, de pain blanc et de beurre. Baie d'Or vous attend. Il sera temps de poser des questions autour de la table du souper. Suivez-moi aussi vite que vous le pourrez!

Sur ces mots, il ramassa ses lis et, avec un signe de la main, il s'en fut en sautillant et en dansant dans le chemin vers l'est, non sans continuer à chanter d'une voix forte ses chansons dépourvues de sens.

Trop surpris et trop soulagés pour parler, les Hobbits le suivirent avec toute la rapidité possible. Mais elle ne suffit pas. Tom disparut bientôt devant eux, et le son du chant se fit de plus en plus faible et lointain. Mais, soudain, sa voix revint flotter vers eux en un puissant appel:

Trottez, mes petits amis, le long du Tournesaules;
Tom va devant allumer les chandelles.
A l'Ouest se couche le soleil : bientôt vous irez à l'aveu-
[glette.

Quand tomberont les ombres de la nuit, la porte s'ouvrira;
Par les carreaux de la fenêtre, la lumière scintillera, jaune.
Ne craignez pas d'aulnes noirs! Ne vous souciez pas des
[saules chenus!
Ne craignez ni racine ni branche! Tom va devant vous.
Holà, maintenant! Gai dol! On vous attendra!

Après quoi, les Hobbits n'entendirent plus rien. Le soleil sombra presque aussitôt dans les arbres derrière eux. Ils pensèrent à la lumière vespérale brillant en oblique sur le Brandevin et aux fenêtres de Châteaubouc commençant de s'éclairer de centaines de lumières. De grandes ombres tombèrent autour d'eux; les troncs et les branches des arbres étaient suspendus noirs et menaçants au-dessus du sentier. Des brumes blanches commencèrent de s'élever, d'onduler à la surface de la rivière et de vaguer autour des racines des arbres sur la rive. Du sol même, sous leurs pieds, une vapeur ténébreuse surgissait pour se mêler au crépuscule qui tombait rapidement.

Il devenait difficile de suivre le sentier, et ils étaient très fatigués. Leurs jambes leur paraissaient de plomb. Des bruits étranges couraient furtivement parmi les buissons et les roseaux de part et d'autre; et, s'ils levaient les yeux vers le ciel pâle, ils apercevaient de bizarres figures tordues et bossuées qui se détachaient sombrement sur le crépuscule et qui les lorgnaient du haut de la rive escarpée et des bords de la Forêt. Ils commençaient à avoir l'impression que tout ce pays était irréel et qu'ils avançaient en trébuchant dans un rêve qui ne menait à aucun réveil.

Au moment où ils sentaient le ralentissement de leurs pieds sur le point d'aboutir à l'arrêt total, ils remarquèrent que le sol montait doucement. L'eau commença de murmurer. Dans l'obscurité, ils aperçurent un reflet de blanche écume à l'endroit d'une courte chute de la rivière. Puis les arbres prirent fin et les brouillards restèrent en arrière. Les Hobbits sortirent de la forêt et virent surgir devant eux une grande étendue d'herbe. La rivière, à présent petite et rapide, bondissait joyeusement à leur rencontre, miroitant par endroits à la lumière des étoiles qui brillaient déjà dans le ciel.

Sous leurs pieds, l'herbe était douce et courte comme si elle avait été tondue. Derrière, les avancées de la Forêt étaient taillées et soignées comme une haie. Le sentier s'étendait devant eux uni, bien tenu et bordé de pierres. Il serpentait jusqu'au sommet d'un tertre herbeux, à présent gris sous la pâle nuit étoilée; et là, encore haut au-dessus d'eux sur une autre déclivité, ils virent scintiller les lumières d'une maison. Le sentier redescendit pour remonter sur une longue pente de gazon vers la lumière. Soudain, un large rai jaune coula brillamment d'une porte qu'on venait d'ouvrir. Devant eux se trouvait la maison de Tom Bombadil sur et sous la colline. Derrière, un épaulement s'étendait gris et nu, et au-delà les formes noires des Hauts des Galgals se perdaient dans la nuit de l'Est.

Hobbits et poneys se précipitèrent tous en avant. Déjà la moitié de leur fatigue et toutes leurs craintes les avaient quittés. *Holà! Venez gai dol!* Ce refrain vint à eux en matière d'accueil.

> *Holà! Venez gai dol! Sautez, mes braves!*
> *Hobbits! Poneys, tous! On aime les réunions.*
> *Que le plaisir commence! Chantons en chœur!*

Puis une autre voix claire, aussi jeune et aussi ancienne que le printemps, semblable à la chanson de l'eau joyeuse coulant dans la nuit d'un brillant matin des collines, vint, argentine, les accueillir ·

> *Que les chants commencent! Chantons en chœur*
> *Le soleil, les étoiles, la lune et la brume, la pluie et le*
> *[temps nuageux,*
> *La lumière sur la feuille qui bourgeonne, la rosée sur la*
> *[plume,*
> *Le vent sur la colline découverte, les cloches sur la brande,*
> *Les roseaux près de l'étang ombreux, les lis sur l'eau :*
> *Le vieux Tom Bombadil et la fille de la Rivière!*

Et, sur cette chanson, les Hobbits arrivèrent au seuil et furent tout entourés de lumière dorée.

CHAPITRE VII

CHEZ TOM BOMBADIL

Les quatre Hobbits franchirent le large seuil de pierre et se tinrent là, clignotant des paupières. Ils se trouvaient dans une longue pièce basse, tout emplie de la lumière de lampes suspendues aux poutres du plafond, et sur la table de bois sombre ciré se dressaient en grand nombre des chandelles, hautes et jaunes, à la flamme brillante.

Dans un fauteuil, du côté de la pièce opposée à la porte d'entrée, était assise une femme. Ses cheveux blonds tombaient en longues ondulations sur ses épaules; sa robe était verte, du vert des jeunes roseaux, chatoyant d'argent semblable à des perles de rosée; et sa ceinture était d'or, façonnée comme une chaîne d'iris des marais émaillée des yeux bleu pâle de myosotis. A ses pieds, dans de grands vaisseaux de poterie verte et brune, flottaient des lis d'eau, de sorte qu'elle semblait trôner au milieu d'un étang.

– Entrez, mes bons hôtes! dit-elle.

Et comme elle parlait, ils surent que c'était sa voix claire qu'ils avaient entendue chanter.

Ils avancèrent de quelques pas timides dans la pièce et commencèrent une série de profonds saluts, avec l'étrange sentiment de surprise et d'embarras de gens qui, ayant frappé à la porte d'une chaumière pour demander un verre d'eau, se sont trouvés devant une belle jeune Reine-Elfe vêtue de fleurs vivantes. Mais avant qu'ils n'eussent pu prononcer un mot, elle bondit avec légèreté par-dessus les coupes de lis et accourut vers eux en riant; et comme elle courait, sa robe bruissait doucement comme le vent sur les rives fleuries d'une rivière.

– Venez, chers amis! dit-elle, prenant Frodon par la

main. Riez et soyez joyeux! Je suis Baie d'Or, fille de la Rivière.

Puis, légère, elle passa devant eux et, ayant fermé la porte, elle lui tourna le dos, ses bras blanc étendus en travers :

– Fermons la porte à la nuit! dit-elle. Car vous avez encore peur peut-être de la brume, de l'ombre des arbres, de l'eau profonde et des choses sauvages. N'ayez aucune crainte! Pour cette nuit, vous êtes sous le toit de Tom Bombadil.

Les Hobbits la regardaient avec étonnement; et elle les regarda chacun tour à tour et sourit.

– Belle dame Baie d'Or! dit enfin Frodon, le cœur gonflé d'une joie qu'il ne comprenait pas. Il se tenait là, comme il lui était arrivé parfois de rester, enchanté par de belles voix elfiques; mais le charme sous lequel il se trouvait à présent était différent : le plaisir était moins aigu et moins sublime, mais plus profond et plus proche d'un cœur de mortel; merveilleux et pourtant point étrange : – Belle dame Baie d'Or! répéta-t-il. A présent, la joie cachée dans les chants que nous entendions m'est rendue claire.

O toi, svelte comme une baguette de saule! O toi, plus
[claire que l'eau claire!
O toi, roseau pris du vivant étang! Belle fille de la
[Rivière!
O toi, printemps et été, et de nouveau printemps après!
O toi, vent sur la cascade et rire des feuilles!

Il s'arrêta soudain et se mit à bégayer, succombant à la surprise de s'entendre prononcer pareilles choses. Mais Baie d'Or rit.

– Soyez le bienvenu! dit-il. J'ignorais que les gens de la Comté eussent la langue aussi douce. Mais je vois que vous êtes un ami des Elfes; la lumière de vos yeux et le son de votre voix le disent. Voici une heureuse réunion! Prenez place et attendez le Maître de la maison! Il ne tardera pas. Il s'occupe de vos bêtes fatiguées.

Les Hobbits s'assirent avec plaisir dans des fauteuils bas à siège de jonc, tandis que Baie d'Or s'affairait autour de la table; et ils la suivaient des yeux, car la svelte grâce de ses mouvements les emplissait d'une calme félicité. De quelque part derrière la maison vint un son de chanson.

De temps à autre, ils saisissaient, parmi maints *derry dol*, *gai dol* et *gai ho*, les mots prépétés de :

> *Le vieux Tom Bombadil est un gai luron;*
> *Bleu vif est sa veste, et ses bottes sont jaunes.*

– Belle dame! dit de nouveau Frodon après un moment. Dites-moi, si ma question ne vous paraît pas stupide, qui est Tom Bombadil?

– C'est lui, dit Baie d'Or, suspendant ses mouvements et souriant.

Frodon la regarda d'un air interrogateur.

– C'est lui, tel que vous l'avez vu, dit-elle en réponse à son regard. C'est le Maître de la forêt, de l'eau et de la colline.

– Ainsi, tout cet étrange pays lui appartient?

– Non, certes! répondit-elle, et son sourire s'évanouit. Ce serait assurément un fardeau, ajouta-t-elle à mi-voix, comme pour elle-même. Les arbres, les herbes et toutes les choses qui poussent ou vivent dans cette terre n'appartiennent qu'à eux-mêmes. Tom Bombadil est le Maître. Personne n'a jamais attrapé le vieux Tom marchant dans la forêt; pataugeant dans l'eau, bondissant sur le sommet des collines dans la lumière ou dans l'ombre. Il n'a aucune peur. Tom Bombadil est maître.

Une porte s'ouvrit, et Tom Bombadil entra. Il n'avait plus de chapeau, et son épaisse chevelure brune était couronnée de feuilles automnales. Il rit et, s'avançant vers Baie d'Or, il lui prit la main.

– Voici ma belle dame! dit-il en saluant les Hobbits. Voici ma Baie d'Or vêtue de vert-argent avec des fleurs à sa ceinture! La table est-elle mise? Je vois de la crème jaune et des rayons de miel, du pain blanc et du beurre; du lait, du fromage, des herbes vertes et des baies mûres récoltées. Cela nous suffit-il? Le souper est-il prêt?

– Oui, dit Baie d'Or; mais peut-être les hôtes ne le sont-ils point?

Tom battit des mains et s'écria :

– Tom, Tom! tes hôtes sont fatigués et tu as failli oublier! Venez, mes joyeux amis, et Tom va vous rafraîchir! Vous allez nettoyer vos mains sales et laver vos visages las; débarrassez-vous de vos manteaux boueux et peignez vos cheveux emmêlés!

Il ouvrit la porte, et ils le suivirent dans un court passage qui tournait à angle droit. Ils arrivèrent ainsi à une chambre basse à toit en pente (un appentis, semblait-il, ajouté au côté nord de la maison). Les murs en étaient de pierre nette, mais tendus pour la majeure partie de nattes vertes et de rideaux jaunes. Le sol était dallé et recouvert de joncs verts frais. Il y avait quatre épais matelas, chacun recouvert d'un tas de couvertures blanches, étendus par terre sur un des côtés. Contre le mur opposé, un long banc portait de grandes cuvettes d'argile, et à côté se trouvaient des pots bruns remplis d'eau, les uns froids, les autres tout chauds. De douces pantoufles vertes attendaient à côté de chaque lit.

Avant peu, les Hobbits, lavés et rafraîchis, furent assis à table, deux de chaque côté, tandis qu'à l'un et l'autre bout siégeaient Baie d'Or et le Maître. Ce fut un long et joyeux repas. Bien que les Hobbits mangeassent comme seuls peuvent manger des Hobbits affamés, il n'y eut aucun défaut. La boisson dans leurs bols semblait être de la simple eau fraîche, mais elle leur montait au cœur comme du vin, donnant libre cours à leur voix. Les convives s'aperçurent soudain qu'ils chantaient gaiement, comme si ce fût plus facile et plus naturel que de parler.

Finalement, Tom et Baie d'Or se levèrent et débarrassèrent vivement la table. Les invités, ayant reçu l'ordre de rester tranquillement assis, furent installés dans des fauteuils, chacun avec un tabouret pour reposer ses pieds las. Un feu flambait devant eux dans la vaste cheminée, et il répandait une douce odeur, comme s'il fût fait de bois de pommier. Quand tout fut en ordre, les lumières de la pièce furent éteintes à l'exception d'une lampe et d'une paire de chandelles à chaque bout du manteau de cheminée. Baie d'Or vint alors et se tint devant eux, une chandelle à la main; elle leur souhaita à chacun une bonne nuit et un profond sommeil.

— Soyez en paix maintenant, dit-elle, jusqu'au matin! Ne prêtez attention à aucun bruit nocturne! Car rien ne passe ici la porte ni la fenêtre que le clair de lune, la lumière des étoiles et le vent du sommet de la colline. Bonsoir!

Bruissante, elle sortit de la pièce dans un miroitement. Le son de ses pas faisait penser à celui d'un ruisseau coulant doucement d'une colline sur des pierres fraîches dans le calme de la nuit.

Tom resta assis un moment avec eux en silence, tandis

que chacun s'efforçait de rassembler le courage nécessaire pour énoncer une des nombreuses questions qu'il aurait voulu poser à dîner. Le sommeil montait à leurs paupières. Finalement, Frodon prit la parole :

– M'avez-vous entendu appeler, maître, ou est-ce simplement la chance qui vous a amené à ce moment ?

Tom remua comme un homme tiré d'un rêve agréable :

– Hein, quoi ? dit-il. Si je vous ai entendu appeler ? Non, je n'ai rien entendu : j'étais occupé à chanter. C'est simplement la chance qui m'a amené à ce moment, si vous appelez cela de la chance. Ce n'était aucunement dans mes plans, encore que je vous attendisse. Nous avions entendu parler de vous, et nous avions appris que vous erriez par là. Nous avions deviné que vous viendriez avant peu au bord de l'eau ; tous les sentiers mènent dans cette direction, vers le Tournesaules. Le vieil Homme-Saule gris est un rude chanteur, et il est difficile aux petites personnes d'échapper à ses malins dédales. Mais Tom avait par là une affaire qu'il n'osait remettre.

Tom hocha la tête comme si le sommeil le reprenait ; mais il poursuivit d'une voix douce et chantante :

J'avais à faire par là : cueillir des lis d'eau, des feuilles et de blancs lis pour le plaisir de ma jolie dame, les derniers avant la fin de l'année, pour les préserver de l'hiver, pour qu'ils fleurissent près de ses jolis pieds avant que les neiges ne soient fondues. Chaque année, à la fin de l'été, je vais les chercher pour elle, dans un grand étang profond et clair, loin en aval du Tournesaules ; là, ils s'ouvrent les premiers au printemps et là, ils durent le plus longtemps. Près de cet étang, jadis, j'ai trouvé la fille de la Rivière, la belle jeune Baie d'Or, assise dans les joncs. Doux était son chant, et son cœur battait !

Il rouvrit les yeux et les regarda avec une soudaine lueur bleue :

Et cela s'est révélé bon pour vous – car à présent je ne retournerai plus au loin le long de l'eau de la Forêt, pas tant que l'an sera vieux. Et je ne passerai plus devant la maison du vieil Homme-Saule de ce côté-ci du printemps, pas avant le joyeux printemps quand la fille de la Rivière descend en dansant le sentier de l'oseraie pour se baigner dans l'eau.

Il retomba dans son silence; mais Frodon ne put retenir une autre question : celle à laquelle il souhaitait le plus une réponse :

– Parlez-nous, maître, de l'Homme-Saule, dit-il. Qu'est-il? Je n'ai jamais entendu parler de lui.

– Non! firent en même temps Merry et Pippin, se redressant brusquement. Pas maintenant! Pas avant le matin!

– Vous avez raison! dit le vieillard. Il est temps maintenant de se reposer. Certaines choses sont mauvaises à entendre quand le monde est dans les ténèbres. Dormez jusqu'à la lumière du matin, reposez-vous sur l'oreiller! Ne prêtez attention à aucun bruit nocturne. Ne craignez pas le saule gris!

Là-dessus, il descendit la lampe et souffla la flamme; puis, saisissant une chandelle dans chaque main, il les mena hors de la pièce.

Leurs matelas et leurs oreillers avaient la douceur de la plume, et les couvertures étaient de laine blanche. A peine furent-ils étendus sur les lits profonds et eurent-ils tiré sur eux leurs couvertures légères qu'ils étaient endormis.

Dans la nuit profonde, Frodon était dans un rêve sans lumière. Puis il vit se lever la nouvelle lune; dans sa mince lumière apparut devant lui un mur de roche noire, percé d'une arche sombre semblable à une grande porte. Il eut l'impression d'être soulevé et, passant au-dessus, il vit que le mur de roche était un cercle de collines au milieu desquelles se trouvait une plaine; et au centre de cette plaine s'élevait une aiguille de pierre, pareille à une vaste tour, mais non bâtie de main d'homme. Au sommet se tenait une forme humaine. La lune en s'élevant parut un moment suspendue au-dessus de sa tête, et elle scintilla dans ses cheveux blancs agités par le vent. De la sombre plaine montèrent une clameur de voix féroces et le hurlement de nombreux loups. Soudain, une ombre, en forme de grandes ailes, passa devant la lune. La silhouette leva les bras, et une lumière jaillit comme un éclair du bâton qu'elle maniait. Un puissant aigle fondit sur elle et l'emporta. Les voix poussèrent des lamentations et les loups gémirent. Un bruit retentit, comme d'un fort vent, sur lequel était porté le son de sabots galopant, galopant de l'est. « Des Cavaliers Noirs! » pensa Frodon, s'éveillant tandis que le son des sabots retentissait encore dans sa tête. Il se demanda s'il aurait jamais le courage de quitter la sécurité de ces murs de pierre. Il resta étendu sans mouvement, prêtant encore l'oreille; mais tout était silencieux à présent et il finit par se retourner et se rendormir ou vagabonder dans quelque autre rêve qui ne lui laissa pas de souvenir.

A son côté, Pippin était perdu dans des rêves agréables; mais un changement se produisit, et il se retourna en gémissant. Il s'éveilla tout à coup ou crut s'être réveillé, mais il entendait encore dans les ténèbres le son de ce qui avait troublé son rêve : *tip-tap, criss*; le son ressemblait à celui des branches qui s'agitent dans le vent, de brindilles grattant comme des doigts le mur et les fenêtres : *crr, crr, crr*. Il se demanda s'il y avait des saules proches de la maison; puis il eut soudain le sentiment affreux de n'être pas du tout dans une maison ordinaire, mais à l'intérieur du saule, et d'entendre cette horrible voix sèche et grinçante se rire à nouveau de lui. Se redressant, il sentit les doux oreillers céder sous ses mains, et il se recoucha, soulagé. Il lui parut entendre résonner à ses oreilles les mots : « Ne craignez rien! Soyez en paix jusqu'au matin! Ne prêtez attention à aucun bruit nocturne! » et il se rendormit.

Ce fut le bruit de l'eau que Merry entendit tomber dans son tranquille sommeil : de l'eau coulant doucement, puis s'étendant irrésistiblement tout autour de la maison en un sombre étang sans bornes. Elle gargouillait sous les murs et s'élevait lentement, mais sûrement. « Je vais être noyé! pensa-t-il. Elle va s'infiltrer, et alors je me noierai. » Il se sentit couché dans un marécage mou et gras, et, se levant précipitamment, il posa le pied sur le coin d'un carreau dur et froid. Se rappelant alors où il se trouvait, il se recoucha. Il lui sembla entendre ou se rappeler avoir entendu : « Rien ne passe les portes et les fenêtres que le clair de lune, la lumière des étoiles et le vent qui descend de la colline. » Un petit souffle d'air frais agita le rideau. Il respira profondément et se rendormit.

Pour autant qu'il pût se rappeler, Sam dormit toute la nuit dans un parfait contentement, en admettant que les souches éprouvent du contentement.

Ils se réveillèrent tous les quatre à la fois, à la lumière du matin. Tom allait de côté et d'autre dans la chambre, sifflant comme un sansonnet. En les entendant bouger, il battit des mains et cria :

– Holà! Venez gai dol! derry dol! Mes braves!

Il ouvrit les rideaux jaunes, et les Hobbits virent que ceux-ci couvraient des fenêtres à chaque bout de la pièce, l'une tournée vers l'est et l'autre vers l'ouest.

Ils sautèrent sur leurs pieds, reposés. Frodon courut à la fenêtre est et se trouva devant un jardin potager, gris de rosée. Il s'était un peu attendu à voir du gazon jusqu'aux murs, du gazon tout marqué d'empreintes de sabots. En fait, sa vue était limitée par une haute rame de haricots; mais au-dessus et loin au-delà, le sommet gris de la colline se détachait sur le soleil levant. C'était une pâle matinée : à l'orient, derrière de longs nuages semblables à des cordons de laine sale à la frange teintée de rouge, s'enfonçaient de vagues profondeurs jaunes. Le ciel annonçait de la pluie, mais la lumière s'étendait rapidement, et les fleurs rouges des haricots commencèrent à rutiler au milieu des feuilles vertes mouillées.

Pippin alla à la fenêtre ouest, et son regard tomba sur un étang de brume. La Forêt disparaissait sous le brouillard. C'était comme de regarder d'en dessus une mer de nuages en pente. Il y avait un repli ou un chenal, où la brume se morcelait en maints panaches et vagues : la vallée du Tournesaules. La rivière descendait de la colline sur la gauche pour s'évanouir dans les ombres blanches. A proximité, il y avait un jardin d'agrément avec une haie taillée, couverte d'un réseau d'argent et, au-delà, de l'herbe rase et grise, pâlie par les gouttes de rosée. Aucun saule ne se voyait.

– Bonjour, mes braves amis! cria Tom, ouvrant toute grande la fenêtre à l'est. Un flot d'air frais entra; il avait une odeur de pluie.

« Le soleil ne montrera guère son visage aujourd'hui, je pense. J'ai marché assez loin et grimpé sur les sommets des collines depuis le début de l'aube grise, humant le vent et le temps : herbe humide sous les pieds et ciel humide au-dessus de moi. J'ai réveillé Baie d'Or en chantant sous sa fenêtre; mais rien n'éveille des Hobbits de bon matin. La nuit, les petites personnes se réveillent dans l'obscurité, et elles dorment quand la lumière est venue. Sonne un donguedillon! Réveillez-vous à présent, mes joyeux amis! Oubliez les bruits nocturnes! Sonne un dinguedillon del! derry del mes braves! Si vous venez vite, vous trouverez le petit déjeuner servi. Si vous tardez, vous aurez de l'herbe et de l'eau de pluie!

Inutile de dire que, même si la menace de Tom ne paraissait pas bien sérieuse, les Hobbits vinrent vite et ne quittèrent la table que tard et seulement quand elle commença de paraître un peu vide. Ni Tom ni Baie d'Or n'étaient présents. On pouvait entendre le claquement des pieds de Tom qui s'affairait dans la cuisine, montait et descendait l'escalier, ou chantait de côté et d'autre audehors. La pièce donnait à l'ouest sur la vallée embrumée, et la fenêtre était ouverte. L'eau dégouttait de l'avancée du toit de chaume. Avant la fin du repas, les nuages s'étaient rejoints pour former un plafond uniforme, et une pluie grise se mit à tomber verticalement avec une douce régularité. La Forêt fut complètement cachée derrière cet épais rideau.

Tandis qu'ils regardaient par la fenêtre, descendit doucement vers eux, comme portée par la pluie, la voix claire de Baie d'Or. Ils n'entendaient que quelques mots, mais il leur parut évident que c'était une chanson de pluie, aussi douce que les averses sur les collines desséchées, et qu'elle contait l'histoire d'une rivière de sa source dans les hautes terres jusqu'à la mer, loin en contrebas. Les Hobbits écoutèrent avec ravissement; et Frodon, heureux dans son cœur, bénit le temps bienveillant qui les empêchait de partir. La pensée de s'en aller lui avait pesé dès le réveil; mais il devinait à présent qu'ils n'iraient pas plus loin ce jour-là.

Le vent des couches supérieures s'établit à l'ouest, et des nuages plus denses et plus humides s'élevèrent en roulant pour déverser leur charge de pluie sur les têtes dénudées des Hauts. Tout autour de la maison ne se voyait plus qu'eau tombante. Frodon se tenait près de la porte ouverte à regarder le chemin crayeux et blanc se muer en une petite rivière de lait et descendre en bouillonnant dans la vallée. Tom Bombadil apparut, trottant, au coin de la maison; il agitait les bras comme pour écarter la pluie – et, de fait, quand il franchit le seuil d'un bond, il paraissait entièrement sec, sauf pour ses bottes. Il retira celles-ci et les mit au coin de l'âtre. Puis il s'assit dans le plus grand fauteuil et pria les Hobbits de s'assembler autour de lui.

– C'est le jour de lessive de Baie d'Or, et aussi de son nettoyage d'automne, dit-il. Il pleut trop pour des Hobbits

– qu'ils se reposent, tant qu'ils le peuvent! Bonne journée pour de longs récits, pour les questions et les réponses. Aussi Tom entamera-t-il la conversation.

Il leur raconta alors maintes histoires remarquables, parfois comme se parlant à demi à lui-même et parfois les regardant soudain d'un œil bleu et brillant sous ses sourcils touffus. Sa voix se muait souvent en chant, et il se levait de son fauteuil pour danser alentour. Il leur parla d'abeilles et de fleurs, des façons des arbres et des créatures étranges de la Forêt, des choses mauvaises et des choses bonnes, des choses amicales et des choses hostiles, des choses cruelles et des choses bienveillantes, et des secrets cachés sous les ronces.

En écoutant ces récits, ils commencèrent à comprendre les vies de la Forêt, en dehors d'eux-mêmes, en fait à se sentir étrangers là où toutes autres choses étaient chez elles. Le Vieil Homme-Saule y apparaissait et en sortait constamment, et Frodon apprit alors suffisamment pour le satisfaire, plus que suffisamment en vérité, car ce n'était pas un savoir rassurant. Les paroles de Tom mettaient à nu les cœurs des arbres et leurs pensées, souvent noires et étranges, emplies de la haine des êtres qui vont et viennent librement sur terre, rongeant, mordant, brisant, démolissant, brûlant : destructeurs et usurpateurs. Ce n'était pas sans raison qu'on l'appelait la Vieille Forêt, car elle était certes ancienne, survivante de vastes forêts oubliées; et en son sein vivaient encore, sans vieillir davantage que les collines, les pères des pères d'arbres, qui se souvenaient du temps où ils étaient seigneurs. Les années innombrables les avaient emplis d'orgueil et de sagesse enracinée, ainsi que de malveillance. Mais nul n'était plus dangereux que le Grand Saule : son cœur était pourri, mais sa force verte; et il était rusé, il commandait aux vents, et son chant et sa pensée couraient les bois des deux côtés de la rivière. Son esprit gris et assoiffé tirait la force de la terre, et il s'était répandu comme un réseau de racines dans le sol et comme d'invisibles doigts de brindilles dans l'air, jusqu'à ce qu'il eût acquis la domination sur presque tous les arbres de la Forêt entre la haie et les Hauts.

Soudain, les propos de Tom quittèrent le bois pour remonter le long du jeune ruisseau, par-dessus les cascades bouillonnantes, par-dessus les cailloux et les rochers usés et parmi les petites fleurs dans l'herbe épaisse et les crevasses mouillées, finissant par vagabonder sur les

Hauts. Les Hobbits entendirent parler des Grands Galgals et des tertres verts, des cercles de pierres sur les collines et dans les creux parmi les hauteurs. Les moutons bêlaient en troupeaux. Des murs verts et des murs blancs se dressaient. Il y avait des forteresses sur les Hauts. Des rois de petits royaumes se battaient entre eux, et le jeune soleil brillait comme du feu sur le métal rouge de leurs neuves et avides épées. Il y avait des victoires et des défaites; et des tours tombaient, des forteresses étaient incendiées et des flammes montaient dans le ciel. De l'or était entassé sur les catafalques des reines et des rois morts; et des tertres les recouvraient et les portes de pierre étaient closes; et l'herbe poussait sur le tout. Des moutons s'avancèrent un moment, mais bientôt les collines furent de nouveau vides. Une ombre sortit de sombres endroits au loin, et les ossements s'agitèrent dans les tertres. Des Etres de Galgals errèrent dans les creux avec un cliquetis d'anneaux sur des doigts froids et de chaînes d'or dans le vent. Des cercles de pierres grimaçaient de la terre comme des dents brisées dans le clair de lune.

Les Hobbits frissonnèrent. Même dans la Comté, on avait entendu la rumeur concernant des Etres de Galgals des Hauts des Galgals au-delà de la Forêt. Mais c'était un récit qu'aucun Hobbit ne se plaisait à écouter, même au coin d'une lointaine cheminée. Ces quatre-là se rappelèrent soudain alors ce que la joie de cette maison avait écarté de leur esprit : la maison de Tom Bombadil tapie sous l'épaulement même de ces collines redoutées. Ils perdirent le fil de son récit et s'agitèrent avec inquiétude en se regardant à la dérobée.

Quand ils entendirent de nouveau ses paroles, ils s'aperçurent qu'il était passé à présent dans des régions étranges qui dépassaient leur mémoire et leur pensée éveillée, en des temps où le monde était plus vaste et où les mers montaient droit à la côte ouest; et toujours allant et venant, Tom chantait la lumière d'anciennes étoiles, du temps que seuls les aïeux Elfes étaient éveillés. Puis il s'arrêta brusquement, et ils le virent dodeliner de la tête comme s'il s'assoupissait. Les Hobbits étaient assis devant lui, immobiles, enchantés; et il semblait que, sous le charme de sa parole, le vent fût parti, les nuages se fussent desséchés, le jour eût été retiré, les ténèbres fussent venues de l'est et de l'ouest, et que tout le ciel fût empli de la clarté de blanches étoiles.

Frodon n'aurait su dire s'il s'était écoulé le matin et le

soir d'un seul jour où de bien des jours. Il ne ressentait ni faim ni lassitude, il était seulement empli d'étonnement. Les étoiles brillaient à travers la fenêtre, et le silence des cieux semblait l'environner. Il finit par exprimer son étonnement et une peur soudaine de ce silence :

— Qui êtes-vous, maître ? demanda-t-il.

— Hein, quoi ? dit Tom, se redressant, les yeux étincelant dans la pénombre. Ne connaissez-vous pas encore mon nom ? C'est la seule réponse. Dites-moi qui vous êtes, vous même, seul et anonyme ? Mais vous êtes jeune et je suis vieux. L'Aîné, voilà ce que je suis. Notez mes paroles, mes amis : Tom était ici avant la rivière et les arbres, Tom se souvient de la première goutte de pluie et du premier gland. Il a tracé des sentiers avant les Grandes Gens, et il a vu arriver les Petites Personnes. Il était ici avant les rois et les tombes et les Etres des Galgals. Quand les Elfes sont passés à l'ouest, Tom était déjà ainsi, avant que les mers ne fussent infléchies. Il a connu l'obscurité sous les étoiles quand elle était sans appréhension — avant que le Seigneur Ténébreux ne vînt de l'extérieur.

Il sembla qu'une ombre passait derrière la fenêtre, et les Hobbits jetèrent un rapide regard à travers les carreaux. Quand ils se retournèrent, Baie d'Or se tenait dans la porte, encadrée de lumière. Elle tenait une chandelle, dont elle protégeait de la main la flamme contre le courant d'air; et la lumière coulait au travers, comme un rayon de soleil au travers d'un blanc coquillage.

— La pluie a cessé, dit-elle; et de nouvelles eaux courent au flanc de la colline, sous les étoiles. Rions maintenant, et soyons heureux!

— Et mangeons et buvons! s'écria Tom. Les longues histoires donnent soif. Et écouter longtemps est un travail qui donne faim, le matin, à midi et le soir!

Sur ce, il sauta de son fauteuil et, saisissant d'un bond une chandelle sur le manteau de la cheminée, il l'alluma à la flamme que tenait Baie d'Or; puis il se mit à danser autour de la table. Tout à coup, il s'élança par la porte et disparut.

Il revint bientôt, portant un grand plateau chargé. Puis Tom et Baie d'Or mirent la table, et les Hobbits restèrent assis, mi-étonnés et mi-riant, tant étaient séduisante la grâce de Baie d'Or et joyeuses et bizarres les gambades de Tom. D'une certaine façon, cependant, ils paraissaient ne composer qu'une seule danse, ne se gênant ni l'un ni l'autre, entrant et sortant ou tournant autour de la table; et, avec une grande célérité, la nourriture, les récipients et les lumières furent disposés. Les chandelles blanches et jaunes flamboyaient sur les dessertes. Tom s'inclina devant ses hôtes. – Le souper est prêt, dit Baie d'Or; et les Hobbits virent alors qu'elle était toute vêtue d'argent avec une ceinture blanche, et ses chaussures ressemblaient à des écailles de poisson. Mais Tom était tout en bleu pur, un bleu de myosotis lavés par la pluie, et il avait des bas verts.

Ce fut un souper encore meilleur que le précédent. Peut-être, sous le charme des paroles de Tom, les Hobbits avaient-il manqué un ou plusieurs repas; mais, quand la nourriture fut devant eux, il leur sembla qu'il devait y avoir une semaine qu'ils n'avaient mangé. Ils ne chantèrent, ni même ne parlèrent durant un moment, consacrant toute leur attention aux affaires. Mais après quelque temps, leurs cœurs et leur entrain s'élevèrent bien haut, et leurs voix retentirent, dans la joie et le rire.

Quand ils furent rassasiés, Baie d'Or chanta pour eux de nombreuses chansons, des chansons qui commençaient gaiement dans les collines et retombaient doucement dans le silence; et durant les silences, ils voyaient en pensée des étangs et des eaux plus vastes que toutes celles qu'ils avaient connues; regardant dans ces eaux, ils voyaient le ciel à leurs pieds et les étoiles comme des joyaux dans les profondeurs. Puis, une fois de plus, elle leur souhaita à chacun une bonne nuit, et elle les laissa au coin du feu. Mais Tom paraissait maintenant bien éveillé, et il les pressa de questions.

Il semblait déjà connaître beaucoup de choses sur eux et leurs familles, et, en fait, beaucoup de choses sur toute l'histoire et les événements de la Comté jusqu'à une époque à peu près oubliée des Hobbits eux-mêmes. Cela ne les étonna plus; mais il ne cacha pas qu'il devait une bonne part de son récent savoir au père Maggotte, qu'il semblait considérer comme un personnage plus important qu'ils ne l'avaient imaginé. – Il y a de la terre sous ses vieux pieds, et de l'argile sur ses doigts; de la sagesse dans ses os, et il a les deux yeux ouverts, dit Tom. Il était également clair que Tom avait des rapports avec les Elfes, et il apparaissait que, d'une façon ou d'une autre, des nouvelles lui étaient parvenues de Gildor au sujet de la fuite de Frodon.

En vérité Tom savait tant de choses et ses questions étaient si habiles que Frodon se trouva lui en dire davantage sur Bilbon et ses propres espoirs et craintes qu'il n'en avait dit auparavant même à Gandalf. Tom hocha la tête, et un éclair passa dans ses yeux quand il entendit parler des Cavaliers.

– Montrez-moi le précieux Anneau! dit-il brusquement au milieu du récit.

Et Frodon, à son propre étonnement, tira la chaîne de sa poche et, dégageant l'Anneau, il le tendit aussitôt à Tom.

L'Anneau parut grandir tandis qu'il restait un moment dans la large main brune. Tom le porta soudain à son œil et rit. Pendant une seconde, les Hobbits eurent une vision, en même temps comique et alarmante, de son brillant œil bleu étincelant à travers un cercle d'or. Puis il passa l'Anneau au bout de son petit doigt et l'éleva vers la lumière de la chandelle. Pendant un moment, les Hobbits ne remarquèrent rien d'étrange. Puis ils eurent le souffle coupé : il n'y avait aucun signe de disparition de Tom!

Tom rit de nouveau, puis il lança l'Anneau en l'air – et celui-ci disparut dans un éclair. Frodon poussa un cri, et Tom se pencha en avant pour le lui tendre en souriant.

Frodon examina l'objet attentivement et avec quelque méfiance (comme quelqu'un qui a prêté un colifichet à un prestidigitateur). C'était le même Anneau, ou paraissait l'être, et il pesait le même poids; car il avait toujours paru à Frodon étrangement lourd dans sa main. Mais quelque chose le poussa à s'en assurer. Peut-être en voulait-il légèrement à Tom de sembler faire si peu de cas de ce que même Gandalf estimait si dangereusement important. Il attendit une occasion, alors que la conversation avait repris et que Tom racontait une absurde histoire de blaireaux et de leurs bizarres façons – et il passa l'Anneau à son doigt.

Merry se retourna pour lui dire quelque chose et il sursauta en réprimant une exclamation. Frodon fut ravi (en un sens) : c'était bien son propre anneau, car son ami contemplait, déconcerté, son fauteuil et ne le voyait manifestement pas. Il se leva et se glissa furtivement du coin du feu à la porte extérieure.

– Hé là! cria Tom, lui lançant un regard de ses yeux brillants qui semblaient parfaitement le voir. Hé! Venez ici, Frodon, là-bas! Où allez-vous donc? Le vieux Tom Bombadil n'est pas encore aveugle à ce point. Otez votre anneau d'or! Votre main est plus belle sans lui. Revenez! Abandonnez votre jeu et asseyez-vous à côté de moi! Nous avons encore à parler un moment et à penser au matin. Tom doit vous enseigner le bon chemin et empêcher vos pieds de s'égarer.

Frodon rit (s'efforçant au consentement) et, retirant l'Anneau, il vint se rasseoir. Tom leur dit alors penser que le soleil brillerait le lendemain, que ce serait une agréable matinée et que le départ se présenterait sous les meilleurs auspices. Mais ils feraient bien de se mettre en route de bonne heure, car le temps, dans cette région, était une chose dont Tom lui-même ne pouvait être assuré pour longtemps et qui changeait parfois avec plus de rapidité que l'on n'en apportait à changer de veste :

— Je ne suis pas maître du temps, dit-il, non plus qu'aucun être qui va sur deux pattes.

Sur son conseil, ils décidèrent de se diriger vers le nord en partant de chez lui, pour franchir les pentes ouest, les moins élevées des Hauts; ils pouvaient espérer ainsi atteindre la route de l'est en une journée et éviter les Galgals. Il leur dit de ne pas s'effrayer – mais de s'occuper de leur prore affaire.

— Restez sur l'herbe verte. N'allez pas vous frotter aux vieilles pierres ni aux Etres froids, ou fureter dans leurs maisons, à moins que vous ne soyez des gens solides avec un cœur qui ne défaille jamais!

Il le répéta à plusieurs reprises; et il leur conseilla de passer les Galgals par le côté ouest, s'il leur arrivait de s'égarer près de l'un d'eux. Puis il leur apprit une poésie à chanter si, par malchance, ils rencontraient quelque danger ou difficulté le lendemain.

Ohé! Tom Bombadil, Tom Bombadillon!
Par l'eau, la forêt et la colline, par le roseau et le saule,
Par le feu, le soleil et la lune, écoutez maintenant et
[entendez-nous!
Accourez, Tom Bombadil, car notre besoin est proche de
[nous!

Quand ils eurent chanté cela en entier après lui, il leur donna à chacun une tape sur l'épaule, accompagnée d'un rire, et, prenant des chandelles, il les ramena à leur chambre.

CHAPITRE VIII

BROUILLARD SUR LES HAUTS DES GALGALS

Cette nuit-là, ils n'entendirent aucun bruit. Mais, que ce fût dans ses rêves ou en dehors (il n'aurait su le dire), Frodon entendit résonner dans son esprit un doux chant : un chant qui semblait venir comme une pâle lumière derrière un gris rideau de pluie; se renforçant, il mua le voile tout en cristal et en argent et quand il l'eut enfin replié, un lointain pays vert s'ouvrit sous un rapide lever de soleil devant le dormeur.

La vision s'évanouit dans le réveil; et voilà que Tom était là, sifflant comme cent oiseaux dans un arbre; et le soleil descendait déjà le long de la colline et par la fenêtre ouverte. Au-dehors, tout était vert et or pâle.

Après le petit déjeuner, qu'ils prirent de nouveau seuls, ils se préparèrent à faire leurs adieux, le cœur aussi près d'être lourd qu'il se pouvait par une pareille matinée : fraîche, lumineuse et pure sous un ciel d'automne lavé, d'un bleu léger. L'air venait tout frais du nord-ouest. Leurs calmes poneys étaient presque fringants, humant et remuant nerveusement. Tom sortit de la maison, agita son chapeau et dansa sur le seuil, invitant les Hobbits à se lever, à partir et à faire bon train.

Ils s'en furent le long d'un sentier qui s'éloignait en serpentant de derrière la maison et montait vers l'extrémité nord de la croupe sous laquelle elle s'abritait. Ils venaient de mettre pied à terre pour faire gravir à leurs poneys la dernière pente raide, quand Frodon s'arrêta soudain.

– Baie d'Or! s'écria-t-il. Ma belle dame, toute de vert argent vêtue! On ne lui a jamais dit adieu et on ne l'a pas vue depuis hier soir!

Il était tellement désolé qu'il voulait s'en retourner; mais à ce moment un appel clair descendit, perlé, vers eux. Là, sur la croupe de la colline, elle se tenait et leur faisait signe : ses cheveux flottaient librement au vent et brillaient, chatoyants, au soleil. Une lumière semblable au reflet de l'eau sur l'herbe humide de rosée étincelait sous ses pieds tandis qu'elle dansait.

Ils gravirent en hâte la dernière pente et arrivèrent, haletants, auprès d'elle. Ils s'inclinèrent, mais, d'un geste du bras, elle les invita à se retourner; et ils contemplèrent du sommet de la colline des terres au matin. L'atmosphère était maintenant aussi claire et transparente qu'elle avait été brumeuse et voilée quand ils se tenaient sur le tertre de la Forêt, qu'ils voyaient à présent s'élever à l'ouest pâle et vert au milieu des arbres sombres. De ce côté, la terre se soulevait sous le soleil en croupes boisées, vertes, jaunes, rousses, derrière lesquelles se cachait la vallée du Brandevin. Au sud, au-dessus de la ligne du Tournesaules, se voyait un lointain reflet semblable à du vert pâle, là où le Brandevin décrivait une grande boucle dans la plaine et s'écoulait hors du pays connu des Hobbits. Au nord, au-delà des Hauts qui s'amenuisaient, la vue s'étendait sur la plaine parsemée de bombements couleur de terre, grise, verte et pâle, jusqu'à ce qu'elle se perdît dans un lointain sombre et indéfini. A l'est s'élevaient, dans la lumière du matin, les Hauts des Galgals aux crêtes successives, qui s'évanouissaient de la vue pour ne devenir plus qu'une conjecture bleue et une lointaine lueur blanche confondue avec le bord du ciel, mais qui évoquaient pour eux, d'après leurs souvenirs et les vieux contes, les hautes et lointaines montagnes.

Aspirant une profonde bouffée d'air, ils eurent le sentiment qu'un petit saut et quelques bonnes enjambées les porteraient où ils voudraient. Il semblait pusillanime d'aller faire des crochets sur les contours plissés des Hauts en direction de la route, alors qu'ils devraient bondir avec la même exubérance que Tom sur les marchepieds des collines et piquer droit sur les montagnes.

Baie d'Or leur parla, ramenant leurs yeux et leurs pensées :

– Hâtez-vous maintenant, bons hôtes! dit-elle. Et tenez-vous-en fermement à votre dessein! Le nord avec le vent dans l'œil gauche et une bénédiction sur vos pas! Hâtez-vous, tant que le soleil brille!

Et à Frodon, elle dit :

– Adieu, Ami des Elfes, ce fut une joyeuse réunion!

Mais Frodon ne trouva pas de mots pour répondre. Après un profond salut, il monta sur son poney et, suivi de ses amis, il partit au petit trot le long de la douce pente qui descendait de la colline. La maison de Tom Bombadil et la vallée, ainsi que la Forêt, disparurent de leur vue. L'air se fit plus chaud entre les murs verts des collines de part et d'autre, et l'odeur du gazon s'éleva forte et douce. Arrivés au fond du creux vert, ils se retournèrent et virent Baie d'Or, à présent petite et mince comme une fleur éclairée par le soleil sur un fond de ciel : elle se tenait immobile pour les observer, et ses mains étaient tendues vers eux. Comme ils la regardaient, elle lança un clair appel et, la main levée, elle se détourna et disparut derrière la colline.

Leur chemin serpentait le long du creux et, contournant le pied vert d'une colline escarpée, il les mena dans une autre vallée, plus large; puis, par-dessus l'épaulement d'autres collines et redescendant leurs longs contreforts, il leur en fit remonter les flancs lisses jusqu'à de nouveaux sommets, pour replonger dans de nouvelles vallées. On ne voyait ni arbre ni eau : c'était un paysage d'herbe et de gazon ras et élastique, où régnait le silence, hormis le murmure du vent sur les arêtes du terrain et les cris solitaires d'étranges oiseaux dans le ciel. Comme ils cheminaient, le soleil montait, et il devint chaud. Chaque fois qu'ils arrivaient au haut d'une croupe, la brise semblait avoir diminué. Quand ils eurent un aperçu du pays vers l'ouest, la lointaine Forêt leur parut fumer, comme si la pluie tombée remontait en vapeur des feuilles, des racines et de l'humus. Une ombre s'étendait maintenant à lisière de la vue, une brume sombre au-dessus de laquelle la couche supérieure du ciel était comme un bonnet bleu, chaud et lourd.

Vers midi, ils arrivèrent à une colline au sommet large et aplati, ressemblant à une soucoupe peu profonde au rebord de tertres verts. A l'intérieur, il n'y avait pas un souffle d'air, et le ciel semblait tout proche de leurs têtes. Ils traversèrent cet espace et regardèrent en direction du nord. Leur cœur se réjouit alors, car ils paraissaient être déjà parvenus plus loin qu'ils ne s'y attendaient. Assurément les lointains étaient maintenant devenus tous brumeux et trompeurs, mais il était indubitable que les

Hauts touchaient à leur fin. Une longue vallée s'étendait à leurs pieds, serpentant vers le nord jusqu'à un endroit où elle atteignait une ouverture entre deux épaulements escarpés. Au-delà, il semblait ne plus y avoir de collines. Droit au nord, ils percevaient vaguement une longue ligne sombre :

– Ça, c'est une rangée d'arbres, dit Merry, et elle doit marquer la route. Tout le long de nombreuses lieues à l'est du Pont, il pousse des arbres. D'aucuns disent qu'ils furent plantés dans les temps anciens.

– Magnifique! dit Frodon. Si on va aussi bon train cet après-midi, on aura quitté les Hauts avant le coucher du soleil et on sera à la recherche d'un bon endroit pour camper.

Mais, tout en parlant, il tourna son regard vers l'eau et il vit que, de ce côté, les collines, plus hautes, les dominaient, et toutes ces collines étaient couronnées de tertres verts, sur certains desquels étaient des pierres levées, pointées en l'air comme des dents ébréchées sortant de gencives vertes.

Cette vue était quelque peu inquiétante; ils s'en détournèrent et descendirent dans le cercle creux. Au centre, se dressait une unique pierre, haute sous le soleil, et à cette heure elle ne projetait aucune ombre. Elle était informe, et pourtant significative : comme un repère, ou un doigt défensif, ou plus encore un avertissement. Mais ils avaient faim à présent, et le soleil était encore celui du midi exempt d'appréhensions; ils appuyèrent donc leur dos contre le côté est de la pierre. Elle était fraîche, comme si le soleil n'avait eu aucun pouvoir de la chauffer; mais, à cette heure, c'était agréable. Là, ils mangèrent et burent, et firent un repas de midi aussi bon qu'on pourrait le souhaiter; car la nourriture venait de « sous la colline ». Tom les avait approvisionnés en abondance pour le bien-être de la journée. Leurs poneys déchargés vaguèrent dans l'herbe.

La course sur les collines, un repas plantureux, la chaleur du soleil et la senteur du gazon, un allongement un peu trop prolongé avec les jambes étendues et le regard fixé sur le ciel au-dessus de leur nez : tout cela suffit peut-être à expliquer ce qui arriva. Quoi qu'il en soit, ils se réveillèrent brusquement, avec un sentiment pénible, d'un somme qu'ils n'avaient jamais eu l'intention de faire. La pierre levée était froide, et elle jetait une longue ombre pâle qui s'étendait par-dessus eux vers l'est. Le soleil, d'un jaune pâle et aqueux, luisait à travers la brume juste au-dessus de la paroi ouest du creux dans lequel ils se trouvaient; au nord, au sud et à l'est, au-delà de la paroi, le brouillard était épais, froid et blanc. L'air était silencieux, lourd et glacial. Les poneys se serraient les uns contre les autres, la tête basse.

Les Hobbits, tout alarmés, bondirent sur leurs pieds et coururent au rebord ouest. Ils virent qu'ils étaient sur une île au milieu du brouillard. Au moment où ils regardaient, consternés, vers le soleil couchant, il sombra sous leurs yeux dans une mer blanche, et une ombre grise et froide jaillit à l'est derrière eux. Le brouillard monta en roulant jusqu'aux parois et s'éleva au-dessus d'eux; et comme il montait, il se replia sur leurs têtes jusqu'à former un plafond : ils étaient enfermés dans une salle de brume dont la colonne centrale était la pierre levée.

Ils eurent l'impression qu'une trappe se fermait sur eux; mais ils ne perdirent pas tout courage. Ils se rappelaient encore la vue prometteuse de la ligne de la route devant eux, et ils en connaissaient encore la direction. De toute façon, ils avaient à présent une telle aversion pour ce creux autour de la pierre, qu'ils ne gardaient à l'esprit aucune idée d'y demeurer. Ils remballèrent leurs affaires aussi vite que le permettaient leurs doigts gelés.

Et bientôt, ils franchissaient le rebord en menant leurs poneys en file indienne et descendaient, dans une mer de brouillard, la longue pente de la colline en direction du nord. Au fur et à mesure de leur descente, la brume devenait plus froide et plus humide, et leurs cheveux collaient, ruisselants, sur leurs fronts. Quand ils atteignirent le bas, il faisait si froid qu'ils s'arrêtèrent pour sortir manteaux et capuchons, qui ne tardèrent pas à être tout perlés de gouttes grises. Puis ils montèrent sur leurs poneys et poursuivirent lentement leur route, sentant la progression aux montées et aux descentes du sol. Ils se dirigeaient, dans la mesure où ils pouvaient le deviner, vers l'ouverture en forme de porte qu'ils avaient vue le matin à l'extrémité lointaine de la longue vallée. Une fois dans la faille, ils n'auraient plus qu'à suivre une ligne aussi droite que possible, et ils ne pourraient manquer de tomber sur la route. Leurs pensées n'allaient pas plus loin, hormis peut-être un vague espoir qu'au-delà des Hauts il puisse n'y avoir plus de brouillard.

Leur allure était très lente. Pour éviter d'être séparés et de s'égarer dans des directions différentes, ils marchaient à la file, Frodon en tête. Sam était derrière lui, et après venaient Pippin, puis Merry. La vallée semblait s'étendre sans fin. Soudain, Frodon vit un signe encourageant. De part et d'autre, une ombre commença d'apparaître dans la brume, et il devina qu'ils approchaient enfin de la trouée entre les collines, la porte nord des Hauts des Galgals. S'ils pouvaient passer, ils seraient libres.

— Venez! Suivez-moi! cria-t-il par-dessus son épaule.

Et il s'élança en avant. Mais son espoir se mua bientôt en un ahurissement alarmé. Les taches sombres se faisaient plus sombres encore, mais elles rétrécissaient; et tout à coup il vit, dressées devant lui de façon menaçante et légèrement penchées, l'une vers l'autre comme les montants d'un portail sans linteau, deux énormes pierres levées. Il ne se rappelait pas en avoir vu aucun signe dans la vallée, quand il avait regardé le matin du haut de la colline. Il avait déjà presque passé entre elles quand il s'en aperçut : et à ce moment même l'obscurité parut tomber autour de lui. Son poney se cabra et s'ébroua, et il tomba à terre. Quand il regarda en arrière, il vit qu'il était seul : les autres ne l'avaient pas suivi.

— Sam! cria-t-il. Pippin! Merry! Venez! Pourquoi restez-vous en arrière?

Il n'y eut pas de réponse. La peur le saisit, et il retourna en courant au-delà des pierres, criant éperdument :

— Sam! Sam! Merry! Pippin!

Le poney déguerpit et s'évanouit dans la brume. De quelque distance, à ce qu'il lui sembla, il crut entendre un appel : « Ohé! Frodon! Ohé! » Cela venait de l'est, sur sa gauche alors qu'il était debout sous les grandes pierres, les yeux écarquillés et tendus dans l'obscurité. Il plongea en direction de l'appel et se trouva en train de gravir une pente escarpée.

Tout en avançant péniblement, il appela de nouveau et continua de le faire de plus en plus frénétiquement; mais il n'entendit aucune réponse pendant quelque temps, et puis elle vint, faible, de loin en avant et au-dessus de lui. « Frodon! Ohé! » disaient les minces voix issues de la brume; puis il y eut un cri qui paraissait être « *au secours! au secours!* » plusieurs fois répété, qui s'acheva sur un dernier « *au secours!* » et se perdit dans une longue plainte subitement interrompue. Il se précipita en trébuchant en direction des cris; mais la lumière était partie et la nuit l'enveloppait de toutes parts, de sorte qu'il était impossible d'être assuré d'une direction quelconque. Il lui semblait tout le temps et toujours grimper.

Seul le changement du niveau du sol sous ses pieds lui indiqua qu'il était enfin parvenu au sommet d'une croupe ou d'une colline. Il était fatigué, transpirant et pourtant glacé. Il faisait totalement noir.

– Où êtes-vous? cria-t-il lamentablement.

Il n'y eut pas de réponse. Il resta l'oreille tendue. Il se rendit soudain compte qu'il commençait à faire très froid, et que là-haut le vent se mettait à souffler, un vent glacial. Un changement se produisait dans le temps. La brume dérivait à présent en lambeaux et en filaments. Le souffle de Frodon fumait, et les ténèbres étaient moins proches et moins épaisses. Il leva les yeux et vit avec surprise que des étoiles apparaissaient faiblement parmi les traînées rapides des nuages et du brouillard. Le vent commençait à siffler dans l'herbe.

Il s'imagina soudain entendre un cri étouffé, et il se dirigea de ce côté; et, tandis même qu'il s'avançait, la brume se replia, et le ciel étoilé se dévoila. Un coup d'œil lui montra qu'il était à présent face au sud et qu'il se trouvait au sommet d'une colline ronde qu'il avait dû gravir par le nord. Le vent mordant soufflait de l'est. A sa droite, se détachait sur la lueur des étoiles de l'ouest une sombre et noire forme. Là, se dressait un grand Galgal.

– Où êtes-vous? cria-t-il encore, partagé entre l'irritation et la peur.

– Ici! dit une voix grave et froide, qui semblait sortir de terre.

– Non! s'écria Frodon. Je t'attends!

Mais il ne s'enfuit pas. Ses genoux cédèrent, et il tomba sur le sol. Rien ne se passa, et il n'y eut pas le moindre son. Tremblant, il leva les yeux, à temps pour voir une haute et sombre forme comme une ombre devant les étoiles. Elle se penchait sur lui. Il crut voir deux yeux, très froids bien qu'éclairés d'une pâle lueur qui semblait venir d'une très grande distance. Puis il fut saisi d'une étreinte plus forte et plus froide que celle de l'acier. Le contact glacial lui gela les os, et il ne se souvint plus de rien.

Quand il revint à lui, il ne put rien se rappeler pendant un moment, hormis un sentiment de terreur. Et puis, soudain, il sut qu'il était prisonnier, irrémédiablement saisi; il se trouvait dans un Galgal. Un Etre des Galgals l'avait pris, et il était sans doute déjà soumis aux terribles charmes de ces Etres dont parlaient les histoires murmurées de bouche à oreille. N'osant bouger, il restait tel qu'il s'était trouvé : allongé, le dos sur une pierre froide et les mains sur la poitrine.

Mais, bien que sa terreur fût si grande qu'elle paraissait faire partie des ténèbres mêmes qui l'environnaient, il se trouva, ainsi étendu, penser à Bilbon Sacquet, à ses histoires, à leurs courses dans les sentiers de la Comté et à leurs entretiens sur les routes et les aventures. Il y a une graine de courage cachée (souvent profondément, il est vrai) au cœur du plus gras et du plus timide des Hobbits, attendant que quelque danger final et désespéré la fasse germer. Frodon n'était ni très gras ni très timide; en fait, bien qu'il l'ignorât, Bilbon (et Gandalf) l'avaient jugé le meilleur Hobbit qui fût dans la Comté. Il pensa être parvenu à la fin de son aventure, et une fin terrible; mais cette pensée le durcit. Il se raidit, comme pour un bond final, il ne se sentit plus dépourvu d'énergie comme une proie sans ressource.

Etendu là, réfléchissant et reprenant son empire sur lui-même, il remarqua aussitôt que les ténèbres cédaient lentement : une lueur verdâtre s'accentuait autour de lui. Elle ne lui révéla pas tout d'abord en quel genre d'endroit il se trouvait, car elle semblait sortir de lui-même et du sol à côté de lui, et elle n'avait pas encore atteint le plafond ou le mur. Il se retourna, et là, dans la froide luminescence, il vit, couchés près de lui, Sam, Pippin et Merry. Ils étaient sur le dos et leurs visages étaient d'une pâleur mortelle; et ils étaient vêtus de blanc. Autour d'eux étaient répandus de nombreux trésors, d'or peut-être, encore qu'à cette lumière ils parussent froids et sans beauté. Sur la tête des Hobbits étaient des petits bandeaux d'or; il y avait des chaînes autour de leur taille, et à leurs doigts de nombreux anneaux. Des épées étaient posées à leur côté, et des boucliers à leurs pieds. Mais en travers de leurs trois cous, se voyait une longue épée nue.

Soudain commença un chant : un froid murmure, qui s'élevait et retombait. La voix semblait lointaine et infiniment morne, tantôt flottant haut dans l'air et ténue, tantôt semblable à un sourd gémissement venu du sol. Dans le cours des tristes, mais horribles sons, des suites de mots se formaient de temps à autre : des mots sinistres, durs, froids, des mots cruels et misérables. La nuit invectivait contre le matin dont elle était privée, et le froid maudissait la chaleur dont il avait soif. Frodon était glacé jusqu'à la moelle. Au bout d'un moment, le chant se fit plus clair et, la peur au cœur, il se rendit compte que c'était devenu une incantation :

Froids soient la main et le cœur et les os,
Et froid soit le sommeil sous la pierre :
Pour ne plus jamais s'éveiller sur son lit pierreux,
Jamais jusqu'à ce que le soleil fasse défaut et que la lune
[soit morte
Dans le vent noir les étoiles mourront,
Et encore sur l'or qu'ils restent gisant
Jusqu'à ce que le seigneur ténébreux lève sa main
Sur la mer morte et la terre desséchée.

Il entendit derrière sa tête un grincement et un grattement. Se redressant sur un bras, il regarda et vit alors dans la pâle lumière qu'il y avait une sorte de passage qui, derrière eux, faisait un coude. Dans celui-ci, un long bras tâtonnait, marchant sur les doigts vers Sam, qui était étendu le plus près, et vers la poignée de l'épée posée sur lui.

Tout d'abord, Frodon eut l'impression d'avoir été mué en pierre par l'incantation. Puis il fut envahi par un désir furieux de s'échapper. Il se demanda dans quelle mesure, s'il enfilait l'Anneau, l'Etre des Galgals ne le verrait pas, et s'il pourrait découvrir une issue. Il se vit courant, libre, sur l'herbe, affligé par la pensée de Merry, de Sam et de Pippin, mais lui-même vivant et libre. Gandalf admettrait qu'il n'y avait rien d'autre à faire.

Mais le courage éveillé en lui était à présent trop fort : il ne pouvait abandonner ses amis aussi aisément. Il hésita, la main tâtonnant dans sa poche, et puis il lutta de nouveau contre lui-même; et pendant ce temps le bras s'avançait encore. Soudain, la résolution se durcit en Frodon; il saisit une courte épée qui se trouvait à côté de lui et, s'agenouillant, il se pencha très bas sur les corps de ses compagnons. De toutes ses forces, il porta un coup de tranchant sur la main rampante, près du poignet, et elle se détacha; mais en même temps, l'épée vola en éclats jusqu'à la garde. Il y eut un cri perçant, et la lumière disparut. Dans les ténèbres, s'éleva un grognement.

Frodon tomba en avant par-dessus Merry, et le visage de celui-ci était froid. Tout d'un coup, il lui revint à l'esprit, d'où il avait disparu dès l'apparition du brouillard, le souvenir de la maison sous la colline et du chant de Tom. Il se rappela la poésie que Tom lui avait enseignée. D'une petite voix désespérée, il commença : « Ohé! Tom Bombadil! », et, sur ce nom, sa voix sembla prendre de la force : elle avait un son plein et vivant, et la pièce obscure retentit comme de l'écho du tambour et de la trompette.

Ohé! Tom Bombadil, Tom Bombadillon!
Par l'eau, la forêt et la colline, par le roseau et le saule,
Par le feu, le soleil et la lune, écoutez maintenant et
[entendez-nous!
Accourez, Tom Bombadil, car notre besoin est proche de
[nous!

Il y eut un soudain et profond silence, pendant lequel Frodon put entendre les battements de son cœur. Après un long et lent moment, il perçut clairement, mais de très loin, comme venue à travers la terre ou des murs épais, une voix qui répondait en chantant :

Tom Bombadil est un gai luron,
Bleu vif est sa veste, et ses bottes sont jaunes.
Personne ne l'a jamais pris encore, car Tom, c'est le
[maître :
Ses chansons sont des chansons plus fortes, et ses pieds
[sont plus rapides.

Il y eut un fort grondement, comme de pierres qui roulaient et tombaient, et soudain la lumière entra à flots, la vraie lumière, la pure lumière du jour. Une ouverture basse en forme de porte apparut à l'extrémité de la pièce, au-delà des pieds de Frodon; et la tête de Tom (avec son chapeau, sa plume et tout) s'y encadrait, silhouettée sur le soleil qui se levait, rouge, derrière elle. La lumière inondait le sol et les visages des trois Hobbits couchés à côté de Frodon. Ils ne bougeaient pas, mais la teinte terreuse les avait quittés. Ils paraissaient à présent plongés seulement dans un profond sommeil.

Tom se baissa, ôta son chapeau et pénétra dans la pièce sombre, chantant :

Sors donc, vieil Etre! Disparais dans la lumière du soleil!
Etiole-toi comme la froide brume, comme les vents qui s'en
[vont gémissants
Dans les terres arides loin au-delà des montagnes!
Ne reviens jamais ici! Laisse vide ton Galgal!
Sois perdu et oublié, plus obscur que l'obscurité,
Où les portes sont à jamais fermées jusqu'au temps d'un
[monde meilleur.

A ces mots, un cri retentit, et une partie de l'extrémité de la pièce s'écroula avec fracas. Puis il y eut un long cri traînant qui s'évanouit dans une distance indevinable; et après, ce fut le silence.

– Venez, ami Frodon! dit Tom. Sortons poser nos pieds sur l'herbe propre! Il faut m'aider à les porter.

Ils transportèrent Merry, Pippin et Sam au-dehors. En quittant le Galgal pour la dernière fois, Frodon crut voir une main coupée s'agiter encore dans un tas de terre éboulée, comme une araignée blessée. Tom retourna à l'intérieur, et il y eut beaucoup de coups sourds et un bruit de piétinement. Quand il reparut, il avait les bras chargés d'un grand trésor : objets d'or, d'argent, de cuivre et de bronze et de nombreuses perles, chaînes et ornements incrustés de pierres précieuses. Il grimpa sur le Galgal vert et déposa le tout en haut au soleil.

Il se tint là, chapeau à la main et cheveux au vent, contemplant les trois Hobbits qu'ils avaient étendus sur le dos dans l'herbe à l'ouest du monticule. Levant sa main droite, il dit d'une voix lente et autoritaire :

Réveillez-vous maintenant, mes joyeux garçons! Réveillez-
[vous et entendez mon appel!
Que les cœurs et les membres reprennent maintenant leur
[chaleur! La pierre froide est tombée;
La porte sombre est béante, la main morte est brisée.
La Nuit sous la Nuit s'est enfuie, et le Portail est ouvert!

A la grande joie de Frodon, les Hobbits remuèrent; ils étirèrent leurs bras, se frottèrent les yeux et se relevèrent d'un bond. Ils regardèrent autour d'eux avec étonnement, d'abord Frodon, puis Tom, debout en pied au-dessus d'eux sur le sommet du tertre; et enfin eux-mêmes dans leurs minces lambeaux blancs, couronnés et ceinturés d'or pâle et cliquetant d'ornements.

– Qu'est-ce que cela, par tous les mystères? s'écria Merry, portant la main au bandeau d'or qui avait glissé sur un de ses yeux.

Puis il s'arrêta; une ombre couvrit son visage, et il ferma les yeux :

– Mais bien sûr! Je me rappelle! dit-il. Les hommes de Carn Dûm nous sont tombés dessus de nuit, et nous avons été défaits. Ah! cette lance dans mon cœur! (Il étreignit sa poitrine.) Non! Non! dit-il encore, ouvrant les yeux. Qu'est-ce que je raconte? J'ai rêvé. Où es-tu parvenu, Frodon?

– Je me croyais perdu, dit Frodon, mais je ne désire pas en parler. Pensons à ce qu'il convient de faire à présent! Poursuivons notre route!

– Attifés comme ça, monsieur? dit Sam. Où sont mes habits?

Il jeta sur l'herbe bandeau, ceinture et anneaux, et regarda désespérément alentour, comme s'il espérait trouver son manteau, sa veste, ses culottes et autres vêtements de Hobbits posés à portée de sa main.

– Vous ne retrouverez plus vos habits, dit Tom, sautant à bas du tertre et riant, tandis qu'il dansait autour d'eux dans le soleil.

On aurait cru qu'il ne s'était rien passé de dangereux ou de terrible et, de fait, comme ils le regardaient et voyaient le joyeux étincellement de ses yeux, l'horreur s'évanouit de leur cœur.

– Que voulez-vous dire? demanda Pippin, l'observant, partagé entre la perplexité et l'amusement. Pourquoi pas?

Mais Tom hocha la tête, tout en disant :

– Vous vous êtes retrouvés, sortis de l'eau profonde. Les vêtements ne représentent qu'une petite perte, quand on échappe le chaud soleil vous réchauffer à présent le cœur et les membres! Jetez ces froids lambeaux! Courez nus sur l'herbe, pendant que Tom va à la chasse!

Il bondit sur la pente de la colline, sifflant et criant. Frodon le suivit des yeux et le vit courir vers le sud, toujours sifflant et criant, le long du creux verdoyant qui séparait leur colline de la suivante.

Ohé! voyons! Venez, voyons. Holà! Où vaquez-vous?
En haut, en bas, près ou loin, ici, là ou là-bas?

Ouïe-fine, Bon-nez, Queue-vive et Godichon,
Paturons-blancs, mon petit gars, et toi, mon vieux Gros-
[*Balourd!*

Ainsi chantait-il, courant bon train, jetant son chapeau
en l'air et le rattrapant, jusqu'au moment où il disparut
derrière un repli de terrain; mais pendant quelque temps,
ses *Ohé, voyons! Ohé, voyons!* continuèrent de venir,
portés par le vent qui avait passé au sud.

L'air redevenait très chaud. Les Hobbits coururent un
moment dans l'herbe, comme il leur avait dit. Puis ils
s'allongèrent au soleil avec tout le plaisir de gens soudain
transportés de l'âpre hiver dans un climat agréable, ou de
gens qui, après être restés longtemps malades au lit,
s'éveillent un jour en découvrant qu'ils sont inopinément
bien et que la journée est de nouveau pleine de promesses.

Au retour de Tom, ils se sentaient pleins de vigueur (et
de faim). Il reparut, à commencer par son chapeau, sur
l'arête de la colline, et derrière lui venaient en file
obéissante *six* poneys : leurs propres cinq, plus un. Le
dernier était manifestement le vieux Gros-Balourd : il
était plus grand, plus fort, plus gras (et plus vieux) que
leurs propres poneys. Merry, à qui appartenaient les
autres, ne leur avait jamais donné pareils noms, mais ils
répondaient aux nouvelles appellations que Tom leur
avait assignées pour le restant de leur vie. Celui-ci les
appela un par un, et ils franchirent l'arête pour se tenir
sur un rang. Tom s'inclina alors devant les Hobbits.

– Voici vos poneys, donc! dit-il. Ils ont plus de sens (de
certaines façons) que vous autres Hobbits vagabonds –
plus de sens dans le museau. Car ils flairent devant eux le
danger dans lequel vous vous jetez tout droit; et s'ils
s'enfuient, ils courent du bon côté. Il faut leur pardonner
à tous; car, s'ils ont le cœur fidèle, ils ne sont pas faits
pour affronter la peur des Etres des Galgals. Voyez, les
voici qui reviennent, rapportant tout leur chargement!

Merry, Sam et Pippin se vêtirent alors d'habits de
rechange pris dans leurs paquets; et ils ne tardèrent pas à
avoir très chaud, car ils avaient dû mettre les articles les
plus épais et les plus chauds, qu'ils avaient emportés en
vue de l'hiver approchant.

– D'où vient cette autre bête, ce Gros-Balourd?
demanda Frodon.

– Il est à moi, dit Tom. C'est mon ami à quatre pattes; encore que je le monte rarement, et il vagabonde librement au loin, dans les collines. Quand vos poneys étaient chez moi, ils avaient fait la connaissance de mon Balourd; ils l'ont senti dans la nuit, et ils sont accourus à sa rencontre. Je pensais qu'il les chercherait et qu'avec ses paroles de sagesse il leur ôterait toute peur. Mais à présent, mon brave Balourd, le vieux Tom va te monter. Hé! Il vous accompagne, juste pour vous mettre sur la route, alors il a besoin d'un poney. Car on ne peut parler facilement à des Hobbits à cheval quand on est soi-même sur ses propres jambes à essayer de trotter à côté d'eux.

Les Hobbits furent ravis d'entendre cela et ils remercièrent Tom à maintes reprises; mais il rit, disant qu'ils étaient si habiles à se perdre qu'il ne se sentirait à l'aise qu'après les avoir mis sains et saufs au-delà des limites de son domaine.

– J'ai des choses à faire, ajouta-t-il, ma composition et mon chant, mes discours et ma promenade, et ma surveillance du pays. Tom ne peut pas toujours être dans les environs pour ouvrir les portes et les fentes des saules. Tom a sa maison à soigner, et Baie d'Or attend.

Il était encore assez tôt, entre neuf et dix heures au soleil, et les Hobbits commencèrent à penser à manger. Leur dernier repas avait été le déjeuner de la veille, près de la pierre levée. Ils prirent alors un petit déjeuner sur le restant des provisions de Tom, prévu pour le soir, avec quelques additions qu'il avait apportées avec lui. Ce n'était pas un repas très copieux (eu égard à des Hobbits et aux circonstances), mais il les réconforta grandement. Pendant qu'ils mangeaient, Tom monta jusqu'au tertre et examina les trésors. Il en rassembla la plus grande partie en un tas qui étincelait et scintillait sur l'herbe. Il leur ordonna de rester là « à la disposition de tous trouveurs, oiseaux, bêtes, Elfes ou Hommes, et de toutes créatures bienveillantes »; car ainsi le maléfice du tertre serait rompu et dispersé, et aucun Etre n'y reviendrait jamais. Il choisit pour lui-même une broche incrustée de pierres bleues, à reflets multiples, telles les fleurs de lin ou les ailes de papillons bleus. Il la contempla longuement, comme sous l'impression de quelque souvenir, hochant la tête, et il finit par dire :

– Voici un joli colifichet pour Tom et pour sa dame! Belle était celle qui le portait sur l'épaule, il y a bien longtemps. Baie d'Or le portera désormais, et nous n'oublierons pas l'autre!

Pour chacun des Hobbits, il choisit une dague, longue, en forme de feuille, et affilée, d'un merveilleux travail, avec des damasquinages de serpents rouge et or. Elles jetèrent des éclairs quand il les tira de leurs gaines noires, faites de quelque métal étrange, léger et résistant, et incrustées de nombreuses pierres de feu. Que ce fût par quelque vertu de ces gaines ou à cause du charme jeté sur le tertre, les lames semblaient n'avoir subi aucune atteinte du temps; sans une tache de rouille, affilées, elles étincelaient au soleil.

– Les anciens poignards sont assez longs pour servir d'épée aux Hobbits, dit-il. Les lames affilées sont bonnes à avoir, si les gens de la Comté vont se promener à l'est, au sud ou au loin dans l'obscurité et le danger.

Puis il leur dit que ces lames avaient été forgées, maintes longues années auparavant, par les hommes de l'Ouistrenesse : c'étaient des ennemis du Seigneur Ténébreux, mais ils avaient été vaincus par le mauvais roi de Carn Dûm dans le Pays d'Angmar.

– Peu nombreux sont ceux qui se souviennent d'eux, murmura Tom, mais il en est encore qui errent, fils de rois oubliés marchant dans la solitude et protégeant des mauvaises choses les gens imprudents.

Les Hobbits ne comprirent pas ces paroles; mais, tandis qu'il parlait, ils eurent comme la vision d'une grande étendue d'années depuis longtemps écoulées; il y avait une vaste et sombre plaine, dans laquelle s'avançaient à grandes enjambées des formes d'Hommes, forts et farouches, portant des épées brillantes – et le dernier avait une étoile au front. Puis la vision s'évanouit, et ils se trouvèrent de nouveau dans le monde inondé de soleil. Il était temps de repartir. Ils s'apprêtèrent, refaisant les sacs et chargeant les poneys. Ils attachèrent leurs nouvelles armes à leur ceinture de cuir sous leur veste; ils les trouvaient très incommodes, et ils se demandaient si elles auraient jamais la moindre utilité. Aucun d'eux n'avait jamais considéré le combat comme une des aventures dans lesquelles leur fuite dût les entraîner.

Ils se mirent enfin en route. Ils menèrent leurs poneys jusqu'en bas de la colline; puis ils se mirent en selle et partirent à un bon trot le long de la vallée. Se retournant, ils virent le sommet du vieux tertre sur la colline, et de cet or, le reflet du soleil montait comme une flamme jaune. Après quoi, ils contournèrent un épaulement des Hauts, et cette vue disparut.

Frodon eut beau regarder de tous côtés, il ne vit aucune trace des grandes pierres dressées comme un portail; avant peu, ils arrivèrent à la trouée nord, qu'ils franchirent rapidement, et le terrain s'abaissa devant eux. C'était un joyeux voyage avec Tom Bombadil qui trottait gaiement à leur côté ou devant eux sur Gros-Balourd, lequel pouvait aller beaucoup plus vite que ne l'annonçait sa sangle. Tom chantait la plupart du temps, mais c'était surtout des choses qui n'avaient pas de sens, ou peut-être s'agissait-il d'un langage étranger inconnu des Hobbits, une langue ancienne dont les mots étaient principalement ceux de l'émerveillement et du plaisir

Ils avançaient avec régularité, mais ils s'aperçurent bientôt que la route était plus éloignée qu'ils ne l'avaient imaginé. Même sans brouillard, leur sieste de la mi-journée les aurait empêchés de l'atteindre la veille avant la nuit tombée. La ligne sombre qu'ils avaient vue n'était pas une rangée d'arbres, mais des buissons qui poussaient au bord d'un profond fossé avec un mur escarpé de l'autre côté. Tom dit que ç'avait été la frontière d'un royaume, mais en un temps très lointain. Cela semblait évoquer pour lui de tristes souvenirs, et il ne voulut pas s'étendre là-dessus.

Ils descendirent et remontèrent avec peine, puis passèrent par une brèche du mur; après quoi, Tom tourna droit au nord, car ils s'étaient dirigés quelque peu vers l'ouest. Le terrain étant à présent découvert et assez plat, ils pressèrent le pas; mais le soleil baissait déjà rapidement lorsqu'ils virent enfin devant eux une rangée de grands arbres et qu'ils surent avoir enfin retrouvé la route, après bien des expériences imprévues. Ils poussèrent leurs poneys au galop sur les derniers milles et s'arrêtèrent dans l'ombre allongée des arbres. Ils se trouvaient au sommet d'une pente, et la route, à présent indécise dans le soir tombant, partait en serpentant en contrebas. A cet endroit, elle allait presque du sud-ouest au nord-est, et, sur leur droite, elle plongeait rapidement dans une large dépression. Elle était creusée d'ornières et portait de nombreux signes de la récente et lourde pluie; il y avait des mares et des nids-de-poule remplis d'eau.

Ils descendirent la pente en regardant en haut et en bas. Rien ne se voyait.

– Eh bien, nous y voici enfin revenus! dit Frodon. Je pense que mon raccourci par la forêt ne nous aura pas fait perdre plus de deux jours! Mais peut-être ce retard se révélera-t-il utile – il pourra leur avoir fait perdre notre trace.

Les autres le regardèrent. L'ombre de la peur des Cavaliers Noirs retombait soudain sur eux. Dès leur entrée dans la forêt, ils avaient surtout pensé à regagner la route; à présent seulement qu'elle s'étendait sous leurs pieds, ils se rappelèrent le danger qui les poursuivait et qui les attendait, le plus vraisemblablement sur la route même. Ils se retournèrent avec inquiétude vers le soleil couchant, mais la route était brune et vide.

– Croyez-vous, demanda Pippin d'une voix hésitante, croyez-vous que nous puissions être poursuivis, ce soir?

– Non, pas ce soir, j'espère, répondit Tom Bombadil; ni peut-être demain. Mais ne vous fiez pas à ma conjecture, car je ne saurais l'affirmer. Vers l'est, le savoir me manque. Tom n'est pas maître des Cavaliers de la Terre Noire, bien au-delà de son pays.

Les Hobbits auraient tout de même bien voulu qu'il vînt avec eux. Ils avaient l'impression que, si quelqu'un pouvait bien s'y prendre avec les Cavaliers Noirs, c'était lui. Ils allaient bientôt s'aventurer dans des territoires qui leur étaient entièrement étrangers, et au-delà de tout ce qui était connu hormis par les plus vagues et lointaines légendes de la Comté; et dans le crépuscule qui tombait, ils eurent la nostalgie du foyer. Un sentiment de profonde solitude et d'abandon les envahit. Ils se tenaient là, silencieux, répugnant à la séparation finale, et ils ne prirent que lentement conscience que Tom leur faisait ses adieux, leur disant d'avoir bon courage et de poursuivre leur chemin sans faire halte avant la nuit complète.

– Tom vous donnera de bons conseils jusqu'à la fin de ce jour (après, votre propre chance doit vous accompagner et vous guider). A quatre milles de la route, vous rencontrerez un village, Bree, sous la Colline de Bree, dont les portes sont tournées vers l'ouest. Là, vous trouverez une vieille auberge, appelée *Le Poney Fringant*. Le digne propriétaire en est Prosper Poiredebeurré. Vous pourrez y passer la nuit, et après, le matin vous remettra sur la route. Soyez hardis, mais circonspects! Gardez le cœur joyeux, et allez à la recherche de votre chance!

Ils le supplièrent de les accompagner au moins jusqu'à

l'auberge pour boire encore une fois avec eux; mais il rit et refusa, disant :

— *Le pays de Tom se termine ici; il ne dépassera pas les frontières.*
Tom a à s'occuper de sa maison, et Baie d'Or attend!

Puis il se retourna, jeta son chapeau en l'air, sauta sur le dos de Balourd, remonta la pente et s'en fut en chantant dans le crépuscule.

Les Hobbits grimpèrent derrière lui et le suivirent du regard jusqu'à ce qu'il eût disparu.

— Je regrette de prendre congé de Maître Bombadil, dit Sam. C'est un drôle de type, y a pas d'erreur. On pourra faire encore beaucoup de chemin sans rencontrer personne de mieux, ni de plus curieux, m'est avis. Mais je ne nierai pas que je serais bien aise de voir ce *Poney Fringant*, dont il a parlé. J'espère qu'il ressemblera au *Dragon Vert* de chez nous, là-bas! Quel genre de gens c'est, à Bree?

— Il y a des Hobbits à Bree, aussi bien que des Grandes Gens, dit Merry. Je suppose que ce sera assez comme chez nous. Le *Poney* est une bonne auberge, de tous points de vue. Les miens y vont de temps à autre.

— Ça peut être tout ce que nous désirerions; mais ce n'en est pas moins en dehors de la Comté. Ne vous y trouvez pas trop comme chez vous! Rappelez-vous, je vous prie — tous tant que vous êtes —, que le nom de Sacquet ne doit pas être prononcé. S'il faut donner un nom, je suis M. Soucolline.

Ils remontèrent alors sur leurs poneys et s'en furent en silence dans le soir. L'obscurité tomba rapidement, tandis qu'ils montaient et descendaient les côtes, jusqu'à ce qu'enfin ils vissent scintiller des lumières à quelque distance.

Devant eux s'éleva la Colline de Bree, qui leur barrait le chemin, masse sombre se dessinant sur les étoiles embrumées; et sous son flanc ouest était niché un grand village. Ils se hâtèrent dans cette direction, avec le seul désir de trouver un feu, et une porte ouverte entre eux et la nuit.

CHAPITRE IX

A L'ENSEIGNE DU *PONEY FRINGANT*

Bree était le village principal du Pays de Bree, petite région habitée, semblable à une île au milieu des terres désertes d'alentour. A côté de Bree même, il y avait Staddel sur l'autre versant de la colline, Combe dans une vallée profonde un peu plus loin à l'est, et Archet à l'orée du Bois de Chet. Autour de la colline de Bree et des villages s'étendait une petite région de champs et de bois d'exploitation, large de quelques milles seulement.

Les hommes de Bree étaient bruns, de large carrure et plutôt courts, gais et indépendants; ils ne relevaient que d'eux-mêmes; mais ils se montraient plus amicaux et familiers envers les Hobbits, les Nains, les Elfes et autres habitants du monde environnant que ne l'étaient (ou ne le sont) d'ordinaire les Grandes Gens. A en croire leurs propres histoires, ils étaient les habitants originaux et ils descendaient des premiers Hommes qui, de la Terre du Milieu, s'étaient rendus dans l'ouest. Peu avaient survécu aux troubles des temps anciens; mais quand les rois avaient retraversé la Grande Mer, ils avaient trouvé les hommes de Bree toujours là, et ils y étaient encore à présent que le souvenir des anciens rois avait disparu dans l'herbe.

En ces temps-là, nuls autres hommes n'avaient établi de demeures aussi loin dans l'ouest, ni à moins de cent lieues de la Comté. Mais dans les terres sauvages d'au-delà de Bree, il y avait de mystérieux errants. Les gens de Bree les appelaient les Rôdeurs, et ils ne connaissaient rien de leur origine. Ils étaient plus grands et plus bruns que les hommes de Bree; on leur prêtait d'étranges pouvoirs de la vue et de l'ouïe, et on prétendait qu'ils connaissaient le langage des bêtes et des oiseaux. Ils vagabondaient à leur gré dans le sud et à l'est, aussi loin même que les Monts Brumeux; mais ils étaient à présent peu nombreux, et on les voyait rarement. Quand ils apparaissaient, ils apportaient des nouvelles des régions lointaines et racontaient d'étranges histoires oubliées, que l'on écoutait avec empressement; mais les gens de Bree ne se liaient pas d'amitié avec eux.

Il y avait aussi de nombreuses familles de Hobbits dans le Pays de Bree, et *eux* prétendaient être le plus ancien établissement de Hobbits dans le monde, fondé bien avant la traversé du Brandevin et la colonisation de la Comté. Ils vivaient surtout à Staddel, encore qu'il y en eût quelques-uns à Bree même, principalement sur les pentes supérieures de la colline, au-dessus des maisons des Hommes. Les Grandes Gens et les Petites Personnes (comme ils s'appelaient réciproquement) entretenaient des rapports amicaux, s'occupant de leurs propres affaires à leur façon propre, mais se considérant les uns les autres comme des éléments nécessaires de la population de Bree. Nulle part ailleurs dans le monde, ne pouvait se rencontrer cet arrangement particulier (mais excellent).

Les gens de Bree, Grands et Petits, ne voyageaient guère eux-mêmes; et les affaires des quatre villages formaient leur principal intérêt. Occasionnellement, les Hobbits de Bree allaient jusqu'au Pays de Bouc ou dans le Quartier de l'Est; mais, bien que leur petite région ne fût pas à plus d'une journée de chevauchée à l'est du Pont de Brandevin, les Hobbits de la Comté n'y venaient plus que rarement. De temps à autre, quelque habitant du Pays de Bouc ou un Touque aventureux venait passer une nuit ou deux à l'auberge, mais même cela devenait de plus en plus rare. Les Hobbits de la Comté appelaient ceux de Bree et tous autres vivant au-delà des frontières les Gens de l'Extérieur, et ils s'y intéressaient fort peu, les considérant comme lourds et barbares. Il y avait sans doute bien davantage de Gens de l'Extérieur dans l'ouest du monde à cette époque que ne l'imaginaient ceux de la Comté. Certains n'étaient sans doute guère que des vagabonds, prêts à creuser un trou dans le premier talus venu pour y demeurer aussi longtemps qu'il leur plairait. Mais dans le Pays de Bree, en tout cas, les Hobbits étaient comme il faut et prospères, et pas plus rustauds que la plupart de leurs parents éloignés de l'Intérieur. On n'avait pas encore oublié qu'il fut un temps où les allées et venues étaient courantes entre la Comté et Bree. Il y avait, au dire de tous, du sang de Bree chez les Brandebouc.

Le village de Bree comptait une centaine de maisons de pierre des Grandes Gens, nichées pour la plupart au-dessus de la Route sur le flanc de la colline, avec des fenêtres donnant sur l'ouest. De ce côté, se trouvait, décrivant plus d'un demi-cercle de la colline pour y revenir, un profond fossé, avec une haie épaisse sur la paroi intérieure. La Route franchissait ce fossé sur une chaussée; mais à l'endroit où elle traversait la haie, elle était barrée par une grande porte. Une autre porte se dressait au coin sud, où la route sortait du village. On les fermait à la tombée de la nuit; mais juste à l'intérieur, il y avait des petites loges pour les gardiens.

Sur la Route, à l'endroit où elle tournait à droite pour contourner le pied de la colline, se trouvait une grande auberge. Elle avait été construite jadis, alors que le trafic routier était beaucoup plus important. Car Bree était situé à un ancien carrefour; une autre route ancienne croisait celle de l'est juste à l'extérieur du fossé, à l'extrémité ouest du village, et, dans les temps anciens, des Hommes et autres gens de diverses sortes y avaient beaucoup voyagé. *Aussi étrange que des Nouvelles de Bree* était encore une expression courante dans le Quartier de l'Est, et elle remontait à l'époque où on pouvait entendre à l'auberge des nouvelles du Nord, du Sud et de l'Est, et où les Hobbits de la Comté allaient plus souvent les entendre. Mais les terres du nord étaient depuis long-temps désolées, et la route du nord était rarement employée; elle était couverte d'herbe, et les Gens de Bree l'appelaient le Chemin Vert.

L'Auberge de Bree était toujours là cependant, et l'aubergiste était un personnage important. Sa maison servait de rendez-vous aux oisifs, aux bavards et aux curieux parmi les habitants, grands et petits, des quatre villages; et de lieu de séjour pour les Rôdeurs et autres errants, ainsi que pour les voyageurs (principalement des Nains) qui empruntaient encore la Route de l'Est pour aller vers les Montagnes ou en revenir.

La nuit était tombée et des étoiles blanches brillaient, quand Frodon et ses compagnons arrivèrent enfin au carrefour du Chemin Vert et approchèrent du village. Ils s'avancèrent vers la Porte de l'Ouest et la trouvèrent fermée, mais un Homme était assis à la porte de la loge, de l'autre côté. Il se leva vivement pour aller chercher une lanterne, et il les regarda par-dessus la porte avec surprise.

– Que voulez-vous, et d'où venez-vous? demanda-t-il d'un ton bourru.

– Nous nous rendons à l'auberge d'ici, répondit Frodon. Nous nous dirigeons vers l'est, et nous ne pouvons aller plus loin ce soir.

– Des Hobbits! Quatre Hobbits! Et, qui plus est, de la Comté, d'après leur parler, dit le gardien à mi-voix, comme se parlant à lui-même.

Il les examina sombrement durant un moment; puis il ouvrit lentement la porte et les laissa passer.

– On ne voit pas souvent des gens de la Comté voyager de nuit sur la Route, poursuivit-il, tandis qu'ils s'arrêtaient un instant près de sa porte. Vous m'excuserez de me demander ce qui vous emmène à l'est de Bree! Quel est votre nom, si vous me permettez de le demander?

– Nos noms et nos affaires ne regardent que nous, et ceci ne paraît pas le meilleur endroit pour en discuter, dit Frodon, qui n'aimait pas plus l'aspect de l'Homme que le ton de sa voix.

– Vos affaires ne regardent que vous, c'est entendu, dit l'Homme; mais la mienne est de poser des questions après la tombée de la nuit.

– Nous sommes des Hobbits du Pays de Bouc, et il nous plaît de voyager et de nous arrêter à l'auberge d'ici, dit Merry, intervenant. Je suis M. Brandebouc. Cela vous suffit-il? Les gens de Bree étaient autrefois courtois envers les voyageurs, à ce que j'ai entendu dire en tout cas.

– Bon, bon! dit l'Homme. Je ne voulais offenser personne. Mais vous vous apercevrez peut-être que d'autres que le vieux Harry de la porte vous poseront des questions. Il y a de drôles de gens par ici. Si vous allez au *Poney*, vous verrez que vous n'êtes pas les seuls hôtes.

Il leur souhaita le bonsoir, et ils ne dirent plus rien; mais Frodon put voir à la lumière de la lanterne que l'Homme les examinait toujours avec curiosité. Il fut content d'entendre la barrière se refermer derrière eux tandis qu'ils repartaient. Il se demandait pourquoi l'Homme était aussi soupçonneux et si quelqu'un n'aurait pas demandé des nouvelles d'un groupe de Hobbits.

Serait-ce Gandalf? Il aurait pu arriver pendant qu'ils étaient retenus dans la forêt et sur les Hauts. Mais quelque chose dans le regard et dans la voix du gardien le mettait mal à l'aise.

L'Homme les suivit un moment des yeux, puis rentra dans sa maison. Dès qu'il eut le dos tourné, une forme sombre grimpa vivement par-dessus la barrière et se fondit dans les ombres de la rue du village.

Les Hobbits montèrent sur une pente douce, passant devant quelques maisons séparées, et ils s'arrêtèrent à la porte de l'auberge. Les maisons leur paraissaient grandes et étranges. Sam leva des yeux étonnés sur les trois étages et les nombreuses fenêtres de l'auberge, et il sentit son cœur se serrer. Il avait imaginé la rencontre de géants plus hauts que des arbres et d'autres créatures encore plus terrifiantes au cours de son voyage; mais, sur le moment, il trouvait son premier aperçu des Hommes et de leurs maisons bien assez éprouvant, et même beaucoup trop pour la sombre fin d'une journée fatigante. Il se représentait des chevaux noirs attendant tout sellés dans les ombres de la cour de l'auberge et des Cavaliers Noirs guettant derrière les fenêtres ténébreuses de là-haut.

— On ne va sûrement pas passer la nuit ici, n'est-ce pas, monsieur? s'exclama-t-il. S'il y a des Hobbits par ici, pourquoi ne pas en chercher qui voudraient bien nous recevoir? Ce serait plus confortable.

— Que reproches-tu à l'auberge? demanda Frodon. Tom Bombadil l'a recommandée. Je pense que ce sera assez confortable à l'intérieur.

Même du dehors, l'auberge avait un aspect agréable pour des yeux familiers. Elle avait une façade sur la route et deux ailes en retrait, et elle était bâtie sur un terrain en partie creusé dans le bas de la colline, de sorte que, derrière, les fenêtres du second étage se trouvaient au niveau du sol. Une grande arche donnait sur une cour entre les deux ailes, et à gauche sous la voûte se trouvait une grande porte, précédée de quelques larges marches. La porte était ouverte, et il en sortait un flot de lumière. Au-dessus de l'arche, il y avait une lanterne, et en dessous se balançait une grande enseigne : un gros poney blanc dressé sur ses jambes de derrière. Au-dessus de la porte était peint en lettres blanches : LE PONEY FRINGANT, PROSPER POIREDEBEURRÉ, Propr. Bon nombre des fenêtres du rez-de-chaussée laissaient filtrer des lumières derrière d'épais rideaux.

Comme ils hésitaient dehors dans l'obscurité, quelqu'un à l'intérieur se mit à chanter une joyeuse chanson, et de nombreuses voix reprirent le refrain avec force et entrain. Ils prêtèrent un moment l'oreille à ce son encourageant, puis ils mirent pied à terre. La chanson prit fin, et il y eut une explosion de rires et d'applaudissements.

Ils menèrent leurs poneys sous la voûte et, les laissant debout dans la cour, ils gravirent les marches. Frodon, qui allait devant, faillit se cogner dans un homme gros et court à tête chauve et figure rouge. Celui-ci portait un tablier blanc et il s'activait d'une porte à une autre, portant un plateau couvert de pots remplis jusqu'au bord.

– Pouvons-nous... commença de dire Frodon.

– Une minute, s'il vous plaît! cria l'homme par-dessus son épaule, et il disparut dans un brouhaha de voix et un nuage de fumée. Il ressortit un moment plus tard, s'essuyant les mains dans son tablier.

– Bonsoir, petit monsieur! dit-il, en se courbant en avant. Qu'y a-t-il pour votre service?

– Nous voudrions des lits pour quatre et le logement pour cinq poneys, si c'est possible. Etes-vous monsieur Poiredebeurré?

– C'est exact! Je m'appelle Prosper, Prosper Poiredebeurré, pour vous servir! Vous êtes de la Comté, n'est-ce pas? dit-il; et puis soudain il se frappa le front comme s'il essayait de se rappeler quelque chose. Des Hobbits! s'écria-t-il. Mais qu'est-ce que cela me rappelle donc? Puis-je me permettre de vous demander vos noms, monsieur?

– M. Touque et M. Brandebouc, dit Frodon, et voici Sam Gamegie. Moi, je m'appelle Soucolline.

– Là, maintenant! dit M. Poiredebeurré, faisant claquer ses doigts. C'est reparti! Mais ça reviendra quand j'aurai le temps de réfléchir. Je suis débordé; mais je vais voir ce que je peux faire pour vous. Nous ne recevons plus souvent des groupes de la Comté, et je serais désolé de ne pas vous faire bon accueil. Mais il y a déjà dans la maison, ce soir, une foule telle qu'on n'en avait pas vu depuis assez longtemps. Il ne pleut jamais, mais ça tombe comme à torrents, comme on dit à Bree. Hé, Nob! cria-t-il. Où es-tu, clampin aux pieds laineux? Nob!

– Voilà, monsieur, voilà!

Un Hobbit à la face réjouie jaillit en sautillant d'une porte; mais à la vue des voyageurs il s'arrêta court et les examina avec intérêt.

– Où est Bob? demanda l'aubergiste. Tu ne sais pas? Eh bien, trouve-le! En vitesse! Je n'ai pas six jambes, ni six yeux non plus! Dis à Bob qu'il y a cinq poneys à mettre à l'écurie. Il faudra qu'il trouve de la place d'une façon ou d'une autre.

Avec un large sourire et un clin d'œil, Nob s'en fut en trottant.

– Alors, voyons, qu'est-ce que je voulais dire? reprit M. Poiredebeurré, se tapotant le front. Un clou chasse l'autre, comme on dit. J'ai tellement à faire ce soir que j'en ai la tête qui tourne. Il y a un groupe qui est venu du sud par le Chemin Vert, hier soir, et c'était assez bizarre, ça, pour commencer. Et puis il y a une troupe de nains allant vers l'ouest, qui est arrivée ce soir. Et maintenant, il y a vous. Si vous n'étiez des Hobbits, je doute qu'on pourrait vous loger. Mais nous avons une ou deux chambres dans l'aile nord qui avaient été faites spécialement pour les Hobbits quand cette maison a été construite. Au rez-de-chaussée, comme ils préfèrent d'ordinaire; avec des fenêtres rondes et tout comme ils l'aiment. J'espère que vous y serez bien. Vous voudrez souper, sans doute. Aussitôt que possible. Par ici, s'il vous plaît!

Il les mena dans un couloir et ouvrit, non loin, une porte :

– Voici un agréable petit salon! dit-il. J'espère qu'il vous conviendra. Excusez-moi maintenant. Je suis bousculé à ce point. Je n'ai pas le temps de bavarder. Il faut que j'aille. C'est un dur travail pour deux jambes, mais je n'en mincis pas pour autant. Je reviendrai plus tard. Si vous voulez quelque chose, agitez la sonnette, et Nob viendra. S'il ne vient pas, sonnez et criez!

Il finit par partir, leur laissant une certaine impression d'essoufflement. Il semblait capable de déverser un torrent sans fin de bavardage, quel que fût son affairement. Ils se trouvèrent alors dans une petite pièce douillette. Un feu clair brûlait dans l'âtre, devant lequel étaient disposés des fauteuils bas et confortables. Il y avait une table ronde, sur laquelle était déjà étendue une nappe blanche, et dessus une grosse clochette. Mais Nob, le serviteur hobbit, vint s'empresser bien avant qu'ils n'eussent pensé à sonner. Il apportait des chandelles et un plateau rempli d'assiettes.

– Voudrez-vous quelque chose à boire, messieurs? demanda-t-il. Et vous montrerai-je vos chambres pendant qu'on apprête votre souper?

Lavés, ils étaient autour de bons et profonds pots de bière, quand M. Poiredebeurré et Nob reparurent. En une seconde, la table se trouva mise. Il y avait de la soupe chaude, des viandes froides, une tarte de mûres, des pains frais, des tranches de beurre et un demi-fromage bien fait; de la bonne et saine nouriture, aussi bonne qu'aurait pu la fournir la Comté, et assez familière pour dissiper chez Sam les derniers restes de méfiance (que l'excellence de la bière avait déjà fortement allégée).

Après s'être attardé un peu, l'aubergiste proposa de les quitter :

– Je ne sais pas si vous aimeriez vous joindre à la compagnie, quand vous aurez fini de souper, dit-il sur le pas de la porte. Peut-être préférerez-vous aller vous coucher. En tout cas, la compagnie serait très heureuse de vous accueillir si vous en avez envie. Nous ne recevons pas souvent de Gens de l'Extérieur – de voyageurs de la Comté devrais-je dire, sauf votre respect; et nous aimons entendre un peu les nouvelles, ou toute histoire ou chanson que vous pourriez avoir en tête. Mais c'est à votre guise! Sonnez si vous avez besoin de quoi que ce soit!

A la fin du repas, qui avait duré trois quarts d'heure sans aucune interruption de paroles inutiles, ils se sentirent si bien rafraîchis et encouragés que Frodon, Pippin et Sam décidèrent de rejoindre la compagnie. Merry déclara que ce serait trop étouffant :

– Je vais rester tranquillement assis au coin du feu pendant un moment, et peut-être sortirai-je un peu plus tard prendre une bouffée d'air. Surveillez-vous et n'oubliez pas que vous êtes censés vous échapper en secret; vous êtes toujours sur la grand-route et pas très loin de la Comté!

– Bon, bon! dit Pippin. Surveille-toi toi-même, et n'oublie pas que c'est plus sûr à l'intérieur!

La compagnie se trouvait dans la grande salle commune de l'auberge. L'assemblée était nombreuse et mêlée, comme le constata Frodon quand ses yeux furent accoutumés à la lumière. Celle-ci provenait principalement d'un flamboyant feu de bois, car les trois lanternes qui pendaient au plafond étaient ternes et à demi voilées par la fumée. Prosper Poiredebeurré était debout près du feu et parlait à un couple de Nains et à un ou deux Hommes d'allure étrangère. Sur les bancs se trouvaient des gens divers : des Hommes de Bree, un groupe de Hobbits locaux (assis à bavarder ensemble), quelques autres Nains et d'autres formes vagues, difficiles à distinguer dans les ombres et dans les coins.

Dès l'entrée des Hobbits de la Comté, s'éleva chez les habitants de Bree un chœur de bienvenue. Les étrangers, en particulier ceux qui étaient venus par le Chemin Vert, les examinèrent avec curiosité. L'aubergiste présenta les nouveaux arrivants aux gens de Bree si rapidement que, bien qu'ils eussent entendu les noms, ils n'étaient jamais sûrs de les attribuer correctement à l'un ou à l'autre. Les Hommes de Bree semblaient avoir tous des noms botaniques (et pour les gens de la Comté, plutôt bizarres), tels que Mèche-Dejonc, Chèvrefeuille, Pied-Bruyère, Aballon, Lainechardon et Fougeron (sans oublier Poiredebeurré). Certains des Hobbits avaient des noms semblables. Les Larmoise, par exemple, paraissaient très nombreux. Mais la plupart avaient des noms tirés de la nature, comme Talus, Trougrisard, Longterrier, Lèvesable et Tunnelier, dont beaucoup étaient en usage dans la Comté. Il y avait plusieurs Soucolline de Staddel et, comme ils ne pouvaient imaginer de partager le même nom sans être parents, ils prirent Frodon en affection comme un cousin longtemps perdu.

Les Hobbits de Bree étaient en fait amicaux et questionneurs, et Frodon s'aperçut vite qu'il lui faudrait donner une explication de ce qu'il faisait. Il se dit intéressé par l'histoire et la géographie (à quoi il y eut beaucoup de hochements de tête, bien qu'aucun de ces mots ne fût employé dans le dialecte de Bree). Il déclara qu'il pensait écrire un livre (ce qui donna lieu à un silencieux étonnement) et que lui et ses amis voulaient rassembler des informations sur les Hobbits vivant en dehors de la Comté, surtout dans les terres de l'Est.

A cette annonce, un chœur de voix éclata. Si Frodon avait réellement voulu écrire un livre et qu'il eût de nombreuses oreilles, il en aurait appris assez pour plusieurs chapitres en quelques minutes. Et si cela ne suffisait pas, on lui donna toute une liste de noms, commençant par le « vieux Prosper, ici présent », à qui il pouvait s'adresser pour de plus amples renseignements. Mais au bout d'un moment, comme Frodon ne donnait aucun signe de devoir écrire un livre sur-le-champ, les Hobbits revinrent à leurs questions sur ce qui se passait dans la Comté. Frodon ne se révéla pas très communicatif, et il se trouva bientôt assis tout seul dans un coin à écouter et regarder alentour.

Les Hommes et les Nains parlaient surtout d'événements lointains et donnaient des nouvelles d'un genre qui ne devenait que trop familier. Il y avait des troubles dans le Sud, et il semblait que les Hommes venus par le Chemin Vert étaient partis, en quête de terres où ils pourraient trouver la paix. Les gens de Bree montraient de la sympathie, mais ils n'étaient visiblement pas disposés à recevoir un grand nombre d'étrangers sur leur petit territoire. L'un des voyageurs, un homme assez disgracié qui louchait, prédisait que les gens monteraient vers le nord en nombre de plus en plus grand dans le proche avenir. « Si on ne leur trouve pas de place, ils la trouveront eux-mêmes. Ils ont droit à la vie, autant que quiconque », dit-il d'une voix forte. Les gens du pays n'avaient pas l'air très satisfait de cette perspective.

Nos amis ne prêtèrent pas grande attention à tout cela, qui ne semblait pas sur le moment concerner les Hobbits. Les Grandes Gens ne pouvaient guère demander à loger dans des trous à Hobbits. On s'intéressait davantage à Sam et à Pippin, qui se sentaient à présent tout à fait à l'aise et qui bavardaient gaiement sur les événements de la Comté. Pippin souleva une bonne dose de rires en racontant l'écroulement du plafond de l'Hôtel-de-Ville à Grand'Cave : Will Piedblanc, le maire, et le plus gras des Hobbits du Quartier de l'Ouest, avait été enterré sous la craie, et il en était ressorti comme une boulette enfarinée. Mais plusieurs questions furent posées, qui mirent Frodon un peu mal à l'aise. L'un des Gens du Pays de Bree, qui paraissait avoir été plusieurs fois dans la Comté, voulait savoir où habitaient les Soucolline et à qui ils étaient apparentés.

Soudain, Frodon remarqua qu'un homme basané à l'air étranger, qui était assis dans l'ombre près du mur, écoutait aussi avec attention la conversation des Hobbits. Il avait devant lui une grande chope, et il fumait une pipe à long tuyau, curieusement sculptée. Ses jambes, étendues, montraient de hautes bottes de cuir souple, de bonne façon, mais qui avaient fait beaucoup d'usage et qui étaient maintenant plaquées de boue. Un manteau de lourd drap vert foncé, sali par le voyage, l'enveloppait de près et, en dépit de la chaleur de la salle, il portait un capuchon qui couvrait d'ombre sa figure; mais la lueur de ses yeux était visible tandis qu'il observait les Hobbits.

– Qui est-ce là? demanda Frodon, quand il eut l'occasion de murmurer à l'oreille de M. Poiredebeurré. Je ne crois pas que vous nous ayez présentés?

– Lui? répondit l'aubergiste à voix basse, avec un clignement de l'œil et sans tourner la tête. Je ne sais pas exactement. C'est un de ces types qui vagabondent – les Rôdeurs, qu'on les appelle. Il parle rarement : non pas qu'il ne sache pas raconter une excellente histoire quand il lui en prend la fantaisie. Il disparaît pendant un mois, ou un an, et puis resurgit. Il a fait pas mal d'allées et venues, le printemps dernier; mais je ne l'ai pas vu par ici ces derniers temps. Comment il s'appelle, je ne l'ai jamais entendu dire : mais on le connaît par ici sous le nom de Grands-Pas. Il va bon train sur ses grandes guibolles; bien qu'il n'ait jamais dit à personne pourquoi il était tellement pressé. Mais il n'y a pas à expliquer l'Est ou l'Ouest, comme on dit à Bree, entendant par là les Rôdeurs et les Gens de la Comté, sauf votre respect. C'est curieux que vous me posiez des questions à son sujet.

Mais à ce moment, M. Poiredebeurré fut appelé pour renouveler des pots de bière, et sa dernière remarque resta sans explication.

Frodon s'aperçut que Grands-Pas le regardait à présent, comme s'il eût entendu ou deviné tout ce qui avait été dit. Bientôt, d'un geste de la main accompagné d'un salut de la tête, il invita Frodon à venir s'asseoir avec lui. Comme Frodon approchait, l'étranger rejeta son capuchon, révélant une tête ébouriffée aux cheveux bruns mouchetés de gris et, dans un visage pâle et sévère, une paire d'yeux gris pénétrants.

– On m'appelle Grands-Pas, dit-il d'une voix grave. Je suis heureux de vous rencontrer, Maître... Soucolline, si le vieux Poiredebeurré a bien compris votre nom.

– C'est exact, dit Frodon avec raideur.

Il était loin de se sentir à l'aise sous le regard appuyé de ces yeux perçants.

– Eh bien, Maître Soucolline, dit Grands-Pas, à votre place j'empêcherais vos jeunes amis de trop parler. La boisson, le feu et les rencontres de hasard sont assez agréables, mais, eh bien... nous ne sommes pas dans la

Comté, ici. Il y a de curieuses gens alentour. Encore que ce ne soit pas à moi de le dire, pensez-vous peut-être, ajouta-t-il avec un sourire avec un sourire mi-figue mi-raisin, en voyant le coup d'œil de Frodon. Et des voyageurs encore plus étranges sont passés par Bree ces derniers temps, poursuivit-il, observant le visage de Frodon.

Frodon lui rendit son regard, sans rien dire toutefois; et Grands-pas ne fit pas d'autre signe. Son attention paraissait soudain fixée sur Pippin. A la grande inquiétude de Frodon, celui-ci s'aperçut que le ridicule jeune Touque, encouragé par le succès de son histoire du gros maire de Grand'Cave, faisait à présent positivement un récit comique de la soirée d'adieu de Bilbon. Il donnait déjà une imitation du discours, et il approchait de l'étonnante disparition.

Frodon fut ennuyé. C'était un récit anodin pour la plupart des Hobbits de l'endroit, sans doute : simplement une histoire drôle sur les drôles de gens d'au-delà de la rivière; mais certains (dont le vieux Poiredebeurré, par exemple) n'étaient pas nés de la dernière pluie, et ils avaient probablement entendu depuis longtemps des rumeurs au sujet de la disparition de Bilbon. Cela allait leur remettre en mémoire le nom de Sacquet, surtout s'il y avait eu des investigations sur ce nom à Bree.

Frodon s'agita, se demandant que faire. Pippin tirait évidemment grand plaisir de l'attention qu'il recevait, et il avait perdu tout souvenir du danger où ils étaient. Frodon éprouva une soudaine crainte que, dans son humeur actuelle, il pût même mentionner l'Anneau; et ce pourrait être désastreux.

– Vous feriez bien d'agir vite! murmura Grands-Pas à son oreille.

Frodon bondit sur une table et se mit à parler. L'attention de l'auditoire de Pippin se trouva détournée. Certains des Hobbits regardèrent Frodon; ils rirent et battirent des mains, pensant que M. Soucolline avait ingurgité son content de bière.

Frodon se sentit soudain très ridicule, et il se trouva (comme à son habitude quand il faisait un discours) en train de tripoter les objets dans sa poche. Il sentit l'Anneau au bout de sa chaîne, et le désir lui vint tout à fait inexplicablement de le glisser à son doigt et de disparaître de cette situation stupide. Il lui semblait que cette suggestion lui venait en quelque sorte de l'extérieur, de quelqu'un ou de quelque chose dans la salle. Il résista fermement à la tentation, et il serra l'Anneau dans sa main, comme pour garder prise sur lui et l'empêcher d'échapper ou de commettre quelque méfait. En tout cas, il n'en retira aucune inspiration. Il prononça « quelques paroles de circonstance », comme on aurait dit dans la Comté : *Nous sommes tous très flattés de l'amabilité de votre accueil, et j'ose espérer que ma brève visite contribuera à renouveler les vieux liens d'amitié entre la Comté et Bree*; puis il hésita et toussota.

Tout le monde dans la salle le regardait à présent.

« Une chanson! » cria l'un des Hobbits. « Une chanson! Une chanson! crièrent tous les autres. Allons, Maître, chantez-nous quelque chose de nouveau! »

Frodon resta un moment bouche bée. Puis, en désespoir de cause, il entama une chanson ridicule que Bilbon aimait assez (et dont, en fait, il était assez fier, car les paroles étaient de lui). Il s'agissait d'une auberge; et c'est sans doute pourquoi elle vint à l'esprit de Frodon à ce moment-là. La voici *in extenso*. D'une façon générale, on ne se souvient plus guère aujourd'hui que de quelques mots.

Il est une auberge, une joyeuse vieille auberge
Au pied d'une vieille colline grise,
Et là, on brasse une bière si brune
Que l'Homme de la Lune lui-même descendit
Un soir en boire son content.

Le valet d'écurie a un chat ivre
Qui joue d'un violon à cinq cordes;
Et il fait monter et descendre son archet,
Tantôt grinçant haut, tantôt ronronnant bas,
Ou encore raclant au milieu.

L'aubergiste entretient un petit chien
Qui aime fort les plaisanteries;
Quand les convives sont en bonne forme,
Il dresse l'oreille à toutes les farces
Et il rit à s'en étouffer.

Ils ont aussi une vache cornue
Aussi fière qu'une reine;
Mais la musique lui tourne la tête comme de la bière,
Et lui fait agiter sa queue à touffe
En dansant sur le pré.

Et oh! ces rangées de plats d'argent
Et celle-là, on la polit avec soin
Pour le dimanche, il y en a une série spéciale,
Et celle-là on la polit avec soin
Les samedis après-midi.

L'Homme de la Lune buvait largement
Et le chat se mit à gémir;
Un plat et une cuiller dansèrent sur la table,
La vache cabriola follement dans le jardin
Et le petit chien poursuivit sa queue.

L'Homme de la Lune prit un autre pot
Et puis il roula sous sa chaise;
Et là il sommeilla et rêva de bière
Jusqu'à ce qu'au ciel les étoiles pâlissent
Et que l'aube fût dans l'air.

Alors le palefrenier dit à son chat pompette :
« Les chevaux blancs de la Lune,
Ils hennissent et mordillent leur mors d'argent
Mais leur maître a été se noyer l'esprit,
Et la Soleil ne va pas tarder à se lever! » (1).

Aussi le chat sur son violon joua, hey-diddle-diddle,
Une gigue à réveiller un mort :
Il grinça et racla, et pressa le rythme,
Tandis que l'aubergiste secouait l'Homme de la Lune :
« Il est trois heures passées! » dit-il.

Ils roulèrent lentement l'Homme le long de la colline
Et là le fourrèrent dans la Lune,
Pendant que ses chevaux galopaient en arrière-garde;
Et la vache vint gambader comme un cerf
Et un plat accourut avec la cuiller.

A présent, le violon faisait deedle-dum-diddle;
Le chien se mit à rugir,
La vache et les chevaux se tinrent sur la tête;
Les hôtes bondirent tous du lit
Et dansèrent sur le parquet.

(1) Les Elfes (et les Hobbits) considèrent toujours le Soleil comme
du genre féminin.

Avec un ping et un pong, les cordes du violon cassèrent!
La vache sauta par-dessus la Lune,
Et le chien rit de tant de drôlerie,
Et le plat du samedi s'en fut en courant
Avec la cuiller d'argent du dimanche.

La Lune ronde roula derrière la colline,
Comme la Soleil levait la tête.
Elle en croyait à peine ses yeux de feu;
Car quoiqu'il fît jour, à sa surprise,
Tous retournèrent au lit! (1).

Il y eut de bruyants et longs applaudissements. Frodon avait une bonne voix, et la chanson amusait leur fantaisie. « Où est le vieux Prosper? s'écriait-on. Il faudrait qu'il entende ça. Bob devrait enseigner le violon à son chat, et alors on danserait tous. » Ils commandèrent une nouvelle tournée de bière et se mirent à crier :

« Donnez-nous-la une nouvelle fois, maître! Allons! Encore une fois! »

Ils firent prendre un nouveau pot à Frodon, qui recommença sa chanson, et ils furent nombreux à s'y joindre, car l'air était bien connu et ils saisissaient promptement les paroles. Ce fut alors le tour de Frodon d'être content de lui. Il caracolait sur la table, et quand il arriva une seconde fois au *La vache sauta par-dessus la Lune*, il bondit en l'air. Bien trop vigoureusement; car il retomba, bang, dans un plateau rempli de pots, glissa, et roula à bas de la table avec fracas et un choc sourd! Tous ouvrirent une large bouche, prête pour le rire, mais ils restèrent pétrifiés dans un silence total, car le chanteur avait disparu. Il s'était évanoui, comme s'il eût passé tout droit au travers du parquet sans laisser de trou!

Les Hobbits locaux écarquillèrent des yeux ébahis, puis bondirent sur leurs pieds, appelant Prosper. Toute la compagnie s'écarta de Pippin et de Sam, qui se retrouvèrent seuls dans un coin, observés de loin avec des regards sombres et soupçonneux. Il était clair que nombre de gens les considéraient à présent comme les compagnons d'un magicien ambulant, doué de pouvoirs inconnus

---

(1) Toute cette chanson est inspirée d'une vieille chanson enfantine d'Angleterre.

comme ses desseins. Mais il y avait un certain habitant du Pays de Bree qui les regardait avec une expression avertie et quelque peu ironique qui les mettait fort mal à l'aise. Bientôt, il se glissa hors de la porte, suivi de l'Homme du Sud aux yeux qui louchaient : tous deux s'étaient beaucoup entretenus à voix basse au cours de la soirée. Harry, le gardien de la porte, sortit aussi juste derrière eux.

Frodon se sentit idiot. Ne sachant que faire d'autre, il rampa sous les tables vers le coin sombre pour se trouver auprès de Grands-pas, qui restait assis impassible, sans laisser voir aucun signe de ses pensées. Frodon, appuyé contre le mur, retira l'Anneau. Comment celui-ci était venu à son doigt, il n'aurait su le dire. Sa seule supposition était qu'il le tripotait dans sa poche pendant qu'il chantait, et que, d'une façon ou d'une autre, l'Anneau s'était glissé à son doigt quand il avait tendu brusquement la main pour éviter la chute. Il se demanda un moment si l'Anneau lui-même ne lui avait pas joué un tour; peut-être avait-il essayé de se révéler en réponse à quelque désir ou ordre senti dans la salle. Frodon n'aimait pas l'air des Hommes qui étaient sortis.

– Alors? dit Grands-Pas, quand il reparut. Pourquoi avez-vous fait cela? C'était pis que tout ce qu'auraient pu raconter vos amis! Vous avez mis les pieds dans le plat! Ou devrais-je dire le doigt?

– Je ne vois pas ce que vous entendez pas là, dit Frodon, ennuyé et effrayé.

– Oh, que si, répliqua Grands-Pas; mais mieux vaut attendre que le tumulte soit éteint. Alors, s'il vous plaît, monsieur Sacquet, j'aimerais avoir un entretien tranquille avec vous.

– A quel sujet? demanda Frodon, négligeant le soudain emploi de son véritable nom.

– Sur une affaire d'une certaine importance – tant pour vous que pour moi, répondit Grands-Pas, regardant Frodon dans les yeux. Vous pourrez apprendre quelque chose d'utile pour vous.

– Très bien, dit Frodon, s'efforçant de garder un air détaché. Je vous parlerai plus tard.

Cependant, une discussion se déroulait près du feu. M. Poiredebeurré était entré à son petit trot, et il essayait maintenant d'écouter en même temps plusieurs versions contradictoires de l'événement.

– Je l'ai vu, monsieur Poiredebeurré, disait un Hobbit, ou tout au moins je ne l'ai plus vu, si vous voyez ce que je veux dire. Il s'est simplement volatilisé dans l'air, comme qui dirait.

– Pas possible, monsieur Larmoise! fit l'aubergiste, l'air perplexe.

– Si, répliqua Larmoise. Et c'est bien ce que je veux dire, qui plus est.

– Il y a une erreur quelque part, dit Poiredebeurré, hochant la tête. Il y avait trop de ce M. Soucolline pour pouvoir disparaître ainsi dans l'air, ou en fumée, ce qui serait plus vraisemblable dans une salle pareille.

– Eh bien, où est-il à présent? crièrent plusieurs voix.

– Comment voulez-vous que je le sache? Il est libre d'aller où il veut, tant qu'il paie au matin. Voilà M. Touque : il n'a pas disparu.

– Enfin, j'ai vu ce que j'ai vu, et j'ai vu ce que je ne voyais pas, répliqua Larmoise avec obstination.

– Et moi, je dis qu'il y a quelque erreur, répéta Poiredebeurré, ramassant le plateau et rassemblant la poterie brisée.

– Bien sûr qu'il y a une erreur! dit Frodon. Je n'ai pas disparu. Me voici! J'ai simplement eu un petit entretien avec Grands-pas dans le coin.

Il s'avança dans la lumière; mais la plupart des gens présents reculèrent, encore plus troublés qu'auparavant. Ils n'étaient pas le moins du monde satisfaits de l'explication selon laquelle il avait vivement rampé sous les tables après sa chute. La plupart des Hobbits et des Hommes de Bree s'en furent sur-le-champ, offusqués, sans plus aucune envie de se divertir plus avant ce soir-là. Un ou deux lancèrent à Frodon un regard noir et s'en furent en murmurant entre eux. Les Nains et les deux ou trois Hommes étrangers qui demeuraient encore se levèrent et dirent bonsoir à l'aubergiste, mais non à Frodon ni à ses amis. Il ne resta bientôt plus que Grands-Pas, encore assis, inobservé, près du mur.

M. Poiredebeurré ne paraissait guère déconcerté. Il comptait, très probablement, que sa maison serait de nouveau pleine pour bien des soirées à venir, jusqu'à ce que le présent mystère eût été discuté à fond.

– Et maintenant, qu'avez-vous donc fait, monsieur Soucolline? demanda-t-il. A effrayer ainsi mes clients et à briser mes poteries avec vos acrobaties!

– Je suis désolé d'avoir causé des ennuis, dit Frodon. Ce n'était aucunement dans mes intentions, je vous l'assure. C'était un très malheureux accident.

– Bon, bon, monsieur Soucolline! Mais si vous voulez encore faire des acrobaties, des tours de prestidigitation ou ce que ça pouvait bien être, vous feriez bien d'avertir les gens auparavant – et de m'avertir *moi*. On est un peu soupçonneux par ici sur tout ce qui sort un peu de l'ordinaire... ce qui est un peu mystérieux, si vous me comprenez; et on n'en a pas le goût tout soudain.

– Je ne referai plus rien de la sorte, monsieur Poiredebeurré, je vous le promets. Et maintenant, je crois que je vais aller me coucher. Nous partirons de bonne heure. Voulez-vous veiller à ce que nos poneys soient prêts à huit heures?

– Très bien! Mais avant votre départ, j'aimerais vous dire un mot en particulier, monsieur Soucolline. Quelque chose vient de me revenir à l'esprit que je crois devoir vous dire. J'espère que vous ne le prendrez pas de travers. Quand j'aurai réglé une ou deux petites choses, j'irai vous trouver dans votre chambre, si vous le voulez bien.

– Certainement! dit Frodon.

Mais le cœur lui manquait. Il se demandait combien d'entretiens particuliers il lui faudrait avoir avant de pouvoir se coucher, et ce qu'ils révéleraient. Tous ces gens étaient-ils ligués contre lui? Il commença de soupçonner la grosse figure du vieux Poiredebeurré de cacher de noirs desseins.

CHAPITRE X

GRANDS-PAS

Frodon, Pippin et Sam revinrent au petit salon. Il n'y avait pas de lumière. Merry n'était pas là, et le feu avait baissé. Ce ne fut qu'après avoir joué du soufflet et jeté des fagots sur les braises ranimées qu'ils s'aperçurent que Grands-Pas était venu avec eux. Il était là, calmement assis dans un fauteuil près de la porte!

– Tiens! dit Pippin. Qui êtes-vous et que désirez-vous?

– On m'appelle Grands-Pas, répondit-il; et, bien qu'il l'ait peut-être oublié, votre ami m'a promis d'avoir avec moi un tranquille entretien.

– Vous avez dit que je pourrais apprendre quelque chose qui me sera utile, il me semble, dit Frodon. Qu'avez-vous à me dire?

– Plusieurs choses, répondit Grands-Pas. Mais, naturellement, j'ai mes conditions.

– Qu'entendez-vous par là? demanda vivement Frodon.

– N'ayez pas peur! Je veux seulement dire ceci : je vous apprendrai ce que je sais et je vous donnerai de bons conseils – mais il me faudra une récompense.

– Et quelle sera-t-elle, je vous prie? dit Frodon.

Il soupçonnait à présent être tombé sur un coquin, et il eut la pensée désagréable de n'avoir emporté que peu d'argent. La totalité ne satisferait pas un fripon, et il ne pouvait en distraire une seule partie.

– Pas plus que vous ne pourrez vous le permettre, répondit Grands-Pas avec un lent sourire, comme s'il devinait les pensées de Frodon. Simplement ceci : il faudra m'emmener avec vous jusqu'au moment où je voudrai vous quitter.

– Ah, vraiment! répondit Frodon, surpris, mais non très soulagé. Même si je désirais un compagnon supplémentaire, je n'y consentirais pas avant d'en savoir beaucoup plus long sur vous et sur vos affaires.

– Excellent! s'écria Grands-Pas, croisant les jambes et se carrant confortablement dans son fauteuil. Vous paraissez revenir à la raison, et c'est tant mieux. Vous avez été beaucoup trop insouciant jusqu'à présent. Très bien! Je vais vous dire ce que je sais, et je vous laisserai juge de la réeompense. Peut-être, après m'avoir entendu, serez-vous heureux de l'accorder.

– Eh bien, allez-y! dit Frodon. Que savez-vous?

– Trop, trop de sombres choses, dit Grands-Pas sinistrement. Mais quant à votre affaire...

Il se leva, alla à la porte, qu'il ouvrit vivement, et regarda au-dehors. Puis il la referma doucement et se rassit.

– J'ai l'ouïe fine, reprit-il, baissant la voix, et, bien que je ne puisse disparaître, j'ai chassé maintes créatures sauvages et méfiantes, et je puis généralement éviter d'être vu, si je le désire. Or donc, j'étais derrière la haie ce soir sur la route à l'ouest de Bree, quand quatre Hobbits sont sortis de la région des Hauts. Je n'ai pas besoin de rappeler tout ce qu'ils dirent au vieux Bombadil ou entre eux, mais une chose m'a intéressé. *Rappelez-vous, je vous en prie*, dit l'un d'eux, *que le nom de Sacquet ne doit pas être prononcé. S'il faut donner un nom, je suis M. Soucolline.* Cela m'a intéressé au point que je les ai suivis jusqu'ici. Je me suis glissé par-dessus la porte juste derrière eux. Peut-être M. Sacquet a-t-il une raison honnête d'abandonner son nom; mais dans ce cas, je lui conseillerais, à lui et à ses amis, de faire plus attention.

– Je ne vois pas quel intérêt mon nom peut avoir pour quiconque à Bree, dit Frodon, irrité, et il me reste encore à apprendre en quoi il vous intéresse, vous. M. Grands-Pas a peut-être une raison honnête d'espionner et d'écouter indiscrètement, mais dans ce cas, je lui conseillerais de l'expliquer.

– Bien répondu! dit Grands-Pas, riant. Mais l'explication est simple : je cherchais un Hobbit du nom de Frodon Sacquet. Je voulais le trouver rapidement. J'avais appris qu'il emportait de la Comté, eh bien! un secret qui me concernait, moi et mes amis.

« Pour ça, ne vous méprenez pas! s'écria-t-il comme Frodon se levait de son siège et que Sam se dressait d'un air menaçant. Je prendrai plus grand soin du secret que vous. Et l'attention est nécessaire. (Il se pencha en avant et les regarda.) Surveillez toutes les ombres! dit-il d'une voix basse. Des Cavaliers Noirs ont traversé Bree. Lundi, l'un d'eux a descendu le Chemin Vert, à ce qu'on dit; et un autre est apparu après cela, montant du sud par le Chemin Vert.

Il y eut un silence. Enfin, Frodon s'adressa à Pippin et à Sam :

– J'aurais dû le deviner à la façon dont le gardien nous a accueillis, dit-il. Et l'aubergiste semble avoir entendu parler de quelque chose. Pourquoi nous a-t-il pressés de rejoindre la compagnie? Et pourquoi, diantre, nous sommes-nous conduits aussi sottement? Nous aurions dû rester tranquillement ici.

– Ça aurait mieux valu, dit Grands-Pas. Je vous aurais empêchés d'aller dans la salle commune, si je l'avais pu; mais l'aubergiste n'a pas voulu me laisser entrer pour vous voir, ni se charger d'une commission.

– Croyez-vous qu'il...? commença de demander Frodon.

– Non, je ne pense aucun mal du vieux Poiredebeurré. Mais il n'aime pas trop les mystérieux vagabonds de mon espèce.

Frodon lui lança un regard perplexe.

– Eh bien, j'ai assez l'air d'un gredin, non? dit Grands-Pas avec une moue de dédain et une curieuse lueur dans les yeux. Mais j'espère que nous arriverons à nous mieux connaître. Quand ce sera fait, j'espère que vous m'expliquerez ce qui s'est passé à la fin de votre chanson. Car cette petite facétie...

– C'était un pur accident! s'écria Frodon, l'interrompant.

– Je me le demande, dit Grands-Pas. Enfin, accident, si vous le voulez. Cet accident a rendu votre situation dangereuse.

– Guère plus qu'elle ne l'était déjà, dit Frodon. Je savais que ces Cavaliers étaient à ma poursuite; mais à présent, en tout cas, il semble qu'ils m'aient manqué et qu'ils soient partis.

– Ne comptez pas là-dessus! dit vivement Grands-Pas.

Ils reviendront. Et il en arrive d'autres. Il y en a d'autres. Je connais leur nombre. Je connais ces Cavaliers.

Il s'arrêta, et ses yeux étaient froids et durs.

Puis il reprit :

– Et il y a à Bree des gens à qui il ne faut pas faire confiance. Bill Fougeron, par exemple. Il a mauvaise réputation dans le Pays de Bree, et de curieuses gens lui rendent visite. Vous avez dû le remarquer dans la compagnie : un noiraud ricaneur. Il était très proche d'un de ces étrangers du sud, et ils se sont glissés dehors ensemble juste après votre « accident ». Ces gens du sud n'ont pas tous des intentions pures; quant à Fougeron, il vendrait n'importe quoi à n'importe qui, ou il ferait du mal par simple plaisir.

– Qu'est-ce que Fougeron vendra et qu'est-ce que mon accident a à voir avec lui? demanda Frodon, toujours décidé à ne pas comprendre les allusions de Grands-Pas.

– Des nouvelles de vous, naturellement, répondit Grands-Pas. Un récit de votre exploit serait d'un grand intérêt pour certains. Après cela, il serait à peine nécessaire de leur révéler votre nom véritable. Il ne me semble que trop probable qu'ils en entendront parler dès avant la fin de la nuit. Cela vous suffit-il? Vous pouvez faire ce que vous voulez en ce qui concerne ma récompense : me prendre pour guide ou non. Mais je puis vous dire que je connais tout le pays qui s'étend entre la Comté et les Monts Brumeux, car je l'ai parcouru en tous sens pendant bien des années. Je suis plus vieux que je n'en ai l'air. Je pourrais vous être utile. Dès demain, il vous faudra quitter la route découverte; car les Cavaliers la surveilleront nuit et jour. Vous pourrez vous échappper de Bree, et il vous sera loisible de poursuivre votre chemin tant que le soleil sera là; mais vous n'irez pas loin. Ils vous tomberont dessus dans les régions désertes, à quelque sombre endroit où il n'y a aucun secours. Voulez-vous donc qu'ils vous trouvent? Ils sont terribles!

Les Hobbits le regardèrent et virent avec surprise que son visage était tiré comme par la douleur et que ses mains étaient crispées sur les bras de son fauteuil. La pièce était très calme et silencieuse, et la lumière semblait avoir pâli. Il resta un moment assis, le regard vide, comme plongé dans des souvenirs anciens ou prêtant l'oreille à des sons au loin dans la nuit.

– Voilà! s'écria-t-il au bout d'un moment, se passant

la main sur le front. Peut-être en sais-je davantage que vous sur ces poursuivants. Vous les redoutez, mais vous ne les craignez pas encore suffisamment. Demain, il vous faudra vous échapper, si cela est possible. Grands-Pas peut vous mener par des sentiers rarement parcourus. Le voulez-vous ?

Il y eut un lourd silence. Frodon ne répondit pas, l'esprit troublé par le doute et la crainte. Sam fronça les sourcils, les yeux fixés sur son maître; et il finit par éclater :

— Avec votre permission, monsieur Frodon, je dirais *non*! Ce Grands-Pas, il prodigue les avertissements et il dit « faites attention »; et à cela, je dis *oui*, à commencer par lui. Il vient des Terres Sauvages, et je n'ai jamais entendu dire du bien de gens comme ça. Il sait quelque chose, c'est clair, et plus qu'il ne me plaît; mais ce n'est pas une raison pour qu'on se laisse mener vers quelque sombre endroit éloigné de tout secours, comme il le dit.

Pippin s'agita, l'air mal à l'aise. Grands-Pas, sans répondre à Sam, tourna ses yeux perçants vers Frodon; celui-ci saisit son coup d'œil et détourna le regard :

— Non, dit-il. Je ne suis pas d'accord. Je crois, je crois que vous n'êtes pas vraiment tel que vous voulez le paraître. Vous m'avez parlé au début comme les gens de Bree, mais votre voix a changé. Toutefois, Sam a raison en ceci : je ne vois pas pourquoi vous nous avertissez de prendre garde, tout en nous demandant de vous emmener de confiance. Pourquoi ce déguisement? Qui êtes-vous? Que savez-vous vraiment sur... sur mes affaires; et comment le savez-vous?

— La leçon de prudence a été bien apprise, dit Grands-Pas avec un sourire sardonique. Mais la prudence est une chose et l'irrésolution en est une autre. Vous n'arriverez jamais seuls à Fondcombe, maintenant, et me faire confiance est votre seule chance. Il faut vous décider. Je répondrai à certaines questions, si cela peut vous y aider. Mais pourquoi croiriez-vous à mon histoire, si vous ne me faites pas déjà confiance? La voici, cependant...

A ce moment, quelqu'un frappa à la porte. M. Poiredebeurré venait avec des chandelles, et derrière lui Nob portait des brocs d'eau chaude. Grands-Pas se retira dans un coin sombre.

— Je suis venu vous souhaiter une bonne nuit, dit

l'aubergiste, déposant les chandelles sur la table. Nob! Apporte l'eau dans les chambres!

Il entra et referma la porte.

— Voici comment c'est, commença-t-il par dire, d'un air hésitant et troublé. Si j'ai causé quelque tort, je le regrette assurément. Mais une chose en entraîne une autre, vous l'admettrez; et je suis un homme très occupé. Mais une chose d'abord et puis une autre cette semaine ont mis ma mémoire en mouvement, comme on dit; et pas trop tard, à ce que j'espère. Vous comprenez, on m'avait demandé de guetter des Hobbits de la Comté, dont un surtout du nom de Sacquet.

— Et qu'est-ce que cela a à voir avec moi? demanda Frodon.

— Ah! vous le savez mieux que personne, dit l'aubergiste d'un air entendu. Je ne vous trahirai pas; mais on m'a dit que ce Sacquet voyagerait sous le nom de Soucolline, et on m'a fourni un signalement qui vous convient assez, si vous me permettez de le dire.

— Vraiment? Eh bien, donnez-le donc! dit Frodon, l'interrompant étourdiment.

— *Un gros petit bonhomme aux joues rouges*, dit solennellement M. Poiredebeurré.

Pippin gloussa, mais Sam eut l'air indigné.

— *Cela ne vous sera pas d'un grand secours; ça convient à la plupart des Hobbits, Prosper*, qu'il m'a dit, poursuivit M. Poiredebeurré, jetant un coup d'œil à Pippin. *Mais celui-ci est plus grand que la moyenne et mieux que la plupart, et il a une fente dans le menton : un type déluré, à l'œil brillant*. Sauf votre respect, c'est lui qui l'a dit, pas moi.

— *Lui?* Et qui était-ce, lui? demanda Frodon avec intérêt.

— Ah! c'était Gandalf, si vous voyez qui je veux dire. Un magicien, qu'on dit qu'il est, mais un bon ami à moi, que ce soit vrai ou pas. Et maintenant, je ne sais que ce qu'il va avoir à me dire, si je le revois : il ferait surir toute ma bière ou me transformerait en bloc de bois que ça ne m'étonnerait pas. Il est un peu vif. Mais ce qui est fait est fait.

— Eh bien, qu'avez-vous fait? dit Frodon, impatient devant la lenteur avec laquelle se démêlaient les pensées de Poiredebeurré.

— Où en étais-je? demanda l'aubergiste, s'arrêtant avec un claquement des doigts. Ah, oui! Le Vieux Gandalf. Il y a trois mois, il est entré tout droit dans ma chambre, sans frapper. *Prosper*, qu'il me dit, *je pars demain matin. Voulez-vous me rendre un service? Dites seulement*, que je réponds. *Je suis pressé*, qu'il dit, *et je n'ai pas le temps moi-même, mais je voudrais faire porter un message dans la Comté. Avez-vous quelqu'un à envoyer, dont vous soyez sûr qu'il ira? Je peux trouver quelqu'un*, que je dis, *demain peut-être ou après-demain. Arrangez-vous pour que ce soit demain*, qu'il dit, et puis il m'a donné une lettre.

— L'adresse est assez claire, dit M. Poiredebeurré, tirant une lettre de sa poche et lisant l'adresse avec lenteur et fierté (il se flattait de sa réputation de lettré) : MONSIEUR FRODON SACQUET, Cul-de-Sac, Hobbitebourg *dans la* COMTÉ.

— Une lettre pour moi de Gandalf! s'écria Frodon.

— Ah! dit M. Poiredebeurré. Votre vrai nom est donc Sacquet?

— Oui, dit Frodon, et vous feriez mieux de me remettre cette lettre tout de suite et de m'expliquer pourquoi vous ne l'avez jamais envoyée. C'est ce que vous êtes venu me dire, je suppose, encore que vous ayez mis bien longtemps à y arriver.

Le pauvre M. Poiredebeurré eut un air gêné :

— Vous avez raison, Maître, dit-il, et je vous en demande pardon. Et j'ai mortellement peur de ce que dira M. Gandalf, s'il en résulte quelque mal. Mais je ne l'ai pas retenue exprès. Je l'ai mise de côté en sécurité. Et puis je n'ai pu trouver personne pour aller dans la Comté le lendemain, ni le surlendemain, et aucun de mes propres gens n'était disponible; et puis une chose après l'autre me l'ont fait sortir de l'esprit. Je suis très occupé. Je ferai tout mon possible pour rétablir les choses, et si je peux faire quoi que ce soit, vous n'avez qu'à le dire.

« Indépendamment de la lettre, je n'ai pas moins promis à Gandalf : *Prosper*, qu'il m'a dit, *cet ami à moi, de la Comté, il peut venir par ici avant peu, lui et un autre. Il s'appellera Soucolline! Notez-le! Mais vous n'avez pas besoin de poser de questions. Et si je ne suis pas avec lui, il aura peut-être des ennuis et il pourra avoir besoin d'aide. Faites ce que vous pourrez, et je vous en serai reconnaissant*, qu'il a dit. Et vous voilà, et les ennuis ne sont pas loin, à ce qu'il semble.

— Que voulez-vous dire? demanda Frodon.

— Ces hommes noirs, dit l'aubergiste, baissant la voix. Ils sont à la recherche de *Sacquet*, et si leurs intentions sont bonnes, eh bien, moi je suis un Hobbit. C'était lundi, et tous les chiens gémissaient et les enfants hurlaient. Surnaturel, que j'ai dit. Nob, il est venu me dire qu'il y avait deux hommes noirs à la porte, qui demandaient après un Hobbit du nom de Sacquet. Les cheveux de Nob étaient tout dressés sur sa tête. J'ai dit aux types noirs de passer leur chemin et j'ai claqué la porte derrière eux; mais ils ont posé la même question tout le long du chemin jusqu'à Archet, à ce que j'ai entendu dire. Et ce rôdeur, Grands-Pas, il a posé des questions, lui aussi. Il a essayé d'entrer ici pour vous voir, avant que vous n'ayez pris une bouchée ou un souper, que oui.

— En effet! dit soudain Grands-Pas, s'avançant dans la lumière. Et beaucoup d'ennuis auraient été évités si vous l'aviez laissé entrer, Prosper.

La surprise fit sursauter l'aubergiste :

— Vous! s'écria-t-il. Vous êtes tout le temps à surgir brusquement. Que voulez-vous, maintenant?

— Il est ici avec ma permission, dit Frodon. Il est venu m'offrir son assistance.

— Eh bien, vous connaissez vos propres affaires, peut-être, dit M. Poiredebeurré, lançant à Grands-Pas un regard soupçonneux. Mais si j'étais dans votre situation, je ne fréquenterais pas un Rôdeur.

— Et qui fréquenteriez-vous donc? demanda Grands-Pas. Un gros aubergiste qui ne se rappelle son propre nom que parce qu'on le lui crie toute la journée? Ils ne peuvent rester au *Poney* à perpétuité, et ils ne peuvent rentrer chez eux. Ils ont une longue route devant eux. Les accompagnerez-vous et tiendrez-vous les hommes noirs à distance?

— Moi? Quitter Bree! Je ne ferais pas ça pour tout l'or du monde, s'écria M. Poiredebeurré, d'un air vraiment terrifié. Mais pourquoi ne pouvez-vous rester un peu ici tranquillement, monsieur Soucolline? Qu'est-ce que ces bizarres menées? Que veulent ces hommes noirs et d'où viennent-ils, je voudrais bien le savoir?

— Je regrette, mais je ne puis absolument pas l'expliquer, répondit Frodon. Je suis fatigué, très préoccupé, et c'est une longue histoire. Mais si vous voulez m'aider, je dois vous avertir que vous serez en danger tant que je resterai dans votre maison. Ces Cavaliers Noirs : je ne suis pas sûr, mais je crois, je crains qu'ils ne viennent de...

— Ils viennent de Mordor, dit Grands-Pas, d'une voix

basse. De Mordor, Prosper, si cela signifie quelque chose pour vous.

– Miséricorde! s'écria M. Poiredebeurré, pâlissant; le nom lui était évidemment connu. C'est la pire nouvelle qui soit venue à Bree de mon temps.

– Oui, dit Frodon. Etes-vous toujours disposé à m'aider?

– Oui, dit M. Poiredebeurré. Plus que jamais. Encore que je ne sache pas ce que des gens comme moi peuvent contre... contre...

Sa voix défaillit.

– Contre l'Ombre de l'Est, dit posément Grands-Pas. Pas grand-chose, Prosper; mais chaque petit peu aide. Vous pouvez laisser M. Soucolline rester ici ce soir, sous ce nom, et vous pouvez oublier celui de Sacquet jusqu'à ce qu'il soit loin.

– Je le ferai, dit Poiredebeurré. Mais ils découvriront qu'il est ici sans mon aide, je le crains. Il est regrettable que M. Sacquet ait attiré l'attention sur lui ce soir, pour ne pas dire plus. L'histoire de la disparition de M. Bilbon était déjà connue à Bree avant ce soir. Même notre Nob a fait quelques conjectures dans sa lente caboche; et il y en a d'autres à Bree qui ont l'entendement plus rapide.

– Eh bien, il ne reste plus qu'à espérer que les Cavaliers ne reviendront pas encore, dit Frodon.

– J'espère que non, certes, dit Poiredebeurré. Mais, spectres ou pas, ils n'entreront pas si facilement que cela au *Poney*. Ne vous tourmentez pas jusqu'au matin. Nob ne dira pas un mot. Aucun homme noir ne passera mes portes tant que je serai sur mes jambes. Moi et mes gens, on fera le guet cette nuit; mais vous feriez bien de prendre du repos, si vous le pouvez.

– En tout cas, il faut nous réveiller à l'aube, dit Frodon. Nous devons partir aussi tôt que possible. Le petit déjeuner à six heures et demie, s'il vous plaît.

– Entendu! Je vais donner les ordres, dit l'aubergiste. Bonne nuit, monsieur Sacquet... Soucolline, veux-je dire! Bonne nuit – mais, mon Dieu! où est passé notre M. Brandebouc?

– Je ne sais pas, dit Frodon avec une soudaine inquiétude.

Ils avaient complètement oublié Merry, et il se faisait tard.

– Je crains qu'il ne soit sorti. Il avait parlé d'aller prendre un peu l'air.

– Ah ça, vous avez vraiment besoin qu'on prenne soin de vous; il n'y a pas d'erreur : on dirait que votre groupe est en vacances! dit Poiredebeurré. Il faut que j'aille vite bâcler les portes, mais je veillerai à ce qu'on ouvre à votre ami quand il reviendra. Je ferais mieux d'envoyer Nob à sa recherche. Bonne nuit à tous!

M. Poiredebeurré finit par s'en aller, non sans avoir jeté vers Grands-Pas un nouveau regard soupçonneux, accompagné d'un hochement de tête. Ses pas s'éloignèrent dans le couloir.

– Alors? dit Grands-Pas. Quand allez-vous ouvrir cette lettre?

Frodon examina soigneusement le cachet avant de le rompre. Ce paraissait certainement être celui de Gandalf. A l'intérieur, tracé de la vigoureuse mais élégante écriture de Gandalf, se trouvait le message suivant : « LE PONEY FRINGANT, BREE. *Jour de la mi-année 1418 de la Comté.*

« Cher Frodon,

« De mauvaises nouvelles me sont parvenues ici. Je dois partir immédiatement. Vous feriez bien de sortir de la Comté avant la fin juillet au plus tard. Je reviendrai dès que je le pourrai; et je vous suivrai si je vois que vous êtes parti. Laissez-moi un message ici, si vous passez par Bree. Vous pouvez avoir confiance dans le patron (Poiredebeurré). Il se peut que vous rencontriez sur la route un ami à moi : un Homme, maigre, brun, grand, que certains appellent Grands-Pas. Il connaît notre affaire, et il vous aidera. Dirigez-vous vers Fondcombe. Là, j'espère que nous pourrons nous rencontrer. Si je ne viens pas, Elrond vous conseillera.

A vous, en hâte, GANDALF. ɣ

« P.S. – Ne vous en servez PAS de nouveau, sous aucun prétexte! Ne voyagez pas de nuit! ɣ

« P.P.S. – Assurez-vous bien que c'est le véritable Grands-Pas. Il y a bien des hommes étranges sur les routes. Son nom véritable est Aragorn. ɣ

« Tout ce qui est or ne brille pas,
Tous ceux qui errent ne sont pas perdus;
Le vieux qui est fort ne dépérit point.
Les racines profondes ne sont pas atteintes par le gel.

Des cendres, un feu s'éveillera.
Des ombres, une lumière jaillira;
Renouvelée sera l'épée qui fut brisée,
Le sans-couronne sera de nouveau roi.

P.P.S.S. — J'espère que Poiredebeurré enverra ceci promptement. C'est un digne homme, mais sa mémoire ressemble à un débarras : ce dont on a besoin est toujours enfoui. S'il oublie, je le ferai rôtir.

Adieu! »

Frodon lut la lettre pour lui seul, puis il la passa à Pippin et à Sam :

— Le vieux Poiredebeurré a vraiment fait un gâchis! dit-il. Il mérite d'être rôti. Si j'avais eu ceci tout de suite, nous pourrions tous être en sécurité à Fondcombe à l'heure qu'il est. Mais que peut-il être arrivé à Gandalf? On dirait d'après sa lettre qu'il allait affronter un grand danger.

— Voilà de nombreuses années qu'il le fait, dit Grands-Pas.

Frodon se retourna et le regarda d'un air pensif, s'interrogeant sur le second post-scriptum de Gandalf :

— Pourquoi ne m'avez-vous pas dit tout de suite que vous étiez l'ami de Gandalf? demanda-t-il. Cela aurait épargné du temps.

— Croyez-vous? Un seul d'entre vous m'aurait-il cru jusqu'à maintenant? dit Grands-Pas. Je ne savais rien de cette lettre. A ma connaissance, il me fallait vous persuader de me faire confiance sans aucune preuve, si je devais vous aider. En tout cas, je n'avais pas l'intention de vous dire immédiatement tout sur moi. Il me fallait d'abord *vous* étudier et m'assurer à votre sujet. L'Ennemi m'a déjà tendu des pièges par le passé. J'étais prêt à vous dire tout ce que vous me demanderiez, aussitôt que j'aurais pris mon parti. Mais, je dois l'avouer, ajouta-t-il avec un rire bizarre, j'espérais que vous vous prendriez d'amitié pour moi, pour mon propre compte. Un homme pourchassé est parfois las de la méfiance et soupire après l'amitié. Mais, pour cela, je crois que mon apparence est contre moi.

— Elle l'est... à première vue, en tout cas, dit Pippin en riant, soudain soulagé par la lecture de la lettre de Gandalf. Mais est beau qui bien fait, comme on dit dans la Comté; et sans doute aurons-nous tous pareille apparence quand nous aurons couché jour après jour dans les haies et les fossés.

— Il vous faudrait plus que quelques jours, semaines ou années d'errance dans les pays sauvages pour vous faire ressembler à Grands-Pas, répondit-il. Et vous seriez mort avant, à moins que vous ne soyez fait d'une matière plus dure que vous ne le paraissez.

Pippin ferma le bec; mais Sam n'était pas démonté, et il continuait à observer Grands-Pas d'un œil dubitatif :

— Qu'est-ce qui nous prouve que vous êtes le Grands-Pas dont parle Gandalf? demanda-t-il. Vous n'avez jamais parlé de lui jusqu'à l'apparition de cette lettre. Vous pouvez fort bien être un espion qui joue la comédie, essayant de nous faire aller avec vous, pour autant que j'en puisse voir. Vous pourriez fort bien avoir fait son affaire au véritable Grands-Pas et avoir pris ses vêtements. Qu'avez-vous à répondre à cela?

— Que vous êtes un vaillant garçon, répliqua Grands-Pas; mais je crains que la seule réponse que j'aie à vous faire, Sam Gamegie, c'est ceci : si j'avais tué le véritable Grands-Pas, je pourrais aussi bien vous tuer, *vous*. Et je l'aurais déjà fait sans tant d'ambages. Si je cherchais l'Anneau, je pourrais l'avoir... dès MAINTENANT!

Il se leva et parut soudain grandir. Dans ses yeux brillait une lumière, pénétrante et imposante. Rejetant son manteau, il porta la main à la garde d'une épée qui pendait, dissimulée, à son côté. Ils n'osèrent faire un mouvement. Sam resta immobile, bouche bée, à la regarder avec des yeux écarquillés.

— Mais je *suis* par chance le véritable Grands-Pas, dit-il, abaissant les yeux sur eux, le visage adouci par un soudain sourire. Je suis Aragorn, fils d'Arathorn; et si, par la vie ou par la mort, je puis vous sauver, je le ferai.

Il y eut un long silence. Enfin, Frodon prit la parole avec hésitation :

— Je pensais que vous étiez un ami, dès avant l'arrivée de la lettre, dit-il, ou tout au moins voulais-je le croire. Vous m'avez effrayé plusieurs fois ce soir, mais jamais à la façon dont le feraient les serviteurs de l'Ennemi, à ce que j'imagine, en tout cas. Je pense qu'un espion à lui... eh bien, paraîtrait plus beau et serait en même temps plus repoussant, si vous comprenez ce que je veux dire.

— Je vois, dit Grands-Pas, riant. J'ai l'air repoussant et je me sens beau. Est-ce cela? *Tout ce qui est or ne brille pas, tous ceux qui errent ne sont pas perdus.*

– Ces vers s'appliquaient donc à vous? demanda Frodon. Je ne comprenais pas de quoi il s'agissait. Mais comment saviez-vous qu'ils se trouvaient dans la lettre de Gandalf, si vous ne l'aviez jamais vue?

– Je ne le savais pas, répondit-il. Mais je suis Aragorn, et ces vers vont avec ce nom.

Il tira son épée, et ils virent que la lame était, en fait, brisée à un pied de la garde:

– Ça ne servirait pas à grand-chose, hein, Sam? dit Grands-Pas. Mais le moment ne tardera pas où elle sera à nouveau forgée.

Sam resta muet.

– Eh bien, reprit Grands-Pas, avec la permission de Sam, nous dirons que l'affaire est réglée. Grands-Pas sera votre guide. Nous aurons demain une rude route. Même s'il nous est permis de quitter librement Bree, nous ne pouvons plus guère espérer partir inaperçus. Mais j'essaierai de me faire perdre aussitôt que possible. Je connais un ou deux chemins pour sortir du Pays de Bree en dehors de la grand-route. Si nous parvenons à semer nos poursuivants, je me dirigerai vers le Mont Venteux.

– Le Mont Venteux? dit Sam. Qu'est-ce que c'est que ça?

– C'est une colline, juste au nord de la route, à peu près à mi-chemin de Fondcombe. Elle domine tous les alentours; et nous y aurons une chance d'observer les environs. Gandalf ira là, s'il nous suit. Après le Mont Venteux, notre voyage deviendra plus ardu, et il nous faudra choisir entre différents dangers.

– Quand avez-vous vu Gandalf pour la dernière fois? demanda Frodon. Savez-vous où il est, ou ce qu'il fait?

Grands-Pas prit un air grave:

– Je ne sais pas, dit-il. Je suis venu vers l'ouest avec lui au printemps. J'ai souvent guetté aux frontières de la Comté ces dernières années, quand il était occupé ailleurs. Il la laissait rarement sans garde. Nous nous sommes rencontrés pour la dernière fois le 1er mai: au Gué du Sarn en aval du Brandevin. Il me dit que son affaire avec vous s'était bien passée et que vous partiriez pour Fondcombe dans la dernière semaine de septembre. Sachant qu'il était à votre côté, je suis parti pour un voyage personnel. Et cela s'est révélé néfaste; car il est manifeste qu'il a reçu certaines nouvelles, et je n'étais pas là pour l'aider.

« Je suis inquiet pour la première fois depuis que je le connais. Même s'il ne pouvait pas venir en personne, nous devrions avoir reçu des messages. A mon retour, il y a bien des jours, j'ai appris la mauvaise nouvelle. Le bruit s'était partout répandu que Gandalf avait disparu et qu'on avait vu des cavaliers. Ce sont les Elfes de Gildor qui me l'ont appris; et, par la suite, ils m'ont dit que vous aviez quitté votre demeure; mais il n'y avait aucune nouvelle de votre départ du Pays de Bouc. J'ai observé la Route de l'Est avec impatience.

– Pensez-vous que les Cavaliers Noirs aient quelque chose à voir dans l'affaire – je veux dire dans l'absence de Gandalf? demanda Frodon.

– Je ne connais rien d'autre qui aurait pu le retenir, hormis l'Ennemi lui-même, dit Grand-Pas. Mais ne perdez pas espoir! Gandalf est plus grand que vous autres gens de la Comté ne le savez – par principe, vous ne pouvez voir que ses farces et ses jeux. Mais notre présente affaire sera sa plus grande tâche.

Pippin bâilla :

– Excusez-moi, dit-il, mais je suis mortellement las. En dépit de tout le danger et de tous les soucis, il me faut aller au lit, ou dormir où je suis assis. Où est cet idiot de Merry? Ce serait le bouquet, s'il nous fallait sortir dans le noir pour le chercher.

A ce moment, ils entendirent claquer une porte; puis des pieds galopèrent dans le couloir. Merry entra précipitamment dans la pièce, suivi de Nob. Il ferma vivement la porte, contre laquelle il s'appuya. Il était hors d'haleine. Ils l'observèrent un moment, effrayés, avant qu'il ne dît en haletant :

– Je les ai vus, Frodon! Je les ai vus! Des Cavaliers Noirs!

– Des Cavaliers Noirs! s'écria Frodon. Où?

– Ici. Dans le village. J'étais resté une heure à l'intérieur. Et puis, comme vous ne reveniez pas, je suis sorti faire un tour. J'étais revenu et je me tenais juste en dehors de la lumière de la lanterne à contempler les étoiles. Soudain, je frissonnai et je sentis que quelque chose d'horrible s'avançait en rampant : il y avait une sorte d'ombre plus foncée parmi celles de l'autre côté de la route, juste au-delà de la lumière de la lanterne. Elle glissa aussitôt sans le moindre bruit dans l'obscurité. Il n'y avait pas de cheval.

– De quel côté est-elle partie? demanda Grands-Pas, brusquement.

Merry sursauta, remarquant pour la première fois l'étranger.

– Continue! dit Frodon. C'est un ami de Gandalf. Je t'expliquerai plus tard.

– Elle a semblé partir le long de la Route, vers l'est, reprit Merry. J'ai essayé de la suivre. Elle s'est évanouie presque aussitôt; mais j'ai tourné le coin et j'ai été jusqu'à la dernière maison sur la route.

Grands-Pas regarda Merry avec étonnement :

– Vous avez le cœur solide, dit-il; mais c'était une étourderie.

– Je ne sais pas, dit Merry. Ce n'était ni brave ni stupide, je crois. Je n'ai pas pu m'en empêcher. Il me semblait être entraîné en avant. En tout cas, j'y ai été, et j'ai soudain entendu des voix près de la haie. L'une marmonnait et l'autre chuchotait ou sifflait. Je n'ai pas pu entendre un mot de ce qu'elles disaient. Je ne me suis pas glissé plus près parce que je tremblais de tous mes membres. Puis, terrifié, je me suis détourné, et j'allais juste revenir en vitesse, quand quelque chose s'est avancé derrière moi et je... je suis tombé.

– Je l'ai trouvé, monsieur, dit Nob, intervenant. M. Poiredebeurré m'avait envoyé dehors avec une lanterne. Je suis allé jusqu'à la Porte de l'Ouest, puis jusqu'à la Porte du Sud. Tout près de la ferme de Bill Fougeron, j'ai cru voir quelque chose sur la route. Je ne pourrais pas le jurer, mais il m'a semblé que deux Hommes étaient penchés sur quelque chose, qu'ils le soulevaient. J'ai crié, mais quand je suis arrivé sur place, il n'y en avait plus trace; il n'y avait que M. Brandebouc étendu sur le côté de la route. Il semblait dormir. « J'ai cru être tombé dans une eau profonde », qu'il m'a dit, quand je l'ai secoué. Très bizarre qu'il était, et aussitôt que je l'ai eu réveillé, il a bondi et il s'est carapaté jusqu'ici comme un lièvre.

– Je crains que ce ne soit la vérité, dit Merry. Bien que j'ignore ce que j'ai pu dire. J'ai eu un vilain cauchemar, que je ne puis me rappeler. J'ai perdu tout contrôle de moi-même. Je ne sais pas ce qui m'est arrivé.

– Moi je le sais, dit Grands-Pas. Le Souffle Noir. Les Cavaliers ont dû laisser leurs chevaux dehors et avoir repassé en secret par la Porte Sud. Ils doivent tout connaître à présent, car ils sont allés chez Bill Fougeron; et sans doute ce type du Sud était-il un espion, lui aussi. Quelque chose peut arriver dès cette nuit, avant notre départ de Bree.

– Que va-t-il arriver? dit Merry. Vont-ils attaquer l'auberge?

– Non, je ne le pense pas, dit Grands-Pas. Ils ne sont pas encore tous là. Et, de toute façon, ce n'est pas leur manière. C'est dans les ténèbres et la solitude qu'ils sont le plus forts; ils n'attaqueront pas ouvertement une maison où il y a des lumières et un grand nombre de gens – pas tant qu'ils ne sont pas réduits à quia, pas tant que nous avons encore devant nous toutes les longues lieues qui nous séparent d'Eriador. Mais leur pouvoir réside dans la terreur, et déjà certains à Bree sont sous leur emprise. Ils induiront ces malheureux à quelque action malfaisante : Fougeron, et certains des étrangers, et peut-être aussi le gardien de la porte. Ils ont eu une discussion avec Harry à la Porte de l'Ouest, lundi. Je les observais. Il était tout pâle et tremblant quand ils l'ont quitté.

– Il semble que nous soyons entourés d'ennemis de toutes parts, dit Frodon. Que devons-nous faire?

– Rester ici et ne pas aller dans vos chambres! Ils ont sans nul doute découvert quelles elles sont. Les chambres de Hobbits ont des fenêtres qui donnent sur le nord et qui sont proches du sol. Nous resterons tous ensemble, et nous barricaderons cette fenêtre et la porte. Mais, tout d'abord, Nob et moi, nous allons chercher vos bagages.

Pendant l'absence de Grands-Pas, Frodon donna à Merry un rapide compte rendu de tout ce qui s'était passé depuis le souper. Merry était encore plongé dans la lecture et la méditation de la lettre de Gandalf, quand Grands-Pas et Nob revinrent.

– Alors, maîtres, dit Nob, j'ai défait les couvertures et mis un traversin au milieu de chaque lit. Et j'ai fait une belle imitation de votre tête avec une carpette de laine brune, M. Sac... Soucolline, monsieur, ajouta-t-il avec un large sourire.

Pippin rit :

– Très ressemblant! fit-il. Mais que se passera-t-il quand ils auront découvert la supercherie?

– On verra, dit Grands-Pas. Espérons que nous tiendrons le fort jusqu'au matin.

– Bonne nuit à vous, dit Nob, et il partit prendre part à la surveillance des portes.

Ils entassèrent leurs sacs et leur équipement sur le sol du salon. Ils poussèrent un fauteuil bas contre la porte et fermèrent la fenêtre. Jetant un coup d'œil à l'extérieur, Frodon vit que la nuit était encore claire. La Faucille (1) brillait au-dessus des épaulements de la Colline de Bree. Il ferma alors et bâcla les solides volets intérieurs et tira les rideaux. Grands-Pas refit le feu et souffla toutes les chandelles.

Les Hobbits s'étendirent sur leurs couvertures, les pieds vers l'âtre; mais Grands-Pas s'installa dans le fauteuil poussé contre la porte. Ils parlèrent un moment, car Merry avait encore plusieurs questions à poser.

— Sauté par-dessus la Lune! gloussa Merry, s'enroulant dans sa couverture. Bien ridicule de ta part, Frodon! Mais j'aurais bien voulu être là pour voir. Les dignes gens de Bree discuteront encore là-dessus dans un siècle.

— Je l'espère, dit Grands-Pas.

Tous demeurèrent alors silencieux, et, l'un après l'autre, les Hobbits sombrèrent dans le sommeil.

(1) Nom que les Hobbits donnent au Chariot ou à la Grande Ourse.

CHAPITRE XI

UN POIGNARD DANS LE NOIR

Comme ils se préparaient au sommeil dans l'auberge de Bree, les ténèbres s'étendaient sur le Pays de Bouc; une brume vaguait dans les combes et le long des bords de la rivière. La maison du Creux-de-Crique se dressait, silencieuse. Gros Bolger ouvrit la porte avec précaution et regarda dehors. Un sentiment de peur avait crû en lui toute cette journée, et il était incapable de se reposer ou d'aller se coucher : il y avait une menace latente dans l'air immobile de la nuit. Tandis qu'il fixait le regard sur l'obscurité, une ombre noire bougea sous les arbres; la porte parut s'ouvrir de son propre mouvement et se refermer sans bruit. La terreur le saisit. Il recula et resta un moment tremblant dans le vestibule. Puis il referma la porte et la verrouilla.

La nuit s'approfondit. Vint alors le son des chevaux furtivement menés dans le chemin. Ils s'arrêtèrent devant la porte du jardin, et trois forme noires entrèrent, comme des ombres de la nuit rampant à travers le terrain. L'une alla à la porte, deux autres aux coins de la maison, de part et d'autre; et elles se tinrent là, immobiles comme des ombres de pierres, tandis que la nuit poursuivait lentement son cours. La maison et les arbres silencieux semblaient attendre, haletants.

Il y eut un léger mouvement dans les feuilles, et un coq chanta très loin. L'heure froide précédant l'aube passait. La forme qui était près de la porte bougea. Dans l'obscurité sans lune ni étoiles, une lame luisit, comme si l'on eût dégaîné une lumière froide. Il y eut un coup, sourd mais puissant, et la porte frémit.

– Ouvrez, au nom du Mordor! dit une voix ténue et menaçante.

A un second coup, la porte céda et tomba en arrière, bois éclaté et serrure brisée. Les formes noires passèrent vivement à l'intérieur.

A ce moment, parmi les arbres proches, un cor sonna. Il déchira la nuit comme un feu au sommet d'une colline.

DEBOUT! DANGER! AU FEU! L'ENNEMI! DEBOUT!

Gros Bolger n'était pas resté inactif. Dès qu'il eut vu les formes noires ramper du jardin, il avait su qu'il devait se sauver au plus vite ou mourir. Et pour courir, il courut; il s'enfuit par la porte de derrière, par le jardin et par les champs. En atteignant la maison la plus proche, à plus d'un mille, il s'effondra sur le pas de la porte. « Non, non, non! criait-il. Non, pas moi! Je ne l'ai pas! » Il fallut un certain temps pour que quiconque pût démêler le sens de ses paroles. On finit cependant par se former l'idée que des ennemis étaient dans le Pays de Bouc, qu'il y avait quelque étrange invasion venue de la Vieille Forêt. Et alors on ne perdit pas de temps.

DANGER! AU FEU! L'ENNEMI!

Les Brandebouc sonnaient l'appel du cor du Pays de Bouc, qui n'avait plus retenti depuis un siècle, depuis la venue des loups blancs dans l'Hiver Terrible, quand le Brandevin était complètement gelé.

DEBOUT! DEBOUT!

Au loin, on entendit répondre d'autres cors. L'alerte se répandait.

Les formes noires s'enfuirent de la maison. L'une d'elles, dans sa course, laissa tomber sur le seuil un manteau de Hobbit. Le bruit de sabots retentit dans le chemin et, poussant jusqu'au galop, s'éloigna en martelant les ténèbres. Tout alentour de Creux-de-Crique résonnait le son de cors, de cris et de pieds en mouvement. Mais les Cavaliers Noirs galopaient en coup de vent vers la Porte du Nord. Que les petites personnes sonnent de leurs cors! Sauron s'occuperait d'elles plus tard. Pour le moment, ils avaient autre chose à faire : ils savaient à présent que la maison était vide et que l'Anneau était parti. Ils chargèrent les gardes de la porte et disparurent de la Comté.

Dans la première partie de la nuit, Frodon s'éveilla tout à coup d'un profond sommeil, comme dérangé par quelque bruit ou quelque présence. Il vit que Grands-Pas était assis, vigilant, dans son fauteuil; ses yeux luisaient au reflet du feu qui, entretenu, flambait brillamment; mais il ne fit ni signe ni mouvement.

Frodon ne tarda pas à se rendormir, mais ses rêves furent de nouveau troublés par le son du vent et du galop de sabots. Le vent semblait envelopper la maison et la secouer; et, dans le lointain, il entendait sonner furieusement un cor. Il ouvrit les yeux, et il entendit un coq chanter à pleine gorge dans la cour de l'auberge. Grands-Pas avait tiré les rideaux et repoussé avec bruit les contrevents. Les premières lueurs grises de l'aube pénétraient dans la pièce, et un air froid venait de la fenêtre ouverte.

Aussitôt après les avoir tous réveillés, Grands-Pas les mena à leurs chambres. En les voyant, ils furent heureux d'avoir suivi son conseil : les fenêtres, forcées, battaient, et les rideaux flottaient au vent; les lits étaient défaits, les traversins tailladés, jetés à terre; la carpette brune était déchirée en morceaux.

Grands-Pas alla immédiatement chercher l'aubergiste. Le pauvre M. Poiredebeurré avait un air ensommeillé et effrayé. Il n'avait guère fermé l'œil de la nuit (à ce qu'il disait), mais il n'avait pas entendu le moindre bruit.

— Jamais pareille chose n'est arrivée de mon temps! s'écria-t-il, les mains levées d'horreur. Des hôtes empêchés de dormir dans leur lit, de bons traversins perdus, et tout! Où va-t-on?

— A de sombres temps, dit Grands-Pas. Mais pour le moment vous pourrez demeurer en paix, une fois débarrassé de nous. Nous allons partir immédiatement. Peu importe le petit déjeuner; il faudra se contenter d'une boisson et d'une bouchée debout. Nous serons prêts dans quelques minutes.

M. Poiredebeurré s'en fut à la hâte faire apprêter leurs poneys et leur chercher « une bouchée ». Mais il revint bientôt, atterré. Les poneys avaient disparu! Toutes les portes des écuries avaient été ouvertes dans la nuit, et les bêtes étaient parties : non seulement les poneys de Merry, mais aussi tous les chevaux et bêtes qui se trouvaient là.

La nouvelle écrasa Frodon. Comment espérer atteindre Fondcombe à pied, poursuivis par des ennemis montés? Ils auraient aussi bien pu se lancer à la conquête de la Lune. Grands-Pas resta un moment silencieux, regardant les Hobbits comme pour évaluer leur force et leur courage.

– Des poneys ne nous aideraient pas à échapper à des cavaliers, dit-il finalement d'un air pensif, comme s'il devinait ce que Frodon avait en tête. Nous ne devrions pas aller beaucoup plus lentement à pied, je veux dire par les routes que j'entends prendre. J'avais l'intention de marcher de toute façon. Ce sont les provisions et l'équipement qui me préoccupent. Nous ne pouvons compter sur rien à manger d'ici à Fondcombe, hormis ce que nous emporterons avec nous; et il faudrait prendre pas mal de réserves, car nous pourrons être retardés ou forcés de faire des détours, en nous écartant beaucoup du chemin direct. Combien êtes-vous disposés à porter à dos?

– Autant qu'il le faudra, dit Pippin, le cœur serré, mais s'efforçant de montrer qu'il était plus solide qu'il ne le paraissait (ou qu'il ne se sentait).

– Je peux emporter assez pour deux, dit Sam d'un air de défi.

– N'y a-t-il rien à faire, monsieur Poiredebeurré? demanda Frodon. Ne peut-on obtenir deux ou trois poneys dans le village, ou même un seul pour le bagage? Je ne pense pas qu'on puisse les louer, mais peut-être serait-il possible de les acheter, ajouta-t-il d'un ton indécis, se demandant s'il pourrait se le permettre.

– J'en doute, dit le propriétaire, tristement. Les deux ou trois poneys de selle qui se trouvaient à Bree étaient logés dans ma cour, et ils sont partis. Quant aux autres animaux, chevaux, poneys de bât ou tout ce qu'on voudra, il y en a très peu à Bree, et ils ne seront pas à vendre. Mais je vais faire ce que je pourrai. Je vais tirer Bob de son lit et l'envoyer voir aussitôt que possible.

– Oui, dit Grands-Pas à contrecœur, vous feriez bien de faire cela. Je crains qu'il ne nous faille tenter d'avoir au moins un poney. Mais adieu tout espoir de partir de bonne heure et de nous esquiver tranquillement! On aurait aussi bien pu sonner du cor pour annoncer notre départ. Cela faisait partie de leur plan, sans aucun doute.

– Il y a une miette de consolation, dit Merry, et plus qu'une miette, j'espère : on va pouvoir prendre le petit déjeuner en attendant – et le prendre assis. Mettons donc le grappin sur Nob!

Il y eut finalement plus de trois heures de délai. Bob revint en déclarant qu'on ne pouvait obtenir à quelque condition que ce fût dans tout le voisinage ni cheval ni poney : hormis un seul : Bill Fougeron en avait un qu'il serait peut-être disposé à vendre :

– Une pauvre vieille créature famélique, dit Bob; mais il ne veut pas s'en séparer à moins du triple de ce qu'elle vaut, considérant votre situation, pour autant que je connaisse Bill Fougeron.

– Bill Fougeron? dit Frodon. N'y a-t-il pas là quelque entourloupette? L'animal ne reviendrait-il pas à lui avec toutes nos affaires, ou n'aiderait-il pas à nous dépister, ou quelque chose?

– Je me le demande, dit Grands-Pas. Mais j'ai peine à imaginer un animal retournant vers lui, une fois parti. Je suppose que c'est là une pensée après coup de l'aimable Maître Fougeron : une simple façon d'accroître ses bénéfices dans cette affaire. Le principal danger est que la bête est sans doute aux portes de la mort. Mais il semble qu'il n'y ait pas le choix. Qu'en demande-t-il?

Le prix de Bill Fougeron était de douze sous d'argent; et cela représentait au moins le triple de la valeur du poney dans cette région. Celui-ci se révéla être un animal osseux, sous-alimenté et abattu; mais il ne semblait pas devoir mourir tout de suite. M. Poiredebeurré le paya de ses propres deniers, et il offrit encore à Merry dix-huit sous en compensation partielle des animaux perdus. C'était un homme honnête et d'une belle aisance selon les estimations de Bree; mais trente sous d'argent lui étaient un dur coup, et le fait d'être carotté par Bill Fougeron le rendait encore plus insupportable.

En fait, il s'en tira bien en fin de compte. Il s'avéra par la suite qu'un seul cheval avait été vraiment volé. Les autres avaient été chassés ou s'étaient échappés, pris de peur, et on les retrouva errant dans différents coins du Pays de Bree. Les poneys de Merry s'étaient entièrement échappés, et en définitive (car ils étaient fort sensés) ils prirent le chemin des Hauts à la recherche de Gros-Balourd. De sorte qu'ils tombèrent pour quelque temps aux soins de Tom Bombadil et qu'ils s'en trouvèrent bien. Mais quand Tom eut vent des nouvelles de Bree, il les envoya à M. Poiredebeurré, qui eut ainsi cinq excellentes bêtes à fort bon prix. Elles eurent plus de travail à fournir à Bree, mais Bob les traita bien; de sorte qu'à tout prendre elles eurent de la chance : elles évitèrent un sombre et dangereux voyage. Mais elles ne parvinrent jamais à Fondcombe.

Entre-temps, toutefois, pour autant qu'en sut M. Poiredebeurré, son argent était parti pour de bon – ou de mauvais. Et il eut d'autres ennuis, car il y eut une grande agitation aussitôt que le reste des hôtes furent debout et qu'ils apprirent le coup de main sur l'auberge. Les voyageurs du Sud avaient perdu plusieurs chevaux, et ils s'en prirent à grands cris à l'aubergiste, jusqu'au moment où l'on sut que l'un d'entre eux avait aussi disparu dans la nuit : nul autre que le compagnon bigleux de Bill Fougeron. Le soupçon tomba aussitôt sur lui.

– Si vous frayiez avec un voleur de chevaux et que vous l'ameniez chez moi, dit Poiredebeurré avec colère, vous devriez payer tous les dommages vous-mêmes, sans venir crier après moi. Allez donc demander à Fougeron où est votre bel ami!

Mais il apparut qu'il n'était l'ami de personne, et personne ne put se rappeler à quel moment il s'était joint à leur compagnie.

Après leur petit déjeuner, les Hobbits durent refaire leurs paquets et rassembler d'autres approvisionnements pour le voyage plus long auquel ils s'attendaient à présent. Il était bien près de dix heures, quand ils partirent enfin. A ce moment-là, tout Bree bourdonnait d'excitation. Le tour de la disparition de Frodon, la venue des Cavaliers Noirs, le vol dans les écuries et, non moins, la nouvelle que Grands-Pas le Rôdeur s'était joint aux mystérieux Hobbits, il y avait là de quoi alimenter bien des années peu mouvementées. La plupart des habitants de Bree et de Staddel et même bon nombre de ceux de Combe et d'Archet s'étaient massés sur la route pour assister au départ des voyageurs. Les autres hôtes de l'auberge étaient sur le pas des portes ou penchés aux fenêtres.

Grands-Pas avait changé d'idée, et il décida de quitter Bree par la grand-route. Toute tentative de passer immédiatement par la campagne ne ferait qu'empirer les choses : la moitié des habitants les suivrait pour voir ce qu'ils avaient en tête et les empêcher de passer par les propriétés privées.

Ils dirent adieu à Nob et à Bob et prirent congé de M. Poiredebeurré avec force remerciements :

– J'espère que nous nous rencontrerons de nouveau un jour, quand les choses seront redevenues joyeuses, dit Frodon. Rien ne me ferait plus plaisir que de séjourner un moment chez vous en paix.

Ils partirent à pied, inquiets et déprimés, sous les yeux de la foule. Tous les visages n'étaient pas amicaux, non plus que les paroles lancées. Mais la plupart des habitants du Pays de Bree semblaient craindre Grands-Pas, et ceux qu'il regardait fermaient la bouche et s'éloignaient. Il marchait en tête avec Frodon; puis venaient Merry et Pippin; et enfin Sam, qui menait le poney, chargé de tout le bagage qu'ils avaient eu le cœur de lui donner; mais l'animal paraissait déjà moins abattu, comme s'il appréciait le changement de son sort. Sam mâchait une pomme d'un air pensif. Il en avait une poche pleine : cadeau d'adieu de Nob et de Bob. « Des pommes pour la marche, et une pipe pour le repos, dit-il. Mais j'ai idée que les deux me manqueront avant peu. »

Les Hobbits ne prêtèrent aucune attention aux têtes curieuses qui regardaient par l'entrebâillement des portes ou surgissaient au-dessus des murs ou des clôtures, à leur passage. Mais comme ils approchaient de la porte la plus éloignée, Frodon vit une maison sombre et mal tenue derrière une haie épaisse : la dernière du village. A l'une des fenêtres, il aperçut un visage olivâtre avec des yeux sournois, en oblique; mais celui-ci disparut aussitôt.

– Voilà donc où se cache ce type du Sud! se dit-il. Il ressemble assez à un gobelin.

Par-dessus la haie, un autre Homme les observait hardiment. Il avait d'épais sourcils noirs et des yeux sombres et méprisants; sa grande bouche se crispait avec dédain. Il fumait une courte pipe noire. A leur approche, il la retira de sa bouche et cracha.

– Salut, Longues-Quilles! dit-il. Un départ matinal? Trouvé des amis enfin?

Grands-Pas fit un signe de tête, mais ne répondit pas.

– Bonjour, mes petits amis! dit l'Homme aux autres. Je suppose que vous savez avec qui vous êtes liés? C'est Grands-Pas-sans-scrupules, ça! Encore que j'aie entendu d'autres noms moins polis. Faites attention cette nuit! Et toi, Sammy, ne va pas maltraiter mon pauvre vieux poney! Pouh!

Il cracha de nouveau.

Sam se détourna vivement :

– Et toi, Fougeron, dit-il, tire ta vilaine figure hors de vue, si tu ne veux pas te la faire abîmer.

D'un mouvement brusque, rapide comme l'éclair, une pomme jaillit de sa main et alla heurter Bill en plein sur le nez. Il esquiva trop tard, et des jurons s'élevèrent derrière la haie.

– Une bonne pomme gâchée, dit Sam d'un ton de regret.

Et il poursuivit son chemin à grands pas.

Enfin, ils laissèrent le village derrière eux. L'escorte d'enfants et de badauds qui les avait suivis, lassée, les lâcha à la Porte Sud. Cette porte passée, ils se tinrent pendant quelques milles sur la Route. Elle s'infléchit vers la gauche, se recourbant dans sa course vers l'Est pour contourner le pied de la Colline de Bree, puis commença de descendre rapidement dans une région boisée. Sur leur gauche, ils pouvaient voir quelques-uns des trous de Hobbits et des maisons de Staddel sur les pentes sud-est, plus douces, de la colline; en bas, dans un creux profond, loin au nord de la Route, s'élevaient des rubans de fumée qui indiquaient l'emplacement de Combe; Archet était caché dans les arbres au-delà.

Après que la route eut descendu pendant quelque temps, laissant la Colline de Bree dressée haute et brune en arrière, ils arrivèrent à une étroite piste qui partait en direction du nord.

– C'est ici que nous quittons le terrain découvert pour prendre par les bois, dit Grands-Pas.

– J'espère que ce n'est pas un « raccourci », dit Pippin. Notre dernier raccourci par les bois a failli se terminer en désastre.

– Ah, mais vous ne m'aviez pas avec vous alors, dit Grands-Pas, riant. Mes raccourcis, courts ou longs, ne tournent jamais mal.

Il observa la Route de part et d'autre. Personne en vue. Il les entraîna rapidement vers la vallée boisée.

Son plan, pour autant qu'ils pussent le comprendre sans connaître le pays, était d'aller tout d'abord vers Archet, mais de prendre à droite et de passer le bourg à l'est, puis de mettre le cap aussi droit que possible par les Terres Sauvages vers le Mont Venteux. De cette façon, si tout allait bien, ils éviteraient une grande boucle de la Route, qui plus loin tournait vers le sud pour éviter les marais de l'Eau-aux-Cousins. Mais, naturellement, eux-mêmes devraient passer par les marais, et la description de Grands-Pas n'avait rien d'encourageant.

Entre-temps, toutefois, la marche n'était pas désagréable. En fait, sans les événements perturbateurs de la nuit précédente, ils auraient joui de cette partie du voyage plus que d'aucune autre jusqu'à ce moment. Le soleil brillait, clair mais pas trop chaud. Les bois de la vallée étaient encore feuillus et pleins de couleur, et ils avaient un aspect paisible et salubre. Grands-Pas guidait les Hobbits en toute confiance parmi les nombreux chemins de traverse, bien que, laissés à eux-mêmes, ils n'eussent pas tardé à être complètement déroutés. Il suivait un itinéraire détourné, comportant maints changements de direction ou crochets pour déjouer toute poursuite.

– Bill Fougeron aura observé à quel endroit nous avons quitté la Route, cela ne fait aucun doute, dit-il; encore que sans vouloir nous suivre lui-même, à ce que je pense. Il connaît assez bien le pays par ici, mais il n'ignore pas qu'il ne saurait rivaliser avec moi dans un bois. C'est ce qu'il peut dire aux autres dont j'ai peur. Je ne pense pas qu'ils soient bien loin. Tant mieux s'ils s'imaginent que nous allons à Archet.

Que ce fût à cause de l'habileté de Grands-Pas ou pour toute autre raison, ils ne virent aucun signe ni n'entendirent aucun son de toute autre créature vivante, ce jour-là : ni à deux pattes, hormis les oiseaux, ni à quatre pattes, à part un renard et quelques écureuils. Le lendemain, ils commencèrent à prendre fermement la direction de l'est; et tout resta encore tranquille et paisible. Le troisième jour après leur départ de Bree, ils sortirent du Bois de Chet. Le terrain descendait régulièrement depuis qu'ils avaient quitté la Route, et ils pénétrèrent alors sur une grande étendue plate, beaucoup plus difficile à parcourir. Ils étaient bien au-delà des limites du Pays de Bree, dans le désert sans pistes tracées, et ils approchaient des marais de l'Eau-aux-Cousins.

Le sol devenait à présent humide, et en certains endroits plein de fondrières; et, par-ci par-là, ils tombaient sur des mares et de grandes bandes de joncs, résonnant du ramage de petits oiseaux cachés. Ils devaient surveiller leurs pas de très près, tant pour garder leurs pieds au sec que pour rester dans la bonne voie. Au début, ils avancèrent assez vite, mais, comme ils poursuivaient leur chemin, leur passage se fit plus lent et plus dangereux. Les marais étaient déroutants et traîtres, et il n'y avait aucune piste permanente que des Rôdeurs même pussent découvrir à travers leurs fondrières mouvantes. Les mouches commencèrent à les tourmenter, et l'air était rempli de nuées de minuscules cousins qui se glissaient dans leurs manches, leurs culottes et leurs cheveux.

– Je suis dévoré vif! s'écria Pippin. L'Eau-aux-Cousins! Il y a plus de cousins que d'eau!

– De quoi se nourrissent-ils donc quand ils n'ont pas de Hobbits à leur disposition? demanda Sam, se grattant le cou.

Ils passèrent une misérable journée dans ce pays solitaire et désagréable; leur campement était humide, froid et inconfortable, et les insectes ne les laissaient pas dormir. Il y avait aussi d'abominables créatures qui hantaient les roseaux et les touffes d'herbe et qui, d'après le bruit qu'elles faisaient, devaient être de vilains parents du grillon. Elles étaient des milliers, et elles crissaient partout alentour, *nic-bric*, *bric-nic*, sans répit de toute la nuit, au point de rendre les Hobbits presque fous.

Le lendemain, quatrième jour, ne valut guère mieux, et la nuit fut presque aussi inconfortable. S'ils avaient laissé derrière eux les Nicbriqueux (comme les appelait Sam), les cousins les poursuivaient toujours.

Comme Frodon était étendu, las, mais incapable de fermer l'œil, il lui sembla qu'au loin montait une lumière dans le ciel à l'est : elle venait par éclairs et disparaissait, et cela à maintes reprises. Ce n'était pas l'aurore, il s'en fallait de plusieurs heures.

– Qu'est-ce que cette lumière? demanda-t-il à Grands-Pas, qui s'était levé et qui, debout, scrutait la nuit.

– Je ne sais pas, répondit Grands-Pas. Elle est trop éloignée pour permettre de le déterminer. On dirait des éclairs qui jailliraient des sommets des collines.

Frodon se recoucha, mais durant un long moment il continua de voir les éclairs blancs, sur lesquels se détachait la haute forme noire de Grands-Pas, debout et attentif. Il finit par sombrer dans un sommeil inquiet.

Ils n'avaient pas encore fait beaucoup de chemin, le cinquième jour, quand ils abandonnèrent les dernières mares éparses et les jonchères des marais. Le terrain commença de s'élever de nouveau régulièrement devant eux. Dans le lointain à l'est, ils pouvaient maintenant voir une chaîne de collines. La plus haute se trouvait à droite, un peu à l'écart des autres. Elle avait un sommet conique, au faîte légèrement aplati.

– Voilà le Mont Venteux, dit Grands-Pas. La vieille Route, que nous avons laissée à notre droite, court au sud de la colline et passe non loin de son pied. Nous pourrions l'atteindre vers midi demain, si nous nous dirigeons droit dessus. Je suppose que c'est ce que nous avons de mieux à faire.

– Que voulez-vous dire? demanda Frodon.

– Qu'en arrivant là-bas, on ne peut être sûr de ce qu'on trouvera. C'est bien près de la Route.

– Mais, assurément, nous espérons y trouver Gandalf?

– Oui, mais l'espoir est mince. S'il vient aucunement de ce côté, il peut très bien ne pas passer par Bree, et il ignorerait ainsi ce que nous faisons. Et, de toute façon, à moins que par chance nous n'arrivions à peu près en même temps, nous nous manquerons; il sera peu sûr pour lui comme pour nous d'y attendre longtemps. Si les Cavaliers ne nous trouvent pas dans les Terres Sauvages, ils se dirigeront sans doute eux-mêmes vers le Mont Venteux. On a de là une vue étendue sur tous les alentours. En fait, bien des oiseaux et des bêtes de ce pays pourraient nous voir, tels que nous sommes ici, de ce sommet. On ne saurait se fier à tous les oiseaux, et il y a d'autres espions plus mauvais qu'eux.

Les Hobbits contemplèrent avec inquiétude les collines lointaines. Sam leva son regard sur le ciel pâle, craignant de voir des faucons ou des aigles tournoyer au-dessus d'eux avec des yeux brillants et hostiles :

– Vous me donnez vraiment des sentiments d'inquiétude et d'isolement, Grands-Pas! dit-il.

– Que nous conseillez-vous? demanda Frodon.

– Je crois, répondit Grands-Pas, lentement comme s'il n'en était pas tout à fait sûr, je crois que le mieux est d'aller aussi droit que nous le pourrons vers l'est, pour atteindre la chaîne de collines et le Mont Venteux. Là, nous trouverons un sentier que je connais et qui court à leur pied; il nous emmènera au Mont Venteux par le nord et moins ouvertement. On verra alors ce qu'on verra.

Toute cette journée, ils cheminèrent, jusqu'à la tombée d'un soir froid et prématuré. La terre se fit plus sèche et plus aride; mais les brumes et les vapeurs traînaient derrière eux sur les marais. Quelques tristes oiseaux sifflaient ou vagissaient, jusqu'au moment où le soleil rouge et rond sombra lentement dans les ombres de l'ouest; alors tomba un silence totalement vide. Les Hobbits pensèrent à la douce lumière du soleil couchant pénétrant par les riantes fenêtres de Cul-de-Sac, si loin de là.

A la fin du jour, ils arrivèrent à un ruisseau qui descendait en serpentant des collines pour se perdre dans le marécage stagnant, et ils en suivirent les bords tant que la lumière dura. Il faisait déjà nuit quand ils finirent par s'arrêter et établir leur campement sous quelques aulnes rabougris près des rives du ruisseau. Devant eux, apparaissaient indistinctement sur le ciel obscur les revers déserts et nus des collines. Cette nuit-là, ils fixèrent un tour de garde, et Grands-Pas, à ce qu'il sembla, ne dormit pas du tout. La lune était dans son croissant, et dans les premières heures de la nuit, une lumière froide et grise s'étendit sur la contrée.

Le lendemain matin, ils repartirent peu après le lever du soleil. Il y avait de la gelée dans l'air, et le ciel était d'un bleu clair et pur. Les Hobbits se sentaient reposés, comme par une nuit de sommeil ininterrompu. Ils commençaient déjà à s'habituer à marcher beaucoup sur une maigre chère – plus maigre en tout cas que ce que, dans la Comté, ils auraient jugé à peine suffisant pour les tenir sur leurs jambes. Pippin déclarait que Frodon paraissait deux fois plus gros que le Hobbit qu'il avait été.

– Très curieux, dit Frodon, serrant sa ceinture, vu qu'il y a passablement moins de ma personne. J'espère que le processus d'amincissement ne va pas se poursuivre indéfiniment, ou je vais devenir un double spectral.

– Ne parlez pas de pareilles choses! dit Grands-Pas avec une vivacité et un sérieux surprenants.

Les collines approchaient. Elles formaient une chaîne onduleuse, s'élevant souvent à près de trois cents mètres pour redescendre par endroits en des fissures ou cols peu élevés qui ouvraient au-delà sur les terres de l'Est. Le long de la crête de la chaîne, les Hobbits pouvaient voir ce qui paraissait être les restes de murs et de chaussées surélevées couverts d'herbe, et dans les fissures se dressaient encore les ruines d'anciens ouvrages de pierre. A la nuit, ils avaient atteint le pied des pentes ouest, et là ils campèrent. C'était le soir du 5 octobre, et ils étaient à six jours de Bree.

Le matin, ils trouvèrent, pour la première fois depuis qu'ils avaient quitté le Bois de Chet, un sentier nettement marqué. Tournant à droite, ils le suivirent en direction du sud. Le sentier était habilement tracé : son parcours semblait avoir été choisi pour rester autant que possible hors de la vue tant des sommets qui le dominaient que du pays plat vers l'ouest. Il plongeait dans des vallons et longeait des talus escarpés; et là où il passait en terrain plus plat et plus découvert, il y avait de part et d'autre des rangées de gros galets et de pierres équarries, qui dissimulaient les voyageurs presque à la manière d'une haie.

— Je me demande qui a fait ce sentier, et à quelle fin, dit Merry, comme ils marchaient dans une de ces avenues, où les pierres étaient inhabituellement grandes et serrées. Je ne suis pas sûr que cela me plaise : il évoque un peu trop les Etres des Galgals. Y a-t-il des Galgals sur le Mont Venteux?

— Non. Il n'y en a pas davantage sur le Mont Venteux que sur aucune de ces collines, répondit Grands-Pas. Les Hommes de l'Ouest n'ont pas vécu ici; bien que dans leurs derniers temps ils aient défendu un moment ces collines contre le mal qui venait d'Angmar. Ce sentier desservait les forts le long des murs. Mais longtemps auparavant, dans les premiers temps du Royaume du Nord, ils avaient édifié une grosse tour de guet sur le Mont Venteux, qu'ils avaient appelée Amon Sûl. Elle fut brûlée et démolie, et il n'en reste plus qu'un cercle de pierres tombées, ressemblant à une grossière couronne sur la tête de la vieille colline. Mais il fut un temps où elle se dressait, haute et belle. On raconte qu'Elendal s'y tint pour observer la venue de Gil-galad de l'Ouest, aux jours de la Dernière Alliance.

Les Hobbits observèrent Grands-Pas. Il paraissait très versé dans la tradition ancienne aussi bien que dans les façons des terres sauvages.

— Qui était Gil-galad? demanda Merry.

Mais Grands-Pas ne répondit point, et il sembla perdu dans ses pensées. Soudain, une voix basse murmura :

Gil-galad était un roi des Elfes;
De lui, les ménestrels chantent tristement :
Le dernier dont le royaume fut beau et libre
Des montagnes à la mer.

Son épée était longue et sa lance aiguë;
Son heaume brillant se voyait de loin;
Les étoiles innombrables des champs du ciel
Se reflétaient dans son écu d'argent.

Mais il y a bien longtemps, il s'en fut à cheval.
Et où il demeure, nul ne le sait;
Car dans les ténèbres tomba son étoile,
En Mordor, où s'étendent les ombres.

Les autres se retournèrent, stupéfaits, car la voix était celle de Sam.

— Ne t'arrête pas! dit Merry.

— C'est tout ce que je sais, balbutia Sam, rougissant. Je l'ai appris de M. Bilbon quand j'étais gosse. Il me racontait des histoires de ce genre, sachant combien j'étais toujours prêt à écouter parler des Elfes. C'est M. Bilbon qui m'a appris mes lettres. Il était très savant, ce cher vieux M. Bilbon. Et il écrivait de la *poésie*. C'est lui qui a écrit ce que je viens de dire.

— Il ne l'a pas composé, dit Grands-Pas. C'est un passage du lai intitulé *La chute de Gil-galad*, qui est en une langue ancienne. Bilbon a dû le traduire. Je n'en savais rien.

— Il y en avait beaucoup plus long, dit Sam. Tout sur le Mordor. Je n'ai pas appris cette partie-là; ça me faisait froid dans le dos. Je n'aurais jamais cru que j'irais moi-même par là!

— Aller à Mordor! s'écria Pippin. J'espère qu'on n'en arrivera pas à cela!

— Ne prononcez pas ce nom si haut! dit Grands-Pas.

Il était déjà midi lorsqu'ils approchèrent de l'extrémité sud du sentier et virent devant eux, dans la pâle et claire lumière du soleil d'octobre, un talus gris-vert qui menait comme un pont sur la pente nord de la colline. Ils décidèrent de grimper tout de suite au sommet, pendant qu'il faisait encore grand jour. La dissimulation n'était plus possible, et ils pouvaient seulement espérer qu'aucun ennemi ou espion ne les observait. On ne voyait rien bouger sur la colline. Si Gandalf était quelque part par là, il n'y en avait aucun signe.

Sur le flanc ouest du Mont Venteux, ils trouvèrent un creux abrité, au fond duquel il y avait une combe cratériforme aux parois tapissées d'herbe. Ils laissèrent là Sam et Pippin avec le poney, leurs paquets et leurs bagages. Les trois autres poursuivirent leur chemin. Après une demi-heure de pénible grimpée, Grands-Pas atteignit le sommet; Frodon et Merry suivaient, las et hors d'haleine. La dernière pente avait été escarpée et rocailleuse.

En haut, ils trouvèrent, comme l'avait annoncé Grands-Pas, le large cercle d'un ouvrage de pierres, à présent écroulées et couvertes d'une herbe séculaire. Mais au centre, un cairn de pierres brisées avait été entassé. Elles étaient noircies comme par le feu. Alentour, le gazon était brûlé jusqu'à la racine, et dans tout l'intérieur du cercle l'herbe était roussie et desséchée, comme si des flammes avaient balayé le sommet de la colline; mais il n'y avait pas signe de créature vivante.

Debout au bord du rond de ruines, ils voyaient tout autour une vaste perspective faite pour la plupart de terres vides et sans marque distinctive, hormis quelques taches de forêts vers le sud, au-delà desquelles ils apercevaient par-ci par-là le reflet d'une eau lointaine. En dessous d'eux, sur ce côté sud, courait, tel un ruban, la Vieille Route, venant de l'ouest et serpentant dans ses montées et ses descentes jusqu'au point où elle disparaissait derrière une croupe sombre à l'est. Rien ne s'y mouvait. La suivant des yeux, ils virent les Montagnes : les contreforts les plus proches étaient bruns et sombres; derrière s'élevaient des formes grises plus hautes, et plus loin encore se dressaient des cimes blanches, miroitantes parmi les nuages.

– Eh bien, nous y voilà! dit Merry. Et ça a un aspect rien moins que réjouissant et accueillant! Il n'y a ni eau ni abri. Et aucun signe de Gandalf. Mais je ne le blâme certes pas de ne nous avoir pas attendus – si jamais il est venu ici.

– Je me le demande, dit Grands-Pas, regardant pensivement alentour. Même s'il avait un jour ou deux de retard sur nous à Bree, il aurait pu arriver ici le premier. Il peut chevaucher très vite, quand la nécessité le presse.

Il se pencha soudain pour examiner la pierre supérieure du cairn; elle était plus plate que les autres, et plus blanche, comme si elle eût échappé au feu. Il la ramassa et l'examina, la retournant entre ses doigts :

– Cette pierre a été maniée récemment, dit-il. Que pensez-vous de ces marques?

Sur le dessus plat, Frodon vit des égratignures : ᛁ᛫ᛁᛁᛁ᛫

– Il semble y avoir un trait, un point et trois autres traits, dit-il.

– Le trait de gauche pourrait être un « G » en rune, avec des branches minces, dit Grands-Pas. Ce pourrait être un signe laissé par Gandalf, encore que sans aucune certitude. Les égratignures sont fines, et elles paraissent assurément fraîches. Mais ces marques pourraient avoir un sens tout différent et n'avoir aucun rapport avec nous. Les Rôdeurs se servent de runes, et ils viennent parfois ici.

– Que pourraient-elles signifier, même si c'est Gandalf qui les a tracées? demanda Merry.

– A mon avis, répondit Grands-Pas, elles représentent G 3 et sont un signe que Gandalf est venu ici le 3 octobre, c'est-à-dire il y a trois jours maintenant. Cela montrerait aussi qu'il était pressé et menacé par un danger, de sorte qu'il n'avait pas le temps ou qu'il n'osait pas en écrire davantage plus clairement. Si tel est le cas, nous devons être sur nos gardes.

– Je voudrais bien pouvoir être sûr que c'est lui qui a tracé ces marques, quel qu'en soit le sens, dit Frodon. Ce serait un grand réconfort de savoir qu'il est sur la route, devant ou derrière nous.

– Peut-être, dit Grands-Pas. Pour moi, je pense qu'il est venu ici et qu'il était en danger. Il y a eu des flammes qui ont grillé l'herbe ici, et maintenant me revient en mémoire la lumière que nous avons vue il y a trois nuits dans le ciel de l'Est. Je suppose qu'il a dû être attaqué sur ce sommet, mais quel a été le résultat, je ne saurais le dire. Il n'est plus ici, et nous devons à présent nous occuper de nous-mêmes et nous diriger vers Fondcombe du mieux que nous pourrons.

– A quelle distance est-ce? demanda Merry, jetant autour de lui un regard las.

Le monde paraissait vaste et sauvage, vu du haut du Mont Venteux.

– Je ne sais pas si la route a jamais été mesurée en milles au-delà de *l'Auberge abandonnée*, à une journée de voyage, à l'est de Bree, répondit Grands-Pas. Certains disent que c'est à telle distance, et d'autres à telle autre.

254

C'est une route étrange, et les gens sont heureux d'arriver au terme de leur voyage, que le temps soit long ou court. Mais je sais combien cela me prendrait sur mes propres jambes, par beau temps et sans encombre : douze jours d'ici au Gué de Bruinen, où la route traverse la Sonoronne qui sort de Fondcombe. Nous avons devant nous un voyage de deux semaines au moins, car je ne pense pas que nous pourrons emprunter la Route.

— Deux semaines! s'écria Frodon. Il peut se passer bien des choses durant ce temps-là.

— Il se peut, dit Grands-Pas.

Ils restèrent un moment silencieux sur le sommet, près du bord sud. En cet endroit solitaire, Frodon prit pour la première fois conscience entière de l'absence d'abri et du danger où il était. Il souhaita amèrement que sa fortune l'eût laissé dans sa Comté si tranquille et bien-aimée. Il contempla d'en haut l'odieuse Route, qui ramenait vers l'ouest — vers son foyer. Il se rendit soudain compte que deux points noirs s'y mouvaient lentement, se dirigeant vers l'ouest; il regarda à nouveau et vit que trois autres rampaient dans l'autre sens à leur rencontre. Il poussa un cri et saisit le bras de Grands-Pas.

— Regardez! dit-il, désignant la Route du doigt.

Grands-Pas se jeta aussitôt à terre derrière le cercle de ruines, entraînant Frodon. Merry se laissa tomber à côté.

— Qu'est-ce donc? demanda-t-il à voix basse.

— Je ne sais pas, mais je crains le pis, répondit Grands-Pas.

Ils rampèrent vers le nord du cercle et regardèrent par un interstice entre deux pierres écornées. La lumière n'était plus brillante, car le clair matin s'était évanoui et des nuages venus de l'est avaient rattrapé le soleil qui commençait à décliner. Tous voyaient les points noirs, mais ni Frodon ni Merry ne pouvaient en distinguer la forme en toute certitude; quelque chose leur disait toutefois que là, loin en dessous d'eux, des Cavaliers Noirs s'assemblaient sur la Route par-delà le pied de la colline.

— Oui, dit Grands-Pas, à qui sa vue plus perçante ne laissait aucun doute. L'Ennemi est ici!

Ils s'éloignèrent vivement, toujours en rampant, et se glissèrent le long du flanc nord de la colline pour trouver leurs compagnons.

Sam et Peregrin n'avaient pas perdu leur temps. Ils avaient exploré le petit vallon et les pentes voisines. Non loin, ils trouvèrent une source d'eau claire au flanc de la colline et à côté des traces de pas qui ne remontaient pas à plus d'un jour ou deux. Dans le vallon même, ils virent les traces récentes d'un feu et d'autres signes d'un campement hâtif. Il y avait des rochers éboulés au bord du vallon, du côté de la colline. Derrière, Sam tomba sur une petite réserve de bois pour le feu, en pile ordonnée.

– Je me demande si le vieux Gandalf est venu ici, dit-il à Pippin. La personne, quelle qu'elle soit, qui a mis là ce bois avait l'intention de revenir, à ce qu'il semble.

Ces découvertes intéressèrent fort Grands-Pas :

– J'aurais bien voulu avoir attendu et exploré le terrain ici moi-même, dit-il, se hâtant d'aller à la source pour examiner les empreintes de pas.

– C'est bien ce que je craignais, dit-il à son retour. Sam et Pippin ont piétiné le sol mou, et les traces sont endommagées où brouillées. Des Rôdeurs sont venus ici dernièrement. Ce sont eux qui ont laissé le bois pour le feu. Mais il y a aussi plusieurs nouvelles traces, qui n'ont pas été laissées par les Rôdeurs. Une série au moins a été empreinte il y a un jour ou deux par de lourdes bottes. Une au moins. Je ne puis avoir maintenant de certitude, mais je crois qu'il devait y avoir de nombreux pieds bottés.

Il se tut et resta plongé dans une réflexion inquiète.

Chacun des Hobbits eut en tête la vision des Cavaliers en manteaux et bottés. S'ils avaient déjà découvert le vallon, le plus tôt Grands-Pas les mènerait ailleurs, mieux cela vaudrait. Sam regardait le creux avec grande aversion maintenant qu'il savait que leurs ennemis étaient sur la route, à quelques milles seulement de là.

– Ne ferions-nous pas bien de déguerpir au plus vite, monsieur Grands-Pas ? demanda-t-il avec impatience. Il se fait tard, et je n'aime pas ce trou : il me serre le cœur en quelque façon.

– Oui, il faut certainement que nous décidions tout de suite de ce que nous voulons faire, répondit Grands-Pas, levant les yeux pour observer l'heure et le temps. Eh bien, Sam, finit-il par dire, je n'aime pas cet endroit, moi non plus; mais je n'en vois pas d'autre que nous puissions atteindre avant la tombée de la nuit. Au moins sommes-nous hors de vue pour le moment, et, si nous bougeons, nous risquons bien plus d'être repérés par des espions. La seule chose que nous pourrions faire serait de sortir complètement de notre chemin en retournant vers le nord de ce côté de la chaîne de collines, où le pays est assez semblable à ce qu'il est ici. La Route est surveillée, mais il nous faudrait la traverser pour tenter de nous mettre à couvert dans les halliers vers le sud. Du côté nord de la Route, au-delà des collines, le pays est plat et nu sur de nombreux milles.

– Les Cavaliers *voient-ils*? demanda Merry. Je veux dire, il semble qu'ils se soient généralement servi davantage de leur nez que de leurs yeux, nous sentant, si sentir est le mot juste, au moins de jour. Mais vous nous avez fait mettre à plat ventre en les voyant en bas; et maintenant, vous parlez d'être vus si nous bougeons.

– Je n'ai pas pris assez de précautions sur le sommet, répondit Grands-Pas. J'étais très anxieux de trouver quelque signe de Gandalf; mais ce fut une erreur d'aller à trois là-haut et de nous y tenir debout si longtemps. Car les chevaux noirs voient, et les Cavaliers peuvent employer des hommes et d'autres êtres comme espions, ainsi que nous l'avons constaté à Bree. Eux-mêmes ne voient pas comme nous le monde de la lumière, mais nos formes jettent dans leur esprit des ombres que seul détruit le soleil de midi; et dans l'obscurité ils perçoivent maints signes et formes qui nous échappent : c'est alors qu'ils sont le plus à craindre. Et, en tout temps, ils sentent le sang des êtres vivants, le désirant et le haïssant. Les sens aussi, il en est d'autres que la vue ou l'odorat. Nous pouvons sentir leur présence – elle a troublé nos cœurs dès notre arrivée ici, avant même que nous ne les eussions vus; ils sentent la nôtre encore plus vivement. Et puis, ajouta-t-il, et sa voix se réduisit à un murmure, l'Anneau les attire.

– Il n'y a donc pas moyen de leur échapper? dit Frodon, jetant autour de lui un regard éperdu. Si je bouge, je serai vu et pourchassé! Si je reste, je vais les attirer à moi!

Grands-Pas lui posa la main sur l'épaule :

– Il y a encore de l'espoir, dit-il. Vous n'êtes pas seul. Prenons ce bois, préparé pour un feu de signal. Il n'y a guère d'abri ou de défense ici, mais le feu servira pour les deux. Sauron peut user du feu pour ses mauvais desseins, comme il peut toutes choses, mais ces Cavaliers ne l'aiment point, et ils craignent qui le manie. En pays sauvage, le feu est notre ami.

– Peut-être, marmonna Sam. C'est aussi la meilleure façon de dire « nous voici », à part les appels.

Au plus profond de la combe et dans le coin le plus abrité, ils allumèrent un feu et préparèrent un repas. Les ombres du soir commençaient à tomber et le froid s'éleva. Ils prirent soudain conscience d'une grande faim, car ils n'avaient rien mangé depuis le petit déjeuner; mais ils n'osèrent faire plus qu'un souper frugal. La région qui s'étendait devant eux n'offrait rien d'autre que des oiseaux et des bêtes sauvages; c'étaient des lieux hostiles désertés par toutes les races du monde. Des Rôdeurs allaient parfois au-delà des collines, mais ils étaient peu nombreux, et ils n'y restaient pas. Les autres vagabonds étaient rares et d'espèce malfaisante : des trolls étaient susceptibles de descendre parfois, vaguant, des vallées septentrionales des Monts Brumeux. Ce n'était que sur la Route que se rencontraient parfois des voyageurs, la plupart du temps des Nains, qui se hâtaient pour des affaires personnelles et n'avaient aucune aide et peu de mots à dispenser à des étrangers.

— Je ne vois pas comment on pourra faire durer la nourriture, dit Frodon. Nous avons été assez économes ces derniers jours, et ce souper n'a rien d'un festin; mais nous avons consommé plus que nous ne le devrions, si nous avons encore devant nous deux semaines et peut-être davantage.

— Il y a de quoi manger dans les Terres Sauvages, dit Grands-Pas : des baies, des racines et des herbes; et au besoin je suis assez habile à la chasse. Vous n'avez pas à craindre l'inanition avant la venue de l'hiver. Mais la récolte ou la capture de choses à manger est une tâche longue et fatigante, et il faut nous presser. Serrez donc vos ceintures, et pensez avec espoir aux tables de la maison d'Elrond!

Le froid s'accrut avec la venue de l'obscurité. Regardant du bord de la combe, ils ne pouvaient voir qu'une terre grise qui s'estompait rapidement dans l'ombre. Le ciel au-dessus d'eux s'était de nouveau nettoyé, et il s'emplissait lentement d'étoiles scintillantes. Frodon et ses compagnons se serrèrent autour du feu, enveloppés de tous les vêtements et couvertures qu'ils possédaient; mais Grands-Pas se contenta d'un simple manteau et resta assis un peu à l'écart, tirant pensivement sur sa pipe.

Comme la nuit tombait et que le feu commençait à répandre de brillantes lueurs, il se mit à leur conter des histoires pour préserver leur esprit de la peur. Il connaissait un grand nombre de récits et de légendes d'autrefois, sur les Elfes et les Hommes, et les exploits bons et mauvais des Temps Anciens. Ils se demandèrent quel âge il pouvait avoir et où il avait acquis tout ce savoir.

— Parlez-nous de Gil-galad, dit soudain Merry, quand Grands-Pas s'arrêta à la fin d'une histoire des royaumes elfiques. En savez-vous davantage sur cet ancien lai dont vous nous avez parlé?

— Certes, répondit Grands-Pas. Et Frodon aussi, car il nous intéresse de près.

Merry et Pippin regardèrent Frodon, qui avait les yeux fixés sur le feu.

— Je ne sais que le peu que m'en a dit Gandalf, dit lentement Frodon. Gil-galad fut le dernier des grands Rois-Elfes de la Terre du Milieu. Gil-galad signifie *Lumière des Etoiles* dans leur langue. Avec Elendil, Ami des Elfes, il alla au pays de...

— Non! dit Grands-Pas, l'interrompant, je ne crois pas qu'il convienne de raconter cette histoire à présent, à portée des serviteurs de l'Ennemi. Si nous parvenons à la maison d'Elrond, vous pourrez l'entendre là, de bout en bout.

— Alors, racontez-nous quelque autre histoire des anciens temps, supplia Sam; une histoire sur les Elfes avant l'époque de l'effacement. J'aimerais vivement en entendre davantage sur les Elfes; les ténèbres semblent tant nous presser de toutes parts.

— Je vais vous raconter l'histoire de Tinuviel, dit Grands-Pas, en résumé, car c'est une longue histoire, dont on ne connaît pas la fin; et il n'existe plus personne, à part Elrond, qui s'en souvienne correctement, telle qu'on la rapportait autrefois. C'est une belle histoire, bien que triste, comme le sont toutes celles de la Terre du Milieu; mais elle pourra cependant vous redonner courage.

Il resta un moment silencieux; puis il se mit, non à raconter, mais à psalmodier doucement :

Les feuilles étaient longues, l'herbe était verte,
Les ombelles de ciguë hautes et belles.
Et dans la clairière se voyait une lumière
D'étoiles dans l'ombre scintillant.
Là, dansait Tinuviel
Sur la musique d'un pipeau invisible,
Et la lumière des étoiles était dans ses cheveux,
Et dans ses vêtements miroitants.

Là, vint Beren des montagnes froides
Et, perdu, il erra sous les feuilles,
Et où roulait la Rivière des Elfes
Il marchait seul et affligé.
Il regarda au travers des feuilles de ciguë
Et vit, étonné, des fleurs d'or
Sur la mante et les manches de la vierge,
Et ses cheveux comme une ombre suivant.

L'enchantement ranima ses pieds las,
Sur les collines condamnés à errer;
Il poussa en avant, fort et leste,
Voulant atteindre les rayons de lune étincelants.
Par le lacis des bois du Pays des Elfes
Elle s'enfuit, légère, sur ses pieds dansants
Et le laissa, solitaire, errer encore,
Dans la forêt silencieuse écoutant.

Il entendit là souvent le son flottant
De pieds aussi légers que la feuille de tilleul,
Ou la musique sourdre sous terre,
Dans les creux cachés trillant.
A présent flétries gisaient les feuilles de ciguë,
Et une à une avec un soupir
Tombaient, susurrantes, les feuilles de hêtre
Dans le bois hivernal agitées.

Il la cherchait toujours, errant au loin
Où les feuilles des années formaient un tapis épais,
A la lumière de la lune et au rayonnement des étoiles
Dans les cieux glacés frissonnant.
La mante de la vierge miroitait sous la lune
Comme sur un sommet élevé et lointain
Elle dansait, et à ses pieds était étendue
Une brume d'argent frémissant.

Quand l'hiver fut passé, elle revint,
Et son chant libéra le soudain printemps,
Comme l'alouette qui s'élève et la pluie qui tombe
Et l'eau fondante qui murmure.
Il vit les fleurs elfiques jaillir
A ses pieds, et de nouveau réconforté
Il brûla de danser et de chanter auprès d'elle
Sur l'herbe paisible.

De nouveau, elle s'enfuit, mais vivement il vint.
Tinuviel! Tinuviel!
Il l'appela par son nom elfique,
Et alors elle s'arrêta, écoutant.
Un moment elle se tint là,
Et sa voix exerça un charme sur elle :
Beren vint, et le destin tomba sur Tinuviel
Qui dans ses bras s'abandonna, scintillante.

Comme Beren regardait dans les yeux de la vierge
Parmi les ombres de ses cheveux,
Il vit là scintiller comme en un miroir
La lumière tremblante des étoiles aux cieux.
La belle Tinuviel,
L'immortelle vierge à la sagesse elfique,
Sur lui répandit ses cheveux ombreux
Et l'enserra de ses bras semblables à l'argent miroitant.

Longue fut la route que le destin leur traça,
Par-dessus les montagnes rocheuses, froides et grises,
Par des salles de fer et des portes obscures,
Et des forêts de nuit sans lendemain.
Les mers séparatrices entre eux s'étendirent,
Et pourtant enfin ils se retrouvèrent une fois de plus
Et, il y a longtemps, ils disparurent
Dans la forêt, chantant sans tristesse.

Grands-Pas soupira et observa un temps d'arrêt avant de reprendre :

– C'est là une chanson dans le style que les Elfes appellent *ann-thennath*, mais elle est difficile à rendre dans notre langage ordinaire, et ceci n'en est qu'un grossier écho. La chanson parle de la rencontre de Beren, fils de Barahir, et de Luthien Tinuviel. Beren était un homme mortel, mais Luthien était la fille de Thingol, un Roi des Elfes sur la Terre du Milieu, à l'époque où le monde était jeune; et elle était la vierge la plus belle qui ait jamais existé parmi tous les enfants de ce monde. Sa beauté était semblable aux étoiles qui dominent les brumes des terres septentrionales, et son visage rayonnait de lumière. En ce temps-là, le Grand Ennemi, dont Sauron de Mordor n'était que le serviteur, résidait en Angband dans le Nord, et les Elfes de l'Ouest revenant en

Terre du Milieu lui firent la guerre pour recouvrer les Silmarils qu'il avait volés; et les pères des Hommes aidèrent les Elfes. Mais l'Ennemi fut victorieux et Barahir fut tué, et Beren, s'échappant au milieu de grands périls, franchit les Montagnes de la Terreur pour passer dans le royaume caché de Thingol dans la forêt de Neldoreth. Là, il aperçut Luthien qui chantait et dansait dans une clairière près de la rivière enchantée Esgalduin; et il la nomma Tinuviel, c'est-à-dire le Rossignol en langage ancien. Maints chagrins s'abattirent sur eux par la suite, et ils furent longtemps séparés. Tinuviel délivra Beren des cachots de Sauron et, ensemble, ils affrontèrent de grands dangers; ils jetèrent même le Grand Ennemi à bas de son trône et prirent sur sa couronne l'un des trois Silmarils, le plus brillant de tous les joyaux, en guise de présent de mariage de Luthien à son père Thingol. Or finalement Beren fut tué par le Loup qui vint des portes d'Angband, et il mourut dans les bras de Tinuviel. Mais elle choisit l'état de mortelle, voulant quitter le monde pour le suivre; et l'on chante qu'ils se retrouvèrent au-delà des Mers Séparatrices et qu'après avoir marché un bref temps, de nouveau vivants dans les bois verts, ils passèrent tous deux, il y a bien longtemps, hors des confins de ce monde. Et c'est ainsi que, seule de la race elfique, Luthien Tinuviel est vraiment morte et a quitté le monde, et qu'ils ont perdu celle qu'ils aimaient entre tous. Mais par elle la lignée des Seigneurs-Elfes de jadis descendit parmi les Hommes. Ils vivent aujourd'hui, ceux dont Luthien fut l'aïeule, et l'on dit que leur race ne s'éteindra jamais. Elrond de Fondcombe est de cette souche. Car de Beren et Luthien naquit l'héritier de Dior Thingol; et de lui, Elwing le Blanc qu'épousa Eärendil, celui qui conduisit son navire hors des brumes du monde dans les mers célestes avec le Silmaril au front. Et d'Eärendil descendirent les Rois de Númenor, c'est-à-dire de l'Ouistrenesse.

Tandis que Grands-Pas parlait, ils observaient son visage étrange et ardent, faiblement éclairé par la lueur rouge du feu de bois. Ses yeux brillaient, et sa voix était chaude et profonde. Au-dessus de lui s'étendait un ciel noir et étoilé. Soudain apparut derrière lui une pâle lumière au-dessus du sommet du Mont Venteux. Le croissant de la lune montait lentement au-dessus de la colline à l'ombre de laquelle ils se trouvaient, et les étoiles dominant la crête s'évanouirent.

Le récit était terminé. Les Hobbits remuèrent et s'étirèrent.

— Regardez, dit Merry. La lune monte : il doit se faire tard.

Les autres levèrent les yeux. A ce moment même, ils virent au sommet de la colline quelque chose de petit et de sombre qui se détachait sur la première lueur de la lune. Ce pouvait n'être qu'une grande pierre ou saillie du rocher révélée par la pâle lumière.

Sam et Merry se levèrent et s'éloignèrent du feu. Frodon et Pippin restèrent assis en silence. Grands-Pas observait avec beaucoup d'attention la lumière de la lune sur la colline. Tout paraissait calme et silencieux, mais Frodon sentit une peur froide lui envahir le cœur, maintenant que Grands-Pas s'était tu. Il se pelotonna tout près du feu. A ce moment, Sam revint en courant du bord de la combe.

— Je ne sais pas ce que c'est, dit-il, mais j'ai été tout d'un coup pris de peur. Je n'oserais pas sortir de cette combe pour tout l'or du monde; j'ai senti que quelque chose rampait sur la pente.

— As-tu *vu* quelque chose? demanda Frodon, bondissant sur ses pieds.

— Non, monsieur. Je n'ai rien vu, mais je ne suis pas resté pour regarder.

— Je n'ai rien vu, dit Merry; ou il m'a semblé voir quelque chose, vers l'ouest, à l'endroit où le clair de lune tombait sur les bas-fonds au-delà de l'ombre portée par les sommets; j'ai *cru* qu'il y avait deux ou trois formes noires. Elles semblaient avancer de ce côté-ci.

— Tenez-vous tout près du feu, la tête tournée vers l'extérieur! cria Grands-Pas. Prenez les plus longs bâtons à la main!

Durant un temps d'attente fiévreuse, ils restèrent là, silencieux et vigilants, le dos tourné au feu, chacun guettant les ombres environnantes. Rien ne se produisit. Aucun son, aucun mouvement dans la nuit. Frodon remua, éprouvant le besoin de rompre le silence : il brûlait de crier avec force.

— Chut! murmura Grands-Pas.

— Qu'est-ce que c'est? dit au même moment Pippin d'une voix rauque.

Par-dessus le bord de la petite combe, du côté opposé à la route, ils sentirent plus qu'ils ne virent se lever une ombre, une ombre ou davantage. Ils écarquillèrent les yeux, et les ombres parurent grandir. Bientôt il n'y eut plus aucun doute : trois ou quatre hautes silhouettes noires se tenaient là sur la pente, les regardant d'en dessus. Elles étaient si noires qu'elles semblaient être des trous noirs dans l'ombre profonde derrière eux. Frodon crut entendre un léger sifflement comme d'un souffle venimeux, et il ressentit un petit froid pénétrant. Puis les formes avancèrent lentement.

La terreur eut raison de Pippin et de Merry, et ils se jetèrent à plat sur le sol. Sam se serra au côté de Frodon. Celui-ci était à peine moins terrifié que ses compagnons; il tremblait comme sous l'effet d'un froid glacial, mais sa terreur se trouva submergée par la soudaine tentation de mettre l'Anneau. Ce désir s'empara de lui, et il ne put plus penser à rien d'autre. Il n'oubliait pas le Galgal, ni le message de Gandalf; mais quelque chose semblait le contraindre à passer outre à tous les avertissements, et il brûlait d'y céder. Non pas dans l'espoir de s'échapper ou de faire quelque chose, de bon ou de mauvais : il sentait simplement qu'il devait prendre l'Anneau et le passer à son doigt. Il était incapable de parler. Il percevait que Sam le regardait, comme conscient d'un grand trouble chez son maître, mais il ne pouvait se tourner vers lui. Il ferma les yeux et lutta un moment; mais la résistance devint insupportable, et il finit par sortir lentement la chaîne et glisser l'Anneau à l'index de sa main gauche.

Aussitôt, bien que tout le reste demeurât comme avant, indistinct et sombre, les formes devinrent terriblement nettes. Il pouvait voir sous les enveloppements noirs. Il y avait cinq formes de haute stature : deux se tenaient au bord de la combe, les trois autres avançaient. Dans leur figures blanches luisaient des yeux perçants et impitoyables; sous leurs capes étaient de longues robes grises; dans leurs mains décharnées, des épées d'acier. Leurs yeux tombèrent sur lui et le percèrent, tandis qu'ils se ruaient sur lui. Aux abois, il tira sa propre épée, et elle lui parut émettre une lueur rouge et vacillante, comme un brandon. Deux des formes s'arrêtèrent. La troisième était plus grande que les autres : ses cheveux étaient longs et luisants, et son heaume était surmonté d'une couronne. D'une main, elle tenait une longue épée et de l'autre un poignard; le poignard et la main qui le tenait rayonnaient tous deux d'une pâle lumière. La forme s'élança en avant, fonçant sur Frodon.

A ce moment, Frodon se jeta en avant sur le sol, et il

s'entendit crier d'une voix forte : « *O Elbereth! Giltho-niel!* » En même temps, il porta un coup aux pieds de son ennemi. Un cri aigu s'éleva dans la nuit, et il ressentit une douleur comme d'une flèche de glace empoisonnée qui lui perçait l'épaule gauche. Au moment même de perdre connaissance, il aperçut, comme dans un brouillard tour-billonnant, Grands-Pas qui bondissait hors de l'obscurité, un brandon de bois enflammé dans chaque main. Dans un ultime effort, Frodon, laissant tomber son épée, retira l'Anneau de son doigt et le tint dans sa main crispée.

CHAPITRE XII

FUITE VERS LE GUÉ

Quand Frodon revint à lui, il étreignait toujours désespérément l'Anneau. Il était étendu près du feu, qui, à présent largement rechargé, brûlait avec éclat. Ses trois compagnons étaient penchés sur lui.

– Que s'est-il passé? Où est le roi pâle? demanda-t-il, éperdu.

Ils étaient trop transportés de joie de l'entendre parler pour répondre durant un moment; et ils ne comprenaient pas non plus sa question. Enfin, il apprit de Sam qu'ils n'avaient rien vu d'autre que les vagues et sombres formes qui s'avançaient vers eux. Soudain, à sa grande horreur, Sam s'était aperçu que son maître avait disparu; et à ce moment une ombre noire était passée précipitamment à son côté, et il était tombé. Il entendait la voix de Frodon, mais elle semblait venir de très loin ou de sous la terre, criant des mots étranges. Ils n'avaient rien vu d'autre jusqu'au moment où ils avaient trébuché sur le corps de Frodon, gisant comme un mort, le visage contre l'herbe, son épée sous lui. Grands-Pas leur avait ordonné de le soulever et de l'étendre près du feu; après quoi, il avait disparu. Cela s'était passé un bon moment auparavant.

Sam commençait à éprouver nettement de nouveaux doutes au sujet de Grands-Pas; mais, pendant qu'ils parlaient, il revint, sortant soudain des ombres. Ils sursautèrent, et Sam tira son épée pour couvrir Frodon; mais Grands-Pas s'agenouilla vivement à son côté.

– Je ne suis pas un Cavalier Noir, Sam, dit-il doucement, et je ne suis pas davantage ligué avec eux. J'ai essayé de découvrir quelque chose sur leurs mouvements; mais je n'ai rien trouvé. Je ne comprends pas pourquoi ils sont partis et ne reviennent pas à l'attaque. Mais il n'y a aucun sentiment de leur présence dans les environs immédiats.

Quand il entendit ce que Frodon avait à lui dire, il fut rempli de souci, et il hocha la tête en soupirant. Puis il ordonna à Pippin et à Merry de faire chauffer autant d'eau qu'ils le pourraient dans leurs petites bouilloires et d'en baigner la blessure : « Maintenez le feu vivace, et veillez à ce que Frodon soit au chaud! » dit-il. Puis il se leva et s'éloigna, appelant Sam auprès de lui :

— Je crois mieux comprendre les choses à présent, dit-il à voix basse. Il semble qu'il n'y ait eu que cinq des ennemis. Je ne sais pas pourquoi ils n'étaient pas tous présents; mais je pense qu'ils ne s'attendaient pas à rencontrer de la résistance. Ils se sont retirés pour le moment. Mais pas loin, je crains. Ils reviendront une autre nuit, si nous ne pouvons nous échapper. Ils se contentent d'attendre, parce qu'ils croient que leur dessein est presque accompli et que l'Anneau ne peut fuir beaucoup plus loin. Je crains, Sam, qu'ils n'imaginent que votre maître a reçu une blessure mortelle qui le soumettra à leur volonté. On verra!

Sam suffoqua de larmes.

— Ne désespérez pas! dit Grands-Pas. Il faut me faire confiance, maintenant. Votre Frodon est fait d'une pâte plus ferme que je ne l'avais cru, bien que Gandalf l'eût laissé entendre. Il n'est pas mort, et je crois qu'il résistera au pouvoir maléfique de la blessure plus longtemps que ses ennemis ne s'y attendent. Je ferai tout ce que je pourrai pour l'aider et le guérir. Veillez bien sur lui pendant que je ne serai pas là!

Il partit en hâte et disparut derechef dans les ténèbres.

Frodon s'assoupit, bien que la douleur causée par sa blessure augmentât lentement et qu'un froid mortel s'étendît de son épaule à son bras et à son côté. Ses amis le veillaient, le réchauffant et baignant sa blessure. La nuit s'écoula, lente et fastidieuse. L'aurore croissait dans le ciel, et la combe s'emplissait d'une lumière grise lorsque Grands-Pas revint.

— Regardez! s'écria-t-il.

Et, se baissant, il ramassa à terre un manteau noir qui

était resté là, dissimulé par l'obscurité. A un pied de l'ourlet inférieur se voyait une entaille.

– C'est là le coup d'épée de Frodon, dit-il. Le seul mal qu'il ait fait à son ennemi, je crains; car il est indemne, mais toutes les lames périssent qui percent ce terrible Roi. Plus mortel lui fut le nom d'Elbereth.

– Et plus mortel pour Frodon fut ceci!

Il se baissa de nouveau pour ramasser un long et mince poignard. Celui-ci lançait un froid reflet. Comme Grands-Pas l'élevait, ils virent que près de l'extrémité le bord en était encoché et que la pointe était brisée. Mais tandis qu'il le tenait dans la lumière croissante, ils regardèrent, confondus, car la lame parut fondre, et elle s'évanouit comme une fumée, ne laissant plus que la poignée dans la main de Grands-Pas.

– Hélas! s'écria-t-il. C'est ce maudit poignard qui a infligé la blessure. Rares sont ceux qui ont un art de guérir suffisant pour répondre à des armes aussi maléfiques. Mais je vais faire tout ce que je peux.

Il s'assit à terre et, prenant la poignée de l'arme, il la posa sur ses genoux; puis il chanta au-dessus une lente chanson dans une langue étrange. Après quoi, la mettant de côté, il se tourna vers Frodon et, d'une voix douce, il prononça des paroles que les autres ne purent saisir. De l'escarcelle qu'il avait à sa ceinture, il tira les longues feuilles d'une plante.

– Ces feuilles, dit-il, j'ai fait de longues marches pour les trouver; car cette plante ne pousse pas dans les collines dénudées; mais dans les halliers, loin au sud de la Route, je l'ai trouvée dans l'obscurité grâce à la senteur de ses feuilles. (Il en écrasa une entre ses doigts, et elle émit une douce et forte fragrance.) Il est heureux que j'aie pu la trouver, car c'est une plante cicatrisante que les Hommes de l'Ouest ont apportée en Terre du Milieu. Ils l'appelèrent *Athelas*, et elle croît à présent de façon très clairsemée et seulement près des endroits où ils résidèrent ou campèrent dans les temps anciens; et elle est inconnue dans le Nord, sauf de quelques-uns de ceux qui vagabondent dans les Terres Sauvages. Elle a de grandes vertus, mais, sur une blessure telle que celle-ci, ses pouvoirs de cicatrisation peuvent être maigres.

Il jeta les feuilles dans de l'eau bouillante et baigna l'épaule de Frodon. Le parfum de la vapeur était rafraîchissant, et ceux qui étaient indemnes se sentirent l'esprit calmé et dégagé. L'herbe eut aussi quelque action sur la blessure, car Frodon sentit diminuer la douleur et aussi l'impression de froid glacial dans son côté; mais la vie ne revint pas à son bras, et il ne put ni lever la main ni en faire usage. Regrettant amèrement sa sottise, il se reprocha la faiblesse de sa volonté; car il percevait à présent qu'en mettant l'Anneau il avait obéi non à son propre désir, mais aux vœux autoritaires de ses ennemis. Il se demandait s'il allait rester estropié pour le restant de ses jours et comment ils allaient s'arranger à présent pour poursuivre leur voyage. Il se sentait trop faible pour se mettre debout.

Les autres discutaient cette question même. Ils décidèrent rapidement de quitter le Mont Venteux aussitôt que possible.

– Je crois maintenant, dit Grands-Pas, que l'Ennemi surveillait cet endroit depuis plusieurs jours. Si Gandalf y est jamais venu, il a dû être contraint de partir, et il ne reviendra pas. En tout cas, nous sommes en grand danger ici une fois la nuit tombée depuis l'attaque d'hier soir, et nous ne pourrions guère rencontrer de péril plus grand où que nous allions.

Dès que le jour fut entièrement levé, ils prirent une nourriture hâtive et firent leurs paquets. Frodon était dans l'impossibilité de marcher; aussi répartirent-ils la majeure partie de leur bagage entre eux quatre pour mettre Frodon sur le poney. Au cours des derniers jours, la pauvre bête s'était merveilleusement améliorée; elle paraissait mieux en chair et plus forte, et elle avait commencé à témoigner de l'affection à ses nouveaux maîtres, particulièrement à Sam. Le traitement de Bill Fougeron devait avoir été bien rigoureux pour que le voyage dans les Terres Sauvages lui parût tellement meilleur que sa vie précédente.

Ils partirent en direction du Sud. Cela signifiait traverser la Route, mais c'était le chemin le plus rapide vers une région plus boisée. Et ils avaient besoin de combustible; car Grands-Pas disait qu'il fallait tenir Frodon au chaud, surtout la nuit, en même temps que le feu leur serait une certaine protection à tous. Il avait aussi pour plan de raccourcir le trajet en coupant au travers d'une autre grande boucle de la Route : à l'Est, au-delà du Mont Venteux, elle changeait son cours pour décrire une grande courbe vers le Nord.

Ayant fait lentement et précautionneusement le tour des pentes sud-ouest de la colline, ils ne tardèrent pas à atteindre le bord de la Route. Il n'y avait aucun signe des Cavaliers. Mais, au moment même où ils se pressaient en avant, ils entendirent au loin deux cris : une voix froide qui appelait, et une voix froide qui répondait. Tremblants, ils s'élancèrent pour gagner les halliers devant eux. Le terrain descendait en pente vers le Sud, mais il était sauvage et dépourvu de tout sentier; des buissons et des arbres rabougris poussaient en grappes serrées au milieu de grands espaces nus. L'herbe était rare, rude et grise; et les feuilles des halliers étaient desséchées et tombaient. C'était une terre triste et leur voyage était lent et morne. Ils parlaient dans leur pénible cheminement. Frodon avait le cœur serré de les voir marcher à côté de lui, la tête basse et le dos courbé sous leur fardeau. Même Grands-Pas avait un air las et abattu.

Avant la fin de la première journée de marche, la souffrance de Frodon commença de croître de nouveau, mais il n'en parla pas de longtemps. Quatre jours s'écoulèrent sans grand changement dans le terrain ni dans le paysage, sauf que derrière eux le Mont Venteux s'abaissait lentement et que, par-devant, les montagnes lointaines se dessinaient un peu plus proches. Mais depuis le cri éloigné, ils n'avaient observé aucun signe que l'ennemi eût remarqué leur fuite ou les eût suivis. Ils redoutaient les heures sombres et, la nuit, ils montaient la garde par paire, s'attendant à tout moment à voir des formes noires s'avancer dans la nuit grise, vaguement éclairée par la lune voilée de nuages; mais ils n'apercevaient rien et n'entendaient d'autre son que le soupir des feuilles sèches et de l'herbe. Pas une seule fois, ils n'éprouvèrent le sentiment d'une présence maléfique qui les avait assaillis avant l'attaque dans la combe. Il était vain d'espérer que les Cavaliers eussent déjà perdu à nouveau leur trace. Peut-être attendaient-ils de dresser une embuscade en quelque endroit resserré?

A la fin du cinquième jour, le terrain commença une fois de plus à s'élever lentement hors de la large et peu profonde vallée dans laquelle ils étaient descendus. Grands-Pas les dirigea derechef vers le nord-est, et le sixième jour ils atteignirent le haut d'une longue pente douce et virent au loin devant eux un enchevêtrement de collines boisées. En dessous, ils pouvaient voir la Route en contourner le pied; et à leur droite, une rivière grise jetait un pâle reflet sous le soleil blafard. Dans le lointain, ils aperçurent encore une autre rivière dans une vallée pierreuse à demi voilée par la brume.

– Je crains qu'ici il ne faille retourner un moment sur la Route, dit Grands-Pas. Nous voici arrivés à la rivière Fontgrise, que les Elfes nomment Mitheithel. Elle descend des landes d'Etten, les hauteurs des trolls au nord de Fondcombe, et elle rejoint la Sonoronne loin au Sud. Certains le nomment après cela le Flot-gris. Il devient un grand fleuve avant de rejoindre la mer. Il n'y a d'autre passage par-dessus, à partir de sa source dans les Landes d'Etten, que le Dernier Pont qu'emprunte la Route.

– Quelle est cette autre rivière qu'on voit au loin là-bas? demanda Merry.

– C'est la Sonoronne, le Bruinen de Fondcombe, répondit Grands-Pas. La Route court le long des collines sur de nombreux milles du Pont au Gué de Bruinen. Mais je n'ai pas encore réfléchi à la manière de traverser l'eau. Une rivière à la fois! Nous aurons de la chance en vérité si nous ne trouvons pas le Dernier Pont tenu contre nous.

Le lendemain, de bonne heure, ils descendirent de nouveau près de la Route. Sam et Grands-Pas partirent en avant, mais ils ne trouvèrent aucun signe de voyageurs ou de cavaliers. Là, à l'ombre des collines, il y avait eu de la pluie. Grands-Pas jugea qu'elle était tombée l'avant-veille et qu'elle avait lavé toute trace de pas. Aucun cavalier n'était passé depuis lors, pour autant qu'il pût voir.

Ils avancèrent avec toute la hâte possible, et après un mille ou deux ils eurent devant eux le Dernier Pont, au bas d'une courte et rapide pente. Ils redoutèrent de trouver là des formes noires qui les attendraient, mais ils n'en virent point. Grands-Pas les fit mettre à couvert dans un fourré du bord de la Route pendant qu'il partait devant en exploration.

Il ne tarda pas à revenir en hâte :

– Je ne vois aucun signe de l'Ennemi, dit-il, et je me demande fort ce que cela peut bien signifier. Mais j'ai trouvé quelque chose de très étrange.

Il tendit la main et montra une unique pierre vert pâle :

– Je l'ai trouvée dans la boue au milieu du Pont, dit-il. C'est un béryl, une pierre elfique. Qu'elle y ait été déposée ou qu'elle y soit tombée par hasard, je ne saurais le dire; mais elle me donne de l'espoir. Je prendrai cela comme un signe que nous pouvons passer le Pont; mais au-delà, je n'ose pas rester sur la Route sans quelque indication plus claire.

Ils repartirent aussitôt. Ils traversèrent le Pont sans encombre, n'entendant d'autre son que celui de l'eau qui tourbillonnait autour des trois grandes arches. A un mille de là, ils arrivèrent à un étroit ravin qui menait vers le Nord par les terres escarpées à gauche de la Route. Grands-Pas tourna là, et ils furent bientôt perdus dans une sombre région d'arbres noirs qui serpentaient au pied de mornes collines.

Les Hobbits furent contents de quitter les tristes terres et la dangereuse Route; mais cette nouvelle région paraissait menaçante et hostile. Les collines s'élevaient constamment. Par-ci par-là, sur les hauteurs et les crêtes, ils apercevaient, à mesure qu'ils avançaient, d'anciens murs de pierre et les ruines de tours, d'un aspect sinistre. Frodon, qui ne marchait pas, avait tout le temps de regarder devant lui et de penser. Il se rappelait le récit que Bilbon lui avait fait de son voyage et des tours menaçantes des collines au nord de la Route, dans le pays proche de la forêt des Trolls, où lui était arrivée sa première aventure sérieuse. Frodon devina qu'ils se trouvaient à présent dans la même région, et il se demanda s'ils ne passeraient pas par hasard près de l'endroit.

— Qui vit dans ce pays? demanda-t-il. Et qui a construit ces tours? Est-ce le pays des trolls?

— Non! dit Grands-Pas. Les trolls ne construisent pas. Personne ne vit ici. Des Hommes y ont jadis demeuré; mais il n'en reste plus aucun aujourd'hui. Ils étaient devenus mauvais, à ce que rapporte la légende, car ils étaient tombés dans l'ombre d'Angmar. Mais ils furent tous détruits dans la guerre qui amena la fin du Royaume du Nord. Il y a maintenant si longtemps de cela que les collines les ont oubliés, encore qu'une ombre s'étende toujours sur le pays.

— Où avez-vous appris de telles histoires, si tout le pays est vide et oublieux? demanda Peregrin. Les oiseaux et les bêtes ne racontent pas d'histoires de ce genre.

— Les héritiers d'Elendil n'oublient pas toutes les choses du passé, dit Grands-Pas, et on se souvient encore à

Fondcombe de bien d'autres choses que je pourrais dire.

— Vous y avez été souvent? demanda Frodon.

— Oui, répondit Grands-Pas. J'y ai demeuré à une époque, et j'y retourne encore quand je le peux. C'est là qu'est mon cœur; mais mon destin n'est pas de rester en paix, même dans la belle maison d'Elrond.

Les collines commencèrent alors à les enfermer. Derrière eux, la Route poursuivait son cours vers la rivière Bruinen, mais tous deux étaient à présent cachés à la vue. Les voyageurs arrivèrent à une longue vallée : étroite, profondément encaissée, sombre et silencieuse. Des arbres aux vieilles racines tordues surplombaient des escarpements et s'entassaient derrière en pentes ascendantes de pins.

Les Hobbits commençaient à être très fatigués. Ils avançaient lentement, car il leur fallait trouver leur chemin dans une région dépourvue de sentiers tracés et encombrée d'arbres tombés et de rochers éboulés. Ils évitaient autant que possible de grimper eu égard à Frodon et parce qu'il était en fait difficile de trouver un chemin pour escalader les parois des vallons étroits. Ils étaient depuis deux jours dans ce pays quand le temps se mit à la pluie. Le vent commença à souffler régulièrement de l'ouest et à déverser l'eau des mers lointaines sur les têtes sombres des collines en une pluie fine mais pénétrante. A la nuit, ils étaient tous trempés jusqu'aux os, et leur campement fut sans réconfort, car ils ne purent faire prendre aucun feu. Le lendemain, les collines s'élevèrent encore plus hautes et escarpées devant eux, et ils furent contraints de se détourner vers le Nord. Grands-Pas semblait devenir inquiet : ils étaient déjà à près de dix jours du Mont Venteux, et leur stock de nourriture commençait à s'épuiser. Il continuait de pleuvoir.

Cette nuit-là, ils campèrent sur une corniche pierreuse contre un mur de roc, dans lequel il y avait une grotte peu profonde, un simple creux dans la paroi. Frodon ne put trouver de repos. Le froid et l'humidité avaient rendu sa blessure plus pénible que jamais, et la douleur jointe à une sensation de froid mortel lui interdisait tout sommeil. Il se tournait et se retournait, écoutant avec crainte les furtifs bruits nocturnes : le vent dans les crevasses du rocher, le dégouttement de l'eau, un craquement, la soudaine chute cliquetante d'une pierre détachée. Il sentait que des formes noires s'approchaient pour l'étouffer; mais quand il se redressa, il ne vit rien d'autre que le dos de Grands-Pas, accroupi le menton sur les genoux et fumant sa pipe, l'œil aux aguets. Il se rallongea et glissa dans un sommeil inquiet, rêvant qu'il marchait sur le gazon de son jardin de la Comté, mais ce gazon lui semblait plus estompé et plus indistinct que les grandes ombres noires qui regardaient par-dessus la haie.

En se réveillant au matin, il vit que la pluie avait cessé. Les nuages étaient encore épais, mais ils se désagrégeaient, et de pâles lambeaux de bleu apparaissaient entre eux. Le vent tournait de nouveau. Ils ne se mirent pas en route de bonne heure. Aussitôt après leur petit déjeuner froid et peu réconfortant, Grands-Pas partit seul, disant aux autres de rester à l'abri de la paroi jusqu'à son retour. Il allait grimper s'il le pouvait pour observer la configuration du terrain.

A son retour, il ne se montra guère rassurant :

– Nous sommes venus trop au nord, dit-il, et il nous faut trouver un chemin pour retourner vers le sud. Si nous continuons à aller dans la même direction, nous arriverons dans les Vallées d'Etten, bien au nord de Fondcombe. C'est un pays de trolls, qui m'est peu connu. Nous pourrions peut-être trouver moyen de le traverser pour revenir à Fondcombe par le nord; mais cela nous prendrait trop longtemps, car je ne connais pas le chemin, et nos provisions ne dureraient pas assez. Ainsi, d'une façon ou d'une autre, il nous faut trouver le Gué de Bruinen.

Le reste de la journée se passa à jouer des pieds et des mains sur un terrain rocailleux. Ils trouvèrent un passage entre deux collines, qui les mena dans une vallée orientée vers le sud-est, direction qu'ils désiraient prendre; mais, vers la fin de la journée, ils virent leur route de nouveau barrée par une chaîne de hautes terres; sa ligne sombre, qui se détachait sur le ciel, était brisée en maints points dénudés comme les dents d'une scie émoussée. Ils avaient le choix entre un retour sur leurs pas ou l'escalade.

Ils décidèrent de tenter la grimpée, mais elle se révéla très ardue. Frodon ne tarda pas à être obligé de descendre du poney et d'aller cahin-caha à pied. Même ainsi, ils désespérèrent souvent d'amener le poney au sommet ou même de trouver un sentier pour eux-mêmes, chargés comme ils l'étaient. Le jour était presque parti, et ils étaient tous épuisés quand ils finirent par arriver au haut. Ils avaient grimpé jusqu'à un col resserré entre des points plus élevés, et le terrain redescendait brutalement à une courte distance. Frodon se laissa tomber à terre, où il resta frissonnant. Son bras gauche était paralysé, et il avait l'impression que son côté et son épaule étaient pris dans un étau glacial. Les arbres et les rochers alentour lui semblaient vagues et indistincts.

– On ne peut aller plus loin, dit Merry à Grands-Pas. Je crains que cela n'ait dépassé les forces de Frodon. Je suis terriblement inquiet pour lui. Que devons-nous faire? Croyez-vous qu'ils seront capables de le guérir à Fondcombe, si jamais nous arrivons jusque-là?

– On verra, répondit Grands-Pas. Je ne peux rien faire de plus dans le désert; et c'est surtout en raison de sa blessure que je suis si anxieux de forcer le pas. Mais je conviens que nous ne pouvons aller plus loin ce soir.

– Qu'est-ce qui ne va pas chez mon maître? demanda Sam à voix basse, regardant Grands-Pas d'un air suppliant. Sa blessure était petite, et elle est déjà refermée. On ne voit plus qu'une marque blanche et froide sur son épaule.

– Frodon a été atteint par les armes de l'Ennemi, dit Grands-Pas, et quelque poison ou quelque mal est à l'œuvre, que mon art ne saurait retirer. Mais ne perdez pas espoir, Sam!

La nuit était froide sur la haute crête. Ils allumèrent un petit feu en dessous des racines noueuses d'un vieux pin qui surplombaient une cavité peu profonde : il semblait que l'on en eût à un moment extrait de la pierre. Ils s'assirent serrés les uns contre les autres. Le vent soufflait, glacial, par le col, et ils entendaient gémir et soupirer les cimes des arbres plus bas. Frodon, étendu dans un demi-rêve, imaginait que d'interminables ailes noires passaient au-dessus de lui et que sur ces ailes étaient montés des poursuivants qui le traquaient dans tous les creux des collines.

L'aube se leva claire et belle; l'air était pur, et la lumière pâle et limpide dans un ciel lavé par la pluie. Leurs cœurs furent encouragés, mais ils attendaient avec impatience que le soleil vînt réchauffer leurs membres froids et raidis. Aussitôt qu'il fit jour, Grands-Pas, prenant avec lui Merry, alla examiner le pays de la hauteur vers l'est du col. Le soleil s'était levé et rayonnait avec éclat quand il revint avec des nouvelles plus réconfortantes. Ils allaient à présent à peu près dans la bonne direction. En s'engageant dans la descente de l'autre côté du col, ils auraient les Montagnes à leur gauche. A quelque distance en avant, Grands-Pas avait aperçu de nouveau la Sonoronne, et il savait que, quoique cachée à la vue, la Route du Gué n'était pas loin de la Rivière et qu'elle s'étendait de leur côté de l'eau.

– Nous devons reprendre la direction de la Route, dit-il. Nous ne pouvons espérer trouver un sentier à travers ces collines. Quel que soit le danger, la Route est notre seule voie pour gagner le Gué.

Aussitôt après avoir mangé, ils repartirent. Ils descendirent lentement au sud du col; mais le chemin était beaucoup plus facile qu'ils ne s'y attendaient, car la pente était moins raide de ce côté, et au bout d'un moment, Frodon put remonter sur le poney. Le pauvre vieil animal de Bill Fougeron développait un talent inattendu pour choisir un chemin et éviter le plus possible les cahots à son cavalier. Le courage du groupe se raffermit. Même Frodon se sentait mieux dans la lumière matinale; mais par moments un brouillard semblait lui obscurcir la vue, et il se passait la main sur les yeux.

Pippin marchait un peu en avant des autres. Il se retourna soudain et les héla :

– Il y a ici un sentier! cria-t-il.

Quand ils arrivèrent à sa hauteur, ils constatèrent qu'il ne s'était pas trompé : il y avait nettement les rudiments d'un sentier qui descendait en nombreux méandres pour sortir des bois et aller se perdre dans la colline suivante. Par endroits, il était à présent effacé et couvert d'herbes, ou obstrué par des éboulis de pierres ou des arbres tombés; mais il semblait avoir été très usité à un moment donné. C'était un sentier tracé par des bras vigoureux et des pieds pesants. De-ci de-là, de vieux arbres avaient été coupés ou abattus, et on avait fendu ou poussé de côté de gros rochers pour ménager un passage.

Ils suivirent la piste pendant quelque temps, car elle offrait de beaucoup le chemin le plus facile pour descendre; mais ils avançaient prudemment, et leur inquiétude s'accrut lorsqu'ils arrivèrent dans les bois sombres et que le sentier se fit plus plat et plus large. Soudain, à la sortie d'une zone de sapins, il dévala une pente pour contourner à angle droit sur la gauche un épaulement rocheux de la colline. En arrivant au tournant, ils regardèrent au-delà et virent que le sentier se poursuivait sur une bande de terrain plat au pied d'un petit escarpement surplombé d'arbres. Dans la paroi de pierre, il y avait une porte entrouverte de travers, accrochée à un seul gond.

Devant la porte, tous firent halte. Il se trouvait là une caverne ou une salle creusée, mais on ne pourrait rien en voir dans l'obscurité. Grands-Pas, Sam et Merry parvinrent, en poussant de toutes leurs forces, à agrandir un peu l'ouverture de la porte, et Grands-Pas et Merry pénétrèrent à l'intérieur. Ils n'allèrent pas loin, car sur le sol gisaient un grand nombre de vieux ossements et rien d'autre n'était visible près de l'entrée, hormis de grosses jarres vides et des pots brisés.

– C'est assurément là un trou de trolls, si jamais il en fut! dit Pippin. Venez-vous-en, vous deux; filons. Nous savons maintenant qui a fait le sentier – et nous ferions mieux d'en sortir au plus vite.

– Ce n'est pas nécessaire, à mon avis, dit Grands-Pas, en sortant. C'est certainement un trou de trolls, mais il paraît depuis longtemps abandonné. Je ne crois pas qu'il y ait lieu de s'affoler. Continuons notre descente avec prudence, et on verra.

Le sentier repartait de la porte et, tournant encore à droite à travers l'espace plat, plongeait ensuite dans une pente épaissement boisée. Pippin, qui n'aimait pas laisser voir à Grands-Pas qu'il avait encore peur, alla en avant avec Merry. Sam et Grands-Pas suivaient de part et d'autre du poney de Frodon, car le chemin était assez large à présent pour permettre à quatre ou cinq Hobbits de marcher de front. Mais ils n'avaient pas encore fait beaucoup de chemin, quand Pippin revint en courant, suivi de Merry. Ils avaient tous deux l'air terrifié.

– Il y *a* des trolls! s'écria Pippin, haletant. Dans une clairière de la forêt un peu plus bas. On les a aperçus entre les troncs d'arbres. Ils sont très grands!

– Nous allons jeter un coup d'œil, dit Grands-Pas, ramassant un bâton.

Frodon ne dit rien, mais Sam avait l'air épouvanté.

Le soleil était à présent haut; il brillait à travers les branches à demi dénudées, illuminant la clairière de taches brillantes. Ils s'arrêtèrent soudain au bord et scrutèrent à travers les troncs d'arbres, retenant leur souffle. Là se tenaient les trolls : trois trolls de forte carrure. L'un d'eux s'était baissé, et les deux autres l'observaient.

Grands-Pas s'avança d'un air dégagé :

– Relève-toi, vieille pierre! dit-il, et il brisa son bâton sur le dos du troll penché.

Rien ne se produisit. Il y eut un sursaut d'étonnement chez les Hobbits et, alors, même Frodon se mit à rire :

– Eh bien! dit-il. Nous oublions notre histoire de famille! Ce doivent être les trois que Gandalf avait attrapés en train de se quereller sur la meilleure façon de cuire treize Nains et un Hobbit.

– Je n'avais aucune idée que nous étions de ce côté-là! dit Pippin.

Il connaissait bien l'histoire. Bilbon et Frodon l'avaient souvent racontée; mais, en fait, il n'y avait jamais cru qu'à demi. Maintenant encore, il regardait les trolls de pierre avec suspicion, se demandant si quelque magie ne pourrait pas les ramener soudain à la vie.

– Vous oubliez non seulement votre histoire de famille, mais tout ce que vous avez jamais su des trolls, dit Grands-Pas. Il fait grand jour avec un brillant soleil, et pourtant vous revenez en essayant de m'effrayer avec une histoire de trolls vivants qui nous attendraient dans cette clairière! De toute façon, vous auriez pu remarquer que l'un d'entre eux a un vieux nid d'oiseau derrière l'oreille. Ce serait un ornement assez inhabituel pour un troll vivant!

Il y eut un rire général. Frodon sentit son courage se ranimer : le rappel de la première aventure heureuse de Bilbon était ragaillardissant. Le soleil, aussi, était chaud et réconfortant, et le brouillard que Frodon avait devant les yeux semblait se lever un peu. Ils se reposèrent un moment dans la clairière et prirent leur repas de midi à l'ombre des grandes jambes des trolls.

– Quelqu'un ne nous chantera-t-il pas quelque chose, pendant que le soleil est haut? dit Merry, quand ils eurent terminé. On n'a eu ni chanson ni récit depuis plusieurs jours.

– Pas depuis le Mont Venteux, dit Frodon.

Les autres le regardèrent.

– Ne vous en faites pas pour moi! ajouta-t-il. Je me sens beaucoup mieux, mais je ne crois pas que je serais en état de chanter. Peut-être Sam pourrait-il retrouver quelque chose dans sa mémoire?

– Vas-y, Sam! dit Merry. Il y a plus de choses en
réserve dans la tête que tu n'en rapportes.

– Je n'en sais trop rien, dit Sam. Mais comment ceci
ferait-il l'affaire? Ce n'est pas ce que j'appelle vraiment de
la poésie, si vous me comprenez : simplement une inep-
tie. Mais ces vieilles statues m'y ont fait penser.

Debout, les mains derrière le dos comme s'il était à
l'école, il se mit à chanter sur un vieil air :

Troll était assis tout seul sur son siège de pierre,
Il mordillait et mâchonnait un vieil os nu;
Durant des années il l'avait rongé de près.
Car la viande était dure à trouver.
Dans une caverne des collines il demeurait seul,
Et la viande était dure à trouver.

Vint Tom avec ses grandes bottes,
Qui dit à Troll : « Qu'est-ce que cela, je vous prie?
Car ça ressemble au tibia de mon oncle Tim,
Qui devrait être au cimetière.
Voilà bien des années que Tim est parti
Et je le croyais couché au cimetière. »

« Mon gars, dit Troll, cet os je l'ai volé;
Mais qu'est-ce que des os qui restent dans un trou?
Ton oncle était aussi mort qu'un lingot de plomb
Bien avant que j'aie trouvé son tibia.
Il peut se passer d'une part pour un pauvre vieux troll
Car il n'a pas besoin de son tibia. »

Dit Tom : « Je ne vois pas pourquoi des gens comme toi
Sans demander permission iraient se servir
Des quilles ou des tibias du parent de mon père,
Alors passe-moi ce vieil os!
Quoique mort, il lui appartient;
Alors, passe-moi ce vieil os! »

« Pour un peu, dit Troll avec une grimace,
Je te mangerais aussi et rongerais tes tibias.
Un bout de viande fraîche descendrait avec délice!
Je vais faire sur toi mes dents, maintenant.
Je suis fatigué de ronger de vieux os et peaux;
J'ai envie de dîner de toi maintenant. »

Mais juste comme il pensait son dîner pris,
Il vit que ses mains n'avaient rien saisi.
Avant qu'il pût y songer, Tom se glissa derrière
Et lui donna de la botte pour lui apprendre.
Un coup de botte sur le séant, se dit Tom,
Serait une bonne façon de lui apprendre.

Mais plus durs que la pierre sont la chair et l'os
D'un troll assis seul dans les collines.
Autant donner de la botte à la racine de la montagne,
Car le séant d'un troll ne la sent pas.
Le vieux Troll rit en entendant Tom grogner,
Et il sut que ses pieds le ressentaient.

La jambe de Tom est boiteuse depuis qu'il est rentré chez lui.
Et son pied sans botte est estropié durablement;
Mais Troll ne s'en soucie pas; et il est toujours là
Avec l'os qu'il a chipé à son propriétaire.
Le séant du vieux Troll est toujours le même,
Et l'os qu'il a chipé à son propriétaire.

– Eh bien, voilà un avertissement pour nous tous! dit
Merry, riant. Heureusement que vous vous êtes servi d'un
bâton et non de votre main, Grands-Pas!

– Où as-tu pris cela, Sam? demanda Pippin. Je n'ai
jamais entendu ces mots auparavant.

Sam murmura quelque chose d'incompréhensible.

– Cela sort de sa propre tête, bien sûr, dit Frodon.
J'apprends beaucoup sur Sam Gamegie au cours de ce
voyage. Il a commencé par être un conspirateur, et
maintenant c'est un ménestrel. Il finira par devenir un
magicien – ou un guerrier!

– J'espère bien que non, dit Sam. Je ne voudrais être ni
l'un ni l'autre!

L'après-midi, ils poursuivirent leur descente dans les
bois. Ils suivaient probablement la piste même que Gandalf, Bilbon et les Nains avaient utilisée de nombreuses
années auparavant. Après quelques milles, ils débouchèrent au haut d'un grand talus qui dominait la Route. A ce
point, elle avait laissé la Fontgrise loin derrière dans son
étroite vallée, et elle suivait de près le pied des collines,
roulant et serpentant en direction de l'Est parmi les bois
et les pentes couvertes de bruyère vers le Gué et les

Montagnes. Grands-Pas désigna, non loin sur le talus, une pierre dans l'herbe. Dessus, se voyaient encore, grossièrement taillés et maintenant très altérés, des runes de Nains et des signes secrets.

– Voilà! dit Merry. Ce doit être la pierre qui marquait l'endroit où était caché l'or des trolls. Combien reste-t-il de la part de Bilbon, je me demande, Frodon?

Frodon regarda la pierre, souhaitant que Bilbon n'eût pas rapporté chez lui de trésor plus dangereux, ou dont il fût plus difficile de se séparer.

– Rien du tout, dit-il. Bilbon a tout donné. Il ne considérait pas que ce trésor lui appartenait, puisqu'il venait de voleurs, m'a-t-il dit.

La Route s'étendait tranquille sous les ombres allongées du début du soir. On ne voyait aucun signe d'autres voyageurs. Comme il n'y avait pas d'autre chemin possible, ils descendirent le talus et, tournant à gauche, partirent aussi vite qu'ils le pouvaient. Bientôt, un épaulement des collines intercepta la lumière du soleil qui se couchait rapidement. Un vent froid descendait à leur rencontre des montagnes qu'ils avaient devant eux.

Ils commençaient à chercher un endroit hors de la Route pour établir leur campement de la nuit, quand ils entendirent un son qui ramena soudain la peur dans leur cœurs : celui de sabots de chevaux derrière eux. Ils se retournèrent, mais ne purent voir loin en raison des nombreux tours et détours de la Route. Ils sortirent aussi vite que possible du chemin battu et grimpèrent dans les profonds fourrés de bruyères et de myrtilles qui garnissaient les pentes, jusqu'au moment où ils arrivèrent à un coin de noisetiers touffus. Du milieu des fourrés, ils pouvaient voir la Route, pâle et grise dans la lumière déclinante, à quelque trente pieds plus bas. Le bruit des sabots approchait. Les chevaux allaient bon train, avec un léger *badaboum-badaboum-badaboum*. Puis, faiblement, comme emporté par la brise, ils crurent entendre un tintement mat, comme de clochettes.

– Ce son n'est pas celui d'un cheval de Cavalier Noir! dit Frodon, qui écoutait attentivement.

Les autres Hobbits s'accordèrent avec espoir là-dessus, mais ils restaient pleins de méfiance. Ils redoutaient depuis si longtemps d'être poursuivis que tout bruit venant de derrière eux leur paraissait menaçant et hostile. Mais Grands-Pas se penchait à présent en avant, courbé jusqu'à terre, une main contre son oreille et une expression joyeuse sur le visage.

La lumière diminuait et les feuilles bruissaient doucement sur les arbustes. Plus claires et plus proches, les clochettes tintaient et, *badaboum*, venait le son d'un trot rapide. Soudain apparut en bas un cheval blanc, luisant dans l'ombre et courant à vive allure. Dans le crépuscule, sa têtière scintillait et étincelait, comme cloutée de gemmes semblables à de vivantes étoiles. Le manteau du cavalier flottait derrière lui et son capuchon était rejeté en arrière; ses cheveux dorés volaient, chatoyants, au vent de sa course. Frodon eut l'impression qu'une lumière blanche brillait au travers de la forme et des vêtements du cavalier comme au travers d'un mince voile.

Grands-Pas bondit hors de sa cachette et se précipita vers la Route, criant et sautant par la bruyère; mais avant même qu'il n'eût bougé ou appelé, le cavalier avait serré la bride de son cheval et s'était arrêté, levant les yeux vers le fourré où ils se tenaient. A la vue de Grands-Pas, il sauta à terre et courut à sa rencontre, criant :

« *Ai na vedui Dunadan! Mae govannen!* » Son parler et le son clair de sa voix ne laissèrent aucun doute dans leur cœur : le cavalier était de la race elfique. Nuls autres dans le vaste monde n'avaient des voix aussi belles à entendre. Mais il semblait y avoir une note de hâte ou de crainte dans son appel, et ils virent qu'il parlait maintenant à Grands-Pas avec rapidité et instance.

Grands-Pas leur fit bientôt signe, et les Hobbits quittèrent leur fourré pour rejoindre en hâte la Route.

— Voici Glorfindel, qui demeure dans la maison d'Elrond, dit Grands-Pas.

— Salut, et bonne rencontre, enfin! dit le Seigneur Elfe à Frodon. J'ai été envoyé de Fondcombe à votre recherche. Nous craignions que vous ne fussiez en danger sur la route.

— Gandalf a donc atteint Fondcombe? s'écria Frodon, tout joyeux.

— Non. Pas encore lors de mon départ; mais cela, c'était il y a neuf jours, répondit Glorfindel. Elrond avait reçu des nouvelles qui l'avaient inquiété. Certains de ma famille qui voyageaient dans votre pays au-delà du Baranduin (1) avaient appris que les choses allaient de travers, et ils avaient envoyé des messages en toute hâte. Ils

_____

(1) La rivière Brandevin.

disaient que les Neuf étaient sortis et que vous étiez égarés, portant un grand fardeau en l'absence d'un guide, car Gandalf n'était pas revenu. Il y a peu de gens même à Fondcombe qui puissent chevaucher ouvertement contre les Neuf; mais ceux qui existaient, Elrond les envoya vers le nord, l'ouest et le sud. On pensait que vous pourriez faire un grand détour pour éviter d'être poursuivis, et vous perdre ainsi dans les Terres Sauvages.

« Ce fut à moi qu'il appartint de prendre la Route, et je suis arrivé au Pont de Mitheithel, où j'ai laissé un signe il y a près d'une semaine. Trois des serviteurs de Sauron étaient sur le Pont, mais ils se retirèrent et je les poursuivis vers l'ouest. Je suis aussi tombé sur deux autres, mais ils se sont détournés vers le sud. Depuis lors, j'ai cherché votre trace. Je l'ai trouvée il y a deux jours et je l'ai suivie par-dessus le Pont; et aujourd'hui, j'ai noté l'endroit où vous étiez redescendus des collines. Mais, allons! Il n'y a pas de temps à perdre à donner de plus amples détails. Puisque vous êtes ici, il nous faut risquer le péril de la Route et aller. Ils sont cinq derrière nous, et quand ils découvriront votre trace, ils nous poursuivront comme le vent. Et ils ne forment pas la totalité. Où peuvent être les quatre autres, je l'ignore. Je crains de trouver le Gué déjà tenu contre nous. »

Tandis que Glorfindel parlait, les ombres du soir s'épaississaient. Frodon se sentit pris d'une grande lassitude. Dès le moment où le soleil avait commencé à baisser, le brouillard qu'il avait devant les yeux s'était assombri, et il voyait une ombre s'établir entre lui et les visages de ses amis. A présent, la douleur l'assaillait, et il avait froid. Il vacilla et se retint au bras de Sam.

— Mon maître est malade et blessé, dit Sam en colère. Il ne peut pas continuer à voyager, la nuit tombée. Il a besoin de repos.

Glorfindel rattrapa Frodon au moment où celui-ci glissait à terre et, le prenant doucement dans ses bras, il le dévisagea avec une gravité inquiète.

Grands-Pas raconta brièvement l'attaque de leur campement sous le Mont Venteux et l'histoire du poignard meurtrier. Il sortit le manche, qu'il avait gardé, et le tendit à l'Elfe. Glorfindel frissonna en le prenant, mais il l'examina avec attention.

— Il y a des inscriptions maléfiques sur le manche, dit-il, bien que vos yeux puissent ne pas les voir. Gardez-le, Aragorn, jusqu'à notre arrivée à la maison d'Elrond! Mais faites attention, et maniez-le le moins possible! Les blessures infligées par cette arme dépassent, hélas! mes pouvoirs de guérison. Je ferai ce que je peux – mais je vous presse d'autant plus de continuer sans prendre de repos.

Il chercha des doigts la blessure sur l'épaule de Frodon, et son visage se fit plus grave, comme s'il fût inquiet de ce qu'il avait appris. Mais Frodon sentit diminuer le froid dans son côté et dans son bras; une légère chaleur descendit de son épaule à sa main, et la douleur devint plus supportable. L'obscurité du soir lui parut plus légère autour de lui, comme si un nuage s'était retiré. Il vit de nouveau les visages de ses amis plus clairement et un renouveau d'espoir et de force se fit jour en lui.

– Vous monterez mon cheval, dit Glorfindel. Je vais vous raccourcir les étriers jusqu'au bas de la selle, et vous devrez vous tenir aussi serré que vous le pourrez. Mais vous n'avez rien à craindre: mon cheval ne laisserait tomber aucun cavalier que je lui ordonne de porter. Il a le pas léger et égal; et si le danger nous étreint de trop près, il vous emportera à une vitesse avec laquelle les coursiers noirs de l'ennemi eux-mêmes ne sauraient rivaliser.

– Non, il ne le fera pas! dit Frodon. Je ne le monterai pas si je dois être emporté à Fondcombe ou n'importe où d'autre en abandonnant mes amis au danger.

Glorfindel sourit:

– Je doute fortement, dit-il, que vos amis soient en danger si vous n'êtes pas là! La poursuite serait lancée après vous et nous laisserait en paix, je pense. C'est vous, Frodon, et ce que vous portez qui nous mettez tous en péril.

Frodon n'eut rien à répondre, et il se laissa persuader de monter le cheval blanc de Glorfindel. A sa place, le poney fut chargé d'une bonne part des fardeaux des autres, de sorte qu'ils marchèrent alors d'un pas beaucoup plus léger et qu'ils gardèrent pendant un certain temps une bonne allure; mais les Hobbits commencèrent à trouver durs à suivre les pas rapides et infatigables de l'Elfe. Il les menait toujours, jusque dans l'obscurité et encore dans la nuit profonde et ennuagée. Il n'y avait ni étoile ni lune. Ce ne fut pas avant la grisaille de l'aube qu'il leur permit de faire halte. A ce moment, Pippin, Merry et Sam dormaient presque sur leurs jambes trébuchantes; et Grands-Pas, à en juger par l'affaissement de ses épaules, Grands-Pas lui-même semblait fatigué. Frodon, assis sur le cheval, était perdu dans un sombre rêve.

Ils se jetèrent à terre dans la bruyère à quelques mètres du bord de la route et s'endormirent aussitôt. Il leur sembla avoir à peine fermé les yeux quand Glorfindel, qui avait pris la garde pendant leur sommeil, les réveilla. La matinée était déjà bien entamée, et les nuages et les brumes de la nuit s'étaient dissipées.

« Buvez ceci! » leur dit Glorfindel, versant successivement à chacun un peu de liqueur de sa gourde cloutée d'argent. Le liquide était clair comme de l'eau de roche; elle n'avait aucun goût et elle ne se révélait ni chaude ni froide dans la bouche; mais force et vigueur semblèrent affluer dans leurs membres au fur et à mesure qu'ils la buvaient. Après l'absorption de ce breuvage, le pain rassis et les fruits secs (qui étaient maintenant tout ce qu'il leur restait) parurent mieux satisfaire leur faim que maints petits déjeuners dans la Comté.

Ils s'étaient reposés un peu moins de cinq heures quand ils reprirent la route. Glorfindel les poussait toujours, ne leur permettant que deux brèves haltes au cours de la marche de la journée. Ils couvrirent ainsi près de vingt milles avant la tombée de la nuit, et ils arrivèrent à un point où la Route tournait à droite pour descendre dans le fond de la vallée et gagner directement le Bruinen. Jusque-là, il n'y avait eu aucun signe ni aucun son de poursuite perceptibles aux Hobbits; mais souvent Glorfindel s'arrêtait et écoutait un moment, s'ils traînaient en arrière, et un nuage d'inquiétude se voyait sur son visage. Une ou deux fois, il s'adressa à Grands-Pas en langue elfique.

Mais quelle que fût l'inquiétude de leurs guides, il était clair que les Hobbits ne pouvaient aller plus loin ce soir-là. Ils trébuchaient, ivres de fatigue, et ils n'avaient plus d'autre pensée que leurs pieds et leurs jambes. La souffrance de Frodon avait redoublé, et, durant la journée, ce qui l'environnait s'était estompé en ombres d'un gris spectral. Il accueillit presque avec soulagement la tombée de la nuit, car alors le monde semblait moins pâle et vide.

Les Hobbits étaient toujours las en repartant de bonne heure le lendemain matin. Il y avait encore bien des milles à parcourir pour arriver au Gué, et ils avançaient en clopinant du meilleur pas qu'ils pouvaient fournir.

– Le plus grand péril sera juste avant d'atteindre la rivière, dit Glorfindel, car mon cœur m'avertit que la poursuite est maintenant rapide derrière nous, et un autre danger peut nous attendre près du Gué.

La Route descendait régulièrement au flanc de la colline, et il y avait à présent de part et d'autre beaucoup d'herbe, dans laquelle les Hobbits marchaient quand ils le pouvaient pour soulager leurs pieds fatigués. Vers la fin de l'après-midi, ils arrivèrent à un endroit où la Route entrait soudain dans l'ombre dense de hauts pins puis plongeait dans une profonde tranchée, avec des parois de pierre rouge escarpées et humides. Des échos résonnèrent tandis qu'ils se hâtaient de la franchir; et le son de nombreux pas semblait suivre les leurs. Tout d'un coup, comme par une porte lumineuse, la Route ressortit du tunnel en terrain découvert. Là, au bas d'une pente rapide, ils virent devant eux un long mille plat, et au-delà le Gué de Fondcombe. De l'autre côté, s'élevait une rive brune escarpée, sur laquelle se faufilait un sentier en lacets; et derrière, les hautes montagnes se dressaient, contrefort sur contrefort et cime sur cime, dans le ciel pâlissant.

Il y avait encore un écho semblable à celui de pas qui les suivaient dans la tranchée; c'était un son impétueux comme d'un grand vent s'élevant et se déversant dans les branches des pins. Glorfindel se retourna un moment pour écouter, puis il bondit en avant avec un grand cri :

– Fuyez! hurla-t-il. Fuyez! L'ennemi est sur nous!

Le cheval blanc s'élança. Les Hobbits descendirent la pente en courant. Glorfindel et Grands-Pas suivirent en arrière-garde. Ils n'étaient qu'à mi-chemin du terrain plat, quand soudain retentit le galop de chevaux. Par l'ouverture entre les arbres qu'ils venaient de quitter sortit un Cavalier Noir. Il retint sa monture et fit halte, se tournant sur sa selle. Un autre le suivit, puis un autre; et deux autres encore.

– Partez en avant! Allez! cria Glorfindel à Frodon.

Celui-ci n'obéit pas immédiatement, pris d'une étrange hésitation. Ramenant le cheval au pas, il se retourna pour regarder en arrière. Les Cavaliers montés sur leurs grands coursiers semblaient des statues menaçantes sur une colline, noire et massive, tandis que tous les bois et les terres qui les entouraient s'effaçaient comme dans une brume. Il sut tout à coup dans son cœur qu'ils lui ordonnaient silencieusement d'attendre. Alors, aussitôt, la peur et la haine s'éveillèrent en lui. Sa main lâcha la bride pour saisir la poignée de son épée et, dans un éclair rouge, il la tira.

– Fuyez! Fuyez! cria Glorfindel; puis, d'une voix forte et claire, il ordonna au cheval en langue elfique : *noro lim, noro lim, Asfaloth!*

Aussitôt, le cheval bondit en avant et fila comme le vent sur le dernier pan de la route. Au même moment, les chevaux noirs s'élancèrent à sa poursuite, et des Cavaliers vint un terrible cri, tel que Frodon l'avait entendu remplissant d'horreur les bois dans le lointain Quartier de l'Est. Il y fut répondu, et au grand effroi de Frodon et de ses amis, des bois et des rochers au loin sur la gauche surgirent en trombe quatre autres Cavaliers. Deux couraient sur Frodon et deux galopaient à bride abattue vers le Gué pour lui couper tout moyen d'échapper. Ils lui semblaient voler comme le vent et devenir rapidement plus grands et plus sombres à mesure que leur course convergeait avec la sienne.

Frodon regarda un instant en arrière par-dessus son épaule. Il ne pouvait plus voir ses amis.

Les Cavaliers derrière lui perdaient du terrain; même leurs grands coursiers ne pouvaient rivaliser de vitesse avec le cheval elfique de Glorfindel. Il reporta son regard en avant et son espoir s'évanouit. Il semblait n'avoir aucune chance d'atteindre le Gué avant que le chemin ne soit coupé par ceux qui étaient restés embusqués. Il les voyait clairement à présent : ils avaient rejeté leurs capuchons et leurs manteaux noirs, et ils étaient revêtus de robes blanches et grises. Ils avaient dans leurs mains pâles des épées nues; des heaumes leur couvraient la tête. Leurs yeux froids étincelaient, et ils l'interpellaient d'une voix terrible.

La peur emplissait entièrement à présent l'esprit de Frodon. Il ne pensait plus à son épée. Aucun cri ne sortit de sa gorge. Il ferma les yeux et s'agrippa à la crinière du cheval. Le vent sifflait à ses oreilles, et les clochettes du harnais sonnaillaient follement. Un souffle glacial le perça comme une lance au moment où, dans un ultime effort, le cheval elfique, volant comme avec des ailes, passa tel un éclair de feu blanc sous le nez du Cavalier de tête.

Frodon entendit l'éclaboussement de l'eau. Elle écumáit autour de ses pieds. Il sentit le rapide effort de remontée comme le cheval quittait la rivière et escaladait le sentier rocailleux. Il grimpait le long de la rive escarpée. Il avait passé le Gué.

Mais les poursuivants le serraient de près. Au haut du talus, le cheval s'arrêta et fit demi-tour, hennissant furieusement. Il y avait Neuf Cavaliers en bas au bord de l'eau, et le courage de Frodon fléchit devant l'expression menaçante de leurs visages levés vers lui. Il ne voyait rien qui pût les empêcher de traverser aussi aisément qu'il l'avait fait lui-même; et il sentait qu'il était vain de tenter d'échapper par le sentier incertain menant du Gué au bord de Fondcombe, dès que les Cavaliers auraient traversé. De toute façon, il sentait qu'il lui était instamment commandé de s'arrêter. La haine l'aiguillonna de nouveau, mais il n'avait plus la force de résister.

Soudain, le Cavalier de tête éperonna son cheval. Celui-ci se cabra, refusant devant l'eau. Avec un grand effort, Frodon se redressa sur sa selle et brandit son épée.

– Allez-vous-en! cria-t-il. Retournez au Pays de Mordor et ne me suivez pas plus avant!

Sa voix sonna grêle et aiguë à ses propres oreilles. Les Cavaliers s'arrêtèrent, mais Frodon n'avait pas le pouvoir de Bombadil. Ses ennemis s'esclaffèrent d'un rire dur et glacial :

– Revenez! Revenez! crièrent-ils. En Mordor, nous vous emmènerons!

– Allez-vous-en! murmura-t-il.

– L'Anneau! L'Annneau! crièrent-ils implacablement.

Et tout aussitôt leur chef poussa son cheval dans l'eau, suivi de près par deux autres.

– Par Elbereth et Luthien la Belle, dit Frodon dans un dernier effort, brandissant son épée, vous n'aurez ni l'Anneau ni moi!

Alors, le chef, qui était déjà au milieu du Gué, se dressa menaçant sur ses étriers et leva la main. Frodon fut frappé de mutisme. Il sentit sa langue se coller à son palais et son cœur battre à tout rompre. Son épée se brisa et tomba de sa main tremblante. Le cheval elfique se dressa et s'ébroua. Le premier des chevaux noirs avait presque posé pied sur la rive.

A ce moment vint un grondement précipité : le retentissement de flots roulant tumultueusement une grande quantité de pierres. Frodon vit indistinctement en dessous de lui s'élever la rivière, dans le lit de laquelle chargeait une cavalerie de vagues empanachées. Des flammes blanches parurent à Frodon papilloter sur les crêtes, et il imagina presque voir dans l'eau des cavaliers blancs sur des blancs chevaux aux crinières bouillonnantes. Les trois cavaliers, immobiles au milieu du Gué, furent submergés; ils disparurent soudain sous l'écume en courroux. Ceux qui étaient derrière reculèrent en désarroi.

Dans les dernières lueurs de sa conscience, Frodon entendit des cris, et il lui sembla voir, au-delà des Cavaliers qui hésitaient sur la rive, une brillante figure de lumière blanche; et derrière couraient de vagues petites formes agitant des flammes rougeoyantes dans la brume grise qui tombait sur le monde.

Les chevaux noirs furent pris de folie et, bondissant de terreur, ils emportèrent leurs cavaliers dans les flots impétueux. Leurs cris perçants furent noyés dans le grondement de la rivière qui les emportait. Frodon se sentit alors tomber, et le grondement et la confusion lui parurent s'enfler et l'engouffrer en même temps que ses ennemis. Il n'entendit ni ne vit plus rien.

LIVRE II

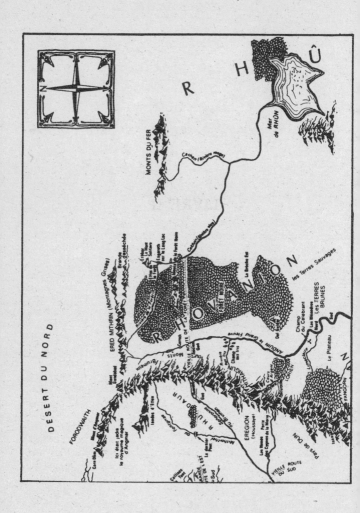

CHAPITRE PREMIER

NOMBREUSES RENCONTRES

A son réveil, Frodon se trouva couché dans un lit. Il pensa tout d'abord avoir dormi tard, après un long cauchemar qui flottait toujours au bord de sa mémoire. Ou peut-être avait-il été malade? Mais le plafond lui paraissait étranger; il était plat et il avait des poutres sombres, richement sculptées. Il resta encore un moment allongé à regarder des taches de soleil sur le mur et à écouter le son d'une cascade.

— Où suis-je et quelle heure est-il? demanda-t-il à voix haute au plafond.

— Dans la maison d'Elrond, et il est dix heures du matin, dit une voix. Et c'est le matin du 24 octobre, si vous voulez le savoir.

— Gandalf! s'écria Frodon, se dressant sur son séant.

Le vieux magicien était bien là, assis dans un fauteuil près de la fenêtre ouverte.

— Oui, dit-il, je suis là. Et vous avez de la chance d'y être aussi, après toutes les absurdités que vous avez faites depuis votre départ de chez vous.

Frodon se recoucha. Il se sentait trop bien et trop paisible pour discuter, et de toute façon, il ne pensait pas pouvoir l'emporter dans un débat. Il était tout à fait réveillé à présent, et le souvenir de son voyage lui revenait : le désastreux « raccourci » par la Vieille Forêt; l'accident au *Poney Fringant*; et la folie qu'il avait commise en mettant l'Anneau, dans la Combe au pied du Mont Venteux. Tandis qu'il pensait à toutes ces choses et qu'il s'efforçait en vain d'amener son souvenir jusqu'à son arrivée à Fondcombe, un long silence régna, rompu seulement par les douces bouffées tirées sur la pipe de

Gandalf, qui envoyait des ronds de fumée blanche par la fenêtre.

– Où est Sam? finit par demander Frodon. Et les autres sont-ils tous en bon état?

– Oui, ils sont tous sains et saufs, répondit Gandalf. Sam est resté ici jusqu'à ce que je l'aie envoyé se reposer, il y a environ une demi-heure.

– Que s'est-il passé au Gué? demanda Frodon. Tout paraissait si indistinct, en quelque sorte; et ça le semble toujours.

– Oui, ça le pouvait bien. Vous commenciez à disparaître, répondit Gandalf. La blessure finissait par avoir raison de vous : quelques heures de plus et nous n'aurions plus rien pu faire pour vous. Mais vous avez en vous de la résistance, mon cher Hobbit! Comme vous l'avez montré dans le Galgal. Cela ne tenait qu'à un cheveu; peut-être fut-ce le moment le plus dangereux de tous. J'aurais bien voulu que vous ayez pu tenir au Mont Venteux.

– Vous semblez en savoir déjà très long, dit Frodon. Je n'ai pas parlé aux autres du Galgal. Au début, c'était trop horrible, et après il y avait trop d'autres sujets de préoccupation. Comment êtes-vous au courant?

– Vous avez longuement parlé dans votre sommeil, Frodon, dit Gandalf avec douceur, et il ne m'a pas été difficile de déchiffrer votre pensée et votre souvenir. Ne vous en faites pas! Bien que j'aie parlé d'« absurdités » tout à l'heure, je ne le pensais pas vraiment. J'ai beaucoup d'estime pour vous – et pour les autres. Ce n'est pas une mince prouesse que d'être arrivés jusqu'ici, et à travers tant de dangers, en portant toujours l'Anneau.

– On n'aurait jamais pu le faire sans Grands-Pas, dit Frodon. Mais nous avions besoin de vous. Je ne sais que faire sans vous.

– J'ai été retardé, dit Gandalf, et cela a failli être notre perte. Et pourtant, je n'en suis pas sûr : il se peut que ç'ait été mieux ainsi.

– Je voudrais bien que vous me disiez ce qui s'est passé!

– Tout vient à point à qui sait attendre! Vous ne devez pas parler ni vous préoccuper de quoi que ce soit aujourd'hui, par ordre d'Elrond.

– Mais parler me ferait cesser de penser et de me poser des questions, ce qui est tout aussi fatigant, dit Frodon. Je suis tout à fait éveillé à présent, et je me rappelle tant de choses qui nécessitent une explication! Pourquoi avez-vous été retardé? Vous devriez au moins me dire cela.

– Vous saurez bientôt tout de ce que vous voulez savoir, dit Gandalf. Nous allons tenir un Conseil aussitôt que vous serez assez bien. Pour le moment, je vous dirai seulement que j'ai été retenu prisonnier.

– Vous? s'écria Frodon.

– Oui, moi, Gandalf le Gris, dit le magicien, d'un ton solennel. Il y a bien des pouvoirs dans le monde, pour le bien comme pour le mal. Certains sont plus grands que je ne le suis. Contre d'autres, je ne me suis encore jamais mesuré. Mais mon temps approche. Le Seigneur de Morgul et ses Cavaliers Noirs se sont avancés. La guerre se prépare!

– Ainsi vous étiez au courant des Cavaliers – avant que je ne les aie rencontrés!

– Oui. En fait, je vous en ai parlé; car les Cavaliers Noirs sont les Esprits Servants de l'Anneau, les Neuf Serviteurs du Seigneur des Anneaux. Mais j'ignorais qu'ils avaient de nouveau surgi, sans quoi j'aurais aussitôt fui avec vous. Je n'en ai eu des nouvelles qu'après vous avoir quitté en juin; mais cette histoire-là doit attendre. Pour le moment, nous avons été sauvés du désastre, par Aragorn.

– Oui, dit Frodon, c'est Grands-Pas qui nous a sauvés. Mais j'avais peur de lui au début. Sam ne lui a jamais fait entière confiance, je crois; en tout cas pas jusqu'à ce que nous ayons rencontré Glorfindel.

Gandalf sourit :

– Je connais tout au sujet de Sam, dit-il. Il n'a plus de doutes, à présent.

– J'en suis heureux, dit Frodon. Car j'en suis venu à être très attaché à Grands-Pas. Enfin... *attaché* n'est pas le mot. Je veux dire qu'il m'est cher; encore qu'il soit étrange et sévère par moments. En fait, il me rappelle souvent votre propre personne. Je ne savais pas qu'il y avait de semblables êtres parmi les Grandes Gens. Je pensais, eh bien, qu'ils étaient simplement grands, et plutôt bêtes : bons et bêtes comme Poiredebeurré; ou bêtes et méchants comme Bill Fougeron. Mais, après tout, on ne connaît pas grand-chose des Hommes dans la Comté, sauf peut-être ceux du Pays de Bree.

– Vous ne connaissez même pas grand-chose de ceux-là, si vous pensez que le vieux Prosper est bête, dit Gandalf. Il est assez sagace dans son domaine propre. Il pense moins qu'il ne parle, et plus lentement; il peut toutefois voir au travers d'un mur de brique (comme on dit à Bree). Mais il en reste peu dans la Terre du Milieu comme Aragorn, fils d'Arathorn. La race des Rois d'au-delà de la Mer est presque éteinte. Il se peut que cette Guerre de l'Anneau soit leur dernière aventure.

– Vous voulez vraiment dire que Grands-Pas fait partie des sujets des anciens Rois? dit Frodon, étonné. Je les croyais tous disparus depuis très longtemps. Je le prenais pour un simple Rôdeur.

– Un simple Rôdeur! s'écria Gandalf. Mais, mon cher Frodon, c'est exactement ce que sont les Rôdeurs : les derniers restants dans le Nord du grand peuple, des Hommes de l'Ouest. Ils m'ont déjà aidé dans le passé; et j'aurai besoin de leur aide dans les jours à venir; car, si nous avons atteint Fondcombe, l'Anneau n'est pas encore en repos.

– Je l'imagine, dit Frodon. Mais jusqu'à présent, ma seule idée a été de parvenir ici; et j'espère ne pas être obligé d'aller plus loin. Il est très agréable de simplement se reposer. Je viens de passer un mois d'exil et d'aventure, et je trouve que cela me suffit amplement.

Il se tut et ferma les yeux. Au bout d'un moment, il reprit :

– Je viens de faire mon compte, et je ne parviens pas à amener le total jusqu'au 24 octobre. Ce devrait être le 21. Nous avons dû atteindre le Gué le 20.

– Vous avez parlé et calculé beaucoup trop dans l'état où vous êtes, dit Gandalf. Comment vont votre côté et votre épaule?

– Je ne sais pas, répondit Frodon. Je ne les sens pas du tout : ce qui est un progrès, mais (il fit un effort) je puis bouger de nouveau un peu le bras. Oui, il reprend vie. Il n'est pas froid, ajouta-t-il, tâtant sa main gauche avec la droite.

– Bon! dit Gandalf. Elle se remet rapidement. Vous ne tarderez pas à être tout à fait rétabli. Elrond vous a guéri : il vous a soigné plusieurs jours durant, depuis le moment où on vous a apporté ici.

– Des jours?

– Eh bien, quatre nuits et trois jours, pour être précis. Les Elfes vous ont apporté du Gué dans la nuit du 20, et c'est là que vous avez perdu votre compte. Nous avons été terriblement inquiets, et Sam n'a guère quitté votre chevet, jour et nuit, sauf pour transmettre des messages.

Elrond est maître en l'art de guérir, mais les armes de notre Ennemi sont meurtrières. A vrai dire, j'avais très peu d'espoir; car je soupçonnais qu'il restait un fragment de la lame dans la blessure fermée. Mais on n'a pu le trouver qu'hier soir. Elrond a alors extrait un éclat. Celui-ci était profondément enfoncé, et il s'avançait toujours plus loin.

Frodon frissonna au souvenir du cruel poignard à la lame encochée qui avait disparu entre les mains de Grands-Pas.

— Ne vous tourmentez pas! dit Gandalf. Elle est partie à présent. Elle a été fondue. Et il semble que les Hobbits sont peu empressés à disparaître. J'ai connu de forts guerriers parmi les Grandes Gens dont cet éclat serait rapidement venu à bout, alors que vous l'avez porté en vous pendant dix-sept jours.

— Que m'auraient-ils fait? demanda Frodon. Qu'est-ce que les Cavaliers Noirs essayaient de faire?

— Ils ont tenté de vous percer le cœur d'un poignard de Morgul, qui demeure dans la blessure. S'ils avaient réussi, vous seriez devenu comme eux, mais en restant plus faible et en leur étant soumis. Vous seriez devenu un spectre sous la domination du Seigneur Ténébreux; et il vous aurait tourmenté pour avoir tenté de garder son Anneau, pour autant qu'il puisse y avoir tourment plus grand que d'être volé et de voir l'Anneau à son doigt.

— Dieu merci, je ne m'étais pas rendu compte de cet horrible danger! dit Frodon d'une voix faible. J'avais mortellement peur, bien sûr; mais si j'en avais su davantage, je n'aurais pas même osé bouger. C'est miracle que j'en aie réchappé!

— Oui, la chance ou le destin vous ont aidé, sans parler du courage, dit Gandalf. Car votre cœur n'a pas été touché et seule votre épaule a été percée; et cela, c'est parce que vous avez résisté jusqu'au bout. Mais cela n'a tenu qu'à un fil, pour ainsi dire. Vous étiez le plus menacé pendant que vous portiez l'Anneau, car alors vous étiez vous-même à demi dans le monde des spectres, et ils auraient pu vous saisir. Vous pouviez les voir, et ils pouvaient vous voir de même.

— Je sais, dit Frodon. Leur aspect était terrible! Mais pourquoi leurs chevaux nous étaient-ils visibles à tous?

— Parce que c'en étaient de vrais; tout comme les robes noires sont de véritables robes qu'ils portent pour donner une forme à leur néant quand ils ont affaire aux vivants.

– Alors, pourquoi ces chevaux noirs supportent-ils de pareils cavaliers? Tous les autres animaux sont terrifiés à leur approche, même le cheval elfique de Glorfindel. Les chiens hurlent et les oies poussent des cris aigus après eux.

– Parce que ces chevaux sont nés et ont été dressés au service du Seigneur Ténébreux en Mordor. Ses serviteurs et ses animaux ne sont pas tous des spectres! Il y a des orques et des trolls, des ouargues et des loups-garous; et il y a eu – il y en a encore – de nombreux hommes, guerriers et rois, qui vont et viennent vivants sous le soleil et qui sont pourtant sous son empire. Et leur nombre croît de jour en jour.

– Et Fondcombe et les Elfes? Fondcombe est-il sûr?

– Oui, pour le moment, jusqu'à ce que tout le reste soit conquis. Les Elfes peuvent redouter le Seigneur Ténébreux et fuir devant lui, mais jamais plus ils ne l'écouteront ni ne le serviront. Et ici, à Fondcombe, vivent encore certains de ses principaux ennemis : les Sages-Elfes, seigneurs de l'Eldar d'au-delà des mers les plus lointaines. Ils ne craignent pas les Esprits Servants de l'Anneau, car ceux qui ont demeuré dans le Royaume Béni vivent en même temps dans les deux mondes, et ils ont grand pouvoir tant sur le Visible que sur l'Invisible.

– J'ai cru voir une forme blanche qui brillait et ne devenait pas indistincte comme les autres. Etait-ce donc Glorfindel?

– Oui, vous l'avez vu un moment tel qu'il est de l'autre côté : l'un des puissants des Premiers-Nés. C'est un Seigneur Elfe, d'une maison princière. En fait, il existe pour quelque temps à Fondcombe un pouvoir de résistance à la puissance de Mordor : et ailleurs, résident d'autres pouvoirs. Il y en a aussi un d'une autre sorte dans la Comté. Mais tous ces endroits deviendront bientôt des îlots assiégés, pour peu que les choses continuent de suivre le cours qu'elles ont pris. Le Seigneur Ténébreux déploie toute sa force.

« Néanmoins, dit-il, se dressant soudain, le menton en avant, tandis que sa barbe se faisait raide et droite comme du fil de fer hérissé, nous devons conserver tout notre courage – vous serez bientôt rétabli si je ne vous tue pas de paroles. Vous êtes à Fondcombe, et vous n'avez à vous préoccuper de rien pour le moment.

– Je n'ai pas de courage à conserver, dit Frodon, mais je ne suis pas tourmenté à présent. Donnez-moi simplement des nouvelles de mes amis et racontez-moi la fin de l'affaire du Gué, comme je ne cesse de vous le demander, et je serai satisfait pour l'instant. Après cela, je ferai un nouveau somme, je pense; mais je serai incapable de fermer l'œil tant que vous n'aurez pas fini pour moi l'histoire.

Gandalf approcha son fauteuil du lit et observa attentivement Frodon. La couleur était revenue au visage de celui-ci et ses yeux étaient limpides, pleinement éveillés et conscients. Il souriait et il semblait ne plus avoir grand-chose d'anormal. Mais aux yeux du magicien, il y avait un léger changement, un soupçon comme de transparence en lui, et plus particulièrement dans la main gauche, posée sur le dessus-de-lit.

« Mais il faut bien s'y attendre, se dit Gandalf. Il n'en a pas encore à moitié terminé et à quoi il arrivera en fin de compte, pas même Elrond ne saurait le prédire. Pas à du mal, je pense. Il pourrait devenir comme un miroir empli de claire lumière pour les yeux capables de voir. »

– Vous paraissez en pleine forme, dit-il à haute voix. Je vais me risquer à vous faire un petit récit sans consulter Elrond. Mais très brièvement, notez; après quoi, vous devrez vous rendormir. Voici ce qui s'est passé, à ma connaissance. Les Cavaliers se sont précipités tout droit à votre poursuite, dès votre fuite. Ils n'avaient plus besoin d'être dirigés par leurs chevaux, vous leur étiez devenu visible, étant déjà au seuil de leur monde. Et aussi l'Anneau les attirait. Vos amis bondirent hors de la route, sans quoi ils eussent été écrasés. Ils savaient que rien ne pouvait vous sauver, s'il n'était au pouvoir du cheval blanc de le faire. Les Cavaliers étaient trop rapides pour être rattrapés, et trop nombreux pour une opposition quelconque. A pied, même Glorfindel et Aragorn réunis étaient incapables de résister aux Neuf ensemble.

« Quand les Esprits-Servants de l'Anneau sont passés en trombe, vos amis ont couru derrière. Tout près du Gué, il y a à côté de la route un petit creux, masqué par quelques arbres rabougris. Là, ils allumèrent en hâte un feu; car Glorfindel savait qu'une crue viendrait si les Cavaliers tentaient de traverser, et il aurait alors à se mesurer avec ceux qui pourraient rester de son côté de la rivière. Dès l'apparition de la crue, il se précipita au-dehors, suivi d'Aragorn et des autres, avec des bran-

299

dons enflammés. Pris entre le feu et l'eau, et voyant un Seigneur Elfe, révélé dans son courroux, ils furent épouvantés et leurs chevaux furent pris de folie. Trois furent emportés par le premier assaut de la crue; les autres, précipités alors à l'eau par leurs chevaux, furent submergés.

– Et est-ce là la fin des Cavaliers Noirs? demanda Frodon.

– Non, dit Gandalf. Leurs chevaux ont dû périr, et privés d'eux ils sont estropiés. Mais les Esprits-Servants de l'Anneau ne peuvent être aussi aisément détruits. Quoi qu'il en soit, il n'y a plus rien à craindre d'eux pour le moment. Vos amis ont traversé après le passage de la crue; et ils vous ont trouvé gisant le visage contre terre au sommet de la rive, avec une épée brisée en dessous de vous. Le cheval montait la garde à côté. Vous étiez pâle et froid, et ils craignaient que vous ne fussiez mort ou pis. Les gens d'Elrond les ont rencontrés tandis qu'ils vous portaient lentement vers Fondcombe.

– Qui a provoqué la crue? demanda Frodon.

– C'est Elrond qui l'a ordonnée, répondit Gandalf. La rivière de cette vallée est sous sa domination, et elle se lève en furie quand il a grand besoin de barrer le Gué. Dès que le Capitaine des Esprits-Servants de l'Anneau fut entré dans l'eau, la crue fut lâchée. Si vous me permettez de le dire, j'y ai ajouté quelques touches à ma façon : vous ne l'aurez peut-être pas remarqué, mais certaines des vagues avaient pris la forme de grands chevaux blancs, montés par de brillants cavaliers blancs, et il y avait de nombreux galets qui roulaient et crissaient. J'ai craint un moment que nous n'ayons libéré une fureur trop grande et que la crue, échappant à notre contrôle, ne vous emporte tous. Il y a une grande vigueur dans les eaux qui descendent des neiges des Monts Brumeux.

– Oui, tout cela me revient à présent, dit Frodon : le formidable grondement. J'ai cru que je me noyais avec mes amis, mes ennemis et tout. Mais nous sommes saufs, maintenant!

Gandalf regarda vivement Frodon, mais il avait fermé les yeux :

– Oui, nous sommes tous saufs pour l'instant. Bientôt, il y aura des festoiements et des réjouissances pour célébrer la victoire du Gué de Bruinen, et vous y occuperez des places d'honneur.

– Magnifique! dit Frodon. C'est merveilleux qu'Elrond,

Glorfindel et de si hauts seigneurs, sans parler de Grands-Pas, prennent tant de souci et nous montrent tant de bonté.

– Enfin... il y a bien des raisons à cela, dit Gandalf, souriant. J'en suis une moi-même pour commencer. L'Anneau en est une autre : vous êtes le porteur de l'Anneau. Et vous êtes l'héritier de Bilbon, l'inventeur de l'Anneau.

– Ce cher Bilbon! dit Frodon à demi assoupi. Je me demande où il est. Je voudrais bien qu'il fût ici et qu'il pût entendre parler de tout cela. Cela l'aurait fait rire. La vache a sauté par-dessus la lune! Et le pauvre vieux troll!

Sur quoi, il sombra dans le sommeil.

Frodon était à présent en sûreté dans la Dernière Maison Simple à l'Est de la Mer. C'était, comme Bilbon l'avait déclaré jadis, « une maison parfaite, que l'on aime manger, dormir, raconter des histoires ou chanter, ou que l'on préfère rester simplement à penser, ou encore un agréable mélange de tout cela ». Le seul fait de se trouver là était un remède à la fatigue, à la peur ou à la tristesse.

A l'approche de la nuit, Frodon se réveilla de nouveau, et il s'aperçut qu'il ne ressentait plus le besoin de repos ou de sommeil, mais qu'il avait bien envie de manger et de boire, et sans doute ensuite de chanter et de raconter des histoires. Il se leva et constata que son bras était déjà presque normalement utilisable. Il trouva, préparés, des vêtements propres en drap vert, qui lui allaient parfaitement. En se regardant dans un miroir, il fut saisi de voir une image de lui-même beaucoup plus mince qu'il ne s'en souvenait : elle ressemblait remarquablement au jeune neveu de Bilbon qui faisait autrefois avec son oncle des randonnées à pied dans la Comté; mais les yeux le contemplaient d'un air pensif.

– Oui, tu as eu quelques aventures depuis la dernière fois que tu as regardé d'un miroir, dit-il à son reflet. Mais à présent, en route pour une joyeuse réunion!

Il s'étira, sifflant un air.

A ce moment, quelqu'un frappa à la porte et Sam entra. Il courut à Frodon, dont il saisit la main gauche avec maladresse et timidité. Il la caressa doucement; puis, rougissant, se détourna en hâte.

– Salut, Sam! dit Frodon.

– Elle est chaude! dit Sam. Je veux dire votre main, monsieur Frodon. Elle était si froide durant ces longues nuits! Mais victoire et trompettes! s'écria-t-il, se retournant de nouveau, les yeux brillants et dansant sur le parquet. C'est merveilleux de vous voir debout et semblable à vous-même, monsieur! Gandalf m'a prié de venir voir si vous étiez prêt pour descendre, et j'ai cru qu'il plaisantait.

– Je suis prêt, dit Frodon. Allons à la recherche des autres!

– Je peux vous y amener, monsieur, dit Sam. C'est une grande maison, et très particulière. Il y a toujours quelque chose de plus à découvrir, et on ne sait jamais ce qu'on trouvera en tournant un coin. Et des Elfes, monsieur! Des Elfes par-ci, des Elfes par-là! Certains sont comme des rois, terribles et superbes; et d'autres aussi joyeux que des enfants. Et la musique, et le chant – bien que je n'aie guère eu le temps ni le cœur d'écouter grand-chose depuis notre arrivée ici. Mais je commence à connaître certaines façons de cet endroit.

– Je sais tout ce que tu as fait, Sam, dit Frodon, lui prenant le bras. Mais ce soir, vive la joie, et tu écouteras tout ton saoul. Allons, fais-moi passer les coins!

Sam le mena par divers couloirs, lui fit descendre de nombreuses marches, et ils sortirent dans un jardin en terrasse au-dessus de la rive escarpée de la rivière. Frodon trouva ses amis sous un porche du côté est de la maison. Des ombres s'étaient étendues en bas dans la vallée, mais il y avait encore de la lumière sur les faces des montagnes qui les dominaient au loin. L'atmosphère était chaude. Le son de l'eau vive et des cascades retentissait, et le soir était empli d'une légère senteur d'arbres et de fleurs, comme si l'été s'attardait encore dans les jardins d'Elrond.

– Hourra! cria Pippin, se dressant d'un bond. Voici notre noble cousin! Place à Frodon, le Seigneur de l'Anneau!

– Chut! dit Gandalf, de l'ombre du fond du porche. Les choses mauvaises ne viennent pas dans cette vallée; mais nous ne devrions tout de même pas les nommer. Le Seigneur de l'Anneau n'est pas Frodon, mais le maître de la Tour Sombre de Mordor, dont le pouvoir est de nouveau en train de s'étendre sur le monde! Nous sommes assis dans une forteresse. Au-dehors, les ténèbres tombent.

– Gandalf nous a dit bien des choses aussi réconfortantes, dit Pippin. Il pense que j'ai besoin d'être rappelé à la discipline. Mais il semble impossible en quelque sorte d'avoir l'esprit chagrin ou déprimé dans cet endroit. J'ai l'impression que je pourrais chanter, si seulement je connaissais une chanson appropriée à la circonstance.

– Je chanterais bien moi-même, dit Frodon, riant. Encore que, pour le moment, j'aie plus envie de manger et de boire!

– Il sera bientôt remédié à cette envie-là, dit Pippin. Tu as montré ton astuce habituelle en te levant juste à temps pour un repas.

– Plus qu'un repas! Un festin! dit Merry. Aussitôt que Gandalf eut fait savoir que tu étais remis, les préparatifs ont commencé.

Il avait à peine fini de parler que la sonnerie de nombreuses cloches les appela à la grande salle.

La grande salle de la maison d'Elrond était pleine de gens : des Elfes pour la plupart, mais il y avait quelques convives d'autres sortes. Elrond, comme à son habitude, siégeait dans un grand fauteuil au bout de la longue table sur l'estrade; et près de lui étaient assis d'un côté Glorfindel et de l'autre Gandalf.

Frodon les regarda avec étonnement, car il n'avait encore jamais vu Elrond, sujet de tant de contes; et, assis à sa droite et à sa gauche, Glorfindel et même Gandalf qu'il croyait si bien connaître étaient révélés sous le jour de seigneurs puissants et de haut rang.

Si Gandalf était de stature plus courte que les deux autres, sa longue et abondante barbe grise et ses larges épaules lui donnaient l'air de quelque sage roi de l'ancienne légende. Dans son visage âgé, sous de grands sourcils neigeux, ses yeux sombres étaient enchâssés comme des charbons capables de s'embraser soudain.

Glorfindel était grand et droit, ses cheveux étaient d'or éclatant; son visage jeune et beau était intrépide et reflétait la joie; ses yeux étaient vifs et brillants, et sa voix comme une musique; son front montrait la sagesse, et sa main la force.

Le visage d'Elrond était sans âge, ni jeune ni vieux, bien qu'on y pût lire le souvenir de maintes choses, tant heureuses que tristes. Sa chevelure était sombre comme les ombres du crépuscule, et elle était ceinte d'un bandeau d'argent; ses yeux étaient du gris d'un soir clair, et il y avait en eux une lumière semblable à celle des étoiles. Il paraissait aussi vénérable qu'un roi couronné de maints hivers, et pourtant aussi vigoureux qu'un guerrier éprouvé dans toute la plénitude de sa force. Il était le Seigneur de Fondcombe, et puissant parmi les Elfes comme parmi les Hommes.

Au milieu de la table, contre les tentures du mur, se trouvait un fauteuil surmonté d'un dais, et là était assise une dame belle à regarder, et elle était, sous la forme féminine, si semblable à Elrond que Frodon devina une proche parente. Elle était jeune et en même temps pas. Les tresses de ses cheveux sombres n'étaient touchées d'aucun givre, ses bras blancs et son clair visage étaient lisses et sans défaut, et la lumière des étoiles brillait dans ses yeux, gris comme une nuit sans nuage; elle avait de plus un port de reine, la pensée et le savoir se révélaient dans son regard comme dans celui de quelqu'un qui a connu maintes choses qu'apportent les années. Au-dessus de son front, sa tête était couverte d'un bonnet de dentelle d'argent, entrelacée de petits gemmes d'un blanc scintillant; mais ses vêtements doux et gris n'avaient d'autre ornement qu'une ceinture de feuilles ouvrées en argent.

C'est ainsi que Frodon vit celle que peu de mortels avaient encore vue, Arwen, fille d'Elrond, dans laquelle, disait-on, l'image même de Luthien était revenue sur terre; et on l'appelait Undomiel, car elle était l'Etoile du Soir de son peuple. Longtemps elle était demeurée dans le pays de sa famille maternelle, en Lórien au-delà des montagnes, et elle n'était que récemment revenue à Fondcombe dans la maison de son père. Mais ses frères, Elladan et Elrohir, étaient partis en vie errante; car ils chevauchaient souvent très loin dans le Nord avec les Rôdeurs, n'oubliant jamais le tourment de leur mère dans les antres des orques.

Frodon n'avait jamais vu ni imaginé pareille beauté en un être vivant; et il fut surpris et confondu de constater qu'il avait une place à la table d'Elrond, parmi tous ces personnages si beaux et de si haut rang. Bien qu'il eût un siège approprié et qu'il fût surélevé sur plusieurs coussins, il se sentit très petit et assez déplacé; mais ce sentiment ne tarda pas à passer. Le festin était joyeux et la chère répondait à tout ce que sa faim pouvait désirer. Un bon moment s'écoula avant qu'il ne regardât de nouveau autour de lui ou même ne se tournât vers ses voisins.

Il chercha tout d'abord ses amis. Sam avait demandé l'autorisation de servir son maître, mais il lui avait été répondu que pour cette fois il était un invité d'honneur. Frodon le vit alors, assis avec Pippin et Merry au haut bout d'une des petites tables voisines de l'estrade. Il ne vit aucun signe de Grands-Pas.

A la droite de Frodon était assis un Nain d'aspect important, richement vêtu. Sa barbe, très longue et fourchue, était presque aussi blanche que le drap d'un blanc de neige de ses habits. Il portait une ceinture d'argent et, à son cou, pendait une chaîne d'argent et de diamants. Frodon s'arrêta de manger pour le regarder.

– Bienvenue et bonne rencontre! dit le Nain, se tournant vers lui.

Puis il se leva pour s'incliner :

– Glóin, pour vous servir, dit-il avec un salut encore plus profond.

– Frodon, à votre service et à celui de votre famille, répondit selon la bienséance Frodon, se levant surpris et répandant ses coussins. Suis-je dans le vrai en supposant que vous êtes *le* Glóin, l'un des douze compagnons du grand Thorin Ecu-de-Chêne?

– Tout juste, répondit le Nain, ramassant les coussins et aidant courtoisement Frodon à remonter sur son siège. Et je ne le demande pas, car j'ai déjà appris que vous êtes le parent et l'héritier de notre célèbre ami Bilbon. Permettez-moi de vous féliciter de votre rétablissement.

– Je vous remercie infiniment, dit Frodon.

– Vous avez eu de très étranges aventures, m'a-t-on dit. Je me demande grandement ce qui entraîne *quatre* Hobbits à un si long voyage. Rien de la sorte ne s'est produit depuis que Bilbon est venu avec nous. Mais peut-être ne devrais-je pas poser de questions aussi précises, puisque Elrond et Gandalf ne paraissent pas disposés à parler de cela?

– Je crois que nous n'en parlerons pas, pour le moment tout au moins, dit poliment Frodon.

Il devinait que, même dans la maison d'Elrond, l'Anneau n'était pas un sujet à aborder dans la conversation courante; et, de toute façon, il désirait oublier ses difficultés pendant quelque temps :

– Mais je suis également curieux, ajouta-t-il, d'apprendre ce qui amène un Nain aussi important à une telle distance du Mont Solitaire.

Glóin le regarda :

– Si vous ne le savez pas encore, je crois que nous ne parlerons pas encore de cela non plus. Maître Elrond nous convoquera tous avant peu, je pense, et alors nous entendrons tous bien des choses. Mais il en est beaucoup d'autres que l'on peut dire.

Ils conversèrent durant tout le reste du repas, mais Frodon écoutait plus qu'il ne parlait; car les nouvelles de la Comté, à part celles de l'Anneau, semblaient menues, lointaines et insignifiantes, tandis que Glóin avait à raconter beaucoup d'événements des régions septentrionales du Pays Sauvage. Frodon apprit que Grimbeorn l'Ancien, fils de Beorn, était à présent le seigneur de nombreux hommes forts et que dans leur pays, situé entre les Montagnes et la Forêt Noire, ni orque ni loup n'osait pénétrer.

– En vérité, dit Glóin, n'étaient les Beornides, le passage du Val à Fondcombe serait depuis longtemps devenu impossible. Ce sont de vaillants hommes, et ils maintiennent ouverts le Haut Col et le Gué de Carrock. Mais leurs péages sont élevés, ajouta-t-il avec un hochement de tête, et comme le Beorn de jadis ils n'aiment pas trop les Nains. Ils sont toutefois sûrs, et c'est beaucoup de nos jours. Nulle part il n'y a d'hommes aussi bienveillants à notre égard que ceux du Val. Ce sont de bonnes gens que les Bardides. Ils sont gouvernés par les petits-fils de Bard l'Archer : Brand, fils de Bain fils de Bard. C'est un roi puissant, et son royaume s'étend maintenant loin au sud et à l'est d'Esgaroth.

– Et qu'en est-il de votre propre peuple? demanda Frodon.

– Il y a beaucoup à dire, du bon et du mauvais, répondit Glóin; mais surtout du bon; nous avons jusqu'ici été fortunés, quoique nous n'échappions pas à l'assombrissement de ces temps. Si vous désirez vraiment entendre parler de nous, je vous donnerai volontiers des nouvelles. Mais arrêtez-moi quand vous en aurez assez! La langue des Nains va toujours, quand ils parlent de leur œuvre, dit-on.

Là-dessus, Glóin se lança dans un long récit des actes du Royaume des Nains. Il était ravi d'avoir trouvé un auditeur aussi poli; car Frodon ne montrait aucun signe de lassitude et il ne fit aucune tentative pour changer de sujet, bien qu'en vérité il fût bientôt perdu parmi les étranges noms de personnages et de lieux qu'il n'avait jamais entendus auparavant. Il fut toutefois intéressé d'apprendre que Dáin était toujours Roi sous la Montagne, qu'il était maintenant vieux (ayant passé sa deux cent cinquantième année), vénérable et fabuleusement riche. Sur les dix compagnons qui avaient survécu à la Bataille des Cinq Armées, sept étaient encore avec lui : Dwalin, Glóin, Dori, Nori, Bifur, Bofur et Bombur. Ce dernier était maintenant si gros qu'il ne pouvait plus se mouvoir de son lit à la table et qu'il fallait six jeunes Nains pour le soulever.

– Et que sont devenus Calin, Ori et Oin? demanda Frodon.

Une ombre passa sur le visage de Glóin :

– On l'ignore, répondit-il. C'est en grande partie à cause de Balin que je suis venu demander l'avis de ceux qui résident à Fondcombe. Mais, pour ce soir, parlons de choses plus joyeuses!

Glóin se mit alors à parler des œuvres de son peuple, racontant à Frodon leurs grands travaux du Val et sous la Montagne :

– Nous avons fait de belles choses, dit-il. Mais dans le travail des métaux, nous ne pouvons rivaliser avec nos pères, dont bien des secrets se sont perdus. Nous faisons de bonnes armures et des épées acérées, mais nous ne pouvons fabriquer de cottes de mailles ou de lames valant celles qui furent faites avant la venue du dragon. Ce n'est que dans l'exploitation minière et dans la construction que nous avons surpassé les temps anciens. Il faudrait que vous voyiez les canaux du Val, Frodon, et les montagnes et les fontaines! Vous devriez voir les routes pavées de diverses couleurs! Et les salles et rues caverneuses sous terre, aux voûtes sculptées comme des arbres; et les terrasses et les tours aux flancs de la Montagne! Vous verriez alors que nous n'avons point paressé.

– J'irai voir tout cela, si jamais je le peux, dit Frodon. Combien Bilbon aurait été surpris de voir tous les changements apportés à la Désolation du Smaug!

Glóin regarda Frodon et sourit :

– Vous aimez beaucoup Bilbon, n'est-ce pas? demanda-t-il.

– Oui, répondit Frodon. Je préférerais le voir lui que tous les palais et tours du monde.

Le festin finit par s'achever. Elrond et Arwen se levèrent et traversèrent la salle, et la compagnie les suivit dans l'ordre voulu. Les portes furent ouvertes toutes grandes, et tout le monde traversa un large couloir et passa par d'autres portes pour déboucher dans une autre salle. Il n'y avait plus là de tables, mais un feu clair brûlait dans un grand âtre entre les colonnes sculptées de part et d'autre.

Frodon se trouva marcher à côté de Gandalf :

– C'est ici la Salle du Feu, dit le magicien. Vous y entendrez maintes chansons et maints récits – pour peu que vous puissiez rester éveillé. Mais, sauf pour les grandes occasions, elle reste en général vide et silencieuse, et seuls y viennent ceux qui cherchent la paix pour penser. Du feu y brûle toute l'année, mais il y a peu d'autre lumière.

Comme Elrond entrait et gagnait le siège préparé pour lui, des ménestrels commencèrent de faire entendre une douce musique. La salle se remplit lentement, et Frodon contempla avec ravissement les belles personnes ainsi rassemblées en grand nombre; la lumière dorée du feu jouait sur leurs visages et chatoyait dans leurs cheveux. Soudain, il remarqua, non loin de l'autre bout du feu, une petite forme sombre assise sur un tabouret, le dos appuyé contre une colonne. A côté, étaient posés à terre une tasse et du pain. Frodon se demanda si le personnage était malade (si jamais on pouvait être malade à Fondcombe) et n'avait pu se rendre au festin. Le sommeil semblait avoir fait tomber sa tête sur sa poitrine, et son manteau sombre était ramené sur son visage.

Elrond s'avança et se tint debout à côté de la forme silencieuse :

– Eveillez-vous, petit maître! dit-il, souriant.

Puis, se tournant vers Frodon, il l'appela à lui :

– Voici enfin venue l'heure que vous souhaitiez, Frodon, dit-il. Voici un ami qui vous a longtemps manqué.

La forme sombre leva la tête et découvrit son visage.

– Bilbon! cria Frodon, le reconnaissant brusquement – et il bondit en avant.

– Salut, Frodon, mon gars! dit Bilbon. Alors, tu as fini par arriver. J'espérais que tu y parviendrais. Bon, bon! Ainsi toutes ces festivités sont en ton honneur, m'a-t-on dit. J'espère que tu en as bien profité?

– Pourquoi n'y étais-tu pas présent? s'écria Frodon. Et pourquoi ne m'a-t-il pas été permis de te voir plus tôt?

– Parce que tu dormais. Moi je t'ai beaucoup vu. Je suis resté assis à ton chevet avec Sam chaque jour. Mais pour ce qui est du festin, je ne pratique plus beaucoup ce genre de choses, à présent. Et j'avais autre chose à faire.

– Que faisais-tu donc?

– Eh bien, je me tenais là à penser. Je le fais beaucoup, à présent, et c'est ici le meilleur endroit, en règle générale. Me réveiller, vous en avez de bonnes! dit-il avec un clin d'œil à Elrond. (Il y avait dans son regard un éclair de malice, et Frodon n'y pouvait déceler aucune trace de torpeur.) Me réveiller! Je ne dormais pas, Maître Elrond. Si vous tenez à le savoir, vous êtes tous sortis de votre banquet trop tôt, et vous m'avez dérangé – en pleine composition d'une chanson. J'étais arrêté par un ou deux vers, et j'y réfléchissais; mais maintenant, je pense que je n'arriverai jamais à les mettre sur pied. Il va y avoir tant de chants, que les idées vont être purement et simplement balayées de ma tête. Il me va falloir avoir recours à mon ami Dúnadan. Où est-il?

Elrond rit :

– On va vous le trouver, dit-il. Vous vous retirerez dans un coin pour finir votre tâche, et on entendra cela et on en jugera avant la fin de nos réjouissances.

Des messagers furent dépêchés à la recherche de l'ami de Bilbon, bien que personne ne sût où il était ni pourquoi il n'avait pas assisté au banquet.

En attendant, Frodon et Bilbon s'assirent côte à côte, et Sam vint vivement prendre place auprès d'eux. Ils s'entretinrent à mi-voix, oublieux de la gaieté et de la musique qui remplissaient la salle alentour. Bilbon n'avait pas grand-chose à dire de lui-même. En quittant Hobbitebourg, il avait erré sans but, le long de la Route ou dans le pays des deux côtés; mais il avait en quelque sorte toujours été dans la direction de Fondcombe.

– Je suis arrivé ici sans grande aventure, dit-il, et après un temps de repos, j'ai poursuivi mon chemin avec les Nains jusqu'au Val : mon dernier voyage. Je ne courrai plus les routes. Le vieux Balin était parti. Alors je suis revenu ici, et j'y suis resté. Je me suis occupé. J'ai continué à écrire mon livre. Et naturellement je compose quelques chansons. On les chante de temps en temps : juste pour me faire plaisir, je pense; car, naturellement, elles ne sont pas vraiment assez bonnes pour Fondcombe.

Et j'écoute et je pense. Il semble que le temps ne s'écoule pas, ici : il existe, tout simplement. Un endroit remarquable en tout point.

« J'entends toutes sortes de nouvelles d'au-delà des montagnes et du Sud, mais guère de la Comté. J'ai entendu parler de l'Anneau, bien sûr. Gandalf est venu souvent. Mais il ne m'a pas dit grand-chose; il est devenu plus renfermé que jamais, ces dernières années. Le Dúnadan m'en a raconté davantage. Qui aurait imaginé que mon anneau causerait tant d'histoires? J'ai pensé plusieurs fois retourner le chercher à Hobbitebourg; mais je me fais vieux, et ils ne m'ont pas laissé faire : je veux dire Gandalf et Elrond. Ils semblaient penser que l'Ennemi me cherchait dans tous les coins et qu'il me mettrait en charpie s'il me prenait en balade dans les pays sauvages.

« Et Gandalf a dit : « L'Anneau a passé à un autre, Bilbon. Cela ne ferait aucun bien, à vous ni à personne, de tenter de vous en occuper de nouveau. » Curieuse remarque, bien de Gandalf. Mais il a ajouté qu'il veillait sur toi, alors j'ai laissé aller les choses. Je suis extrêmement heureux de te voir sain et sauf.

Il se tut et regarda Frodon d'un air de doute.

– Tu l'as ici? demanda-t-il à voix basse. Je ne puis retenir ma curiosité, tu comprends, après tout ce que j'ai entendu dire. J'aimerais beaucoup y jeter un simple coup d'œil.

– Oui, je l'ai, répondit Frodon, sentant monter en lui une étrange réserve. Il est tout comme il a toujours été.

– Eh bien, j'aimerais juste le voir un instant, dit Bilbon.

En s'habillant, Frodon avait constaté que, durant son sommeil, on avait suspendu l'Anneau à son cou sur une nouvelle chaîne, légère mais solide. Il la sortit avec lenteur. Bilbon tendit la main. Mais Frodon ramena vivement l'Anneau. Avec une affliction étonnée, il s'aperçut qu'il ne regardait plus Bilbon; une ombre semblait être tombée sur eux, et à travers celle-ci, il observait un petit être ridé, au visage avide, qui tendait des mains osseuses et tâtonnantes. Il éprouva le désir de le frapper.

La musique et les chants autour d'eux parurent défaillir, et un silence tomba. Bilbon regarda vivement le visage de Frodon et se passa la main sur les yeux :

– Je comprends maintenant, dit-il. Rentre-le! Je regrette, je regrette que tu aies été chargé de ce fardeau; je regrette tout. Les aventures n'ont-elles donc jamais de fin? Je suppose que non. Quelqu'un d'autre doit poursuivre l'histoire. Enfin... il n'y a pas moyen de l'éviter. Je me demande s'il sert à quoi que çe soit de terminer mon livre. Mais ne nous en tourmentons pas pour le moment. Donne-moi de vraies nouvelles! Raconte-moi tout sur la Comté!

Frodon cacha vite l'Anneau, et l'ombre passa, laissant à peine une parcelle de souvenir. La lumière et la musique de Fondcombe l'environnèrent de nouveau. Bilbon souriait et riait, tout heureux. Chaque détail que Frodon pouvait lui donner sur la Comté – avec l'aide et de temps à autre les rectifications de Sam – était pour lui du plus grand intérêt, depuis l'abattage du moindre arbre jusqu'aux farces des plus petits gamins de Hobbitebourg. Ils étaient si bien plongés dans les faits des Quatre Quartiers qu'ils ne remarquèrent pas l'arrivée d'un homme habillé de drap vert foncé. Celui-ci resta plusieurs minutes à les contempler d'en dessus, un sourire sur le visage.

Soudain, Bilbon leva la tête :

– Ah, vous voilà enfin, Dúnadan! s'écria-t-il.

– Grands-Pas! dit Frodon. Vous paraissez avoir beaucoup de noms.

– Eh bien, *Grands-Pas* en est un que je n'avais encore jamais entendu, en tout cas, dit Bilbon. Pourquoi l'appelles-tu ainsi?

– C'est le nom qu'on me donne à Bree, dit Grands-Pas en riant, et celui sous lequel je lui ai été présenté.

– Et pourquoi l'appelles-tu Dúnadan? demanda Frodon.

– *Le* Dúnadan, dit Bilbon. On l'appelle souvent ainsi, ici. Mais je pensais que tu connaissais assez d'elfique pour comprendre *dun-adan* : Homme de l'Ouest, Numénorien. Mais ce n'est pas le moment des leçons! (Et se tournant vers Grands-Pas :) Où avez-vous été, mon ami? Pourquoi n'étiez-vous pas au festin? La dame Arwen était présente.

Grands-Pas abaissa sur Bilbon un regard grave :

– Je sais, dit-il. Mais il me faut souvent écarter les réjouissances. Elladan et Elrohir sont revenus inopinément des Terres Sauvages, et ils avaient des nouvelles que je désirais entendre immédiatement.

– Eh bien, mon cher, dit Bilbon, maintenant que vous avez entendu ces nouvelles, ne pouvez-vous me consacrer un moment? J'ai besoin de votre aide pour une affaire urgente. Elrond dit qu'il faut terminer ma chanson avant la fin de la soirée, et je suis en panne. Allons dans un coin pour la fignoler!

Grands-Pas sourit :

– Allez-y, alors, dit-il. Faites-la-moi entendre!

Ils laissèrent Frodon en tête à tête avec lui-même pour un moment, car Sam s'était endormi. Il était seul et il se sentait assez abandonné, bien qu'environné de tous les gens de Fondcombe. Mais ceux qui se trouvaient auprès de lui étaient silencieux, car ils prêtaient une oreille attentive aux voix et aux instruments sans s'occuper de rien d'autre. Frodon se mit à écouter.

Au début, la beauté des mélodies et les mots entrelacés en langues elfiques, même s'il les comprenait peu, le tinrent sous le charme aussitôt qu'il eut commencé d'y prêter attention. Les mots semblaient presque prendre forme, et des visions de terres lointaines et de choses brillantes qu'il n'avait encore jamais imaginées s'ouvrirent devant lui; et la salle éclairée par le feu devint comme une brume dorée au-dessus de mers écumeuses qui soupiraient aux bords du monde. Puis l'enchantement se fit de plus en plus semblable à un rêve jusqu'à ce qu'il sentît qu'une rivière sans fin d'or et d'argent roulait sur lui son flot gonflé, trop immense pour qu'il pût en embrasser le dessin; elle devint partie de l'air vibrant qui l'entourait et elle le trempait et le noyait. Il sombra rapidement sous son poids brillant dans un profond royaume de sommeil.

Là, il vagabonda longuement dans un rêve de musique qui se muait en eau courante, puis soudain en une voix. Elle lui parut être celle de Bilbon, chantant des vers. Faibles d'abord, puis plus claires s'élevèrent les paroles :

Eärendel était un marin
qui demeurait en Arvernien;
il construisit un bateau d'arbres abattus
à Nimbrethil pour naviguer;
les voiles, il les tissa de bel argent,
d'argent étaient faits les fanaux,
la proue était en forme de cygne,
et la lumière s'étendait sur ses bannières.

De l'armure des anciens rois,
d'anneaux attachés par des chaînes il s'arma;
son brillant bouclier de runes était gravé
pour détourner de lui toutes blessures et tout mal;
son arc était de corne de dragon,
ses flèches taillées dans l'ébène,
d'argent était son haubergeon,
son fourreau de calcédoine;
vaillante était son épée d'acier,
d'adamant était son haut casque,
un plumet d'aigle couronnait son cimier,
sur sa poitrine brillait une émeraude.

Sous la lune et sous les étoiles
il erra loin des rives nordiques,
désorienté sur des chemins enchantés
au-delà des jours des terres mortelles.
Du grincement de la Glace Resserrée
où l'ombre s'étend sur les collines gelées,
des chaleurs infernales et des déserts brûlants
il se détourna en hâte, et vagabondant encore
sur les eaux sans étoiles, égaré au loin,
enfin il aboutit à la Nuit du Néant;
il passa sans jamais apercevoir
la rive brillante ni la lumière qu'il cherchait.
Les vents de la colère vinrent l'entraîner;
aveuglément, dans l'écume il s'enfuit
de l'ouest à l'est, et sans but.
sans avant-courriers, vers son pays en hâte il revint.

Là, la volante Elwing vint à lui
et la flamme fut dans les ténèbres allumée;
plus brillant que l'éclat du diamant
était le feu sur son collier.
Sur lui, elle fixa le Silmaril
et de la vivante lumière elle le couronna;
alors, intrépide, le front ardent
il tourna sa proue; et dans la nuit
de l'Autre Monde au-delà de la Mer,
là, forte et libre, une Tempête se leva,
un vent puissant à Tarmenel;
par des chemins rarement suivis par un mortel
il porta son navire d'un souffle mordant
comme la puissance de la mort, en détresse

par les mers grises et de longtemps délaissées :
de l'est à l'ouest il disparut.

Par la Nuit Eternelle il fut ramené
sur les flots noirs et grondants
qui couraient sur des lieues sans lumière et des rives
                                          [effondrées,
noyées dès avant le commencement des Jours,
jusqu'à ce qu'il entendît sur des grèves de perle
où finit le monde, la musique,
où les vagues toujours écumantes
roulent l'or jaune et les pâles joyaux.
Il vit s'élever la Montagne silencieuse
où le crépuscule s'étend sur les genoux
de Valinor, et il aperçut Eldamar
loin au-delà des mers.
Vagabond échappé à la nuit,
au havre blanc il parvint enfin,
à la demeure elfique, la verte et belle,
où l'air est vif, où pâles comme le verre
sous la colline d'Ilmarin,
brillotantes dans une vallée abrupte,
les tours aux lampes éclairées de Tirion
se reflètent dans le Lac des Ombres.

Il abandonna là son errance,
et ils lui apprirent des mélodies,
et les sages lui contèrent d'anciennes merveilles,
et des harpes d'or ils lui apportèrent.
De blanc elfique ils le vêtirent,
et sept lumières ils envoyèrent devant lui,
tandis que, par le Calacirian,
vers la terre cachée et abandonnée il allait.
Il arriva aux châteaux éternels
où brillantes tombent les années innombrables,
et où éternellement règne le Roi Ancien,
à Ilmarin sur la montagne escarpée;
et des mots inconnus furent alors prononcés
sur la race des Hommes et celle des Elfes,
des visions d'au-delà du monde lui furent montrées,
interdites à ceux qui y demeurent.

Un navire neuf alors ils lui construisirent
de mithril et de verre elfique,
à la brillante proue; point de rame dolée;

aucune voile ne portait son mât d'argent :
le Silmaril comme lanterne
et bannière brillant d'une vivante flamme
pour luire par Elbereth elle-même
fut fixée, qui vint là,
et des ailes immortelles pour lui fabriqua;
elle établit pour lui un destin immortel
pour naviguer dans les cieux sans rivages
et venir derrière le Soleil et la lumière de la Lune.

Des hautes collines d'Evereven
où doucement coulent les sources d'argent,
ses ailes le portèrent, lumière errante,
au-delà du puissant Mur de la Montagne.
Du bout du monde alors il se détourna,
et brûla de nouveau de trouver, loin de là,
son pays, en voyageant par les ombres,
et flambant comme une étoile insulaire
haut en dessus des brumes il vint,
flamme lointaine devant le Soleil,
merveille avant l'éveil de l'aurore
où, grises, coulent les eaux de Norlande.

Par-dessus la Terre du Milieu il passa
et il entendit enfin les pleurs de douleur
des femmes et des vierges elfiques
dans les Temps Anciens, au temps jadis.
Mais sur lui régnait un destin puissant,
jusqu'à la disparition de la Lune : passer, étoile en orbite,
sans plus jamais demeurer
sur nos rivages où sont les mortels;
à jamais héraut en une mission sans repos,
portant au loin sa brillante lumière,
Flammifer de l'Ouistrenesse.

Le chant cessa. Frodon ouvrit les yeux et vit que Bilbon était assis sur son tabouret au milieu d'un cercle d'auditeurs qui applaudissaient en souriant.

– Et maintenant, on aimerait l'entendre de nouveau, dit un Elfe.

Bilbon se leva et salua :

– Je suis flatté, Lindir, dit-il. Mais ce serait trop fatigant de le reprendre de bout en bout.

– Pas trop pour vous, répondirent les Elfes en riant. Vous savez bien que vous n'êtes jamais fatigué de réciter vos propres vers. Mais vraiment nous ne pouvons répondre à votre question sur une seule audition!

— Comment! s'écria Bilbon. Vous ne pouvez pas discerner quelles parties sont de moi et quelles étaient celles de Dúnadan?

— Il n'est pas commode pour nous de voir la différence entre deux mortels, dit l'Elfe.

— Quelle sornette, Lindir! grogna Bilbon. Si vous ne pouvez faire la distinction entre un Homme et un Hobbit, votre jugement est plus pauvre que je ne l'imaginais. Ils sont aussi différents que des pois et des pommes.

— Peut-être bien. Pour des moutons, les autres moutons paraissent différents, dit Lindir, riant. Ou pour les bergers. Mais les mortels n'ont pas fait l'objet de notre étude. Nous avons autre chose à faire.

— Je ne discuterai pas avec vous, dit Bilbon. J'ai sommeil après tant de musique et de chant. Je vous laisserai le soin de deviner, si vous le voulez.

Il se leva et s'avança vers Frodon:

— Eh bien, voilà qui est fini, dit-il à voix basse. Ça s'est passé mieux que je ne m'y attendais. On ne me demande pas souvent une seconde audition. Comment as-tu trouvé cela?

— Je ne vais pas essayer de deviner, dit Frodon en souriant.

— Ce n'est pas la peine, dit Bilbon. En fait, c'était tout de moi. Sauf qu'Aragorn a insisté pour que j'y introduise une pierre verte. Il paraissait y attacher de l'importance. Je ne sais pas pourquoi. Autrement, il trouvait manifestement que tout cela me dépassait, et il a dit que si j'avais le toupet de faire des vers sur Eärendel dans la maison d'Elrond, c'était mon affaire. Je suppose qu'il avait raison.

— Je ne sais pas, dit Frodon. Ça avait l'air de convenir en quelque sorte, bien que je ne puisse l'expliquer. J'étais à demi endormi quand tu as commencé, et cela paraissait se rattacher à quelque chose dont je rêvais. Je n'ai compris que c'était toi qui parlais que presque à la fin.

— C'est en effet difficile de rester éveillé ici tant qu'on n'en a pas l'habitude, dit Bilbon. Encore que les Hobbits n'acquièrent jamais tout à fait l'appétit elfique pour la musique, la poésie et les contes. Ils semblent aimer tout cela autant que la nourriture, sinon davantage. Ils vont encore continuer longtemps. Que penserais-tu de nous esquiver pour bavarder tranquillement?

– On peut? demanda Frodon.

– Bien sûr. Ce sont des réjouissances, et non des affaires sérieuses. On vient et on s'en va comme on veut, tant qu'on ne fait pas de bruit.

Ils se levèrent, se retirèrent en silence dans l'ombre et se dirigèrent vers les portes. Ils laissèrent Sam derrière, profondément endormi, un sourire toujours sur le visage. Malgré son bonheur d'être en compagnie de Bilbon, Frodon ressentit un pincement de regret en sortant de la Salle du Feu. Au moment où ils passaient le seuil, une claire voix s'éleva en solo :

> A Elbereth Gilthoniel
> silivren penna miriel
> O menel aglar elenath!
> Na-chaered palan-diriel
> O galadhremmin ennorath,
> Fanuilos, le linnathon
> nef aear, si nef aearon!

Frodon s'arrêta un instant pour regarder en arrière. Elrond était dans son fauteuil, et le feu éclairait son visage comme la lumière de l'été les arbres. A son côté, était assise la Dame Arwen. A sa surprise, Frodon vit qu'Aragorn se tenait à côté d'elle; son manteau noir était rejeté en arrière; il semblait vêtu de mailles elfiques, et une étoile brillait sur sa poitrine. Ils parlaient ensemble; soudain il parut à Frodon qu'Arwen se tournait de son côté, et la lumière des yeux de la jeune fille tomba de loin sur lui et lui perça le cœur.

Il resta immobile sous le charme, tandis que les douces syllabes de la chanson elfique venaient comme de clairs joyaux de mots et de mélodie mêlés :

– C'est un chant à Elbereth, dit Bilbon. Ils le chanteront maintes fois ce soir avec d'autres chants du Royaume béni. Viens donc!

Il mena Frodon dans sa propre petite chambre. Elle donnait sur les jardins et elle avait vue sur le sud, par-dessus le ravin du Bruinen. Ils s'assirent là un moment, à contempler par la fenêtre les étoiles scintillantes au-dessus de la pente raide des arbres, et à parler doucement. Ils ne s'entretenaient plus des menues nouvelles de la lointaine Comté, ni des sombres ombres et des périls qui les enveloppaient, mais des belles choses qu'ils avaient vues ensemble dans le monde : des Elfes, des étoiles, des arbres et du doux déclin de la brillante année dans les bois.

Quelqu'un frappa finalement à la porte :

— Je vous demande pardon, dit Sam, passant la tête par l'entrebâillement, mais je me demandais simplement si vous aviez besoin de quelque chose.

— Et en te demandant le tien, Sam Gamegie, répliqua Bilbon, tu veux sans doute dire qu'il est temps pour ton maître d'aller se coucher?

— Enfin... oui, monsieur. Il y a un Conseil de bonne heure demain matin, à ce que j'ai entendu dire, et il ne s'est levé qu'aujourd'hui pour la première fois.

— Tu as tout à fait raison, Sam, dit Bilbon, riant. Tu peux courir dire à Gandalf qu'il est allé se coucher. Bonsoir, Frodon! Mon Dieu, ç'a été bon de te revoir! Il n'y a décidément que les Hobbits pour une vraiment bonne conversation. Je me fais très vieux, et je commençais à me demander si je vivrais assez longtemps pour voir tes chapitres de notre histoire. Bonsoir! Je vais sortir faire un tour, je crois, et contempler les étoiles d'Elbereth dans le jardin. Dors bien!

CHAPITRE II

LE CONSEIL D'ELROND

Le lendemain, Frodon, se réveillant de bonne heure, se sentit bien et tout ragaillardi. Il sortit sur les terrasses qui dominaient le flot sonore du Bruinen pour regarder le frais soleil se lever au-dessus des montagnes lointaines et projeter ses rayons obliques au travers de la fine brume argentée; la rosée luisait sur les feuilles jaunes, et le réseau des filandres scintillait sur tous les buissons. Sam marchait à son côté sans rien dire, mais humant l'air et regardant à tout moment d'un air étonné les grandes élévations à l'est. La neige blanchissait les cimes.

A un tournant du sentier, ils tombèrent sur Gandalf et Bilbon qui, assis sur un siège taillé dans la pierre, étaient en grande conversation.

– Tiens! Bonjour! dit Bilbon. Prêt pour le grand conseil?

– Je me sens prêt pour n'importe quoi, répondit Frodon. Mais j'aimerais par-dessus tout marcher un peu et explorer la vallée. J'aimerais pénétrer dans ces bois de pins, là-haut.

Il désigna au loin les hauteurs du côté nord de Fond-combe.

– Vous en aurez peut-être l'occasion plus tard, dit Gandalf. Mais nous ne pouvons encore faire de plans. Il y a beaucoup à entendre et à décider aujourd'hui.

Tandis qu'ils parlaient, retentit soudain le son clair d'une seule cloche.

– Voilà le signal du Conseil d'Elrond, s'écria Gandalf. Allons! Votre présence est requise, à vous et à Bilbon.

Frodon et Bilbon suivirent vivement le magicien le long

du sentier en lacets pour regagner la maison; derrière eux trottait Sam, non convié et momentanément oublié.

Gandalf les mena au porche où Frodon avait trouvé ses amis la veille au soir. La lumière de ce clair matin d'automne rayonnait à présent dans la vallée. Le bruit des eaux bouillonnantes montait du lit écumeux de la rivière. Les oiseaux chantaient, et une saine paix s'étendait sur la terre. Pour Frodon, sa fuite périlleuse et les rumeurs de ténèbres croissantes dans le monde extérieur ne paraissaient déjà plus que les souvenirs d'un rêve troublé; mais les visages qui se tournèrent à leur entrée étaient graves.

Elrond était là, et plusieurs autres personnes étaient assises en silence autour de lui. Frodon vit Glorfindel et Glóin; et, seul dans un coin, était assis Grands-Pas, revêtu de nouveau de ses vieux habits fatigués par les voyages. Elrond attira Frodon vers un siège à côté de lui, et il le présenta à la compagnie en ces termes :

– Voici, mes amis, le Hobbit, Frodon fils de Drogon. Peu de gens sont venus jusqu'ici au prix de périls plus grands et pour une mission plus urgente.

Puis il désigna et nomma ceux que Frodon n'avait pas encore rencontrés. A côté de Glóin se trouvait un jeune Nain : son fils Gimli. Outre Glorfindel, il y avait plusieurs autres conseillers de la maison Elrond, dont le chef était Erestor; et avec lui était Galdor, un Elfe des Havres Gris, venu en mission de la part de Círdan, le charpentier de navires. Il y avait aussi un Elfe étrange, vêtu de vert et de brun, Legolas, messager de son père Thranduil, le Roi des Elfes de la Forêt Noire du Nord. Et, assis à part, était un homme de haute taille au beau et noble visage, aux cheveux bruns et aux yeux gris, au regard fier et grave.

Il portait un manteau et des bottes comme pour un long trajet à cheval; et, en vérité, bien que ses vêtements fussent riches et que son manteau fût bordé de fourrure, ils étaient défraîchis par un long voyage. Il avait un col d'argent dans lequel était sertie une seule pierre; ses cheveux étaient coupés à hauteur des épaules. Sur un baudrier, il portait un grand cor à bordure d'argent, à présent posé sur ses genoux. Il examina Frodon et Bilbon avec un étonnement soudain.

– Voici, dit Elrond, se tournant vers Gandalf, Boromir, un homme du Sud. Il est arrivé dans le matin gris, et il cherche conseil. Je l'ai prié d'être présent, car ses questions recevront ici une réponse.

Il est inutile de rapporter tout ce qui fut dit et débattu en ce Conseil. Il fut beaucoup question des événements du monde extérieur, surtout dans le Sud et dans les vastes régions à l'est des Montagnes. De ces choses, Frodon avait déjà entendu maintes rumeurs; mais le récit de Glóin était nouveau pour lui, et quand le Nain parla, il prêta une oreille attentive. Il apparaissait que, parmi la splendeur des œuvres de leur main, les Nains de la Montagne Solitaire avaient le cœur troublé.

– Il y a maintenant bien des années, dit Glóin, qu'une ombre d'inquiétude est tombée sur notre peuple. Nous n'en perçûmes pas tout d'abord l'origine. On commençait à murmurer en secret : on disait que nous étions enfermés dans un espace étroit, et qu'on trouverait de plus grandes richesses et plus de splendeur dans un monde plus large. Certains parlaient de la Moria : les puissantes œuvres de nos pères, appelées dans notre langue Khazad-dûm; et ils déclaraient que maintenant enfin nous avions le pouvoir suffisant et que nous étions en assez grand nombre pour y retourner.

Glóin soupira :

– La Moria! La Moria! Merveille du monde septentrional! Trop profondément fouillâmes-nous là, et nous éveillâmes la peur sans nom. Longtemps sont restées vides ses vastes demeures depuis la fuite des enfants de Durin. Mais à présent on en reparlait avec nostalgie, mais non sans crainte; car nul Nain n'a osé passer les portes de Khazad-dûm durant bien des générations de rois, hormis le seul Thrór, qui périt. Mais, enfin, Balin prêta l'oreille aux murmures et résolut d'y aller; et, bien que Dáin n'accordât la permission qu'à contrecœur, il emmena avec lui Ori et Oin, et nombre des nôtres, et ils partirent pour le Sud.

« Cela s'est passé il y a près de trente ans. Pendant quelque temps, nous avons eu des nouvelles, qui paraissaient bonnes : des messages indiquaient qu'ils avaient pénétré dans la Moria et qu'un grand travail y avait commencé. Puis ce fut le silence, et depuis lors plus aucune nouvelle n'est venue de la Moria.

« Et puis, il y a environ un an, un messager est venu à Dáin, mais non pas de la Moria – de Mordor : un cavalier dans la nuit, qui a appelé Dáin à sa porte : Le Seigneur Sauron le Grand souhaitait, dit-il, notre amitié. Pour cela, il donnerait des anneaux, comme ceux qu'il donnait jadis.

Et le messager demanda de façon pressante des renseignements sur les *Hobbits*, de quelle espèce ils étaient et où ils demeuraient. « Car Sauron sait, dit-il, que l'un d'eux vous fut connu à certaine époque. »

« En entendant cela, nous fûmes grandement troublés et nous ne donnâmes point de réponse. Alors son ton féroce baissa et il aurait adouci sa voix si ce lui eût été possible. « En petit gage de votre amitié, Sauron demande ceci, dit-il : que vous découvriez ce voleur (tel fut le mot qu'il employa) et que vous obteniez de lui, bon gré mal gré, un petit anneau, le moindre des anneaux, qu'il vola autrefois. Ce n'est qu'une bagatelle dont Sauron s'est entiché, et un gage de votre bonne volonté. Trouvez-le, et trois anneaux que vos ancêtres Nains possédaient jadis vous seront rendus, et le royaume de la Moria sera vôtre pour toujours. Trouvez des nouvelles du voleur, s'il vit encore et où, et vous recevrez une grande récompense en même temps que l'amitié durable du Seigneur. Si vous refusez, les choses n'iront pas aussi bien. Refusez-vous ? »

« A ces mots, son souffle vint comme le sifflement des serpents, et tous ceux qui se trouvaient là frissonnèrent; mais Dáin répondit : « Je ne dis ni oui ni non. Il me faut considérer ce message et ce qu'il signifie sous ses beaux dehors. »

« Réfléchissez bien, mais pas trop longtemps », dit-il.

« Le temps de ma réflexion, c'est à moi d'en décider », répondit Dáin.

« Pour le moment! » dit-il, et il repartit dans les ténèbres.

« Lourds ont été les cœurs de nos chefs depuis cette nuit-là. Il nous fallait la voix féroce du messager pour nous avertir que ses paroles contenaient en même temps menace et tromperie; car nous savions déjà que le pouvoir qui est de nouveau entré en Mordor n'a pas changé, et il nous a toujours trahi dans le passé. Le messager est revenu par deux fois, et il est reparti sans réponse. La troisième et dernière fois ne tardera pas; ce sera avant la fin de l'année, a-t-il dit.

« C'est pourquoi Dáin m'a finalement envoyé prévenir Bilbon qu'il est recherché par l'Ennemi et apprendre, s'il est possible, pourquoi celui-ci désire cet anneau, ce moindre des anneaux. Et aussi, nous désirons ardemment les conseils d'Elrond. Car l'Ombre croît et s'approche. Nous découvrons que des messagers sont aussi venus au

Roi Brand au Val, et qu'il en est effrayé. Nous craignons qu'il ne cède. Déjà, la guerre s'assemble à ses frontières orientales. Si nous ne répondons pas, l'Ennemi peut pousser des hommes de son obédience à assaillir le Roi Brand et Dáin également.

— Vous avez bien fait de venir, dit Elrond. Vous entendrez aujourd'hui tout ce qu'il vous est nécessaire de savoir pour comprendre les desseins de l'Ennemi. Il n'est d'autre possibilité pour vous que de résister, avec ou sans espoir. Mais vous n'êtes pas seuls. Vous apprendrez que vos difficultés ne sont que partie des difficultés de tout le monde occidental. L'Anneau! Que ferons-nous de l'Anneau, ce moindre des anneaux, cette bagatelle dont Sauron s'est entiché? C'est le destin que nous devons considérer.

« Voilà la raison pour laquelle vous êtes rassemblés. Rassemblés, dis-je, bien que je ne vous aie pas convoqués, étrangers de terres lointaines. Vous êtes venus et vous vous êtes rencontrés ici, à point nommé, par hasard, pourrait-il sembler. Mais il n'en est pas ainsi. Croyez plutôt qu'il en est ainsi ordonné que nous, qui siégeons ici, et nuls autres, devons maintenant trouver une ligne de conduite pour répondre au péril du monde.

« Maintenant donc seront ouvertement révélées des choses qui sont restées cachées à tous, hormis quelques-uns, jusqu'à ce jour. Et tout d'abord, afin que tous puissent comprendre quel est le péril, l'histoire de l'Anneau sera dite du début jusqu'à ce jour même. Et c'est moi qui recommencerai le récit, que d'autres termineront. »

Tous écoutèrent alors, tandis qu'Elrond, de sa voix claire, parlait de Sauron et des Anneaux de Puissance, et de leur forgeage au Second Age du monde de jadis. Une partie de l'histoire était connue de certains de ceux qui étaient là, mais personne n'en savait la totalité, et bien des yeux étaient fixés sur Elrond avec crainte et étonnement quand il parla des Forgerons-Elfes d'Eregion, de leurs rapports amicaux avec la Moria et de leur soif de savoir, grâce à laquelle Sauron les enjôla. Car en ce temps-là, il n'était pas encore mauvais d'apparence; ils reçurent son aide et devinrent puissants dans leur art, tandis que lui apprenait tous leurs secrets, les trompait et forgeait secrètement dans la Montagne de Feu l'Anneau Unique pour être leur maître. Mais Celebrimbor l'avait percé à jour, et il cacha les trois qu'il avait fabriqués; et il y eut la guerre, le pays fut dévasté, et la porte de la Moria fut fermée.

Alors, tout au long des années qui suivirent, il chercha la piste de l'Anneau; mais cette histoire étant rapportée ailleurs, et Elrond lui-même l'ayant consignée dans ses livres d'archives, nous ne la rappellerons pas ici. Car c'est une longue histoire, pleine de grands et terribles faits, et, si brièvement qu'Elrond parlât, le soleil montait dans le ciel et le matin était déjà presque à son terme quand il se tut.

Il parla de Númenor, de sa gloire et de sa chute, et du retour des Rois des Hommes à la Terre du Milieu des profondeurs de la mer, portés par les ailes de la tempête. Puis Elendil le Beau et ses puissants fils, Isildur et Anárion, devinrent grands seigneurs; ils créèrent le royaume du Nord en Arnor et le royaume du Sud en Gondor au-dessus des bouches de l'Anduin. Mais Sauron de Mordor les assaillit, et ils firent la Dernière Alliance des Elfes et des Hommes, et les armées de Gil-galad et d'Elendil furent rassemblées en Arnor.

A ce moment, Elrond s'arrêta un instant et soupira.

– Je me rappelle bien la splendeur de leurs bannières, reprit-il. Elle me rappelait la gloire des Jours Anciens et les armées de Beleriand, où tant de grands princes et capitaines étaient assemblés. Et pourtant pas tant, pas si beaux que lorsque Thangorodrim fut brisé et que les Elfes pensèrent que le mal était fini à jamais, alors que ce n'était pas vrai.

– Vous vous le rappelez? dit Frodon, exprimant sa pensée à haute voix dans son étonnement. Mais je croyais, balbutia-t-il comme Elrond se tournait vers lui, je croyais que la chute de Gil-galad avait eu lieu il y a des éternités.

– Et c'est exact, répondit gravement Elrond. Mais ma mémoire porte jusqu'aux Jours Anciens. Eärendil était mon père, qui naquit à Gondolin avant sa chute; et ma mère était Elwing, fille de Dior, fils de Lúthien de Doriath. J'ai vu trois âges dans l'Ouest du monde, et maintes défaites, et maintes victoires sans lendemain.

« J'étais le héraut de Gil-galad, et je marchais avec son armée. Je fus à la bataille de Dagorlad devant la Porte Noire de Mordor, où nous eûmes le dessus : car nul ne pouvait résister à la Lance de Gil-galad et à l'Epée d'Elendil, Aiglos et Narsil. J'ai vu le dernier combat sur les pentes de l'Orodruin, où mourut Gil-galad et où tomba Elendil, Narsil brisée sous lui; mais Sauron lui-même fut renversé, et Isildur trancha l'Anneau de son doigt avec le tronçon de l'épée de son père et le prit pour lui.

A ces mots, l'étranger, Boromir, intervint :

– Voilà donc ce qu'il advint de l'Anneau! s'écria-t-il. Si jamais pareil récit fut fait dans le Sud, il est oublié depuis longtemps. J'ai entendu parler du grand Anneau, de celui que l'on ne nomme pas; mais nous pensions qu'il avait disparu du monde dans la ruine de son premier royaume. Isildur le prit! Voilà certes une nouvelle.

– Hélas, oui, dit Elrond. Isildur le prit, comme il n'aurait pas dû être jeté au feu d'Orodruin, tout près de l'endroit où il fut fabriqué. Mais peu nombreux furent ceux qui remarquèrent l'acte d'Isildur. Lui seul se tenait près de son père en ce dernier combat mortel; et près de Gil-galad, seuls se trouvaient Círdan et moi-même. Mais Isildur ne voulut pas écouter notre conseil.

« Je garderai ceci comme rançon pour mon père et mon frère », dit-il; et ainsi, que nous le voulions ou non, il le prit pour le conserver précieusement. Mais bientôt l'Anneau l'entraîna dans la mort; c'est pourquoi il est nommé dans le Nord le Fléau d'Isildur. Mais peut-être la mort valait-elle mieux que ce qui aurait pu lui arriver autrement.

« C'est seulement au Nord que vinrent ces nouvelles, et seulement à peu d'entre nous. Il n'est guère étonnant que vous ne les ayez pas entendues, Boromir. Du désastre des Champs aux Iris, où périt Isildur, ne revinrent jamais que trois hommes par-dessus les montagnes et après une longue errance. L'un d'entre eux était Ohtar, l'écuyer d'Isildur, qui portait les fragments de l'épée d'Elendil; et il les remit à Valandil, l'héritier d'Isildur, qui, n'étant encore qu'un enfant, était resté à Fondcombe. Mais Narsil était brisée et sa lumière éteinte, et elle n'a point encore été reforgée.

« Vaine ai-je appelé la victoire de la Dernière Alliance? Pas entièrement, mais elle n'atteignit pas son but. Sauron fut diminué, mais non détruit. Son Anneau était perdu, mais non défait. La Tour Sombre était démolie, mais les fondations n'en étaient pas effacées; car elles avaient été faites par le pouvoir de l'Anneau et tant qu'il reste, elles demeureront. Un grand nombre d'Elfes, ainsi que beaucoup d'Hommes puissants et de leurs amis avaient péri à la guerre. Anárion était tué, Isildur aussi; et Gil-galad comme Elendil n'étaient plus. Jamais plus il n'y aura pareille ligne d'Elfes et d'Hommes; les Hommes se multiplient, alors que les premiers-nés diminuent, et les deux familles sont aliénées. Et depuis ce jour, la race de Númenor a décliné et l'étendue des années de ceux qui restent a diminué.

« Dans le Nord, après la guerre et le massacre des Champs aux Iris, les Hommes de l'Ouistrenesse furent diminués, et leur cité d'Annúminas près du lac Evendim tomba en ruine; les héritiers de Valandil s'en furent habiter à Fornost sur les Hauts du Nord, et cet endroit aussi est maintenant désolé. Les Hommes l'appellent Chaussée des Morts, et ils redoutent d'y marcher. Car les gens d'Arnor diminuèrent, et leurs ennemis les dévorèrent; leur seigneurie passa, ne laissant que des tertres verts dans les collines herbeuses.

« Dans le Sud, le royaume de Gondor dura longtemps; et sa splendeur s'accrut pendant une période, rappelant en quelque façon la puissance de Númenor, avant sa chute. Ce peuple éleva de hautes tours, des places fortes et des havres pour un grand nombre de navires; et la couronne ailée des Rois des Hommes était redoutée de gens de multiples langues. Leur ville capitale était Osgiliath, Citadelle des Etoiles, au milieu de laquelle coulait la Rivière. Et ils bâtirent Minas Ithil, Tour de la Lune Montante, à l'est, sur un épaulement de la Montagne de l'Ombre; et à l'ouest, au pied des Montagnes Blanches, ils construisirent Anor, la Tour du Soleil Couchant. Là, dans les cours du Roi, poussait un arbre blanc, issu de la graine de l'arbre qu'Isildur avait apporté par-dessus les eaux profondes, et la graine de cet arbre venait auparavant d'Eressëa, et avant encore de l'extrême ouest au jour d'avant les jours où le monde était jeune.

« Mais, dans l'usure des rapides années de la Terre du Milieu, la lignée de Meneldil fils d'Anárion s'éteignit, et l'arbre se dessécha, et le sang d'Hommes moindres se mêla à celui des Númenoréens. Alors, la garde sur les murs de Mordor se relâcha, et des choses sombres revinrent subrepticement à Gorgoroth. Et à un moment les choses mauvaises s'avancèrent; elles prirent Minas Ithil, où elles s'établirent, la transformant en lieu de terreur; et on l'appelle Minas Morgul, la Tour de la Sorcellerie. Puis Minas Anor fut rebaptisée Minas Tirith, la Tour de Garde; et ces deux cités étaient toujours en guerre, mais Osgiliath qui était située entre les deux fut désertée et dans ses ruines se promenèrent des ombres.

« Ainsi en a-t-il été durant maintes générations. Mais les Seigneurs de Minas Tirith continuent de se battre, défiant nos ennemis, gardant le passage de la rivière, d'Argonath à la mer. Et maintenant cette partie de l'histoire que je vous dirai est venue à sa fin. Car, du temps d'Isildur, l'Anneau Souverain disparut de la connaissance de tous, et les Trois furent libérés de sa domination. Mais à présent, en ce dernier jour, ils sont de nouveau en péril, car, à notre grand chagrin, l'Unique a été trouvé. D'autres parleront de sa découverte, car en cela je n'ai joué qu'un très petit rôle. »

Il s'arrêta, mais aussitôt Boromir se leva, grand et fier, devant eux

— Permettez-moi, Maître Elrond, déclara-t-il, d'en dire davantage sur le Gondor; car, en vérité, c'est du Pays de Gondor que je viens. Et il serait bon que tous sachent ce qui s'y passe. Car peu nombreux, je crois, sont ceux qui connaissent nos actions et qui, par conséquent, peuvent deviner le péril où ils seront au cas où nous échouerions en fin de compte.

« Ne croyez pas qu'au Pays de Gondor le sang de Númenor soit épuisé, ni que toute sa fierté et sa dignité soient oubliées. Par notre valeur, les gens de l'Est sont encore réfrénés et la terreur de Morgul tenue aux abois; et c'est ainsi seulement que la paix et la liberté sont assurées aux terres qui sont derrière nous, rempart de l'Ouest. Mais si les passages de la Rivière étaient conquis, que se passerait-il alors?

« Et pourtant, cette heure pourrait bien ne plus être éloignée. L'Ennemi sans Nom s'est de nouveau mis en branle. La fumée s'élève une fois de plus d'Oradruin, que nous appelons Montagne du Destin. Le pouvoir de la Terre Noire s'accroît, et nous sommes serrés de près. Au retour de l'Ennemi, les nôtres furent repoussés d'Ithilien, notre beau domaine à l'est de la Rivière, encore que nous y ayons gardé une tête de pont et une force armée. Mais cette année même, aux jours de juin, une guerre soudaine nous est tombée dessus de Mordor, et nous fûmes balayés. Nous succombâmes sous le nombre, car le Mordor s'est allié à Ceux de l'Est et aux cruels Haradrim; mais ce ne fut pas par le nombre que nous fûmes vaincus.

Un pouvoir était là que nous n'avons pas senti auparavant.

« D'aucuns ont dit qu'il était visible, sous la forme d'un grand cavalier noir, une ombre ténébreuse sous la lune. Où qu'il vînt, une sorte de folie saisit nos ennemis, mais la peur tomba sur les plus hardis d'entre nous, de sorte que chevaux et hommes cédèrent et s'enfuirent. Seul un débris de nos forces de l'Est revint, détruisant le dernier pont qui restait encore parmi les ruines d'Osgiliath.

« Je faisais partie de la compagnie qui tint le pont jusqu'à ce qu'il fût abattu derrière nous. Seuls, quatre se sauvèrent à la nage : mon frère, moi-même et deux autres. Mais nous continuâmes à nous battre, tenant toutes les rives ouest de l'Anduin; et ceux qui s'abritent derrière nous nous adressent des louanges pour peu qu'ils entendent notre nom : beaucoup de louanges, mais peu d'aide. De Rohan seulement des cavaliers répondent à nos appels.

« En cette heure néfaste, j'ai parcouru bien des lieues périlleuses pour venir en mission auprès d'Elrond : cent dix jours ai-je voyagé tout seul. Mais je ne cherche pas d'alliés pour la guerre. La puissance d'Elrond réside dans la sagesse, non dans les armes, dit-on. Je suis venu demander conseil et l'éclaircissement de paroles dures. Car, à la veille du soudain assaut, un songe est venu à mon frère dans un sommeil troublé; et après, un rêve semblable lui est venu à plusieurs reprises, et une fois à moi-même.

« Dans ce rêve, j'avais l'impression que le ciel s'assombrissait à l'est, que le tonnerre grondait de façon croissante, mais à l'ouest s'attardait une pâle lumière, et de cette lumière sortait une voix, lointaine mais claire, qui me criait :

> *Cherche l'épée qui fut brisée :*
> *A Imladris elle se trouve;*
> *Des conseils seront pris*
> *Plus forts que les charmes de Morgul.*
> *Un signe sera montré*
> *Que le Destin est proche,*
> *Car le Fléau d'Isildur se réveillera,*
> *Et le Semi-Homme se dressera.*

« Nous ne comprîmes pas grand-chose à ces paroles, et nous en parlâmes à notre père, Denethor, Seigneur de

Minas Tirith, versé dans la connaissance du Gondor. Il consentit seulement à dire ceci : Imladris était jadis le nom que donnaient les Elfes à une vallée du Nord lointain où demeurait Elrond, le demi-Elfe, le plus grand des maîtres du savoir. C'est pourquoi mon frère, voyant l'urgence de notre besoin, brûla de tenir compte du rêve et de rechercher Imladris; mais la route étant semée de doute et de danger, je me suis chargé de faire le voyage. Mon père ne m'accorda la permission qu'à contrecœur, et j'ai longtemps erré par des routes oubliées, à la recherche de la maison d'Elrond, dont beaucoup avaient entendu parler, mais dont peu connaissaient le lieu.

— Et ici, dans la maison d'Elrond, davantage de clartés vous seront fournies, dit Aragorn, se levant.

Il jeta son épée sur la table qui se trouvait devant Elrond, et la lame était en deux morceaux.

— Voici l'épée qui fut brisée, dit-il.

— Et qui êtes-vous, et quel rapport avez-vous avec Minas Tirith? demanda Boromir, qui contemplait avec étonnement le visage maigre du Rôdeur et son manteau taché par les intempéries.

— C'est Aragorn fils d'Arathorn, dit Elrond, et il descend par maints ancêtres d'Isildur, le fils d'Elendil de Minas Ithil. Il est le chef des Dúnedains dans le Nord, et peu nombreux sont les descendants de cette lignée.

— Alors, c'est à vous qu'il appartient, et nullement à moi! s'écria Frodon saisi et bondissant sur ses pieds comme s'il s'attendait que l'Anneau lui fût réclamé sur-le-champ.

— Il n'appartient à aucun de nous, dit Aragorn; mais il a été ordonné que vous le conserviez quelque temps.

— Produisez l'Anneau, Frodon! dit Gandalf d'un ton solennel. Le moment est venu. Tenez-le en vue, et Boromir comprendra le reste de son énigme.

Il y eut un silence et chacun tourna le regard vers Frodon. Il était secoué d'une honte et d'une crainte soudaines; il éprouvait une grande répugnance à révéler l'Anneau et un dégoût de son contact. Il souhaita se trouver à mille lieues de là. L'Anneau rayonna, scintillant, comme il le tenait haut devant eux dans sa main tremblante.

— Voyez le Fléau d'Isildur! dit Elrond.

Les yeux de Boromir étincelèrent tandis qu'il regardait l'objet doré.

– Le Semi-Homme! murmura-t-il. Le destin de Minas Tirith est-il donc enfin venu? Mais pourquoi alors nous faut-il chercher une épée brisée?

– Les mots exacts n'étaient pas *le destin de Minas Tirith*, dit Aragorn. Mais un destin et de grands faits sont en vérité proches. Car l'Epée qui fut brisée est celle d'Elendil qui se brisa sous lui quand il tomba. Elle a été conservée précieusement par ses héritiers alors que tout autre bien de famille était perdu; car il était de tradition chez nous qu'elle serait refaite quand l'Anneau, Fléau d'Isildur, serait trouvé. Maintenant que vous avez vu l'épée que vous cherchiez, que demanderiez-vous? Souhaitez-vous que la Maison d'Elendil retourne au Pays de Gondor?

– Je n'ai pas été envoyé pour demander aucune faveur, mais seulement pour chercher l'explication d'une énigme, répondit fièrement Boromir. Mais nous sommes durement pressés, et l'Epée d'Elendil serait une aide dépassant nos espérances – si tant est que pareil objet puisse effectivement revenir des ombres du passé.

Il regarda de nouveau Aragorn, et le doute se lisait dans ses yeux.

Frodon sentit Bilbon s'agiter avec impatience à son côté. Il était évidemment ennuyé pour son ami. Se dressant soudain, il éclata :

> *Tout ce qui est or ne brille pas,*
> *Tous ceux qui errent ne sont pas perdus;*
> *Le vieux qui est fort ne se dessèche pas,*
> *Le gel n'atteint pas les racines profondes;*
> *Des cendres, un feu sera réveillé,*
> *Une lumière des ombres surgira;*
> *Renouvelée sera la lame brisée :*
> *Le sans-couronne de nouveau sera roi.*

« Ce n'est pas très bon peut-être, mais en tout cas c'est approprié – si vous avez encore besoin de quelque chose après la parole d'Elrond. Si celle-ci valait la peine d'un voyage de cent dix jours pour l'entendre, vous feriez mieux de l'écouter.

Il s'assit avec un reniflement de dédain :

– C'est de ma propre composition, murmura-t-il à Frodon, pour le Dúnadan, il y a longtemps, la première fois qu'il m'a parlé de lui-même. Je souhaiterais presque que mes propres aventures ne fussent pas terminées, afin de pouvoir l'accompagner quand son jour viendra.

Aragorn lui sourit; puis il se tourna de nouveau vers Boromir :

– Pour ma part, j'excuse votre doute, dit-il. Je ressemble peu aux personnes d'Elendil et d'Isildur telles qu'on les voit sculptées en majesté dans les salles de Denethor. Je ne suis que l'héritier d'Isildur et non Isildur lui-même. J'ai eu une vie dure, et longue; et les lieues qui s'étendent d'ici au Gondor ne forment qu'une petite partie dans le compte de mes voyages. J'ai traversé maintes montagnes et maintes rivières, j'ai parcouru maintes plaines, jusque dans les pays lointains de Rhûn et de Harad, où les étoiles sont étranges.

« Mais ma résidence, pour autant que j'en aie une, se trouve dans le Nord. Car c'est ici que les héritiers de Valandil ont toujours demeuré en une longue lignée continue de père en fils pendant de nombreuses générations. Nos jours se sont assombris, et nous avons dépéri; mais toujours l'Epée a passé à un nouveau gardien. Et je vous dirai ceci, Boromir, avant d'en terminer. Nous sommes des Hommes solitaires, Rôdeurs des terres sauvages, chasseurs – mais toujours chasseurs des serviteurs de l'Ennemi; car ils se trouvent en bien des lieux et pas seulement en Mordor.

« Si le Gondor a été une vaillante tour, Boromir, nous avons joué un autre rôle. Il y a bien des choses mauvaises que n'arrêtent pas vos murs puissants et vos brillantes épées. Vous connaissez peu les terres d'au-delà de vos frontières. La paix et la liberté, dites-vous? Le Nord les aurait peu connues sans nous. La peur les aurait détruites. Mais quand les choses sombres viennent des collines sans maisons ou rampent hors des bois sans soleil, elles nous fuient. Quelles routes oserait-on parcourir, quelle sécurité y aurait-il dans les terres tranquilles ou dans les maisons des simples hommes la nuit, si les Dúnedains étaient endormis, ou tous partis dans la tombe?

« Et pourtant nous recevons moins de remerciements que vous. Les voyageurs nous regardent de travers, et les campagnards nous donnent des noms méprisants. « Grands-Pas » suis-je pour un gros homme qui habite à une journée de marche d'ennemis qui lui glaceraient le cœur ou qui réduiraient son petit bourg en ruine s'il n'était gardé sans répit. Mais nous ne voudrions pas qu'il en fût autrement. Si les gens simples sont exempts de soucis et de peur, ils resteront simples, et nous devons observer le secret pour les maintenir tels. Cela a été la tâche de ceux de ma race, tandis que les années s'étendaient et que l'herbe poussait.

« Mais maintenant le monde change une fois de plus. Une nouvelle heure vient. Le Fléau d'Isildur a été trouvé. La bataille est proche. L'Epée sera reforgée. J'irai à Minas Tirith.

– Le Fléau d'Isildur a été trouvé, dites-vous, répliqua Boromir. J'ai vu un anneau brillant dans la main du Semi-homme; mais Isildur périt avant le commencement de cette ère du monde, dit-on. Comment les Sages savent-ils que cet anneau est le sien? Et comment a-t-il été transmis au cours des ans, jusqu'au moment où il a été apporté ici par un si étrange messager?

– Ce sera expliqué, répondit Elrond.

– Mais pas encore, je vous en supplie, Maître! dit Bilbon. Déjà le soleil monte vers le midi, et j'ai besoin de quelque chose pour me fortifier.

– Je ne vous avais pas nommé, dit Elrond, souriant. Mais je le fais à présent. Allons! Racontez-nous votre histoire. Et si vous ne l'avez pas encore mise en vers, vous pouvez la dire en mots simples. Plus votre récit sera bref, plus tôt vous pourrez vous restaurer.

– Très bien, dit Bilbon. Je vais faire comme vous le demandez. Mais je vais maintenant dire l'histoire véritable, et si certains qui sont ici m'ont entendu donner une autre version (il lança un regard de biais à Glóin), je les prie de l'oublier et de me pardonner. Je n'avais que le désir de revendiquer le trésor comme ma propriété personnelle en ce temps-là et me défaire du nom de voleur qui m'avait été accolé. Mais peut-être comprends-je un peu mieux les choses à présent. En tout cas, voici ce qui s'est passé.

Pour certains des auditeurs, le récit de Bilbon était entièrement nouveau, et ils écoutèrent avec étonnement tandis que le vieux Hobbit, assez satisfait en vérité, narrait en détail son aventure avec Gollum. Il n'omit aucune des énigmes. Il aurait aussi fait tout un exposé de sa réception et de sa disparition de la Comté, s'il lui eût été permis; mais Elrond leva la main.

– Bien raconté, mon ami, dit-il, mais c'est assez pour l'instant. Il suffit actuellement de savoir que l'Anneau a passé à Frodon, votre héritier. Laissez-lui la parole à présent!

Avec moins de complaisance que Bilbon, Frodon raconta tout ce qui concernait l'Anneau depuis le jour où celui-ci était passé à sa garde. Chaque pas de son voyage de Hobbitebourg au Gué de Bruinen fut mis en question et considéré, et tout ce qu'il put se rappeler au sujet des Cavaliers Noirs examiné. Enfin, il se rassit.

— Pas mauvais, lui dit Bilbon. Tu en aurais fait un bon récit, s'ils n'avaient cessé de t'interrompre. J'ai essayé de prendre quelques notes, mais il faudra qu'on revoie tout cela ensemble une autre fois, si je dois le rédiger. Il y a des chapitres entiers de matière avant même ton arrivée ici!

— Oui, cela a fait un assez long récit, répondit Frodon. Mais l'histoire ne me paraît toujours pas complète. Il y a encore beaucoup de choses que je voudrais savoir, particulièrement en ce qui concerne Gandalf.

Galdor des Havres, qui était assis non loin, l'entendit :

— Vous parlez pour moi aussi, s'écria-t-il, et se tournant vers Elrond il ajouta : Les Sages peuvent avoir une bonne raison de croire que la découverte du Semi-Homme est en vérité le Grand Anneau longuement discuté, si peu vraisemblable que cela puisse paraître à qui en sait moins long. Mais ne pouvons-nous connaître les preuves? Et je demanderai aussi ceci : qu'est-il advenu de Saroumane? Il est très versé dans la connaissance des Anneaux, et pourtant il n'est point parmi nous. Quel est son avis — s'il connaît tout ce que nous avons entendu?

— Les questions que vous posez, Galdor, sont liées, dit Elrond. Elles ne m'avaient pas échappé, et il y sera répondu. Mais ces choses-là, c'est à Gandalf qu'il appartient de les éclaircir; et je fais appel à lui en dernier, car c'est la place d'honneur, et en toute cette affaire il a été le chef.

— D'aucuns, Galdor, dit Gandalf, jugeraient que les nouvelles de Glóin et la poursuite de Frodon prouvent assez la grande valeur que l'Ennemi attache à la trouvaille du Semi-homme. Il s'agit toutefois d'un anneau. Alors? Les Neuf, les Nazgûl les gardent. Les Sept ont été pris ou détruits. (A ces mots, Glóin sursauta, mais sans dire mot.) Les Trois, nous savons ce qu'il en est. Qu'est-ce donc que celui-ci qu'il désire si ardemment?

« Il y a évidemment un grand espace de temps entre la Rivière et la Montagne, entre la perte et la trouvaille. Mais la lacune dans les connaissances des Sages a été enfin comblée. Trop lentement toutefois. Car l'Ennemi le suivait de près, de plus près même que je ne le craignais. Et il est heureux que ce ne soit que cette année, cet été même, semble-t-il, qu'il a appris l'entière vérité.

« Certains ici se rappelleront qu'il y a bien des années j'osai moi-même passer les portes du Nécromancien à Dol Guldur; j'explorai secrètement ses façons, et je trouvai que nos craintes étaient fondées : il n'était autre que Sauron, notre Ennemi de jadis, qui reprenait finalement forme et pouvoir. D'aucuns se rappelleront aussi que Saroumane nous dissuada d'entreprendre des actions contre lui, et pendant longtemps nous ne fîmes que l'observer. Mais enfin, son ombre grandissant, Saroumane céda, et le Conseil, déployant sa force, chassa le mal de la Forêt Noire – et cela se passa l'année même de la découverte de cet Anneau : étrange hasard, si hasard il y eut.

« Mais il était déjà trop tard, comme Elrond l'avait prévu. Sauron lui aussi nous avait observés, et il s'était dès longtemps préparé à notre attaque. Gouvernant le Mordor de loin par Minas Morgul, où demeuraient ses Neuf serviteurs, jusqu'à ce que tout fût prêt. Alors, il céda devant nous, mais en feignant seulement la fuite; et bientôt après, il vint à la Tour Sombre et se déclara ouvertement. Alors, pour la dernière fois, le Conseil se réunit; car nous apprîmes à ce moment qu'il cherchait toujours plus avidement l'Unique. Nous craignions qu'il ne possédât quelque renseignement ignoré de nous. Mais Saroumane déclara qu'il n'en était pas ainsi, et il répéta ce qu'il nous avait déjà dit : l'Unique ne serait plus jamais trouvé en Terre du Milieu.

« Au pis, dit-il, notre ennemi sait que nous ne l'avons point et qu'il est toujours perdu. Mais ce qui était perdu peut encore être trouvé, pense-t-il. Ne craignez rien! Son espoir le trompera. N'ai-je pas sérieusement étudié cette question? Dans Anduin-la-Grande, il tomba; et il y a bien longtemps, durant le sommeil de Sauron, il roula dans le lit du fleuve jusqu'à la mer. Qu'il gise là jusqu'à la fin.

Gandalf se tut, contemplant l'est du porche aux lointaines cimes des Mont Brumeux, aux grandes racines desquels le péril du monde était demeuré si longtemps caché. Il soupira :

– Là, je fus fautif, dit-il. Je me laissai bercer par les paroles de Saroumane le Sage; mais j'aurais dû chercher la vérité plus tôt, et notre péril serait à présent moins grand.

– Nous avons tous été fautifs, dit Elrond, et sans votre vigilance les Ténèbres seraient peut-être déjà sur nous. Mais poursuivez!

– Dès l'abord, j'avais de mauvais pressentiments, contre toute raison à ma connaissance, dit Gandalf, et je désirai savoir comment cet objet était venu aux mains de Gollum, et depuis combien de temps il le possédait. J'établis donc une garde, devinant qu'il ne tarderait pas à sortir de ses ténèbres à la recherche de son trésor. Il sortit en effet, mais il s'esquiva sans qu'on pût le trouver. Et puis, hélas! je laissai dormir l'affaire, me contentant d'observer et d'attendre, comme nous l'avons fait trop souvent.

« Le temps passa au milieu de bien des soucis, jusqu'au moment où mes doutes furent éveillés à une soudaine crainte. D'où venait l'anneau du Hobbit? Et si ma crainte était fondée, que fallait-il en faire? Il était nécessaire d'en décider. Mais je ne fis encore part de mes craintes à personne, connaissant le danger d'un murmure intempestif s'il s'égarait. Dans toutes les longues guerres contre la Tour Sombre, la trahison a toujours été notre plus grande ennemie.

« Cela se passait il y a dix-sept ans. Je m'aperçus bientôt que des espions de toutes sortes, jusqu'à des bêtes et des oiseaux, étaient assemblés autour de la Comté, et ma crainte grandit. J'appelai l'aide du Dúnedain, et leur guet redoubla; et j'ouvris mon cœur à Aragorn, l'héritier d'Isildur.

– Et moi, dit Aragorn, je conseillai de rechercher Gollum, si tardivement que cela pût sembler. Et puisqu'il paraissait juste que l'héritier d'Isildur œuvrât pour réparer la faute d'Isildur, j'accompagnai Gandalf dans la longue quête désespérée.

Gandalf raconta alors comment ils avaient exploré tout le Pays Sauvage, jusqu'aux Monts mêmes de l'Ombre et aux défenses du Mordor :

– Là, nous entendîmes une rumeur à son sujet, et nous supposons qu'il y demeura longtemps dans les collines sombres; mais nous ne pûmes jamais le trouver, et je finis par désespérer. Et puis, dans mon désespoir, je repensai à une tentative qui pourrait rendre inutile la découverte de Gollum. L'Anneau lui-même pourrait peut-être dire s'il était l'Unique. Le souvenir de certaines paroles prononcées au Conseil me revint : des paroles de Saroumane, auxquelles je n'avais qu'à moitié prêté attention à l'époque. Je les entendis alors nettement dans mon cœur.

« Les Neuf, les Sept et les Trois, dit-il, avaient chacun leur joyau propre. Mais pas l'Unique. Il était rond et dépourvu d'ornement, comme si ce fût un des anneaux d'importance secondaire; mais son créateur y avait mis des inscriptions que les spécialistes pourraient peut-être voir et déchiffrer.

« La nature de ces marques, il ne l'avait pas révélée. Qui, à présent, saurait ? Le créateur. Et Saroumane ? Mais, si grand que soit son savoir, il doit avoir une source. Quelle main autre que celle de Sauron tint jamais cet objet avant qu'il ne fût perdu ? Seule, celle d'Isildur.

« Cette pensée en tête, j'abandonnai ma chasse et passai rapidement en Gondor. Les membres de mon ordre y avaient été autrefois bien reçus, mais Saroumane plus que tout autre. Il avait souvent été, pour de longues périodes, l'hôte des Seigneurs de la Cité. Le Seigneur Denethor me fit alors moins bon accueil que par le passé, et il ne me permit que de mauvaise grâce de faire des recherches dans son amas de parchemins et de livres.

« Si, en fait, vous ne recherchez, comme vous le dites, que des annales des jours anciens et sur les commencements de la Cité, allez-y! dit-il. Car pour moi, ce qui fut est moins sombre que ce qui est à venir, et c'est là mon souci. Mais, à moins que vous ne soyez plus compétent que Saroumane lui-même, qui a longtemps étudié ici, vous ne trouverez rien qui ne me soit bien connu à moi, le maître du savoir de cette Cité.

« Ainsi parla Denethor. Et pourtant il y avait dans ses archives bien des documents que peu de gens peuvent encore lire, même parmi les maîtres du savoir, car l'écriture et la langue en sont devenus obscures pour les Hommes des temps plus récents. Et, Boromir, il y a encore à Minas Tirith un rouleau de la main même d'Isildur, que personne d'autre que Saroumane et moi-même n'a lu, je pense, depuis la fin des rois. Car Isildur ne s'est pas simplement retiré directement de la guerre en Mordor, comme d'aucuns l'ont raconté.

— D'aucuns dans le Nord, peut-être, s'écria Boromir,

l'interrompant. Tout le monde sait en Gondor qu'il alla tout d'abord à Minas Anor, où il resta un temps auprès de son neveu Meneldil, qu'il instruisit avant de lui confier le gouvernement du Royaume du Sud. En ce temps-là, il y planta en mémoire de son frère le dernier plançon de l'Arbre Blanc.

– Mais en ce temps-là aussi, il traça également ce document, dit Gandalf, et il semble qu'on ne s'en souvienne plus en Gondor. Car ce parchemin concerne l'Anneau, et voici ce qu'Isildur écrivit :

« Le Grand Anneau partira maintenant pour devenir un héritier du Royaume du Nord; mais un document d'archives sera laissé en Gondor, où demeurent les héritiers d'Elendil, pour le temps où le souvenir de ces grandes choses pourrait s'être estompé. »

« Après ces mots, Isildur donnait une description de l'Anneau, tel qu'il l'avait trouvé.

« Il était chaud quand je le saisis, chaud comme braise, et ma main fut brûlée de telle sorte que je doute de jamais être débarrassé de la douleur. Mais au moment où j'écris, il est refroidi, et il paraît se rétrécir, sans pourtant perdre sa beauté ni sa forme. Déjà l'inscription qu'il portait et qui au début était aussi claire qu'une flamme rouge s'estompe et devient à peine lisible. Elle est formée de caractères elfiques d'Eregion, car il n'y a pas en Mordor de lettres convenant à un travail aussi subtil; mais le langage m'est inconnu. Je pense qu'il s'agit d'une langue du Pays Noir, car elle est grossière et barbare. Quel mal elle énonce, je l'ignore; mais j'en trace ici une copie, de peur qu'elle ne disparaisse définitivement. Il manque peut-être à l'Anneau la chaleur de la main de Sauron, qui était noire tout en brûlant comme du feu, et ainsi Gil-galad fut détruit; et peut-être, si l'or était de nouveau réchauffé, l'écriture serait-elle ravivée. Mais pour ma part, je ne risquerai pas d'endommager cet objet : de toutes les œuvres de Sauron, la seule belle. Il m'est précieux, bien que je le paie d'une grande souffrance. ».

« Quand j'eus lu ces mots, ma quête était terminée. L'écriture tracée était en effet, comme Isildur l'avait deviné, dans la langue de Mordor et des serviteurs de la Tour. Et ce qui y était dit était déjà connu. Car le jour où Sauron mit pour la première fois l'Unique, Celebrimbor, créateur des Trois, eut connaissance de lui et il l'entendit de loin prononcer ces mots, et ses mauvais desseins furent révélés.

« Je pris aussitôt congé de Denethor, mais tandis même que je gagnais le Nord, des messages me parvinrent de Lórien comme quoi Aragorn était passé par là et qu'il avait trouvé la créature nommée Gollum. J'allai donc d'abord le rejoindre pour entendre son histoire. Je n'osais imaginer les périls mortels qu'il avait affrontés seul.

– Il est assez inutile de les évoquer, dit Aragorn. Quand un Homme doit nécessairement marcher en vue de la Porte Noire ou fouler les fleurs mortelles de la Vallée de Morgul, on aura des périls. Moi aussi je finis par désespérer, et je commençai mon voyage de retour. Et puis je tombai soudain par chance sur ce que je cherchais : les empreintes de pieds mous près d'un étang boueux. Mais à présent la piste était fraîche et rapide, et elle ne menait pas en Mordor; elle s'en éloignait au contraire. Je la suivis à la lisière des Marais Morts, et alors, je l'eus. Tapi près d'un étang stagnant, scrutant l'eau comme tombait le soir obscur, je l'attrapai, lui, Gollum. Il était couvert de vase verdâtre. Il ne m'aimera jamais, je le crains; car il me mordit et je ne montrai aucune douceur. Jamais je n'obtins autre chose de sa bouche que la marque de ses dents. La partie la pire de mon voyage fut à mon avis le chemin du retour, le surveillant jour et nuit, le faisant marcher devant moi, une longe au cou, un bâillon sur la bouche, jusqu'au moment où il fut maté par le manque de boisson et de nourriture; je le conduisis toujours ainsi vers la Forêt Noire. Je finis par y arriver, et je le remis aux Elfes, selon nos conventions; et je fus bien aise de me débarrasser de sa compagnie, car il puait. En ce qui me concerne, j'espère bien ne plus jamais poser le regard sur lui; mais Gandalf vint et endura un long entretien avec lui.

– Oui, long et fatigant, dit Gandalf, mais certainement pas vain. Tout d'abord, son récit de la perte de son anneau s'accordait avec celui que Bilbon nous a fait ouvertement aujourd'hui pour la première fois; mais cela n'importait guère, étant donné que j'avais déjà deviné la vérité. Mais j'appris alors en premier lieu que l'anneau de Gollum provenait du Grand Fleuve, près des Champs aux Iris. Et j'appris aussi qu'il le possédait depuis longtemps; maintes générations de sa petite espèce. Le pouvoir de l'Anneau avait allongé ses années bien au-delà de leur étendue normale; mais ce pouvoir, seuls le détiennent les Grands Anneaux.

« Et si cela ne suffit pas, il y a l'autre épreuve dont j'ai parlé. Sur cet anneau même que vous avez vu élever devant vous, tout rond et sans ornement, peuvent toujours se lire les lettres dont parlait Isildur, pour peu que quelqu'un ait la force de volonté de mettre un moment cet objet d'or dans le feu. Je l'ai fait, et voici ce que j'ai lu :

Ash nazg durbatulûk, ash nazg gimbatul, ash nazg thrakatulûk agh bruzum-ishi krimpatul.

Le changement dans la voix du magicien était saisissant. Elle s'était soudain faite menaçante, puissante, dure comme la pierre. Une ombre sembla passer sur le soleil à son zénith, et l'obscurité envahit un moment le porche. Tous tremblèrent, et les Elfes se bouchèrent les oreilles.

– Jamais auparavant aucune voix n'a osé prononcer des mots de cette langue à Imladriss, Gandalf-le-Gris, dit Elrond, comme l'ombre passait et que l'assistance reprenait son souffle.

– Et espérons que nul ne les prononcera ici de nouveau, répondit Gandalf. Je ne demande toutefois pas votre pardon, Maître Elrond. Car, si cette langue ne doit pas être bientôt entendue dans tous les coins de l'Ouest, que personne ne doute plus que cet objet est bien ce que les Sages ont déclaré : le trésor de l'Ennemi, chargé de toute sa malice; et en lui réside une grande part de sa force de jadis. Des Années Noires viennent les mots qu'entendirent les Forgerons d'Eregion, quand ils apprirent qu'ils avaient été trahis :

Un Anneau Unique pour les gouverner tous, un Anneau Unique pour les trouver, un Anneau Unique pour les amener tous et tous les lier dans les Ténèbres.

« Sachez aussi, mes amis, que j'ai appris encore davantage de Gollum. Il répugnait à parler, et son récit n'était pas clair, mais il n'y a aucun doute qu'il alla en Mordor et que là on tira de lui tout ce qu'il savait. L'Ennemi sait ainsi que l'Unique a été trouvé, qu'il est longtemps resté dans la Comté et, ses serviteurs l'ayant poursuivi presque jusqu'à notre porte, il ne tardera pas à savoir, il sait peut-être déjà, au moment où je parle, que nous l'avons ici.

Tous gardèrent un moment le silence, jusqu'à ce qu'enfin Boromir reprît la parole :

– C'est un petit être, ce Gollum, dites-vous? Petit, mais grand pour ce qui est de la malfaisance. Qu'est-il devenu? Quel destin lui avez-vous assigné?

– Il est en prison, sans plus, dit Aragorn. Il avait beaucoup souffert. Il n'y avait pas de doute qu'il était tourmenté et que la peur de Sauron lui pèse cruellement sur le cœur. Je suis, toutefois, le premier à être heureux qu'il soit surveillé de près par les attentifs Elfes de la Forêt Noire. Sa malice est grande, et elle lui confère une force à laquelle on croirait difficilement chez un être aussi maigre et flétri. Il pourrait encore opérer beaucoup de mal, s'il était libre. Et je ne doute pas qu'il lui fut permis de quitter le Mordor pour quelque mission néfaste.

– Hélas! Hélas! s'écria Legolas, dont le beau visage elfique révélait une grande détresse. Il me faut maintenant révéler les nouvelles que j'ai été chargé d'apporter. Elles ne sont pas bonnes, mais je n'ai appris qu'ici à quel point elles pourront paraître mauvaises à cette assemblée. Sméagol, qui porte à présent le nom de Gollum, s'est échappé.

– Echappé? s'écria Aragorn. Voilà certes une mauvaise nouvelle. Nous aurons tous à la regretter amèrement, je crains. Comment donc les gens de Thranduil ont-ils pu faillir à leur mission?

– Non par défaut de vigilance, dit Legolas; mais par excès de bonté, peut-être. Nous craignons par ailleurs que le prisonnier n'ait reçu de l'aide d'autres personnes et que nos faits et gestes ne soient plus connus que nous ne le souhaiterions. Nous gardions cette créature jour et nuit, selon l'ordre de Gandalf, si fastidieuse que fût cette tâche. Mais Gandalf nous avait invités à espérer encore sa guérison et nous n'avions pas le cœur de le maintenir toujours dans des cachots sous terre, où il retomberait dans ses anciennes pensées noires.

– Vous fûtes moins tendre à mon égard, dit Glóin, avec un éclair dans les yeux à l'évocation d'anciens souvenirs de son emprisonnement dans les culs-de-basse-fosse des rois elfiques.

– Allons, dit Gandalf. N'interrompez pas, je vous en

prie, mon cher Glóin. Ce fut là un regrettable malentendu, depuis longtemps clarifié. Si tous les griefs entre Nains et Elfes doivent être ressortis ici, autant abandonner tout de suite ce Conseil.

Glóin se leva et s'inclina, et Legolas poursuivit :

– Aux beaux jours, nous emmenâmes Gollum dans les bois; et il y avait un grand arbre à l'écart des autres, dans lequel il aimait grimper. Nous le laissions souvent monter jusqu'aux plus hautes branches, pour qu'il sentît le libre vent; mais nous établissions une garde au pied de l'arbre. Un jour, il refusa de descendre, et les gardes n'avaient aucune envie de grimper le chercher : il avait appris le truc de s'agripper aux branches par les pieds aussi bien que par les mains; aussi restèrent-ils près de l'arbre tard dans la nuit.

« Ce fut cette nuit même de l'été, pourtant sans lune ni étoiles, que les orques nous tombèrent dessus à l'improviste. Nous les chassâmes au bout de quelque temps; ils étaient nombreux et féroces, mais ils venaient d'au-delà des montagnes et ils n'étaient pas accoutumés aux bois. Quand le combat fut terminé, nous nous aperçûmes que Gollum était parti et que ses gardiens avaient été tués ou pris. Il nous parut clair alors que l'attaque avait été menée pour le libérer et qu'il en avait eu connaissance auparavant. Comment? nous ne pouvons le deviner; mais Gollum est rusé, et les espions de l'Ennemi sont nombreux. Les choses sombres qui avaient été chassées l'année de la chute du Dragon sont revenues en nombre plus grand encore, et la Forêt Noire est de nouveau un lieu néfaste, sauf là où votre royaume est maintenu.

« Nous n'avons pu recapturer Gollum. Nous avons retrouvé sa trace parmi celles de nombreux Orques, et elle plongeait profondément dans la Forêt en direction du Sud. Mais avant peu, elle échappa à notre habileté, et nous n'osâmes continuer la poursuite; car nous approchions de Dol Guldur, et c'est un endroit très mauvais; nous n'allons pas de ce côté.

– Eh bien, il est parti, dit Gandalf. Nous n'avons pas le temps de le chercher de nouveau. Qu'il fasse ce qu'il veut. Mais il peut encore jouer un rôle que ni lui ni Sauron n'ont prévu.

« Et maintenant, je vais répondre aux autres questions de Galdor. Qu'en est-il de Saroumane? Que nous conseille-t-il en cette circonstance critique? Cette histoire, je dois vous la dire tout au long, car seul Elrond l'a déjà entendue, et cela en résumé; mais elle pèsera sur tout ce que nous aurons à décider. C'est le dernier chapitre de l'Histoire de l'Anneau, au point où elle en est arrivée.

« A la fin du mois de juin, je me trouvais dans la Comté, mais un nuage d'inquiétude m'occupait l'esprit, et je me rendis aux frontières méridionales du petit pays; car j'avais le pressentiment de quelque danger, encore caché mais approchant. Là, me parvinrent des messages m'annonçant la guerre et la défaite du Gondor, et quand il fut question de l'Ombre Noire, j'eus le cœur glacé. Je ne trouvai toutefois rien d'autre que quelques fugitifs du Sud; mais il me sembla qu'ils étaient saisis d'une peur dont ils ne voulaient pas parler. Me tournant alors vers l'est et le nord, je suivis le Chemin Vert; et non loin de Bree je rencontrai un voyageur assis sur un talus au bord de la route, tandis que son cheval broutait à côté de lui. C'était Radagast le Brun, qui habitait à un moment à Rhosgobel, à l'orée de la Forêt Noire. Il est membre de mon ordre, mais je ne l'avais pas vu depuis bien des années.

« Gandalf! s'écria-t-il. Je vous cherchais. Mais cette région m'est étrangère. Tout ce que je savais, c'était qu'on pourrait vous trouver dans un pays sauvage, appelé bizarrement la Comté! »

« – Le renseignement était exact, lui dis-je. Mais n'en parlez pas en ces termes si vous rencontrez de ses habitants. Vous êtes tout près de la frontière de la Comté en ce moment. Et que me voulez-vous? Ce doit être pressant. Vous n'avez jamais été grand voyageur, si vous n'étiez poussé par une grande nécessité. »

« – J'ai une mission urgente, dit-il. Mes nouvelles sont mauvaises. » Puis il jeta un regard circulaire, comme si les haies pouvaient avoir des oreilles. « Nazgûl, murmura-t-il. Les Neuf sont de nouveau sortis. Ils ont traversé la rivière en secret, et ils s'avancent vers l'Ouest. Ils ont pris l'apparence de cavaliers vêtus de noir. »

« Je sus alors ce que j'avais redouté sans le connaître.

« L'Ennemi doit avoir quelque grand besoin ou dessein, dit Radagast; mais je ne puis deviner ce qui le faittourner ses regards vers ces régions lointaines et désolées. »

« – Que voulez-vous dire? » demandai-je.

« On m'a dit que partout où vont les Cavaliers, ils demandent des renseignements sur un pays nommé Comté. »

« – *La Comté* », dis-je; mais mon cœur se serra. Car même le Sage pouvait craindre de s'opposer aux Neuf quand ils sont rassemblés sous le commandement de leur féroce chef. Ce fut jadis un grand roi et un grand sorcier, et maintenant il entretient une peur mortelle. « Qui vous l'a dit, et qui vous a envoyé? » demandai-je.

« Saroumane le Blanc, répondit Radagast. Et il m'a chargé de dire que, si vous en sentez le besoin, il vous apportera son aide; mais il faut la solliciter tout de suite, sans quoi il sera trop tard. »

« Et ce message m'apporta l'espoir. Car Saroumane le Blanc est le plus grand de mon ordre. Radagast est un digne magicien, bien sûr, un maître des formes et des changements de teintes; et il a une grande connaissance des herbes et des bêtes, et les oiseaux sont particulièrement ses amis. Mais Saroumane a longtemps étudié les artifices de l'Ennemi lui-même, et nous avons ainsi souvent pu lui couper l'herbe sous le pied. Ce fut grâce aux stratagèmes de Saroumane que nous pûmes le chasser de Dol Guldur. Peut-être aura-t-il trouvé des armes susceptibles de ramener les Neuf.

« J'irai voir Saroumane », dis-je.

« Dans ce cas, il faut y aller *tout de suite*, dit Radagast, car j'ai perdu du temps à vous chercher, et les jours commencent à manquer. J'avais pour consigne de vous trouver avant le Solstice d'Eté, et nous y sommes. Même en partant d'ici, vous ne le joindrez guère avant que les Neuf ne découvrent le pays qu'ils cherchent. Moi-même, je vais retourner immédiatement. » Et sur ce, il sauta à cheval et s'apprêta à partir sur-le-champ.

« Attendez un instant! dis-je. Nous aurons besoin de votre aide, et de celle de toutes choses qui voudront bien la donner. Envoyez des messages à toutes les bêtes et à tous les oiseaux qui sont vos amis. Dites-leur d'apporter des nouvelles de tout ce qui a trait à cette affaire à Saroumane et à Gandalf. Que des messages soient envoyés à Orthanc. »

« Ce sera fait! » dit-il. Et il s'en fut comme si les Neuf fussent après lui.

« Je ne pouvais le suivre dans l'instant. J'avais déjà beaucoup chevauché ce jour-là, et j'étais fatigué de même que mon cheval; et il me fallait réfléchir. Je restai pour la nuit à Bree, et je décidai que je n'avais pas le temps de retourner dans la Comté. Jamais je ne commis pire erreur!

« J'écrivis toutefois un mot à Frodon et confiai à mon ami l'aubergiste le soin de l'envoyer. Je partis à l'aube; et j'arrivai en fin de compte à la demeure de Saroumane. Elle se trouve loin dans le Sud, à Isengard, à la fin des Monts Brumeux, non loin de la Trouée de Rohan. Et Boromir vous dira que c'est une grande vallée ouverte qui s'étend entre les Monts Brumeux et les contreforts septentrionaux d'Ered Nimraïs, les Montagnes Blanches de chez lui. Mais Isengard est un cercle de rochers abrupts qui enclosent une vallée comme d'un mur, et au centre de cette vallée se dresse une tour de pierre nommée Orthanc. Elle ne fut pas édifiée par Saroumane, mais, il y a bien longtemps, par les Hommes de Númenor; elle est très élevée et contient maints secrets; elle n'a cependant pas l'air d'un ouvrage habile. On ne peut l'atteindre qu'en passant par le cercle d'Isengard; et ce cercle n'a qu'une seule porte.

« J'arrivai tard un soir à cette porte, semblable à une grande arche dans le mur de rocher, et elle était fortement gardée. Mais les gardiens de la porte, qui me guettaient, me dirent que Saroumane m'attendait. Je passai sous la voûte; la porte se referma silencieusement derrière moi, et soudain j'eus peur, sans en voir de raison.

« Mais je poursuivis mon chemin jusqu'au pied d'Orthanc et j'arrivai à l'escalier de Saroumane; là, il vint à ma rencontre et me mena à sa chambre haute. Il portait une bague à son doigt.

« Ainsi vous êtes venu, Gandalf », me dit-il d'un ton grave; mais il semblait y avoir dans ses yeux une lumière blanche, comme s'il eût dans le cœur un rire froid.

« Oui, je suis venu, répondis-je. Je suis venu vous demander votre aide, Saroumane le Blanc », et ce titre parut l'irriter.

« Vraiment, Gandalf le Gris! fit-il avec ironie. De l'aide? On a rarement entendu dire que Gandalf le Gris ait cherché de l'aide – lui si malin et si sage, qui se promène par les terres en se mêlant de toutes les affaires, qu'elles le regardent ou non. »

« Je l'observai, étonné : « Mais si je ne me trompe, dis-je, des choses sont en mouvement qui nécessiteront l'union de toutes nos forces. »

« – C'est possible, dit-il, mais cette pensée a mis le

temps à vous venir. Combien de temps, je me le demande, m'avez-vous caché, à moi le chef du Conseil, une affaire de la plus grande importance? Qu'est-ce qui vous amène maintenant de votre retraite de la Comté? »

« – Les Neuf sont sortis de nouveau, répondis-je. Ils ont traversé la rivière. C'est ce que m'a dit Radagast. »

« Radagast le Brun! » s'écria Saroumane, riant – et il ne cacha pas son dédain. « Radagast, l'apprivoiseur d'oiseaux! Radagast le Simple! Radagast le Benêt! Il a pourtant eu juste l'intelligence nécessaire pour le rôle que je lui ai confié. Car vous êtes venu, et c'était tout le but de mon message. Et vous allez rester ici, Gandalf le Gris, et vous reposer de vos voyages. Car je suis Saroumane le Sage, Saroumane le Créateur d'Anneaux, Saroumane le Multicolore! »

« Regardant alors, je vis que ses vêtements, qui m'avaient paru blancs, ne l'étaient pas, mais qu'ils étaient tissés de toutes couleurs; et quand il bougeait, ils chatoyaient et changeaient de teinte, de telle sorte que l'œil était confondu.

« Je préférais le blanc », dis-je.

« Le blanc! fit-il d'un air sarcastique. Ça sert au début. Un tissu blanc peut être teint. On peut couvrir la page blanche d'écriture; et la lumière blanche peut être brisée. »

« Auquel cas, elle n'est plus blanche, dis-je. Et qui brise quelque chose pour découvrir ce que c'est a quitté la voie de la sagesse. »

« – Il est inutile de me parler comme à l'un des fous dont vous faites vos amis, dit-il. Je ne vous ai pas amené ici pour recevoir vos instructions, mais pour vous offrir un choix. »

« Il se redressa alors et se mit à déclamer, comme s'il faisait un discours longuement répété : « Les Jours Anciens sont passés. Les Jours du Milieu sont en train de passer. Les Jours Jeunes commencent. Le temps des Elfes est fini, mais le nôtre est proche : le monde des Hommes, que nous devons gouverner. Mais il nous faut le pouvoir, le pouvoir de tout ordonner comme nous l'entendons, pour le bien que seuls les Sages peuvent voir.

« Et écoutez-moi, Gandalf, mon vieil ami et assistant! dit-il, se rapprochant et parlant d'une voix plus douce. J'ai dit *nous*, car ce peut être *nous*, si vous vous joignez à moi. Un nouveau Pouvoir se lève. Contre lui, les anciens alliés et les anciennes politiques ne nous serviront de rien. Il ne reste plus aucun espoir à mettre en les Elfes ou en le mourant Númenor. Vous, nous voici donc placés devant un choix. Nous pouvons rejoindre ce Pouvoir. Ce serait sage, Gandalf. Il y a un espoir de ce côté. Sa victoire est proche; et il y aura une riche récompense pour qui l'aura aidé. A mesure que le Pouvoir s'accroîtra, ses amis prouvés grandiront aussi; et les Sages, tels que vous et moi, pourront avec de la patience en venir finalement à diriger son cours et à le régler. Nous pouvons attendre notre heure, conserver nos pensées dans notre cœur, déplorant peut-être les maux infligés en passant, mais approuvant le but élevé et ultime : la Connaissance, la Domination, l'Ordre; tout ce que nous nous sommes efforcés en vain jusqu'ici d'accomplir, retenus plutôt qu'aidés par nos amis, faibles ou paresseux. Il ne serait point besoin, il n'y aurait point de véritable modification de nos desseins, mais seulement des moyens. »

« – Saroumane, dis-je, j'ai déjà entendu des discours de ce genre, mais seulement dans la bouche d'émissaires envoyés de Mordor pour tromper les ignorants. Je ne puis croire que vous m'ayez fait venir si loin à seule fin de me fatiguer les oreilles! »

« Il me jeta un regard de côté et observa un moment de réflexion :

« Et pourquoi pas, Gandalf? murmura-t-il. Pourquoi pas? L'Anneau Souverain? Si nous pouvions en disposer, le Pouvoir nous passerait, à nous. Voilà, en vérité, pourquoi je vous ai fait venir ici. Car j'ai beaucoup d'yeux à mon service, et je pense que vous savez où se trouve à présent ce précieux objet. Me trompé-je? Ou pourquoi les Neuf s'enquièrent-ils de la Comté, et qu'ont-ils à y faire? »

« Tandis qu'il parlait ainsi, il ne put réprimer un soudain regard de concupiscence.

« Saroumane, dis-je, m'écartant de lui, seule une main à la fois peut disposer de l'Unique, et vous le savez fort bien; ne vous donnez donc pas la peine de dire nous! Mais je ne vous le donnerais certes pas, je ne vous en donnerais même pas des nouvelles, maintenant que je connais votre pensée. Vous étiez le chef du Conseil, mais vous vous êtes enfin démasqué. Ainsi, le choix est, semble-t-il, entre la soumission à Sauron ou à vous-même? Je ne prendrai ni l'une ni l'autre. Avez-vous d'autres solutions à proposer? »

« Il était à présent froid et menaçant :

« Oui, dit-il. Je ne m'attendais pas que vous fissiez preuve de sagesse, fût-ce à votre propre avantage; mais je vous donnais la chance de m'aider de plein gré et de vous éviter ainsi beaucoup d'ennuis et de souffrance. La troisième solution est de demeurer ici jusqu'à la fin. »

« – Jusqu'à quelle fin?

« – Jusqu'à ce que vous me révéliez où peut se trouver l'Unique. Je puis imaginer des moyens de persuasion. Ou bien jusqu'à ce qu'il soit découvert malgré vous et que le Souverain ait eu le temps de penser à des affaires plus légères : comme, par exemple, d'imaginer une récompense appropriée pour les entraves et l'insolence de Gandalf le Gris.

« – Cela ne sera peut-être pas, en fin de compte, une affaire plus légère, dis-je.

« Il ricana, car mes paroles étaient vides de sens, et il le savait.

« Ils s'emparèrent de moi et me mirent seul sur la cime de l'Orthanc, à l'endroit où Saroumane avait accoutumé d'observer les étoiles. Il n'y a aucun moyen de descendre, à part un étroit escalier de plusieurs milliers de marches, et la vallée paraît extrêmement loin en contrebas. La contemplant, je vis qu'alors qu'autrefois elle était verte et belle, elle était à présent remplie de puits et de forges. Des loups et des orques étaient logés à Isengard, car Saroumane levait une grande force pour son propre compte, afin de rivaliser avec Sauron et non pas encore à son service. Sur tous ses ouvrages était suspendue une fumée sombre qui enveloppait les flancs de l'Orthanc. Je me tenais seul sur une île au milieu des nuages; je n'avais aucune chance de m'échapper, et mes jours furent amers. J'étais transpercé de froid, et je n'avais qu'un espace restreint à arpenter tout en broyant des idées noires sur la venue des Cavaliers dans le Nord.

« Que les Neuf se fussent effectivement levés, j'en sentais la certitude, même sans les paroles de Saroumane qui pouvaient être des mensonges. Bien avant de venir à Isengard, j'avais reçu en route des informations sur lesquelles il n'y avait pas à se tromper. La crainte régnait sans cesse dans mon cœur pour mes amis de la Comté; mais je conservais toutefois un certain espoir. J'espérais que Frodon s'était mis immédiatement en route, comme ma lettre l'en pressait, et qu'il avait atteint Fondcombe avant le déclenchement de la mortelle poursuite. Et ma crainte comme mon espoir se trouvèrent tous deux mal fondés. Car mon espoir était fondé sur un gros homme de Bree; et ma crainte l'était sur la ruse de Sauron. Mais les gros hommes qui vendent de la bière doivent répondre à beaucoup d'appels; et le pouvoir de Sauron est encore moindre que ce que lui prête la peur. Mais, dans le cercle d'Isengard, piégé et seul, il n'était pas aisé de penser que flancheraient dans la lointaine Comté les chasseurs devant qui tous avaient fui ou étaient tombés.

– Je vous ai vu! s'écria Frodon. Vous reculiez et avanciez. La lune brillait dans vos cheveux.

Gandalf, étonné, s'arrêta et le regarda.

– Ce n'était qu'un rêve, dit Frodon, mais il m'est revenu tout à coup. Je l'avais complètement oublié. Il s'est passé il y a quelque temps; après mon départ de la Comté, me semble-t-il.

– Il a mis longtemps à venir, dans ce cas, comme vous le verrez, dit Gandalf. Je me trouvais en fâcheuse posture. Et ceux qui me connaissent conviendront que j'ai rarement été en pareil embarras, et ils n'admettent pas aisément une telle mésaventure. Gandalf le Gris pris comme une mouche dans la traîtresse toile d'une araignée! Il arrive cependant que les araignées les plus subtiles laissent un fil trop faible.

« Je craignis au début, comme Saroumane l'entendait sans doute, que Radagast fût également tombé. Je n'avais pourtant remarqué aucun indice d'écart dans sa voix ou dans son regard lors de notre rencontre. Si c'eût été le cas, jamais je ne serais allé à Isengard, ou je m'y serais rendu avec plus de circonspection. C'est bien ce qu'avait deviné Saroumane, et il avait dissimulé sa pensée et trompé son messager. Il eût été vain de toute façon d'essayer de gagner l'honnête Radagast à la traîtrise. C'est en toute bonne foi qu'il me chercha, et qu'ainsi il me persuada.

« Ce fut la pierre d'achoppement du plan de Saroumane. Car Radagast ne vit aucune raison de ne pas faire ce que je lui demandais; et il s'en fut vers la Forêt Noire, où il comptait beaucoup d'amis de jadis. Et les Aigles des Montagnes allèrent de tous côtés et virent bien des choses : le rassemblement de loups et le rappel des orques, comme les allées et venues des Neuf Cavaliers; ils apprirent aussi la nouvelle de l'évasion de Gollum. Et ils envoyèrent un messager me porter ces informations.

« C'est ainsi qu'au déclin de l'été, par une nuit de lune,

Gwaihir, Seigneur du Vent, le plus rapide des Grands Aigles, vint impromptu à Orthanc; et il me trouva debout sur la cime. Je lui parlai alors, et il m'emporta avant que Saroumane ne fût sur ses gardes. J'étais loin d'Isengard quand les loups et les orques sortirent de la porte à ma poursuite.

« Jusqu'où pouvez-vous me porter? » demandai-je à Gwaihir.

« Sur bien des lieues, dit-il, mais pas jusqu'aux confins de la terre. J'ai été envoyé pour porter des nouvelles, non pour porter des fardeaux. »

« — Alors, il me faudra un coursier à terre, dis-je, et un coursier étonnamment rapide, car je n'ai jamais encore été en tel besoin de hâte. »

« — Dans ce cas, je vous porterai à Edoras, où le Seigneur de Rohan siège dans ses salles; ce n'est pas très loin », dit-il.

« Et j'en fus heureux, car dans le Riddermark de Rohan résident les Rohirrim, les Seigneurs des chevaux, et ils n'est rien d'égal aux montures qui sont élevées dans cette grande vallée entre les Monts Brumeux et les Montagnes Blanches.

« Peut-on encore se fier aux Hommes de Rohan, à votre avis? » demandai-je à Gwaihir, la trahison de Saroumane ayant ébranlé ma confiance.

« Ils paient un tribut de chevaux, répondit-il, et ils en envoient un grand nombre chaque année au Mordor, à ce qu'on dit tout au moins; mais ils ne sont pas encore sous le joug. Si toutefois Saroumane est devenu mauvais, comme vous le dites, leur ruine ne saurait tarder longtemps. »

« Il me déposa dans le pays de Rohan avant l'aube; et maintenant je me suis trop étendu dans mon récit. Le reste doit être plus bref. En Rohan, je trouvai le mal déjà à l'œuvre : les mensonges de Saroumane; et le roi du pays refusa d'écouter mes avertissements. Il m'invita à prendre un cheval et à m'en aller; et j'en choisis un à mon goût, mais peu au sien. Je pris le meilleur de son pays, et je n'ai jamais vu son pareil.

— Ce doit être une noble bête, en vérité, dit Aragorn; et je suis encore plus chagriné que de maintes nouvelles qui pourraient être pires de savoir que Sauron lève un tel tribut. Il n'en était pas ainsi la dernière fois que je suis allé dans ce pays.

– Aujourd'hui non plus, j'en jurerais, dit Boromir. C'est un mensonge lancé par l'Ennemi. Je connais les Hommes de Rohan, loyaux et vaillants, nos alliés, vivant encore sur les terres que nous leur avons données il y a long-temps.

– L'Ombre du Mordor s'étend sur des pays lointains, répondit Aragorn. Saroumane y est tombé. Le Rohan est serré de près. Qui sait ce que vous y trouverez, si jamais vous y retournez?

– En tout cas pas qu'ils achèteraient la vie au prix de chevaux, dit Boromir. Ils aiment presque autant leurs bêtes que leur famille. Et ce n'est pas sans raison, car les chevaux du Riddermark viennent des champs du Nord, loin de l'Ombre, et leur race, comme celle de leurs maîtres, remonte aux jours libres de jadis.

– C'est bien vrai, dit Gandalf. Et il en est un parmi eux qui pourrait avoir été mis bas au matin du monde. Les chevaux des Neuf ne peuvent rivaliser avec lui; infatigable, rapide comme le vent. On l'a appelé Gripoil. Le jour, sa robe luit comme l'argent; et la nuit, elle est comme l'ombre, et il passe inaperçu. Léger est son pas. Jamais auparavant un Homme ne l'avait monté; mais je l'ai pris et dompté; et il m'a porté à un tel train que j'atteignis la Comté alors que Frodon se trouvait sur les Hauts des Galgals, bien que je ne fusse parti du Rohan qu'après son propre départ de Hobbitebourg.

« Mais la peur grandit en moi durant ma chevauchée. A mesure que j'allais vers le Nord, j'entendais parler des Cavaliers, et, bien que je gagnasse sur eux jour après jour, ils se trouvaient toujours devant moi. Ils avaient divisé leurs forces, à ce que j'appris : certains restaient sur les frontières orientales, non loin du Chemin Vert, et d'autres envahissaient la Comté par le Sud. J'arrivai à Hobbitebourg, et Frodon était parti; mais j'eus un entretien avec le vieux Gamegie : beaucoup de paroles, mais peu de topiques. Il avait fort à dire sur les défauts des nouveaux propriétaires de Cul-de-Sac.

« Je ne peux supporter les changements, dit-il, pas à l'âge que j'ai, et encore moins les changements pour le pire. Oui, changements pour le pire », répéta-t-il maintes fois.

« Le pire est un méchant mot, et j'espère que vous ne vivrez pas pour le voir.

« Mais parmi tous ses discours, je démêlai enfin que Frodon avait quitté Hobbitebourg moins d'une semaine auparavant, et qu'un Cavalier Noir était venu à la Colline le même soir. Je repris alors ma route avec crainte. J'arrivai au Pays de Bouc, que je trouvai en tumulte, aussi affairé qu'une fourmilière que l'on a remuée avec un bâton. J'arrivai à la maison du Creux-de-Crique; la porte en avait été défoncée, et la maison était vide; mais sur le seuil gisait un manteau qui avait appartenu à Frodon. Alors, pendant un moment, l'espoir m'abandonna; je ne m'attardai pas pour avoir des nouvelles, sans quoi j'aurais pu être réconforté; mais je me lançai sur la piste des Cavaliers. Elle était difficile à suivre, car elle allait en maintes directions et j'étais dérouté. Mais il me parut qu'un ou deux étaient allés vers Bree; et ce fut de ce côté que je partis, pensant à certains mots qui pourraient être dits à l'aubergiste.

« On l'appelle Poiredebeurré, pensai-je. Eh bien, si ce retard est de sa faute, je vais le faire fondre comme tout le beurre qui est en lui. Je rôtirai ce vieil idiot à petit feu. » Il n'en attendait pas moins et, en voyant ma figure, il s'écroula à plat et se mit à fondre sur-le-champ.

– Que lui avez-vous fait ? s'écria Frodon, alarmé. Il a été vraiment très gentil pour nous, et il a fait tout ce qu'il a pu.

Gandalf rit :

– Ne craignez rien! dit-il. Je ne mords pas, et je n'aboyai que très peu. J'étais si heureux des nouvelles que je tirai de lui, quand il eut fini de trembler, que j'embrassai le vieux bonhomme. Je ne voyais pas comment la chose s'était passée, mais j'appris que vous étiez resté la nuit précédente à Bree et que vous étiez parti le matin même avec Grands-Pas.

« Grands-Pas! » dis-je en un cri de joie.

« Oui, monsieur, c'est ce que je crains, monsieur, dit Poirebeurré, se méprenant sur mon sentiment. Il est parvenu jusqu'à eux malgré tout ce que j'ai pu faire, et ils se sont liés d'amitié avec lui. Ils ont eu une drôle de conduite pendant tout le temps qu'ils ont été ici. Obstinée, comme qui dirait. »

« – Bougre d'âne! Triple idiot! Digne Prosper de mon cœur! » dis-je. « C'est la meilleure nouvelle que j'aie eue depuis la mi-été : cela vaut pour le moins une pièce d'or. Puisse votre bière bénéficier de l'enchantement d'une excellence sans pareille pendant sept années! dis-je. Maintenant je peux prendre une nuit de repos, la première depuis je ne sais plus quand. »

« Je passai donc cette nuit-là, me demandant vivement ce qu'étaient devenus les Cavaliers; car jusqu'alors on n'en avait vu que deux à Bree, semblait-il. Mais dans la nuit, nous eûmes d'autres informations. Cinq au moins vinrent de l'Ouest; ils abattirent les portes et traversèrent Bree en tempête; et les gens de Bree en tremblent encore, s'attendant à la fin du monde. Je me levai avant l'aube et partis à leurs trousses.

« Je ne sais pas trop, mais il me paraît clair que voici ce qui s'est passé. Leur Capitaine était resté en secret à l'écart au sud de Bree, tandis que deux de ses hommes traversaient en avant le village et que quatre autres envahissaient la Comté. Mais après leur échec à Bree et au Creux-de-Crique, ceux-ci revinrent rendre compte à leur Capitaine, laissant ainsi la Route non gardée pendant un moment, hormis par leurs espions. Le Capitaine envoya alors un détachement droit vers l'Est à travers le pays, et lui-même, en grande colère, suivit la Route avec le reste de sa troupe.

« Je galopai en coup de vent le Mont Venteux, que j'atteignis avant le coucher du soleil le surlendemain de mon départ de Bree – et ils m'avaient devancé. Ils se retirèrent devant moi, car ils sentaient l'arrivée de ma fureur, et ils n'osaient l'affronter tant que le soleil était dans le ciel. Mais leur cercle se resserra à la nuit, et je fus assiégé sur le sommet de la colline, dans l'antique anneau d'Amon Sûl. J'eus la partie dure, vous pouvez m'en croire. Jamais on ne vit pareille lumière et pareilles flammes sur le Mont Venteux depuis les feux de guerre du temps jadis.

« Je m'échappai à l'aurore et m'enfuis vers le Nord. Je ne pouvais espérer faire plus. Il était impossible de vous trouver, Frodon, dans les Terres Sauvages, et c'eût été folie de le tenter avec les Neuf sur mes talons. Je dus donc faire confiance à Aragorn. Mais j'espérais en entraîner quelques-uns et atteindre tout de même Fondcombe, d'où je vous enverrais du secours. Quatre Cavaliers me suivirent en effet, mais ils s'en retournèrent après un moment pour se diriger vers le Gué, semble-t-il. Cela aida un peu, car ils ne furent que cinq, non pas neuf, lors de l'attaque de votre campement.

« J'arrivai enfin ici par une longue et dure route, en suivant la Fontgrise et par les Landes d'Etten, puis en descendant du nord. Cela me prit près de quatorze jours du Mont Venteux, car je ne pouvais chevaucher parmi les rochers des collines des trolls, et Gripoil me quitta. Je le renvoyai à son maître; mais une grande amitié s'était établie entre nous, et, en cas de besoin, il reviendra à mon appel. Il se trouva cependant que j'arrivai à Fond-combe trois jours seulement avant l'Anneau, et des nou-velles de son péril avaient déjà été apportées ici, ce qui se révéla certes bon.

« Et voilà, Frodon, la fin de mon récit. Qu'Elrond et les autres en pardonnent la longueur. Mais jamais aupara-vant il n'était arrivé que Gandalf eût manqué à un rendez-vous et ne fût pas venu quand il l'avait promis. Il était nécessaire de rendre compte d'un événement aussi surprenant au Porteur de l'Anneau, je crois.

« Enfin, voilà le récit fait, du début jusqu'à la fin. Nous sommes tous réunis, et voici l'Anneau. Mais nous n'avons pas encore abordé notre propos. Qu'allons-nous en faire? »

Il y eut un silence. Elrond reprit finalement la pa-role :

– Cette nouvelle au sujet de Saroumane est grave, dit-il; car nous avions confiance en lui, et il est très au courant de tous nos conseils. Il est dangereux d'étudier trop à fond les artifices de l'Ennemi, pour le bien ou pour le mal. Mais de telles chutes et trahisons ne sont, hélas! pas nouvelles. Parmi les récits entendus aujourd'hui, c'est celui de Frodon qui m'a le plus étonné. J'ai connu peu de Hobbits, en dehors de Bilbon, ici présent; et il me semble qu'il n'est peut-être pas aussi seul et singulier que je l'avais cru. Le monde a beaucoup changé depuis la dernière fois que je fus sur les routes de l'Ouest.

« Nous connaissons sous de nombreux noms les Etres des Galgals; et sur la Vieille Forêt, bien des contes ont été faits : de tout cela, il ne reste plus qu'un massif détaché de sa marche septentrionale. Il fut un temps où un écureuil pouvait aller d'arbre en arbre de ce qui est maintenant la Comté au Pays de Dun, à l'ouest d'Isengard. J'ai autrefois voyagé dans ces régions, et j'ai connu bien des choses sauvages et étranges. Mais j'avais oublié Bombadil, si, en fait, c'est le même qui parcourait les bois et les collines il y a longtemps et qui, même alors, était plus vieux que les vieux. Il ne portait pas alors ce nom. On l'appelait Iarwain Ben-adar, le plus ancien et le sans père. Mais il a reçu bien d'autres noms de la part d'autres gens : les Nains l'ont appelé Torn, les Hommes du Nord

Orald, et il a eu beaucoup d'autres noms encore. C'est une créature étrange, mais peut-être aurais-je dû le convoquer à notre Conseil.

– Il ne serait pas venu, dit Gandalf.

– Ne pourrions-nous encore lui envoyer des messages et obtenir son aide ? demanda Erestor. Il semble qu'il ait un pouvoir même sur l'Anneau.

– Non, ce n'est pas exactement ce que je dirais, répliqua Gandalf. Mettons plutôt que l'Anneau n'a aucun pouvoir sur lui. Il est son propre maître. Mais il ne peut rien changer à l'Anneau lui-même, ni briser son pouvoir sur les autres. Et à présent, il est retiré dans une petite terre, à l'intérieur de limites qu'il a établies, bien que personne ne puisse les voir, attendant peut-être un changement des jours, et il se refuse à en sortir.

– Mais à l'intérieur de ces limites rien ne semble l'ébranler, dit Erestor. Ne prendrait-il pas l'Anneau, afin de le garder là à jamais inoffensif ?

– Non, dit Gandalf, pas de son propre gré. Il pourrait le faire si tous les gens libres du monde le suppliaient, mais il n'en comprendrait pas le besoin. Et si on lui donnait l'Anneau, il l'oublierait bientôt ou plus vraisemblablement le jetterait. Pareilles choses n'ont aucune prise sur son esprit. Ce serait le moins sûr des gardiens ; et cela seul suffit à répondre à votre question.

– Mais en tout cas, dit Glorfindel, lui envoyer l'Anneau ne ferait qu'ajourner le jour néfaste. Bombadil est loin. Nous ne pourrions pas le lui rapporter sans être devinés, sans être remarqués par quelque espion. Et même si c'était possible, tôt ou tard le Seigneur des Anneaux apprendrait le lieu de sa cachette et y porterait tout son pouvoir. Ce pouvoir pourrait-il être bravé par Bombadil seul ? Je ne le pense pas. Je crois qu'en fin de compte, si tout le reste est conquis, Bombadil tombera, le Dernier comme il fut le Premier ; et alors viendra la Nuit.

– Je connais peu de chose de Iarwain à part le nom, dit Galdor ; mais je crois que Glorfindel a raison. Le pouvoir de braver notre ennemi n'est pas en lui, à moins qu'un tel pouvoir ne soit en la terre même. Et pourtant on voit que Sauron est capable de torturer et de détruire jusqu'aux collines. Ce qu'il reste encore de pouvoir réside en nous, ici à Imladris, chez Círdan aux Havres ou en Lórien. Mais ont-ils la force, avons-nous ici la force de résister à l'Ennemi, à la venue de Sauron à la fin, après la ruine de tout le reste ?

— Je n'en ai pas la force, déclara Elrond, ni eux non plus.

— Alors, si on ne peut conserver l'Anneau pour toujours hors de son atteinte par la force, dit Glorfindel, il ne nous reste que deux choses à tenter : l'envoyer au-delà de la Mer, ou le détruire.

— Mais Gandalf nous a révélé que nous ne pouvons le détruire par aucun moyen que nous possédions ici, dit Elrond. Et ceux qui résident au-delà de la Mer refuseraient de le recevoir : pour le bien ou pour le mal, il appartient à la Terre du Milieu; c'est à nous qui demeurons encore ici qu'il appartient d'en faire notre affaire.

— Eh bien, dit Glorfindel, jetons-le dans les profondeurs, et qu'ainsi les mensonges de Saroumane se réalisent. Car il est clair à présent que, même au Conseil, il s'était déjà engagé sur un chemin tortueux. Il savait que l'Anneau n'était pas perdu pour toujours; il voulait toutefois que nous le pensions; car il commençait à le convoiter pour lui-même. Mais souvent dans les mensonges se cache la vérité : dans la Mer, l'Anneau serait en sécurité.

— Pas pour toujours, dit Gandalf. Il y a bien des choses dans les eaux profondes, et les mers et les terres peuvent changer. Et ce n'est pas notre rôle ici de ne penser que pour une saison, pour quelques générations d'Hommes ou pour une époque passagère du monde. Nous devons chercher une fin ultime de cette menace, même si nous n'espérons pas l'atteindre.

— Et cela, nous ne le trouverons pas sur les routes vers la Mer, dit Gandalf. Si on estime trop dangereux le retour à Iarwain, la fuite vers la Mer est maintenant grosse du plus grave péril. Mon cœur me dit qu'en apprenant ce qui est arrivé, Sauron s'attendra que nous prenions la route de l'Ouest, et il ne tardera pas à le savoir. Les Neuf ont certes été privés de leurs montures, mais ce n'est qu'un répit avant qu'ils ne trouvent d'autres coursiers, et plus rapides. Seule la puissance déclinante du Gondor s'oppose à lui et à une marche en force le long des côtes vers le Nord; et s'il vient assaillir les Tours Blanches et les Havres, il se peut que les Elfes n'aient plus désormais aucune possibilité d'évasion des ombres qui s'allongent en Terre du Milieu.

— Cette marche sera encore longtemps différée, dit Boromir. Le Gondor décline, dites-vous. Mais il est toujours debout, et même la fin de sa force est encore très forte.

— Sa vigilance ne peut pourtant plus arrêter les Neuf, dit Galdor. Et l'Ennemi peut trouver d'autres routes que le Gondor ne garde point.

— Dans ce cas, dit Erestor, il n'y a que deux solutions, comme Glorfindel l'a déjà déclaré : cacher l'Anneau pour toujours; ou le détruire. Mais toutes deux sont hors de notre portée. Qui résoudra cette énigme pour nous?

— Personne ici ne le peut, dit Elrond avec gravité. Tout au moins personne ne peut prédire ce qui se passera si nous prenons telle ou telle route. Mais il me semble voir clairement à présent laquelle nous devons prendre. La route de l'Ouest paraît la plus aisée. Il faut donc l'éviter. Elle sera surveillée. Les Elfes ont trop souvent fui par là. Maintenant, en cette ultime circonstance, il nous faut prendre une route ardue, une route imprévue. Là réside notre espoir, si tant est que c'en soit un. Nous engager dans le péril — aller vers le Mordor. Il faut envoyer l'Anneau au Feu.

Le silence tomba de nouveau. Frodon, même dans cette belle maison, qui donnait sur une vallée ensoleillée, emplie du gazouillis d'eaux claires, sentit son cœur envahi de ténèbres. Boromir s'agita, et Frodon tourna son regard vers lui. L'autre tripotait son grand cor, le sourcil froncé. Finalement, il éleva la voix :

— Je ne comprends pas tout cela, dit-il. Saroumane est un traître, mais n'avait-il pas une lueur de sagesse? Pourquoi parlez-vous toujours de cacher et de détruire? Pourquoi ne pas penser que le Grand Anneau est venu entre nos mains pour nous servir en cette heure même où nous sommes en peine? Avec lui, les Libres Seigneurs des Personnes Libres peuvent sûrement défaire l'Ennemi. C'est sa plus grande crainte, à mon avis.

— Les Hommes de Gondor sont vaillants, et jamais ils ne se soumettront; mais ils peuvent être défaits. La valeur exige d'abord la force, et puis une arme. Que l'Anneau soit votre arme, s'il a tout le pouvoir que vous dites. Prenez-le, et allez à la victoire!

— Hélas, non! dit Elrond. Nous ne pouvons nous servir de l'Anneau Souverain. Cela, nous le savons trop bien à présent. Il appartient à Sauron; il a été fait pour lui seul, et il est entièrement maléfique. Sa force est trop grande, Boromir, pour que quiconque puisse en disposer à son gré, hormis ceux qui ont déjà un grand pouvoir propre. Mais pour ceux-là, il détient un péril encore plus mortel. Le désir même qu'on en a corrompt le cœur. Regardez Saroumane. Si l'un quelconque des Sages abattait à l'aide de cet Anneau le Seigneur de Mordor en se servant de ses propres artifices, il s'établirait sur le trône de Sauron, et un nouveau Seigneur Ténébreux apparaîtrait. Et c'est encore une raison pour la destruction de l'Anneau; tant qu'il sera en ce monde, il représentera un danger même pour les Sages. Car rien n'est mauvais au début. Même Sauron ne l'était pas. Je redoute de prendre l'Anneau pour le cacher. Je ne le prendrai pas pour m'en servir.

— Ni moi non plus, dit Gandalf.

Boromir les regarda d'un air de doute, mais il s'inclina :

— Qu'il en soit ainsi, dit-il. Dans ce cas, en Gondor, il nous faut nous en remettre aux armes que nous avons. Et au moins, pendant que les Sages garderont cet Anneau, continuerons-nous à nous battre. Peut-être l'Epée-qui-fut-brisée pourra-t-elle encore contenir le flux – si la main qui la manie n'a pas hérité seulement un bien de famille, mais aussi le nerf des Rois des Hommes.

— Qui sait? dit Aragorn. Mais on la mettra à l'épreuve un jour.

— Souhaitons que ce jour ne soit pas trop longtemps différé, dit Boromir. Car, bien que je ne demande pas d'aide, nous en avons besoin. Il nous réconforterait de savoir que d'autres se battent aussi avec tous les moyens à leur disposition.

— Eh bien, soyez réconforté, dit Elrond. Il y a bien d'autres puissances et d'autres royaumes que vous ne connaissez pas, et ils vous sont cachés. Anduin-la-Grande longe bien des rives avant d'arriver à Argonath et aux Portes du Gondor.

— Tout de même, il pourrait être bon pour tous, dit Glóin le Nain, que toutes ses forces soient unies et que les pouvoirs de chacune soient utilisés en ligue. Il peut exister d'autres anneaux, moins traîtres, dont on pourrait se servir dans notre besoin. Les Sept sont perdus pour nous – si Balin n'a pas trouvé l'anneau de Thrór, qui était le dernier; on n'en a eu aucune nouvelle depuis la mort de Thrór en Moria. En fait, je puis révéler à présent que c'était en partie dans l'espoir de trouver cet anneau que Balin est parti.

— Balin ne trouvera aucun anneau en Moria, dit Gandalf. Thrór le donna à Thráin son fils, mais celui-ci ne le transmit pas à Thorin. L'anneau lui fut pris avec torture dans les cachots de Dol Guldur. J'arrivai trop tard.

– Ah, hélas! s'écria Glóin. Quand viendra le jour de notre vengeance? Mais il y a encore les Trois. Qu'en est-il des Trois Anneaux des Elfes? Ce sont des Anneaux très puissants, à ce qu'on dit. Les Seigneurs Elfes ne les conservent-ils pas? Eux aussi pourtant furent fabriqués il y a longtemps par le Seigneur Ténébreux. Sont-ils inutilisés? Je vois des Seigneurs Elfes ici même. Ne veulent-ils pas parler?

Les Elfes ne répondirent pas.

– Ne m'avez-vous pas entendu, Glóin? dit Elrond. Les Trois ne furent pas fabriqués par Sauron, et il ne les a même jamais touchés. Mais de ces Trois, il n'est pas permis de parler. C'est tout ce que je puis dire en cette heure de doute. Ils ne sont pas inutilisés, mais ils n'ont pas été faits comme armes de guerre ou de conquête : cela n'est pas en leur pouvoir. Ceux qui les ont faits ne désiraient ni la force ni la domination, non plus qu'un amas de richesses, mais l'entendement, la création et la faculté de guérir, afin de conserver toutes choses sans souillure. Ces qualités, les Elfes de la Terre du Milieu les ont acquises dans une certaine mesure, encore que non sans douleur. Mais tout ce qui a été fait par ceux qui se servent des Anneaux tournera à leur perte, et leurs pensées et leurs cœurs seront révélés à Sauron, s'il recouvre l'Unique. Mieux vaudrait que les Trois n'eussent jamais existé. C'est son but.

– Mais que se passerait-il, alors, si l'Anneau Souverain était détruit, comme vous le conseillez? demanda Glóin.

– On ne le sait pas avec certitude, répondit tristement Elrond. Certains espèrent que les Trois Anneaux, que Sauron n'a jamais touchés, seraient alors libérés, et que ceux qui les régissent pourraient guérir les plaies qu'il a apportées au monde. Mais peut-être qu'à la disparition de l'Unique, les Trois feront défaut et que beaucoup de belles choses passeront et seront oubliées. C'est ce que je crois.

– Pourtant tous les Elfes sont disposés à courir ce risque, dit Glorfindel, si par là le pouvoir de Sauron peut être brisé et la peur de sa domination écartée à jamais.

– Nous revenons ainsi une fois de plus à la destruction de l'Anneau, dit Erestor, mais nous ne nous en approchons pas davantage. Quelle force avons-nous pour découvrir le Feu dans lequel il fut fait? C'est là la voie du désespoir. De la folie dirais-je, si la longue sagesse d'Elrond ne me l'interdisait.

– Du désespoir ou de la folie? dit Gandalf. Pas du désespoir, car celui-ci n'appartient qu'à ceux qui voient la fin indubitable. Ce n'est pas notre cas. La sagesse est de reconnaître la nécessité après avoir pesé toutes les autres solutions, bien que cela puisse paraître de la folie à ceux qui s'accrochent à de faux espoirs. Eh bien, que la folie soit notre manteau, un voile devant les yeux de l'Ennemi! Car il est très sagace, et il pèse toutes choses avec précision dans la balance de sa malice. Mais la seule mesure qu'il connaisse est le désir, le désir du pouvoir, et c'est ainsi qu'il juge tous les cœurs. Dans le sien n'entrera jamais la pensée que quiconque puisse refuser ce pouvoir, qu'ayant l'Anneau, nous puissions chercher à le détruire. Si c'est notre but, nous déjouerons ses calculs.

– Au moins pour un temps, dit Elrond. Il faut prendre cette route, mais elle sera très dure à parcourir. Et ni la force ni la sagesse ne nous mèneront bien loin. Les faibles peuvent tenter cette quête avec autant d'espoir que les forts. Mais il en va souvent de même des actes qui meuvent les roues du monde : de petites mains les accomplissent parce que c'est leur devoir, pendant que les yeux des Grands se portent ailleurs.

– C'est bon, c'est bon, Maître Elrond! dit soudain Bilbon. N'en dites pas davantage! Le but de votre discours est clair. Le stupide Hobbit Bilbon a commencé cette affaire, et Bilbon ferait bien de l'achever – l'affaire ou lui-même. J'étais très bien ici, poursuivant la composition de mon livre. Si vous voulez le savoir, je suis précisément en train d'écrire une conclusion. J'avais pensé mettre : *Et il vécut ensuite heureux jusqu'à la fin de ses jours*. C'est une bonne fin, qu'un long usage n'a pas défloré. Maintenant, il me va falloir la changer; cela ne semble pas devoir se réaliser; et de toute façon il faudra manifestement encore plusieurs chapitres, si je vis assez pour les écrire. C'est terriblement ennuyeux. Quand dois-je me mettre en route?

Boromir regarda Bilbon avec surprise, mais le rire mourut sur ses lèvres quand il vit le grave respect avec lequel tous les autres considéraient le vieux Hobbit. Seul

Glóin sourit, mais son sourire était dû à des souvenirs de jadis.

– Bien sûr, mon cher Bilbon, dit Gandalf. Si vous aviez réellement commencé cette affaire, on pourrait s'attendre à vous la voir terminer. Mais vous savez assez bien à présent que le *commencement* est une revendication trop grande pour quiconque, et que tout héros ne joue qu'un petit rôle dans les grandes actions. Inutile de saluer! Bien que le mot fût sincère, et nous ne doutons pas que sous des dehors de plaisanterie vous fassiez une offre valeureuse. Mais une offre qui dépasse vos forces, Bilbon. Vous ne pouvez reprendre cette affaire. Elle a passé à d'autres. Si vous avez encore besoin de mon avis, je dirai que votre rôle est terminé, hormis comme chroniqueur. Achevez votre livre et laissez la fin sans modification! Il y a encore de l'espoir qu'il en soit ainsi. Mais soyez prêt à écrire une suite à leur retour.

Bilbon rit :

– Je ne vous ai jamais entendu jusqu'à présent me donner un avis agréable, dit-il. Comme tous vos avis désagréables ont toujours été bons, je me demande si celui-ci n'est pas mauvais. Mais je suppose qu'il ne me reste plus assez de force ou de chance pour m'occuper de l'Anneau. Il a crû, et moi pas. Mais, dites-moi : qu'entendez-vous par *leur* retour?

– Celui des messagers qui seront envoyés avec l'Anneau.

– Exactement! Et quels seront-ils? Il me semble que c'est ce que ce Conseil a à décider, et tout ce qu'il a à décider. Les Elfes se nourrissent de discours et les Nains endurent une grande fatigue, mais je ne suis qu'un vieux Hobbit, et mon repas de midi me manque. Ne pouvez-vous penser à des noms dès maintenant? Ou remettre cela à après dîner?

Personne ne répondit. La cloche de midi sonna. Personne ne parla davantage. Frodon jeta un regard circulaire sur tous les visages; mais ils n'étaient pas tournés vers lui. Tous les membres du Conseil baissaient les yeux, comme plongés dans une profonde réflexion. Une grande peur l'envahit, comme dans l'attente d'une condamnation qu'il avait depuis longtemps prévue et dont il espérait vraiment qu'après tout elle ne serait jamais prononcée. Un désir irrésistible de se reposer et de demeurer en paix au côté de Bilbon à Fondcombe emplissait son cœur.

Enfin, par un grand effort, il parla, étonné d'entendre ses propres mots, comme si quelque autre volonté se servît de sa petite voix.

— J'emporterai l'Anneau, dit-il, encore que je ne connaisse pas le moyen.

Elrond leva les yeux vers lui, et Frodon se sentit le cœur transpercé par l'acuité de son regard.

— Si je comprends bien tout ce que j'ai entendu, dit-il, je pense que cette tâche vous est dévolue, Frodon; et que si vous n'en trouvez pas le moyen, personne ne le trouvera. C'est maintenant l'heure de ceux de la Comté, où ils vont se lever de leurs champs paisibles pour ébranler les tours et les conseils des Grands. Qui donc parmi tous les Sages eût pu le prévoir? Ou, s'ils sont sages, pourquoi s'attendraient-ils à le savoir, avant que l'heure n'ait sonné?

« Mais c'est un lourd fardeau. Si lourd que personne ne pourrait l'assigner à un autre. Je ne le fais pas pour vous. Mais si vous l'assumez librement, je dirai que votre choix est bon; et dussent tous les puissants amis des Elfes de jadis, Hador et Húrin, et Túrin et Beren lui-même être assemblés, votre place devrait être parmi eux.

— Mais vous n'allez sûrement pas l'envoyer tout seul, maître? s'écria Sam, qui, incapable de se contenir plus longtemps, bondit du coin où il était tranquillement assis par terre.

— Non, certes! dit Elrond, se tournant vers lui avec un sourire. Vous au moins l'accompagnerez. Il n'est guère possible de vous séparer de lui, même lorsqu'il est convoqué à un Conseil secret et que vous n'y êtes pas.

Sam se rassit, rougissant et grommelant :

— Dans quel beau pétrin on s'est fourrés, monsieur Frodon! dit-il, avec un hochement de tête.

CHAPITRE III

L'ANNEAU PREND LE CHEMIN DU SUD

Plus tard dans la journée, les Hobbits tinrent une réunion privée dans la chambre de Bilbon. Merry et Pippin s'indignèrent en entendant que Sam s'était glissé dans le Conseil et qu'il avait été choisi pour compagnon de Frodon.

– C'est absolument injuste, dit Pippin. Au lieu de l'expulser et de le fourrer dans les chaînes, voilà qu'Elrond le *récompense* de son imprudence!

– Le récompense! dit Frodon. Je ne puis imaginer de châtiment plus sévère. Tu ne penses pas ce que tu dis : être condamné à partir pour ce voyage désespéré, une récompense! Hier, je rêvais que ma tâche était accomplie et que j'allais pouvoir me reposer ici, un bon moment, peut-être pour de bon.

– Cela ne m'étonne pas, dit Merry, et je voudrais bien que ce te fût possible. Mais c'est Sam que nous envions, pas toi. Si tu dois partir, ce sera une punition pour n'importe lequel d'entre nous de rester derrière, fût-ce à Fondcombe. Nous t'avons accompagné un long bout de chemin, et nous avons passé par de durs moments. Nous voulons continuer.

– C'est évidemment ce que je voulais dire, ajouta Pippin. Nous autres Hobbits, nous devrions faire bloc, et c'est ce que nous ferons. Je partirai avec toi, à moins qu'on ne m'enchaîne. Il faut une intelligence dans le groupe.

– Dans ce cas, ce n'est certainement pas vous qu'on choisira, Peregrin Touque! dit Gandalf, passant la tête par la fenêtre, qui était assez proche du sol. Mais vous vous faites tous du souci inutilement. Rien n'est encore décidé.

– Rien n'est décidé! s'écria Pippin. Alors que faisiez-vous donc tous? Vous êtes restés enfermés des heures.

– On parlait, dit Bilbon. On a beaucoup parlé, et chacun avait de quoi tenir les autres éveillés. Même le vieux Gandalf. Je crois que le petit bout de nouvelle qu'a donné Legolas au sujet de Gollum lui en a bouché un coin, même à lui, quoiqu'il ne l'ait guère marqué.

– Vous vous trompiez, dit Gandalf; vous étiez distrait. J'en avais déjà entendu parler par Gwaihir. Si vous tenez à le savoir, les seules véritables révélations ont été apportées par vous et Frodon; et j'étais seul à ne pas être surpris.

– Enfin, en tout cas, dit Bilbon, aucune autre décision n'a été prise que le choix de ce pauvre Frodon et de Sam. J'ai craint tout du long qu'on n'aboutisse à cela, si j'étais dispensé. Mais, si vous voulez mon avis, Elrond enverra des émissaires en bon nombre, quand les rapports arriveront. Sont-ils déjà partis, Gandalf?

– Oui, dit le magicien. Certains des éclaireurs ont déjà été détachés. D'autres partiront demain. Elrond dépêche des Elfes, qui se mettront en rapport avec les Rôdeurs et peut-être avec les gens de Thranduil dans la Forêt Noire. Et Aragorn est parti avec les fils d'Elrond. Il nous faudra battre le pays à de longues lieues à la ronde avant de faire le moindre mouvement. Ainsi donc, déridez-vous, Frodon! Vous ferez probablement un assez long séjour ici.

– Ah, dit Sam d'un air sombre. On attendra juste assez longtemps pour permettre à l'hiver d'arriver.

– On n'y peut rien, dit Bilbon. C'est en partie ta faute, Frodon, mon garçon : insister pour attendre mon anniversaire! Curieuse façon de le célébrer, je ne peux me retenir de le penser. Ce n'est vraiment pas le jour que j'aurais choisi pour laisser entrer les S. de B. à Cul-de-Sac. Toujours est-il que vous ne pouvez attendre le printemps et que vous ne pouvez partir avant la rentrée des rapports.

> Lorsque l'hiver commence à mordre
> et que les pierres craquent dans la nuit glaciale,
> lorsque les étangs sont noirs et les arbres dénudés,
> il est mauvais dans les Terres Sauvages de voyager.

« Mais je crains que ce ne soit justement ton lot.

– Je le crains, en effet, dit Gandalf. Nous ne pouvons nous mettre en route avant d'avoir découvert ce qu'il est advenu des Cavaliers.

– Je croyais qu'ils avaient tous été détruits dans l'inondation, dit Merry.

– On ne peut détruire comme cela les Esprits-Servants de l'Anneau, dit Gandalf. Le pouvoir de leur maître est en eux, et ils tiennent ou tombent avec lui. Nous espérons qu'ils ont tous été démontés et démasqués, et rendus ainsi moins dangereux pour un temps; mais il nous faut en être assurés. En attendant, Frodon, vous devriez essayer d'oublier vos difficultés. Je ne sais si je puis rien faire pour vous aider; mais je vous glisserai ceci à l'oreille : quelqu'un a dit qu'il faudrait une intelligence dans le groupe. Il avait raison. Je crois que j'irai avec vous.

La joie de Frodon fut si grande à cette annonce que Gandalf, quittant le rebord de la fenêtre où il était assis, ôta son chapeau et s'inclina :

– J'ai seulement dit : *Je crois que j'irai*. Ne comptez sur rien encore. En cette affaire, Elrond aura beaucoup à dire, ainsi que notre ami Grands-Pas. Ce qui me rappelle que je voudrais voir Elrond. Il faut que je parte.

– Combien de temps crois-tu que je pourrai rester ici? demanda Frodon à Bilbon après la sortie de Gandalf.

– Oh, je ne sais pas. Je ne puis compter les jours, à Fondcombe, dit Bilbon. Mais assez longtemps, je pense. On pourra avoir bien des bonnes conversations. Que penserais-tu de m'aider dans la confection de mon livre et dans la mise en train du prochain? As-tu pensé à une fin?

– Oui, j'en vois plusieurs, et toutes aussi sombres que désagréables, répondit Frodon.

– Oh, ça ne fera pas l'affaire! dit Bilbon. Les livres doivent avoir une fin heureuse. Que penses-tu de ceci : *ils se rangèrent tous et vécurent heureux ensemble pour le restant de leurs jours*?

– Ce serait bien, si jamais ça en arrivait à cela, dit Frodon.

– Ah, dit Sam. Et où vivront-ils? C'est ce que je me demande souvent.

Les Hobbits continuèrent un moment à penser et à parler du voyage passé et des périls qui les attendaient; mais telle était la vertu du pays de Fondcombe que bientôt toute crainte et toute inquiétude disparurent de leur esprit. L'avenir, bon ou mauvais, n'était pas oublié, mais cessait d'avoir aucun pouvoir sur le présent. La santé et l'espoir s'accrurent fortement en eux, et ils étaient contents de chaque bonne journée qui se présentait, prenant plaisir à chaque repas, à toutes paroles et à toutes chansons.

Et les jours s'écoulèrent ainsi, à mesure que chaque matin se levait beau et clair et que chaque soir suivait, frais et limpide. Mais l'automne déclinait rapidement; peu à peu, la lumière dorée passait à l'argent pâle, et les feuilles attardées tombaient des arbres dénudés. Un vent froid se mit à souffler des Monts Brumeux à l'est. La Lune de la Chasse croissait dans le ciel nocturne et mettait en fuite toutes les étoiles mineures. Mais, bas au sud, une étoile brillait, rouge. Frodon pouvait la voir de sa fenêtre, enfoncée dans le firmament et flamboyant comme un œil vigilant qui brillait avec éclat au-dessus des arbres au bord de la vallée.

Les Hobbits avaient séjourné près de deux mois dans la Maison d'Elrond : novembre avait passé avec les derniers lambeaux de l'automne et décembre touchait à sa fin, quand les éclaireurs commencèrent à revenir. Certains étaient allés dans le Nord au-delà des sources de la Fontgrise, jusque dans les Landes d'Etten; et d'autres, vers l'Ouest, avaient exploré, avec l'aide d'Aragorn et des Rôdeurs, les terres tout le long du Flot Gris jusqu'à Tharbad, où la vieille Route du Nord traversait la rivière près des ruines d'une ville. Un bon nombre des éclaireurs étaient allés vers l'Est et vers le Sud, certains d'entre eux avaient traversé les Montagnes et pénétré dans la Forêt Noire, tandis que d'autres avaient gravi le col à la source de la Rivière aux Iris pour redescendre dans le Pays Sauvage, traverser les Champs aux Iris et atteindre finalement ainsi l'ancienne demeure de Radagast à Rhosgobel. Radagast ne s'y trouvait pas; et ils étaient revenus par le haut col nommé Escalier des Rigoles Sombres. Les fils d'Elrond, Elladan et Elrohir, furent les derniers de retour; ils avaient fait un grand voyage, passant le long du Cours d'Argent dans un étrange pays; mais de leur mission, ils ne voulurent parler à nul autre qu'Elrond.

Dans aucune région, les messagers n'avaient découvert aucun signe ni nouvelle des Cavaliers ou autres serviteurs de l'Ennemi. Même les Aigles des Monts Brumeux n'avaient pu leur fournir aucunes nouvelles fraîches. Personne n'avait rien vu ni entendu dire de Gollum; mais les loups sauvages se rassemblaient encore et ils chassaient de nouveau loin en amont du Grand Fleuve. Trois des chevaux noirs avaient été aussitôt trouvés noyés dans le Gué submergé par l'inondation. Les chercheurs avaient découvert les cadavres de cinq autres sur les rochers des rapides au-dessous du gué, ainsi qu'un long manteau noir tailladé et en lambeaux. On ne voyait aucune autre trace des Cavaliers Noirs, et nulle part on ne sentait leur présence. Il semblait qu'ils eussent entièrement disparu du Nord.

— En tout cas, nous avons des explications sur huit des Neuf, dit Gandalf. Il serait téméraire d'en être trop sûr, mais on peut espérer maintenant, je crois, que les Esprits-Servants de l'Anneau ont été dispersés et qu'ils ont dû retourner tant bien que mal vers leur Maître en Mordor, vides et informes.

« S'il en est ainsi, il leur faudra quelque temps pour être en état de reprendre leur chasse.

« L'Ennemi a évidemment d'autres serviteurs, mais il leur faudra accomplir tout le trajet jusqu'aux confins de Fondcombe avant de retrouver notre trace. Et si nous faisons attention elle sera difficile à déceler. Mais il ne faut plus attendre.

Elrond appela les Hobbits autour de lui. Il regarda Frodon avec gravité :

— Le moment est venu, dit-il. Si l'Anneau doit partir, ce doit être bientôt. Mais ceux qui l'accompagneront ne doivent pas compter que leur mission soit assistée par la guerre ou par la force. Ils doivent passer dans le domaine de l'Ennemi, loin de toute aide. Vous en tenez-vous toujours à votre parole, Frodon, selon laquelle vous serez le Porteur de l'Anneau?

— Oui, dit Frodon. Je partirai avec Sam.

— Eh bien, je ne puis guère vous aider, fût-ce de mes conseils, dit Elrond. Je prévois très peu votre route, et j'ignore comment vous pourrez accomplir votre tâche. L'Ombre s'est maintenant glissée jusqu'au pied des Montagnes, et elle a presque gagné les bords du Flot Gris; et sous l'Ombre, tout m'est obscur. Vous rencontrerez bien des ennemis, les uns déclarés et d'autres déguisés; et vous pourrez aussi trouver sur votre route des amis alors que vous les cherchez le moins. J'enverrai les messagers que je pourrai imaginer à ceux que je connais dans le vaste monde; mais les terres sont devenues à présent si périlleuses que certains pourront bien s'égarer ou ne pas arriver plus vite que vous-mêmes.

« Et je vous choisirai des compagnons pour aller avec vous aussi loin qu'ils le voudront bien ou que la chance le permettra. Il les faut peu nombreux, puisque notre espoir réside dans la rapidité et le secret. Eussé-je une phalange d'Elfes en armes des Anciens Jours que cela servirait seulement à éveiller la puissance du Mordor.

« La Compagnie de l'Anneau sera de Neuf; et les Neuf Marcheurs seront opposés aux Neuf Cavaliers qui sont mauvais. Gandalf ira avec vous et votre fidèle serviteur; car ceci sera sa grande tâche, et peut-être la fin de ses labeurs.

« Pour le reste, ils représenteront les autres Gens Libres du Monde : Elfes, Nains et Hommes. Legolas représentera les Elfes, et Gimli fils de Glóin les Nains. Ils sont volontaires pour aller au moins jusqu'aux cols des Montagnes, et peut-être plus loin. Pour les Hommes, vous aurez Aragorn fils d'Arathorn, car l'Anneau d'Isildur le touche de près.

– Grands-Pas! s'écria Frodon.

– Oui, dit-il avec un sourire. Je vous demande encore une fois la permission d'être votre compagnon, Frodon.

– Je vous en aurais demandé la faveur, répondit Frodon, mais je croyais que vous alliez à Minas Tirith avec Boromir.

– C'est exact, dit Aragorn. Et l'Epée-qui-fut-brisée sera reforgée avant que je ne parte en guerre. Mais votre route et la nôtre ne font qu'une pour des centaines de milles. Ainsi Boromir sera aussi de la Compagnie. C'est un vaillant homme.

– Il en reste deux à trouver, dit Elrond. Je vais y réfléchir. Je pourrai en trouver dans ma maisonnée qu'il me semblera bon d'envoyer.

– Mais cela ne laissera pas de place pour nous! s'écria Pippin, consterné. Nous ne voulons pas être abandonnés là. Nous voulons aller avec Frodon.

– C'est parce que vous ne comprenez pas et que vous ne pouvez imaginer ce qui les attend.

– Frodon non plus, dit Gandalf, apportant à Pippin un secours inattendu. Ni aucun de nous clairement. Il est vrai que si ces Hobbits comprenaient le danger, ils n'oseraient pas partir. Mais ils le souhaiteraient encore ou souhaiteraient l'oser, et ils auraient honte et ils seraient malheureux. Je crois, Elrond, qu'en cette affaire mieux vaudrait se fier à leur amitié qu'à ma grande sagesse. Même si vous choisissez pour nous un Seigneur Elfe comme Glorfindel, il ne pourrait enlever la Tour Sombre, ni ouvrir la route au Feu par le pouvoir qui est en lui.

– Vous parlez avec gravité, dit Elrond, mais je reste dans le doute. La Comté, je le pressens, n'est pas dès maintenant exempte de péril; et j'avais pensé y renvoyer ces deux comme messagers afin de faire ce qu'ils pourraient, suivant la façon de leur pays, pour avertir les gens du danger qui les menace. En tout cas, j'estime que le plus jeune, Peregrin Touque, devrait rester. Mon cœur est contre son départ.

– Dans ce cas, Maître Elrond, il faudra m'enfermer en prison ou me renvoyer chez moi lié dans un sac, dit Pippin. Car autrement je suivrai la Compagnie.

– Qu'il en soit ainsi, alors. Vous irez, dit Elrond – et il soupira. A présent, la question des Neuf est réglée. La Compagnie devra se mettre en route dans une semaine.

L'Epée d'Elendil fut forgée à neuf par des forgerons elfiques, qui tracèrent sur la lame le dessin de sept étoiles placées entre le croissant de la Lune et le Soleil radié, et autour étaient gravées de nombreuses runes; car Aragorn fils d'Arathorn partait en guerre sur les marches de Mordor. Elle était très brillante, cette épée, quand elle fut de nouveau complète; la lumière du soleil y scintillait avec un éclat rouge et celle de la lune y luisait avec un reflet froid; et le fil en était dur et tranchant. Et Aragorn lui donna un nouveau nom, l'appelant Andúril, Flamme de l'Ouest.

Aragorn et Gandalf se promenaient ensemble ou restaient assis à parler de leur route et des dangers qu'ils y rencontreraient; et ils méditaient sur les cartes historiées et sur les dessins des livres de science qui se trouvaient dans la maison d'Elrond. Frodon était parfois avec eux;

mais il s'en remettait à leur gouverne, et il passait autant de temps qu'il le pouvait avec Bilbon.

Durant ces derniers jours, les Hobbits se tenaient ensemble le soir dans la Salle du Feu, et là, parmi maintes histoires, ils entendirent raconter tout au long le lai de Beren et Lúthien et de la conquête du Grand Joyau; mais le jour, tandis que Merry et Pippin étaient au-dehors, on trouvait Frodon et Sam avec Bilbon, dans sa petite chambre. Bilbon leur lisait alors des passages de son livre (qui paraissait encore loin d'être complet) ou des bribes de ses vers; ou encore il prenait des notes sur les aventures de Frodon.

Le matin du dernier jour, Frodon était seul avec Bilbon, quand le vieux Hobbit tira de sous son lit un coffre de bois. Il souleva le couvercle et farfouilla à l'intérieur.

– Voici ton épée, dit-il. Mais elle a été brisée, comme tu le sais. Je l'ai prise pour la garder en sécurité, mais j'ai oublié de demander si les forgerons pouvaient la réparer. Il n'y a plus le temps. Alors, j'ai pensé que tu aimerais peut-être avoir ceci, tu sais bien?

Il sortit du coffre une petite épée, placée dans un vieux fourreau de cuir fatigué. Il la tira, et la lame polie et bien entretenue étincela soudain, froide et brillante.

– Voici Dard, dit-il, la plongeant profondément et sans aucune peine dans une poutre de bois. Prends-la, si tu veux. Je n'en aurai plus besoin, je pense.

Frodon l'accepta avec reconnaissance.

– Il y a aussi ceci, dit Bilbon.

Et il sortit un paquet qui paraissait assez lourd par rapport à son volume. Il déroula plusieurs épaisseurs de vieux drap et souleva une petite cotte de mailles. Elle était tissée d'anneaux serrés, presque aussi souple que de la toile, froide comme la glace et plus dure que l'acier. Elle avait l'éclat de l'argent sous la lune, et elle était parsemée de gemmes blanches. Elle s'accompagnait d'une ceinture de perles et de cristal.

– C'est une belle chose, n'est-ce pas? dit Bilbon, la faisant jouer dans la lumière. Et utile. C'est une cotte de mailles de Nains que Thorin m'avait donnée. Je l'ai reprise à Grand'Cave avant de partir, et je l'ai emballée dans mes bagages. J'ai emporté tous les souvenirs de mon Voyage, sauf l'Anneau. Mais je ne pensais pas me servir de cela, et je n'en ai plus besoin, sinon pour le regarder de temps à autre. On en sent à peine le poids quand on le porte.

— J'aurais l'air... enfin, je crois que j'aurais l'air bizarre là-dedans, dit Frodon.

— C'est exactement ce que j'ai dit moi-même, répliqua Bilbon. Mais peu importe l'air. Tu peux la porter sous tes vêtements extérieurs. Allons! Tu dois partager ce secret avec moi. Ne le dis à personne d'autre! Mais je me sentirais plus tranquille si tu la portais. J'ai idée qu'elle détournerait même les poignards des Cavaliers Noirs, acheva-t-il à voix presque basse.

— Très bien, je la prendrai, dit Frodon.

Bilbon la passa sur lui et accrocha Dard à la ceinture étincelante; et Frodon enfila par-dessus sa vieille culotte, sa tunique et sa veste fatiguées par les intempéries.

— Tu as tout d'un simple Hobbit, dit Bilbon. Mais il y a plus à présent sur toi qu'il n'en apparaît au-dehors. Je te souhaite bonne chance!

Il se détourna pour regarder par la fenêtre en s'efforçant de fredonner un air.

— Je ne puis te remercier assez de cela, Bilbon, comme de toutes tes bontés passées, dit Frodon.

— N'essaie pas! dit le vieux Hobbit, se retournant et lui donnant une claque dans le dos.

— Aïe! s'écria-t-il. Tu es trop dur à frapper, à présent! Mais voilà : les Hobbits doivent rester toujours unis, surtout des Sacquet. Tout ce que je demande en retour, c'est ceci : prends de toi tout le soin possible et rapporte toutes les nouvelles que tu pourras, et toutes les vieilles chansons et les histoires que tu pourras récolter. Je vais faire de mon mieux pour terminer mon livre avant ton retour. J'aimerais écrire le second volume, s'il m'est donné de vivre.

Il se tut et se tourna de nouveau vers la fenêtre, chantant doucement :

> *A tout ce que j'ai vu,*
> *aux fleurs des prés et aux papillons,*
> *assis près du feu, je pense*
> *aux étés passés;*
>
> *Aux feuilles jaunes et aux filandres*
> *des automnes qui furent*
> *avec la brume matinale, le soleil argenté*
> *et le vent dans ma chevelure.*

Assis près du feu, je pense
à ce que sera le monde
quand viendra l'hiver sans printemps
que je ne verrai jamais.

Car il y a tant de choses encore
que je n'ai jamais vues :
dans chaque bois à chaque printemps,
il y a un vert différent.

Assis près du feu, je pense
aux gens d'il y a longtemps
et aux gens qui verront un monde
que je ne connaîtrai jamais.

Mais tout le temps que je suis à penser
aux temps qui furent jadis,
je guette les pas qui reviendront
et les voix à la porte.

C'était un jour froid et gris de la fin de décembre. Le vent d'est ruisselait à travers les branches dénudées et s'agitait dans les pins noirs des collines. Des nuages déchiquetés couraient dans le ciel, sombres et bas. Comme les ombres mornes du crépuscule commençaient à s'étendre, la compagnie s'apprêta à prendre la route. Elle devait partir à la nuit tombante, Elrond ayant conseillé de voyager aussi souvent que possible sous couvert des ténèbres jusqu'à ce qu'ils fussent assez éloignés de Fondcombe.

— Vous devez craindre les nombreux yeux des serviteurs de Sauron, dit-il. Je ne doute pas que la nouvelle de la déconfiture des Cavaliers ne lui soit déjà parvenue, et il sera rempli de colère. Ses espions à pied ou ailés ne vont pas tarder à être aux aguets dans les terres du Nord. En suivant votre route, vous devrez vous méfier même du ciel au-dessus de vos têtes.

La compagnie emporta peu d'attirail de guerre, car son espoir résidait dans le secret, non dans le combat. Aragorn avait Andúril, mais aucune autre arme, et il partit vêtu seulement de vert et de brun rouilleux, comme un Rôdeur dans les Terres Sauvages. Boromir avait une longue épée, de même façon qu'Andúril, mais de moindre lignage, et il portait aussi un bouclier et son cor de guerre.

– Il sonne haut et clair dans les vallées des collines, dit-il, et qu'alors tous les ennemis du Gondor s'enfuient!

Le portant à ses lèvres, il le fit retentir; l'écho bondit de roche en roche, et tous ceux qui entendirent cette voix dans Fondcombe se dressèrent vivement sur leurs pieds.

– Vous devrez réfléchir avant de sonner de nouveau de ce cor, Boromir, dit Elrond, jusqu'au moment où vous serez de nouveau aux frontières de votre terre et à ce qu'une nécessité implacable vous presse.

– Peut-être, dit Boromir. Mais j'ai toujours laissé crier mon cor en me mettant en route, et bien qu'après cela nous puissions marcher dans les ténèbres, je ne peux pas partir comme un voleur dans la nuit.

Gimli le Nain était seul à porter ouvertement une courte chemise d'anneaux d'acier, car les Nains se moquent des fardeaux; et dans sa ceinture était plantée une hache à vaste lame. Legolas avait un arc et un carquois, et à la ceinture un long poignard blanc. Les jeunes Hobbits portaient les épées prises dans le Galgal; mais Frodon n'emportait que Dard, et sa cotte de mailles demeurait cachée, selon le désir de Bilbon. Gandalf avait son bâton; mais, ceinte à son flanc, était l'épée elfique Glamdring, sœur d'Orcrist, maintenant posée sur la poitrine de Thorin sous le Mont Solitaire.

Elrond les avait tous pourvus d'épais et chauds vêtements, et ils avaient des vestes et des manteaux fourrés. Des provisions, des couvertures et vêtements de rechange et autres nécessités furent chargés sur un poney, qui n'était autre que la pauvre bête qu'ils avaient amenée de Bree.

. Le séjour à Fondcombe avait opéré en lui un étonnant changement : il avait le poil luisant et il semblait avoir retrouvé toute la vigueur de la jeunesse. C'était Sam qui avait insisté sur son choix, déclarant que Bill (comme il l'appelait) dépérirait s'il ne les accompagnait pas.

– Cette bête peut presque parler, dit-il, et elle n'y manquerait pas si elle restait un peu plus longtemps ici. Elle m'a dit par le regard aussi clairement que M. Pippin aurait pu l'exprimer en paroles : « Si vous ne me laissez pas aller avec vous, je vous suivrai de mon côté. » Aussi,

Bill, qui partait comme porte-charge, était-il le seul membre de la Compagnie à ne montrer aucune dépression.

Les adieux s'étaient faits dans la grande salle devant le feu, et ils n'attendaient plus que Gandalf, qui n'était pas encore sorti de la maison. Une lueur du feu venait des portes ouvertes, et de douces lumières brillaient à maintes fenêtres. Bilbon, enveloppé dans un manteau, se tenait en silence sur le seuil à côté de Frodon. Aragorn était assis, la tête contre les genoux; seul Elrond savait pleinement ce que cette heure représentait pour lui. Les autres se voyaient comme des ombres grises dans l'obscurité.

Sam, debout près du poney, se suçait les dents en jetant des regards moroses dans les ténèbres, où la rivière grondait sur les pierres en contrebas; son désir d'aventures était vraiment à l'étiage.

— Bill, mon gars, dit-il, tu ne devrais pas t'être collé à nous. Tu aurais pu rester ici et t'aurais eu le meilleur foin jusqu'à ce que sorte l'herbe fraîche.

Bill battit l'air de sa queue, sans rien dire.

Sam, assurant le paquetage sur ses épaules, repassa avec inquiétude dans son esprit tout ce qu'il y avait emmagasiné, se demandant s'il n'avait rien oublié : son trésor principal, son matériel de cuisine; et la petite boîte de sel qu'il portait toujours et qu'il remplissait quand il en avait l'occasion; une bonne provision d'herbe à pipe (mais bien insuffisante, j'en gagerais); du silex et de la mèche; des bas de laine; du linge; diverses petites choses appartenant à son maître, que Frodon avait oubliées et que Sam avait casées pour les sortir triomphalement quand le besoin s'en ferait sentir. Il passa tout en revue.

— De la corde! murmura-t-il. Il n'y a pas de corde. Et hier soir encore, tu t'es dit : « Sam, que dirais-tu d'un peu de corde? Ça te manquera, si tu n'en as pas. » Eh bien, ça me manquera. C'est trop tard pour en prendre maintenant.

A ce moment, Elrond sortit avec Gandalf, et il appela à lui la Compagnie :

— Voici mon dernier mot, dit-il d'une voix grave. Le Porteur de l'Anneau part en quête de la Montagne du Destin. C'est sur lui seul que pèse une responsabilité : ne pas rejeter l'Anneau, ni le remettre à aucun serviteur de l'Ennemi, ni en fait le laisser toucher par quiconque d'autre que les membres de la Compagnie et du Conseil, et cela seulement dans le cas de la plus urgente nécessité. Les autres l'accompagnent comme compagnons libres pour l'aider en route. Vous pouvez rester, ou revenir, ou vous écarter dans d'autres chemins, selon l'occasion. Plus loin vous irez, moins il vous sera facile de vous retirer; cependant, aucun serment ni aucune obligation ne vous oblige à aller plus loin que vous ne le voudrez. Car vous ne connaissez pas encore votre force d'âme, et vous ne sauriez prévoir ce que chacun pourra rencontrer sur la route.

— Déloyal est qui dirait adieu quand la route s'assombrit, dit Gimli.

— Peut-être, dit Elrond, mais que ne jure pas de marcher dans les ténèbres qui n'a pas vu la tombée de la nuit.

— Pourtant parole donnée peut fortifier cœur tremblant, dit Gimli.

— Ou le briser, dit Elrond. Ne regardez pas trop loin en avant! Adieu, et que la bénédiction des Elfes, des Hommes et de tous les Gens Libres vous accompagne. Que les étoiles brillent sur vos visages!

— Bo... bonne chance! cria Bilbon, bégayant de froid. Je ne pense pas que tu pourras tenir un journal, Frodon, mon garçon, mais je m'attends à un récit détaillé à ton retour. Et ne reste pas trop longtemps absent. Adieu!

De nombreux autres membres de la maisonnée d'Elrond, qui se tenaient dans les ombres, les regardèrent partir et leur dire adieu d'une voix douce. Il n'y avait ni rires, ni chansons, ni musique. Enfin, ils s'en furent et disparurent silencieusement dans l'obscurité.

Ils passèrent le pont et montèrent en serpentant lentement les longs sentiers escarpés qui menaient hors de la vallée encaissée de Fondcombe; et ils finirent par déboucher sur la haute lande où le vent sifflait dans les bruyères. Puis, après un dernier regard à la Dernière Maison Simple, qui scintillait en contrebas, ils partirent à grands pas dans la nuit.

Au Gué de Bruinen, ils quittèrent la route et, tournant en direction du sud, ils prirent par d'étroits sentiers au travers des terres plissées. Leur dessein était de maintenir ce cap à l'ouest des montagnes pendant de nombreux milles et de nombreux jours. Le pays était beaucoup plus rude et plus aride que dans la verte vallée du Grand Fleuve dans le Pays Sauvage de l'autre côté de la chaîne, et leur allure serait lente; mais ils espéraient ainsi échapper à l'attention d'yeux hostiles. On avait peu vu jusque-là les espions de Sauron dans ce pays vide, et les sentiers n'étaient guère connus que des gens de Fondcombe.

Gandalf marchait devant en compagnie d'Aragorn, qui connaissait la région même dans le noir. Les autres suivaient en file indienne, et Legolas, qui avait les yeux perçants, formait l'arrière-garde. La première partie du voyage fut dure et morne, et Frodon ne devait guère garder le souvenir que du vent. Durant maints jours sans soleil, une bise glacée souffla des Montagnes de l'Est, et il semblait qu'aucun vêtement ne pût les tenir à l'abri de ses pointes pénétrantes. Quoique la Compagnie fût bien couverte, ils avaient rarement l'impression de chaleur, qu'ils fussent en mouvement ou au repos. Ils faisaient une sieste agitée au milieu de la journée dans quelque repli de terrain ou cachés sous l'enchevêtrement d'arbrisseaux épineux qui poussaient par fourrés en maints endroits. Vers la fin de l'après-midi, ils étaient réveillés par ceux qui étaient de garde, et ils prenaient leur repas principal : froid et triste en règle générale, car ils pouvaient rarement assumer le risque d'allumer du feu. Le soir, ils repartaient, toujours en direction du sud, dans la mesure où ils trouvaient un chemin.

Au début, il parut aux Hobbits que, même marchant et trébuchant jusqu'aux limites de la fatigue, ils ne faisaient que ramper comme des escargots, sans jamais arriver nulle part. Chaque jour, le site paraissait exactement le même que la veille. Pourtant les montagnes approchaient régulièrement. Au sud de Fondcombe, elles s'élevaient toujours plus hautes, et s'infléchissaient vers l'ouest; et au pied de la chaîne principale dévalait un paysage toujours plus large de collines désertes et de profondes vallées emplies d'eaux turbulentes. Les sentiers étaient rares et sinueux et ne menaient souvent qu'au bord de quelque à-pic ou dans les traîtres marécages.

Ils étaient depuis quinze jours en route quand le temps changea. Le vent tomba soudain, puis tourna au sud. Les nuages rapides s'élevèrent et se dissipèrent, et le soleil sortit, pâle et brillant. Une aube froide et claire vint à la fin d'une longue et trébuchante marche de nuit. Les voyageurs atteignirent une croupe basse, couronnée de vieux houx, dont les troncs gris-vert semblaient faits de la roche même des collines. Les feuilles noires luisaient, et les baies rutilaient à la lumière du soleil levant.

Dans le lointain au sud, Frodon pouvait voir les formes indécises de hautes montagnes qui semblaient à présent barrer la route que suivait la Compagnie. A la gauche de cette haute chaîne se dressaient trois sommets; le plus élevé et le plus proche était planté comme une dent couronnée de neige; son grand escarpement nu, orienté au nord, se trouvait encore largement dans l'ombre, mais là où il était atteint par les rayons obliques du soleil, il flamboyait, tout rouge.

Gandalf, debout à côté de Frodon, regarda le paysage de sous sa main :

– Nous nous sommes bien débrouillés, dit-il. Nous avons atteint les frontières du pays que les Hommes appellent Houssaye; de nombreux Elfes vivaient là, en des temps plus heureux, quand son nom était Eregion. Nous avons fait quarante-cinq lieues à vol d'oiseau, bien que nos pieds aient parcouru de nombreux milles de plus. La terre et le temps seront plus doux à partir de maintenant, mais peut-être d'autant plus dangereux.

– Dangereux ou pas, un vrai lever de soleil est rudement bien venu, dit Frodon, rejetant son capuchon en arrière pour laisser la lumière matinale inonder son visage.

– Mais les montagnes sont devant nous, dit Pippin. Nous avons dû tourner vers l'est au cours de la nuit.

– Non, dit Gandalf. Mais la vue porte plus loin dans la claire lumière. Derrière ces sommets, la chaîne se recourbe vers le sud-ouest. Il y a de nombreuses cartes dans la maison d'Elrond, mais vous n'avez jamais pensé à les regarder, je suppose?

– Si, je l'ai fait quelquefois, dit Pippin, mais je ne me les rappelle pas. Frodon s'entend mieux à ces choses-là.

– Je n'ai pas besoin de carte, dit Gimli, qui s'était approché avec Legolas et qui contemplait le paysage avec une étrange lueur dans ses yeux profonds. C'est là la terre où nos pères travaillaient jadis, et nous avons fixé l'image de ces montagnes dans bien des ouvrages de métal ou de pierre, et dans bien des chansons et des contes. Elles dressent leur hauteur dans nos rêves : Baraz, Zirak, Shathûr.

« Je ne les ai vues qu'une fois de loin en état de veille,

mais je les connais, elles et leur nom, car en dessous se trouve Khazad-dûm, le Cavenain, que l'on appelle maintenant le Puits Noir, Moria en langue elfique. Là-bas se dresse Barazinbar, Rubicorne, le cruel Caradhras, et au-delà sont la Corne d'Argent et la Tête Couverte : Celebdil la Blanche et Fannidhol la Grise, que nous appelons Zirakzigil et Bundu-shathûr.

« Là, les Monts Brumeux se divisent et entre leurs bras s'étend la vallée aux ombres profondes que nous ne pouvons oublier : Azanulbizar, la Vallée des Rigoles Sombres, que les Elfes nomment Nanduhirion.

– C'est vers la vallée des Rigoles Sombres que nous nous dirigeons, dit Gandalf. Si nous grimpons au col que l'on appelle la Porte de Rubicorne, sous l'autre versant de Caradhras, nous descendrons par l'Escalier des Rigoles Sombres dans la profonde vallée des Nains. Là, s'étend le Lac du Miroir, et là, la Rivière Cours d'Argent jaillit de ses sources glacées.

– Sombre est l'eau du Kheled-zâram, dit Gimli, et froides les sources du Kibil-nâla. Mon cœur tremble à la pensée de les voir bientôt.

– Puissiez-vous retirer de la joie de cette vue, mon bon Nain ! dit Gandalf. Mais quoi que vous fassiez, nous du moins ne pouvons rester dans cette vallée. Il nous faut descendre le Cours d'Argent dans les bois secrets et par là gagner le Grand Fleuve, puis...

Il s'arrêta.

– Oui, et puis quoi ? demanda Merry.

– Le but du voyage – à la fin, dit Gandalf. On ne peut voir trop loin en avant. Soyons heureux que la première étape se soit heureusement passée. Je crois que nous nous reposerons ici, non seulement pour la journée, mais aussi cette nuit. Il règne un air salubre à Houssaye. Il faut qu'un pays soit soumis à beaucoup de mal avant d'oublier entièrement les Elfes quand ils y ont demeuré autrefois.

– C'est bien vrai, dit Legolas. Mais ceux de cette terre étaient une race différente de nous autres, Elfes des bois, et les arbres et l'herbe ne se souviennent plus d'eux. Mais j'entends les pierres les pleurer : *Profondément ils nous ont creusées, bellement ils nous ont travaillées, hautement ils nous ont dressées; mais ils sont partis. Il y a longtemps qu'ils sont partis chercher les Havres.*

Ce matin-là, ils allumèrent un feu dans un creux profond, voilé de grands buissons de houx, et leur petit déjeuner-souper fut plus gai qu'il n'avait jamais été depuis leur départ. Ils ne se hâtèrent pas de se coucher, ensuite, s'attendant à avoir toute la nuit pour dormir, car ils n'avaient pas l'intention de repartir avant le lendemain soir. Seul Aragorn était silencieux et inquiet. Après un moment, il quitta la Compagnie et s'en alla vers la crête; là, debout dans l'ombre d'un arbre, il inspecta le sud et l'ouest, l'oreille tendue. Puis il revint au bord de la combe et regarda d'en dessus les autres qui bavardaient en riant.

— Qu'y a-t-il, Grands-Pas? lui cria Merry. Que cherchez-vous? Serait-ce le vent d'est qui vous manque?

— Non certes, répondit-il. Mais il me manque quelque chose... Je suis déjà venu dans le pays de Houssaye en maintes saisons. Il n'y demeure plus de gens, mais bien d'autres créatures vivent ici en tout temps, particulièrement des oiseaux. Pourtant, le silence règne partout, sauf chez vous. Je le sens. Il n'y a pas un son sur plusieurs milles à la ronde, et vos voix semblent faire résonner le sol. Je ne comprends pas.

Gandalf leva la tête avec un intérêt soudain :

— Mais à quelle raison attribuez-vous cela? demanda-t-il. Y a-t-il autre chose là-dedans que la surprise de voir quatre Hobbits, sans compter le reste d'entre nous, là où l'on voit ou entend rarement des gens?

— J'espère que c'est cela, répondit Aragorn. Mais j'ai une impression de vigilance aux aguets que je n'ai jamais eue ici auparavant.

— Dans ce cas, nous devons être plus prudents, dit Gandalf. Quand on emmène avec soi un Rôdeur, il est bon de lui prêter attention, surtout quand ce Rôdeur est Aragorn. Nous devons parler moins haut, nous reposer tranquillement et établir une garde.

C'était le tour de Sam, ce jour-là, de prendre la première garde, mais Aragorn se joignit à lui. Les autres sombrèrent dans le sommeil. Puis le silence grandit au point que même Sam le sentit. On entendait nettement la respiration des dormeurs. Les coups de queue du poney et ses piétinements occasionnels devenaient de grands bruits. Sam pouvait entendre le craquement de ses propres articulations quand il faisait un mouvement. Un silence de mort régnait autour de lui, et par-dessus tout cela s'étendait un ciel bleu et clair, tandis que le soleil se levait à l'est. Au loin dans le sud apparut une tache noire, qui grandit et chassa vers le nord comme une fumée poussée par le vent.

– Qu'est-ce que c'est que ça, Grands-Pas? Ça n'a pas l'air d'un nuage, murmura Sam à Aragorn.

Celui-ci ne répondit pas; il observait attentivement le ciel; mais Sam ne tarda pas à voir lui-même ce qui approchait : une volée d'oiseaux s'avançait rapidement et survolait tout le pays en tournoyant comme à la recherche de quelque chose; et elle arrivait rapidement sur eux.

– Couchez-vous et restez immobile! siffla Aragorn, tirant Sam dans l'ombre d'un houx.

Car tout un régiment d'oiseaux s'était tout d'un coup détaché de l'armée principale, et il piquait, volant bas, droit sur la crête. Sam pensa que c'était une sorte de corbeaux de grande taille. Comme ils passaient au-dessus du groupe, en une multitude si dense que leur ombre les suivait en jetant l'obscurité sur le sol, un unique croassement se fit entendre.

Ce ne fut pas avant qu'ils se fussent perdus dans le lointain au nord et à l'ouest et que le ciel fût redevenu clair qu'Aragorn se leva. Il bondit alors et alla réveiller Gandalf.

– Des régiments de corbeaux noirs survolent toute la terre située entre les Montagnes et le Flot Gris, dit-il, et ils ont passé au-dessus de Houssaye. Ils ne sont pas natifs d'ici; ce sont des *crébains* de Fangorn et du Pays de Dun. Je ne sais pas de quoi il retourne : peut-être fuient-ils des troubles dans le Sud; mais je crois plutôt qu'ils explorent la région. J'ai aperçu aussi de nombreux faucons qui volaient haut dans le ciel. Je pense que nous devrions repartir ce soir même. Houssaye n'est plus sain pour nous : il est observé.

– Et dans ce cas, il en est de même de la Porte de Rubicorne, dit Gandalf; et je ne puis imaginer comment nous pourrons la passer sans être vus. Mais nous aviserons en temps utile. Quant à partir dès qu'il fera nuit, je crains que vous n'ayez raison.

– Heureusement que notre feu a produit peu de fumée et qu'il avait baissé avant la venue des *crébains*, dit Aragorn. Il faut l'éteindre et ne pas le rallumer.

– Ne voilà-t-il pas une tuile, et une belle! dit Pippin. (La nouvelle : pas de feu et départ de nuit, lui avait été annoncée dès son réveil vers la fin de l'après-midi.) Tout ça à cause d'une volée de corbeaux! Je comptais sur un vraiment bon repas ce soir : quelque chose de chaud.

– Eh bien, vous pouvez toujours continuer à espérer, dit Gandalf. Peut-être bien des festins inespérés nous attendent-ils. Pour ma part, j'aimerais bien fumer confortablement une pipe, les pieds au chaud. Mais nous sommes en tout cas sûrs d'une chose : il fera plus chaud à mesure que nous irons vers le sud.

– Il ferait même trop chaud que ça ne m'étonnerait pas, marmonna Sam à Frodon. Mais je trouve qu'il commence à être temps d'avoir un aperçu de cette Montagne de Feu et de voir la fin de la Route, pour ainsi dire. J'avais cru tout d'abord que cette Rubicorne, ou je ne sais quoi, pouvait l'être, jusqu'au moment où Gimli a raconté son histoire. Ce doit être un langage à vous décrocher la mâchoire que celui des Nains!

Les cartes ne disaient rien à l'esprit de Sam, et toutes les distances dans ces terres étranges lui semblaient tellement étendues qu'il en perdait son courage.

Durant toute cette journée, la Compagnie demeura cachée. Les oiseaux noirs passaient et repassaient, mais, comme le soleil couchant devenait rouge, ils disparurent vers le sud. Au crépuscule, la Compagnie se remit en route et, se tournant à présent à demi vers l'est, elle se dirigea vers Caradhras, qui rougeoyait encore vaguement dans les dernières lueurs du soleil évanoui. Une à une, les étoiles blanches jaillirent dans le ciel qui s'estompait.

Guidés par Aragorn, ils trouvèrent un bon sentier. Il sembla à Frodon que c'étaient les restes d'une ancienne route, qui avait été large et bien tracée, de Houssaye au col de la montagne. La lune, à présent pleine, se leva au-dessus des montagnes et donna une pâle lumière dans laquelle les ombres des pierres étaient noires. Un grand nombre de celles-ci paraissaient avoir été travaillées à la main, bien qu'elles fussent maintenant écroulées et ruinées dans un pays aride et désert.

C'était l'heure glaciale qui précède la première apparition de l'aube, et la lune était basse. Frodon leva le regard vers le ciel. Soudain, il vit ou sentit une ombre passer sur les hautes étoiles, comme si elles perdaient leur éclat et le retrouvaient un instant plus tard. Il frissonna.

– Avez-vous vu quelque chose passer au-dessus de nous ? murmura-t-il à Gandalf, qui était juste devant lui.

– Non, mais je l'ai senti, quoi que ce fût, répondit-il. Ce peut n'être rien, seulement une traînée de léger nuage.

– Il allait vite, alors, murmura Aragorn, et non pas sous l'action du vent.

Il ne se passa rien d'autre cette nuit-là. Le lendemain matin se leva, encore plus brillant qu'auparavant. Mais l'air était de nouveau froid; déjà, le vent retournait à l'est. Ils marchèrent encore pendant deux nuits, grimpant sans cesse, mais de plus en plus lentement à mesure que leur route serpentait au flanc des collines, et que les montagnes se dressaient toujours plus proches. Le matin du troisième jour, le Caradhras s'éleva devant eux, cime majestueuse, couronnée de neige argentée, mais aux côtés nus et abrupts, d'un rouge terne comme s'il était taché de sang.

Le ciel avait un aspect noir, et le soleil était pâle. Le vent avait tourné à présent au nord-est. Gandalf huma l'air et regarda en arrière.

– L'hiver se fait plus profond derrière nous, dit-il doucement à Aragorn. Les sommets vers le nord sont plus blancs qu'ils n'étaient; la neige descend bas sur leurs épaulements. Cette nuit, nous serons assez haut vers la Porte de Rubicorne. Nous serons assez visibles pour des observateurs sur ce sentier étroit, et nous pourrions bien tomber dans quelque guet-apens; mais il se peut que le temps soit notre ennemi le plus mortel. Que pensez-vous de votre itinéraire, à présent, Aragorn ?

Frodon, entendant ces mots, comprit que Gandalf et Aragorn poursuivaient un débat depuis longtemps entamé. Il écouta anxieusement.

– Je n'en pense aucun bien de bout en bout, vous le savez bien, Gandalf, répondit Aragorn. Et des périls connus et inconnus croîtront au fur et à mesure de notre progression. Mais il nous faut continuer d'avancer; et il ne servirait à rien de différer le passage des montagnes. Plus au Sud, il n'y a pas de cols avant d'arriver à la Trouée de Rohan. Je ne me fie pas à cette route depuis les nouvelles que vous nous avez données de Saroumane. Qui sait de quel côté servent maintenant les maréchaux des Seigneurs des Chevaux ?

– Qui sait, en effet ! dit Gandalf. Mais il y a un autre

chemin, et pas par le col de Caradhras : le chemin sombre et secret dont nous avons parlé.

– Mais n'en reparlons pas! Pas encore. N'en dites rien aux autres, je vous en prie. Pas avant qu'il ne soit évident qu'il n'y a pas d'autre voie.

– Il nous faut prendre une décision avant d'aller plus loin, répliqua Gandalf.

– Eh bien, réfléchissons-y pendant que les autres se reposeront et dormiront, dit Aragorn.

Vers la fin de l'après-midi, pendant que les autres terminaient leur petit déjeuner, Gandalf et Aragorn s'écartèrent ensemble et se tinrent le regard fixé sur le Caradhras. Les flancs en étaient à présent sombres et lugubres, et son sommet se perdait dans un nuage gris. Frodon, qui les observait, se demanda de quel côté pencherait le débat. Quand ils revinrent auprès de la Compagnie, Gandalf parla, et Frodon sut alors qu'il avait été décidé d'affronter le temps et le haut col. Il fut soulagé. Il ne pouvait deviner quel était l'autre chemin, sombre et secret, mais la mention même en avait paru emplir Aragorn d'effroi, et Frodon fut heureux que cette solution eût été abandonnée.

– A certains signes que nous avons vus dernièrement, dit Gandalf, je crains que la Porte de Rubicorne ne soit surveillée; et j'ai aussi des doutes sur le temps qui s'avance derrière nous. Il peut y avoir de la neige. Il faut aller le plus vite possible. Même ainsi, il nous faudra plus de deux étapes pour atteindre le sommet du col. La nuit tombera tôt ce soir. Nous devrons partir aussitôt que vous pourrez être prêts.

– J'ajouterais un petit avis, si vous le permettez, dit Boromir. Je suis né à l'ombre des Montagnes Blanches, et je connais un peu les voyages sur les hauteurs. Nous allons trouver un froid mordant, sinon pis, avant de redescendre de l'autre côté. Il ne servirait à rien de vouloir tellement nous dissimuler que nous serions gelés à mort. En partant d'ici, où il y a encore quelques arbres et buissons, nous devrions chacun emporter un fagot de bois aussi grand que nous pourrons le porter.

– Et Bill pourrait en prendre un peu plus, hein, mon gars? dit Sam.

Le poney le regarda d'un air mélancolique.

– Bon, dit Gandalf. Mais nous ne devrons pas nous

servir du bois, tant qu'il ne s'agira pas d'un choix entre le feu et la mort.

La Compagnie repartit, à bonne allure au début; mais le chemin ne tarda pas à devenir escarpé et difficile. La route sinueuse et grimpante avait presque disparu en maints endroits, où elle était obstruée par des éboulis. La nuit se fit terriblement sombre sous d'épais nuages. Un vent glacial tournoyait parmi les rochers. Vers minuit, ils avaient grimpé jusqu'aux genoux des grandes montagnes. Leur étroit sentier serpentait à présent sous une paroi à pic sur la gauche, au-dessus de laquelle les sinistres flancs du Caradhras se dressaient, invisibles dans l'obscurité; à droite, c'était un abîme de ténèbres, où le terrain tombait brusquement dans un profond ravin.

Après l'escalade laborieuse d'une pente raide, ils s'arrêtèrent un moment au sommet. Frodon sentit sur sa figure un contact doux. Il tendit le bras et vit se poser sur sa manche les flocons blanc mat de la neige.

Ils poursuivirent leur chemin. Mais au bout d'un moment la neige tombait serrée, emplissant l'air et tournoyant dans les yeux de Frodon. Il distinguait à peine les formes sombres et courbées de Gandalf et d'Aragorn à un ou deux pas en avant.

– Je n'aime pas ça du tout, dit Sam, haletant juste derrière lui. La neige, ça va bien par une belle matinée, mais j'aime être au lit quand elle tombe. Je voudrais bien que ce tas-là s'en aille à Hobbitebourg! On l'y accueillerait peut-être avec plaisir.

Les grandes chutes étaient rares dans la Comté, sauf sur les hautes landes du Quartier Nord, et on les considérait comme un événement agréable et une occasion d'amusement. Aucun Hobbit vivant (hormis Bilbon) ne pouvait se rappeler l'hiver terrible de 1311, où les loups blancs avaient envahi la Comté en passant par le Brandevin gelé.

Gandalf s'arrêta. La neige était amoncelée sur son capuchon et sur ses épaules; ses bottes enfonçaient déjà jusqu'aux chevilles.

– Voilà ce que je craignais, dit-il. Que dites-vous à présent, Aragorn?

– Que je le craignais aussi, mais moins que d'autres choses, répondit Aragorn. Je connaissais le risque de la neige, encore qu'elle tombe rarement avec autant de force aussi loin au Sud, sauf à haute altitude. Mais nous n'y sommes pas encore; nous nous trouvons très bas, où les sentiers restent généralement libres tout l'hiver.

– Je me demande si c'est une manigance de l'Ennemi, dit Boromir. On dit dans mon pays qu'il peut gouverner les tempêtes dans les Montagnes de l'Ombre qui s'élèvent aux frontières de Mordor. Il a d'étranges pouvoirs et bien des alliés.

– Son bras s'est assurément fort allongé, dit Gimli, s'il peut amener la neige du Nord pour nous embarrasser ici, à trois cents lieues de distance.

– Son bras s'est allongé, dit Gandalf.

Tandis qu'ils s'étaient arrêtés, le vent tomba, et la neige diminua au point de cesser presque. Ils repartirent d'un pas pesant. Mais ils n'avaient pas parcouru plus d'un furlong que la tempête revint avec une fureur nouvelle. Le vent souffla et la neige se mua en blizzard aveuglant. Bientôt, Boromir lui-même trouva dur de continuer. Les Hobbits, pliés en deux, peinaient derrière les gens plus grands; mais il était clair qu'ils ne pourraient aller beaucoup plus loin si la neige continuait de tomber ainsi. Les pieds de Frodon lui semblaient de plomb. Pippin traînait en arrière. Même Gimli, aussi fort qu'un Nain pouvait l'être, geignait en clopinant.

La Compagnie fit soudain halte, comme par un accord tacite. Ils entendaient dans les ténèbres environnantes des bruits mystérieux. Ce pouvait n'être qu'un phantasme du vent dans les fissures et les ravines du mur rocheux, mais les sons étaient ceux de cris aigus et de sauvages éclats de rire. Des pierres, détachées du flanc de la montagne, sifflaient au-dessus de leurs têtes où s'écrasaient à côté d'eux. De temps à autre, ils entendaient un grondement sourd, comme d'un bloc de rocher roulant des hauteurs cachées.

– On ne peut aller plus loin cette nuit, dit Boromir. Que ceux qui le veulent appellent cela le vent, il y a dans l'air des voix sinistres, et ces pierres nous sont destinées.

– Moi, j'appelle cela le vent, dit Aragorn. Ce qui n'infirme en rien ce que vous dites. Il y a dans le monde beaucoup de choses mauvaises et hostiles qui portent peu de sympathie à ceux qui vont sur deux jambes, mais elles ne sont pas les alliées de Sauron et leurs buts sont personnels. Certaines étaient de ce monde bien avant lui.

– Caradhras fut nommé le Cruel, et avait mauvaise réputation, dit Gimli, il y a de bien longues années, alors qu'il n'y avait pas même de rumeur de Sauron dans cette région.

– Peu importe quel est l'ennemi, si nous ne pouvons repousser son assaut, dit Gandalf.

– Mais que pouvons-nous faire? s'écria Pippin d'un air misérable.

Il était appuyé sur Merry et sur Frodon, et il frissonnait.

– Soit nous arrêter où nous sommes, soit retourner en arrière, dit Gandalf. Il ne sert à rien de continuer. Juste un peu plus haut, si mes souvenirs sont exacts, ce sentier abandonne la falaise pour suivre une large rigole peu profonde en bas d'une longue et dure pente. Nous n'y trouverions aucun abri contre la neige ou les pierres – ou n'importe quoi d'autre.

– Et il ne sert à rien de retourner tant que dure la tempête, dit Aragorn. Nous n'avons passé en montant aucun endroit qui offrît plus d'abri que cette falaise sous laquelle nous nous trouvons maintenant.

– Un abri! murmura Sam. Si c'est un abri, il faut croire qu'un mur sans toit fait une maison.

La Compagnie se rassembla alors aussi près qu'elle le pouvait de la falaise. Celle-ci faisait face au sud et dans le bas elle penchait un peu à l'extérieur, de sorte qu'ils espéraient y trouver quelque protection contre le vent du nord et contre les chutes de pierres. Mais des rafales tourbillonnantes les environnaient de toutes parts, et la neige tombait en nuages toujours plus épais.

Ils se serrèrent les uns contre les autres, le dos au mur. Le poney Bill se tenait patiemment, mais tristement, devant les Hobbits et les abritait un peu; la neige amoncelée ne tarda toutefois pas à dépasser ses jarrets, et elle continuait de monter. S'ils n'avaient eu des compagnons plus grands, les Hobbits auraient bientôt été entièrement submergés.

Une forte envie de dormir s'empara de Frodon; il se sentit sombrer rapidement dans un rêve chaud et nébuleux. Il avait l'impression qu'un feu lui réchauffait les pieds, et, venue des ombres de l'autre côté du foyer, il entendit s'élever la voix de Bilbon : « *Je ne fais pas grand cas de ton journal*, disait-il. *Des tempêtes de neige le*

12 janvier : il ne valait pas la peine de revenir pour rendre compte de cela! »

« *Mais j'avais besoin de repos et de sommeil, Bilbon* », répondait Frodon avec effort, quand il se sentit secouer, et il revint péniblement à la conscience. Boromir l'avait soulevé hors d'un nid de neige.

– Ceci sera la mort des Semi-Hommes, dit Boromir. Il est vain de rester ici jusqu'à ce que la neige monte plus haut que nos têtes. Il faut faire quelque chose pour nous sauver.

– Donnez-leur ceci, dit Gandalf, fouillant dans son ballot et en tirant une gourde de cuir. Juste une gorgée chacun pour nous tous. C'est très précieux. C'est du *miruvor*, le cordial d'Imladris. Elrond me l'a donné à notre départ. Faites-le passer!

Dès que Frodon eut avalé un peu de la chaude et odorante liqueur, il se sentit une nouvelle force au cœur, et la lourde somnolence quitta ses membres. Les autres aussi se ranimèrent et trouvèrent un nouvel espoir et une nouvelle vigueur. Mais la neige ne fléchissait pas. Elle tournoyait autour d'eux, plus épaisse que jamais, et le vent soufflait encore plus tumultueusement.

– Que penseriez-vous d'un feu? demanda soudain Boromir. Le choix semble bien près d'être maintenant entre le feu et la mort, Gandalf. Il n'est pas douteux que nous serons cachés à tout œil hostile quand la neige nous aura recouverts, mais cela ne nous servira pas à grand-chose.

– Vous pouvez faire du feu, si vous y arrivez, répondit Gandalf. S'il est des guetteurs capables de supporter cette tempête, ils nous verront avec ou sans feu.

Mais, bien que sur l'avis de Boromir ils eussent emporté du bois et des brindilles, il était au-delà de l'habileté d'un Elfe ou même d'un Nain d'allumer une flamme capable de tenir dans le vent tourbillonnant ou de prendre dans le combustible mouillé. Finalement, Gandalf lui-même s'en mêla à contrecœur. Ramassant un fagot, il le tint un moment en l'air; puis, sur un ordre, *naur an edraith ammen!*, il plongea son bâton au milieu. Aussitôt jaillit un grand jet de flammes vertes et bleues, et le bois flamboya en pétillant.

– S'il y a quelqu'un pour nous voir, moi en tout cas je lui suis révélé, dit-il. J'ai écrit *Gandalf est ici* en signes que tous peuvent lire de Fondcombe aux bouches de l'Anduin.

Mais la Compagnie ne se souciait plus de guetteurs ou d'yeux hostiles. Tous avaient le cœur réjoui par la lumière du feu. Le bois brûlait joyeusement; et malgré le chuintement de la neige tout alentour et les mares qui s'agrandissaient sous leurs pieds, ils avaient plaisir à se chauffer les mains à la flambée. Ils se tenaient là, penchés en cercle autour des petites flammes dansantes. Une lueur rouge se reflétait sur leurs visages fatigués et anxieux; derrière eux, la nuit formait un mur noir.

Mais le bois brûlait vite, et la neige tombait toujours.

Le feu baissait, et on y jeta le dernier fagot.

– La nuit se fait vieille, dit Aragorn. L'aube n'est plus loin.

– Si tant est qu'une aube puisse percer ces nuages, dit Gimli.

Boromir sortit du cercle pour scruter les ténèbres :

– La neige diminue, et le vent se calme, dit-il.

Frodon contempla avec lassitude les flocons qui tombaient toujours de l'obscurité pour révéler un moment leur blancheur à la lumière du feu mourant; mais pendant longtemps il ne put voir aucun signe de ralentissement. Puis soudain, comme le sommeil commençait à l'envahir de nouveau, il eut conscience que le vent était en effet tombé et que les flocons devenaient plus gros et plus espacés. Très lentement, une lumière indécise commença de croître. Enfin, la neige cessa complètement.

En se faisant plus forte, la lumière révéla un monde silencieux sous un épais linceul. En contrebas de leur refuge, le sentier qu'ils avaient suivi était entièrement perdu sous des bosses et des dômes blancs accompagnés de profondeurs informes; mais les hauteurs qui les dominaient étaient cachées dans de gros nuages encore lourds de la menace de la neige.

Gimli, levant le regard, hocha la tête :

– Caradhras ne nous a pas pardonné, dit-il. Il a encore de la neige à nous jeter, si nous continuons. Plus tôt nous retournerons et redescendrons, mieux ce sera.

Tout le monde acquiesça, mais la retraite était à présent difficile. Elle pourrait bien se révéler impossible. A quelques pas seulement des cendres de leur feu, la couche de neige atteignait plusieurs pieds, dépassant la tête des Hobbits; par endroits, elle avait été ramassée et entassée en grandes congères contre la falaise.

– Si Gandalf voulait nous précéder avec une flamme

vive, il pourrait faire fondre un sentier pour nous, dit Legolas.

La tempête l'avait peu troublé, et lui seul parmi la Compagnie avait gardé le cœur léger.

– Si les Elfes pouvaient voler par-dessus les montagnes, ils pourraient aller chercher le soleil pour nous sauver, répliqua Gandalf. Mais il me faut une matière sur quoi travailler. Je ne puis faire brûler de la neige.

– Eh bien, dit Boromir, quand les têtes sont à quia, les corps doivent servir, comme on dit chez nous. Les plus forts d'entre nous doivent chercher un chemin. Voyez! Quoique tout soit maintenant revêtu de neige, notre sentier lors de notre montée contournait cet épaulement de rocher, là en bas. C'est là que la neige a commencé à nous accabler. Si nous pouvions atteindre ce point, peut-être cela se révélerait-il plus facile au-delà. Ce ne doit pas être à plus d'un furlong, je pense.

– Eh bien, frayons-nous un passage jusque-là, vous et moi! dit Aragorn.

Aragorn était le plus grand de la Compagnie, mais Boromir, de taille légèrement moins élevée, était de carrure plus large et plus lourde. Il passa devant et Aragorn le suivit. Lentement, ils se mirent en marche, et bientôt ils peinaient ferme. La neige leur arrivait par endroits à la poitrine, et Boromir paraissait plutôt nager ou creuser avec ses grands bras que marcher.

Après les avoir observés un moment, Legolas se tourna vers les autres, un sourire aux lèvres :

– Les plus forts doivent chercher un chemin, disiez-vous? Mais moi je dis : qu'un laboureur laboure, mais choisissez plutôt une loutre pour nager et pour courir légèrement sur l'herbe et les feuilles, ou même la neige – un Elfe.

Sur quoi, il s'élança lestement, et Frodon remarqua pour la première fois, bien qu'il le sût depuis longtemps, que l'Elfe n'avait pas de bottes, mais qu'il portait seulement des chaussures légères, comme il faisait toujours; et ses pieds laissaient à peine de traces dans la neige.

– Adieu! dit-il à Gandalf. Je vais chercher le soleil.

Alors, avec la rapidité d'un coureur sur du sable ferme, il partit en flèche, et, ayant vite rattrapé les hommes qui peinaient, il les dépassa avec un signe de la main; il poursuivit son chemin à toute vitesse et disparut derrière l'arête de rocher.

Les autres attendirent, serrés les uns contre les autres et observant jusqu'au moment où Boromir et Aragorn ne furent plus que des points noirs dans la blancheur. Enfin, eux aussi disparurent. Le temps se traîna. Les nuages s'abaissèrent, et quelques flocons de neige recommencèrent à tourbillonner.

Une heure peut-être passa, quoique cela parût bien plus long, et enfin ils virent revenir Legolas. En même temps Boromir et Aragorn reparurent au tournant, loin derrière lui, et ils s'avancèrent péniblement sur la pente.

— Après tout, cria Legolas tandis qu'il accourait, je n'ai pas apporté la Soleil (1). Elle se promène dans les champs bleus du Sud et une légère couronne de neige sur cette petite butte de Rubicorne ne la trouble nullement. Mais j'ai rapporté un rayon de bonne espérance pour ceux qui sont condamnés à aller à pied. Il y a la plus grande de toutes les congères juste au-delà du tournant, et là, nos hommes forts ont été presque enterrés. Ils désespéraient jusqu'au moment où je suis revenu leur dire que la congère était à peine plus épaisse qu'un mur. De l'autre côté, la neige diminue tout d'un coup pour devenir un peu plus bas une simple courtepointe blanche pour rafraîchir les pieds des Hobbits.

— Ah, c'est bien ce que j'avais dit, grommela Gimli. Ce n'était pas une tempête ordinaire. C'est la malveillance de Caradhras. Il n'aime pas les Elfes et les Nains, et cette congère a été placée là pour nous couper la retraite.

— Mais heureusement, votre Caradhras a oublié que vous avez avec vous des Hommes, dit Boromir qui arrivait à ce moment. Et des Hommes vaillants, si vous me permettez de le dire; encore que des hommes moindres avec des pelles vous auraient peut-être été plus utiles. En tout cas, nous vous avons tracé un chemin à travers la congère; et de cela, tous ici peuvent nous être reconnaissants, qui ne savent pas courir avec la légèreté des Elfes.

— Mais comment allons-nous arriver en bas, même si vous avez coupé à travers la congère? demanda Pippin, exprimant la pensée de tous les Hobbits.

— Ayez bon espoir! dit Boromir. Je suis fatigué, mais il me reste encore quelque force, et à Aragorn aussi. Nous

(1) Comme on l'a déjà vu, le Soleil est pour les Elfes du genre féminin.

porterons les petites personnes. Les autres s'arrangeront assurément pour suivre le chemin derrière nous. Allons, Maître Peregrin! Je vais commencer par vous.

Il souleva le Hobbit :

– Accrochez-vous à mon dos! J'aurai besoin de mes bras, dit-il.

Et il partit à grands pas. Aragorn suivit avec Merry. Pippin s'émerveilla de sa force en voyant le passage qu'il avait déjà foré sans autre instrument que ses grands membres. Encore maintenant, chargé comme il l'était, il élargissait la piste pour ceux qui suivaient, rejetant la neige de côté à mesure qu'il avançait.

Ils finirent par arriver à la grande congère. Elle était jetée en travers du sentier de la montagne comme un brusque mur vertical et sa crête, aussi aiguë que si elle avait été taillée au couteau, s'élevait à plus de deux fois la hauteur de Boromir; mais au milieu un passage avait été tassé, montant et descendant comme un pont. Merry et Pippin furent déposés de l'autre côté, et ils attendirent là avec Legolas la venue du reste de la Compagnie.

Après un moment, Boromir arriva, avec Sam sur le dos. Derrière, dans la piste étroite, mais à présent bien tassée, venait Gandalf, menant Bill avec Gimli perché au milieu du bagage. Enfin, venait Aragorn, portant Frodon. Ils traversèrent le passage; mais à peine Frodon avait-il touché terre, que dans un profond grognement descendit de la montagne une avalanche de pierres et de neige. Le poudroiement en aveugla à demi la Compagnie, tandis que tous se tapissaient contre la falaise, et quand l'air s'éclaircit de nouveau, ils virent que le sentier était bloqué derrière eux.

– Assez! Assez! s'écria Gimli. On s'en va aussi vite que possible!

Et, de fait, ce dernier coup semblait avoir épuisé la malice de la montagne, comme si le Caradhras fût persuadé que les envahisseurs avaient été repoussés et qu'ils n'oseraient revenir. La menace de neige se dissipa; les nuages se dispersèrent, et la lumière s'accentua.

Comme Legolas l'avait annoncé, ils virent que la couche de neige se faisait de plus en plus mince au fur et à mesure de leur descente, de sorte que même les Hobbits pouvaient cheminer à pied. Bientôt, ils se retrouvèrent sur la corniche dominant la pente rapide où ils avaient senti les premiers flocons de neige la nuit précédente. La matinée était maintenant fort avancée. De ce lieu élevé, ils regardèrent en arrière vers l'ouest les terres plus basses. Dans le lointain du pays chaotique qui s'étendait au pied des montagnes, se trouvait la combe d'où ils avaient commencé l'ascension du col.

Les jambes de Frodon étaient douloureuses. Il était gelé jusqu'aux os, et il avait faim; et la tête lui tournait à la pensée de la longue et pénible marche pour redescendre. Des taches noires passaient devant ses yeux. Il les frotta, mais les taches ne disparurent pas. Au loin, plus bas mais encore haut au-dessus des dernières avancées de la montagne, des points sombres tournoyaient dans l'air.

– Les oiseaux, encore! dit Aragorn, pointant le doigt.

– On n'y peut rien à présent, dit Gandalf. Qu'ils représentent un bien ou un mal, ou qu'ils n'aient rien à voir avec nous, il nous faut redescendre tout de suite. Pas même sur les genoux du Caradhras nous n'attendrons la tombée d'une nouvelle nuit!

Un vent froid les suivit tandis qu'ils tournaient le dos à la Porte de Rubicorne et qu'ils descendaient la pente en trébuchant de fatigue. Le Caradhras les avait vaincus.

CHAPITRE IV

UN VOYAGE DANS L'OBSCURITÉ

C'était le soir, et la lumière diminuait de nouveau rapidement quand ils s'arrêtèrent pour la nuit. Ils étaient très las. Les montagnes se perdaient dans l'obscurité croissante, et le vent était froid. Gandalf leur donna encore à chacun une gorgée du *miruvor* de Fondcombe. Quand ils eurent pris quelque nourriture, il réunit un conseil.

– Nous ne pouvons, naturellement, repartir ce soir, dit-il. L'attaque sur la Porte de Rubicorne nous a épuisés, et il nous faut nous reposer un moment ici.

Et après, où irons-nous? demanda Frodon.

– Nous avons encore à accomplir notre voyage et notre mission, répondit Gandalf. Nous n'avons d'autre choix que de poursuivre ou de retourner à Fondcombe.

Le visage de Pippin s'éclaira visiblement à la seule mention d'un retour à Fondcombe; Merry et Sam levèrent un regard rempli d'espoir. Mais Aragorn et Boromir ne firent aucun signe. Frodon avait l'air troublé.

– Je voudrais bien être de nouveau là-bas, dit-il. Mais comment pourrais-je y retourner sans honte – à moins qu'il n'y ait vraiment aucune autre solution et que nous ne soyons déjà vaincus.

– Vous avez raison, Frodon, dit Gandalf : retourner, c'est admettre la défaite et en affronter une plus grande encore dans l'avenir. Si nous retournons maintenant, alors l'Anneau doit demeurer ici : nous ne serons pas en état de repartir. Et puis, tôt ou tard, Fondcombe sera assiégée et, après un temps aussi bref qu'affreux, elle sera détruite. Les Esprits Servants de l'Anneau sont des ennemis mortels, mais ce ne sont que des ombres du pouvoir et de la terreur qu'ils posséderaient si l'Anneau Souverain était de nouveau au doigt de leur maître.

– Dans ce cas, il faut poursuivre, s'il y a un moyen, dit Frodon avec un soupir.

Sam retomba dans la mélancolie.

– Il y a un moyen possible, dit Gandalf. J'avais pensé depuis le début, quand je commençais à réfléchir à ce voyage, que nous le tenterions. Mais il n'est pas plaisant, et je n'en ai pas encore parlé à la Compagnie. Aragorn était contre son emploi avant que l'on ait au moins essayé de passer le col des montagnes.

– Si c'est une route pire que la Porte de Rubicorne, elle doit certes être mauvaise, dit Merry. Mais mieux vaut nous en parler et nous faire tout de suite connaître le pis.

– La route dont je parle mène aux Mines de la Moria, dit Gandalf.

Seul Gimli leva la tête; un feu couvait dans ses yeux. Quant aux autres, la crainte les saisit à la seule mention de ce nom. Même pour les Hobbits, c'était une légende qui évoquait un vague effroi.

– La route peut mener dans la Moria, mais comment espérer qu'elle nous mène au-delà? dit sombrement Aragorn.

– C'est un nom de sinistre augure, dit Boromir. Et je ne vois pas non plus la nécessité d'aller là. Si nous ne pouvons traverser les montagnes, allons vers le Sud jusqu'à la Trouée de Rohan, où les hommes sont bien disposés envers les miens, par la route que j'ai prise pour venir. Ou bien nous pourrions aller au-delà et traverser l'Isen pour passer au Longestran et au Lebennin, et arriver ainsi en Gondor des régions voisines de la mer.

– Les choses ont changé depuis que vous êtes venu dans le Nord, Boromir, répondit Gandalf. N'avez-vous pas entendu ce que je vous ai dit de Saroumane? Je pourrai avoir des comptes à régler avec lui avant que tout soit terminé. Mais l'Anneau ne doit pas approcher d'Isengard, dans toute la mesure où ce pourra être évité. La Trouée de Rohan nous est interdite tant que nous accompagnons le Porteur.

« Quant à la route plus longue, nous ne pouvons nous permettre un tel délai. Un pareil voyage pourrait prendre un an, et nous passerions par maintes régions vides et sans asile. Elles n'en seraient pas sûres pour autant. Les yeux attentifs de Saroumane comme de l'Ennemi sont fixés dessus. En venant vers le Nord, Boromir, vous n'étiez aux yeux de l'Ennemi qu'un seul voyageur égaré du Sud, et vous ne présentiez aucun intérêt pour lui : il avait l'esprit tout occupé par la poursuite de l'Anneau. Mais vous revenez à présent comme membre de la Compagnie de l'Anneau, et vous êtes en danger tant que vous resterez avec nous. Le danger augmentera à chaque lieue que nous ferons en direction du Sud sous le ciel nu.

« Depuis notre tentative ouverte de passer le col, notre situation est devenue plus désespérée, je le crains. Je vois maintenant peu d'espoir, si nous ne disparaissons pendant un temps en dissimulant notre piste. Mon avis est donc ni d'aller par les montagnes ni de les contourner, mais de passer par-dessous. C'est en tout cas une route que l'Ennemi s'attendra le moins à nous voir prendre.

– Nous ne savons pas à quoi il s'attend, dit Boromir. Il peut fort bien surveiller toutes les routes, tant probables qu'improbables. Dans ce cas, pénétrer dans la Moria serait se jeter dans un piège, qui ne vaudrait guère mieux que d'aller frapper aux portes mêmes de la Tour Sombre. Le nom de la Moria est noir.

– Vous parlez de choses que vous ne connaissez pas, en comparant la Moria à la place forte de Sauron, répliqua Gandalf. Je suis le seul parmi vous à avoir jamais été dans les cachots du Seigneur Ténébreux, et seulement dans son ancienne et moins importance résidence de Dol Guldur. Qui passe les portes de Dol Guldur ne revient pas. Mais je ne vous mènerais pas dans la Moria s'il n'y avait pas d'espoir d'en ressortir. S'il y a là des orques, cela pourrait se révéler mauvais pour nous, c'est vrai. Mais la plupart des orques des Monts Brumeux furent dispersés ou détruits à la Bataille des Cinq Armées. Les Aigles rendent compte que les orques se rassemblent de nouveau des terres lointaines, mais on peut espérer que la Moria est encore libre.

« Il y a même une chance qu'il y ait des Nains et que l'on y puisse trouver, dans quelque salle profonde de ses ancêtres, Balin fils de Fundin. Quoi qu'il en puisse être, il faut prendre le chemin que dicte la nécessité!

– Je suivrai ce chemin avec vous, Gandalf! dit Gimli. J'irai regarder les salles de Durin, quel que soit le sort qui m'y attende, si vous pouvez trouver les portes qui sont fermées.

– Bien, Gimli, dit Gandalf. Vous m'encouragez. Nous

chercherons ensemble les portes cachées. Et nous les passerons. Dans les ruines des Nains, il sera plus difficile de faire perdre la tête à un Nain qu'à des Elfes, des Hommes ou des Hobbits. Mais ce ne sera pas la première fois que j'irai dans la Moria. J'y ai longuement cherché Thráin fils de Thrór après sa disparition. Je l'ai traversée, et j'en suis ressorti vivant!

– Moi aussi, j'ai passé une fois la Porte des Rigoles Sombres, dit tranquillement Aragorn; mais si j'en suis également ressorti, le souvenir m'en est très désagréable. Je ne souhaite pas pénétrer dans la Moria une seconde fois.

– Et moi je n'ai pas envie d'y entrer fût-ce une seule fois, dit Pippin.

– Ni moi non plus, murmura Sam.

– Bien sûr que non! dit Gandalf. Qui le voudrait? Mais la question est de savoir qui me suivra, si je vous y mène.

– Moi, dit Gimli avec ardeur.

– Moi, dit fortement Aragorn. Vous vous êtes laissé conduire par moi presque jusqu'au désastre dans la neige sans jamais prononcer un mot de reproche. Je me laisserai conduire maintenant par vous – si ce dernier avertissement ne vous ébranle pas. Ce n'est pas à l'Anneau ni à vous autres que je pense en ce moment, mais à vous, Gandalf. Et je vous dis: si vous passez les portes de la Moria, prenez garde!

– Moi, je n'irai pas, dit Boromir; à moins qu'il n'y ait un vote unanime contre moi. Qu'en disent Legolas et les petites personnes? La voix du Porteur de l'Anneau devrait assurément se faire entendre.

– Je ne désire pas aller dans la Moria, dit Legolas.

Les Hobbits ne dirent rien. Sam regarda Frodon. Celui-ci parla enfin:

– Je n'ai aucune envie d'y aller, dit-il; mais je ne désire pas non plus repousser le conseil de Gandalf. Je demande qu'il n'y ait pas de vote avant que nous n'ayons pu prendre le temps du sommeil. Gandalf obtiendra plus facilement des voix à la lumière du matin que dans cette froide obscurité. Comme le vent hurle!

À ces mots, tout le monde tomba dans une réflexion silencieuse. Ils entendaient le vent siffler parmi les rochers et les arbres, et des hurlements et des gémissements s'élevaient dans les espaces vides de la nuit.

Aragorn bondit soudain sur ses pieds :

– Comme le vent hurle! s'écria-t-il. Il hurle de la voix des loups. Les ouargues sont passés à l'ouest des Montagnes!

– Est-il donc nécessaire d'attendre le matin? Il en est comme j'ai dit. La chasse est commencée! Même si nous vivons assez pour voir l'aube, qui voudra maintenant voyager de nuit en direction du Sud avec des loups sauvages à ses trousses?

– A quelle distance est la Moria? demanda Boromir.

– Il y avait une porte au sud-ouest du Caradhras, à quelque quinze milles à vol d'oiseau, et à une vingtaine peut-être à course de loups, répondit sinistrement Gandalf.

– Alors, partons dès qu'il fera jour demain, si nous le pouvons, dit Boromir. Le loup que l'on entend est pire que l'orque que l'on craint.

– C'est bien vrai! dit Aragorn, relâchant son épée dans le fourreau. Mais où l'ouargue hurle, là aussi l'orque rôde.

– Je regrette de n'avoir pas suivi le conseil d'Elrond, murmura Pippin à Sam. Je ne vaux rien, après tout. Il n'y a pas assez en moi de la race de Bandobras le Taureau Mugissant : ces hurlements me glacent le sang. Je n'ai même pas le souvenir d'avoir jamais été aussi pitoyable.

– J'ai le cœur dans les doigts de pied, monsieur Pippin, dit Sam. Mais on n'est pas encore mangés, et y'a des types forts ici avec nous. Quel que soit le sort réservé au vieux Gandalf, je parie que ce ne sera pas le ventre d'un loup.

Pour sa défense nocturne, la Compagnie grimpa au sommet de la petite colline au pied de laquelle ils s'étaient abrités. Elle était couronnée d'un bouquet de vieux arbres tordus autour desquels gisait un cercle brisé de grosses pierres. Au milieu de celui-ci, ils allumèrent un feu, car il n'y avait aucun espoir que les ténèbres et le silence empêchassent la bande de loups chasseurs de découvrir leur piste.

Ils s'assirent autour du feu, et ceux qui n'étaient pas de garde somnolèrent d'un sommeil inquiet. Le pauvre poney Bill restait debout, tremblant et suant. Le hurlement des loups les entourait à présent de toutes parts, parfois proche, parfois plus lointain. Au plus profond de la nuit, on voyait briller un grand nombre d'yeux, guettant par-dessus la croupe de la colline. Certains avançaient presque jusqu'au cercle de pierres. A une brèche de l'anneau, était arrêté un grand loup sombre, qui les observait. Il poussa un hurlement à donner la chair de poule, comme un capitaine appelant sa bande à l'assaut.

Gandalf se dressa et s'avança, le bâton levé :

– Ecoute-moi, chien de Sauron! cria-t-il. Gandalf est ici. Fuis, si tu tiens à ta puante peau! Si tu pénètres dans ce cercle, je te dessèche de la queue au museau.

Le loup gronda et s'élança vers eux d'un grand bond. Il y eut à ce moment un bruit sec et perçant. Legolas avait lâché la corde de son arc. Un cri effroyable retentit, et la forme bondissante s'écroula avec un bruit sourd; la flèche elfique lui avait transpercé la gorge. Les yeux qui épiaient s'éteignirent soudain. Gandalf et Aragorn sortirent à grandes enjambées, mais la colline était déserte; les bandes de chasseurs avaient fui. Tout autour des deux hommes les ténèbres se firent silencieuses, et le vent plaintif ne portait plus aucun cri.

La nuit était avancée, et à l'Ouest la lune à son décours se couchait, luisant par à-coups entre les nuages qui commençaient à se trouer. Frodon se réveilla brusquement. A l'improviste, une tempête de hurlements déferla, sauvage et féroce, tout autour du campement. Une grande armée d'ouargues s'était rassemblée en silence, et elle attaquait à présent de tous les côtés à la fois.

– Vite, du combustible sur le feu! cria Gandalf aux Hobbits. Dégainez et tenez-vous dos à dos!

A la lueur bondissante du bois frais qui s'enflammait, Frodon vit un grand nombre de formes grises sauter par-dessus le cercle de pierres. D'autres et d'autres encore suivaient. D'une estocade, Aragorn passa son épée au travers de la gorge d'un énorme meneur; d'un grand rond de bras, Boromir trancha la tête d'un autre. A leur côté, Gimli, ses fortes jambes écartées, maniait sa hache de main. L'arc de Legolas chantait.

Dans la lumière vacillante du feu, Gandalf parut soudain grandir; il se redressa, grande forme menaçante semblable au monument de quelque ancien roi de pierre dressé sur une colline. S'abaissant tel un nuage, il souleva une branche ardente et s'avança à la rencontre des loups.

Ils reculèrent devant lui. Haut en l'air, il lança le brandon flambant. Celui-ci jeta soudain un éclat blanc semblable à un éclair; et la voix de Gandalf roula comme le tonnerre :

– *Naur an edraith ammen! Naur dan i ngaurhoth!* cria-t-il.

Il y eut un grondement, un craquement, et l'arbre qui se trouvait au-dessus de lui s'embrasa en une floraison de flammes aveuglantes. Le feu sauta de cime d'arbre en cime d'arbre. Toute la colline fut couronnée d'une lumière éblouissante. Les épées et les poignards des défenseurs brillaient d'un éclat scintillant. La dernière flèche de Legolas s'enflamma dans l'air et plongea, brûlante, dans le cœur d'un grand chef loup. Tous les autres prirent la fuite.

Lentement, le feu s'éteignit, et il ne resta bientôt plus qu'une descente de cendres et d'étincelles; une fumée âcre s'éleva en volutes, au-dessus des chicots d'arbres brûlés et répandit sa masse sombre autour de la colline, tandis que les premières lueurs de l'aube montaient, pâles, dans le ciel. Leurs ennemis étaient en déroute et ils ne revinrent pas.

– Qu'est-ce que je vous disais, monsieur Pippin? dit Sam, remettant l'épée au fourreau. Les loups ne l'auront pas. Ç'a été une surprise, y a pas d'erreur! Ça m'a presque grillé les cheveux sur la tête!

Quand la pleine lumière du matin fut sortie, on ne voyait plus aucune trace des loups, et ils cherchèrent vainement les cadavres des morts. Il ne restait d'autre signe du combat que les arbres carbonisés et les flèches de Legolas gisant sur le sommet de la colline. Toutes étaient intactes, sauf une dont il ne restait que la pointe.

– C'est bien ce que je craignais, dit Gandalf. Ce n'étaient pas des loups ordinaires, chassant pour se nourrir dans le désert. Mangeons rapidement et partons!

Ce jour-là, le temps changea de nouveau, presque comme s'il fût soumis à quelque pouvoir qui n'aurait plus eu à se servir de la neige après leur retrait du col, un pouvoir qui désirerait maintenant avoir une claire lumière dans laquelle tout ce qui bougeait dans le désert fût visible de loin. Le vent avait tourné du nord au nord-ouest au cours de la nuit, et à présent il faisait défaut. Les nuages avaient disparu vers le Sud et le ciel était découvert, haut et bleu. Comme ils se tenaient sur le flanc de la colline, prêts au départ, un pâle soleil rayonna sur les cimes des montagnes.

– Il faut atteindre les portes avant le coucher du soleil, dit Gandalf, sans quoi je crains qu'on ne les atteigne jamais. Ce n'est pas loin, mais notre chemin risque d'être sinueux, car ici Aragorn ne peut plus nous guider; il a rarement marché dans ce pays, et moi-même je ne suis allé qu'une fois sous le mur ouest de la Moria, et c'était il y a longtemps.

– C'est par là, ajouta-t-il, désignant au sud-est l'endroit où les flancs des montagnes tombaient à pic dans les ombres à leur pied. Au loin, on discernait faiblement une ligne d'escarpements nus et au centre, plus haut que le reste, un grand mur gris.

– En quittant le col, je vous ai conduits vers le Sud et non à notre point de départ, comme certains d'entre vous l'ont peut-être remarqué. C'est une bonne chose, car ainsi nous avons plusieurs milles de moins à parcourir, et la célérité est requise. Allons-y!

– Je ne sais ce qu'il faut espérer, dit simplement Boromir : que Gandalf trouve ce qu'il cherche ou qu'en arrivant à l'escarpement on constate que les portes ont disparu à jamais. Tous les choix semblent mauvais, et notre sort le plus probable est d'être pris entre les loups et le mur. En avant!

Gimli marchait à présent en tête à côté du magicien, tant il était impatient d'arriver dans la Moria. Ensemble, ils ramenèrent la Compagnie vers les montagnes. La seule route de jadis menant de l'Ouest à la Moria suivait le cours d'une petite rivière, le Sirannon, qui descendait du pied des escarpements près de l'endroit où se trouvaient les portes. Mais ou Gandalf s'était égaré, ou le site avait changé au cours des récentes années; car il ne tomba pas sur la rivière où il s'attendait à la trouver, à quelques milles seulement au sud de leur point de départ.

La matinée tirait sur le midi, et la Compagnie errait encore en jouant des pieds et des mains dans un paysage désolé de pierraille rouge. Nulle part ils ne voyaient le moindre miroitement d'eau ou n'en entendaient le moindre son. Tout était désert et sécheresse. Ils n'apercevaient rien de vivant, pas un oiseau dans le ciel; mais ce que pourrait apporter la nuit si elle les prenait dans ce pays perdu, nul ne voulait y penser.

Tout à coup, Gimli, qui avait pris les devants, se retourna pour les appeler. Il était debout sur un tertre et il tendait la main vers la droite. Ils se hâtèrent de le rejoindre, et ils virent sous eux un lit profond et étroit. Il était vide et silencieux; à peine un filet d'eau coulait-il parmi les pierres brunes et tachées de rouge; mais, de leur côté, un chemin très raboteux et délabré serpentait parmi les murs et les pavés ruinés d'une ancienne grand-route.

— Ah! Nous y voici enfin! dit Gandalf. C'est ici que coulait la rivière: Sirannon, la Rivière de la Porte, l'appelait-on autrefois. Mais je ne puis conjecturer ce qui est arrivé à l'eau; elle était jadis vive et bruyante. Allons! Il faut nous dépêcher. Nous avons du retard.

Tous étaient fatigués et avaient les pieds douloureux; mais ils clopinèrent avec opiniâtreté sur de nombreux milles d'un chemin inégal et sinueux. Le soleil de midi commença de passer à l'ouest. Après une brève halte et un repas hâtif, ils repartirent. Devant eux, les montagnes les contemplaient d'un air menaçant, mais leur chemin suivait un creux profond et ils ne voyaient que les épaulements les plus élevés et les cimes lointaines à l'Est.

Ils finirent par arriver à un brusque tournant. Là, la route, qui avait viré vers le sud entre le bord du lit et un éboulis escarpé à gauche, tournait pour se diriger de nouveau vers le plein est. En dépassant le coin, ils virent devant eux un petit escarpement de quelque cinq toises de haut, au sommet inégal et déchiqueté. Par-dessus, un filet d'eau gouttait par une large entaille, qui paraissait creusée par une cascade jadis forte et abondante.

— Les choses ont vraiment bien changé! dit Gandalf. Mais il n'y a pas à se tromper sur l'endroit. Voilà tout ce qui reste des Chutes de l'Escalier. S'il m'en souvient bien, il y avait à côté des marches creusées dans le roc, mais la route principale partait en serpentant sur la gauche et montait par plusieurs lacets jusqu'au terrain plat du sommet. Une vallée peu profonde montait au-delà des chutes jusqu'aux Murs de la Moria, et le Sirannon y coulait, longé par la route. Allons voir comment les choses se présentent aujourd'hui!

Ils trouvèrent sans difficulté les marches de pierre, et

Gimli les grimpa vivement, suivi de Gandalf et de Frodon. Arrivés au sommet, ils constatèrent qu'ils ne pouvaient aller plus loin par là, et la cause de l'assèchement de la Rivière de la Porte leur fut révélée. Derrière eux, le soleil couchant emplissait le ciel frais de l'ouest d'une faible lueur dorée. Devant, s'étendait un lac sombre et dormant. Ni le ciel ni le soleil couchant ne se reflétaient à sa morne surface. Le Sirannon avait été obstrué, et il avait empli toute la vallée. Au-delà de l'eau sinistre, s'élevaient de vastes escarpements aux faces rébarbatives et blafardes dans la lumière évanescente : finals et infranchissables. Frodon ne put déceler dans la pierre hostile aucun signe de passage ou d'entrée, nulle fissure ou crevasse.

– Voilà les Murs de la Moria, dit Gandalf, désignant l'autre côté de l'eau. Et c'est là que se trouvait jadis la Porte, la Porte Elfique au bout de la route de Houssaye par laquelle nous sommes venus. Mais cette voie est barrée. Aucun membre de la Compagnie ne voudrait, je pense, franchir à la nage cette eau sombre à la fin du jour. L'aspect en est malsain.

– Il faut trouver un chemin contournant l'arête nord, dit Gimli. La première chose à faire pour la Compagnie, c'est de grimper par le chemin principal pour voir où il nous mènera. Même s'il n'y avait pas de lac, on ne pourrait faire grimper cet escalier par notre poney de charge.

– Mais de toute façon nous ne pouvons emmener cette pauvre bête dans les Mines, dit Gandalf. La route sous les montagnes est ténébreuse, et il y a des endroits étroits et escarpés par lesquels elle ne peut passer, même si cela nous est possible à nous.

– Ce pauvre vieux Bill! dit Frodon. Je n'avais pas pensé à cela. Et le pauvre Sam! Je me demande ce qu'il va dire.

– J'en suis navré, dit Gandalf. Le pauvre Bill a été un compagnon utile, et c'est un crève-cœur de l'abandonner maintenant. J'aurais voyagé avec moins de bagage et je n'aurais emmené aucun animal, et encore moins celui-ci que Sam aime tant, si j'avais pu faire comme je l'entendais. Je craignais dès le début que nous ne soyons obligés de prendre cette route.

La journée tirait à sa fin, et les froides étoiles brillaient çà et là dans le ciel bien au-dessus du soleil couchant, quand la Compagnie, après avoir escaladé les pentes avec toute la célérité possible, atteignit le bord du lac. En largeur, il ne paraissait pas mesurer plus de deux ou trois furlongs à l'endroit le plus étendu. Jusqu'où il allait vers le Sud, ils ne pouvaient le voir dans la lumière défaillante; mais l'extrémité nord n'était pas à plus d'un demi-mille de l'endroit où ils se trouvaient, et entre les crêtes rocheuses qui enclosaient la vallée et le bord de l'eau, il y avait une bande de terre libre. Ils poussèrent vivement en avant, car ils avaient encore un mille ou deux à parcourir pour atteindre le point de la rive opposée que visait Gandalf; après quoi, il lui fallait encore trouver les portes.

En arrivant au coin le plus septentrional du lac, ils se trouvèrent devant une étroite crique qui leur barrait le passage. Elle était verte et stagnante, tendue comme un bras vigoureux vers les collines encerclantes. Gimli avança sans se laisser décourager, et il constata que l'eau était peu profonde, ne dépassant pas la cheville sur le bord. Ils marchèrent à la file derrière lui, se faufilant avec soin, car, sous les mares remplies d'herbes, se trouvaient des pierres grasses et glissantes, et l'assiette de pied était traîtresse. Frodon frissonna de dégoût au contact de l'eau sombre et sale sur ses pieds.

Alors que Sam, le dernier de la Compagnie, faisait remonter Bill de l'autre côté, un son léger se fit entendre : un bruissement, suivi d'un plouf, comme si un poisson eût troublé la surface immobile de l'eau. Se retournant vivement, ils virent des rides que l'ombre, dans la lumière évanescente, bordait de noir; de grands cercles partaient en s'élargissant d'un point situé au loin dans le lac. Il y eut un bruit de bulles, puis ce fut le silence. L'obscurité s'épaissit, et les derniers rayons du soleil couchant furent voilés de nuages.

Gandalf pressa alors le pas, et les autres suivirent tant bien que mal. Ils atteignirent la bande de terrain sec qui s'étendait entre le lac et les falaises; elle était étroite, mesurant souvent à peine douze yards de large, et encombrée de pierres et de roches tombées; mais ils trouvèrent un chemin, tout contre l'escarpement, en se tenant le plus loin possible de l'eau sombre. A un mille au sud le long de la rive, ils tombèrent sur des houx. Des chicots et des branches mortes pourrissaient dans les bas-fonds, restes, semblait-il, d'anciens halliers ou d'une haie qui bordait autrefois la route traversant la vallée noyée. Mais tout contre la falaise, se dressaient, encore forts et vivants, deux grands arbres, plus gros que tous les houx que Frodon eût jamais vus ou imaginés. Les amples racines s'étendaient du mur jusqu'à l'eau. Sous les falaises dressées dans le crépuscule, ils avaient paru, vus de loin du haut de l'Escalier, n'être que de simples buissons; mais à présent, ils dominaient les têtes, raides, noirs et silencieux, projetant de profondes ombres nocturnes autour des pieds des voyageurs, et ils se dressaient comme des colonnes gardant le bout de la route.

— Eh bien, nous y voici enfin! dit Gandalf. Ici se terminait la route elfique de Houssaye. Le houx était le signe des gens de ce pays, et ils le plantèrent ici pour marquer la fin de leur domaine; car la Porte de l'Ouest fut faite surtout à leur usage, pour leur commerce avec les Seigneurs de la Moria. C'étaient alors des temps plus heureux, où il régnait encore parfois une amitié étroite entre gens de race différente, même entre les Nains et les Elfes.

— Le déclin de cette amitié ne fut pas le fait des Nains, dit Gimli.

— Je n'ai jamais entendu dire que ce fût la faute des Elfes, dit Legolas.

— Moi, j'ai entendu dire les deux, fit Gandalf; et je ne vais pas porter de jugement maintenant. Mais je vous demande en tout cas à vous deux, Legolas et Gimli, d'être amis et de m'aider. J'ai besoin de tous deux. Les portes sont fermées et cachées, et plus tôt nous les trouverons, mieux cela vaudra. La nuit est imminente!

Se tournant vers les autres, ils poursuivirent :

— Pendant que je chercherai, voulez-vous tous faire vos préparatifs pour entrer dans les Mines? Car je crains qu'ici il ne nous faille dire adieu à notre bonne bête de charge. Il faut abandonner une bonne partie de ce que nous avions emporté pour nous protéger des rigueurs du temps : vous n'en aurez pas besoin à l'intérieur, ni, je l'espère, lorsque nous serons arrivés de l'autre côté et que nous descendrons dans le Sud. Au lieu de cela, chacun de nous devra prendre une part de la charge du poney, en particulier de la nourriture et des outres.

— Mais vous ne pouvez pas abandonner le pauvre vieux Bill dans cet endroit perdu, monsieur Gandalf! s'écria Sam, irrité et malheureux. Je ne peux pas l'admettre, un point c'est tout. Après être venu si loin, et tout!

— Je suis navré, Sam, dit le magicien. Mais quand la Porte s'ouvrira, je ne crois pas que vous serez capable de traîner votre Bill à l'intérieur, dans la longue et ténébreuse Moria. Il vous faudra choisir entre Bill et votre maître.

– Il suivrait M. Frodon dans un antre de dragon, si je l'y conduisais, dit Sam, protestant. Ce ne serait rien de moins qu'un assassinat de le lâcher dans la nature avec tous ces loups qui rôdent.

– Ce ne sera pas un assassinat, je l'espère, dit Gandalf.

Il imposa la main sur la tête du poney et parla à voix basse :

– Va-t'en protégé par des mots de garde et de gouverne, dit-il. Tu es une bête sagace et tu as beaucoup appris à Fondcombe. Suis les chemins qui te mèneront aux endroits herbeux et arrive ainsi en fin de compte à la maison d'Elrond ou à tout lieu où tu voudras aller.

« Voilà, Sam! il aura tout autant de chances que nous d'échapper aux loups et de rentrer chez lui.

Sam, debout l'air maussade à côté du poney, ne répondit rien. Bill, qui semblait bien comprendre ce qui se passait, se serra contre lui, fourrant le nez contre son oreille. Sam, éclatant en sanglots, se mit à fourrager dans les courroies et à décharger tous les paquets du poney, qu'il jetait à terre. Les autres trièrent les articles, mettant en tas tout ce qui pouvait être laissé là et répartissant le reste.

Cette opération achevée, ils se retournèrent pour observer Gandalf. Il paraissait n'avoir rien fait. Il se tenait entre les deux arbres, le regard fixé sur le mur uniforme de la falaise, comme s'il voulait y forer un trou avec ses yeux. Gimli allait de place en place, frappant le rocher de sa hache. Legolas était collé contre la paroi, comme s'il écoutait quelque chose.

– Voilà, nous sommes tous prêts, dit Merry; mais où sont les Portes? Je n'en vois aucune trace.

– Les Portes des Nains ne sont pas faites pour être vues quand elles sont fermées, dit Gimli. Elles sont invisibles, et leurs propres maîtres ne peuvent les trouver ni les ouvrir quand le secret en est oublié.

– Mais cette Porte n'a pas été faite pour être un secret connu des seuls Nains, dit Gandalf, s'animant soudain et se retournant. A moins que les choses ne soient entièrement bouleversées, les yeux qui savent que chercher peuvent découvrir les signes.

Il s'avança vers le mur. Juste au milieu de l'ombre des

arbres, il y avait un espace lisse, sur lequel il passa les mains en murmurant quelque chose à voix basse. Puis il se recula.

– Regardez! dit-il. Ne voyez-vous rien maintenant?

La lune éclairait à présent la face grise du rocher; mais ils ne virent rien de plus pendant un moment. Puis, lentement, sur la surface où le magicien avait promené ses mains, des lignes apparurent faiblement, comme de minces veines d'argent courant dans la pierre. Ce ne furent au début que de pâles filandres, si fines qu'elles ne scintillaient irrégulièrement que là où la lune les frappait en plein; mais elles se firent d'instant en instant plus larges et plus nettes, jusqu'au moment où l'on put en deviner le tracé.

Au sommet, aussi haut que pouvait atteindre Gandalf, se trouvait un arc de lettres intersectées en caractères elfiques. En dessous, bien que les fils fussent par endroits estompés ou entrecoupés, se voyait le contour d'une enclume et d'un marteau surmontés d'une couronne avec sept étoiles. En dessous encore, il y avait deux arbres, portant chacun un croissant de lune. Plus nette que tout le reste, brillait au milieu de la porte une unique étoile à multiples rayons.

– Ce sont les emblèmes de Durin! s'écria Gimli.

– Et voilà l'Arbre des Hauts Elfes! dit Legolas.

– Et l'Etoile de la Maison de Fëanor, dit Gandalf. Ils sont faits d'*ithildin*, qui ne reflète que la lumière des étoiles et de la lune et qui dort jusqu'au moment où il est touché par quelqu'un qui prononce certains mots depuis longtemps oubliés en Terre du Milieu. Il y a bien longtemps que je les ai entendus, et j'ai dû réfléchir profondément pour me les remettre en mémoire.

– Que dit le texte? demanda Frodon, qui s'efforçait de déchiffrer l'inscription portée sur l'arc. Je croyais connaître les lettres elfiques, mais je ne puis lire celles-ci.

– Les mots sont en langue elfique de l'Ouest de la Terre du Milieu dans les Temps Anciens, répondit Gandalf. Mais elles ne révèlent rien d'important pour nous. Elles disent seulement ceci : *Les Portes de Durin, Seigneur de la Moria. Parlez, ami, et entrez.* Et en dessous est inscrit en petits et faibles caractères : *Moi, Narvi, je les ai faites. Celebrimbor de Houssaye a gravé ces signes.*

– Que signifie : *Parlez, ami, et entrez?* demanda Merry.

– C'est assez clair, dit Gimli. Si vous êtes un ami,

donnez le mot de passe, les portes s'ouvriront et vous pourrez entrer.

— Oui, dit Gandalf, ces portes sont sans doute gouvernées par des mots. Certaines portes de Nains ne s'ouvriront qu'à des moments particuliers, et d'autres ont des serrures qui nécessitent encore des clefs alors que le moment et les mots sont connus. Celles-ci n'ont pas de clef. Du temps de Durin, elles n'étaient pas secrètes. Elles restaient généralement ouvertes sous la surveillance de gardiens. Mais, si elles étaient fermées, quiconque connaissait le mot de passe n'avait qu'à le prononcer pour entrer. C'est tout au moins ce qui est rapporté, n'est-ce pas, Gimli?

— Oui, dit le Nain. Mais le souvenir du mot ne s'est pas perpétué. Narvi, son art et tous ceux de son genre ont disparu de la terre.

— Mais *vous*, ne savez-vous pas le mot, Gandalf? demanda Boromir, étonné.

— Non! dit le magicien.

Les autres eurent l'air consterné; seul Aragorn, qui connaissait bien Gandalf, demeurait silencieux et impassible.

— Alors, à quoi bon nous amener en cet endroit maudit? s'écria Boromir, qui frissonna en jetant en arrière un regard sur l'eau sombre. Vous nous avez dit que vous étiez passé une fois par les Mines. Comment cela s'est-il pu, si vous ne savez pas comment entrer?

— La réponse à votre première question, Boromir, dit le magicien, est que je ne connais pas *encore* le mot. Mais nous verrons bientôt. Et, ajouta-t-il, avec un éclair de sous ses sourcils hérissés, vous pourrez demander à quoi bon mes actes quand ils se seront révélés vains. Quant à votre autre question : doutez-vous de mes dires? Ou avez-vous perdu toute faculté de raisonnement? Je ne suis pas entré par ici. Je venais de l'Est.

« Si vous voulez le savoir, je vous dirai que ces portes s'ouvrent en dehors. De l'intérieur, on peut les ouvrir d'une poussée de la main. De l'extérieur, rien ne les fera bouger hormis la formule voulue. On ne peut les forcer vers l'intérieur.

— Qu'allez-vous faire, alors? demanda Pippin, sans se laisser démonter par les sourcils hérissés du magicien.

— Cognez sur les portes avec votre tête, Peregrin Touque, dit Gandalf. Mais si cela ne les fracasse pas et qu'on

Ici est écrit en caractères feänoriens selon
le mode de Beleriond: Ennyn Durin Aran
Moria: pedo mellon a minno. Im Narvi hain
echant: Celebrimboro o Eregion teithant i thiw hin.

me libère un peu des questions stupides, je chercherai à trouver la formule d'ouverture.

« Je connaissais jadis toutes les incantations usitées à pareille fin dans toutes les langues des Elfes, des Hommes ou des Orques. Je me rappelle encore bien deux centaines sans me creuser la cervelle. Mais il suffira de quelques essais, je pense, et je n'aurai pas à recourir à Gimli pour certains mots de la langue secrète des Nains qu'ils n'enseignent à personne. Les mots d'ouverture étaient elfiques, comme l'inscription de l'arc : cela paraît certain.

Il s'avança de nouveau vers le clocher et toucha légèrement de son bâton l'étoile d'argent qui se trouvait au centre, sous l'emblème de l'enclume :

– *Annon edhellen edro hi commen!*
Fennas nogothrim, lasto beth lammen!

dit-il d'une voie autoritaire. Les lignes d'argent s'évanouirent, mais la pierre grise et nue ne bougea pas.

Maintes fois, il répéta ces mêmes mots dans un ordre différent ou avec des modifications. Puis il essaya d'autres incantations, l'une après l'autre, parlant à un moment plus vite et plus haut, et, le moment suivant, d'une voix douce et lente. Puis il essaya d'un grand nombre de mots isolés de la langue elfique. Rien ne se produisit. Le sommet de la falaise disparut dans la nuit, les étoiles innombrables s'allumèrent, le vent devint froid, mais les portes demeurèrent fermement closes.

Gandalf s'approcha encore une fois du mur et, les bras levés, il parla d'une voix de commandement, emplie d'une colère grandissante :

– *Edro, edro!* s'écria-t-il, frappant le roc de son bâton. *Ouvre-toi! Ouvre-toi!* cria-t-il; et il fit suivre le même ordre dans toutes les langues qui furent jamais parlées à l'Ouest de la Terre du Milieu. Il jeta enfin sa baguette sur le sol, et s'assit en silence.

A ce moment, le vent venu de loin apporta à leurs oreilles attentives le hurlement des loups. Bill le poney eut un soubresaut de peur, et Sam bondit à son côté pour lui murmurer doucement à l'oreille.

– Ne le laissez pas s'enfuir! dit Boromir. Il semble que nous allons avoir encore besoin de lui, si les loups ne nous découvrent pas. Que je hais cet étang infect!

Il se baissa pour ramasser une grosse pierre, qu'il jeta au loin dans l'eau. Elle disparut avec un léger claquement; mais il y eut en même temps un bruissement et une bulle. De grandes ondulations circulaires se formèrent à la surface au-delà de l'endroit où était tombée la pierre, et elles s'avancèrent lentement vers le pied de l'escarpement.

– Pourquoi avez-vous fait cela, Boromir? dit Frodon. Moi aussi, j'ai horreur de cet endroit et j'ai peur. Je ne sais pas de quoi : pas des loups ou des ténèbres derrière les portes, mais d'autre chose. J'ai peur de cet étang. Ne le dérangez pas!

– Je voudrais bien qu'on puisse s'en aller! dit Merry.

– Pourquoi Gandalf ne fait-il pas quelque chose rapidement? dit Pippin.

Gandalf ne leur prêtait aucune attention. Il était assis, la tête baissée, plongé soit dans le désespoir soit dans une réflexion soucieuse. Le hurlement lugubre des loups se fit entendre de nouveau. Les rides de l'eau grandirent et approchèrent; certaines léchaient déjà la rive.

Avec une soudaineté qui les fit tous sursauter le magicien bondit sur ses pieds. Il riait!

– J'y suis! s'écria-t-il. Bien sûr, bien sûr! c'est d'une simplicité absurde, comme la plupart des énigmes quand on en voit la réponse.

Il ramassa son bâton et, debout devant le rocher, il dit d'une voix claire :

– *Mellon!*

L'étoile brilla un court instant et s'estompa de nouveau. Puis, silencieusement, une grande porte se dessina, bien que jusqu'alors aucune fente ou joint n'eût été visible. Elle se divisa avec lenteur en son milieu et s'ouvrit vers l'extérieur centimètre par centimètre jusqu'à ce que les deux battants fussent repliés contre le mur. Par l'ouverture, se voyait un sombre escalier qui grimpait en pente rapide; mais au-delà des premières marches, les ténèbres étaient plus profondes que la nuit. La Compagnie écarquilla les yeux d'étonnement.

– J'avais tort après tout et Gimli aussi, dit Gandalf. Merry, qui l'eût cru?, était sur la bonne piste. Le mot d'ouverture était inscrit depuis le début sur l'arc! La traduction aurait dû être : *Dites « Ami » et entrez.* Il m'a suffi de prononcer le mot elfique pour *ami*, et les portes se sont ouvertes. C'est tout simple. Trop simple pour un maître du savoir en ces temps de méfiance. C'étaient alors des jours plus heureux. Et maintenant, allons!

S'avançant, il posa le pied sur la première marche. Mais à ce moment plusieurs choses se produisirent. Frodon se sentit saisir par la cheville, et il tomba avec un cri. Bill le poney poussa un furieux hennissement de peur, tourna bride et s'enfuit dans les ténèbres le long du lac. Sam bondit à ses trousses, puis, entendant le cri de Frodon, il revint au pas de course, pleurant et jurant. Les autres se retournèrent vivement, et ils virent les eaux du lac bouillonner, comme si une armée de serpents s'avançaient à la nage de l'extrémité sud.

Hors de l'eau avait rampé un long tentacule sinueux; il était vert pâle, lumineux et humide. L'extrémité munie de doigts avait saisi le pied de Frodon et l'entraînait dans l'eau. Sam, à genoux, le tailladait à coups de couteau.

Le bras lâcha Frodon, et Sam tira celui-ci en arrière, appelant à l'aide. Vingt autres bras sortirent, onduleux. L'eau noire bouillonna, et une horrible puanteur s'éleva.

– Par la porte! Montez l'escalier! Vite! cria Gandalf, revenant d'un bond.

Les arrachant à l'horreur qui semblait les avoir tous enracinés dans le sol, hormis Sam, il les entraîna en avant.

Il n'était que temps. Sam et Frodon n'avaient gravi que quelques marches et Gandalf venait de commencer à grimper, quand les tentacules tâtonnants franchirent en se tortillant la rive étroite et se mirent à palper le mur de la falaise et les portes. L'un d'eux se faufila sur le seuil, luisant à la lumière des étoiles. Gandalf se retourna et s'arrêta. S'il cherchait le mot capable de refermer la porte de l'intérieur, l'effort était inutile. De nombreux bras serpentins saisirent les portes de chaque côté et, avec une force horrible, les firent pivoter. Elles se refermèrent avec un écho fracassant, et toute lumière disparut. Un bruit d'arrachement et d'écrasement vint, amorti, à travers la pierre massive.

Sam, accroché au bras de Frodon, s'affaissa sur une marche dans les ténèbres épaisses :

– Pauvre vieux Bill! dit-il d'une voix étranglée. Ce pauvre vieux Bill! Des loups et des serpents! Mais les serpents, c'était trop pour lui. J'ai dû choisir, monsieur Frodon. Il me fallait venir avec vous.

Ils entendirent Gandalf redescendre les marches et appliquer son bâton contre les portes. Il y eut un frémissement dans la pierre et les marches tremblèrent, mais les portes ne s'ouvrirent pas.

– Bien, bien! dit le magicien. Le passage est bloqué derrière nous, à présent, et il n'y a qu'une issue – de l'autre côté des montagnes. Les bruits me donnent à craindre que des pierres n'aient été entassées et les arbres arrachés et jetés en travers de la porte. J'en suis désolé, car les arbres étaient beaux, et ils avaient tenu si longtemps!

– J'ai senti la proximité de quelque chose d'horrible dès le moment où mon pied a touché l'eau, dit Frodon. Qu'était la chose, ou y en avait-il beaucoup?

– Je n'en sais rien, répondit Gandalf; mais les bras étaient tous dirigés vers un même but. Quelque chose a rampé, ou a été tiré, des eaux sombres sous les montagnes. Il y a dans les profondeurs du monde des êtres plus anciens et plus répugnants que les Orques.

Il ne prononça pas à haute voix sa pensée que, quelle que fût la nature de ce qui demeurait dans le lac, c'était Frodon que cela avait happé avant tout autre membre de la Compagnie.

Boromir chuchota à voix basse (mais l'écho de la pierre amplifia le son jusqu'à en faire un murmure rauque que tous purent entendre) :

– Dans les profondeurs du monde! Et c'est là que nous allons, bien contre mon gré. Qui nous conduira à présent dans ces ténèbres mortelles?

– Moi, dit Gandalf, et Gimli marchera avec moi. Suivez mon bâton!

Tandis que le magicien passait en avant sur les grandes marches, il brandissait son bâton, et de l'extrémité vint une faible radiation. Le vaste escalier était solide et intact. Ils comptèrent deux cents marches, larges et peu profondes, et au sommet, ils trouvèrent un passage voûté au sol de niveau, qui se poursuivait dans l'obscurité.

– Si nous nous asseyions pour nous reposer un peu et casser la croûte ici sur le palier, puisque nous ne pouvons trouver de salle à manger? proposa Frodon.

Il avait commencé à secouer la terreur causée par l'étreinte de ce bras, et il ressentait soudain une faim extrême. La suggestion fut bien accueillie de tous; et ils s'assirent, formes indécises dans l'obscurité, sur les dernières marches de l'escalier. Quand ils eurent mangé, Gandalf leur donna à chacun une troisième gorgée du *miruvor* de Fondcombe.

— Cela ne durera plus longtemps, je crains, dit-il; mais je crois que c'est nécessaire après cette horreur à la porte. Et, à moins d'une très grande chance, nous aurons besoin de tout ce qui reste avant de voir l'autre côté! Allez-y doucement avec l'eau aussi! Il y a de nombreux ruisseaux et sources dans les Mines, mais il n'y faut point toucher. Il se peut que nous n'ayons pas l'occasion de remplir nos outres et nos flacons avant de descendre dans la Vallée des Rigoles Sombres.

— Combien de temps cela nous prendra-t-il? demanda Frodon.

— Je ne saurais le dire, répondit Gandalf. Cela dépend de beaucoup de hasards. Mais en allant droit, sans contretemps ou sans nous égarer, il nous faudra trois ou quatre étapes, je pense. Il ne peut y avoir moins de quarante milles de la Porte de l'Ouest à celle de l'Est en ligne droite, et la route peut serpenter.

Après une courte pause, ils repartirent. Tous étaient désireux d'en finir avec le trajet aussi rapidement que possible, et ils étaient disposés, tout fatigués qu'ils étaient, à continuer de marcher durant plusieurs heures encore. Gandalf avait pris la tête comme précédemment. De la main gauche, il élevait son bâton brillotant, dont la lueur ne révélait le sol que juste devant ses pieds; de la droite, il tenait son épée Glamdring. Derrière lui venait Gimli, les yeux brillant par à-coups dans la faible lumière comme il tournait la tête de côté et d'autre. Derrière le Nain, marchait Frodon, qui avait tiré sa courte épée, Dard. Aucune lueur ne venait des lames de Dard ni de Glamdring; et c'était un réconfort, car, œuvres des forgerons elfiques des Jours Anciens, ces épées brillaient d'une froide lumière à l'approche de tout Orque. Après Frodon venait Sam, derrière lui, Legolas, les jeunes Hobbits et Boromir. En arrière-garde, dans l'obscurité, marchait Aragorn, silencieux et le visage fermé.

Après quelques sinuosités, le passage commença de descendre. Il continua ainsi régulièrement pendant assez longtemps avant de redevenir horizontal. L'atmosphère devint chaude et étouffante, mais elle n'était pas viciée, et ils sentaient par moments sur leurs visages des courants d'un air plus frais qui venait d'ouvertures à peine devinées dans les murs. Il y en avait beaucoup. Dans le pâle rayonnement du bâton du magicien, Frodon avait des aperçus d'escaliers et d'arcs, d'autres passages et de

tunnels, montant en pente douce ou descendant fortement, ou encore ouvrant sur les ténèbres d'un côté ou de
l'autre. Il y avait de quoi être dérouté sans aucun espoir
de s'y retrouver.

Gimli n'était pas d'un grand secours à Gandalf, sinon
par son ferme courage. Au moins n'était-il pas, comme la
plupart des autres, troublé par la simple obscurité en soi.
Le magicien le consultait souvent à des endroits où le
choix de la direction était douteux; mais c'était toujours
Gandalf qui avait le dernier mot. Les Mines de la Moria
étaient d'une étendue et d'une complexité qui dépassaient l'imagination de Gimli, le fils de Glóin, tout Nain de
la race montagneuse qu'il était. Pour Gandalf, les souvenirs très lointains d'un voyage précédent ne servaient
plus à grand-chose; mais, même dans l'obscurité et en
dépit de tous les méandres de la route, il savait où il
voulait aller, et il ne flanchait pas tant qu'il y avait un
sentier menant vers son but.

– N'ayez aucune crainte! dit Aragorn. (Il y avait une
pause plus longue que d'ordinaire, et Gandalf et Gimli
discutaient à voix basse, les autres étaient assemblés
derrière eux dans une attente anxieuse.) N'ayez aucune
crainte! Je l'ai accompagné dans maints voyages, encore
qu'aucun d'aussi ténébreux; et il court à Fondcombe des
récits de hauts faits de sa part, plus grands que tout ce
que j'ai vu. Il ne s'égarera – s'il existe un chemin à
trouver. Il nous a menés ici contre nos craintes, mais il
nous en fera ressortir quoi qu'il doive lui en coûter. Il
trouvera plus sûrement le chemin de la maison par une
nuit sans lune que ne le feraient les chats de la Reine
Berúthiel.

Il était heureux pour la Compagnie d'avoir un tel guide.
Ils ne disposaient d'aucun combustible ou d'aucun moyen
de fabriquer des torches; bien des choses avaient été
abandonnées dans la bousculade désespérée vers les
portes. Mais, sans lumière, ils auraient vite sombré dans
la désolation. Non seulement les chemins parmi lesquels
il fallait choisir étaient multiples, mais il y avait aussi en
maints endroits des trous et des fosses, et aussi, le long
du chemin, des puits sombres dans lesquels leurs pas
résonnaient au passage. Les murs et le sol étaient sillon-
nés de fissures et de chasmes, et de temps à autre une
crevasse s'ouvrait juste sous leurs pieds. La plus large
avait plus de sept pieds, et il fallut un bon moment à

Pippin pour rassembler assez de courage pour sauter par-dessus l'affreux vide. Un bruit d'eau bouillonnante montait du fond lointain, comme si quelque grande roue de moulin tournait dans les profondeurs.

– Une corde! murmura Sam. Je savais bien qu'elle me manquerait si je n'en emportais.

Leur progression se faisait plus lente à mesure que ces dangers devenaient plus fréquents. Il leur semblait avoir déjà cheminé interminablement jusqu'aux racines de la montagne. Ils étaient plus que fatigués, et pourtant ils ne trouvaient aucun réconfort dans la pensée de faire halte où que ce fût. Le courage de Frodon s'était ranimé pour un temps après qu'il se fut échappé et qu'il eut pris quelque nourriture et une gorgée de cordial; mais à présent une profonde inquiétude, allant jusqu'à la peur, l'envahit de nouveau. Bien qu'il eût été guéri à Fond-combe du coup de couteau, cette sinistre blessure n'était pas restée sans effet. Ses sens étaient plus aiguisés, et il avait une plus grande conscience des choses invisibles. Un signe de changement qu'il n'avait pas tardé à constater, c'était qu'il voyait mieux dans l'obscurité qu'aucun de ses compagnons, à l'exception peut-être de Gandalf. Et, de toute façon, il était le Porteur de l'Anneau : celui-ci, qui pendait au bout de la chaînette sur sa poitrine, lui semblait parfois d'un grand poids. Il sentait la certitude du mal en avant d'eux et du mal les suivant; mais il garda le silence. Il serra davantage la poignée de son épée et poursuivit sa marche avec opiniâtreté.

Derrière lui, la Compagnie parlait peu, et seulement en murmures rapides. Il n'y avait d'autre son que celui de leurs propres pieds : clopinement sourd des bottes de Nain de Gimli, pas lourd de Boromir, marche légère de Legolas, doux trottinement à peine discernable des pieds de Hobbits et, derrière, pas ferme et lent d'Aragorn aux longues enjambées. Quand ils firent halte pour un moment, ils n'entendirent rien, sinon parfois le léger dégouttement d'une eau invisible. Frodon commença cependant à entendre ou à imaginer entendre quelque chose d'autre : quelque chose qui ressemblait au pas léger de doux pieds nus. Ce n'était jamais assez fort ou assez proche pour lui donner la certitude de l'avoir entendu; mais une fois que ce son eut commencé, il ne cessa plus quand la Compagnie était en mouvement. Ce n'était pas un écho, toutefois, car, aux arrêts, le léger piétinement se poursuivait encore un peu tout seul avant de s'immobiliser.

La nuit était tombée lors de leur entrée dans les Mines. Ils avaient marché plusieurs heures, ne faisant que quelques brèves haltes, quand Gandalf rencontra sa première difficulté sérieuse. Devant lui se dressait une large et sombre arche donnant sur trois passages; tous menaient dans la même direction générale, vers l'est; mais celui de gauche plongeait, tandis que celui de droite montait et que celui du milieu paraissait continuer, uni et horizontal, mais très étroit.

– Je n'ai aucun souvenir de cet endroit! dit Gandalf, hésitant, debout sous l'arche.

Il leva son bâton dans l'espoir de trouver quelque marque ou inscription de nature à l'aider dans son choix; mais rien n'apparut :

– Je suis trop fatigué pour décider, dit-il, hochant la tête. Et je pense que vous l'êtes tous autant, ou davantage. Mieux vaut s'arrêter ici pour ce qui reste de la nuit. Vous savez ce que je veux dire! Ici, il fait toujours noir; mais au-dehors la lune gagne l'ouest et la minuit est passée.

– Pauvre vieux Bill! dit Sam. Je me demande où il est. J'espère que les loups ne l'ont pas encore eu.

Sur la gauche de la grande arche, ils trouvèrent une porte de pierre : elle était à demi fermée, mais elle s'ouvrit facilement sous une légère poussée. Au-delà, il semblait y avoir une grande pièce taillée dans le roc.

– Tout doux! Tout doux! cria Gandalf, comme Merry et Pippin s'avançaient, heureux de trouver un endroit où se reposer en se sentant du moins un peu plus à l'abri que dans le passage ouvert. Attendez! Vous ne savez pas encore ce qu'il y a dedans. Je vais y entrer le premier.

Il pénétra avec précaution dans la salle, et les autres entrèrent un à un derrière lui.

– Tenez! dit-il, montrant de son bâton le milieu du sol.

Ils virent à ses pieds un grand trou rond semblable à l'orifice d'un puits. Des chaînes brisées et rouillées gisaient au bord et traînaient dans la fosse noire. Il y avait à côté des fragments de pierre.

– L'un de vous aurait pu tomber dedans et se demander encore quand il toucherait le fond, dit Aragorn à Merry. Laissez le guide passer en tête, tant que vous en avez un.

– Ce semble avoir été une salle de garde destinée à la surveillance des trois passages, dit Gimli. Ce trou était clairement un puits à l'usage des gardiens, avec un couvercle de pierre. Mais le couvercle a été brisé, et nous devons tous faire attention dans le noir.

Pippin se sentit curieusement attiré par le puits. Tandis que les autres déroulaient leurs couvertures et se confectionnaient des lits contre les murs de la salle, aussi loin que possible du trou dans le sol, il se glissa jusqu'au bord et pencha la tête sur l'orifice. Un air froid, montant des profondeurs invisibles, lui frappa le visage. Une impulsion soudaine lui fit saisir une pierre et la laisser tomber dans le vide. Il sentit son cœur battre bien des fois avant qu'il n'y eût aucun son. Puis, de loin en dessous, comme si la pierre était tombée dans l'eau profonde de quelque endroit caverneux, vint un plouf, très distant, mais amplifié et répété dans le creux du puits.

– Qu'est-ce que c'est? cria Gandalf.

Il fut soulagé quand Pippin avoua ce qu'il avait fait; mais il n'en était pas moins irrité, et Pippin vit ses yeux étinceler :

– Touque stupide! gronda le magicien. Ce voyage est sérieux, ce n'est pas une promenade de Hobbit. Jetez-vous dedans la prochaine fois, et ainsi vous ne gênerez plus personne. Et maintenant, restez tranquille!

On n'entendit plus rien pendant plusieurs minutes; mais bientôt vinrent des profondeurs de faibles coups : *tom-tap, tap-tom*. Ils s'arrêtèrent et, quand l'écho se fut éteint, ils se renouvelèrent : *tap-tom, tom-tap, tap-tap, tom*. Ils résonnaient de façon troublante comme des signaux de quelque sorte; mais, après un moment, les coups s'en allèrent en mourant, et on ne les entendit plus.

– C'était le bruit d'un marteau, ou je n'en ai jamais entendu, dit Gimli.

– Oui, dit Gandalf, et je n'aime pas cela. Il se peut que ce n'ait aucun rapport avec le stupide jet de pierre de Peregrin; mais sans doute quelque chose a été dérangé, qu'il eût mieux valu laisser tranquille. De grâce, ne refaites jamais rien de ce genre! Espérons que nous pourrons nous reposer un peu sans autres ennuis. Vous pourrez prendre le premier tour de garde, Pippin, en récompense, gronda-t-il, tout en s'enroulant dans une couverture.

Pippin s'assit misérablement près de la porte dans le noir de poix; mais il ne cessait de se retourner, dans la crainte que quelque chose d'inconnu ne se faufilât hors du puits. Il aurait voulu pouvoir oblitérer le trou, fût-ce seulement d'une couverture, mais il n'osait bouger ou s'en approcher, même si Gandalf paraissait dormir.

En fait, celui-ci était éveillé, quoiqu'il restât étendu immobile et silencieux. Il était plongé dans une profonde réflexion, essayant de rappeler le moindre souvenir de son précédent voyage dans les Mines et considérant avec anxiété quel chemin prendre; un détour erroné pourrait être à présent désastreux. Au bout d'une heure, il se leva et vint auprès de Pippin.

– Allez dormir dans un coin, mon garçon, dit-il d'un ton bienveillant. Vous devez avoir besoin de sommeil. Je ne puis fermer l'œil, je peux donc aussi bien faire le guet.

« Je sais bien ce qui ne va pas, murmura-t-il en s'asseyant près de la porte. J'ai besoin de fumer! Je n'ai pas tiré une bouffée depuis le matin qui a précédé la tempête de neige.

Le dernier aperçu de Pippin avant d'être pris par le sommeil fut une sombre vision du vieux magicien pelotonné sur le sol et abritant un éclat incandescent dans ses mains noueuses placées entre ses genoux. La lumière tremblotante révéla un moment son nez anguleux et une bouffée de fumée.

Ce fut Gandalf qui les réveilla tous. Il était assis à veiller seul durant environ six heures, laissant les autres se reposer :

– Et durant les quarts, j'ai pris ma décision, dit-il. Je n'aime pas l'idée de la voie du milieu; et je n'aime pas l'odeur de la voie de gauche; il y a une atmosphère viciée par là, ou je ne suis pas un guide. Je prendrai la voie de droite. Il est temps de recommencer à grimper.

Ils poursuivirent leur marche dans le noir durant huit heures sans compter deux brèves haltes; ils ne rencontrèrent aucun danger, n'entendirent rien et ne virent rien que la faible lueur du bâton du magicien, dansant comme un feu follet devant eux. Le passage qu'ils avaient choisi serpentait en montant régulièrement. Pour autant qu'ils pouvaient en juger, il décrivait de grandes courbes ascendantes et, en s'élevant, il se faisait plus haut et plus large. Il n'y avait plus à droite ni à gauche d'ouvertures sur d'autres galeries ou tunnels, et le sol était ferme et uni, sans trou ni crevasse. Ils étaient évidemment tombés sur une ancienne route importante; et ils progressaient plus vite qu'ils ne l'avaient fait lors de leur première marche.

Ils parcoururent ainsi une quinzaine de milles, mesurés en ligne droite vers l'est, bien qu'ils dussent en avoir fait en vérité vingt ou davantage. Comme la route grimpait, le moral de Frodon remonta un peu; mais il se sentait toujours oppressé, et il entendait encore ou croyait entendre parfois, au loin derrière la Compagnie et au-delà de leur propre piétinement, un pas qui n'était pas un écho.

Ils avaient marché autant que les Hobbits étaient capables de le supporter sans prendre de repos, et tous pensaient à un endroit où ils pourraient dormir, quand soudain les murs à droite et à gauche s'évanouirent. Il semblait que la Compagnie avait passé par quelque porte voûtée dans un espace noir et vide. Il y avait un grand courant d'air plus chaud derrière eux et par-devant les ténèbres étaient froides sur leurs visages. Ils s'arrêtèrent et se serrèrent avec inquiétude les uns contre les autres.

Gandalf paraissait content :

– J'ai choisi la bonne voie, dit-il. Nous arrivons enfin dans les parties habitables, et je pense que nous ne devons plus être loin du côté est. Mais nous sommes haut, passablement plus haut que la Porte des Rigoles Sombres, sauf erreur de ma part. A en juger par l'atmosphère, nous devons nous trouver dans une vaste salle. Je vais maintenant me risquer à faire un peu de véritable lumière.

Il leva son bâton et, un bref instant, il y eut un flamboiement d'éclair. De grandes ombres se levèrent brusquement et s'enfuirent, et pendant une seconde, ils virent haut au-dessus de leurs têtes une vaste voûte soutenue par de nombreux et puissants piliers taillés dans la pierre. Devant eux, de part et d'autre, s'étendait une immense salle vide; les murs noirs, lisses et polis, étincelaient et scintillaient. Ils virent trois autres entrées en forme d'arches noires : l'une droit devant eux à l'est, et une de chaque côté. Puis la lumière s'éteignit.

– C'est tout ce que je me permettrai pour le moment, dit Gandalf. Il y avait autrefois de grandes fenêtres au flanc de la montagne, et des puits menaient à la lumière dans les parties supérieures des Mines. Je crois que nous les avons atteintes à présent, mais il fait de nouveau nuit à l'extérieur, et on ne pourra le voir avant le matin. Si je ne me trompe, demain nous pourrons positivement voir pointer le matin. Mais en attendant, mieux vaut ne pas aller plus loin. Reposons-nous, si nous le pouvons. Les choses se sont bien passées jusqu'ici, et la plus grande partie de la route obscure est passée. Mais nous n'en avons pas encore fini, et il y a encore un long chemin pour descendre jusqu'aux Portes qui ouvrent sur le monde.

Les Compagnons passèrent cette nuit dans la grande salle caverneuse, serrés les uns contre les autres dans un coin pour échapper au courant d'air : il semblait y avoir un afflux constant d'air froid par l'arche à l'Est. Tout autour d'eux pesaient les ténèbres, profondes et immenses, et ils étaient oppressés par la vastitude solitaire des salles excavées et des escaliers et passages qui s'embranchaient sans fin. Les pires imaginations que la sombre rumeur avait jamais suggérées aux Hobbits restaient en dessous de la véritable peur et de l'étonnement suscités par la Moria.

— Il devait y avoir une grande foule de Nains ici à une certaine époque, dit Sam; et tous plus actifs que des blaireaux pendant cinq cents ans pour construire tout ceci, et la plus grande partie dans le roc dur, encore! Pourquoi ont-ils fait tout ça? Ils ne vivaient pas dans ces trous sombres, sûrement?

— Ce ne sont pas des trous, dit Gimli. C'est ici le grand royaume et la cité de Cavenain. Et jadis ce n'était pas sombre, mais rempli de lumière et de splendeur, comme le célèbrent encore nos chansons.

Il se leva et, debout dans l'obscurité, il se mit à chanter d'une voix profonde, tandis que l'écho se perdait dans la voûte :

Le monde était jeune et les montagnes vertes.
Aucune tache encore sur la Lune ne se voyait,
Aucun mot n'était apposé sur les rivières ou les pierres,
Quand Durin s'éveilla et marcha solitaire.
Il nomma les collines et les combes sans nom,
Il but l'eau des puits jusqu'alors non goûtée;
Il se baissa et regarda dans le Lac du Miroir
Et vit apparaître une couronne d'étoiles,
Comme des joyaux sur un fil d'argent,
Au-dessus de l'ombre de sa tête.

Le monde était beau, les montagnes altières
Aux Jours Anciens d'avant la chute
De puissants rois en Nargothrond
Et en Gondolin, qui maintenant
Au-delà des Mers Occidentales ont disparu;
Le monde était beau en l'Ere de Durin.

Roi il était sur un trône ciselé
Dans des salles de pierre aux milles piliers,
Aux voûtes d'or et au sol d'argent,
Avec, sur la porte, les runes de la puissance.
La lumière du soleil, des étoiles et de la lune
En d'étincelantes lampes dans le cristal taillées,
Jamais obscurcie par les nuages ou les ombres de la nuit,
Brillait toujours là, belle et éclatante.

Là, le marteau sur l'enclume frappait,
Là, le ciseau clivait, et le graveur écrivait;
Là, était forgée la lame et fixée la garde;
L'excavateur creusait, la maçon bâtissait.
Là, étaient accumulés le béryl, la perle et la pâle opale,
Et le métal forgé comme les écailles du poisson,
Le bouclier et le corselet, la hache et l'épée,
Et les lances brillantes.

Inlassables étaient alors les gens de Durin;
Sous les montagnes la musique s'éveillait;
Les harpistes jouaient de la harpe; les ménestrels chantaient,
Et aux portes les trompettes sonnaient.

Le monde est gris, les montagnes sont vieilles;
Le feu de la forge est d'un froid de cendre;
Nulle harpe n'est pincée, nul marteau ne frappe :
Les ténèbres règnent dans les salles de Durin;
L'ombre s'étend sur son tombeau
En la Moria, à Khazad-dûm.
Mais encore les étoiles noyées apparaissent
Dans le sombre Lac du Miroir privé de vent;
Là gît sa couronne dans l'eau profonde,
Jusqu'à ce que Durin du sommeil se réveille.

— J'aime ça! dit Sam. J'aimerais l'apprendre. *En la Moria, à Khazad-dûm!* Mais ça fait paraître les ténèbres plus lourdes de penser à toutes ces lampes. Y a-t-il encore des tas de joyaux et d'or qui restent ici?

Gimli demeura silencieux. Ayant chanté sa chanson, il ne voulait plus rien dire.

– Des tas de joyaux? dit Gandalf. Non. Les Orques ont souvent pillé la Moria; il ne reste rien dans les salles supérieures. Et depuis la fuite des Nains, personne n'ose explorer les puits et chercher les trésors dans les profondeurs : ils sont noyés dans l'eau – ou dans une ombre de peur.

– Pourquoi les Nains veulent-ils revenir, alors? demanda Sam.

– Pour le *mithril*, répondit Gandalf. La richesse de la Moria ne résidait pas dans l'or et les joyaux, ces jouets des Nains; ni dans le fer, leur serviteur. Ces choses-là, ils les trouvaient ici, c'est vrai, surtout le fer; mais ils n'avaient pas besoin de creuser pour cela : tout ce qu'ils voulaient, ils pouvaient l'obtenir par le commerce. Car ici seulement dans le monde entier se trouvait l'argent de la Moria ou vrai-argent, comme d'aucuns l'ont appelé : *mithril* est son nom elfique. Les Nains ont un nom qu'ils ne disent pas. La valeur en était deux fois plus grande que celle de l'or, et maintenant il n'a plus de prix; car il en reste bien peu à la surface de la terre, et même les Orques n'osent fouiller ici pour en obtenir. Les filons mènent en direction du Nord vers le Caradhras, et descendent dans les ténèbres. Les Nains ne racontent pas d'histoires; mais si le *mithril* fut l'origine de leur richesse, il amena aussi leur destruction; ils creusèrent avec trop d'avidité et allèrent trop profondément, et ils dérangèrent ainsi ce qu'ils fuyaient; le Fléau de Durin. De ce qu'ils avaient rapporté à la lumière, les Orques ont presque tout rassemblé, et ils l'ont donné en tribut à Sauron, qui le convoite.

« Le *mithril*! Il faisait l'objet du désir de tous. Il pouvait se marteler comme le cuivre, et se polir comme le verre; et les Nains savaient en faire un métal léger et pourtant plus dur que l'acier trempé. Sa beauté était celle de l'argent commun, mais il ne se ternissait pas et ne devenait jamais mat. Les Elfes lui portaient un amour extrême et, parmi maints usages, ils en faisaient l'*ithildrin*, l'étoile-lune que vous avez vue sur les portes. Bilbon avait un corselet de mailles de mithril que lui avait donné Thorin. Je me demande ce qu'il en est advenu. Il doit ramasser la poussière à la Maison des Mathoms de Grand'Cave, je suppose.

– Comment! s'écria Gimli, que l'étonnement tira de son silence. Un corselet d'argent de la Moria? C'était un présent royal!

– Oui, dit Gandalf. Je ne le lui ai jamais dit, mais la valeur en était plus grande que celle de la Comté entière avec tout ce qu'elle contient.

Frodon ne dit rien, mais il passa la main sous sa tunique pour toucher les anneaux de sa cotte de mailles. Il était confondu à la pensée d'avoir déambulé avec le prix de toute la Comté sous sa veste. Bilbon avait-il su? Il ne doutait aucunement que Bilbon le savait parfaitement. C'était certes un cadeau royal. Mais à présent les pensées de Frodon s'étaient reportées des sombres Mines à Fond-combe, à Bilbon et à Cul-de-Sac au temps où Bilbon y était encore. Il aurait voulu de tout son cœur être de nouveau là-bas, dans ce temps-là, à tondre la pelouse ou à flâner parmi les fleurs, et n'avoir jamais entendu parler de la Moria, de *mithril* – ou de l'Anneau.

Un profond silence tomba. Les autres s'endormirent successivement. Frodon assurait la garde. Comme un souffle venu des profondeurs par des portes invisibles, la peur l'enveloppa. Il avait les mains glacées et le front humide. Il écouta. Il concentra toute sa pensée sur l'écoute et sur rien d'autre durant deux heures interminables; mais il n'entendit aucun son, pas même l'écho imaginaire d'un pas.

Sa veille était presque terminée, quand, très loin, à l'endroit où il jugeait que devait se trouver l'arche de l'Ouest, il crut voir deux pâles points de lumière, presque comme d'yeux brillants. Il sursauta. Sa tête avait dodeliné.

« Je dois m'être presque assoupi, étant de garde, pensa-t-il. J'étais au bord du rêve. »

Il se leva, se frottant les yeux, et il resta debout, le regard fixé sur l'obscurité, jusqu'au moment où Legolas vint le relever.

Quand il s'étendit, il s'endormit rapidement, mais il lui sembla que le rêve continuait : il entendait des chuchotements et voyait approcher lentement les deux pâles points de lumière. Il se réveilla pour s'apercevoir que les autres parlaient doucement près de lui et qu'une faible lumière tombait sur son visage. Loin au-dessus de l'arche de l'Est, un long rayon pâle venait par un puits d'aération près de la voûte; et la lumière s'étendait aussi, faible et lointaine, à travers la salle par l'arche du Nord.

Frodon se mit sur son séant.

– Bonjour! lui dit Gandalf. Car il fait enfin de nouveau jour. J'avais raison, comme vous voyez. Nous nous trouvons très haut sur la face orientale de la Moria. Nous devrions trouver les Grandes Portes avant la fin de ce jour et voir les eaux du Lac du Miroir s'étendre devant nous dans la Vallée des Rigoles Sombres.

– J'en serais heureux, dit Gimli. J'ai regardé la Moria, et elle est très grande, mais elle est devenue sombre et terrible; et nous n'avons trouvé aucun signe de ceux de ma race. Je doute à présent que Balin soit jamais venu ici.

Après leur petit déjeuner, Gandalf décida de repartir aussitôt :

– Nous sommes fatigués, mais nous nous reposerons mieux dehors, dit-il. Je pense qu'aucun de nous ne souhaitera passer une autre nuit dans la Moria.

– Non, assurément! répondit Boromir. Quel chemin prendrons-nous? Cette arche à l'est, là-bas?

– Peut-être, dit Gandalf. Mais je ne sais pas encore exactement où nous nous trouvons. A moins que je ne me sois complètement égaré, je pense que nous sommes au-dessus et au nord des Grandes Portes; et il ne sera peut-être pas facile de trouver la bonne route pour les atteindre. L'arche de l'Est se révélera sans doute être la voie à prendre; mais nous ferions bien de regarder un peu alentour avant de décider. Allons vers cette lumière dans la porte Nord. Si nous pouvions trouver une fenêtre, cela nous aiderait bien; mais je crains que la lumière ne descende par des puits profonds.

A sa suite, la Compagnie passa sous l'arche Nord. Ils se trouvèrent dans un large couloir. La lueur se faisait plus forte à mesure qu'ils avançaient, et ils virent qu'elle venait d'une porte sur leur droite. Elle était haute, avec un linteau plat, et le battant de pierre tenait encore aux gonds; il était entrouvert. Derrière, était une grande salle carrée. Elle était peu éclairée, mais à leurs yeux depuis si longtemps habitués à l'obscurité, elle parut d'une luminosité éblouissante, et ils clignèrent des paupières en y entrant.

Leurs pieds dérangèrent une épaisse couche de poussière sur le sol, et ils trébuchèrent sur le seuil parmi des choses dont ils ne purent au début discerner la forme. La pièce était éclairée par un large puits situé haut dans le mur qui leur faisait face à l'est; le puits était en oblique et, loin au-dessus, se voyait un petit carré de ciel bleu. La lumière tombait directement sur une table placée au milieu de la pièce : un unique bloc oblong, d'environ deux pieds de haut, sur lequel était posée une grande dalle de pierre blanche.

– On dirait un tombeau, murmura Frodon.

Il se pencha en avant avec un curieux pressentiment, pour l'examiner de plus près. Gandalf vint vite de son côté. Sur la dalle, des runes étaient profondément gravées :

– Ce sont des runes de Daeron, telles qu'on les employait jadis dans la Moria, dit Gandalf. Il est écrit là, dans les langues des Hommes et des Nains :

BALIN FILS DE FUNDIN
SEIGNEUR DE LA MORIA

– Il est donc mort, dit Frodon. Je le craignais.

Gimli ramena son capuchon sur son visage.

CHAPITRE V

LE PONT DE KHAZAD-DUM

La Compagnie de l'Anneau se tint silencieuse auprès du tombeau de Balin. Frodon pensait à Bilbon, à la longue amitié de celui-ci avec le Nain et à la visite que Balin avait faite à la Comté il y avait bien longtemps. Dans cette salle empoussiérée de la montagne, cela paraissait être des milliers d'années auparavant et à l'autre bout du monde.

Enfin, ils remuèrent et levèrent le regard; ils se mirent à chercher si quelque chose pouvait leur donner une indication sur le sort de Balin et montrer ce qu'il était advenu des siens. Il y avait une autre porte, plus petite, de l'autre côté de la pièce, sous le puits. Près des deux portes, ils virent alors sur le sol de nombreux ossements, et parmi eux gisaient des épées et des fers de hache brisés, ainsi que des boucliers et des heaumes fendus. Certaines des épées étaient courbes : des cimeterres d'orques aux lames noires.

De nombreuses niches étaient taillées dans le roc des murs, et elles contenaient de grands coffres de bois frettés de fer. Ils avaient tous été défoncés et pillés; mais à côté du couvercle fracassé de l'un d'eux gisaient les restes d'un livre. Il avait été lacéré, percé de coups de poignard et en partie brûlé, et il était tellement souillé de noir et d'autres marques sombres comme du sang ancien que l'on ne pouvait en déchiffrer grand-chose. Gandalf le souleva avec précaution, mais les feuilles se craquelèrent et tombèrent en morceaux quand il le posa sur la dalle. Il se plongea dans un examen attentif pendant quelque temps sans parler. Tandis qu'il tournait délicatement les feuillets, Frodon et Gimli, debout à son côté, virent que l'écriture était de nombreuses mains différentes, en runes tant de la Moria que du Val, et par-ci par-là en écriture elfique.

Gandalf releva enfin la tête :

– Ce semble être un registre des fortunes des gens de Balin, dit-il. Je pense qu'il commençait avec leur venue à la Vallée des Rigoles Sombres, il y a près de trente ans : les pages portent des chiffres qui paraissent se rapporter aux années qui suivirent leur arrivée. Celle du dessus est marquée *un-trois :* ainsi, il en manque au moins deux depuis le début. Ecoutez ceci :

« *Nous avons chassé des Orques de la grande porte et de la salle* – je crois; le mot suivant est maculé et brûlé, c'est sans doute *de garde* – *nous en avons tué un grand nombre au brillant* – je crois – *soleil du vallon. Flói a été tué d'une flèche. Il avait occis le grand.* Puis il y a une tache, suivie de *Flói sous l'herbe près du Lac du Miroir.* Je ne puis lire les deux ou trois lignes suivantes. Puis vient : *Nous avons pris la vingt et unième salle du Nord pour nous y installer. Il y a* – je ne peux pas lire quoi. Il est question d'un *puits.* Et après, *Balin a établi son siège dans la Salle de Mazarboul.*

– La Salle des Archives, dit Gimli. Je suppose que c'est l'endroit où nous nous trouvons à présent.

– En tout cas, je ne peux plus lire pendant longtemps, dit Gandalf, sauf le mot *or,* et *Hache de Durin* et *heaume* quelque chose. Puis, *Balin est maintenant Seigneur de la Moria.* Ce semble être la fin du chapitre. Après quelques étoiles, l'écriture est d'une autre main, et je peux voir : *nous avons trouvé du vrai-argent,* et plus loin les mots *bien forgé,* après quelque chose; j'y suis! *du mithril*; et les deux dernières lignes : *Oin pour chercher les armureries supérieures de la Troisième Profondeur,* quelque chose, *aller vers l'Ouest,* une tache, *à la Porte de Houssaye.*

Gandalf s'arrêta et mit quelques feuillets de côté :

– Il y a plusieurs pages du même genre, écrites assez hâtivement et très abîmées, dit-il, mais je ne peux pas en tirer grand-chose à cette lumière. A présent, il doit manquer un certain nombre de feuillets, car ils commencent à être numérotés *cinq,* cinquième année de la colonie, je suppose. Voyons! Non, elles sont trop tailladées et tachées; je ne puis les lire. On réussira peut-être mieux à la lumière du soleil. Attendez! Voici quelque chose : une grande écriture hardie en caractères elfiques.

– Ce doìt être l'écriture d'Ori, dit Gimli, regardant par-dessus le bras du magicien. Il écrivait bien et rapidement, et il usait souvent de caractères elfiques.

– Je crains qu'il n'ait eu de mauvaises nouvelles à consigner d'une belle main, dit Gandalf. Le premier mot nettement lisible est *chagrin*, mais le reste de la ligne est effacé; sauf peut-être *hier*, à la fin. Oui, ce doit être *hier*, suivi de : *dixième jour de novembre, Balin, Seigneur de la Moria, est tombé dans la Vallée des Rigoles Sombres. Il était parti seul regarder dans le Lac du Miroir. Un orque l'a tué d'une flèche tirée de derrière une pierre. Nous avons tué l'orque mais de nombreux autres... de l'Est par le Cours d'Argent.* Le reste de la page est tellement maculé que je ne peux à peu près rien discerner, mais je crois pouvoir lire *nous avons bâclé les portes*, et puis *pouvons les retenir longtemps si*, et ensuite peut-être *horrible* et *souffrir*. Pauvre Balin. Il semble n'avoir conservé le titre qu'il avait pris que moins de cinq ans. Je me demande ce qui s'est passé ensuite; mais il n'y a pas le temps de déchiffrer les quelques dernières pages. Voici l'ultime.

Il se tut sur un soupir.

– C'est une sinistre lecture, reprit-il. Je crains que leur fin n'ait été cruelle. Ecoutez! *Nous ne pouvons sortir. Nous ne pouvons sortir. Ils ont pris le Pont et la deuxième salle. Fraï, Lóni et Náli sont tombés là.* Puis quatre lignes sont tellement salies que je peux seulement lire : *partis il y a cinq jours.* Les dernières lignes sont les suivantes : *L'étang monte jusqu'au mur à la Porte de l'Ouest. Le Guetteur de l'Eau a pris Oin. Nous ne pouvons sortir. La fin vient*, puis : *des tambours, des tambours dans les profondeurs.* Je me demande ce que cela signifie. La dernière chose écrite est un griffonnage traînant de lettres elfiques : *ils arrivent.* Il n'y a plus rien.

Gandalf se tut, observant un silence pensif.

Une peur soudaine et une horreur de la salle saisirent la Compagnie.

– *Nous ne pouvons sortir*, murmura Gimli. Ç'a été une bonne chose pour nous que l'étang ait un peu baissé et que le Guetteur dormît à l'extrémité Sud.

Gandalf leva la tête et regarda alentour :

– Il me semble qu'ils aient offert une dernière résistance aux deux portes, dit-il; mais il n'en restait plus beaucoup à ce moment-là. Ainsi finit la tentative de reprendre la Moria! Ce fut courageux, mais inconsidéré. Le temps n'est pas encore venu. Il nous faut maintenant dire adieu à Balin fils de Fundin, je le crains. Il doit dormir ici de son dernier sommeil, dans les salles de ses pères. Nous emporterons ce livre, le livre de Mazarboul, pour l'examiner de plus près par la suite. Vous ferez bien de le garder, Gimli, et de le rapporter à Dáin, pour autant que vous en ayez la possibilité. Cela l'intéressera, même s'il doit en être profondément affecté. Allons, partons! La matinée s'avance.

– De quoi côté irons-nous? demanda Boromir.

– Nous retournerons dans la grande salle, répondit Gandalf. Mais notre visite à cette pièce n'a pas été inutile. Je sais maintenant où nous nous trouvons. Ceci doit être, comme le dit Gimli, la Chambre de Mazarboul; et la salle doit être la vingt et unième de l'extrémité Nord. Nous devrons donc partir par l'arche Est de la salle, nous diriger à droite et au Sud, et descendre. La vingt et unième salle doit être au septième étage, c'est-à-dire à six étages au-dessus de celui des Portes. Allons! Regagnons la salle.

A peine Gandalf avait-il prononcé ces mots qu'un grand bruit se fit entendre : un roulement grondant, qui semblait venir des profondeurs lointaines et vibrer dans la pierre sous leurs pieds. Effrayés, ils bondirent vers la porte. *Brron, brrron*, le bruit roula encore, comme si d'énormes mains muaient les cavernes même de la Moria en un vaste tambour. Puis vint une explosion répétée par l'écho : un grand cor sonnait dans la salle, auquel répondirent plus loin d'autres cors et des cris stridents. On entendit le bruit d'un nombreux piétinement.

– Ils viennent! cria Legolas.

– Nous ne pouvons sortir, dit Gimli.

– Pris au piège! s'écria Gandalf. Pourquoi me suis-je attardé? Nous voici pris, exactement comme ils le furent auparavant. Mais je n'étais pas ici, alors. Nous allons voir ce que...

Brron, brrron; le battement de tambour se fit entendre derechef, et les murs tremblèrent.

– Claquez les portes, et bloquez-les! cria Aragorn. Et gardez votre chargement sur le dos aussi longtemps que vous le pourrez. Il se peut que nous ayons encore une chance de nous frayer une issue.

– Non! dit Gandalf. Il ne faut pas nous laisser enfermer. Gardez la porte entrebâillée! Nous partirons par là, si nous en avons une chance.

Une nouvelle et rauque sonnerie de cor et des cris stridents retentirent. Des pas s'avancèrent dans le couloir. Il y eut un tintement et un ferraillement comme les prisonniers tiraient leurs épées. Glamdring brilla d'une pâle lumière et les tranchants de Dard étincelèrent. Moromir s'arc-bouta contre la porte Ouest.

– Un moment! Ne la fermez pas encore! dit Gandalf.

Il s'élança au côté de Boromir et se redressa de toute sa hauteur.

– Qui vient là pour déranger les restes de Balin, Seigneur de la Moria, cria-t-il d'une voix forte.

Il y eut une avalanche de rires rauques, semblables à la chute de pierres glissant dans un puits; du milieu de la clameur s'éleva une voix grave, dominatrice. Les tambours roulèrent dans les profondeurs.

D'un mouvement rapide, Gandalf se plaça devant l'étroite ouverture de la porte et poussa en avant son bâton. Un éclair aveuglant illumina la chambre et le passage extérieur. Le magicien regarda un instant au-dehors. Des flèches piaulèrent et sifflèrent le long du couloir, tandis qu'il se rejetait en arrière.

– Il y a des orques, en grand nombre, dit-il. Et certains sont grands et mauvais : des Ourouks noirs de Mordor. Pour le moment, ils hésitent; mais il y a aussi là quelque chose d'autre. Un grand troll des cavernes, je crois, ou plusieurs. Il n'y a pas d'espoir de nous échapper de ce côté.

– Et aucun espoir du tout, s'ils viennent aussi à l'autre porte, dit Boromir.

– Il n'y a encore aucun son, au-dehors, de ce côté-ci, dit Aragorn, qui écoutait près de la porte Est. Le passage plonge directement par un escalier : il ne ramène manifestement pas à la salle. Mais rien ne sert de s'enfuir aveuglément par là avec les poursuivants juste derrière nous. Nous ne pouvons bloquer la porte. Le clef a disparu, la serrure est brisée et la porte ouvre vers l'intérieur. Il faut d'abord faire quelque chose pour retarder l'ennemi. Nous allons leur inspirer la crainte de la Chambre de Mazarboul! dit-il d'un air sinistre, tâtant le fil de son épée Anduril.

Des pas lourds se firent entendre dans le couloir. Boromir, se jetant contre la porte, l'assujettit d'un coup d'épaule; puis il la cala au moyen de lames d'épée brisées et d'éclats de bois. La Compagnie se retira de l'autre côté de la chambre. Mais ils n'avaient encore aucune chance de fuite. Un coup sur la porte la fit trembler; puis elle commença de s'ouvrir lentement en grinçant, repoussant les cales. Un bras et une épaule énormes, recouverts d'une peau sombre d'écailles verdâtres, passèrent par l'ouverture grandissante. Puis un grand pied, plat et sans doigt, se glissa en dessous. Dehors, s'était établi un silence de mort.

Boromir s'élança en avant et s'attaqua de toute sa force au bras; mais son épée résonna, dévia et tomba de sa main ébranlée. La lame était ébréchée.

Soudain, à son propre étonnement, Frodon se sentit le cœur enflammé d'un bouillant courroux. « La Comté! » cria-t-il, et bondissant au côté de Boromir, il se baissa et porta au hideux pied un furieux coup de Dard. Un hurlement s'éleva et le pied se retira brusquement, arrachant presque Dard du bras de Frodon. Des gouttes noires coulèrent de la lame et fumèrent sur le sol. Boromir, se ruant contre la porte, la referma brutalement.

– Un pour la Comté! cria Aragorn. La morsure des Hobbits est profonde! Vous avez une bonne lame, Frodon fils de Drogon!

Un fracas se fit entendre contre la porte, suivi d'un autre et puis d'un autre. Sous les coups de béliers et de marteaux, elle se fendit; le battant s'écarta en chancelant, et l'ouverture s'élargit brusquement. Des flèches entrèrent en sifflant, mais elles ne frappèrent que le mur du nord et retombèrent sur le sol sans causer de mal. Il y eut une sonnerie de cor et un piétinement précipité, et les orques bondirent l'un derrière l'autre dans la chambre.

Combien ils étaient, la Compagnie ne put le compter. La bagarre fut vive, mais la fureur de la défense épouvanta les orques. Legolas en tira deux en pleine gorge, Gimli coupa les jambes d'un autre qui avait bondi sur le tombeau de Balin; Boromir et Aragon en abattirent un grand nombre. Quand treize furent tombés, les autres s'enfuirent en hurlant, laissant les défenseurs indemnes, sauf pour Sam qui avait une éraflure le long du cuir chevelu. Une rapide esquive l'avait sauvé, et il avait abattu son orque : un ferme coup de sa lame de Galgal. Une flamme couvait dans ses yeux bruns, qui eût fait reculer Ted Rouquin s'il l'avait vue.

— C'est le moment! cria Gandalf. Partons avant que le troll ne revienne!

Mais tandis même qu'ils se retiraient et avant que Pippin et Merry eussent atteint l'escalier, un énorme chef orque presque de la taille d'un homme, vêtu de la tête aux pieds de mailles noires, bondit dans la chambre; derrière lui, ses suivants se pressaient dans la porte. Sa large face plate était basanée, ses yeux d'un noir de charbon et sa langue rouge, il brandissait une grande lance. Ayant détourné l'épée de Boromir d'un coup de son vaste bouclier, il le repoussa en arrière et le jeta à terre. Plongeant sous le coup d'Aragorn avec la rapidité d'un serpent à l'attaque, il chargea la Compagnie et pointa sa lance directement sur Frodon. Atteint au côté droit, celui-ci fut projeté contre le mur, où il resta cloué. Avec un cri, Sam s'escrima sur le bois de la lance et le brisa. Mais comme l'orque jetait le tronçon et dégainait vivement son cimeterre, Andúril s'abattit sur son heaume. Il y eut un éclat comme d'une flamme, et le heaume s'ouvrit en deux. L'orque tomba, la tête fendue. Ses suivants s'enfuirent en hurlant, tandis que Boromir et Aragorn s'élançaient contre eux.

Brron, brron, firent les tambours dans les profondeurs. La grande voix roula de nouveau.

— Maintenant! cria Gandalf. C'est notre dernière chance. Sauvons-nous!

Aragorn ramassa Frodon où il gisait près du mur et se dirigea vers l'escalier, poussant Merry et Pippin devant lui. Les autres suivirent; mais Legolas dut entraîner Gimli, lequel, en dépit du danger, s'attardait, la tête baissée, auprès du tombeau de Balin. Boromir tira la porte est, qui grinça sur ses gonds; elle avait de chaque côté un grand anneau de fer, mais elle ne pouvait être assujettie.

— Je suis en état, dit Frodon haletant. Je peux marcher. Déposez-moi!

Aragorn faillit le lâcher, tant il fut surpris :

— Je vous croyais mort! s'écria-t-il.

— Pas encore! dit Gandalf. Mais nous n'avons pas le

temps de nous étonner. Filez tous, par l'escalier! Attendez-moi quelques minutes en bas, mais si je ne viens pas bientôt, continuez! Allez vite et choisissez des chemins conduisant à droite et descendant.

— Nous ne pouvons vous laisser tenir la porte seul! dit Aragorn.

— Faites ce que je vous dis! cria Gandalf avec fureur. Les épées ne servent plus à rien ici. Allez!

Aucun puits n'éclairait le passage, et il y régnait une obscurité absolue. Ils descendirent en tâtonnant une longue volée d'escalier, puis regardèrent en arrière; mais ils ne pouvaient rien voir, hormis, loin au-dessus d'eux, la faible lueur du bâton du magicien. Il semblait toujours monter la garde près de la porte fermée. Frodon respirait lourdement, appuyé sur Sam, qui l'entourait de ses bras. Ils restaient à regarder à travers les ténèbres vers le haut de l'escalier. Frodon crut entendre la voix de Gandalf, murmurant des mots qui descendaient le long de la voûte en pente avec un écho soupirant. Il ne pouvait en discerner le sens. Les murs paraissaient frémir. De temps à autre, le son des tambours battait et roulait : *brrron, brrron.*

Il y eut soudain, venu du haut de l'escalier, un éclat de lumière blanche; puis un grondement sourd et un floc pesant. Les battements de tambour retentirent furieusement : *brrron, brrron,* puis s'arrêtèrent. Gandalf déboucha tout courant de l'escalier et tomba sur le sol au milieu de la Compagnie.

— Bon, bon, voilà qui est terminé! dit le magicien, se relevant avec peine. J'ai fait tout ce que j'ai pu. Mais j'ai eu affaire à forte partie, et j'y suis presque resté. En tout cas, ne demeurez pas plantés là! Continuez! Il faudra vous passer de lumière pendant quelque temps. Je suis assez secoué. Allez! Allez! Où êtes-vous, Gimli? Venez devant avec moi! Suivez-nous de près, tous!

Ils partirent en trébuchant derrière lui, se demandant ce qui s'était passé. *Brrron, brrron,* reprirent les tambours; ils avaient à présent un son voilé et lointain, mais ils suivaient. Il n'y avait pas d'autre bruit de poursuite, ni piétinement ni voix. Gandalf ne prit aucun tournant à droite ou à gauche, le couloir semblant mener dans la direction qu'il souhaitait. De temps à autre, ils descendaient une volée d'escalier, de cinquante marches ou davantage, pour atteindre un niveau inférieur. Ces moments représentaient le principal danger, car dans les ténèbres ils ne pouvaient voir une descente jusqu'à l'instant même où ils étaient dessus et mettaient le pied dans le vide. Gandalf tâtait le terrain avec son bâton comme un aveugle.

Après une heure, ils avaient parcouru un mille ou peut-être un peu plus, et ils avaient descendu maints escaliers. Il n'y avait toujours aucun son de poursuite. Ils commençaient presque à espérer s'échapper. Au bas du septième escalier, Gandalf s'arrêta.

– Il commence à faire chaud! dit-il, haletant. Nous devrions être descendus au moins au niveau des Portes, à présent. Il nous faudra bientôt chercher un tournant à gauche pour nous mener vers l'est. J'espère qu'il n'est pas loin. Je suis très fatigué. Il m'est nécessaire de me reposer ici un moment, tous les orques de la terre seraient-ils après nous.

Gimli lui prit le bras et l'aida à s'asseoir sur une marche :

– Que s'est-il passé là-haut à la porte? demanda-t-il. Avez-vous rencontré le batteur de tambour?

– Je ne sais pas, répondit Gandalf. Mais je me suis trouvé soudain devant quelque chose que je n'avais encore jamais rencontré. Je n'ai imaginé rien d'autre que de jeter un sort de fermeture sur la porte. J'en connais de nombreuses formules; mais l'exécution correcte de ce genre de chose demande du temps, et même alors la porte peut être brisée par la force.

« Comme je me tenais là, j'entendais des voix d'orques de l'autre côté; je pensais à tout moment qu'ils allaient l'enfoncer. Je ne pouvais entendre ce qui se disait; ils semblaient parler dans leur hideux langage. Je ne saisis que *ghâsh*, ce qui signifie « feu ». Puis quelque chose entra dans la pièce – je le sentis à travers la porte, et les orques eux-mêmes furent effrayés et devinrent silencieux. Le nouvel arrivant s'empara de l'anneau de fer, et alors il perçut ma présence et le sort que j'avais jeté sur la porte.

« Quel il était, je ne pus le deviner, mais jamais je n'ai senti pareil défi. Le contre-sort était terrible. Il faillit me briser. Un instant, la porte échappa à mon emprise et commença de s'ouvrir! Il me fallut prononcer un mot de commandement. L'effort se révéla trop grand. La porte vola en éclats. Quelques chose de sombre comme un nuage obnubilait toute la lumière intérieure, et je fus projeté en arrière dans l'escalier. Tout le mur céda et la voûte de la chambre aussi, je crois.

« Je crains que Balin ne soit profondément enterré, et peut-être autre chose est-il enterré là aussi. Je ne sais pas. Mais en tout cas le passage derrière nous était complètement obstrué. Ah! je ne me suis jamais senti tellement épuisé, mais cela est en train de passer. Et maintenant, qu'en est-il de vous, Frodon? Il n'y avait pas le temps de le dire sur le moment, mais jamais je n'ai été aussi heureux que lorsque vous avez parlé. Je craignais que ce ne fût un Hobbit valeureux, mais un Hobbit mort que portait Aragorn.

– Moi? dit Frodon. Eh bien, je suis vivant et entier, pour autant que je sache. Je suis meurtri et endolori, mais ce n'est pas terrible.

– Bien, dit Aragorn, tout ce que je peux dire, c'est que les Hobbits sont faits d'une matière si dure que je n'en ai jamais vue de pareille. L'eussé-je su, que j'aurais parlé plus doucement à l'auberge de Bree! Ce coup de lance aurait suffi à embrocher un sanglier!

– Eh bien, il ne m'a pas embroché, moi, je suis heureux de le constater, dit Frodon, encore que j'aie l'impression d'avoir été pris entre un marteau et l'enclume.

Il n'en dit pas davantage. Il trouvait la respiration douloureuse.

– Vous tenez de Bilbon, dit Gandalf. Il y a davantage en vous qu'il n'apparaît à l'œil, comme je l'ai dit de lui jadis.

Frodon se demanda si la remarque signifiait plus que ce qu'elle disait.

Ils repartirent alors. Avant peu, Gimli parla. Il avait des yeux perçants dans l'obscurité :

– Je crois qu'il y a une lumière devant nous, dit-il. Mais ce n'est pas celle du jour. Elle est rouge. Que peut-ce être?

– *Ghâsh!* murmura Gandalf. Je me demande si c'est là ce qu'ils voulaient dire : que les niveaux inférieurs étaient en feu? De toute façon, nous ne pouvons que continuer.

La lumière ne laissa bientôt plus aucune place au doute et elle devint visible à tous. Elle vacillait et rougeoyait sur les murs du couloir devant eux. Ils pouvaient à présent voir leur chemin : il descendait en pente rapide et, à une certaine distance, il y avait une arcade basse; c'était par là que venait la lumière croissante. L'atmosphère devenait très chaude.

A leur arrivée à la voûte, Gandalf s'engagea dessous, leur faisant signe d'attendre. Comme il se tenait juste au-delà de l'ouverture, ils voyaient son visage éclairé d'une lueur rouge. Il revint vivement.

— Il y a là quelque nouvelle diablerie fomentée en guise de bienvenue, il n'y a aucun doute, dit-il. Mais je sais maintenant où nous nous trouvons : nous avons atteint la Première Profondeur, le niveau qui est immédiatement sous les Portes. Ceci est la Seconde Salle de la Vieille Moria; et les Portes sont proches : là-bas, derrière l'extrémité est, sur la gauche, pas à plus d'un quart de mille. Il faut traverser le Pont, monter un vaste escalier, suivre une large route, traverser la Première Salle, et puis dehors! Mais venez voir!

Ils scrutèrent l'espace devant eux. Il y avait là une autre salle caverneuse. Elle était plus haute et beaucoup plus longue que celle où ils avaient dormi. Ils étaient près de son extrémité est; à l'ouest, elle se perdait dans l'obscurité. Tout le long du centre s'élevait une double rangée de majestueux piliers. Ils étaient taillés en forme de fûts de puissants arbres, dont les branches soutenaient la voûte d'un réseau de nervures de pierre. Les tiges en étaient lisses et noires, mais une lueur rouge se reflétait sombrement sur leurs côtés. Juste en face d'eux, au pied de deux énormes piliers, une grande fissure s'était ouverte. Par là venait une ardente lumière rouge, et de temps à autre des flammes en léchaient le bord et entouraient la base des colonnes. De sombres rubans de fumée flottaient dans l'air chaud.

— Si nous étions arrivés par la grande route descendant des salles supérieures, nous aurions été pris au piège ici, dit Gandalf. Espérons que le feu reste maintenant derrière nous et continuons. Allons! Il n'y a pas de temps à perdre.

Tandis même qu'il parlait, ils entendirent de nouveau le battement de tambours qui les poursuivait : *brrron, brrron, brrron*. D'au-delà des ombres de l'extrémité ouest de la salle venaient des cris et des sonneries de cor. *Brrron, brrron :* les piliers semblaient trembler, et les flammes palpiter...

– Allons-y pour la dernière course! s'écria Gandalf. Si le soleil brille à l'extérieur, nous avons encore une chance de nous échapper. Suivez-moi!

Il tourna à gauche et traversa vivement le sol uni de la salle. La distance était plus grande qu'elle ne l'avait paru. Tout en courant, ils entendaient le battement et l'écho de nombreux pieds qui se pressaient à leur poursuite. Un cri strident retentit : ils avaient été vus. Il y eut un tintement et un cliquetis d'acier. Une flèche siffla au-dessus de la tête de Frodon.

Boromir rit :

– Ils ne s'attendaient pas à cela, dit-il. Le feu les a coupés de nous. Nous sommes du mauvais côté!

– Regardez devant vous! cria Gandalf. Le Pont est tout près. Il est dangereux et étroit.

Frodon vit soudain devant lui un chasme noir. A l'extrémité de la salle, le sol disparaissait, tombait à une profondeur inconnue. La porte extérieure ne pouvait être atteinte que par un mince pont de pierre, sans bordure ni parapet, qui franchissait la coupure d'une seule arche bondissante de cinquante pieds. C'était une ancienne défense des Nains contre tout ennemi qui aurait pris la Première Salle et les galeries extérieures. Ils ne pouvaient passer qu'en file indienne. Gandalf s'arrêta au bord, et les autres s'assemblèrent derrière lui.

– Prenez la tête, Gimli! dit-il. Ensuite, Pippin et Merry. Continuez tout droit et montez l'escalier qui se trouve au-delà de la porte!

Les flèches tombaient parmi eux. L'une frappa Frodon et ricocha. Une autre transperça le chapeau de Gandalf et y resta plantée comme une plume noire. Frodon regarda en arrière. Au-delà du feu, il vit des formes noires et pullulantes : il semblait y avoir des centaines d'orques. Ils brandissaient des lances et des cimeterres qui luisaient rouges comme du sang à la lumière du feu. *Brrron, brrron;* les tambours retentissaient de plus en plus fort, *brrron, brrron.*

Legolas se retourna et encocha une flèche, bien que le tir fût long pour son petit arc. Il banda la corde, mais sa main retomba, et la flèche glissa à terre. Il poussa un cri de désarroi. Deux grands trolls parurent; ils portaient de grandes dalles de pierre, qu'ils jetèrent à terre en guise de passerelle au-dessus du feu. Mais ce n'étaient pas les trolls qui avaient empli l'Elfe d'effroi. Les rangs des Orques s'étaient ouverts, et ils reculaient en masse, comme effrayés eux-mêmes. Quelque chose montait derrière eux. On ne pouvait voir ce que c'était : cela ressemblait à une grande ombre, au milieu de laquelle se dressait une masse sombre, peut-être une forme d'homme, mais plus grande; et il paraissait y résider un pouvoir et une terreur, qui allaient devant elle.

Elle arriva au bord du feu et la lumière disparut comme si un nuage s'était penché dessus. Alors, d'un bond, elle sauta par-dessus la crevasse. Les flammes montèrent en ronflant pour l'accueillir et l'enlacer; et une fumée noire tournoya dans l'air. Sa crinière flottante s'embrasa et flamboya derrière elle. De la main droite, elle tenait une lame semblable à une langue de feu perçante, de la gauche un fouet à multiples lanières.

– Aïe! Aïe! gémit Legolas. Un Balrog! Un Balrog est arrivé!

Gimli écarquilla les yeux :

– Le Fléau de Durin! s'écria-t-il, et, laissant tomber sa hache, il se couvrit le visage.

– Un Balrog, murmura Gandalf. Je comprends, maintenant.

Chancelant, il s'appuya lourdement sur son bâton :

– Quelle mauvaise fortune! Et je suis déjà fatigué.

La sombre forme, ruisselante de feu, se précipita vers eux. Les orques hurlèrent en se déversant par les passerelles de pierre. Boromir éleva alors son cor et sonna. Le défi retentit, puissant, et rugit comme le cri de nombreuses gorges sous la voûte caverneuse. Pendant un moment, les orques hésitèrent, et l'ombre ardente s'arrêta. Puis les échos moururent aussi soudainement qu'une flamme soufflée par un sombre vent, et l'ennemi s'avança de nouveau.

– Par le Pont! cria Gandalf, rassemblant ses forces. Fuyez! C'est là un ennemi qui dépasse vos pouvoirs à tous. Il me faut tenir la voie étroite. Fuyez!

Aragorn et Boromir, sans observer cet ordre, tinrent pied, côte à côte, derrière Gandalf à l'autre extrémité du pont. Les autres s'arrêtèrent juste dans la porte au bout de la salle et se retournèrent, incapables de laisser leur conducteur faire seul face à l'ennemi.

Le Balrog atteignit le pont. Gandalf se tenait au milieu de la travée, appuyé sur le bâton qu'il tenait de la main gauche, tandis que dans l'autre Glamdring luisait, froide et blanche. Son ennemi s'arrêta de nouveau face à lui, et l'ombre qui l'entourait s'étendait comme deux vastes ailes. Il leva le fouet, et les lanières gémirent et claquèrent. Le feu sortait de ses narines. Mais Gandalf demeura ferme.

— Vous ne pouvez passer, dit-il.

Les orques restèrent immobiles, et un silence de mort tomba.

— Je suis un serviteur du Feu Secret, qui détient la flamme d'Anor. Vous ne pouvez passer. Le feu sombre ne vous servira de rien, flamme d'Udûn. Retournez à l'Ombre! Vous ne pouvez passer.

Le Balrog ne répondit rien. Le feu parut s'éteindre en lui, mais l'obscurité grandit. La forme s'avança lentement sur le pont; elle se redressa soudain jusqu'à une grande stature, et ses ailes s'étendirent d'un mur à l'autre; mais Gandalf était toujours visible, jetant une faible lueur dans les ténèbres; il semblait petit et totalement seul : gris et courbé comme un arbre desséché devant l'assaut d'un orage.

De l'ombre, une épée rouge sortit, flamboyante.

Glamdring répondit par un éclair blanc.

Il y eut un cliquetis retentissant et une estocade de feu blanc. Le Balrog tomba à la renverse, et son épée jaillit en fragments fondus. Le magicien vacilla sur le pont, recula d'un pas, puis se tint de nouveau immobile.

— Vous ne pouvez passer! dit-il.

D'un bond, le Balrog sauta au milieu du pont. Son fouet tournoya en sifflant.

— Il ne peut résister seul! cria soudain Aragorn, qui revint en courant sur le pont :

— *Elendil!* cria-t-il. Je suis avec vous, Gandalf.

— Gondor! cria Boromir, s'élançant derrière lui.

A ce moment, Gandalf leva son bâton et, criant d'une voix forte, il frappa le pont devant lui. Le bâton se brisa en deux et tomba de sa main. Un aveuglant rideau de flamme blanche jaillit. Le pont craqua. Il se rompit juste au pied du Balrog, et la pierre sur laquelle il se tenait s'écroula dans le gouffre, tandis que le reste demeurait en un équilibre frémissant comme une langue de rocher projetée dans le vide.

Le Balrog tomba en avant avec un cri terrible; son ombre plongea et disparut. Mais dans sa chute même, il fit tournoyer son fouet, et les lanières fouaillèrent le

magicien et s'enroulèrent autour de ses genoux, l'entraînant vers le bord. Il chancela, tomba, et malgré un vain
effort pour s'accrocher à la pierre, il glissa dans le
gouffre.

– Fuyez, fous que vous êtes! cria-t-il, disparaissant.

Le feu s'éteignit, et les pures ténèbres retombèrent. La
Compagnie restait figée d'horreur, le regard fixé dans la
fosse. Au moment même où Aragorn et Boromir revenaient avec précipitation, le reste du pont craqua et
tomba. Aragorn arracha les autres à leur stupeur en
criant :

– Venez! Je vais vous conduire, à présent! Nous devons
obéir à son dernier commandement. Suivez-moi!

Ils grimpèrent quatre à quatre, en butant, l'escalier qui
se trouvait au-delà de la porte. Aragorn en tête, Boromir
en queue. En haut, ils trouvèrent un couloir large et
sonore. Ils s'enfuirent par là. Frodon entendit Sam pleurer à son côté, et puis il se trouva faire de même lui aussi,
tout en courant. *Brrron, brrron, brrron :* les battements de
tambour roulaient derrière eux, lugubres et lents à présent.

Ils poursuivirent leur course. La lumière s'accentuait
devant eux; de grands puits perçaient la voûte. Ils coururent plus vite. Ils passèrent dans une salle, tout éclairée
de la lumière du jour qui tombait de ses hautes fenêtres à
l'est. Ils la traversèrent vivement. Ils en franchirent les
énormes portes brisées et se trouvèrent soudain devant
les Grandes Portes, arche de lumière éclatante.

Une garde d'orques était tapie derrière les grands
montants qui s'élevaient de part et d'autre, mais les
battants eux-mêmes étaient fracassés et jetés bas. Aragorn
abattit le capitaine qui lui barrait la route, et les autres
s'enfuirent devant son courroux. La Compagnie passa en
coup de vent, sans se soucier d'eux. Ils sortirent des
portes en courant et s'élancèrent le long des énormes
marches, usées par le temps, seuil de la Moria.

Ainsi, contre tout espoir, ils avaient enfin retrouvé le
ciel, et ils sentirent le vent sur leurs visages.

Ils ne s'arrêtèrent pas avant d'être hors de la portée de
flèches tirées des murs. La Vallée des Rigoles Sombres
s'étendait autour d'eux. L'ombre des Monts Brumeux
s'allongeait sur elle; mais vers l'Est il y avait sur la terre
une lumière dorée. Il n'était qu'une heure de l'après-midi.
Le soleil brillait; les nuages étaient blancs et hauts.

Ils regardèrent en arrière. L'arche des Portes béait, noire sous l'ombre de la montagne. Faibles et lointains sous la terre, roulaient les lents battements de tambour : *brrron*. Une fine traînée de fumée noire sortait de l'ouverture. On ne voyait rien d'autre; la vallée tout alentour était vide. *Brrron*. Enfin, le chagrin les accabla complètement, et ils pleurèrent longuement : les uns étaient debout et silencieux, les autres s'étaient laissé tomber à terre. *Brrron, brrron*. Les battements de tambour s'évanouirent.

CHAPITRE VI

LA LOTHLÓRIEN

– Je crains, hélas! que nous ne puissions nous attarder ici, dit Aragorn.

Le regard fixé sur les montagnes, il leva son épée :

– Adieu, Gandalf! s'écria-t-il. Ne vous avais-je pas dit : *Si vous passez les portes de la Moria, prenez garde*? Hélas! j'avais dit vrai! Quel espoir nous reste-t-il sans vous?

Puis, se tournant vers la Compagnie, il dit :

– Il nous faut abandonner l'espoir. Au moins pourrons-nous encore être vengés. Ceignons nos reins et renonçons aux larmes! Allons! Nous avons devant nous une longue route et beaucoup à faire.

Se levant, ils regardèrent autour d'eux. Au nord, la vallée montait par une gorge sombre entre deux grandes avancées des montagnes, au-dessus de laquelle brillaient trois cimes blanches : le Celebdil, le Danuidhol et le Caradhras, les Montagnes de la Moria.

Au sommet de la gorge, un torrent s'écoulait comme une dentelle blanche par une échelle sans fin de petites cascades, et une buée d'embruns était suspendue dans l'air autour du pied des montagnes.

– Voilà l'Escalier des Rigoles Sombres, dit Aragorn, montrant les cascades. C'est par le chemin profondément creusé qui grimpe le long du torrent que nous serions venus, si la fortune avait été plus propice.

– Ou le Caradhras moins cruel, dit Gimli. Il se dresse là tout souriant au soleil!

Il menaça du poing la plus éloignée des cimes enneigées avant de se détourner.

A l'est, l'avancée des montagnes se terminait brusquement, et on pouvait voir au-delà des terres lointaines, vastes et indécises. Au sud, les Monts Brumeux s'enfonçaient à perte de vue. A moins d'un mille et un peu en dessous (car ils s'élevaient encore à une grande hauteur sur le côté ouest de la vallée) s'étendait un lac. Il était long et ovale, ressemblant à un grand fer de lance profondément enfoncé dans la gorge du nord; mais son extrémité sud se trouvait au-delà des ombres, sous le ciel ensoleillé. Les eaux en étaient cependant sombres : d'un bleu profond comme un clair ciel vespéral nu d'une pièce éclairée par une lampe. La surface était immobile, sans une ride. Tout autour, un moelleux gazon descendait jusqu'au bord nu et uniforme.

– Voilà le Lac du Miroir, le profond Kheled-zâram! dit Gimli avec tristesse. Je me rappelle qu'il avait dit : « Puissiez-vous éprouver de la joie à sa vue! Mais nous ne pourrons nous y attarder. » Maintenant, je voyagerai longtemps avant d'éprouver de nouveau de la joie. C'est moi qui dois me hâter de partir, et lui qui doit rester.

La Compagnie suivit alors la route qui descendait des Portes. Elle était rude et défoncée, et elle finit par n'être plus au bout de quelque temps qu'un sentier serpentant entre la bruyère et les ajoncs qui poussaient parmi les pierres crevassées. Mais on pouvait encore voir que, dans un temps lointain, une grande voie pavée avait monté en lacets des basses terres du royaume des Nains. Il y avait par endroits au bord du chemin des ouvrages de pierre en ruine, et des remblais d'herbe surmontés de minces bouleaux ou de sapins qui soupiraient dans le vent. Un tournant vers l'est les mena tout près de la prairie du Lac du Miroir, et là, non loin du bord de la route, se dressait une colonne isolée au haut brisé.

– C'est la Pierre de Durin! s'écria Gimli. Je ne puis passer là sans m'écarter un moment pour contempler la merveille de la vallée!

– Faites vite, alors! dit Aragorn, se retournant pour jeter un regard aux Portes. Le soleil se couche tôt. Peut-être les orques ne sortiront-ils pas avant le crépuscule, mais il nous faut être loin à la tombée de la nuit. Il n'y a presque plus de lune, et la nuit sera noire.

– Venez avec moi, Frodon, s'écria le Nain, s'élançant de la route. Je ne voudrais pas que vous partiez sans voir Kheled-zâram.

Il descendit en courant la longue pente verte. Frodon

suivit lentement, attiré par la calme eau bleue malgré sa blessure et sa fatigue; Sam le rattrapa.

Arrivé près de la pierre dressée, Gimli s'arrêta et leva la tête. Le monument était lézardé et usé par les intempéries; les runes gravées sur le côté n'étaient plus lisibles.

– Cette colonne marque l'endroit d'où Durin regarda pour la première fois dans le Lac du Miroir, dit le Nain. Regardons nous-mêmes une fois avant de partir!

Ils se penchèrent sur l'eau sombre. Tout d'abord, ils ne virent rien. Puis, lentement, ils aperçurent, reflétées dans un bleu profond, les formes des montagnes environnantes, dont les cimes paraissaient des panaches de flamme blanche; au-delà, il y avait une étendue de ciel. Là, tels des joyaux plongés dans les profondeurs, brillaient des étoiles étincelantes, bien que la lumière du soleil régnât au-dessus dans le ciel. De leur propre forme, nulle ombre ne se voyait.

– O beau et merveilleux Kheled-zâram! dit Gimli. Là, gît la couronne de Durin jusqu'au jour où il se réveillera. Adieu!

Il s'inclina, puis se détourna et se hâta de regagner la route le long de la pente verte.

– Qu'avez-vous vu? demanda Pippin à Sam.

Mais celui-ci était trop perdu dans ses pensées pour répondre.

La route, tournant alors vers le sud, descendait en pente rapide d'entre les bras du vallon. A une certaine distance en dessous du lac, ils tombèrent sur une source profonde, d'une clarté de cristal, d'où une eau fraîche tombait sur un rebord de pierre pour courir ensuite, scintillante et gargouillante, dans un lit de roches escarpées.

– Voici la source d'où sort le Cours d'Argent, dit Gimli. N'y buvez pas! Elle est d'un froid glacial.

– Elle devient bientôt rivière rapide, qui récolte les eaux de maints autres ruisseaux de montagne, dit Aragorn. Notre route la suit sur de nombreux milles. Car je vais vous emmener par le chemin qu'avait choisi Gandalf, et j'espère arriver en premier lieu aux bois où le Cours d'Argent se jette dans le Grand Fleuve – là-bas.

Ils regardèrent dans la direction qu'il indiquait, et ils virent devant eux la rivière bondir vers le fond de la vallée, puis poursuivre son cours dans les terres basses pour se perdre dans une brume dorée.

– Là sont des bois de Lothlórien! dit Legolas. C'est la plus belle des résidences de mon peuple. Nuls arbres ne ressemblent à ceux de cette terre. Car, en automne, leurs feuilles ne tombent point, mais se muent en or. Ce n'est pas avant l'arrivée du printemps et l'éclosion de la nouvelle verdure qu'elles tombent, et alors les branches sont chargées de fleurs jaunes; et le sol du bois est tout doré, dorée est la voûte et ses piliers sont d'argent, car l'écorce des arbres est lisse et grise. C'est ce que célèbrent encore nos chants de la Forêt Noire. La joie emplirait mon cœur si je me trouvais sous les ramures de ce bois et que ce fût le printemps!

– Mon cœur sera heureux, même en hiver, dit Aragorn. Mais le bois se trouve à de nombreux milles. Hâtons-nous!

Frodon et Sam parvinrent à suivre les autres durant un moment, mais Aragorn les menait bon train, et après quelque temps ils traînèrent en arrière. Ils n'avaient rien mangé depuis le matin de bonne heure. La blessure de Sam le brûlait comme du feu, et il se sentait la tête vide. Malgré le brillant soleil, le vent paraissait froid après les chaudes ténèbres de la Moria. Il frissonna. Frodon trouvait chaque pas plus douloureux, et il haletait.

Legolas finit par se retourner et, les voyant à présent loin en arrière, il parla à Aragorn. Les autres s'arrêtèrent et Aragorn accourut, criant à Boromir de venir avec lui.

– Je suis navré, Frodon! s'écria-t-il, plein de sollicitude. Il s'est passé tant de choses aujourd'hui et il est tellement nécessaire de se presser que j'avais oublié que vous étiez blessé; et Sam aussi. Vous auriez dû parler. Nous n'avons rien fait pour vous soulager, comme nous l'aurions dû, tous les orques de la Moria fussent-ils à nos trousses. Allons! Il y a un peu plus loin un endroit où nous pourrons nous reposer un peu. Là, je ferai ce que je pourrai pour vous. Venez, Boromir! On va les porter.

Ils arrivèrent peu après à un autre ruisseau qui, descendant de l'Ouest, joignait ses eaux bouillonnantes au rapide Cours d'Argent. Ensemble, les deux rivières plongeaient par-dessus une pierre de teinte verte et tombaient en écumant dans une combe. Autour de celle-ci s'élevaient des sapins, courts et tordus; les rives étaient escarpées et recouvertes de scolopendres et de buissons de myrtilles. Dans le fond, il y avait un espace plus plat par lequel la rivière coulait avec bruit sur des cailloux luisants. Ils se reposèrent là. Il était alors près de trois heures de l'après-midi, et ils n'étaient éloignés des Portes que de quelques milles. Le soleil passait déjà à l'ouest.

Pendant que Gimli et les deux plus jeunes Hobbits allumaient un feu de broussailles et de sapin et tiraient de l'eau, Aragorn s'occupa de Sam et de Frodon. La blessure de Sam était peu profonde, mais elle avait vilain aspect, et le visage d'Aragorn était grave tandis qu'il l'examinait. Après un moment, il leva la tête avec un air de soulagement.

– Vous avez de la chance, Sam! dit-il. Nombreux sont ceux qui ont reçu pis que cela en réponse à la mort de leur premier orque abattu. La coupure n'est pas empoisonnée comme le sont trop souvent les blessures infligées par les lames d'orques. Elle devrait bien se cicatriser lorsque je l'aurai soignée. Baignez-la quand Gimli aura fait chauffer de l'eau.

Il ouvrit un petit sac et en sortit des feuilles flétries:

– Elles sont sèches et ont perdu un peu de leur vertu, dit-il, mais j'ai encore là quelques-unes des feuilles d'*athelas* que j'avais cueillies près du Mont Venteux. Broyez-en une dans l'eau et lavez bien la blessure; je la panserai. A votre tour, maintenant, Frodon!

– Je vais bien, dit Frodon, peu désireux de voir toucher à ses vêtements. Je n'avais besoin que de nourriture et d'un peu de repos.

– Non! dit Aragorn. Il faut qu'on regarde un peu cela pour voir ce que le marteau et l'enclume vous ont fait. Je m'émerveille encore que vous soyez aucunement vivant!

Il débarrassa doucement Frodon de sa vieille veste et de sa tunique usée, et il eut un sursaut de surprise. Puis il rit. Le corselet d'argent miroitait devant ses yeux comme la lumière sur une mer ridée. Il le retira avec soin et le tint levé; les gemmes scintillaient comme des étoiles, et le son des anneaux secoués ressemblait au tintement de la pluie dans une mare.

– Regardez, mes amis! s'écria-t-il. Voici une belle peau de Hobbit pour envelopper un petit prince Elfe! S'il était connu que les Hobbits avaient pareil cuir, tous les chasseurs de la Terre du Milieu accourraient dans la Comté.

– Et toutes les flèches de tous les chasseurs du monde seraient vaines, dit Gimli, qui contemplait la cotte de mailles avec émerveillement. C'est une cotte de mithril.

Du mithril! Je n'en ai jamais vu d'aussi belle, et je n'en ai même jamais entendu parler. Est-ce celle qu'avait mentionnée Gandalf? Dans ce cas, il l'avait sous-estimée. Mais elle a été bien donnée!

– Je me suis souvent demandé ce que vous faisiez, toi et Bilbon, si bien enfermés dans sa petite chambre, dit Merry. Dieu bénisse le vieux Hobbit! Je l'aime plus que jamais. J'espère que nous aurons une chance de lui en parler!

Le côté droit et la poitrine de Frodon portaient une meurtrissure sombre et noircie. Sous la cotte de mailles, il y avait une chemise de cuir souple, mais à un endroit les anneaux avaient été enfoncés au travers jusque dans la chair. Le côté gauche de Frodon était aussi éraflé et contus, là où il avait été projeté contre le mur. Pendant que les autres préparaient la nourriture, Aragorn baigna les blessures avec l'eau dans laquelle macérait l'*athelas*. L'odeur piquante emplit la combe, et tous ceux qui étaient penchés sur la vapeur de l'eau eurent l'impression d'être rafraîchis et fortifiés. Frodon sentit bientôt la douleur le quitter, et sa respiration se fit aisée, bien qu'il dût rester ankylosé et endolori pendant bien des jours. Aragorn lia deux tampons de tissu à son côté.

– La cotte de mailles est merveilleusement légère, dit-il. Remettez-la si vous pouvez la porter. J'ai le cœur heureux de savoir que vous avez pareille protection. Ne la quittez pas, même pour dormir, à moins que la bonne fortune ne vous amène en un endroit où vous soyez en sécurité pour le moment; et vous n'en rencontrerez guère l'occasion tant que durera votre quête.

Après avoir mangé, la Compagnie se prépara au départ. Ils éteignirent le feu et en effacèrent toute trace. Puis, grimpant hors de la combe, ils reprirent la route. Ils n'avaient pas été bien loin que le soleil se coucha derrière les hauteurs de l'ouest et que de grandes ombres descendirent des flancs de la montagne. Le crépuscule en voila les pieds, et de brume s'éleva dans les creux. Dans le lointain à l'est, la lumière vespérale s'étendait, pâle, sur les terres indistinctes de plaine et de bois. Sam et Frodon, qui se sentaient à présent soulagés et grandement rafraîchis, étaient en état de marcher d'un bon pas et, avec une seule brève halte, Aragorn entraîna la Compagnie pendant près de trois heures encore.

Il faisait noir. La nuit profonde était tombée. De nombreuses étoiles brillaient dans le ciel, mais la lune rapidement décroissante ne devait se montrer que tard. Gimli et Frodon étaient en queue; ils marchaient doucement, sans parler, prêtant l'oreille à tout bruit qui pourrait venir derrière eux sur la route. Gimli finit par rompre le silence.

– Il n'y a d'autre son que celui du vent, dit-il. Il n'est pas de gobelins dans les environs, ou mes oreilles sont de bois. Espérons que les orques se contenteront de nous avoir chassés de la Moria. Peut-être était-ce là leur seul but et n'avaient-ils rien d'autre à faire avec nous – avec l'Anneau. Bien que les orques poursuivent souvent leurs ennemis pendant bien des lieues dans la plaine quand ils ont à venger un capitaine tombé.

Frodon ne répondit pas. Il observait Dard, et la lame était sans éclat. Il avait pourtant entendu ou cru entendre quelque chose. Dès que les ombres les eurent entourés et que la route fut obscure, il avait recommencé à entendre le bruit de pas légers et rapides. Il l'entendait en ce moment même. Il se retourna vivement. Il y avait derrière lui deux minuscules points de lumière, ou il crut un moment les voir; mais ils s'écartèrent aussitôt et disparurent.

– Qu'y a-t-il? demanda le Nain.

– Je ne sais pas, répondit Frodon. J'ai cru entendre des pas, et j'ai cru voir une lueur – comme d'yeux. Mais j'ai si souvent cru des choses depuis notre entrée dans la Moria!

Gimli s'arrêta et se pencha jusqu'à terre.

– Je n'entends que la voix nocturne des plantes et des pierres, dit-il. Allons! Dépêchons-nous! Les autres sont hors de vue.

Le vent de la nuit soufflait, froid, dans la vallée à leur rencontre. Devant eux s'élevait une grande ombre grise, et ils entendaient un perpétuel bruissement de feuilles, comme de peupliers dans la brise.

– La Lothlórien! s'écria Legolas. La Lothlórien! Nous sommes arrivés à l'orée de la Forêt d'Or. Quel malheur que ce soit l'hiver!

Dans la nuit, les arbres s'élevaient haut devant eux, formant une voûte au-dessus de la route et de la rivière qui coulait soudain sous leurs branches étendues. A la pâle lueur des étoiles, leurs troncs étaient gris, et leurs feuilles tremblantes avaient une teinte d'or fauve.

– La Lothlórien! dit Aragorn. Je suis heureux d'entendre de nouveau le vent dans les arbres! Nous ne nous trouvons guère à plus de cinq lieues des Portes, mais nous ne pouvons aller plus loin. Espérons qu'ici la vertu des Elfes nous gardera cette nuit du péril qui vient derrière nous.

– Si tant est que les Elfes demeurent encore ici dans le monde qui s'obscurcit, dit Gimli.

– Il y a longtemps qu'aucun des miens n'est revenu jusqu'ici, cette terre d'où nous partîmes à une époque lointaine, dit Legolas; mais nous avons appris que la Lórien n'est pas encore désertée, car il existe toujours un pouvoir secret qui tient le pays à l'abri du mal. Ses habitants se laissent néanmoins rarement voir et peut-être demeurent-ils aujourd'hui au plus profond des bois, loin de la frontière septentrionale.

– Ils demeurent certes au plus profond des bois, dit Aragorn, soupirant comme sous l'impulsion de quelque souvenir. Nous devons nous débrouiller seuls ce soir. Nous irons un peu plus loin, jusqu'au milieu des arbres, et là nous quitterons le sentier pour chercher un endroit où dormir.

Il fit quelques pas en avant, mais Boromir ne le suivit pas et resta sur place, indécis :

– N'y a-t-il pas d'autre chemin? demanda-t-il.

– Quel autre chemin meilleur voudriez-vous donc? dit Aragorn.

– Une simple route, dût-elle mener à travers une haie d'épées, dit Boromir. Notre Compagnie a été menée par d'étranges sentiers et, jusqu'à nouvel ordre, vers une mauvaise fortune. Contre mon gré, nous avons passé sous les ombres de la Moria, vers notre perte. Et maintenant nous devons pénétrer dans le Bois d'Or, dites-vous. Mais nous avons entendu parler de cette terre périlleuse en Gondor, et l'on dit que peu de ceux qui y entrent en ressortent; et de ceux-là, aucun ne s'est échappé indemne.

– Ne dites pas *indemne*, mais en disant *inchangé* vous serez dans le vrai, répliqua Aragorn. Mais le savoir se perd en Gondor, Boromir, si dans la cité de ceux qui furent jadis sages on parle mal à présent de la Lothlórien. Quoi que vous en pensiez, il n'y a pas d'autre voie pour nous – à moins que vous ne veuillez retourner à la Porte de la Moria, escalader les montagnes sans chemin frayé ou suivre tout seul le Grand Fleuve à la nage.

– Eh bien, allez-y! dit Boromir. Mais c'est périlleux.

– Périlleux, certes, dit Aragorn, beau et périlleux; mais seuls ont à craindre les mauvais, ou qui apporte avec soi quelque mal. Suivez-moi!

Ils avaient pénétré d'un peu plus d'un mille dans la forêt, quand ils tombèrent sur un autre torrent qui descendait rapidement des pentes couvertes d'arbres, grimpant vers les montagnes derrière eux à l'ouest. Ils entendirent les éclaboussements de sa chute dans les ombres à leur droite. Ses eaux noires et précipitées traversaient le sentier devant eux pour rejoindre le Cours d'Argent dans le remous de mares indistinctes, parmi les racines des arbres.

– Voici la Nimrodel! dit Legolas. Sur cette rivière, les Elfes Sylvestres composèrent de nombreuses chansons il y a longtemps, et nous les chantons encore dans le Nord, nous souvenant de l'arc-en-ciel dans ses cascades et des fleurs d'or qui flottaient dans son écume. Tout est sombre à présent, et le Pont de la Nimrodel est rompu. Je vais me baigner les pieds, car on dit que l'eau est bienfaisante aux gens fatigués.

Il s'avança, descendit la rive escarpée et entra dans la rivière.

– Suivez-moi! cria-t-il. L'eau n'est pas profonde. Passons à gué de l'autre côté. Nous pourrons nous reposer sur l'autre rive, et le son de la cascade nous apportera peut-être le sommeil et l'oubli de notre chagrin.

Un par un, ils descendirent à la suite de Legolas. Frodon se tint un moment près du bord, laissant l'eau couler sur ses pieds fatigués. Elle était froide, mais le contact en était pur et, à mesure qu'il avançait et qu'elle lui montait aux genoux, il sentit ses membres lavés de la souillure du voyage et de toute lassitude.

Quand toute la Compagnie fut de l'autre côté, ils s'assirent, se reposèrent et prirent quelque nourriture; et Legolas leur raconta des histoires de la Lothórien que les Elfes de la Forêt Noire conservaient toujours dans leur cœur, des histoires au sujet de la lumière du soleil et des étoiles sur les prairies au bord du Grand Fleuve avant que le monde ne fût gris.

Finalement, un silence s'établit, et ils entendirent la musique de la cascade coulant mélodieusement dans les ombres. Frodon imagina presque entendre une voix qui chantait, mêlée au son de l'eau.

– Entendez-vous la voix de la Nimrodel? demanda Legolas. Je vais vous chanter une chanson de la vierge Nimrodel, qui portait le même nom que la rivière près de laquelle elle vivait au temps jadis. C'est une belle chanson dans notre langue de la forêt; mais la voici en langage ouestrien, telle que la chantent certains à Fond-combe.

D'une voix douce, qui dominait à peine le bruissement des feuilles au-dessus d'eux, il commença :

> Il était jadis une vierge elfique,
> Etoile brillant de jour :
> Son blanc manteau était d'or bordé,
> Ses chaussures gris d'argent.
>
> Une étoile était posée sur son front,
> Une lumière sur ses cheveux,
> Comme le soleil sur les rameaux d'or
> En Lórien la belle.
>
> Ses cheveux étaient longs et ses bras blancs;
> Belle et libre était-elle;
> Et dans le vent elle allait aussi légère
> Que la feuille de tilleul.
>
> Au bord des cascades de la Nimrodel,
> Près de l'eau claire et fraîche,
> Sa voix tombait comme une chute d'argent
> Dans la mare brillante.
>
> Où maintenant elle erre, nul ne le sait,
> A la lumière du soleil ou dans l'ombre;
> Car perdue fut jadis Nimrodel
> Et dans les montagnes isolées.
>
> La nef elfique dans le havre gris
> Sous le vent de la montagne
> Bien des jours l'attendit
> Au bord de la mer rugissante.
>
> Un vent nocturne dans les terres du Nord
> Se leva, et haut il cria,
> Et mena le navire des rives elfiques
> Au travers des flots mouvants.

Quand vint la terne aurore, la terre était perdue,
Les montagnes plongeaient grises
Au-delà des vagues gonflées qui lançaient
Leurs panaches d'écume aveuglante.

Amroth vit la rive évanescente
A présent basse derrière la houle,
Et il maudit le perfide navire qui l'emportait
Loin de Nimrodel.

Jadis il était un Roi-Elfe,
Un seigneur de l'arbre et des vallons,
Quand d'or étaient les rameaux printaniers
Dans Lothlórien la Belle.

Du mât à la mer, on le vit s'élancer
Comme la flèche de la corde,
Et plonger dans l'eau profonde
Comme la mouette en vol.

Le vent était dans ses cheveux flottants,
Sur lui brillait l'écume;
De loin, ils le virent fort et beau
S'en aller, glissant tel un cygne.

Mais de l'Ouest n'est venu aucun message
Et sur la Rive Citérieure
Nulle nouvelle n'ont plus jamais entendu
Les Elfes d'Amroth.

La voix de Legolas s'altéra, et le chant cessa :

– Je ne puis plus chanter, dit-il. Cela n'est qu'une partie; j'ai beaucoup oublié. C'est long et triste, car il y est dit comment la douleur envahit la Lothlórien, la Lórien des Fleurs, quand les Nains éveillèrent le mal dans les montagnes.

– Mais ce ne sont pas les Nains qui ont fait le mal, dit Gimli.

– Je n'ai pas dit cela; mais le mal n'en est pas moins venu, répondit tristement Legolas. Alors, de nombreux Elfes de la parenté de Nimrodel quittèrent leur demeure et s'en furent; elle se perdit loin dans le Sud, dans les cols des Montagnes Blanches, et elle ne vint pas au navire dans lequel Amroth son amant l'attendait. Mais au printemps, quand le vent passe dans les feuilles, on peut encore entendre sa voix près des cascades qui portent son nom. Et quand le vent est au sud, la voix d'Amroth monte de la mer; car !a Nimrodel se jette dans le Cours d'Argent, que les Elfes nomment Celebrant, Celebrant dans l'Anduin-la-Grande, et l'Anduin se jette dans la Baie de Belfalas, d'où les Elfes de Lórien prirent la mer. Mais Nimrodel, ni Amroth, ne revinrent jamais.

« On raconte qu'elle avait une maison construite dans les branches d'un arbre qui croissait près des Cascades; car c'était la coutume des Elfes de Lórien de demeurer dans les arbres, et peut-être l'est-ce encore. C'est pourquoi on les nommait les Galadhrim, les Gens des Arbres. Au plus profond de leur forêt, les arbres sont très grands. Les habitants des bois ne creusaient pas la terre comme les Nains et ils n'édifièrent pas de places fortes jusqu'à la venue de l'Ombre.

– Et même de nos jours, on pourrait juger qu'habiter dans les arbres est plus sûr que de s'asseoir par terre, dit Gimli.

Il regarda par-delà la rivière la route qui ramenait à la Vallée des Rigoles Sombres, puis la voûte des branches obscures au-dessus d'eux.

– Vos paroles portent bon conseil, Gimli, dit Aragorn. Nous ne pouvons construire de maison, mais ce soir, nous ferons comme les Galadhrim et nous chercherons refuge au sommet des arbres, si nous le pouvons. Nous sommes déjà restés ici près de la route plus que ne le voulait la sagesse.

La Compagnie quitta alors le sentier pour plonger dans l'ombre des bois plus profonds, à l'ouest le long de la rivière de montagne en s'éloignant du Cours d'Argent. Non loin des cascades de la Nimrodel, ils trouvèrent un groupe d'arbres, dont certains surplombaient la rivière. Leurs grands troncs gris étaient d'une imposante circonférence, mais on n'en pouvait deviner la hauteur.

– Je vais y grimper, dit Legolas. Je suis chez moi parmi les arbres, aux racines comme dans les branches, encore que ceux-ci soient d'une espèce qui m'est étrangère, hormis par un nom dans une chanson. On les appelle *mellyrn*, et ce sont ceux qui portent les fleurs jaunes; mais je n'ai jamais grimpé à aucun d'eux. Je vais voir maintenant quelle en est la forme et la croissance.

– Quoi qu'il en soit, dit Pippin, ce seront certes des

arbres merveilleux s'ils peuvent offrir le moindre repos la nuit à d'autres que les oiseaux. Je ne saurais dormir sur un perchoir!

– Eh bien, creusez un trou dans le sol, si c'est davantage dans la façon de votre espèce, dit Legolas. Mais il faudra creuser vite et profond si vous voulez vous cacher des orques.

Bondissant avec légèreté, il attrapa une branche qui sortait du tronc à bonne hauteur au-dessus de sa tête. Mais, tandis qu'il se balançait là un moment, une voix sortit soudain des ombres de l'arbre au-dessus de lui.

« *Daro!* » disait-elle d'un ton autoritaire : et Legolas retomba sur le sol, empli d'étonnement et de crainte. Il se pelotonna contre le tronc de l'arbre.

– Restez tranquilles! murmura-t-il aux autres. Ne bougez pas et taisez-vous!

Une sorte de rire doux se fit entendre au-dessus de leur tête; puis une autre voix claire parla en langue elfique. Frodon ne comprit pas grand-chose à ce qu'elle disait, car le langage qu'employaient entre eux les Sylvains à l'est des montagnes ne ressemblaient guère à celui de l'ouest. Legolas, levant le regard, répondit dans le même langage.

– Qui sont-ils, et que disent-ils? demanda Merry.

– Ce sont des Elfes, dit Sam. N'entendez-vous pas leur voix?

– Oui, ce sont des Elfes, dit Legolas; et ils disent que vous respirez si bruyamment qu'ils pourraient vous tirer en pleine obscurité. (Sam mit précipitamment sa main devant sa bouche.) Mais ils disent aussi que vous n'avez aucune crainte à avoir. Il y a un bon moment qu'ils ont distingué notre présence. Ils ont entendu ma voix de l'autre côté de la Nimrodel, et ils savaient que j'étais un de leurs parents du Nord; c'est pourquoi ils n'ont pas empêché notre passage; et après, ils ont entendu mon chant. Ils m'invitent maintenant à monter avec Frodon; car ils paraissent avoir entendu parler de lui et de notre voyage. Ils demandent que les autres attendent un peu et veillent au pied de l'arbre, jusqu'à ce qu'ils aient décidé de ce qu'il y a lieu de faire.

Une échelle descendit des ombres; elle était faite de corde gris-argent qui luisait dans l'obscurité, et malgré son aspect ténu elle se révéla assez solide pour porter de nombreux hommes. Legolas grimpa avec légèreté, et Frodon le suivit plus lentement; derrière venait Sam, qui s'efforçait de ne pas respirer trop bruyamment. Les branches de mallorne poussaient presque droit, puis s'étalaient vers le haut; mais près du sommet, la tige principale se partageait en maintes branches en couronne, et ils virent que parmi celles-ci avait été construite une plate-forme de bois ou *flet*, comme on appelait cela en ce temps-là : les Elfes le nommaient *talan*. On y accédait par un trou circulaire ménagé au centre, par lequel passait l'échelle.

En arrivant enfin sur le flet, Frodon trouva Legolas assis avec trois autres Elfes. Ils étaient vêtus d'un gris d'ombre, et on ne pouvait les distinguer parmi les branches s'ils ne faisaient quelque mouvement brusque. Ils se levèrent, et l'un d'eux découvrit une petite lanterne qui répandit un mince rayon d'argent. Il l'éleva pour regarder le visage de Frodon et celui de Sam. Puis il éteignit de nouveau la lumière et dit quelques mots de bienvenue dans sa langue elfique. Frodon répondit avec hésitation.

— Bienvenue! répéta alors l'Elfe dans la Langue Commune en parlant lentement. Nous usons rarement d'une autre langue que la nôtre; car nous vivons à présent au cœur de la forêt, et nous n'entretenons pas volontiers de rapports avec les autres gens. Même ceux de notre propre race dans le Nord sont coupés de nous. Mais il en est encore parmi nous qui vont loin pour récolter des nouvelles et surveiller nos ennemis, et ils parlent la langue d'autres terres. Je suis de ceux-là. Je me nomme Haldir. Mes frères, Rúmil et Orophin, parlent peu votre langue.

« Mais nous avons entendu parler de votre venue, car les messagers d'Elrond sont passés par la Lórien en rentrant à l'Escalier des Rigoles Sombres. Nous ne savions rien des... Hobbits ou Semi-Hommes depuis maintes années, et nous ignorions qu'il y en eût en Terre du Milieu. Vous ne paraissez pas méchants! Et puisque vous venez avec un Elfe de notre espèce, nous sommes disposés à vous aider comme Elrond l'a demandé; encore qu'il ne soit pas dans nos habitudes de conduire des étrangers sur notre territoire. Mais il vous faudra rester ici cette nuit. Combien êtes-vous?

— Huit, dit Legolas. Moi-même, quatre Hobbits, et deux hommes, dont l'un, Aragorn, est un ami des Elfes de ceux de l'Ouistrenesse.

— Le nom d'Aragorn fils d'Arathorn est connu en Lórien, dit Haldir, et il a la faveur de notre Dame. Tout est bien, donc. Mais vous n'avez encore parlé que de sept.

– Le huitième est un Nain, dit Legolas.

– Un Nain! s'écria Haldir. Voilà qui n'est pas bien. Nous n'avons pas eu de rapports avec les Nains depuis les Jours Sombres. Ils ne sont pas admis dans notre pays. Je ne puis lui permettre le passage.

– Mais il est du Mont Solitaire, des fidèles gens de Dáin, et ami d'Elrond, dit Frodon. Elrond lui-même l'a choisi pour l'un de nos compagnons, et il s'est montré brave et loyal.

Les Elfes s'entretinrent d'une voix douce, et ils interrogèrent Legolas dans leur propre langue.

– Bon, finit par dire Haldir. Voici ce que nous ferons, bien que ce soit contre notre goût. Si Aragorn et Legolas veulent le garder et répondre de lui, il passera; mais il ne traversera toutefois la Lothlórien que les yeux bandés.

« Mais assez de délibérations. Les vôtres ne doivent pas rester à terre. Nous n'avons cessé d'observer les rivières depuis que nous avons vu une grande troupe d'orques qui se dirigeaient vers la Moria au nord, en bordure des montagnes, il y a bien des jours. Les loups hurlent à l'orée de la forêt. Si vous venez effectivement de la Moria, le danger ne saurait être loin derrière vous. Il faudra pourtant suivre votre route de bonne heure demain matin.

« Les quatre Hobbits grimperont ici et resteront avec nous – nous ne les craignons pas! Il y a un autre *talan* dans l'arbre voisin. Les autres devront y prendre refuge. Vous, Legolas, devrez nous répondre d'eux. Appelez-nous, si quelque chose va de travers! Et tenez ce Nain à l'œil!

Legolas descendit aussitôt l'échelle pour porter le message d'Haldir; et peu après Merry et Pippin grimpèrent sur le haut flet. Ils étaient essoufflés et paraissaient assez effrayés.

– Voilà! dit Merry, haletant. Nous avons monté vos couvertures en même temps que les nôtres. Grands-Pas a caché tout le reste de notre bagage dans un profond amoncellement de feuilles.

– Vous n'aviez aucun besoin de ce fardeau, dit Haldir. Il fait froid au sommet des arbres en hiver, bien que le vent soit ce soir au sud; mais nous avons de la nourriture et de la boisson à vous donner, qui chasseront le froid nocturne, et nous avons des peaux et des manteaux en surplus.

Les Hobbits acceptèrent avec joie ce second (et bien meilleur) souper. Puis ils s'enveloppèrent chaudement non seulement dans les manteaux de fourrure des Elfes, mais aussi dans leurs couvertures, et ils essayèrent de dormir. Mais, tout fatigués qu'ils étaient, seul Sam trouva la chose facile. Les Hobbits n'aiment pas les hauteurs, et ils ne dorment pas aux étages, même s'ils en ont. Le flet n'était aucunement à leur goût comme chambre à coucher. Il n'avait pas de murs, pas même de balustrade; seulement d'un côté était dressée une légère natte mobile que l'on plaçait en différents endroits selon le vent.

Pippin continua de parler un moment :

– Si j'arrive à dormir dans ce lit-pigeonnier, j'espère que je ne vais pas dégringoler, dit-il.

– Une fois endormi, dit Sam, je continuerai à dormir, que je dégringole ou pas. Et moins on bavardera, plus vite je tomberai dans le sommeil, si vous voyez ce que je veux dire.

Frodon resta quelque temps éveillé, contemplant les étoiles qui entre-luisaient à travers le pâle plafond des feuilles tremblantes. Sam ronflait depuis longtemps de son côté quand lui-même ferma les yeux. Il voyait vaguement les formes grises de deux Elfes qui, assis immobiles, les bras autour des genoux, parlaient à voix basse. L'autre était descendu prendre son tour de garde sur une des branches basses. Finalement, bercé par le vent dans la ramure au-dessus de lui et par le doux murmure des cascades de la Nimrodel en dessous, Frodon s'endormit, tandis que la chanson de Legolas lui trottait dans la tête.

Tard dans la nuit, il se réveilla. Les autres Hobbits dormaient. Les Elfes avaient disparu. Le croissant de la lune luisait faiblement parmi les feuilles. L'air était silencieux. Il entendit à peu de distance un rire rauque et un piétinement nombreux sur le sol en dessous. Un bruit métallique retentit. Ces sons s'évanouirent lentement en direction du sud, plus avant dans la forêt.

Une tête apparut soudain par le trou dans le flet. Frodon se redressa tout effrayé, et il vit que c'était un Elfe encapuchonné de gris. Il regarda du côté des Hobbits.

– Qu'y a-t-il? demanda Frodon.

– *Yrch!* dit l'Elfe en un bas chuintement, et il jeta sur le flet l'échelle de corde qu'il avait relevée.

– Des orques! dit Frodon. Que font-ils?

Mais l'Elfe était parti.

Il n'y eut plus aucun bruit. Les feuilles étaient silencieuses, et les cascades mêmes semblaient s'être tues. Frodon, assis sur son séant, frissonna sous ses enveloppements. Il se félicitait de n'avoir pas été pris sur le sol; mais il avait l'impression que les arbres n'offraient guère d'autre protection que la dissimulation. Les orques avaient un flair aussi pénétrant que celui des meilleurs chiens de chasse, disait-on, mais ils pouvaient aussi grimper. Il dégaina Dard : celle-ci étincela comme une flamme bleue; puis la lueur s'évanouit de nouveau, et l'épée reprit son aspect terne. En dépit de ce retour à la normale, le sentiment d'un danger immédiat ne quitta pas Frodon, s'accroissant même plutôt. Il se leva, rampa jusqu'à l'ouverture et regarda en bas. Il était presque sûr de percevoir des mouvements furtifs au pied de l'arbre, loin en dessous de lui.

Ce n'étaient pas des Elfes; car ceux de la forêt étaient absolument silencieux dans leurs mouvements. Puis il entendit vaguement comme un reniflement, et quelque chose lui sembla gratter l'écorce du tronc. Il écarquilla les yeux sur l'obscurité, retenant son souffle.

Quelque chose grimpait lentement à présent, et sa respiration montait comme un doux sifflement à travers des dents serrées. Puis, montant, tout près de la tige, Frodon vit deux yeux pâles. Ils s'arrêtèrent et regardèrent en l'air sans ciller. Soudain, ils se détournèrent, et une figure indistincte glissa autour du tronc de l'arbre et disparut.

Aussitôt après, Haldir grimpa vivement parmi les branches :

– Il y avait quelque chose dans cet arbre, que je n'avais jamais vu auparavant, dit-il. Ce n'était pas un orque. Cela a fui dès que j'eus touché le tronc de l'arbre. La créature paraissait circonspecte, et elle était habile à se mouvoir dans les arbres, sans quoi j'aurais pu croire qu'il s'agissait d'un de vous autres Hobbits.

« Je n'ai pas tiré, n'osant faire pousser des cris : nous ne pouvons risquer la bataille. Une forte compagnie d'orques a passé. Ils ont traversé la Nimrodel – maudits soient leurs infects pieds dans son eau pure! – et ils sont partis par la vieille route qui longe la rivière. Ils paraissaient suivre une piste, et ils ont examiné un moment le sol près de l'endroit où vous vous étiez arrêtés. A trois, nous ne pouvions en défier cent; nous nous sommes donc avancés et nous leur avons parlé en contrefaisant nos voix, afin de les entraîner dans la forêt.

« Orophin est maintenant retourné en hâte vers nos habitations pour avertir les nôtres. Aucun des orques ne ressortira jamais de la Lórien. Et il y aura beaucoup d'Elfes cachés à la lisière nord avant la tombée d'une nouvelle nuit. Mais il vous faut prendre la route du sud dès qu'il fera grand jour.

Le matin se leva, pâle, à l'est. En grandissant, la lumière filtra parmi les feuilles jaunes du mallorne, et il sembla aux Hobbits que brillaient les premiers rayons du soleil d'un frais matin d'été. Un ciel bleu pâle se montrait à travers les branches mouvantes. En regardant par une ouverture sur le côté sud du flet, Frodon vit toute la vallée du Cours d'Argent étendue sous ses yeux comme une mer d'or fauve ondulant doucement dans la brise.

La matinée, peu avancée, était encore fraîche quand la Compagnie se remit en route, guidée à présent par Haldir et son frère Rúmil.

– Adieu, douce Nimrodel! s'écria Legolas.

Frodon, jetant un regard en arrière, aperçut un miroitement d'écume blanche parmi les troncs gris.

– Adieu, dit-il.

Il avait l'impression que jamais plus il n'entendrait une eau courante aussi belle, mêlant à jamais ses innombrables notes en une harmonie toujours changeante.

Ils regagnèrent le sentier qui continuait à longer la rive ouest du Cours d'Argent, et ils s'y tinrent pendant quelque temps en direction du Sud. Il y avait dans le sol des empreintes de pieds d'orques. Mais bientôt Haldir s'écarta dans les arbres, à l'ombre desquels il s'arrêta au bord de la rivière.

– Voilà un des miens, de l'autre côté de la rivière, bien que vous ne l'aperceviez pas, dit-il.

Il fit entendre un appel, semblable à un léger sifflement d'oiseau, et un Elfe sortit d'un bosquet de jeunes arbres; il était vêtu de gris, mais son capuchon était rejeté en arrière, et ses cheveux étincelaient comme de l'or au soleil du matin. Haldir lança adroitement par-dessus le cours d'eau un rouleau de corde grise, que l'autre attrapa et dont il noua le bout à un arbre près de la rive.

– Le Celebrant est toujours fort ici, comme vous le voyez, dit Haldir; son cours est rapide et profond, et il est également glacial. Nous n'y mettons pas les pieds autant au nord, autrement qu'en cas de nécessité. Mais en ces temps de vigilance, nous ne construisons pas de ponts. Voici notre façon de traverser. Suivez-moi!

Il amarra son bout de la corde à un autre arbre; après quoi, il courut avec légèreté le long de ce pont improvisé, tout comme sur une route.

– Je puis suivre ce chemin, dit Legolas; mais les autres n'ont pas cette adresse. Doivent-ils traverser à la nage?

– Non, dit Haldir. Nous avons deux autres cordes. Nous allons les fixer au-dessus de l'autre, l'une à hauteur d'épaule et l'autre à mi-hauteur; en les tenant, les étrangers devraient pouvoir traverser avec précaution.

Ce léger pont confectionné, la Compagnie passa dessus, les uns avec lenteur et prudence, les autres plus aisément. Parmi les Hobbits, Pippin se révéla le meilleur, car il avait le pied sûr; il traversa rapidement, en ne se tenant que d'une main; mais il ne quitta pas des yeux la rive d'en face, et il ne regarda à aucun moment en dessous. Sam avança en traînant le pas, agrippé aux cordes et les yeux fixés sur l'eau pâle et tourbillonnante comme si ce fût un abîme dans les montagnes.

Il respira avec soulagement à son arrivée, sain et sauf:

– On apprend à tout âge! comme disait mon vieux. Mais il pensait au jardinage et pas à se percher comme un oiseau ou à essayer de marcher comme une araignée. Même mon oncle Andy n'a jamais fait de truc comme ça!

Quand la Compagnie fut enfin rassemblée sur la rive orientale du Cours d'Argent, les Elfes détachèrent les cordes et en roulèrent deux. Rúmil, qui était resté de l'autre côté, ramena la dernière, qu'il jeta sur son épaule, et avec un salut de la main, il retourna à la Nimrodel pour reprendre sa surveillance.

– Maintenant, mes amis, dit Haldir, vous êtes entrés dans le Naith de Lórien ou l'Enclave, comme vous diriez, car c'est la terre qui s'étend comme un fer de lance entre les bras du Cours d'Argent et de l'Anduin-la-Grande. Nous ne permettons à aucun étranger d'espionner les secrets du Naith. Peu de gens sont même autorisés à y mettre les pieds.

« Comme convenu, je vais bander ici les yeux de Gimli le Nain. Les autres pourront marcher librement pendant quelque temps, jusqu'à ce que nous approchions de nos demeures, à Egladil, dans l'Angle entre les eaux.

Cela n'était pas du tout pour plaire à Gimli :

– L'arrangement a été pris sans mon consentement, dit-il. Je ne marcherai pas les yeux bandés comme un mendiant ou un prisonnier. Et je ne suis pas un espion. Les miens n'ont jamais eu de rapports avec aucun serviteur de l'Ennemi. Et nous n'avons jamais fait de mal aux Elfes. Il n'y a pas plus de probabilité que je vous trahisse que ne le ferait Legolas, ou tout autre de mes compagnons.

– Je n'en doute pas, dit Haldir. Mais c'est notre loi. Je ne suis pas maître de la loi, et il ne m'est pas possible de n'en pas tenir compte. J'ai déjà fait beaucoup en vous laissant passer le Celebrant.

Gimli s'obstina. Fermement planté sur ses pieds écartés, il porta la main au manche de sa hache :

– J'avancerai libre, me dit-il, ou je retournerai en arrière à la recherche de mon propre pays, où l'on me connaît pour fidèle à ma parole, dussé-je périr seul dans le désert.

– Vous ne pouvez retourner en arrière, dit Haldir avec sévérité. Étant venu jusqu'ici, vous devez être mené devant le Seigneur et la Dame. Ils vous jugeront et vous retiendront ou vous laisseront aller, selon ce qu'ils estimeront bon. Vous ne pouvez retraverser les rivières, et il y a maintenant derrière vous des sentinelles secrètes qui vous interdiront le passage. Vous seriez abattu avant même de les avoir vues.

Gimli tira sa hache de sa ceinture. Haldir et son compagnon abaissèrent leurs arcs :

– La peste soit des Nains et de leur nuque roide! dit Legolas.

– Allons! dit Aragorn. Si je dois encore conduire cette Compagnie, il faut faire ce que je vous demande. Il est dur pour le Nain d'être ainsi discriminé. Nous aurons tous les yeux bandés, même Legolas. Ce sera mieux, bien que cela ne puisse que ralentir le voyage et le rendre ennuyeux.

Gimli eut un rire soudain :

– De quelle belle troupe de fous nous aurons l'air! Haldir nous mènera-t-il tous avec une ficelle, comme une suite de mendiants aveugles derrière un seul chien? Mais je me tiendrai pour satisfait si Legolas seul partage ma cécité.

– Je suis un Elfe et un affin ici, dit Legolas, courroucé à son tour.

– Et maintenant, écrions-nous : la peste soit de la nuque roide des Elfes! dit Aragorn. Mais toute la Compagnie voyagera de même façon. Allons, bandez-nous les yeux, Haldir!

– J'exigerai pleine réparation pour toute chute ou tout heurt des pieds, si vous ne vous conduisez pas convenablement, grogna Gimli, tandis qu'on lui mettait un bandeau sur la vue.

– Vous n'en aurez aucun prétexte, dit Haldir. Je vous conduirai bien, et les chemins sont unis et droits.

– Hélas pour la folie de ces temps! dit Legolas. Nous sommes tous ici des ennemis de l'unique Ennemi, et pourtant il me faut marcher en aveugle, alors que le soleil est joyeux dans les bois sous les feuilles d'or!

– Cela peut paraître de la folie, dit Haldir. En fait, le pouvoir du Seigneur Ténébreux n'est nulle part plus visible que dans la brouille qui divise tous ceux qui s'opposent encore à lui. Toutefois, nous trouvons aujourd'hui si peu de loyauté et de confiance dans le monde au-delà de la Lothlórien, sauf peut-être à Fondcombe, que nous n'osons pas par notre propre confiance mettre en danger notre terre. Nous vivons à présent sur une île au milieu de nombreux périls, et nos mains jouent plus souvent de la corde de l'arc que de celles de la harpe.

« Les rivières nous ont longtemps protégés, mais elles ne sont plus une défense sûre; car l'Ombre s'est glissée vers le nord tout autour de nous. Certains parlent de partir, mais il semble qu'il soit déjà trop tard pour cela. Les montagnes à l'ouest deviennent mauvaises; à l'est, les terres sont désolées et remplies des créatures de Sauron; et le bruit court que nous ne pouvons plus passer en sûreté vers le sud par le Rohan et que l'Ennemi surveille les Bouches du Grand Fleuve. Pourrions-nous même parvenir aux rivages de la mer que nous n'y trouverions plus d'abri. On dit qu'il existe encore des havres des Hauts-Elfes, mais ils se trouvent très loin au nord et à l'est, au-delà du pays des Semi-Hommes. Où cela peut se trouver d'ailleurs, si le Seigneur et la Dame le savent peut-être, moi je l'ignore.

– Vous devriez au moins le deviner, puisque vous nous avez vus, dit Merry. Il y a des havres d'Elfes à l'ouest de mon pays, la Comté, où vivent les Hobbits.

– Heureuses gens que les Hobbits, qui demeurent près des rivages de la mer! dit Haldir. Il y a bien longtemps, certes, qu'aucun des miens ne l'a contemplée; mais nous nous en souvenons encore dans nos chants. Parlez-moi de ces havres, tandis que nous marcherons.

– Je ne le puis, dit Merry. Je ne les ai jamais vus. Je ne suis jamais sorti de mon pays. Et si j'avais su comment était le monde extérieur, je ne crois pas que j'aurais eu le cœur de le quitter.

– Pas même pour voir la belle Lothlórien? dit Haldir. Le monde est en vérité empli de périls, et il y a en lui maints endroits sombres; mais il y en a encore beaucoup de beaux, et quoique dans tous les pays l'amour se mêle maintenant d'affliction, il n'en devient peut-être que plus grand.

« Certains d'entre nous chantent que l'Ombre se retirera et que la paix reviendra. Je ne crois pourtant pas que le monde qui nous environne redeviendra jamais ce qu'il était jadis, ni la lumière du soleil ce qu'elle fut. Pour les Elfes, ce sera, au mieux, je le crains, une trêve, qui leur permettra de passer sans encombre jusqu'à la mer et de quitter pour toujours la Terre du Milieu. Hélas pour la Lothlórien que j'aime! Ce serait une pauvre existence dans un pays où ne pousserait aucun mallorne. Mais s'il en est au-delà de la Grande Mer, personne ne l'a jamais rapporté.

Devisant ainsi, la Compagnie, conduite par Haldir, suivait en file indienne les sentiers de la forêt, tandis que l'autre Elfe marchait en queue. Ils sentaient sous leurs pieds un sol doux et uni, et, après un moment, ils marchèrent plus librement, sans crainte de tomber ou de se faire du mal. Privé de la vue, Frodon vit son ouïe et ses autres sens aiguisés. Il pouvait sentir les arbres et l'herbe froissée. Il entendait bien des notes différentes dans le bruissement des feuilles au-dessus de lui, dans le murmure de la rivière à sa droite et dans la voix claire et ténue des oiseaux dans le ciel. Il sentait le soleil sur son visage et sur ses mains quand ils passaient dans une clairière découverte.

Dès qu'il avait posé le pied sur l'autre rive du Cours d'Argent, il avait éprouvé un sentiment étrange, qui s'approfondissait à mesure qu'il avançait dans le Naith : il lui semblait avoir passé par un pont de temps dans un coin des Jours Anciens et marcher à présent dans un monde qui n'était plus. A Fondcombe, il y avait le souvenir d'anciennes choses; dans la Lórien, les anciennes choses vivaient encore dans le monde en éveil. Le mal y avait été vu et entendu, l'affliction connue; les Elfes craignaient le monde extérieur, en lequel ils n'avaient aucune confiance : les loups hurlaient à l'orée de la forêt; mais dans la Lórien, nulle ombre ne s'étendait.

Toute cette journée, la Compagnie poursuivit sa marche, jusqu'à ce que la froideur du soir se fît sentir et qu'on entendît le premier vent nocturne murmurer parmi de nombreuses feuilles. Puis ils se reposèrent et dormirent sans crainte sur le sol; car ils ne pouvaient grimper, leurs guides ne leur ayant pas permis de retirer leurs bandeaux. Ils repartirent au matin, marchant sans hâte. A midi, ils firent halte, et Frodon eut conscience qu'ils étaient passés sous le brillant soleil. Soudain, il entendit le son de nombreuses voix autour de lui.

Une troupe d'Elfes en marche s'était approchée en silence : ils se hâtaient vers les frontières du Nord pour les garder de toute attaque en provenance de la Moria; et ils apportaient des nouvelles, dont Haldir transmit certaines. Les orques marauderurs étaient tombés dans une embuscade et avaient presque tous été détruits; les autres s'étaient enfuis à l'ouest vers les montagnes, et ils étaient poursuivis. On avait vu aussi une étrange créature, qui courait le dos courbé et les mains près du sol, comme une bête, mais elle n'avait cependant pas la forme d'une bête. Elle avait évité la capture, et ils ne l'avaient pas tirée, ne sachant si elle était bonne ou mauvaise, et elle avait disparu le long du Cours d'Argent au sud.

– Ils m'apportent aussi un message du Seigneur et de la Dame des Galadhrim, dit Haldir. Vous devez tous marcher librement, même le Nain Gimli. Il paraît que la Dame sait qui et ce qu'est chaque membre de votre Compagnie. De nouveaux messages sont peut-être arrivés de Fondcombe.

Il retira en premier le bandeau des yeux de Gimli :

– Mille pardons! dit-il, s'inclinant très bas. Considérez-nous à présent d'un œil amical! Regardez et soyez heureux, car vous êtes le premier Nain à voir les arbres du Naith de Lórien depuis le Jour de Durin.

Quand les yeux de Frodon eurent été à leur tour découverts, il leva le regard, et il eut le souffle coupé. Ils se trouvaient dans un espace découvert. A gauche s'élevait un grand tertre, couvert d'un tapis de gazon aussi vert que le printemps des temps anciens. Dessus, comme une double couronne, poussaient deux cercles d'arbres :

ceux de l'extérieur avaient une écorce d'un blanc de neige; ils ne portaient pas de feuilles, mais ils étaient splendides dans leur harmonieuse nudité; les arbres de l'intérieur étaient des mallornes de grande taille, encore revêtus d'or pâle. Haut parmi les branches d'un arbre très élevé placé au centre de l'ensemble, brillait un flet blanc. Au pied des arbres et sur toutes les pentes vertes, l'herbe était parsemée de petites fleurs d'or en forme d'étoiles. Parmi elles, dansant sur de minces tiges, se voyaient d'autres fleurs, blanches ou d'un vert très pâle : elles miroitaient parmi le riche coloris de l'herbe. Au-dessus, le ciel était bleu, et le soleil de l'après-midi rayonnait sur la colline, jetant de longues ombres vertes sous les arbres.

– Voyez! Vous êtes arrivés à Cerin Amroth, dit Haldir. Car c'est ici le cœur de l'ancien royaume tel qu'il était il y a bien longtemps, et voici la terre d'Amroth, où, en des jours plus heureux, fut édifiée sa haute maison. Ici fleurissent éternellement les fleurs hivernales dans une herbe toujours fraîche : l'*elanor* jaune et le pâle *niphredil*. Nous resterons un moment ici, et nous arriverons à la cité des Galadhrim à la nuit tombante.

Les autres se jetèrent sur l'herbe odorante, mais Frodon resta un moment debout, encore plongé dans l'émerveillement. Il lui semblait avoir passé par une haute fenêtre donnant sur un monde évanoui. Il s'étendait dessus une lumière pour laquelle sa langue n'avait point de nom. Tout ce qu'il voyait était de belle forme, mais ces formes semblaient en même temps nettement découpées comme si elles venaient d'être conçues et dessinées au moment où on lui avait retiré son bandeau, et aussi anciennes que si elles duraient depuis toujours. Il ne voyait d'autres couleurs que celles qu'il connaissait, or et blanc, et bleu et vert, mais elles étaient fraîches et vives comme s'il venait de les percevoir à ce moment et d'inventer des noms nouveaux et merveilleux. Ici, l'hiver, aucun cœur ne pouvait pleurer l'été ou le printemps. Nulle imperfection, nulle maladie, nulle difformité n'étaient visibles en rien de ce qui poussait sur terre. Sur le pays de Lórien n'existait aucune souillure.

Il se retourna et vit que Sam se tenait à présent près de lui, regardant alentour avec une expression perplexe et se frottant les yeux comme s'il ne fût pas certain d'être éveillé :

– C'est la lumière du soleil et un beau jour, y'a pas

d'erreur, dit-il. Je croyais que les Elfes n'aimaient que la lune et les étoiles; mais ceci est plus elfique que tout ce dont j'ai pu entendre parler. J'ai l'impression d'être *dans* une chanson, si vous comprenez ce que je veux dire.

Haldir les regarda, et il paraissait en effet comprendre le sens tant de la pensée que des mots. Il sourit :

– Vous sentez le pouvoir de la Dame des Galadhrim, dit-il. Vous plairait-il de grimper avec moi au Cerin Amroth?

Ils le suivirent, tandis qu'il allait d'un pas léger sur les pentes revêtues d'herbe, Bien qu'il marchât et respirât et qu'autour de lui les feuilles vives et les fleurs fussent agitées par le même air frais qui éventait le visage de Frodon, celui-ci sentait qu'il se trouvait dans un pays situé hors du temps, qui ne se défraîchissait pas, ne changeait pas, ne tombait pas dans l'oubli. Quand il serait parti et qu'il serait repassé dans le monde extérieur, Frodon, l'errant de la Comté, marcherait encore là, sur l'herbe parmi l'*elanor* et le *niphredil* dans la belle Lothló-rien.

Ils pénétrèrent dans le cercle d'arbres blancs. Comme ils le faisaient, le vent du sud souffla sur Cerin Amroth et soupira parmi les branches. Frodon se tint immobile, entendant de très loin de grandes vagues déferler sur des rivages depuis longtemps emportés et crier des oiseaux de mer dont la race avait disparu de la terre.

Haldir avait poursuivi son chemin, et il grimpait à présent au haut flet. S'apprêtant à le suivre, Frodon posa la main sur l'arbre, à côté de l'échelle : jamais auparavant il n'avait eu une conscience aussi soudaine et aussi vive du contact et de la texture d'une enveloppe d'arbre et de la vie qui courait dessous. Le bois et son contact lui furent un délice, non pas comme pour un forestier ou un charpentier; c'était le délice de l'arbre vivant même.

Comme il posait enfin le pied sur la haute plate-forme, Haldir lui prit la main et le fit tourner vers le sud :

– Regardez d'abord par ici! dit-il.

Frodon regarda et il vit, encore à une certaine distance, une colline où se dressaient de nombreux et magnifiques arbres ou une ville de tours vertes : il ne pouvait dire lequel des deux. Il lui sembla que c'était de là que venaient le pouvoir et la lumière qui régnaient sur tout le pays. Il éprouva soudain un ardent désir de voler comme un oiseau pour se reposer dans la verte cité. Puis il regarda à l'est, et il vit tout le pays de Lórien qui descendait vers la pâle lueur de l'Anduin, le Grand Fleuve. Il porta les yeux par-delà la rivière; toute la lumière disparut, et il se trouva de nouveau dans le monde qu'il connaissait. A partir du cours d'eau, la terre apparaissait plate et vide, informe et vague, jusqu'à l'horizon où elle s'élevait de nouveau comme un mur, sombre et lugubre. Le soleil qui s'étendait sur la Lothlórien n'avait aucun pouvoir d'illuminer l'ombre de cette lointaine hauteur.

— C'est là que se trouve le repaire de la Forêt Noire du Sud, dit Haldir. Il est couvert d'une forêt de sapins sombres, qui se disputent la place et dont les branches pourrissent et se dessèchent. Au milieu, sur une éminence rocheuse, se dresse Dol Guldur, où l'Ennemi eut longtemps sa résidence. Nous craignons qu'elle ne soit de nouveau habitée, et avec une puissance septuplée. Elle est souvent dominée par un nuage noir depuis quelque temps. De cet endroit élevé, vous pouvez contempler les deux pouvoirs qui s'opposent l'un à l'autre; et toujours ils luttent par la pensée à présent; mais alors que la lumière perçoit le cœur même des ténèbres, son propre secret n'a pas été découvert. Pas encore.

Il se détourna et redescendit rapidement, et ils le suivirent.

Au pied de la colline, Frodon trouva Aragorn debout, immobile et silencieux comme un arbre; mais il avait à la main une petite fleur dorée d'*elanor*, et une lumière brillait dans ses yeux. Il était plongé dans quelque beau souvenir; et, l'observant, Frodon sut que l'autre voyait des choses telles qu'elles avaient été jadis en ce même endroit. Car la trace des années menaçantes avait disparu du visage d'Aragorn, et il paraissait revêtu de blanc, jeune seigneur grand et beau; et il parlait en langue elfique à quelqu'un que Frodon ne pouvait voir. « *Arwen vanimelda, namarië!* » dit-il; puis il respira profondément et, sortant de ses pensées, il regarda Frodon et sourit.

— C'est ici le cœur du monde elfique, dit-il, et mon cœur y demeurera à jamais, à moins qu'il n'y ait une lumière au-delà des routes sombres que nous avons encore à parcourir, vous et moi. Venez avec moi!

Et, prenant la main de Frodon dans la sienne, il quitta la colline de Cerin Amroth, où il ne devait jamais revenir vivant.

CHAPITRE VII

LE MIROIR DE GALADRIEL

Le soleil descendait derrière les montagnes et les ombres s'épaississaient dans les bois quand ils repartirent. Leurs sentiers passaient à présent dans des halliers où l'obscurité s'était déjà rassemblée. La nuit tomba sous les arbres tandis qu'ils marchaient, et les Elfes découvrirent leurs lanternes d'argent.

Soudain, émergeant de nouveau en terrain découvert, ils se trouvèrent sous un pâle ciel nocturne, piqué de quelques premières étoiles. Il y avait devant eux un large espace sans arbre, qui formait un grand cercle et qui s'infléchissait de part et d'autre. Au-delà, un profond fossé se perdait dans la pénombre, mais l'herbe du bord était verte, comme si elle brillait encore en souvenir du soleil à présent parti. De l'autre côté, s'élevait à une grande hauteur un mur vert qui entourait une colline verte couverte de mallornes plus hauts que tous ceux qu'ils avaient pu voir dans tout le pays. Leur hauteur était indiscernable, mais ils se dressaient dans le crépuscule comme de vivantes tours. Dans leurs branches multi-étagées et parmi leurs feuilles toujours mouvantes, brillaient d'innombrables lumières, vertes, or et argent. Haldir se tourna vers la Compagnie.

– Bienvenue à Caras Galadhon! dit-il. Voici la cité des Galadhrim, où résident le Seigneur Celeborn et Galadriel, la Dame de Lórien. Mais nous ne pouvons entrer par ici, car les portes ne sont pas face au nord. Il faut la contourner jusqu'au côté sud, et le chemin n'est pas court, étant donné la grandeur de la cité.

Une route pavée de pierre blanche longeait l'autre bord du fossé. Ils la suivirent en direction de l'ouest, tandis que la ville grimpait toujours comme un nuage vert sur leur gauche; et, à mesure que la nuit augmentait, de nouvelles lumières surgissaient, jusqu'à ce que la colline parût tout enflammée d'étoiles. Ils finirent par arriver à un pont blanc; l'ayant traversé, ils se trouvèrent devant les grandes portes de la ville. Elles étaient insérées, face au sud-ouest, entre les extrémités du mur circulaire qui formait là une voûte, et elles étaient hautes et puissantes, dans la lumière de nombreuses lanternes.

Haldir frappa et parla, et les portes s'ouvrirent sans bruit; mais Frodon ne vit aucune trace de gardes. Les voyageurs passèrent à l'intérieur, et les portes se refermèrent derrière eux. Ils se trouvèrent dans un passage profond entre les deux extrémités du mur, et, l'ayant rapidement franchi, ils entrèrent dans la Cité des Arbres. Ils ne virent personne, n'entendirent aucun pas sur les chemins; mais il y avait de nombreuses voix autour d'eux et dans l'air au-dessus. Loin sur la colline, ils entendaient le son de chants qui tombait d'en haut comme une douce pluie sur les feuilles.

Ils suivirent bien des chemins et montèrent bien des escaliers avant d'arriver aux endroits élevés, où ils virent devant eux une source qui miroitait au milieu d'une vaste pelouse. Elle était éclairée par des lanternes d'argent suspendues aux branches des arbres, et elle tombait dans une vasque d'argent, d'où se déversait un ruisseau blanc. Sur le côté sud de la pelouse se dressait le plus puissant de tous les arbres; son grand fût lisse luisait comme du satin gris et montait tout droit jusqu'à l'endroit où les premières branches étendaient très haut leur immensité sous d'ombreux nuages de feuilles. A côté, se dressait une large échelle blanche, au pied de laquelle trois Elfes étaient assis. Ils se levèrent d'un bond à l'approche des voyageurs; Frodon vit qu'ils étaient grands et vêtus de mailles grises; de leurs épaules tombaient de longues capes blanches.

— Ici demeurent Celeborn et Galadriel, dit Haldir. Leur désir est que vous montiez vous entretenir avec eux.

L'un des gardiens elfes sonna alors une note claire avec un petit cor, et il y fut répondu par trois fois de loin au-dessus.

— Je vais monter d'abord, dit Haldir. Que Frodon vienne ensuite, et avec lui Legolas. Les autres pourront suivre comme ils le voudront. C'est une longue ascension pour qui n'est pas accoutumé à pareils escaliers, mais vous pourrez vous reposer en chemin.

Dans sa lente grimpée, Frodon passa de nombreux flets : certains d'un côté, certains de l'autre, et d'autres encore établis autour du tronc de l'arbre, de sorte que l'échelle passait au travers. A une grande hauteur au-dessus du sol, il arriva à un large *talan*, semblable au pont d'un grand navire. Dessus était construite une maison, assez grande pour servir, sur terre, de château aux Hommes. Il entra derrière Haldir, et il se trouva dans une pièce ovale, au centre de laquelle passait le tronc de l'immense mallorne, qui s'amincissait maintenant vers sa cime, mais qui n'en formait pas moins encore une colonne de vaste circonférence. La salle était emplie d'une douce lumière; les murs en étaient vert et argent, et le toit d'or. De nombreux Elfes étaient assis là. Dans deux fauteuils placés contre le fût de l'arbre sous le dais d'une branche vive siégeaient côté à côte Celeborn et Galadriel. Ils se levèrent pour accueillir leurs hôtes, à la manière des Elfes, fussent-ils réputés puissants monarques. Ils étaient très grands, la Dame non moins que le Seigneur; et ils étaient graves et beaux. Ils étaient entiè-rement vêtus de blanc; et les cheveux de la Dame étaient d'or foncé, et ceux du Seigneur Celeborn, longs et bril-lants, étaient d'argent; mais il n'y avait en eux aucun signe de l'âge, sinon dans l'intensité de leur regard; car leurs yeux étaient aussi pénétrants que des lances à la lumière des étoiles, et cependant profonds, puits de souvenirs enfouis.

Haldir mena Frodon devant eux, et le Seigneur lui souhaita la bienvenue dans sa propre langue. La Dame Galadriel ne dit rien, mais elle contempla longuement son visage.

– Prenez place à présent près de mon fauteuil, Frodon de la Comté, dit Celeborn. Quand tous seront venus, nous parlerons ensemble.

Il accueillit courtoisement chacun des compagnons par son nom au fur et à mesure de leur entrée :

– Bienvenue, Aragorn fils d'Arathorn! dit-il. Il y a trente-huit années du monde extérieur que vous n'êtes venu en ce pays; et ces années pèsent lourdement sur vous. Mais la fin est proche, en bien ou en mal. Défaites-vous ici de votre fardeau pour un moment!

« Bienvenue, fils de Thranduil! C'est trop rarement que ceux de ma race viennent ici du Nord.

« Bienvenue, Gimli fils de Glóin. Il y a certes longtemps que nous n'avons vu l'un de ceux de Durin à Caras Galadhon. Mais aujourd'hui, nous avons enfreint notre loi établie de si longue date. Puisse cet événement marquer la proximité de jours meilleurs, en dépit des heures sombres que traverse actuellement le monde, ainsi qu'un renouvellement de l'amitié entre nos deux peuples.

Gimli s'inclina profondément.

Quand tous les invités furent assis devant son fauteuil, le Seigneur les regarda de nouveau :

– J'en vois ici huit, dit-il. Il devait en partir neuf, c'est ce que disaient les messages. Mais peut-être y a-t-il eu quelque changement d'avis dont je n'ai pas été avisé. Elrond est loin, les ténèbres s'assemblent autour de nous, et toute cette année, les ombres se sont allongées.

– Non, il n'y a pas eu changement d'avis, dit la Dame Galadriel, parlant pour la première fois. (Sa voix était claire et harmonieuse, mais plus profonde qu'il n'est habituel aux femmes.) Gandalf le Gris est parti avec la Compagnie, mais il n'a pas passé les frontières de ce pays. Dites-nous à présent où il est, car je désirerais vivement m'entretenir de nouveau avec lui. Mais je ne puis le voir de loin, à moins qu'il ne vienne à l'intérieur des barrières de la Lothlórien : une brume grise l'environne, et la démarche de ses pas et de sa pensée m'est cachée.

– Hélas! dit Aragorn. Gandalf le Gris est tombé dans l'ombre. Il est demeuré dans la Moria et il n'en a pas réchappé.

A ces mots, tous les Elfes de la salle poussèrent de grands cris de chagrin et d'étonnement.

– C'est là une funeste nouvelle, dit Celeborn, la plus funeste qui ait été annoncée ici durant de longues années emplies d'événements douloureux.

Il se tourna vers Haldir :

– Pourquoi ne m'a-t-on rien dit de cela auparavant? lui demanda-t-il en langue elfique.

– Nous n'avons pas parlé à Haldir de nos faits et gestes ou de nos desseins, dit Legolas. Au début, nous étions fatigués et le danger nous serrait de trop près; et après, nous avions presque oublié notre chagrin pendant quelque temps, tandis que nous suivions dans l'allégresse les beaux sentiers de la Lórien.

– Mais notre affliction est grande, et notre perte irréparable, dit Frodon. Gandalf était notre guide, et il nous a conduits à travers la Moria; et quand nous avions perdu tout espoir de salut, il nous a sauvés, et il est tombé.

– Dites-nous maintenant toute l'histoire! dit Celeborn.

Aragorn raconta alors tout ce qui s'était passé au col du Caradhras et au cours des jours suivants; et il parla de Balin et de son livre, du combat dans la Chambre de Mazarboul, du feu, du pont étroit et de la venue de la terreur.

– Un mal du Monde Ancien, m'a-t-il paru, tel que je n'en ai jamais vu auparavant, dit Aragorn. C'était en même temps une ombre et une flamme, puissante et terrible.

– C'était un Balrog de Morgoth, dit Legolas; de tous les fléaux des Elfes, le plus mortel, hormis celui qui siège dans la Tour Sombre.

– En vérité, j'ai vu sur le pont ce qui hante nos pires cauchemars, le Fléau de Durin, dit Gimli d'une voix basse – et la peur se voyait dans ses yeux.

– Hélas! dit Celeborn. Il y a longtemps que nous craignions qu'une terreur ne dormît sous le Caladhras. Mais si j'avais su que les Nains avaient ranimé ce mal dans la Moria, je vous aurais interdit le passage des frontières nord, à vous et à tous ceux qui vous accompagnaient. Et s'il était possible, on dirait qu'à la fin Gandalf était tombé de la sagesse dans la folie, en se rendant sans nécessité dans la nasse de la Moria.

– Celui qui dirait pareille chose serait certes inconsidéré, dit gravement Galadriel. Aucun des actes de Gandalf ne fut jamais inutile. Ceux qui ne l'ont pas suivi ne connaissaient pas sa pensée, et ils ne peuvent rendre compte de son dessein entier. Mais, quoi qu'il en soit du guide, il n'y a rien à reprocher aux suivants. Ne regrettez pas d'avoir fait bon accueil au Nain. Si les nôtres avaient été longtemps exilés loin de Lothlórien, lequel des Galadhrim, et même Celeborn le Sage, passerait auprès sans souhaiter contempler leur ancienne patrie, fût-elle devenue le séjour de dragons?

« Sombre est l'eau du Khelad-zâram et froides les sources du Kibil-nâla, et belles étaient les salles aux mille colonnes de Khazad-dûm aux Jours Anciens, avant la chute des anciens rois sous la pierre.

Elle regarda Gimli, qui était assis, farouche et triste, et elle sourit. Et le Nain, entendant les noms donnés dans sa propre langue ancienne, leva la tête et son regard croisa celui de Galadriel; et il lui sembla que, regardant le cœur d'un ennemi, il y voyait soudain amour et compréhension. L'étonnement lui monta au visage, et puis il sourit en retour.

Il se leva gauchement et s'inclina à la façon des Nains, disant :

– Mais plus beau encore est le vivant pays de Lórien, et la Dame Galadriel surpasse tous les joyaux qui se trouvent sous la terre!

Il y eut un silence. Enfin, Celeborn reprit la parole :

– Je ne savais pas votre situation si mauvaise, dit-il. Que Gimli oublie mes dures paroles : j'avais parlé le cœur troublé. Je ferai ce que je pourrai pour vous aider, chacun selon son désir et ses besoins, mais surtout celle des petites personnes qui porte le fardeau.

– Votre quête nous est connue, dit Galadriel, regardant Frodon. Mais nous n'en parlerons pas ici plus ouvertement. Il se peut toutefois que ce ne soit pas en vain que vous serez venu chercher assistance dans ce pays, comme c'était manifestement le dessein de Gandalf. Car le Seigneur des Galadhrim est considéré comme le plus sage des Elfes de la Terre du Milieu et comme le dispensateur de dons qui dépassent le pouvoir des rois. Il a résidé dans l'Ouest depuis le temps de l'aube, et j'ai demeuré avec lui d'innombrables années; car dès avant la chute de Nargothrond ou Gondolin, j'ai passé les montagnes, et ensemble durant des siècles du monde, nous avons combattu la longue défaite.

« C'est moi qui convoquai la première le Conseil Blanc. Et si mes projets n'avaient pas mal tourné, il aurait été dirigé par Gandalf le Gris, et peut-être alors les choses se seraient-elles passées autrement. Mais, à présent encore, il reste de l'espoir. Je ne vous donnerai pas de conseils en vous disant de faire ceci ou cela. Car ce n'est pas en actes ou en combinaisons, ni dans le choix entre tel ou tel parti que je puis vous être utile; mais seulement par ma connaissance de ce qui fut et de ce qui est, et partiellement aussi de ce qui sera. Mais je vous dirai ceci : votre quête ne tient qu'à un fil. Faites un seul faux pas et elle échouera, et ce sera la ruine de tous. L'espoir reste cependant, tant que tous les membres de la Compagnie seront fidèles.

Sur ces paroles, elle les tint sous son regard, les

scrutant chacun à tour de rôle d'un œil pénétrant. A part Legolas et Aragorn, ils ne purent longtemps soutenir ce regard. Sam baissa vite la tête en rougissant.

Enfin, la Dame Galadriel les libéra de son observation, et elle sourit :

— Ne laissez pas vos cœurs se troubler, dit-elle. Ce soir, vous dormirez en paix.

Ils soupirèrent alors et se sentirent soudain las, comme des gens qui auraient subi un long et minutieux interrogatoire, bien qu'aucune parole n'eût été ouvertement prononcée.

— Allez maintenant, dit Celeborn. Vous êtes accablés par le chagrin et un grand labeur. Même si votre quête ne nous concernait pas de près, vous auriez un refuge dans cette ville jusqu'à ce que vous soyez guéris et rafraîchis. Vous allez maintenant vous reposer, et nous ne parlerons pas pendant un moment de votre route future.

Cette nuit-là, la Compagnie dormit à terre, à la grande satisfaction des Hobbits. Les Elfes dressèrent pour eux une tente parmi les arbres, près de la source, et ils y mirent des lits moelleux; puis ils les quittèrent sur quelques mots de paix prononcés de leur belle voix elfique. Pendant un moment, les voyageurs parlèrent de leur nuit précédente au sommet des arbres, de leur trajet de la journée et du Seigneur et de la Dame; car ils n'avaient pas encore le cœur de regarder plus loin en arrière.

— Pourquoi avez-vous rougi, Sam? demanda Pippin. Vous avez vite flanché. Tout le monde aurait cru que vous aviez la conscience coupable. J'espère qu'il ne s'agissait de rien de pire qu'un vilain projet de me voler une de mes couvertures!

— Je n'ai jamais pensé à pareille chose, répondit Sam, qui n'avait pas l'humeur à la plaisanterie. Si vous tenez à le savoir, j'avais l'impression de n'avoir rien sur moi, et je n'aimais pas ça. Elle semblait regarder à l'intérieur de moi et me demander ce que je ferais si elle me donnait la chance de m'envoler vers chez nous dans la Comté pour y trouver un gentil petit trou – avec un bout de jardin à moi.

— C'est drôle, dit Merry. C'est presque exactement ce que j'ai ressenti moi-même; mais, mais... enfin, je ne crois pas que j'en dirai davantage, acheva-t-il faiblement.

Il en avait été de même pour tous, semblait-il : chacun

avait senti qu'on lui offrait le choix entre une ombre redoutable qui se trouvait devant lui et quelque chose qu'il désirait ardemment : ce quelque chose était clairement représenté à son esprit, et pour l'avoir il lui suffisait de se détourner de la route et de laisser à d'autres la Quête et la guerre contre Sauron.

– Et il m'a semblé aussi que mon choix resterait secret et ne serait connu que de moi seul, dit Gimli.

– Pour moi, cela m'a paru extrêmement étrange, dit Boromir. Peut-être n'était-ce qu'une épreuve et espérait-elle lire nos pensées à ses propres bonnes fins; mais j'aurais presque dit qu'elle nous tentait, en nous offrant ce qu'elle prétendait avoir le pouvoir de donner. Inutile de dire que j'ai refusé d'écouter. Les Hommes de Minas Tirith sont fidèles à leur parole.

Mais ce qu'il croyait que lui avait offert la Dame, Boromir s'abstint de le dire.

Quant à Frodon, il ne voulut pas parler en dépit de toutes les questions dont Boromir le pressait :

– Elle vous a tenu longuement sous son regard, Porteur de l'Anneau, dit-il.

– Oui, dit Frodon; mais ce qui a pu me venir alors à la pensée, je l'y garderai.

– Eh bien, prenez garde! dit Boromir. Je ne suis pas trop sûr de cette Dame elfique et de ses desseins.

– Ne dites pas de mal de la Dame Galadriel! dit Aragorn avec sévérité. Vous ne savez pas de quoi vous parlez. Il n'y a en elle ni dans ce pays nul mal, autre que celui qu'y apporterait un Homme lui-même. Et alors, qu'il prenne garde! Mais cette nuit, je dormirai sans crainte, pour la première fois depuis que j'ai quitté Fondcombe. Et puissé-je dormir assez profondément pour oublier un moment mon affliction. Je suis las de corps et de cœur.

Il se jeta sur son lit et sombra aussitôt dans un long sommeil.

Les autres ne tardèrent pas à faire de même, et aucun bruit ni rêve ne vint troubler leur repos. A leur réveil, ils virent que la lumière du jour se répandait à flots sur la pelouse devant la tente, et que la source jaillissait et tombait scintillante au soleil.

Ils restèrent quelques jours en Lothlórien, pour autant qu'ils purent le déterminer et se le rappeler. Durant tout le temps qu'ils passèrent là, le soleil brilla tout pur, hormis une petite pluie qui tombait par moments et qui laissait toutes choses fraîches et nettes. L'air était doux et frais, comme au début du printemps, mais ils se sentaient environnés du calme profond et méditatif de l'hiver. Il leur semblait n'avoir guère d'autre occupation que manger, boire, se reposer et se promener parmi les arbres, ce qui leur suffisait amplement.

Ils n'avaient pas revu le Seigneur ni la Dame, et ils ne parlaient guère aux Elfes, car peu de ceux-ci connaissaient ou voulaient employer la langue ouistrienne. Haldir leur avait fait ses adieux, et il était reparti pour les défenses du Nord, où était maintenue une surveillance particulière depuis qu'étaient connus les renseignements apportés de la Moria par la Compagnie. Legolas passait la plupart de son temps avec les Galadhrim, et, après la première nuit, il ne dormait plus avec les autres compagnons, bien qu'il revînt manger et bavarder avec eux. Il emmenait souvent Gimli au cours de ses promenades dans le pays, et les autres s'étonnaient de ce changement.

A présent, quand les compagnons étaient assis ou marchaient ensemble, ils parlaient de Gandalf, et tout ce que chacun avait su ou vu de lui leur revenait clairement à la mémoire. A mesure qu'ils se remettaient de leurs blessures ou de leur fatigue, le chagrin de la perte qu'ils avaient faite augmentait d'intensité. Ils entendaient souvent à proximité des voix elfiques qui chantaient, et ils savaient que c'était des lamentations sur sa chute, car ils discernaient son nom parmi les doux et tristes mots qu'ils ne pouvaient comprendre.

Mithrandir, Mithrandir, chantaient les Elfes, *O Gris Pèlerin!* car c'est ainsi qu'ils se plaisaient à le nommer. Mais si Legolas se trouvaient avec les compagnons, il ne voulait pas leur interpréter les chants, sous prétexte qu'il n'en avait pas le talent et que pour lui le chagrin était encore trop proche, que c'était un sujet de larmes et non encore de chansons.

Ce fut Frodon qui, le premier, exprima un peu de son affliction en mots hésitants. Il était rarement porté à composer des chansons ou des vers; même à Fondcombe, il avait écouté, mais non chanté lui-même, bien que sa mémoire fût bien garnie de maintes choses que d'autres avaient faites avant lui. Mais à présent, assis près de la source en Lórien, et entendant autour de lui la voix des Elfes, sa pensée prit forme en un chant qui lui parut convenable; mais quand il essaya de le répéter à Sam, seuls quelques fragments restèrent, passés comme une poignée de feuilles flétries :

Quand le soir dans la Comté était gris,
Ses pas sur la colline résonnèrent;
Avec l'aurore il s'en alla
Pour un long voyage sans dire mot.

De la Terre Sauvage à la rive occidentale,
Par antres de dragons et porte cachée,
Du désert nordique à la colline méridionale
Et par les sombres bois, il erra à son gré.
Par antres de dragons et porte cachée,

Avec le Nain et le Hobbit, les Elfes et les Hommes,
Avec les mortels et les immortels,
Avec l'oiseau sur la branche et la bête dans sa tanière,
En leur propre langue secrète il parla.

Une mortelle épée, une main guérisseuse,
Un dos courbé sous son fardeau;
Une voix de trompette, un brandon ardent,
Un pèlerin las sur la route.

Seigneur de sagesse sur son trône il siégeait,
Vif à la colère, rapide au rire;
Vieillard au chapeau bossué
Qui s'appuyait sur un bâton épineux.

Il se tenait seul sur le pont
Défiant le Feu et l'Ombre ensemble;
Son bâton sur la pierre fut brisé,
A Khazad-dûm périt sa sagesse.

– Vous allez bientôt enfoncer M. Bilbon! dit Sam.

– Non, je crains que non, dit Frodon. Mais c'est le mieux que je puis faire actuellement.

– En tout cas, monsieur Frodon, si vous essayez encore un coup, j'espère que vous toucherez un mot de ses feux d'artifice, dit Sam. Quelque chose dans ce genre :

Les plus belles fusées jamais vues,
En étoiles bleues et vertes, elles éclataient,
Où, après le tonnerre, des averses d'or
Tombaient comme une pluie de fleurs;

bien que cela ne leur rende pas justice, loin de là.

– Non, je te laisse ce soin, Sam. Ou peut-être à Bilbon. Mais... enfin je ne peux plus en parler. Je ne puis supporter l'idée de lui annoncer la nouvelle.

Un soir, Frodon et Sam se promenaient ensemble au frais crépuscule. Ils se sentaient tous deux de nouveau inquiets. L'ombre du départ était soudain tombée sur Frodon : il savait de façon ou d'autre que le moment était très proche où il devrait quitter la Lothlórien.

– Que penses-tu des Elfes, à présent, Sam? Je t'ai déjà posé une fois cette question – cela semble il y a bien longtemps; mais tu en as vu davantage depuis lors.

– Oui, certes! dit Sam. Et j'estime qu'il y a Elfes et Elfes. Ils sont tous assez elfiques, mais ils ne sont pas tous semblables. Ces gens-ci ne sont pas des errants ou des sans-logis, et ils paraissent un peu plus proches de nos semblables : ils semblent être d'ici plus encore même que les Hobbits ne sont de la Comté. Il est difficile de dire si c'est eux qui ont fait le pays ou si c'est le pays qui les a faits, si vous voyez ce que je veux dire. C'est merveilleusement tranquille ici. On dirait qu'il ne se passe rien, et personne ne paraît vouloir qu'il se passe quelque chose. S'il y a de la magie par là, elle est profondément cachée, à un endroit où je ne peux mettre la main dessus, pour ainsi dire.

– On ne peut la voir et la sentir partout, dit Frodon.

– Enfin, dit Sam, on ne voit personne en mettre en œuvre. Il n'y a pas de feux d'artifice comme en montrait le pauvre vieux Gandalf. Je me demande pourquoi on ne voit jamais le Seigneur et la Dame, ces temps-ci. J'imagine maintenant qu'*elle* pourrait faire des choses étonnantes, si elle en avait envie. J'aimerais bien voir quelque magie elfique, monsieur Frodon!

– Pas moi, dit Frodon. Je suis satisfait. Et les feux d'artifice de Gandalf ne me manquent pas, mais bien ses sourcils broussailleux, son irascibilité et sa voix.

– Vous avez raison, dit Sam. Et ne croyez pas que je cherche à redire. J'ai souvent eu envie de voir un bout de magie comme on en raconte dans les vieux contes, mais je n'ai jamais entendu parler d'un meilleur pays que celui-ci. C'est comme d'être à la maison et en vacances en même temps, si vous me comprenez. Je n'ai pas envie de partir. Mais, tout de même, je commence à sentir que si nous devons poursuivre notre route, autant en finir tout de suite.

* « C'est le boulot qu'on ne commence jamais qui est le plus long à terminer, comme disait mon vieux. Et je ne pense pas que ces gens puissent faire bien davantage pour nous aider, magie ou non. C'est quand nous quitterons ce pays que Gandalf nous manquera le plus, m'est avis.

– Je crains que cela ne soit que trop vrai, Sam, dit Frodon. Mais j'espère beaucoup qu'avant de partir nous reverrons la Dame des Elfes.

Au moment même, comme en réponse à ce qu'ils disaient, ils virent s'avancer la Dame Galadriel. Grande, blanche et belle, elle se promenait sous les arbres. Elle ne dit rien, mais leur fit signe d'approcher.

Se détournant, elle les mena vers les pentes sud de la colline de Caras Galadhon, et, passant au travers d'une haute et verte haie, ils arrivèrent dans un jardin clos. Il n'y poussait aucun arbre, et il était à ciel ouvert. L'étoile du soir s'était levée, et elle brillait d'un feu blanc au-dessus des bois de l'Ouest. Par un long escalier, la Dame descendit dans un profond creux vert, dans lequel coulait en murmurant le ruisseau d'argent issu de la source de la colline. Au fond, sur un socle bas sculpté en forme d'arbre rameux, se trouvaient une vasque d'argent, large et peu profonde, et à côté une aiguière de même métal.

Galadriel emplit la vasque jusqu'au bord de l'eau du ruisseau et souffla dessus, et quand l'eau eut retrouvé l'immobilité, elle parla :

– Voici le Miroir de Galadriel, dit-elle. Je vous ai amenés ici pour vous permettre de regarder dedans, si vous le désirez.

L'air était très immobile, le vallon sombre, et la Dame-Elfe à côté de lui grande et pâle.

– Qu'y chercherons-nous, et que verrons-nous ? demanda Frodon, empli d'une crainte respectueuse.

– Il est bien des choses que je puis ordonner au Miroir de révéler, répondit-elle, et à certains je peux montrer ce qu'ils désirent voir. Mais le Miroir montrera aussi des choses non demandées, et elles sont souvent plus étranges et plus profitables que celles que nous désirons contempler. Ce que vous verrez si vous laissez au Miroir sa liberté d'action, je ne saurais vous le dire. Car il montre des choses qui furent, des choses qui sont et des choses qui pourront encore être. Mais lesquelles il voit, même le plus sage ne peut toujours le déterminer. Désirez-vous regarder ?

Frodon ne répondit pas.

– Et vous? demanda-t-elle, se tournant vers Sam. Car c'est là ce que vous autres appelleriez de la magie, je pense : encore que je ne comprenne pas très bien ce que vous entendez par là; et vous semblez aussi user du même mot pour les fourberies de l'Ennemi. Mais ceci, si vous le voulez bien, est la magie de Galadriel. N'avez-vous pas dit que vous aimeriez voir de la magie elfique?

– Oui, dit Sam un peu tremblant, entre la crainte et la curiosité. Je vais jeter un coup d'œil, madame, si vous le permettez.

« Et je ne serais pas mécontent d'avoir un aperçu de ce qui se passe chez nous, dit-il en aparté à Frodon. Ça fait terriblement longtemps que je suis parti. Mais je ne verrai probablement là que les étoiles ou quelque chose que je ne comprendrai pas.

– Probablement, dit la Dame avec un doux petit rire. Mais allons, regardez et vous verrez bien ce qui se présentera. Ne touchez pas l'eau!

Sam grimpa sur le pied du socle et se pencha sur la vasque. L'eau avait un aspect dur et sombre. Les étoiles s'y reflétaient.

– Il n'y a que des étoiles, comme je le pensais, dit-il.

Puis il eut un léger sursaut, car les étoiles s'éteignaient. Comme si un voile sombre avait été retiré, le Miroir devint gris, puis clair. Le soleil brillait, et les branches des arbres s'agitaient dans le vent. Mais avant que Sam ait pu déterminer ce qu'il voyait, la lumière s'évanouit; et alors il crut voir Frodon endormi avec un visage pâle sous une grande falaise noire. Puis il lui sembla se voir lui-même suivant un couloir obscur et grimpant un interminable escalier en colimaçon. Il s'aperçut soudain qu'il cherchait instamment quelque chose, mais sans savoir quoi. Comme en un rêve, la vision changea, revenant en arrière, et il revit les arbres. Mais cette fois, ils n'étaient pas aussi serrés, et il pouvait voir ce qui se passait : ils ne s'agitaient pas dans le vent; ils tombaient avec fracas sur le sol.

– Hé là! s'écria Sam avec indignation. Il y a ce Ted Rouquin qui coupe des arbres qu'il devrait pas. Ils devraient jamais être abattus : c'est cette avenue, au-delà du Moulin, qui ombrage la route de Lèzeau. Je voudrais bien avoir Ted sous la main, et je te l'abattrais, *lui!*

Mais Sam remarqua alors que le Vieux Moulin avait

disparu et qu'un grand bâtiment de brique rouge s'édifiait à sa place. Des tas de gens s'affairaient à leur travail. Il y avait à côté une haute cheminée rouge. Une fumée noire parut obnubiler la surface du Miroir.

– Il y a quelque diablerie en œuvre dans la Comté, dit-il. Elrond savait de quoi il retournait quand il voulait renvoyer M. Merry.

Et puis Sam poussa soudain un cri et se rejeta en arrière :

– Je ne peux pas rester ici, s'écria-t-il éperdument. Il faut que je rentre. Ils ont retourné tout le Chemin des Trous-du-Talus et voilà mon pauvre vieux qui descend la colline avec tout son saint-frusquin sur une brouette. Il faut que je rentre!

– Vous ne pouvez rentrer seul, dit la Dame. Avant de regarder dans le Miroir vous ne vouliez pas rentrer sans votre maître, et vous saviez pourtant que des événements néfastes pouvaient se produire dans la Comté. Rappelez-vous que le Miroir montre bien des choses et qu'elles ne sont pas toutes arrivées encore. Certaines ne se produisent jamais, à moins que ceux qui contemplent ces visions ne se détournent de leur chemin pour les empêcher. Le Miroir est dangereux comme inspirateur d'action.

Sam s'assit par terre et se mit la tête dans les mains :

– Je voudrais bien n'être jamais venu ici, et je ne veux plus voir de magie, dit-il – et il se plongea dans le silence.

Après un moment, il reprit la parole avec difficulté, comme luttant contre des sanglots :

– Non, je rentrerai par la longue route avec M. Frodon, ou pas du tout, dit-il. Mais j'espère revenir quelque jour. Si ce que je vois se réalise, y aura quelqu'un qui le sentira passer!

– Souhaitez-vous regarder à présent, Frodon? demanda la Dame Galadriel. Vous ne désiriez pas voir de magie elfique et vous étiez satisfait.

– Me conseillez-vous de regarder? demanda Frodon.

– Non, dit-elle. Je ne vous donne de conseil dans aucun sens. Je ne suis pas une conseillère. Vous pouvez apprendre quelque chose, et, que ce que vous verrez soit bon ou mauvais, ce peut être profitable, comme ce peut ne l'être pas. Voir est en même temps bon et dangereux. Je crois pourtant, Frodon, que vous avez assez de courage et de sagesse pour vous y risquer, sans quoi je ne vous aurais pas amené ici. Faites comme vous l'entendrez!

– Je vais regarder, dit Frodon.

Et il grimpa sur le piédestal pour se pencher sur l'eau sombre. Le Miroir s'éclaircit aussitôt, et il vit un paysage crépusculaire. Des montagnes se détachaient à l'horizon sur un ciel pâle. Une longue route grise et sinueuse se perdait dans le lointain. A grande distance, une silhouette descendait lentement sur cette route, indistincte et petite au début, puis se faisant plus grande et plus nette à mesure qu'elle approchait. Frodon s'aperçut soudain qu'elle lui rappelait celle de Gandalf. Il se retint de crier tout haut le nom du magicien; puis il vit que la forme était vêtue non de gris, mais de blanc, d'un blanc qui brillait faiblement dans le crépuscule; et dans sa main se trouvait un bâton blanc. La tête était tellement inclinée qu'il ne pouvait voir de visage, et bientôt la forme se détourna par un angle de la route et disparut de la vision dans le Miroir. Le doute se glissa dans l'esprit de Frodon; était-ce une image de Gandalf au cours de l'un de ses nombreux voyages solitaires du temps passé, ou était-ce Saroumane?

La vision changea alors. Brève et petite, mais très vivante, il aperçut l'image de Bilbon en train d'aller et de venir nerveusement dans sa chambre. La table était couverte de papiers en désordre; la pluie battait les vitres.

Puis il y eut une pause, et ensuite suivirent plusieurs scènes rapides que Frodon savait d'une façon ou d'une autre faire partie d'une grande histoire dans laquelle il était lui-même engagé. La brume se dissipa, et il vit une chose qu'il n'avait jamais vue, mais qu'il reconnut aussitôt : la Mer. L'obscurité tomba. La mer se souleva, et une grande tempête fit rage. Puis il vit, détachée sur le soleil qui descendait, rouge sang, dans des nuages fuyants, la silhouette noire d'un grand vaisseau aux voiles lacérées, montant de l'Ouest. Puis une large rivière, coulant à travers une ville populeuse. Puis une forteresse blanche avec sept tours. Puis derechef un navire aux voiles noires; mais c'était à présent de nouveau le matin; l'eau était ridée de lumière, et un étendard portant pour emblème un arbre blanc brillait au soleil. Une fumée comme de feu et de combat s'éleva, et le soleil descendit encore dans un flamboiement rouge qui s'évanouit dans une brume grise;

et dans cette brume un petit navire disparut, scintillant de lumières.

Mais soudain, le Miroir devint totalement noir, aussi noir que si un trou s'était ouvert dans le néant. Dans l'abîme noir apparut un Œil Unique qui grandit lentement, jusqu'à occuper presque tout le Miroir. Il était si terrible que Frodon resta cloué sur place, incapable de crier ou de détourner le regard. L'Œil était entouré de feu, mais il était lui-même vitreux, jaune comme celui d'un chat, vigilant et fixe, et la fente noire de la pupille ouvrait sur un puits, fenêtre ne donnant sur rien.

Puis l'Œil commença d'errer, cherchant de-ci de-là; et Frodon sut avec certitude et horreur qu'il était lui-même l'un des nombreux objets de cette recherche. Mais il sut aussi que l'Œil ne pouvait le voir – pas encore, à moins qu'il ne le veuille lui-même. L'Anneau, suspendu à son cou au bout de la petite chaîne, se faisait lourd, plus lourd qu'une grosse pierre, et la tête de Frodon était tirée vers le bas. Le Miroir parut devenir chaud, et des volutes de vapeur s'élevaient de l'eau. Frodon glissa en avant.

– Ne touchez pas l'eau! dit doucement la Dame Galadriel.

La vision s'évanouit, et Frodon se trouva en train de contempler les fraîches étoiles qui scintillaient dans la vasque d'argent. Il recula, tremblant de tous ses membres, et il regarda la Dame.

– Je sais ce que vous avez vu en dernier, dit-elle, car c'est également dans mon esprit. N'ayez pas de crainte! Mais n'imaginez pas que c'est seulement par des chants dans les arbres, ni même par les minces flèches des arcs elfiques, que ce pays de Lothlórien est maintenu et défendu contre son Ennemi. Je vous le dis, Frodon : tandis même que je vous parle, j'aperçois le Seigneur Ténébreux, et je connais sa pensée ou tout ce qui dans sa pensée concerne les Elfes. Et lui tâtonne toujours pour me voir et connaître la mienne. Mais la porte est toujours fermée!

Elle leva ses bras blancs et tendit les mains vers l'est en un geste de refus et de déni. Eärendil, l'Etoile du Soir, la plus aimée des Elfes, scintillait, claire, au-dessus d'eux. Elle était si brillante que la forme de la Dame elfique jetait une faible ombre sur le sol. Les rayons jouaient sur une bague qu'elle avait au doigt; celle-ci étincelait comme de l'or poli recouvert de lumière argentée, et une pierre blanche y scintillait comme si l'Etoile du Soir était descendue se poser sur la main de la Dame. Frodon contempla l'anneau avec une crainte mystérieuse; car il lui semblait soudain comprendre.

– Oui, dit-elle, devinant sa pensée, il n'est pas permis d'en parler, et Elrond ne le pouvait pas. Mais cela ne peut être caché au Porteur de l'Anneau et à quelqu'un qui a vu l'Œil. En vérité, c'est dans le pays de Lórien, au doigt de Galadriel, que reste l'un des Trois. Celui-ci est Nenya, l'Anneau de Diamant, et j'en suis la gardienne.

« Il le soupçonne, mais il ne sait pas – pas encore. Ne voyez-vous pas à présent pourquoi votre venue est pour nous comme le premier pas de l'accomplissement du Destin? Car si vous échouez, nous sommes livrés sans défense à l'Ennemi. Mais si vous réussissez, notre pouvoir n'en sera pas moins diminué, la Lothlórien s'affaiblira et les marées du Temps l'emporteront. Il nous faut partir vers l'ouest, ou être réduits à l'état de lourdauds habitant les combes et les cavernes et condamnés à oublier et être oubliés peu à peu.

Fredon baissa la tête :

– Et que souhaitez-vous? demanda-t-il enfin.

– Que ce qui doit être soit, répondit-elle. L'amour des Elfes pour leur terre et leurs œuvres est plus profond que les profondeurs de la Mer; leur regret est impérissable et ne saurait jamais être entièrement apaisé. Mais ils s'en iront tous plutôt que de se soumettre à Sauron : car ils le connaissent maintenant. Du sort de la Lothlórien, vous n'êtes pas comptable, et vous n'avez à répondre que de l'accomplissement de votre propre tâche. Mon seul souhait, s'il pouvait avoir un effet quelconque, serait que l'Anneau Unique n'eût jamais été forgé ou qu'il fût demeuré à jamais perdu.

– Vous êtes sage, intrépide et belle, Dame Galadriel, dit Frodon. Je vous donnerai l'Anneau, si vous le demandez. C'est une trop grande affaire pour moi.

Galadriel eut un rire clair et soudain :

– La Dame Galadriel est peut-être sage, dit-elle, mais elle a trouvé son maître en fait de courtoisie. Vous vous êtes gentiment vengé de ma façon de sonder votre cœur lors de notre première rencontre. Vous commencez à voir les choses d'un œil pénétrant. Je ne cèlerai pas avoir grandement désiré dans mon cœur demander ce que vous offrez. Durant maintes longues années, j'avais réfléchi à ce que je pourrais faire si le grand Anneau venait entre mes mains, et voyez! il a été mis à ma portée. Le mal tramé il y a longtemps se poursuit de bien des manières, que Sauron lui-même demeure ou tombe. N'eût-ce pas été un noble acte à porter au crédit de son Anneau, si je l'avais pris à mon hôte par la force ou par la crainte?

« Et maintenant enfin il vient. Vous me donnerez librement l'Anneau! A la place du Seigneur Ténébreux, vous établirez une Reine. Et je ne serai pas ténébreuse, mais belle et terrible comme le Matin et la Nuit! Belle comme la Mer et le Soleil et la Neige sur la Montagne! Terrible comme la Tempête et l'Eclair! Plus forte que les fondements de la terre. Tous m'aimeront et désespéreront!

Elle leva la main et de l'anneau qu'elle portait jaillit une grande lumière qui l'illumina elle seule, laissant tout le reste dans l'obscurité. Elle se dressait devant Frodon, paraissant à présent d'une taille démesurée et d'une beauté insoutenable, terrible et digne d'adoration. Puis elle laissa retomber sa main, et la lumière s'éteignit; elle rit soudain de nouveau, et voilà qu'elle était toute rapetissée : elle était devenue une mince femme elfe, vêtue simplement de blanc, à la voix douce et triste :

– Je soutiens l'épreuve, dit-elle. Je diminuerai, j'irai dans l'Ouest, et je resterai Galadriel.

Ils demeurèrent un long moment silencieux. Enfin, la Dame reprit la parole :

– Rentrons, dit-elle. Il vous faut partir dans la matinée, car maintenant nous avons choisi, et les marées du destin montent.

– Je voudrais vous poser une question avant que nous ne partions, dit Frodon, une question que j'ai souvent voulu poser à Gandalf à Fondcombe. Je suis autorisé à porter l'Anneau Unique : pourquoi ne puis-je voir tous les autres et connaître les pensées de ceux qui les portent?

– Vous n'avez pas essayé, dit-elle. Vous n'avez passé l'Anneau à votre doigt que trois fois depuis que vous avez su ce que vous possédiez. N'essayez pas! L'expérience vous détruirait. Gandalf ne vous a-t-il pas dit que les Anneaux confèrent un pouvoir proportionné à la mesure de chaque possesseur? Avant d'être en état d'user de ce pouvoir, il vous faudrait acquérir une force beaucoup plus grande et entraîner votre volonté à la domination des autres. Mais, même ainsi, comme porteur de l'Anneau, l'ayant passé à votre doigt et ayant vu ce qui était caché, votre vue est devenue plus pénétrante. Vous avez perçu ma pensée plus clairement que maintes personnes réputées sages. Vous avez vu l'Œil de celui qui détient les Sept et les Neuf. Et n'avez-vous pas vu et reconnu l'anneau que j'avais au doigt? Avez-vous vu mon anneau? ajouta-t-elle, se tournant de nouveau vers Sam.

— Non, madame, répondit-il. A dire vrai, je me demandais de quoi vous parliez. J'ai vu une étoile à travers votre doigt. Mais si vous me permettez de parler franchement, je crois que mon maître avait raison. Je voudrais bien que vous preniez son Anneau. Vous remettriez les choses en bon ordre. Vous les empêcheriez de bouleverser le trou de l'Ancien et de le mettre sur le pavé. Vous feriez payer à certains leur sale travail.

— Oui, dit-elle. C'est ainsi que cela commencerait. Mais les choses n'en resteraient pas là, hélas! Nous n'en parlerons pas davantage. Partons!

CHAPITRE VIII

ADIEU À LA LÓRIEN

Cette nuit-là, la Compagnie fut de nouveau convoquée à la chambre de Celeborn, et le Seigneur et la Dame les y accueillirent avec des mots courtois. Enfin, Celeborn parla de leur départ.

– Le moment est venu, dit-il, où ceux qui désirent poursuivre la Quête doivent endurcir leur cœur pour quitter ce pays. Ceux qui ne veulent pas aller plus loin peuvent rester quelque temps ici. Mais qu'il demeure ou qu'il parte, nul ne peut être assuré de la paix. Car nous sommes arrivés maintenant au bord du destin. Ici, ceux qui désirent pourront attendre l'approche de l'heure jusqu'à ce que l'un ou l'autre des chemins du monde soit de nouveau accessible ou que nous les appelions à répondre à l'ultime nécessité de la Lórien. Ils pourront alors retourner dans leur propre pays ou aller au long séjour de ceux qui tombent au combat.

Il y eut un silence :

– Ils ont tous décidé d'aller de l'avant, dit Galadriel, scrutant leurs yeux.

– Quant à moi, dit Boromir, le chemin de chez moi est en avant, et non en arrière.

– C'est vrai, dit Celeborn, mais toute cette Compagnie doit-elle vous accompagner à Minas Tirith?

– Nous n'avons pas encore décidé de notre itinéraire, dit Aragorn. Au-delà de la Lothlórien, j'ignore ce que Gandalf avait l'intention de faire. En fait, je ne pense pas que lui-même eût aucun dessein très clair.

– Peut-être pas, dit Celeborn, mais en quittant ce pays, vous ne pourrez plus oublier le Grand Fleuve. Comme certains d'entre vous le savent bien, il n'est pas franchissable par des voyageurs avec bagage entre la Lórien et le Gondor, hormis par bateau. Et les ponts d'Osgiliath ne sont-ils pas rompus, et l'Ennemi ne tient-il pas maintenant tous les points de débarquement?

– Sur quelle rive voyagerez-vous? Le chemin de Minas Tirith se trouve de ce côté-ci, à l'ouest; mais la route directe de la Quête est à l'est du Fleuve, sur le bord le plus sombre. Quel bord allez-vous prendre maintenant?

– Si l'on tient compte de mon avis, ce sera le bord ouest et le chemin de Minas Tirith, répondit Boromir. Mais je ne suis pas le chef de la Compagnie.

Les autres ne dirent rien, et Aragorn eut l'air indécis et troublé.

– Je vois que vous ne savez que faire, dit Celeborn. Il ne m'appartient pas de choisir pour vous; mais je vous aiderai comme je le pourrai. Il en est parmi vous qui savent manier une embarcation. Legolas, dont les amis connaissent la rapide Rivière de la Forêt, et Boromir de Gondor, et Aragorn le voyageur.

– Et un Hobbit! s'écria Merry. Nous ne considérons pas tous les bateaux comme des chevaux sauvages. Les miens vivent sur les rives du Brandevin.

– Voilà qui est bien, dit Celeborn. Dans ce cas, je vais pourvoir votre Compagnie d'embarcations. Il les faut petites et légères, car si vous allez loin par l'eau, il y aura des endroits où vous serez obligés de les porter. Vous arriverez aux rapides de Sarn Gebir et peut-être enfin aux grandes chutes de Rauros, où le Fleuve tombe dans un bruit de tonnerre de Nen Hithoel; et là, il y a d'autres dangers. Des embarcations rendront peut-être quelque temps votre voyage moins laborieux. Mais elles ne vous offriront pas de conseils : en fin de compte, il vous faudra les abandonner ainsi que le fleuve pour vous tourner vers l'ouest – ou l'est.

Aragorn remercia mille fois Celeborn. Le fait de ne pas avoir à décider de son chemin pendant quelques jours n'était pas la moindre raison du grand réconfort que lui apportait le don de bateaux. Les autres aussi parurent plus encouragés. Quels que fussent les périls à venir, il semblait meilleur de descendre le large cours de l'Anduin à leur rencontre que de cheminer péniblement, le dos courbé. Seul Sam restait indécis : lui du moins trouvait toujours les bateaux aussi mauvais que des chevaux sauvages, sinon pires, et ce n'étaient pas tous les dangers auxquels il avait survécu qui lui auraient donné une meilleure impression.

– Tout sera préparé pour vous et vous attendra au havre avant demain à midi, dit Celeborn. Je vous enverrai mes gens dans la matinée pour vous aider aux préparatifs du voyage. Et maintenant, nous vous souhaiterons à tous une bonne nuit et un sommeil paisible.

– Bonsoir, mes amis! dit Galadriel. Dormez en paix. Ne vous troublez pas le cœur outre mesure en pensant à la route cette nuit. Peut-être les chemins que foulera chacun de vous sont-ils déjà tracés devant vos pieds, bien que vous ne les voyiez pas. Bonsoir!

La Compagnie prit alors congé, et tous regagnèrent leur tente. Legolas les accompagna, car ce devait être leur dernière nuit en Lothlórien et, malgré les paroles de Galadriel, ils désiraient tenir conseil ensemble.

Ils débattirent longuement de la conduite à suivre et de la meilleure façon d'accomplir leur dessein concernant l'Anneau, mais ils ne parvinrent à aucune décision. Il était évident que la majorité d'entre eux désiraient se rendre d'abord à Minas Tirith et échapper au moins un moment à la terreur de l'Ennemi. Ils auraient volontiers suivi un guide sur le Fleuve et jusqu'à l'ombre de Mordor; mais Frodon ne dit rien, et Aragorn avait encore l'esprit indécis.

Son propre plan, alors que Gandalf demeurait avec eux, avait été d'accompagner Boromir et, avec son épée, de contribuer à la délivrance du Gondor. Car il pensait que le message des rêves était un mandat, et que l'heure était enfin venue où l'héritier d'Elendil paraîtrait pour disputer la domination à Sauron. Mais, dans la Moria, le fardeau de Gandalf avait été transféré sur lui; et il savait qu'il ne pouvait à présent abandonner l'Anneau, si Frodon refusait en fin de compte d'aller avec Boromir. Et pourtant quelle aide pouvait-il, lui ou quiconque dans la Compagnie, apporter à Frodon, hormis celle de l'accompagner aveuglément dans les ténèbres?

– J'irai à Minas Tirith, seul s'il le faut, car c'est mon devoir, dit Boromir.

Après quoi, il garda un moment le silence, assis les yeux fixés sur Frodon; on eût dit qu'il s'efforçait de lire les pensées du Semi-Homme. Enfin, il reprit la parole, comme en un débat avec lui-même :

– Si votre seul but est de détruire l'Anneau, dit-il, la

guerre et les armes sont assez inutiles, et les Hommes de Minas Tirith ne sont d'aucun secours. Mais si vous désirez détruire le pouvoir armé du Seigneur Ténébreux, c'est alors folie que d'aller sans force dans son domaine; et folie de rejeter...

Il s'arrêta, comme s'apercevant soudain qu'il exprimait sa pensée à haute voix.

– Ce serait folie de sacrifier des vies, veux-je dire, acheva-t-il. Il s'agit de choisir entre défendre une place forte et marcher ouvertement dans les bras de la mort. Du moins est-ce ainsi que je vois la question.

Frodon aperçut quelque chose de nouveau et d'étrange dans les yeux de Boromir, et il le dévisagea fixement. La pensée de Boromir différait manifestement de celle qu'il avait exprimée dans ses derniers mots. Ce serait folie de rejeter... quoi? L'Anneau du Pouvoir? Il avait déjà dit quelque chose de ce genre au Conseil, mais il avait alors accepté la correction d'Elrond. Frodon regarda Aragorn, mais celui-ci semblait plongé dans ses propres pensées, et il ne montra aucunement qu'il avait écouté les paroles de Boromir. Et ainsi s'acheva leur débat. Merry et Pippin dormaient déjà, et Sam dodelinait de la tête. La nuit s'avançait.

Au matin, tandis qu'ils commençaient à emballer leurs minces effets, des Elfes qui parlaient leur langue vinrent leur apporter de nombreux présents de nourriture et de vêtements pour le voyage. La nourriture était principalement sous forme de galettes, faites d'une farine légèrement dorée d'un côté et couleur de crème à l'intérieur. Gimli prit un des gâteaux et le regarda avec incertitude : « Du *cram* », dit-il à mi-voix, après avoir cassé un coin croustillant et l'avoir grignoté. Son expression se transforma vite, et il mangea tout le reste de la galette avec délectation.

– Assez, assez! s'écrièrent les Elfes en riant. Vous avez déjà mangé de quoi affronter une longue journée de marche.

– Je croyais que ce n'était qu'une sorte de *cram*, tel que le font les hommes du Val pour leurs voyages dans le désert, dit le Nain.

– C'est bien cela, répondirent-ils. Mais nous appelons cela du *lembas* ou pain de route, et c'est plus fortifiant que toute nourriture faite par les Hommes, et c'est plus agréable que le *cram*, de tous points de vue.

– Certes oui, dit Gimli. C'est même meilleur que les gâteaux de miel des Beornides, et ça, c'est un grand éloge, car les Beornides sont les meilleurs boulangers que je connaisse; mais ils ne distribuent pas très volontiers leurs gâteaux aux voyageurs, de nos jours. Vous êtes des hôtes très prévenants!

– Nous ne vous invitons pas moins à épargner la nourriture, dirent-ils. Mangez-en peu à la fois, et seulement selon les besoins. Car ces choses vont sont données pour servir quand tout le reste fera défaut. Les gâteaux garderont leur fraîcheur bien des jours, s'ils ne sont pas brisés et qu'on les laisse dans leur enveloppe de feuilles, comme nous les avons apportés. Un seul peut garder un voyageur sur pied pour une journée entière de dur labeur, fût-il l'un des grands Hommes de Minas Tirith.

Les Elfes défirent alors les paquets de vêtements qu'ils avaient apportés et en distribuèrent à chaque membre de la Compagnie. Pour chacun, ils avaient prévu un capuchon et un manteau, fait à sa taille d'une étoffe soyeuse, légère mais chaude, que tissaient les Galadhrim. La couleur en était difficile à définir : ils semblaient gris, avec un reflet du crépuscule sous les arbres; mais bougés ou placés dans une autre lumière, ils devenaient du vert des feuilles dans l'ombre, du brun des champs en friche la nuit ou de l'argent sombre de l'eau sous les étoiles. Chaque manteau s'agrafait autour du cou par une broche semblable à une feuille verte veinée d'argent.

– Sont-ce là des manteaux magiques? demanda Pippin, les regardant avec étonnement.

– Je ne sais ce que vous entendez par là, répondit le chef des Elfes. Ce sont de beaux vêtements, et le tissu en est bon, car il a été fabriqué dans ce pays. Ce sont certainement des habits elfiques, si c'est ce que vous voulez dire. Feuille et branche, eau et pierre : ils ont la couleur et la beauté de toutes ces choses dans le crépuscule de la Lórien que nous aimons; car nous mettons la pensée de ce que nous aimons dans tout ce que nous fabriquons. Ce sont toutefois des vêtements, non des armures, et ils ne détourneront ni flèche ni lame. Mais ils devraient vous être de grand service : ils sont légers à porter et assez chauds ou frais selon les besoins. Et vous les trouverez très utiles pour vous cacher à la vue d'yeux hostiles, que vous marchiez parmi les pierres ou parmi les arbres. Vous êtes, assurément, en particulière faveur auprès de la Dame! Car c'est elle-même et ses suivantes qui ont tissé cette étoffe; et jamais auparavant nous n'avons vêtu des étrangers du costume des nôtres.

Après leur repas du matin, la Compagnie fit ses adieux à la pelouse près de la source. Tous avaient le cœur lourd; car c'était un bel endroit, et il leur était devenu comme leur propre pays, bien qu'ils ne pussent faire le compte des jours et des nuits qu'ils y avaient passés. Comme ils se tenaient un moment à regarder l'eau blanche au soleil, Haldir s'avança vers eux sur l'herbe verte de la clairière. Frodon l'accueillit avec joie.

– Je suis revenu des Défenses du Nord, dit l'Elfe, et je suis envoyé à présent pour vous servir de nouveau de guide. La Vallée des Rigoles Sombres est emplie de vapeur et de nuages de fumée, et les montagnes sont troublées. Il y a des bruits dans les profondeurs de la terre. Si quelqu'un d'entre vous avait pensé rentrer par le nord, vous n'auriez pu passer de ce côté. Mais, allons! Votre chemin est maintenant en direction du sud.

Pendant leur traversée du Caras Galadhon, les chemins verts étaient déserts; mais dans les arbres au-dessus de leur tête, de nombreuses voix murmuraient et chantaient. Eux-mêmes marchaient en silence. Enfin, sous la conduite de Haldir, ils descendirent les pentes méridionales de la colline, et ils arrivèrent de nouveau à la grande porte éclairée de lanternes et au pont blanc; ils sortirent par là et quittèrent la cité des Elfes. Puis ils abandonnèrent la route pavée pour prendre un chemin qui s'en allait dans un épais bosquet de mallornes et qui continuait en serpentant au travers de bois onduleux à l'ombre argentée; et ils descendaient ainsi toujours, au sud et à l'ouest vers les rives du Fleuve.

Ils avaient parcouru une dizaine de milles et la mi-journée approchait, quand ils se trouvèrent devant un haut mur vert. Passant par une trouée, ils sortirent soudain des arbres. Devant eux s'étendait une longue pelouse d'herbe luisante, émaillée d'*elanors* dorés, qui étincelaient au soleil. La pelouse se terminait par une langue étroite entre des lisières brillantes : sur la droite et à l'ouest, coulait en scintillant le Cours d'Argent; sur la gauche et à l'est, le Grand Fleuve roulait ses larges eaux, profondes et sombres. Sur les rives opposées, les bois se poursuivaient à perte de vue en direction du sud, mais les bords mêmes étaient déserts et nus. Nul mallorne n'élevait ses rameaux couverts d'or en dehors du Pays de Lórien.

Sur la rive du Cours d'Argent, à quelque distance du confluent des deux rivières, il y avait un petit appontement blanc en pierre et en bois. A côté, étaient amarrées de nombreuses barques et embarcations diverses. Certaines étaient peintes de couleur vive et d'autres resplendissaient d'or, d'argent et de vert, mais la plupart étaient blanches ou grises. Trois petits bateaux gris avaient été préparés pour les voyageurs, et les Elfes y installèrent leurs paquets. Ils y ajoutèrent des rouleaux de cordes, trois par embarcation. Celles-ci paraissaient minces, mais solides, soyeuses au toucher, et de teinte grise comme les manteaux elfiques.

– Qu'est-ce que cela? demanda Sam, en maniant un rouleau qui gisait sur le gazon.

– Des cordes, évidemment! répondit un Elfe des bateaux. Ne voyagez jamais au loin sans corde! Et une qui soit longue, solide et légère – comme celles-ci. Elles peuvent être utiles dans bien des cas.

– Ce n'est pas la peine de me le dire! s'écria Sam. Je suis venu sans, et je m'en suis fait du souci sans arrêt. Mais je me demandais de quoi celles-ci étaient faites, car j'en connais un bout sur la confection des cordes : c'est de famille, comme qui dirait.

– Elles sont faites de *hithlain*, répondit l'Elfe; mais il n'y a pas le temps maintenant de vous instruire en l'art de leur fabrication. Si nous avions su que cela vous intéressait, nous vous aurions beaucoup appris. Mais à présent, hélas! à moins que vous ne reveniez quelque jour, il faudra vous contenter de notre cadeau. Qu'il vous serve bien!

– Allons! dit Haldir. Tout est prêt maintenant. Embarquez! Mais prenez garde au début!

– Observez bien ce conseil! dirent les autres Elfes. Ces barques sont de construction légère; elles sont artificieuses et différentes de celles des autres gens. Elles ne couleront pas, quel que soit leur chargement; mais elles sont indociles, quand on ne sait pas les manier. Il serait sage de vous habituer à y monter et à descendre, ici où il y a un appontement, avant de vous lancer sur la rivière.

La Compagnie se répartit ainsi : Aragorn, Frodon et Sam étaient dans un bateau; Boromir, Merry et Pippin dans un autre; et dans le troisième se trouvaient Legolas et Gimli, maintenant grands amis. Dans cette dernière embarcation étaient chargés la plupart des provisions et des paquets. Les barques étaient mues et dirigées au moyen de courtes pagaies à large palette en forme de feuille. Quand tout fut prêt, Aragorn les mena pour un essai sur le Cours d'Argent. Le courant était rapide, et ils progressaient lentement. Sam, assis à l'avant, les mains agrippées au rebord, regardait le rivage d'un œil nostalgique. Le scintillement du soleil sur l'eau l'éblouissait. Comme ils dépassaient le pré vert de la Langue, les arbres se resserrèrent jusqu'au bord de la rivière. De-ci de-là, des feuilles dorées se balançaient sur les rides de l'eau. L'air était très lumineux et immobile, et tout était silencieux, hormis le chant grêle et lointain des alouettes.

Ils tournèrent un brusque coude de la rivière, et là, ils virent, descendant majestueusement vers eux, un cygne de grande taille. L'eau ondulait de part et d'autre de son poitrail blanc sous le col recourbé. Son bec brillait comme de l'or bruni et ses yeux étincelaient comme du jais serti de pierres jaunes; ses immenses ailes blanches étaient à demi levées. Une musique l'accompagnait dans sa descente de la rivière; et soudain ils s'aperçurent que c'était un navire construit et sculpté avec tout l'art elfique à l'image d'un oiseau. Deux Elfes vêtus de blanc le dirigeaient au moyen de pagaies noires. Au milieu du vaisseau était assis Celeborn, et derrière lui se tenait Galadriel, grande et blanche; un bandeau de fleurs d'or ceignait ses cheveux; dans sa main, elle tenait une harpe, et elle chantait. Triste et doux était le son de sa voix dans l'air clair et frais :

J'ai chanté les feuilles, les feuilles d'or, et là poussaient
[des feuilles d'or;
J'ai chanté le vent, un vent vint là, qui dans les bran-
[ches souffla.
Au-delà du Soleil, au-delà de la Lune, l'écume était sur
[la Mer,
Et près de la grève d'Ilmarin poussait un Arbre d'or.
Sous les étoiles du Soir-éternel en Eldamar il brillait,
En Eldamar près des murs de l'Elfique Tirion.
Là, longtemps, les feuilles d'or ont poussé au long des
[années heureuses
Tandis qu'ici, au-delà des Mers Séparatrices, coulent main-
[tenant les larmes elfiques.

O Lórien! L'Hiver s'avance, le Jour nu et sans feuille;
Les feuilles tombent dans la rivière, la Rivière s'écoule.
O Lórien! Trop longtemps suis-je restée sur ce Rivage
Et en une couronne évanescente ai-je tressé l'elanor
[d'or;
Mais si je devais maintenant chanter les navires, quel navire
[viendrait à moi;
Quel navire me porterait jamais au-delà d'une si vaste
[Mer?

Aragorn arrêta son embarcation tandis que le navire-cygne l'accostait. La Dame termina son chant pour l'accueillir :

– Nous sommes venus vous faire d'ultimes adieux, dit-elle, et accompagner de nos bénédictions votre départ de notre pays.

– Quoique étant nos hôtes, dit Celeborn, vous n'avez pas encore pris de repas avec nous : nous vous invitons donc à un festin d'adieu, ici entre les eaux courantes qui vous emporteront loin de la Lórien.

Le cygne continua lentement sa route vers l'appontement, et ils tournèrent leurs embarcations pour le suivre. Là, dans la dernière pointe d'Egladil, le festin d'adieu fut donné sur l'herbe verte; mais Frodon mangea et but peu, vouant toute son attention à la beauté de la Dame et à sa voix. Elle ne lui paraissait plus dangereuse ou terrible, ni emplie d'un pouvoir secret. Elle lui paraissait déjà telle que les hommes voient encore parfois les Elfes des temps ultérieurs : présents, mais lointains, vision vivante de ce que le cours incessant du Temps a déjà laissé loin derrière lui.

Après avoir mangé et bu, ils étaient assis dans l'herbe; Celeborn leur reparla de leur voyage et, levant la main, il désigna au sud les bois qui s'étendaient au-delà de la Langue de terre.

– En descendant le fil de l'eau, dit-il, vous verrez les arbres se raréfier, et vous arriverez dans un pays aride. A cet endroit, le Fleuve coule dans des vallées pierreuses entre des hautes landes jusqu'au moment où, après bien des lieues, il arrive à la haute île de Tindrock, que nous appelons Tol Brandir. Là, il entoure de ses bras les rives escarpées de l'île, et il tombe à grand fracas et avec beaucoup de fumée, par les cataractes de Rauros, dans le

Nindalf, ou Platerrague dans notre langue. C'est une vaste région de marécages inertes, où la rivière devient tortueuse et se divise en de multiples bras. En cet endroit, l'Entallure afflue par de nombreuses bouches de la Forêt de Fangorn à l'ouest. Près de ce cours d'eau, de ce côté-ci du Grand Fleuve, s'étend le Rohan. De l'autre côté s'élèvent les collines désertes de l'Emyn Muil. Le vent souffle là de l'est, car elles donnent, par-dessus les Marais Morts et les Terres intermédiaires, sur Cirith Gorgor et les portes noires de Mordor.

« Boromir et ceux qui iront avec lui à la recherche de Minas Tirith feront bien de quitter le Grand Fleuve au-dessus de Rauros et de traverser l'Entallure avant qu'il ne rejoigne les marais. Ils ne devraient toutefois pas remonter ce cours d'eau trop loin, ni risquer de s'empêtrer dans la Forêt de Fangorn. C'est une région étrange, maintenant peu connue. Mais Boromir et Aragorn n'ont certainement pas besoin de cette mise en garde.

– Nous avons en effet entendu parler de Fangorn à Minas Tirith, dit Boromir. Mais ce que j'en ai entendu dire m'a paru relever pour la plus grande part des récits de bonne femme, tels qu'on en raconte aux enfants. Tout ce qui est au nord de Rohan est à présent pour nous si éloigné que la fantaisie peut s'y donner libre cours. Fangorn se trouvait, jadis, à la lisière de notre royaume; mais il y a aujourd'hui maintes vies d'Hommes qu'aucun de nous ne l'a visitée, pour prouver ou infirmer les légendes qui nous ont été transmises des années lointaines.

« J'ai moi-même été parfois en Rohan, mais je ne l'ai jamais traversé vers le nord. Quand j'y fus envoyé comme messager, j'ai pris par la Trouée près des contreforts des Montagnes Blanches, et j'ai traversé l'Isen et le Flot Gris pour passer en Nordlande. Un long et fatigant voyage. J'ai estimé que cela faisait quatre cents lieues, et il me fallut des mois; car je perdis mon cheval à Tharbad, en passant à gué le Flot Gris. Après ce voyage et la route que j'ai faite avec cette Compagnie, je ne doute pas de trouver le moyen de traverser le Rohan et Fangorn aussi, au besoin.

– Dans ce cas, je n'ai rien à ajouter, dit Celeborn. Mais ne méprisez pas les traditions qui viennent des années lointaines : il arrive souvent que les vieilles femmes gardent en mémoire des choses qu'il fut autrefois nécessaire aux sages de connaître.

Galadriel se leva alors de l'herbe; prenant une coupe des mains de l'une de ses suivantes, elle l'emplit d'hydromel blanc et la tendit à Celeborn.

— Il est maintenant temps de boire la coupe de l'adieu, dit-elle. Buvez, Seigneur des Galadhrim! Et que votre cœur ne soit pas triste, bien que la nuit doive suivre le jour et que déjà votre soir approche.

Elle apporta ensuite la coupe à chaque membre de la Compagnie, l'invitant à boire en signe d'adieu. Mais quand ils eurent bu, elle leur ordonna de se rasseoir sur l'herbe, et des fauteuils furent installés pour elle et pour Celeborn. Ses suivantes se tinrent en silence à ses côtés, et elle considéra un moment ses invités. Enfin, elle reprit la parole :

— Nous avons bu la coupe de la séparation, dit-elle, et les ombres tombent entre nous. Mais avant votre départ, j'ai apporté de mon navire des présents que le Seigneur et la Dame des Galadhrim vous offrent maintenant en souvenir de la Lothlórien.

Puis elle les appela l'un après l'autre.

— Voici le cadeau de Celeborn et de Galadriel au guide de votre Compagnie, dit-elle à Aragorn.

Et elle lui donna un fourreau fait spécialement pour son épée. Il était recouvert d'un entrelacs de fleurs et de feuilles en argent et en or, et dessus étaient incrustées de nombreuses gemmes formant en runes elfiques le nom d'Anduril et le lignage de l'épée :

— La lame tirée de ce fourreau ne sera ni souillée ni brisée, même dans la défaite, dit-elle. Mais y a-t-il autre chose que vous désiriez de moi en ce moment de notre séparation? Car les ténèbres vont couler entre nous, et il se peut que nous ne nous rencontrions plus jamais, si ce n'est loin d'ici sur une route qui n'a point de retour.

Et Aragorn répondit :

— Madame, vous connaissez tout mon désir, et vous avez longtemps eu en garde le seul trésor que je cherche. Mais il n'est pas à vous pour me le donner, quand bien même vous le voudriez; et ce n'est que par les ténèbres que je l'atteindrai.

— Mais peut-être ceci rendra-t-il votre cœur plus léger, dit Galadriel, car ce m'a été confié pour vous être remis si vous passiez par ce pays.

Elle retira alors de son sein une grande pierre vert clair, montée dans une broche d'argent en forme d'aigle aux ailes éployées; et tandis qu'elle la tenait levée, la pierre étincelait comme le soleil à travers le feuillage printanier.

– Cette pierre, je l'avais donnée à ma fille Celebrían, et elle l'avait transmise à la sienne; et maintenant elle vous échoit en signe d'espoir. En cette heure, prends le nom qui a été prévu pour toi, Elessar, pierre elfique de la maison d'Elendil!

Aragorn prit alors la pierre, et il agrafa la broche sur sa poitrine; ceux qui le virent furent étonnés, car ils n'avaient pas remarqué jusqu'alors à quel point sa prestance était haute et royale, et il leur sembla que maintes années étaient tombées de ses épaules :

– Je vous remercie de vos dons, dit-il, ô Dame de Lórien, de qui naquirent Celebrían et Arwen, l'Etoile du Soir. Quelle louange pourrait être plus grande?

La Dame inclina la tête; puis elle se tourna vers Boromir, et elle lui donna une ceinture d'or; et à Merry et à Pippin elle offrit de petites ceintures d'argent, dont la boucle était une fleur d'or. A Legolas, elle donna un arc de la sorte qui était en usage chez les Galadhrim, plus long et plus fort que ceux de la Forêt Noire, et monté d'une corde de cheveux d'elfe. Il était accompagné d'un carquois de flèches.

– Pour vous, petit jardinier et amateur d'arbres, dit-elle à Sam, je n'ai qu'un petit cadeau.

Elle lui mit dans la main une petite boîte de simple bois gris, sans autre ornement qu'une seule rune d'argent sur le couvercle :

– Ceci représente un G pour Galadriel, dit-elle, mais ce peut aussi bien évoquer un jardin dans votre langue (1). Il y a dans cette boîte de la terre de mon verger, et elle est sous l'influence de la bénédiction que Galadriel est encore en état de conférer. Cela ne vous gardera pas sur votre route et ne vous défendra contre aucun danger; mais si vous la conservez et que vous revoyiez votre pays en fin de compte, peut-être y trouverez-vous votre récompense. Reverriez-vous tout stérile et devenu désert, il y aura peu de jardins en Terre du Milieu dont la floraison puisse rivaliser avec celle du vôtre, si vous y répandez cette terre. Vous vous rappellerez peut-être alors Galadriel, et vous aurez un aperçu de la lointaine Lórien, que vous n'avez vue que dans notre hiver. Car notre prin-

(1) Jardin se dit en anglais Garden.

temps et notre été sont passés, et nul ne les verra plus sur terre autrement que par le souvenir.

Sam rougit jusqu'aux oreilles et murmura quelque chose d'insaisissable, tandis qu'il prenait la boîte et saluait de son mieux.

– Et quel cadeau un Nain demanderait-il aux Elfes? demanda Galadriel, se tournant vers Gimli.

– Aucun, Madame, répondit Gimli. Il me suffit d'avoir vu la Dame des Galadhrim et d'avoir entendu ses douces paroles.

– Oyez, vous tous, Elfes! s'écria-t-elle pour ceux qui l'entouraient. Que personne ne dise plus que les Nains sont cupides et malgracieux! Mais, Gimli fils de Glóin, vous désirez assurément quelque chose que je pourrais vous donner? Nommez-le, je vous en prie! Vous ne serez pas le seul invité à partir sans présent.

– Je ne désire rien, Dame Galadriel, dit Gimli, s'inclinant profondément et balbutiant. Rien, sauf peut-être – s'il m'est permis de demander, que dis-je, de nommer un seul fil de vos cheveux, qui surpassent l'or de la terre comme les étoiles surpassent les gemmes de la mine. Je ne demande pas un tel don. Mais vous m'avez ordonné de nommer mon désir.

Il y eut un mouvement et des murmures d'étonnement chez les Elfes, et Celeborn regarda le Nain avec surprise; mais la Dame sourit :

– On prétend que l'art des Nains réside plutôt dans leurs mains que dans leur langue, dit-elle; mais ce n'est pas vrai pour Gimli. Car nul ne m'a jamais présenté requête aussi hardie et pourtant aussi courtoise. Et comment refuserais-je, puisque je lui ai ordonné de parler? Mais dites-moi, que feriez-vous de pareil don?

– Je le chérirais, Madame, répondit-il, en souvenir des paroles que vous m'avez adressées lors de notre première rencontre. Et si jamais je retrouve les forges de mon pays, il sera monté dans un cristal impérissable pour demeurer un bien de ma maison et un gage de bonne volonté entre la Montagne et la Forêt jusqu'à la fin des temps.

La Dame dénoua alors une de ses longues boucles et en coupa trois cheveux d'or, qu'elle mit dans la main de Gimli.

– Le don sera accompagné de ces mots, dit-elle. Je ne prédis rien, car toute prédiction serait à présent vaine : d'une part il y a les ténèbres, et de l'autre seulement de l'espoir. Mais si l'espoir n'avorte pas, je vous le dis, Gimli fils de Glóin, vos mains déborderont d'or, et pourtant l'or n'aura aucune prise sur vous.

– Et vous, Porteur de l'Anneau, dit-elle, se tournant vers Frodon. J'en viens en dernier à vous, qui n'êtes pas le dernier dans ma pensée. Pour vous, j'ai préparé ceci.

Elle éleva une petite fiole de cristal : celle-ci étincela comme elle la déplaçait, et des rayons de lumière blanche jaillirent de sa main :

– Dans cette fiole, dit-elle, est captée la lumière de l'étoile d'Eärendil, fixée dans des eaux de ma source. Elle brillera d'une lumière encore plus vive quand la nuit vous environnera. Qu'elle vous soit une lumière dans les endroits ténébreux, quand toutes les autres s'éteindront. Souvenez-vous de Galadriel et de son Miroir!

Frodon prit le flacon, et, comme celui-ci scintillait un moment entre eux, il la revit avec son port de reine, grande et belle, mais non plus terrible. Il s'inclina sans trouver aucune parole à prononcer.

La Dame se leva alors, et Celeborn les ramena à l'appontement. La lumière de midi s'étendait, jaune, sur l'herbe verte de la Langue, et l'eau scintillait d'argent. Tout fut enfin prêt. La Compagnie prit place dans les embarcations comme précédemment. Lançant des cris d'adieu, les Elfes de la Lórien les poussèrent avec leurs longues perches dans le courant de la rivière, et les eaux ondulantes les emportèrent lentement. Les voyageurs étaient assis sans bouger ni parler. Sur la rive verte à la pointe même de la Langue, la Dame Galadriel se tenait droite, seule et silencieuse. Comme ils passaient devant elle, ils se tournèrent pour la regarder s'éloigner lentement. Car c'est ainsi que la chose leur apparaissait : la Lórien glissait lentement en arrière, comme un brillant navire mâté d'arbres enchantés, en partance pour des rivages oubliés, tandis qu'ils étaient assis là impuissants à la lisière du monde gris et défeuillé.

Pendant qu'ils regardaient, le Cours d'Argent se perdit dans les courants du Grand Fleuve, leurs barques virèrent, et ils partirent vivement en direction du sud. La forme blanche de la Dame ne tarda pas à devenir petite et lointaine. Elle brillait comme une fenêtre dans le soleil couchant sur une distante colline : cristal tombé au creux de la terre. Puis il parut à Frodon qu'elle levait les bras en un ultime adieu, et, lointain, mais d'une netteté perçante sur le vent qui les suivait, vint le son de sa voix qui chantait. Mais à présent, c'était dans l'ancienne langue des Elfes d'Outre-mer, et il ne comprenait pas les paroles; belle était la musique, mais elle ne le réconforta pas.

Cependant, comme il en va des mots elfiques, ceux-ci demeurèrent gravés dans sa mémoire, et longtemps après, il les traduisit de son mieux : le langage était celui du chant elfique, et il parlait de choses peu connues en Terre du Milieu.

> *Ai! Laurië lantar lassi súrinen,*
> *Yéni unótimë ve rámar aldaron!*
> *Yéni ve lintë yuldar avánier*
> *m ioromardi lisse-miruvóreva*
> *Andúnë pella, Vardo tellumar*
> *nu luini yassen tintilar i eleni*
> *ómaryo airetári-lírinen.*

> *Si man i yulma nin enquantuva?*

> *An sí Tintallë Varda Oiolossëo*
> *va fanyar máryat Elentári ortanë*
> *ar ilyë tier undulávë lumbulë;*
> *ar sindanóriello caita mornië*
> *i falmalinnar imbë met, ar hísië*
> *untúpa Calaciryo míri oialë.*
> *Si vanwa ná, Rómello vanwa, Valimar!*

> *Namárië! Nai hiruvalyë Valimar.*
> *Nai elyë hiruva. Namárië!*

« Ah, comme l'or tombent les feuilles dans le vent, de longues années innombrables comme les ailes des arbres! Les longues années ont passé comme de rapides gorgées du doux hydromel dans les hautes salles de par-delà l'Ouest, sous les voûtes bleues de Varda, où les étoiles tremblent dans le chant de sa voix, sainte et royale. Qui donc à présent remplira pour moi la coupe? Car maintenant l'Incitatrice, Varda, la Reine des Etoiles, du Mont Toujours Blanc a élevé ses mains comme des nuages et tous les chemins sont noyés dans une ombre profonde; et, venues d'un pays gris, les ténèbres s'étendent sur les vagues écumantes, et la brume couvre à jamais les joyaux de Calacirya. Maintenant perdu, perdu pour ceux de l'Est est Valimar! Adieu! Peut-être trouveras-tu Valimar. Peut-être toi la trouveras-tu. Adieu! (Varda est le nom de la

Dame que les Elfes de ces terres d'exil nomment Elbereth.)

Soudain, la Rivière décrivit une courbe; les rives s'élevèrent de part et d'autre, et la lumière de la Lórien fut cachée. En ce beau pays, Frodon ne devait jamais revenir.

Les Compagnons se tournèrent alors vers leur voyage; le soleil était devant eux et les éblouissait, car tous les yeux étaient emplis de larmes. Gimli pleurait ouvertement.

— Mon dernier regard a été pour ce qui était le plus beau, dit-il à son compagnon Legolas. Désormais, je ne qualifierai plus rien de beau, si ce n'est son cadeau.

Il porta la main à sa poitrine.

— Dites-moi, Legolas, pourquoi me suis-je joint à cette Quête? Je ne savais guère où gisait le principal danger! Elrond disait vrai quand il déclarait que nous ne pouvions prévoir ce que nous trouverions sur notre route. Le danger que je redoutais était le tourment dans les ténèbres, et il ne m'a pas retenu. Mais je ne serais pas venu si j'avais connu celui de la lumière et de la joie. J'ai maintenant reçu ma pire blessure dans ce départ, dussé-je même aller cette nuit droit au Seigneur Ténébreux. Hélas pour Gimli fils de Glóin!

— Non! dit Legolas. Hélas pour nous tous! Et pour tous ceux qui courent le monde dans les jours à venir. Car ainsi va-t-il : on trouve et l'on perd, comme il paraît à ceux dont l'embarcation vogue au fil des eaux. Mais je vous considère comme heureux, Gimli fils de Glóin, car votre perte, vous la subissez de votre propre gré et vous auriez pu faire un autre choix. Mais vous n'avez pas abandonné vos compagnons, et la moindre récompense que vous en aurez sera que le souvenir de la Lothlórien demeurera à jamais clair et sans tache dans votre cœur, et il ne s'estompera ni ne vieillira jamais.

— Peut-être, dit Gimli, et je vous remercie de ces paroles. Des paroles vraies, sans doute; mais un tel réconfort est froid. Le souvenir n'est pas ce que le cœur désire. Ce n'est qu'un miroir, fût-il aussi clair que le Kheled-zâram. Tout au moins est-ce ce que dit le cœur de Gimli le Nain. Les Elfes peuvent voir les choses autrement. En vérité, j'ai entendu dire que pour eux le souvenir ressemblait davantage au monde qui s'éveille qu'au rêve. Il n'en est pas de même pour les Nains.

« Mais ne parlons plus de cela. Il faut s'occuper du bateau! Il enfonce trop avec tout ce bagage, et le Grand Fleuve est rapide. Je n'ai aucune envie de noyer mon chagrin dans l'eau froide.

Il saisit une pagaie et gouverna en direction de la rive occidentale, suivant la barque d'Aragorn qui était en tête et qui avait déjà quitté le milieu de la rivière.

Ainsi, la Compagnie suivit sa longue navigation le long des larges et rapides eaux, toujours portée vers le sud. Des bois dénudés défilaient de part et d'autre, et ils ne pouvaient rien apercevoir des terres qui s'étendaient par-derrière. La brise tomba, et le Fleuve coulait sans bruit. Aucun chant d'oiseau ne rompait le silence. Le soleil se voila à mesure que la journée s'avançait, et il finit par luire dans un ciel pâle comme une haute perle blanche. Puis il s'effaça dans l'ouest, et le crépuscule tomba de bonne heure, suivi d'une nuit grise et sans étoiles. Ils continuèrent longtemps de flotter dans les heures noires et silencieuses, gouvernant leurs barques sous les ombres surplombantes des bois de l'ouest. De grands arbres passaient comme des spectres, jetant dans l'eau à travers la brume leurs racines tordues et assoiffées. Il faisait froid, et le voyage était lugubre. Frodon restait immobile, écoutant le faible clapotis et les glouglous du Fleuve bouillonnant parmi les racines des arbres et les bois flottants près de la rive; finalement il dodelina de la tête et sombra dans un sommeil inquiet.

CHAPITRE IX

LE GRAND FLEUVE

Frodon fut réveillé par Sam. Il vit qu'il était couché, bien enveloppé, sous de grands arbres à l'écorce grise dans un coin tranquille des bois situés sur la rive occidentale du Grand Fleuve, l'Anduin. Il avait dormi toute la nuit, et le gris du matin était terne parmi les branches dénudées. Gimli s'affairait sur un petit feu tout à côté.

Ils se remirent en route avant le grand jour. Non que la plupart des compagnons fussent tellement pressés d'aller vers le sud : ils n'étaient pas mécontents d'avoir encore un peu de répit avant la décision qu'ils devraient prendre au plus tard en arrivant à Rauros et à l'île de Tindrock, dans quelques jours; et ils laissaient le Fleuve les porter à sa propre allure, n'ayant aucun désir de se hâter vers les périls qui les attendaient quel que fût l'itinéraire qu'ils choisiraient en fin de compte. Aragorn les laissait aller au fil de l'eau comme ils le désiraient, ménageant leurs forces en vue de la fatigue à venir. Mais il tenait au moins à un départ très matinal chaque jour et à une poursuite du voyage jusqu'à une heure tardive le soir; car il sentait dans son cœur que le temps pressait, et il craignait que le Seigneur Ténébreux ne fût pas resté inactif pendant qu'ils s'attardaient dans la Lórien.

Ils ne virent néanmoins aucun signe d'ennui ce jour-là ni le suivant. Les heures grises et monotones passèrent sans aucun événement. Vers la fin du troisième jour de leur voyage, le paysage changea peu à peu : les arbres s'éclaircirent, puis disparurent entièrement. Sur la rive orientale, à leur gauche, ils virent de longues pentes informes qui montaient dans le lointain vers le ciel; elles avaient un aspect brunâtre et desséché, comme si le feu eût passé par là sans laisser aucun brin de verdure vivante : un désert hostile, dépourvu même de tout arbre brisé ou de la moindre pierre proéminente pour rompre l'uniformité. Ils étaient arrivés aux Terres Brunes, qui s'étendent, vastes et désolées, entre le sud de la Forêt Noire et les collines d'Emyn Muil. Même Aragorn ne pouvait dire quelle pestilence, quelle guerre ou quel méfait de l'Ennemi avait ainsi détruit toute cette région.

A l'ouest, sur leur droite, la terre était également sans arbre, mais elle était plate et en maints endroits verte avec de larges plaines herbeuses. De ce côté du Fleuve, ils passèrent devant des forêts de grands roseaux, si hauts qu'ils cachaient toute vue vers l'ouest, tandis que les petites embarcations longeaient en bruissant leur lisière oscillante. Leurs plumets sombres et desséchés se courbaient et se relevaient avec un chuintement doux et triste dans l'air frais et léger. De temps à autre, Frodon avait, par des ouvertures, des aperçus soudains de prés onduleux et, bien au-delà, de collines dans le couchant; et à l'horizon, se dessinait une ligne sombre, là où commençaient les chaînes les plus méridionales des Monts Brumeux. Il n'y avait aucun signe d'êtres vivants mobiles, sinon des oiseaux. Ceux-ci étaient nombreux : des petits volatiles sifflaient et pépiaient dans les roseaux, mais on les voyait rarement. Deux ou trois fois, les voyageurs entendirent le mouvement rapide et le son plaintif des ailes de cygnes, et, levant les yeux, ils virent une grande phalange traverser le ciel.

— Des cygnes! dit Sam. Et rudement gros, encore!

— Oui, dit Aragorn, et ce sont des cygnes noirs.

— Que tout ce pays a l'air vaste, vide et lugubre! dit Frodon. J'avais toujours imaginé qu'en allant vers le sud on trouvait des régions de plus en plus chaudes et de plus en plus gaies jusqu'à ce que l'hiver soit à jamais abandonné.

— Mais nous ne sommes pas encore très au sud, répondit Aragorn. C'est encore l'hiver, et nous sommes loin de la mer. Ici, le monde est froid jusqu'au soudain printemps, et nous pourrons encore avoir de la neige. Très loin au sud, dans la Baie de Belfalas, où se jette l'Anduin, il fait chaud et tout est peut-être gai, ou le serait s'il n'y avait l'Ennemi. Mais ici, nous ne sommes pas, je pense, à plus de cinquante lieues au sud du Quartier Sud, là-bas dans votre Comté, à des centaines de longs milles. Vous regardez maintenant vers le sud-ouest, par-dessus les plaines septentrionales du Riddermark, Rohan, le pays des Seigneurs des Chevaux. Nous ne tarderons pas à arriver au confluent du Limeclair, qui descend du Fangorn pour rejoindre le Grand Fleuve. C'est la frontière septentrionale de Rohan; et jadis tout ce qui s'étendait entre le Limeclair et les Montagnes Blanches appartenait aux Rohirrim. C'est une terre riche et aimable, dont l'herbe n'a pas de rivale; mais en ces jours néfastes, on n'habite plus auprès du Fleuve, et l'on ne chevauche plus guère vers ses rives. L'Anduin est large, mais les orques peuvent tirer leurs flèches très loin par-dessus l'eau; et l'on dit que, ces derniers temps, ils ont osé traverser et razzier les troupeaux et les haras de Rohan.

Le regard de Sam passait avec inquiétude d'une rive à l'autre. Les arbres lui avaient auparavant paru hostiles, comme s'ils abritaient des yeux secrets et des dangers imprécis; mais il souhaitait maintenant leur présence. Il sentait que la Compagnie était trop à découvert, flottant ainsi dans de petits bateaux non pontés au milieu de terres sans abri et sur un fleuve qui représentait la frontière de la guerre.

Les deux ou trois jours suivants, comme ils poursuivaient leur route, portés régulièrement vers le sud, ce sentiment d'insécurité s'empara de tous les compagnons. Un jour entier, ils firent force de pagaies pour hâter leur progression. Les rives défilèrent. Bientôt, le Fleuve s'élargit, se faisant moins profond; de longues plages pierreuses s'étendirent à l'est, et il y avait dans l'eau des bancs de gravier qui nécessitaient une conduite attentive. Les Terres Brunes s'élevèrent en plateaux déserts, balayés par un vent froid venu de l'est. De l'autre côté, les prairies s'étaient muées en vallonnements d'herbe desséchée au milieu d'un terrain marécageux parsemé de canche. Frodon frissonna à la pensée des pelouses et des sources, du soleil clair et des douces pluies de la Lothlórien. Peu de paroles et nul rire ne se faisaient entendre dans aucun des bateaux. Chaque membre de la Compagnie était occupé à ses propres pensées.

Le cœur de Legolas courait sous les étoiles d'une nuit d'été en quelque clairière septentrionale parmi les bois de hêtres; Gimli manipulait de l'or en pensée, se demandant si ce métal convenait à un écrin pour le présent de la Dame. Merry et Pippin, dans l'embarcation du milieu, étaient mal à l'aise, car Boromir ne cessait de marmonner, se rongeant par moments les ongles, comme en proie à quelque inquiétude ou quelque doute; il s'emparait parfois d'une pagaie pour mener la barque juste derrière celle d'Aragorn, et Pippin, assis à la proue et regardant en arrière, apercevait alors dans son œil une curieuse lueur, tandis que l'autre scrutait devant lui la personne de Frodon. Sam avait depuis longtemps décidé que, si les bateaux n'étaient peut-être pas aussi dangereux qu'on l'en avait persuadé, ils étaient par contre beaucoup plus inconfortables qu'il ne l'avait lui-même imaginé. Il se sentait rempli de crampes et malheureux, sans rien d'autre à faire que suivre des yeux les paysages hivernaux qui rampaient le long de la rive et l'eau grise de part et d'autre. Même quand on avait recours aux pagaies, on ne lui en confiait pas.

A la tombée du crépuscule, le quatrième jour, il regardait en arrière par-dessus les têtes courbées de Frodon et d'Aragorn et les embarcations suivantes; somnolent, il ne pensait qu'au campement et à la sensation de la terre ferme sous ses pieds. Soudain, quelque chose accrocha son regard : au début, ses yeux se posèrent dessus avec nonchalance, mais peu après, il se redressa et se frotta les yeux; quand il regarda de nouveau, toutefois, il ne vit plus rien.

Cette nuit-là, ils campèrent sur un petit îlot proche de la rive occidentale. Sam, roulé dans des couvertures, était étendu près de Frodon.

– J'ai eu un drôle de rêve, une heure ou deux avant notre halte, monsieur Frodon, dit-il. Ou peut-être n'était-ce pas un rêve. En tout cas, c'était drôle.

– Eh bien, de quoi s'agissait-il? demanda Frodon, sachant que Sam ne s'endormirait pas avant d'avoir raconté son histoire, quelle qu'elle fût. Je n'ai rien vu ni n'ai-je pensé à quoi que ce soit de nature à me faire sourire depuis notre départ de la Lothlórien.

– Ce n'était pas drôle de cette façon-là, monsieur Frodon. C'était curieux. Tout faux, si ce n'était pas un rêve. Et il vaut mieux que vous l'entendiez. Voilà : j'ai vu une grosse bûche avec des yeux!

– Pour la bûche, ça va, dit Frodon. Il y en a des quantités dans le Fleuve. Mais laisse tomber les yeux.

– Pour ça non, dit Sam. C'est les yeux qui m'ont fait redresser, pour ainsi dire. J'ai vu ce que j'ai pris pour une bûche qui flottait dans le demi-jour derrière la barque de

Gimli; mais je n'y faisais pas grande attention. Puis il m'a semblé que la bûche nous rattrapait lentement. Et c'était bizarre, il faut dire, vu que nous flottions tous ensemble dans le courant. Juste alors, j'ai vu les yeux : deux espèces de points pâles, comme brillants, sur une bosse au bout le plus proche de la bûche. Qui mieux est, ce n'était pas une bûche, car ça avait des pattes palmées, presque semblables à celles d'un cygne, mais elles semblaient plus grandes et elles ne cessaient de plonger dans l'eau et d'en sortir.

« Ça, c'était quand je me suis redressé tout droit et que je me suis frotté les yeux, avec l'intention de crier si c'était toujours là après que j'eus effacé la somnolence de ma tête. Parce que le je-ne-sais-pas-quoi avançait alors rapidement, et il était tout derrière Gimli. Mais je ne sais si ces deux lampes repérèrent mon mouvement et mon regard scrutateur ou si je repris mes sens. En tout cas, quand je regardai de nouveau, ce n'était plus là. Mais je crois tout de même que j'aperçus du coin de l'œil, comme on dit, quelque chose de sombre qui se précipitait dans l'ombre de la rive. Je n'ai pas vu d'autres yeux, toutefois.

« Tu rêves encore, Gamegie », que je me suis dit; et j'ai plus rien dit sur le moment. Mais j'y ai pensé depuis, et maintenant, je ne suis plus si sûr. Qu'en pensez-vous, monsieur Frodon?

– Je n'y verrais qu'une grosse bûche, le crépuscule et le sommeil dans tes yeux, Sam, si c'était la première fois qu'on apercevait ces yeux-là, dit Frodon. Mais ce n'est pas le cas. Je les ai vus là-bas dans le Nord avant que nous n'atteignions la Lórien. Et j'ai vu une étrange créature avec des yeux, qui grimpait au flet cette nuit-là. Haldir l'a vue aussi. Et rappelle-toi ce qu'avaient dit les Elfes qui étaient partis à la poursuite des orques.

– Ah, oui, dit Sam, je m'en souviens bien; et d'autre chose aussi. Je n'aime pas ce que j'ai en tête; mais en mettant bout à bout une chose et une autre, les histoires de M. Bilbon et tout ça, j'ai l'impression que je pourrais donner un nom à cette créature-là à tout hasard. Un vilain nom : Gollum, peut-être?

– Oui, c'est ce que je crains depuis quelque temps, répondit Frodon. Depuis même cette nuit sur le flet. Je suppose qu'il était tapi dans la Moria, et qu'il a suivi notre trace dès lors; mais j'espérais que notre séjour en Lórien l'aurait de nouveau dérouté. Cette misérable créature devait être cachée dans les bois près du Cours d'Argent, pour observer notre départ!

— Ce doit être à peu près cela, dit Sam. Et on ferait bien de faire un peu plus attention à nous-mêmes, sans quoi on sentira de vilains doigts se serrer autour de notre cou une de ces nuits, si jamais on se réveille pour sentir quelque chose. Et c'est à ça que je voulais en venir. Inutile d'inquiéter Grands-Pas ou les autres ce soir. Je monterai la garde. Je pourrai dormir demain, puisque je ne suis à peu près qu'un bagage dans le bateau, que vous pourriez dire.

— Je le pourrais, dit Frodon, mais je pourrais dire : « Un bagage doté d'yeux. » Tu veilleras; mais seulement si tu promets de me réveiller à mi-chemin du matin, si rien ne se passe d'ici là.

En pleine nuit, Frodon sortit d'un profond et sombre sommeil pour constater que Sam le secouait.

— C'est honteux de vous réveiller, dit Sam à voix basse, mais c'est ce que vous m'avez dit. Il n'y a rien à rapporter, ou pas grand-chose. J'ai cru entendre un vague éclaboussement et le son d'un reniflement, il y a un moment; mais la nuit près d'une rivière, on entend un tas de bruits bizarres de ce genre.

Il s'étendit et Frodon se redressa, emmitouflé dans ses couvertures et luttant contre son sommeil. Les minutes ou les heures s'écoulèrent lentement, sans que rien ne se produisît. Frodon était sur le point de céder à la tentation de se réétendre, quand une forme sombre, à peine visible, flotta tout près de l'une des embarcations amarrées. Une longue main blanchâtre apparut indistinctement, qui surgissait pour saisir le plat-bord; deux yeux pâles, à la lueur froide de lanterne, regardèrent à l'intérieur de l'embarcation, puis se levèrent pour considérer Frodon sur l'îlot. Ils ne se trouvaient pas à plus d'un yard ou deux, et Frodon entendit le doux chuintement d'une reprise de souffle. Il se leva, tirant Dard du fourreau, et fit face aux yeux. La lumière s'éteignit aussitôt. Il y eut un nouveau sifflement, suivi d'un éclaboussement, et la sombre forme de bûche fila dans le courant et disparut dans la nuit. Aragorn s'agita dans son sommeil, se retourna et se mit sur son séant.

— Qu'est-ce? murmura-t-il, se levant vivement pour venir auprès de Frodon. J'ai senti quelque chose dans mon sommeil. Pourquoi avez-vous tiré l'épée?

– Gollum, répondit Frodon. Ou du moins, le crois-je.

– Ah! dit Aragorn. Ainsi vous connaissez notre petit détrousseur? Il nous a suivis à travers toute la Moria et tout du long jusqu'au Nimrodel. Depuis que nous avons pris les bateaux, il s'est allongé sur un tronçon de bois, et il a pagayé des pieds et des mains. J'ai essayé de l'attraper une ou deux fois, la nuit; mais il est plus rusé qu'un renard et aussi glissant qu'un poisson. J'espérais que le voyage sur le fleuve viendrait à bout de lui, mais il est trop habile marinier.

« Il va falloir essayer d'aller plus vite demain. Couchez-vous maintenant, et je veillerai pour le restant de la nuit. Je voudrais bien pouvoir mettre la main sur ce scélérat. On pourrait le rendre utile. Mais, si je ne peux pas, il faudra essayer de le semer. Il est très dangereux. Sans compter la possibilité d'un meurtre de nuit pour son propre compte, il pourrait mettre n'importe quel ennemi sur nos traces.

La nuit passa sans que Gollum montrât même une ombre. Après cela, la Compagnie fit un guet attentif, mais elle ne vit plus rien de lui tant que dura le voyage. S'il suivait toujours, il faisait preuve de beaucoup de circonspection et de ruse. Sur l'invitation d'Aragorn, ils pagayaient durant de longues périodes, et les rives défilaient rapidement. Mais ils voyaient peu de chose du pays, car ils voyageaient surtout de nuit ou à la brune, se reposant le jour, aussi cachés que le terrain le permettait. Le temps passa ainsi sans incident jusqu'au septième jour.

Le temps était encore gris et couvert, avec un vent d'est, mais comme le soir se muait en nuit, le ciel s'éclaircit à l'ouest et des trous d'une faible lumière, jaune et vert pâle, s'ouvrirent sous les bancs de nuages. On y voyait la forme blanche de la nouvelle lune, reflétée dans les lacs lointains. Sam la regarda, les sourcils froncés.

Le lendemain, le paysage se mit à changer rapidement de part et d'autre. Les rives commencèrent à s'élever et à devenir pierreuses. Ils passèrent bientôt par une région de collines rocheuses, et sur les deux rives les pentes escarpées étaient couvertes de profonds fourrés d'épines et de prunelliers, enchevêtrés de ronces et de plantes grimpantes. Derrière, se trouvaient des falaises basses à demi éboulées et des cheminées d'une pierre grise désagrégée, envahie de lierre sombre; et au-delà encore se dressaient de hautes crêtes couronnées de sapins tordus par le vent. La Compagnie approchait du pays de montagnes grises de l'Emyn Muil, marche méridionale de la Terre Sauvage.

Il y avait de nombreux oiseaux dans les falaises et les cheminées rocheuses, et toute la journée des volées avaient tournoyé, noires sur le ciel pâle. Tandis que les Compagnons étaient couchés dans leur campement, Aragorn observait les vols d'un air dubitatif, se demandant si Gollum n'avait pas fait des siennes et si la nouvelle de leur voyage ne se répandait pas à présent dans le désert. Plus tard, comme le soleil se couchait et que la Compagnie se remuait pour s'apprêter au départ, il aperçut un point noir qui se détachait dans la lumière pâlissante : un grand oiseau qui volait haut et loin, tàntôt en tournoyant et tantôt en se dirigeant lentement vers le sud.

— Qu'est-ce que cela, Legolas? demanda-t-il, désignant le ciel au nord. Est-ce, comme je le crois, un aigle?

— Oui, répondit Legolas. C'est un aigle qui chasse. Je me demande ce que cela peut bien présager. Il est loin des montagnes.

— Nous ne nous mettrons pas en route avant la nuit complète, dit Aragorn.

Le huitième jour de leur voyage vint. Il était silencieux, sans un souffle; le vent gris de l'est avait passé. Le mince croissant de la lune était tôt tombé dans le pâle coucher du soleil, mais le ciel était clair au-dessus, et, bien que dans le lointain de grandes lignes de nuages luisissent encore faiblement au sud, à l'ouest les étoiles scintillaient avec éclat.

— Allons! dit Aragorn. Nous allons risquer encore un voyage de nuit. Nous arrivons à des parties droites du Fleuve que je ne connais pas bien; car je n'ai jamais voyagé par eau dans ces régions, pas entre ici et les rapides de Sarn Gebir. Mais si je ne me trompe dans mon estime, ceux-ci sont encore à de nombreux milles. Il y a néanmoins des endroits dangereux même avant d'y arriver : des rochers et des îlots pierreux dans le courant. Il faudra ouvrir l'œil et ne pas essayer de pagayer vite.

La tâche de guetteur fut confiée à Sam dans l'embarcation de tête. Il était étendu à l'avant, le regard fixé dans l'obscurité. La nuit se fit noire, mais les étoiles au-dessus d'eux étaient étrangement brillantes, et il y avait un faible miroitement à la surface du Fleuve. Il était tout près de minuit, et ils s'étaient laissés aller quelque temps au fil de l'eau sans presque user de pagaies, quand Sam cria soudain. A quelques mètres seulement sur l'avant, des formes sombres se dressaient, et il entendait les remous de l'eau rapide. Un fort courant les portait sur la gauche, vers la rive est où le lit était libre. Comme ils se trouvaient ainsi écartés, les voyageurs virent, à présent très proche, l'écume pâle du Fleuve qui battait des rochers aigus projetés en avant dans le lit comme une rangée de dents. Les embarcations étaient toutes agglomérées.

– Holà, Aragorn! cria Boromir, comme sa barque butait contre celle du chef de file. C'est de la folie! On ne peut se risquer dans les Rapides de nuit! Mais aucun bateau ne peut vivre dans Sarn Gebir, que ce soit de nuit ou de jour.

– En arrière, en arrière! cria Aragorn. Virez! Virez si vous le pouvez!

Il plongea sa pagaie dans l'eau, essayant de retenir la barque et de la faire tourner.

– Je me suis trompé dans mon estime, dit-il à Frodon. Je ne savais pas que nous étions parvenus aussi loin : l'Anduin coule plus vite que je ne le croyais. Sarn Gebir doit être déjà tout proche.

A force d'efforts, ils maîtrisèrent les embarcations et parvinrent à les retourner; mais, au début, ils ne purent avancer que très peu contre le courant, et ils ne cessaient d'être portés de plus en plus près de la rive orientale, qui s'élevait maintenant noire et sinistre dans la nuit.

– Tous ensemble, pagayez! cria Boromir. Pagayez! Ou nous allons être jetés sur les bancs.

A ce moment même, Frodon sentit la quille racler la pierre.

Au même instant, se fit entendre le bruit sec de cordes d'arcs : plusieurs flèches sifflèrent au-dessus de leurs têtes, et certaines tombèrent parmi eux. L'une d'elles atteignit Frodon entre les épaules; il vacilla en avant en poussant un cri, et il lâcha sa pagaie; mais, parée par sa cotte de mailles cachée, la flèche retomba. Une autre transperça le capuchon d'Aragorn, et une troisième se ficha dans le plat-bord, tout près de la main de Merry. Sam crut apercevoir des formes noires qui couraient de-ci de-là le long des bancs de galets sur la rive orientale. Elles lui parurent très proches.

— Des *Yrch!* dit Legolas, usant involontairement de sa propre langue.

— Des orques! s'écria Gimli.

— Un agissement de Gollum, je parie, dit Sam à Frodon. Et il a choisi un bon endroit : le Fleuve semble déterminé à nous mener tout droit dans leurs bras!

Ils se penchèrent tous en avant, forçant sur les pagaies : même Sam apporta son concours. Ils s'attendaient à tout moment à sentir la morsure de flèches empennées de noir. Elles sifflaient, nombreuses, au-dessus de leurs têtes ou frappaient l'eau tout près; mais aucune ne les atteignit plus. Il faisait noir, mais pas suffisamment pour des yeux d'orques habitués à la nuit, et à la lueur des étoiles, les compagnons devaient offrir une belle cible à leurs malins ennemis, n'était que les manteaux gris de Lórien et le bois gris des bateaux construits par les Elfes déjouaient la malice des archers de Mordor. Dans les ténèbres, il était difficile en fait d'être assuré d'une progression quelconque; mais, lentement, le remous de l'eau diminua, et l'ombre de la rive orientale s'évanouit dans la nuit. Enfin, pour autant qu'ils pussent en juger, ils étaient parvenus de nouveau au milieu de la rivière, et ils avaient ramené leurs embarcations à quelque distance en amont des rochers en saillie. Virant alors à demi, ils les poussèrent de toute leur force vers la rive occidentale, et ils s'arrêtèrent sous l'ombre des buissons qui surplombaient l'eau pour reprendre souffle.

Legolas posa sa pagaie et ramassa l'arc qu'il avait apporté de la Lórien. Sautant alors à terre, il grimpa de quelques pas sur la rive. Ayant bandé la corde et encoché une flèche, il se retourna pour scruter l'obscurité par-dessus le Fleuve. De l'autre côté, s'élevaient des cris stridents, mais rien n'était visible.

Frodon leva le regard vers l'Elfe qui se dressait de toute sa hauteur au-dessus de lui, les yeux fixés dans la nuit en quête d'une cible à tirer. Sa tête était sombre, couronnée de vives étoiles blanches qui scintillaient dans les trous noirs du ciel derrière lui. Mais, à ce moment, s'élevant majestueusement du sud, les grands nuages s'avancèrent et lancèrent dans les champs étoilés de sombres avant-coureurs. Une peur soudaine s'empara de la Compagnie.

« *Elbereth Gilthoniel!* » s'écria en soupirant Legolas, qui levait les yeux, cependant qu'une ombre noire, semblable à un nuage mais qui n'en était pas un, car le mouvement en était beaucoup plus rapide, sortait de la noirceur du sud et s'avançait vers la Compagnie, effaçant toute lumière à son approche. Bientôt elle apparut sous la forme d'une grande créature ailée, plus noire qu'un puits dans la nuit. Des voix féroces s'élevèrent pour l'accueillir de l'autre rive. Un frisson soudain parcourut le corps de Frodon et lui étreignit le cœur; il sentit dans son épaule un froid mortel, tel le souvenir d'une ancienne blessure. Il se jeta à terre, comme pour se cacher.

Soudain, le grand arc de la Lórien chanta. La flèche partit, stridente, de la corde elfique. Frodon leva les yeux. Presque au-dessus de lui, la forme ailée fit une embardée. Il y eut un croassement rauque, tandis que dans sa chute elle s'évanouissait au sein de l'obscurité sur la rive orientale. Le ciel fut de nouveau pur. Un tumulte de nombreuses voix qui juraient et se lamentaient s'éleva au loin; puis ce fut le silence. Aucune flèche, aucun cri ne vinrent plus de l'est cette nuit-là.

Après quelque temps, Aragorn ramena les bateaux à contre-courant. Ils suivirent leur chemin à tâtons sur une certaine distance le long de la rive, jusqu'au moment où ils trouvèrent une petite anse peu profonde. Quelques arbres bas y poussaient tout près de l'eau, et derrière s'élevait une berge escarpée et rocheuse. La Compagnie décida de rester là pour attendre l'aube : il était inutile de tenter d'aller plus loin de nuit. Ils n'établirent pas de camp et n'allumèrent pas de feu, mais restèrent pelotonnés dans les barques amarrées l'une près de l'autre.

— Loués soient l'arc de Galadriel et la main et l'œil de Legolas! dit Gimli, tout en mâchonnant une gaufrette de *lembas*. Ce fut un beau tir dans l'obscurité, ami!

— Mais qui pourrait dire ce qui a été touché? dit Legolas.

— Pas moi, dit Gimli. Mais je suis heureux que l'ombre n'ait pas approché davantage. Je ne l'aimais pas du tout. Elle me rappelait trop l'ombre dans la Moria... l'ombre du Balrog, acheva-t-il dans un murmure.

— Ce n'était pas un Balrog, dit Frodon, lequel frissonnait toujours du froid qui l'avait saisi. C'était quelque chose de plus glacial. Je crois que ce devait être...

Il s'arrêta et resta silencieux.

— Que croyez-vous? demanda Boromir, qui se pencha

avec un vif intérêt hors de son bateau comme pour essayer d'apercevoir le visage de Frodon.

– Je crois... Non, je ne veux pas le dire, répondit Frodon. Quoi que ce fût, sa chute a atterré nos ennemis.

– Il le semble, dit Aragorn. Mais nous ne savons où ils sont, combien ils sont, ni ce qu'ils feront ensuite. Cette nuit, nous devons tous veiller! Les ténèbres nous cachent pour le moment. Mais qui sait ce que le jour révélera? Gardez vos armes à portée de la main!

Sam, assis, tapotait la garde de son épée comme s'il comptait sur ses doigts, tout en contemplant le ciel.

– C'est très curieux, murmura-t-il. La lune est la même dans la Comté et dans la Terre Sauvage; en tout cas, elle devrait l'être. Mais, ou bien elle a modifié sa course, ou je me trompe dans mon estime. Rappelez-vous, monsieur Frodon : la lune décroissait quand nous étions couchés sur le flet dans l'arbre; elle était à une semaine de son plein, m'est avis. Et nous avions fait une semaine de trajet la nuit dernière, quand voilà que monte une nouvelle lune aussi mince qu'une rognure d'ongle, comme si on n'avait pas passé un seul instant au pays des Elfes.

« Eh bien, je me souviens pour sûr de trois nuits là-bas, et il me semble m'en rappeler plusieurs autres; mais je jurerais bien que ça ne fait pas un mois entier. Tout le monde penserait que le temps ne compte pas là-bas!

– Et peut-être en était-il ainsi, dit Frodon. Dans ce pays-là, il se peut que nous fussions en un temps qui ailleurs était depuis longtemps passé. C'est seulement quand le Cours d'Argent nous eut ramenés à l'Anduin, je crois, que nous sommes revenus au temps qui s'écoule par les terres de mortels vers la Grande Mer. Et je ne me rappelle aucune lune, nouvelle ou vieille, dans le Caras Galadhon : il n'y avait que des étoiles la nuit et le soleil le jour.

Legolas s'agita dans sa barque :

– Non, le temps ne dure pas toujours, dit-il; mais le changement et la croissance ne sont pas semblables en toutes choses et en tous lieux. Pour les Elfes, le monde bouge, et il bouge en même temps très vite et très lentement. Vite, parce qu'eux-mêmes changent peu et tout passe rapidement; ce leur est un chagrin. Lentement, parce qu'ils ne comptent pas les années qui s'écoulent, en ce qui les concerne eux-mêmes. Les saisons qui passent ne sont que des rides toujours répétées dans le long courant. Mais sous le soleil, toutes choses doivent finir un jour.

– Mais le processus est lent dans la Lórien, dit Frodon. Le pouvoir de la Dame s'y fait sentir. Les heures sont riches, si brèves qu'elles semblent, en Caras Galadhon, où Galadriel détient l'Anneau elfique.

– Cela n'aurait pas dû être dit en dehors de la Lórien, pas même à moi, dit Aragorn. N'en parlez plus! Mais c'est ainsi, Sam : dans ce pays, vous avez perdu votre compte. Là, le temps a coulé aussi rapidement pour nous que pour les Elfes. La vieille lune a passé, et une autre a crû et décrû dans le monde extérieur pendant que nous nous attardions. Et hier soir une nouvelle lune est sortie. L'hiver est presque fini. Le temps coule vers un printemps qui n'offre pas grand espoir.

La nuit passa silencieusement. Nulle voix, nul appel ne se firent entendre de l'autre côté de l'eau. Les voyageurs, tapis au fond de leurs barques, sentirent un changement dans le temps. L'air devint plus chaud et très immobile sous les grands nuages humides qui montaient du sud et des mers lointaines. La précipitation du Fleuve sur les rochers des Rapides semblait se faire plus bruyante et plus proche. Les ramilles des arbres au-dessus d'eux commencèrent à dégoutter.

Quand vint le jour, la disposition du monde environnant était devenue douce et triste. La lumière croissante de l'aurore était pâle, diffuse et sans ombre. Il y avait de la brume sur le fleuve, et un brouillard blanc enveloppait la rive; la berge opposée était invisible.

– Je ne peux pas sentir le brouillard, dit Sam; mais celui-ci semble heureux. Peut-être pourrons-nous ainsi partir sans être vus de ces maudits gobelins.

– Peut-être, dit Aragorn. Mais nous aurons de la peine à trouver notre chemin si le brouillard ne se lève pas un peu par la suite. Et il nous faut le trouver pour passer le Sarn Gebir et arriver à l'Emyn Muil.

– Je ne vois pas pourquoi nous devrons franchir les Rapides ou continuer à suivre le Fleuve, dit Boromir. Si l'Emyn Muil est devant nous, nous pouvons abandonner ces coquilles de noix et nous diriger vers l'ouest et le sud jusqu'à l'Entallure pour passer dans mon propre pays.

– Oui, si nous allons à Minas Tirith, dit Aragorn, mais ce n'est pas encore décidé. Et cet itinéraire peut être plus périlleux qu'il né paraît. La vallée de l'Entallure est plate et marécageuse; le brouillard y est un danger mortel pour qui va à pied et chargé. Je n'abandonnerai pas nos embarcations avant que ce ne soit nécessaire. Le Fleuve est au moins un chemin que l'on ne peut manquer.

— Mais l'Ennemi tient la rive orientale, rétorqua Boromir. Et, même si vous passez les Portes d'Argonath et que vous arrivez sains et saufs au Tindrock, que ferez-vous alors? Sauterez-vous donc par-dessus les Chutes pour aboutir dans les marais?

— Non! répondit Aragorn. Dites plutôt que nous porterons nos bateaux par l'ancien chemin jusqu'au pied de Rauros, où nous nous remettrons à l'eau. Ignorez-vous, Boromir, ou préférez-vous oublier l'Escalier du Nord et le haut siège de l'Amon Hen, faits à l'époque des grands rois? Moi, du moins, j'ai l'intention de me tenir en ce haut lieu avant de décider de la route à suivre ensuite. Peut-être verrons-nous là quelque signe qui nous guidera?

Boromir résista longtemps à ce plan; mais quand il devint clair que Frodon suivrait Aragorn n'importe où, il céda:

— Il n'est pas dans la manière des Hommes de Minas Tirith d'abandonner leurs amis dans les moments difficiles, dit-il, et vous aurez besoin de ma force, si jamais vous devez atteindre le Tindrock. J'irai jusqu'à la haute île, mais pas plus loin. Arrivé là, je retournerai vers chez moi, seul si mon aide ne m'a pas acquis la récompense d'un compagnonnage.

Le jour s'affirmait alors, et le brouillard s'était un peu levé. Il fut décidé qu'Aragorn et Legolas avanceraient immédiatement le long de la rive, tandis que les autres resteraient dans les barques. Aragorn espérait trouver quelque chemin dans lequel ils pourraient porter les bateaux et leur bagage jusqu'à une eau plus calme, au-delà des rapides.

— Peut-être les embarcations des Elfes ne sombreraient-elles pas, dit-il, mais cela ne signifierait pas que nous passerions vivants le Sarn Gebir. Nul ne l'a encore fait. Les Hommes du Gondor n'ont tracé aucune route dans cette région, car, même à leur grande époque, leur royaume n'atteignit pas l'Anduin au-delà de l'Emyn Muil; mais il y a un chemin de portage quelque part sur la rive occidentale, si je puis le trouver. Il ne saurait avoir encore disparu, car des embarcations légères passaient autrefois de la Terre Sauvage jusqu'à Osgiliath, et elles le faisaient encore il y a quelques années, quand les orques du Mordor ont commencé à se multiplier.

– De ma vie, j'ai rarement vu des bateaux venir du Nord, et les orques rôdent sur la rive orientale, dit Boromir. Si vous vous aventurez en avant, le danger croîtra à chaque mille, même si vous trouvez un chemin.

– Le danger nous menace sur toute route vers le sud, répliqua Aragorn. Attendez-nous une journée. Si nous ne sommes pas revenus à ce moment, vous saurez que l'infortune nous aura en effet atteints. Vous devrez alors choisir un nouveau guide et le suivre du mieux que vous le pourrez.

Ce fut le cœur lourd que Frodon vit Aragorn et Legolas escalader la berge escarpée et disparaître dans la brume; mais ses craintes se révélèrent sans fondement. Deux ou trois heures seulement s'étaient écoulées et il était à peine midi, quand les formes indécises des explorateurs reparurent.

– Tout va bien, dit Aragorn en descendant la berge. Il y a une piste, et elle mène à un bon point d'atterrissage encore utilisable. Ce n'est pas loin : le début des Rapides ne se trouve qu'à un demi-mille, et ils ne s'étendent pas sur plus d'un mille. À peu de distance au-delà, le courant redevient clair et uni, bien que rapide. Le plus dur sera d'apporter nos bateaux et notre bagage jusqu'à l'ancien chemin de portage. Nous l'avons trouvé, mais il est assez loin en retrait du bord de l'eau où nous sommes, et il court sous le vent d'un mur de rocher, à un furlong ou plus de la berge. Nous n'avons pas découvert le lieu de débarquement au nord. S'il existe encore, nous avons dû le dépasser hier soir. Nous pourrions remonter péniblement le courant assez loin sans le voir dans le brouillard. Je crains qu'il ne faille quitter le Fleuve dès maintenant et rejoindre tant bien que mal le chemin de portage d'ici même.

– Ce ne serait pas facile, fussions-nous même tous des Hommes, dit Boromir.

– Nous le tenterons toutefois, tels que nous sommes, dit Aragorn.

– Oui, assurément, dit Gimli. Les jambes des Hommes clampinent sur une route dure, tandis qu'un Nain va toujours, le fardeau fût-il deux fois plus lourd que lui, Maître Boromir!

La tâche fut ardue, en effet; mais ils en vinrent à bout, en fin de compte. Les bagages furent sortis des bateaux et portés en haut de la berge, où il y avait un espace plan. Puis on tira les embarcations hors de l'eau et on les monta. Elles étaient beaucoup moins lourdes qu'ils ne s'y attendaient. De quel arbre poussant dans le pays des Elfes elles étaient faites, même Legolas ne put le dire; mais le bois en était dur et pourtant étrangement léger. Merry et Pippin pouvaient aisément porter leur barque à eux seuls en terrain plat. Il fallut toutefois la force de deux Hommes pour les soulever et les haler sur l'espace que la Compagnie eut alors à traverser. Celui-ci s'élevait en pente du fleuve, éboulis de grosses pierres calcaires grises, avec de nombreux trous dissimulés par des herbes et des buissons; il y avait des fourrés de ronces et de franches crevasses; et par-ci par-là des fondrières nourries par les eaux qui suintaient des terrasses plus éloignées.

Boromir et Aragorn portèrent les barques une à une, tandis que les autres peinaient en trébuchant derrière eux avec les bagages. Enfin tout fut déménagé et déposé sur le chemin de portage. Alors, sans guère d'autre entrave que les ronces rampantes et de nombreuses pierres éboulées, ils avancèrent tous ensemble. Le brouillard s'accrochait toujours comme des voiles au mur du rocher croulant, et à leur gauche la brume couvrait le Fleuve; ils pouvaient l'entendre se précipiter et écumer sur les saillies aiguës et les dents pierreuses du Sarn Gebir, mais ils ne le voyaient pas. Ils firent deux fois le trajet avant que tout fût apporté en bon état au point d'embarquement sud.

A cet endroit, le chemin de portage tournait vers la rive et descendait en pente douce vers le bord peu élevé d'un petit trou d'eau. Celui-ci semblait avoir été excavé dans la berge non pas de main d'homme, mais par les remous de l'eau descendant du Sarn Gebir contre un rocher bas qui s'avançait à une certaine distance dans le courant. Au-delà, la rive s'élevait à pic en une falaise grise, et il n'y avait plus aucun passage pour les piétons.

La brève après-midi était déjà passée, et un crépuscule terne et nuageux tombait. Ils s'assirent près de l'eau, écoutant la course précipitée et le grondement confus des Rapides cachés dans la brume; ils étaient las et somnolents, et ils avaient le cœur aussi morne que la fin du jour.

– Eh bien, nous voici à pied d'œuvre, et il nous faut y passer une autre nuit, dit Boromir. Nous avons besoin de sommeil, et, même si Aragorn avait l'idée de passer de nuit les Portes d'Argonath, nous sommes trop fatigués – sauf, sans doute, notre ferme Nain.

Gimli ne répondit rien; assis, il dodelinait de la tête.

– Reposons-nous autant que nous le pourrons maintenant, dit Aragorn. Demain, il faudra encore voyager de jour. A moins que le temps ne change encore une fois et ne se mette contre nous, nous aurons une bonne chance de nous faufiler, inaperçus de quiconque sur la rive orientale. Mais, cette nuit, deux d'entre nous devront veiller à tour de rôle : trois heures de repos et une de garde.

Il n'y eut rien de pire cette nuit-là qu'une courte bruine, une heure avant l'aube. Ils se mirent en route dès qu'il fit plein jour. Le brouillard se dissipait déjà. Ils se tinrent le plus près possible de la rive occidentale, et ils pouvaient voir les formes indécises des falaises basses s'élever toujours plus haut, murs sombres dont le pied plongeait dans le fleuve rapide. Vers le milieu de la matinée, les nuages s'abaissèrent, et il se mit à pleuvoir dru. Ils tirèrent les couvertures de peaux au-dessus des embarcations pour éviter d'être submergés, et ils continuèrent de se laisser porter au fil de l'eau. A travers le rideau gris de la pluie, ils ne voyaient pas grand-chose devant eux, ni sur les côtés.

L'averse ne dura pas longtemps, toutefois. Le ciel s'éclaircit lentement, puis, soudain, les nuages se défirent et leurs franges traînantes s'en furent peu à peu en amont, vers le nord. Brouillards et brumes avaient disparu. Devant les voyageurs s'étendait un large ravin, aux grands côtés rocheux duquel quelques arbustes s'accrochaient, sur des saillies et dans d'étroites crevasses. Le lit se resserra et le courant devint plus rapide. Ils filaient à présent sans grand espoir de s'arrêter ou de se détourner, quoi qu'ils pussent trouver devant eux. Ils avaient au-dessus de leur tête une étroite bande de ciel bleu pâle, autour d'eux le fleuve tout obscurci, et devant eux, noires, bouchant le soleil, les collines d'Emyn Muil, dans lesquelles nulle ouverture n'était visible.

Frodon, les yeux fixés devant lui, vit s'avancer au loin

deux grands rochers : on eût dit de grands pinacles ou de grandes colonnes de pierre. Hauts, verticaux et menaçants, ils se dressaient de part et d'autre du fleuve. Une trouée étroite apparaissait entre eux, et le courant emportait les bateaux vers celle-ci.

— Voyez l'Argonath, les Piliers des Rois! s'écria Aragorn. Nous n'allons pas tarder à les passer. Maintenez les barques en file et aussi espacées que possible! Tenez le milieu du lit!

A mesure que Frodon était emporté vers eux, les grands piliers s'élevèrent comme des tours à sa rencontre. Ils lui parurent de grandes et vastes formes, menaçantes dans leur mutisme. Puis il vit qu'elles étaient, en fait, taillées et façonnées : l'art et le pouvoir de jadis s'y étaient appliqués, et elles conservaient encore, en dépit des soleils et des pluies d'années oubliées, les puissantes images qui leur avaient été données. Sur de grands socles fondés dans les profondeurs des eaux se dressaient deux grands rois de pierre : hiératiques, ils contemplaient sévèrement le nord de leurs yeux voilés, sous des sourcils crevassés. Leur main gauche était levée, paume en dehors, en un geste d'avertissement; la main droite tenait une hache; sur leur tête étaient un heaume et une couronne effrités. Gardiens silencieux d'un royaume depuis longtemps disparu, ils étaient encore empreints d'une grande puissance et d'une impressionnante majesté. Une crainte respectueuse envahit Frodon : il se fit tout petit et ferma les yeux, n'osant lever le regard tandis que les bateaux approchaient. Même Boromir baissa la tête comme les embarcations passaient à vive allure, frêles et fugitives comme de petites feuilles, sous l'ombre permanente des sentinelles de Númenor. Ainsi passèrent-ils la sombre trouée des Portes.

Les redoutables falaises s'élevaient verticalement de part et d'autre à des hauteurs indevinées. Très loin était le pâle ciel. L'écho des eaux noires et grondantes se répercutait, et le vent sifflait au-dessus d'eux. Frodon, la tête entre les genoux, entendit Sam qui, devant lui, marmonnait et grognait :

— Quel endroit! Quel horrible endroit! Si on me laissait seulement sortir de ce bateau, jamais plus je ne mettrais les pieds dans la moindre mare, et encore bien moins dans une rivière!

— Ne craignez point! dit derrière lui une voix étrange. Frodon, se retournant, vit Grands-Pas, et cependant ce n'était pas Grands-Pas; car le Rôdeur usé par les intempéries n'était plus là. A la poupe, était assis Aragorn fils d'Arathorn, fier et droit, qui menait le bateau à coups habiles; son capuchon était rejeté en arrière, et ses cheveux noirs flottaient au vent; une lumière brillait dans ses yeux : un roi rentrait d'exil dans son pays.

– N'ayez point de crainte! dit-il. J'ai longtemps désiré contempler les images d'Isildur et d'Anárion, mes pères du temps jadis. A leur ombre, Elessar, le fils Elfstone d'Arathorn de la Maison de Valandil fils d'Isildur, héritier d'Elendil, n'a rien à craindre!

La lumière s'évanouit alors de ses yeux, et il parla pour lui-même : « Si seulement Gandalf était là! Combien mon cœur soupire après Minas Anor et les murs de ma propre cité! Mais où irai-je à présent? »

La faille était longue et obscure, et remplie du bruit du vent, de l'eau précipitée et de la pierre sonore. Elle décrivait une courbe vers l'ouest, de sorte qu'au début tout était sombre en avant d'eux; mais Frodon vit bientôt devant lui une haute brèche lumineuse, qui grandissait à chaque instant. Elle se rapprocha rapidement, et les bateaux passèrent bientôt à vive allure dans une vaste et claire lumière.

Le soleil, déjà descendu loin du midi, brillait dans un ciel venteux. Les eaux resserrées s'étalaient à présent en un long lac ovale, le pâle Nen Hithoel, bordé par des collines grises escarpées aux pentes couvertes d'arbres, mais dont le sommet dénudé brillait d'un éclat froid à la lumière du soleil. De l'autre côté, à l'extrémité sud, s'élevaient trois cimes. Celle du centre se dressait un peu en avant et à l'écart des autres, île au milieu des eaux, autour de laquelle le fleuve lançait des bras pâles et miroitants. Distant, mais profond, venait comme un roulement de tonnerre entendu de très loin.

– Voyez le Tol Brandir! dit Aragorn, désignant au sud le haut pic. Sur la gauche, se dresse l'Amon Lhaw, et à droite, c'est l'Amon Hen, les Collines de l'Ouïe et de la Vue. Du temps des grands rois, il y avait à leur sommet de hauts sièges, et une garde y était établie. Mais on dit qu'aucun pied d'Homme ou de bête n'a jamais foulé le Tol Brandir. Avant que ne tombe l'ombre de la nuit, nous y serons. J'entends la voix éternelle du Rauros qui nous appelle.

Les compagnons prirent alors un moment de repos, se

laissant porter par le courant qui coulait au milieu du lac. Ils se restaurèrent un peu, puis reprirent leurs pagaies pour presser l'allure. L'ombre gagna les pentes des collines à l'ouest, et le soleil devint rond et rouge. Par-ci par-là parurent quelques étoiles embrumées. Les trois sommets s'élevaient devant eux, sombres dans le crépuscule. Le Rauros grondait de sa grande voix. La nuit s'étendait déjà sur les eaux courantes quand les voyageurs parvinrent enfin sous l'ombre des collines.

Le dixième jour de leur voyage était achevé. La Terre Sauvage se trouvait derrière eux. Ils ne pouvaient aller plus loin sans choisir entre la voie orientale et la voie occidentale. Ils se trouvaient devant la dernière étape de la Quête.

CHAPITRE X

LA DISSOLUTION DE LA COMMUNAUTÉ

Aragorn les mena au bras droit du Fleuve. Là, sur la rive occidentale, sous l'ombre du Tol Brandir, une pelouse verte descendait jusqu'à l'eau, du pied de l'Amon Hen. Derrière, s'élevaient les premières pentes douces de la colline revêtue d'arbres, et d'autres arbres bordaient en direction de l'ouest les rives courbes du lac. L'eau d'une petite source tombait et dégoulinait, nourrissant l'herbe.

— Nous nous reposerons ici cette nuit, dit Aragorn. Cette pelouse est celle de Parth Galen : un bel endroit les jours d'été dans l'ancien temps. Espérons qu'aucun mal n'est encore parvenu jusqu'ici.

Ils remontèrent leurs bateaux sur les rives vertes et dressèrent leur campement à côté. Ils établirent une garde, mais ne virent aucun signe et n'entendirent aucun son de leurs ennemis. Si Gollum avait trouvé moyen de les suivre, il demeurait invisible et silencieux. Cependant, à mesure que la nuit s'avançait, Aragorn devint inquiet; il se retournait souvent dans son sommeil et se réveillait. Aux premières heures, il se leva et vint auprès de Frodon, dont c'était le tour de garde.

— Pourquoi vous réveillez-vous? demanda Frodon. Ce n'est pas votre tour.

— Je ne sais pas, répondit Aragorn; mais une ombre et une menace sont intervenues dans mon sommeil. Il serait bon de tirer votre épée.

— Pourquoi? demanda Frodon. Y a-t-il des ennemis à proximité?

— Voyons ce que Dard pourra montrer, répondit Aragorn.

Frodon tira alors la lame elfique de son fourreau. A son atterrement, les bords brillèrent faiblement dans la nuit :

— Des orques! dit-il. Pas très proches, mais trop près tout de même, semble-t-il.

— C'est ce que je craignais, dit Aragorn. Mais peut-être ne sont-ils pas de ce côté du fleuve. La lumière de Dard est faible, et elle peut n'indiquer que des espions du Mordor qui rôdent sur les pentes de l'Amon Lhaw. Je n'ai jamais encore entendu parler d'orques sur l'Amon Hen. Mais qui sait ce qui peut se passer en ces temps funestes, maintenant que Minas Tirith n'assure plus la sécurité des passages de l'Anduin. Il faudra avancer avec circonspection, demain.

Le jour vint, évoquant un feu et de la fumée. Bas dans l'est, il y avait des barres noires de nuages semblables aux fumées d'un grand incendie. Le soleil levant les éclairait par en dessous de flammes d'un rouge fuligineux; mais bientôt il monta dans un ciel clair. Le sommet de Tol Brandir était couronné d'or. Frodon regarda vers l'ouest et contempla la haute île. Ses flancs s'élançaient abruptement hors de l'eau courante. Dominant les hautes falaises, se voyaient des pentes escarpées sur lesquelles grimpaient des arbres, une tête surmontant la précédente; et, au-dessus encore, il y avait les faces grises de rochers inaccessibles, terminées par une grande aiguille de pierre. De nombreux oiseaux tournoyaient alentour, mais il n'y avait aucun signe d'autres êtres vivants.

Quand ils eurent mangé, Aragorn réunit la Compagnie :

— Le jour est enfin venu, dit-il : le jour du choix que nous avons longtemps différé. Que va-t-il advenir à présent de notre Compagnie, qui a voyagé si loin en collectivité? Irons-nous vers l'ouest avec Boromir rejoindre les guerres du Gondor; ou nous tournerons-nous vers l'est, vers la Peur et l'Ombre? Ou encore dissoudrons-nous notre communauté pour aller chacun de son côté comme il l'entendra? Quoi que nous fassions, il faut le faire vite. Nous ne pouvons nous arrêter longtemps ici. L'Ennemi est sur la rive orientale, nous le savons; mais je crains que les orques ne puissent être déjà de ce côté-ci de l'eau.

Il y eut un long silence durant lequel personne ne parla ni ne bougea.

— Eh bien, Frodon, finit par dire Aragorn. Je crains que

le fardeau ne repose sur vos épaules. Vous êtes le Porteur désigné par le Conseil. Vous seul pouvez choisir votre propre chemin. En cette manière, je ne puis vous donner aucun conseil. Je ne suis pas Gandalf, et bien que je me sois efforcé de jouer son rôle, j'ignore quel dessein ou quel espoir il avait pour le moment présent, si tant est qu'il en eût un. Le plus probable est que, s'il était maintenant avec nous, le choix vous appartiendrait encore. Tel est votre destin.

Frodon ne répondit pas tout de suite. Puis il parla lentement :

– Je sais que la hâte est nécessaire, mais je ne sais que choisir. Le fardeau est lourd. Accordez-moi une heure encore, et je parlerai. Laissez-moi seul!

Aragorn le regarda avec compassion :

– C'est entendu, Frodon fils de Drogon, dit-il. Vous aurez une heure, et vous serez seul. Nous demeurerons ici un moment. Mais ne vous éloignez pas hors de portée de la voix.

Frodon resta quelque temps assis, tête baissée. Sam, qui avait observé son maître avec une sollicitude inquiète, hocha la tête et murmura :

– C'est clair comme le jour, mais c'est pas la peine que Sam Gamegie aille mettre son grain de sel pour l'instant.

Frodon se leva bientôt et s'éloigna; et Sam vit que, tandis que les autres se retenaient de l'observer, Boromir le suivait des yeux avec une attention soutenue jusqu'à ce qu'il eût disparu dans les arbres du pied de l'Amon Hen.

Errant tout d'abord sans but dans le bois, Frodon s'aperçut que ses pas le menaient vers les pentes de la colline. Il arriva à un sentier, reste amenuisé d'une route du temps jadis. Aux endroits escarpés, des marches avaient été taillées dans la pierre, mais elles étaient à présent crevassées, usées et délitées par les racines d'arbres. Il grimpa quelque temps sans se soucier de sa direction, jusqu'au moment où il arriva à un endroit herbeux. Des sorbiers poussaient alentour, et au milieu il y avait une large pierre plate. La petite pelouse de la colline était dégagée vers l'est, et elle se trouvait pour lors inondée du soleil matinal. Frodon s'arrêta et contempla, par-delà le fleuve qui coulait loin en dessous de lui, Tol Brandir et les oiseaux qui tournoyaient dans le grand espace d'air entre lui et l'île vierge. La voix du Rauros était un puissant fracas mêlé d'un grondement profond.

Frodon s'assit sur la pierre et posa son menton dans ses mains, les yeux fixés sur l'est, mais sans voir grand-chose. Tout ce qui s'était passé depuis que Bilbon avait quitté la Comté défilait dans sa tête, et il repassait dans sa mémoire les paroles de Gandalf, réfléchissant à tout ce qu'il pouvait se rappeler. Le temps passa sans qu'il pût voir se dessiner un choix.

Soudain, il s'éveilla de ses pensées : il était pris de l'étrange sentiment d'une présence derrière lui, d'yeux hostiles posés sur lui. Il se releva vivement et se retourna; mais il eut la surprise de ne voir que Boromir, dont le visage était souriant et amical.

– Je craignais pour vous, Frodon, dit-il, s'avançant. Si Aragorn a raison et qu'il y a des orques dans les environs, aucun de nous ne devrait se promener tout seul, vous moins que quiconque : tant de choses reposent sur vous! Et aussi j'ai le cœur lourd. Puis-je rester maintenant et parler un moment, puisque je vous ai trouvé? Ce me serait un réconfort. Quand on est aussi nombreux, toute parole se transforme en débat sans fin. Mais deux personnes ensemble peuvent peut-être trouver la sagesse.

– C'est très bon à vous, répondit Frodon. Mais je ne crois pas que la parole me soit d'aucun secours. Car je sais ce que je devrais faire, mais j'ai peur de le faire, Boromir : peur!

Boromir resta silencieux. Le Rauros grondait sans fin. Le vent murmurait dans les branches. Frodon frissonna.

Boromir vint soudain s'asseoir à côté de lui :

– Etes-vous sûr de ne pas souffrir inutilement? dit-il. Je voudrais vous aider. Vous avez besoin d'un conseil dans votre dur choix. Voulez-vous accepter le mien?

– Je crois déjà connaître celui que vous me donneriez, Boromir, dit Frodon. Et cela paraîtrait la sagesse, n'était la mise en garde que me donne mon cœur.

– Une mise en garde? Contre quoi? demanda vivement Boromir.

– Contre tout délai. Contre la manière qui paraît la plus facile. Contre le refus du fardeau qui m'est imposé. Contre... eh bien, contre la foi en la force et la loyauté des Hommes.

– Cette force vous a pourtant longtemps protégé, là-bas dans votre petit pays, même si vous l'ignoriez.

– Je ne doute pas de la valeur des vôtres. Mais le monde est en train de changer. Les murs de Minas Tirith peuvent être puissants, mais ils ne le sont pas assez. S'ils cèdent, que se passera-t-il alors?

– Nous tomberons vaillamment au combat. Mais il y a encore de l'espoir qu'ils ne céderont pas.

– Aucun, tant qu'existera l'Anneau, dit Frodon.

– Ah! L'Anneau! dit Boromir, les yeux brillants. L'Anneau! N'est-ce pas un étrange destin que nous devions endurer tant de peur et de doutes pour une si petite chose? Une si petite chose! Et je ne l'ai vue qu'un seul instant dans la Maison d'Elrond. Ne pourrais-je le voir de nouveau?

Frodon leva la tête. Son cœur se glaça soudain. Il avait saisi l'étrange lueur des yeux de Boromir, quoique le visage de celui-ci fût toujours bon et amical.

– Mieux vaut qu'il reste caché, répondit-il.

– Comme vous voudrez. Cela m'est égal, dit Boromir. Mais ne puis-je même en parler? Car vous paraissez ne penser sans cesse qu'à son pouvoir entre les mains de l'Ennemi : de son emploi néfaste et non du bien qui est en lui. Le monde change, dites-vous. Minas Tirith tombera, si l'Anneau demeure. Mais pourquoi? Indubitablement, si l'Anneau était chez l'Ennemi. Mais pourquoi, s'il est avec nous?

– N'avez-vous pas assisté au Conseil? répondit Frodon. Parce que nous ne pouvons nous en servir et que ce que l'on fait de lui tourne en mal.

Boromir se leva et se mit à marcher avec impatience :

– Ainsi, vous continuez! s'écria-t-il. Gandalf, Elrond – tous ceux-là vous ont appris à raconter cela. En ce qui les concerne, ils pouvaient avoir raison. Ces Elfes, Semi-Elfes et magiciens, il leur adviendrait peut-être malheur. Mais je me demande souvent s'ils sont sages et non pas simplement timides. Mais à chacun selon son espèce. Les Hommes loyaux, eux, ne seront pas corrompus. Nous autres, de Minas Tirith, nous nous sommes montrés fermes pendant de longues années d'épreuve. Nous ne recherchons pas le pouvoir des seigneurs magiciens, mais seulement la force de nous défendre, la force au service d'une juste cause. Et voyez! dans notre besoin, la chance met au jour l'Anneau de Puissance. C'est un don, dis-je; un don aux ennemis du Mordor. C'est folie de ne pas s'en servir, se servir du pouvoir de l'Ennemi contre lui-même.

Les impavides, les sans-merci, ceux-là seuls acquerront la victoire. Que ne pourrait un guerrier, un grand chef, en cette heure? Que ne pourrait Aragorn? Ou, s'il refuse, pourquoi pas Boromir? L'Anneau me donnerait le pouvoir du commandement. Ah! comme je chasserais les armées du Mordor, et tous les hommes se presseraient sous ma bannière!

Boromir allait et venait, parlant de plus en plus fort. Il semblait presque avoir oublié Frodon, tandis que son discours roulait sur les murs, les armes et le rassemblement d'Hommes; et il tirait des plans de grandes alliances et de glorieuses victoires à venir; il abattait le Mordor et devenait lui-même un puissant roi, sage et bienveillant. Il s'arrêta soudain, en agitant les bras.

— Et on nous dit de le jeter! cria-t-il. Je ne dis pas de le *détruire*. Cela pourrait être bien, si la raison autorisait aucun espoir de le faire. Ce n'est pas le cas. Le seul plan qui nous est proposé est qu'un Semi-Homme pénètre à l'aveuglette en Mordor, offrant toute chance à l'Ennemi de récupérer l'Anneau pour son propre compte. Quelle folie!

— Vous le voyez sûrement, mon ami? dit-il, se retournant soudain vers Frodon. Vous dites que vous avez peur. S'il en est ainsi, le plus hardi vous le pardonnerait. Mais n'est-ce pas en réalité votre bon sens qui se révolte?

— Non, j'ai peur, dit Frodon. Tout simplement peur. Mais je suis heureux de vous avoir entendu parler à cœur ouvert. J'ai l'esprit plus clair, à présent.

— Vous allez venir à Minas Tirith, alors! s'écria Boromir.

Il avait les yeux brillants et le visage ardent.

— Vous vous méprenez, dit Frodon.

— Mais vous viendrez, pour quelque temps tout au moins? dit Boromir, persistant dans son idée. Ma cité n'est plus loin; et il n'y a guère davantage, de là au Mordor, que d'ici. Nous sommes restés longtemps dans le désert, et il vous faut des nouvelles de l'Ennemi avant d'agir. Venez avec moi, Frodon, dit-il. Vous avez besoin de repos avant de vous risquer, si vous le devez.

Il posa la main sur l'épaule du Hobbit en un geste amical; mais Frodon la sentit trembler d'une excitation contenue. Il s'écarta vivement et regarda avec inquiétude l'Homme de haute taille, presque deux fois plus grand que lui et d'une force infiniment plus grande que la sienne.

— Pourquoi êtes-vous si peu amical? dit Boromir. Je

suis un Homme loyal, ni voleur ni traqueur. J'ai besoin de votre Anneau : cela, vous le savez maintenant; mais je vous donne ma parole que je ne désire pas le garder. Ne voulez-vous pas me permettre au moins d'essayer de mon plan? Prêtez-moi l'Anneau.

— Non! Non! s'écria Frodon. Le Conseil me l'a confié pour le porter.

— C'est par votre propre folie que l'Ennemi nous vaincra, cria Boromir. J'en suis hors de moi! Insensé! Triple insensé, qui court volontairement à la mort et qui ruine notre cause! Si des mortels ont quelque droit à l'Anneau, ce sont les hommes de Númenor, et non pas les Semi-Hommes. Il n'est à vous que par un malheureux hasard. Il aurait pu être mien. Il devrait l'être. Donnez-le-moi!

Frodon ne répondit rien, mais il s'écarta jusqu'à ce que la grande pierre plate se trouvât entre eux.

— Allons, allons, mon ami! dit Boromir d'une voix radoucie. Pourquoi ne pas vous en débarrasser? Pourquoi ne pas vous libérer de vos doutes et de votre peur? Vous pouvez rejeter la responsabilité sur moi, si vous le voulez. Vous pourrez dire que j'étais trop fort et que je l'ai pris par contrainte. Car je suis trop fort pour vous, Semi-Homme! cria-t-il.

Il bondit soudain par-dessus la pierre et sauta sur Frodon. Son beau et agréable visage était hideusement changé : il avait dans les yeux une fureur ardente.

Frodon l'esquiva et remit la pierre entre eux. Il n'y avait qu'une seule solution : il tira en tremblant l'Anneau au bout de sa chaîne et le glissa à son doigt au moment même où Boromir bondissait derechef sur lui. L'homme eut le souffle coupé : il ouvrit des yeux ahuris, puis il courut sauvagement de-ci de-là, cherchant parmi les rochers et les arbres.

— Misérable fourbe! cria-t-il. Que je mette seulement la main sur toi! Je vois ton intention, à présent. Tu veux apporter l'Anneau à Sauron et nous vendre tous. Tu attendais seulement l'occasion pour nous abandonner dans le pétrin. Maudit sois-tu! Que toi et tous les Semi-Hommes soient livrés à la mort et aux ténèbres!

Trébuchant à ce moment sur une pierre, il tomba tout de son long et resta la figure contre terre. Pendant un moment, il demeura aussi immobile que s'il eût été abattu par sa propre malédiction; puis, soudain, il se mit à pleurer.

Il se leva et se passa la main sur les yeux pour en essuyer les larmes.

– Qu'ai-je dit? s'écria-t-il. Qu'ai-je fait? Frodon, Frodon! appela-t-il. Revenez! J'ai été pris de folie, mais elle est passée. Revenez!

Il n'y eut aucune réponse. Frodon n'entendit même pas ses appels. Il était déjà loin, bondissant aveuglément dans le sentier qui menait au sommet de la colline. Il était secoué de terreur et de chagrin, voyant en pensée la figure démente de Boromir et ses yeux brûlants.

Il déboucha bientôt seul sur le sommet de l'Amon Hen, où il s'arrêta, haletant. Il vit, comme à travers une brume, un large cercle plat, pavé de grandes dalles et entouré d'un parapet écroulé; et au centre, monté sur quatre piliers sculptés, se trouvait un haut siège, que l'on atteignait par un escalier à nombreux degrés. Il monta et s'assit dans l'antique fauteuil, avec l'impression d'être un enfant perdu qui aurait grimpé sur le trône des rois de la montagne.

Au début, il ne vit pas grand-chose. Il lui semblait être dans un monde embrumé dans lequel il n'y avait que des ombres: l'Anneau était sur lui. Et puis, par-ci par-là, la brume céda, et il eut de nombreuses visions: petites et claires comme posées sous ses yeux sur une table, et pourtant éloignées. Il n'y avait aucun son, seulement de brillantes images animées. Le monde paraissait s'être rétréci et être devenu silencieux. Il était assis sur le Siège de la Vue, sur l'Amon Hen, la Colline de l'Œil des Hommes de Númenor. A l'est, il contemplait de vastes terres non portées sur la carte, sur des plaines sans nom et des forêts inexplorées. Il regarda au nord, et le Grand Fleuve s'étirait sous lui comme un ruban, et les Monts Brumeux s'élevaient, petits et durs comme des dents brisées. Il regarda à l'ouest, et il vit les vastes pâturages de Rohan; et l'Orthanc, la cime de l'Isengard, semblable à une pointe noire. Il regarda au sud, et, à ses pieds mêmes, le Grand Fleuve roulait comme une vague déferlante et plongeait par-dessus les chutes de Rauros dans un abîme écumant; un arc-en-ciel miroitant jouait sur la vapeur. Et il vit l'Ethir Anduin, le puissant delta du Fleuve et des myriades d'oiseaux de mer qui tournoyaient comme une poussière blanche dans le soleil, et en dessous une mer verte et argent, ridée de lignes sans fin.

Mais partout où il regardait, il voyait les signes de la

guérre. Les Monts Brumeux grouillaient comme des fourmilières : des orques sortaient de mille trous. Sous les branches de la Forêt Noire se déroulait une lutte mortelle entre Elfes, Hommes et bêtes féroces. Le pays des Beornides était en flammes; un nuage s'étendait sur la Moria; la fumée s'élevait aux frontières de la Lórien.

Des cavaliers galopaient sur l'herbe de Rohan; des loups se déversaient de l'Isengard. Des havres de Harad, des navires de guerre prenaient la mer; et de l'Est, des Hommes venaient sans fin : porteurs d'épées, de lances, d'arcs sur des chevaux, chars de chefs et fourgons chargés. Toute la puissance du Seigneur Ténébreux était en mouvement. Se tournant ensuite de nouveau vers le sud, il vit Minas Tirith. Elle apparaissait, lointaine et splendide : entourée de murs blancs, flanquée de nombreuses tours, fière et belle sur sa montagne; ses créneaux scintillaient d'acier et la couleur de nombreuses bannières égayait ses tourelles. L'espoir surgit dans le cœur de Frodon. Mais contre Minas Tirith se dressait une autre forteresse, plus grande et plus puissante. De ce côté, à l'est, son regard fut involontairement attiré. Il passa sur les ponts ruinés d'Osgiliath, sur les portes grimaçantes de Minas Morgul et sur les montagnes hantées, pour contempler Gorgoroth, la vallée de Terreur au Pays de Mordör. Les ténèbres s'étendaient là sous le soleil. Le feu rougeoyait parmi la fumée. La Montagne du Destin brûlait et une grande vapeur s'élevait. Puis enfin sa vue se trouva retenue : mur sur mur, créneau sur créneau, noire, incommensurablement puissante, montagne de fer, porte d'acier, tour de diamant, il la vit : Barad-dûr, Forteresse de Sauron. Tout espoir l'abandonna.

Et, soudain, il sentit l'Œil. Il y avait dans la Tour Ténébreuse un œil qui ne dormait pas. Il sut que cet œil avait pris conscience de son observation. Il y avait là une volonté ardente et féroce. Elle bondit vers lui; il la sentit presque comme un doigt qui le recherchait. Bientôt ce doigt l'acculerait, saurait très précisément où il se trouvait. Il toucha Amon Lhaw. Il jeta un regard sur Tol Brandir. Frodon sauta à bas du siège, s'aplatit, se couvrit la tête de son capuchon gris.

Il s'entendit crier : *Jamais, jamais!* Ou était-ce : *Vraiment je viens, je viens à vous?* Il ne pouvait le dire. Puis, comme un éclair venu de quelque autre pointe de pouvoir, se présenta une autre pensée : *Retire-le! Retire-le! Insensé, retire-le! Retire l'Anneau!*

Les deux pouvoirs luttèrent en lui. Durant un moment, en parfait équilibre entre leurs pointes perçantes, il se crispa, torturé. Mais il reprit soudain conscience de lui-même. Frodon, ni la Voix ni l'Œil : libre de choisir, avec un seul instant pour le faire. Il retira l'Anneau de son doigt. Il était agenouillé dans le clair soleil devant le haut siège. Une ombre noire sembla passer comme un bras au-dessus de lui; elle manqua Amon Hen, chercha un peu à l'ouest, et s'évanouit. Alors, tout le ciel fut pur et bleu, et les oiseaux chantèrent dans tous les arbres.

Frodon se releva. Il éprouvait une grande fatigue, mais sa volonté était ferme et son cœur léger. Il se parla à lui-même à voix haute : « Je ferai maintenant ce que je dois. Une chose au moins est claire : la nocivité de l'Anneau est déjà à l'œuvre même dans la Compagnie, et il doit la quitter avant de commettre davantage de méfaits. Je partirai seul. Il en est en qui je ne puis avoir confiance, et ceux en lesquels je l'ai me sont trop chers : ce pauvre vieux Sam, et Merry et Pippin. Grands-Pas aussi : son cœur soupire après Minas Tirith, et il y sera nécessaire, maintenant que Boromir a succombé au mal. Je partirai seul. Sur-le-champ. »

Il descendit vivement le sentier et revint à la pelouse où Boromir l'avait trouvé. Là, il s'arrêta pour prêter l'oreille. Il croyait entendre des cris et des appels venus des bois proches de la rive, en dessous.

« Ils doivent être en train de me chercher, se dit-il. Je me demande combien de temps j'ai été absent. Des heures, sans doute. (Il hésita.) Que faire? murmura-t-il. Il me faut partir maintenant, ou je ne partirai jamais. Je ne retrouverai plus d'occasion. Je déteste l'idée de les abandonner, et comme cela, sans explication. Mais ils comprendront certainement. Sam, lui, en tout cas. Et que pourrais-je faire d'autre? »

Il sortit lentement l'Anneau et le repassa derechef à son doigt. Il disparut et descendit la colline, plus léger qu'un bruissement du vent.

Les autres demeurèrent longtemps près du fleuve. Ils étaient restés un moment silencieux, allant et venant avec nervosité; mais, à présent, ils étaient assis en cercle, et ils parlaient. Ils s'efforçaient de temps à autre de parler d'autre chose, de leur longue route et de leurs nombreuses aventures; ils interrogeaient Aragorn sur le royaume de Gondor, sur son histoire ancienne et sur les ruines des grandes œuvres qui se voyaient encore en cet étrange pays limitrophe de l'Emyn Muil : les rois de pierre et les sièges de Lhaw et de Hen, et le grand Escalier le long des chutes de Rauros. Mais leurs pensées et leurs paroles revenaient toujours à Frodon et à l'Anneau. Quel serait le choix de Frodon? Pourquoi hésitait-il?

– Il cherche sans doute à déterminer quelle est la solution la plus affreuse, dit Aragorn. Et il a bien matière à le faire. Il est maintenant désespéré, même pour la Compagnie, d'aller vers l'est, puisque, dépistés par Gollum, nous devons craindre que le secret de notre voyage ne soit déjà trahi. Mais Minas Tirith n'est pas plus proche du Feu et de la destruction du Fardeau.

« On peut demeurer là quelque temps et faire une vaillante résistance; mais le Seigneur Denethor et tous ses Hommes ne peuvent espérer accomplir ce qu'Elrond lui-même a dit être au-dessus de son pouvoir : soit maintenir le Fardeau secret, soit tenir à distance la pleine force de l'Ennemi quand il arrivera à le prendre. Quelle voie choisirait n'importe lequel d'entre nous, s'il se trouvait à la place de Frodon? Je n'en sais rien. C'est à présent, certes, que Gandalf nous manque le plus.

– Cruelle est notre perte, dit Legolas. Mais il nous faut bien prendre un parti sans son assistance. Pourquoi ne pouvons-nous pas décider et ainsi aider Frodon? Rappelons-le et votons! Moi, je serais pour Minas Tirith.

– Moi aussi, dit Gimli. Nous n'avons été envoyés, bien sûr, que pour aider le Porteur sur sa route, sans aller plus loin que nous ne le désirions; et aucun de nous n'a prêté aucun serment ou n'a reçu aucun ordre de chercher la Montagne du Destin. Le départ de la Lothlórien m'a été dur. Mais je suis venu jusqu'ici et je le déclare : maintenant que nous sommes devant l'ultime choix, il m'est clair que je ne puis quitter Frodon. Je choisirais Minas Tirith, mais si lui ne le fait pas, je le suivrai.

– Moi aussi, j'irai avec lui, dit Legolas. Il serait déloyal de lui dire maintenant adieu.

– Ce serait certes une trahison de l'abandonner tous, dit Aragorn. Mais s'il va vers l'est, tous n'auront pas besoin d'aller avec lui; et je ne crois pas que tous le devraient. Ce risque est désespéré : autant pour huit que pour trois ou deux, ou un seul. Si vous me laissiez choisir, je désignerais trois compagnons : Sam, qui ne pourrait supporter qu'il en fût autrement; Gimli, et moi-même. Boromir regagnera sa propre cité, où son père et les siens ont besoin de lui; et avec lui devraient s'en aller les autres, ou tout au moins Meriadoc et Peregrin, si Legolas n'est pas disposé à nous quitter.

— Sauf votre respect, dit Sam, je crois que vous ne comprenez pas du tout mon maître. Il n'hésite pas sur la direction à prendre. Bien sûr que non! A quoi bon Minas Tirith, de toute façon? Pour lui, je veux dire, sauf votre respect, Maître Boromir, ajouta-t-il, se retournant.

Ce fut alors qu'ils s'aperçurent que Boromir, qui était d'abord resté assis en silence à l'extérieur du cercle, avait disparu.

— Qu'est-ce qu'il fabrique maintenant? s'écria Sam, l'air soucieux. Il est un peu bizarre depuis quelque temps, à mon avis. Quoi qu'il en soit, il n'est pas dans le coup. Il rentre chez lui, comme il l'a toujours dit; et il n'y a pas à le lui reprocher. Mais M. Frodon, il sait qu'il lui faut trouver, s'il le peut, les Crevasses du Destin. Mais il a *peur*. Maintenant qu'on est au pied du mur, il est tout simplement terrifié. Voilà où le bât blesse. Il a acquis un peu d'expérience, pour ainsi dire — nous en avons tous pris —, depuis le départ de chez nous, sans quoi il serait tellement terrifié qu'il jetterait tout simplement l'Anneau dans le fleuve et se carapaterait. Mais il a encore trop peur pour se mettre en route. Et il ne se soucie pas non plus à notre sujet : que nous allions avec lui ou non. Il sait que nous en avons l'intention. C'est autre chose qui le tracasse. S'il se force à partir, il voudra le faire seul. Notez bien ce que je vous dis! On va avoir des difficultés quand il reviendra. Car il sera sacrément décidé, aussi vrai qu'il s'appelle Sacquet.

— Je pense que vous parlez avec plus de sagesse qu'aucun de nous, Sam, dit Aragorn. Et que ferons-nous si vous avez raison?

— Il faut le retenir! Ne le laissons pas partir! s'écria Pippin.

— Je me le demande, dit Aragorn. Il est le Porteur et le destin du Fardeau est sur lui. Je ne pense pas qu'il nous appartienne de le pousser dans un sens ou dans l'autre. Je ne crois d'ailleurs pas que nous réussirions, le tenterions-nous. Il y a d'autres pouvoirs à l'œuvre, beaucoup plus forts.

— Eh bien, je voudrais bien que Frodon « se force » à revenir et qu'on en finisse. Cette attente est horrible! Le délai est sûrement écoulé!

– Oui, dit Aragorn. L'heure est depuis longtemps passée. La matinée tire à sa fin. Il faut l'appeler.

Boromir reparut à ce moment. Il sortit des arbres et s'avança vers eux sans parler. Il avait l'air sombre et triste. Il s'arrêta comme pour compter les présents, puis il s'assit à l'écart, les yeux fixés à terre.

– Où étiez-vous, Boromir? demanda Aragorn. Avez-vous vu Frodon?

Boromir eut une seconde d'hésitation :

– Oui et non, répondit-il lentement. Oui : je l'ai trouvé à quelque distance dans la colline, et je lui ai parlé. Je l'ai pressé de venir à Minas Tirith et de ne pas partir vers l'est. Je me suis fâché, et il m'a quitté. Il a disparu. Je n'ai jamais vu se produire pareille chose, bien que je l'aie entendu raconter dans les histoires. Il a dû passer l'Anneau à son doigt. Je n'ai pas pu le retrouver. Je pensais qu'il serait revenu auprès de vous.

– Est-ce tout ce que vous avez à dire? demanda Aragorn, fixant sur Boromir un regard peu amène.

– Oui, répondit-il. Je n'en dirai pas plus pour le moment.

– Voilà qui est mauvais! s'écria Sam, bondissant sur ses pieds. Je ne sais pas ce que cet Homme a manigancé. Pourquoi M. Frodon aurait-il enfilé le truc? Il aurait jamais dû; et s'il l'a fait, Dieu sait ce qui a pu se passer!

– Mais il ne le garderait pas au doigt, dit Merry. Pas une fois qu'il aurait échappé au visiteur indésirable, comme le faisait Bilbon.

– Mais où est-il allé? Où est-il? s'écria Pippin. Cela fait des éternités qu'il est parti maintenant.

– Combien y a-t-il de temps que vous avez vu Frodon, Boromir? demanda Aragorn.

– Une demi-heure peut-être, répondit-il. Ou peut-être une heure. J'ai erré quelque temps depuis lors. Je ne sais pas! Je ne sais pas!

Il se prit la tête dans les mains et resta assis, comme courbé sous le poids du chagrin.

– Une demi-heure qu'il a disparu! cria Sam. Il faut immédiatement aller à sa recherche. Venez!

– Un moment! s'écria Aragorn. Il faut aller par paires, et arranger... hé là, pas si vite! Attendez!

Rien n'y fit. Ils ne lui prêtèrent aucune attention. Sam s'était précipité le premier. Merry et Pippin avaient suivi, et ils disparaissaient déjà à l'ouest dans les arbres proches de la rive, criant : « *Frodon! Frodon!* » de leur voix claire et élevée de Hobbits. Legolas et Gimli couraient. Une panique ou une folie semblait s'être soudain emparée de la Compagnie.

– Nous allons être tous dispersés et perdus, grogna Aragorn. Boromir! Je ne sais quelle est votre part dans ce méfait, mais aidez-nous maintenant! Suivez ces deux jeunes Hobbits et protégez-les tout au moins, même si vous ne pouvez trouver Frodon. Revenez ici si vous le découvrez, lui ou de ses traces. Je serai bientôt de retour.

Aragorn s'élança vivement à la poursuite de Sam. Il le rattrapa juste au moment où l'autre atteignait la petite pelouse au milieu des sorbiers; il grimpait la colline, haletant et appelant : « *Frodon!* »

– Venez avec moi, Sam! dit Aragorn. Aucun de nous ne devrait rester seul. Il y a du méfait dans l'air. Je le sens. Je vais au sommet, au Siège de l'Amon Hen, pour voir ce qu'il y a à voir. Et voilà! Il en est comme je l'avais pressenti : Frodon est passé par ici. Suivez-moi, et ouvrez l'œil!

Il monta rapidement le sentier. Sam fit de son mieux, mais il ne pouvait suivre le train de Grands-Pas le Rôdeur, et il ne tarda pas à être distancé. Il n'avait pas parcouru beaucoup de chemin qu'Aragorn disparut en avant de lui. Sam s'arrêta pour souffler. Soudain, il se frappa le front.

– Doucement, Sam Gamegie! dit-il à haute voix. Tes jambes sont trop courtes, alors sers-toi de ta cervelle! Voyons! Boromir ne ment pas, ce n'est pas dans sa manière; mais il ne nous a pas tout dit. Quelque chose a épouvanté M. Frodon. Il s'est forcé tout soudain. Il s'est enfin décidé... à partir. Pour où? Vers l'est. Pas sans Sam? Si, sans même Sam. C'est dur, d'une dureté cruelle.

Sam se passa la main sur les yeux pour essuyer les larmes.

– Du calme, Gamegie! dit-il. Réfléchis, si tu le peux. Il ne peut traverser les rivières en volant, et il ne peut sauter par-dessus les chutes d'eau. Il n'a pas d'équipement. Il lui faut donc revenir aux bateaux. Aux bateaux! Filé vers les bateaux, Sam, comme l'éclair!

Faisant volte-face, il bondit dans le sentier. Il tomba et s'entailla les genoux; mais il se releva et poursuivit sa course. Il arriva ainsi au bord de la pelouse de Parth

Galen, près de la rive, sur laquelle les bateaux avaient été remontés. Il n'y avait personne, mais il n'en tint pas compte. Il resta un moment bouche bée, cloué sur place, le regard fixe. Une embarcation glissait toute seule sur la rive. Poussant un cri, Sam courut sur l'herbe. La barque glissa dans l'eau.

– J'arrive, monsieur Frodon! J'arrive! cria Sam.

Et il s'élança de la rive pour s'accrocher à la barque qui partait. Il la manqua d'un mètre. Avec un cri et dans un éclaboussement, il tomba la tête la première dans l'eau profonde et rapide. Il s'enfonça en gargouillant, et le fleuve se referma sur sa tête bouclée.

Une exclamation consternée s'éleva du bateau vide. Une pagaie tourbillonna, et l'embarcation vira de bord. Frodon arriva juste à temps pour saisir Sam par les cheveux comme celui-ci remontait, barbotant et se débattant. La peur emplissait ses yeux bruns et ronds.

– Monte, Sam, mon gars! dit Frodon. Tiens, prends ma main!

– Sauvez-moi, monsieur Frodon, cria Sam, hoquetant. Je suis noyé. Je ne la vois pas.

– La voici. Ne serre pas tant, mon garçon! Je ne te lâcherai pas. Nage debout et ne te débats pas, ou tu vas faire chavirer le bateau! Là! Prends le plat-bord et laisse-moi me servir de la pagaie.

En quelques coups, Frodon ramena la barque à la rive, et Sam put y grimper à quatre pattes, trempé comme un rat d'eau. Frodon retira l'Anneau et descendit à terre.

– De tous les satanés gêneurs, tu es bien le pire, Sam! dit-il.

– Oh, monsieur Frodon, vous êtes dur! dit Sam, frissonnant. Vous êtes dur d'essayer de partir sans moi et tout ça. Si j'avais pas deviné juste, où seriez-vous à présent?

– En route en sécurité.

– En sécurité! répliqua Sam. Tout seul, sans que je sois là pour vous aider? J'aurais pas pu le supporter, ç'aurait été ma mort.

– Ce serait ta mort de m'accompagner, Sam, dit Frodon, et je n'aurais pas pu supporter cela.

– C'est pas aussi sûr qu'en étant laissé derrière, dit Sam.

– Mais je vais en Mordor.

– Je le sais bien, monsieur Frodon. Bien sûr. Et j'y vais avec vous.

– Allons, Sam, dit Frodon, ne me retarde pas! Les

autres vont revenir d'une minute à l'autre. S'ils me prennent ici, il me faudra me perdre en discussions et en explications, et je n'aurai jamais le cœur ni la possibilité de m'échapper. Mais il faut que je parte tout de suite. C'est la seule façon de faire.

— Naturellement, répondit Sam. Mais pas seul. Je viens aussi ou aucun des deux ne partira. Je défoncerai tous les bateaux avant.

Frodon rit positivement. Son cœur était touché d'une chaleur et d'une allégresse soudaines :

— Laisses-en un! dit-il. On en aura besoin. Mais tu ne peux pas venir ainsi, sans équipement, sans nourriture, sans rien.

— Attendez un moment seulement, et je prendrai mes affaires! s'écria Sam avec ardeur. C'est tout prêt. Je pensais qu'on partirait aujourd'hui.

Il se précipita vers le campement, pêcha son baluchon dans le tas où Frodon l'avait mis quand il avait vidé le bateau des affaires de ses compagnons, saisit une couverture de surplus et quelques paquets de nourriture supplémentaires; puis il revint tout courant.

— Voilà donc tout mon plan gâché! dit Frodon. Il n'y a rien à faire pour t'échapper. Mais je suis heureux, Sam. Je ne peux pas te dire à quel point. Viens! Il est clair que nous étions censés partir ensemble. Nous allons le faire, et puissent les autres trouver une route sûre! Grands-Pas veillera sur eux. Je ne pense pas que nous les revoyions.

— Mais il se pourrait que si, monsieur Frodon. Peut-être que si, dit Sam.

Frodon et Sam partirent donc ensemble pour la dernière étape de la Quête. Frodon s'éloigna en pagayant de la rive, et le fleuve les emporta rapidement le long du bras occidental sous les falaises menaçantes de Tol Brandir. Le grondement des grandes chutes se rapprocha. Même avec l'aide que pouvait apporter Sam, ce fut un dur labeur que de traverser le courant à l'extrémité sud de l'île et de mener le bateau à l'est vers l'autre rive.

Ils parvinrent enfin à terre sur les flancs sud de l'Amon Lhaw. Là, ils trouvèrent une rive en pente; après avoir tiré l'embarcation à bonne distance de l'eau, ils la dissimulèrent de leur mieux derrière un grand bloc de pierre. Mettant alors leur chargement sur l'épaule, ils partirent à la recherche d'un sentier qui leur permettrait de franchir les collines grises de l'Emyn Muil pour redescendre dans le Pays de l'Ombre.

Ici s'achève la première partie de l'histoire de la Guerre de l'Anneau.

La seconde partie a pour titre *LES DEUX TOURS*, puisque les événements qui y sont relatés sont dominés par *ORTHANC*, la citadelle de Saroumane, et par la forteresse de *MINAS MORGUL*, qui commande l'entrée secrète du Mordor; elle rapporte les actes et les périls de tous les membres de la communauté à présent disjointe, jusqu'à la venue de la Grande Obscurité.

La troisième partie parle de la dernière résistance à l'Ombre et de la fin de la mission du Porteur de l'Anneau, dans *LE RETOUR DU ROI*.

TABLE

PROLOGUE

LA COMMUNAUTÉ DE L'ANNEAU

Première partie du Seigneur des anneaux

LIVRE I

LIVRE II

Achevé d'imprimer en juin 1989
sur les presses de l'Imprimerie Bussière
à Saint-Amand (Cher)

PRESSES POCKET - 8, rue Garancière — 75285 Paris
Tél. : 46-34-12-80

— N° d'imp. 8504. —
Dépôt légal : août 1986

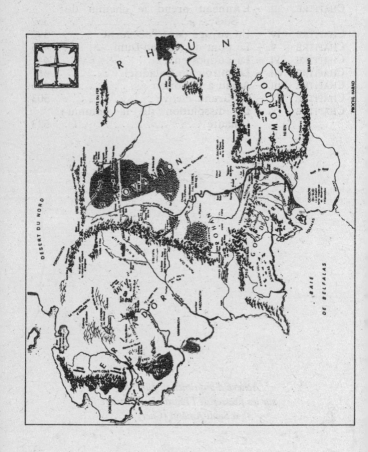

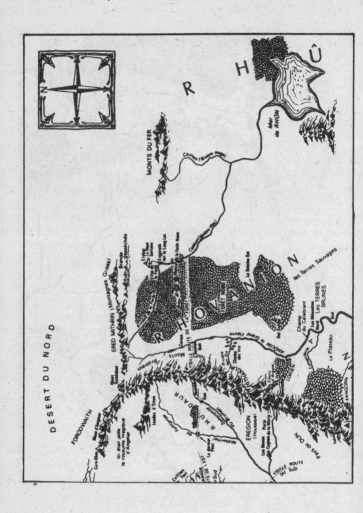

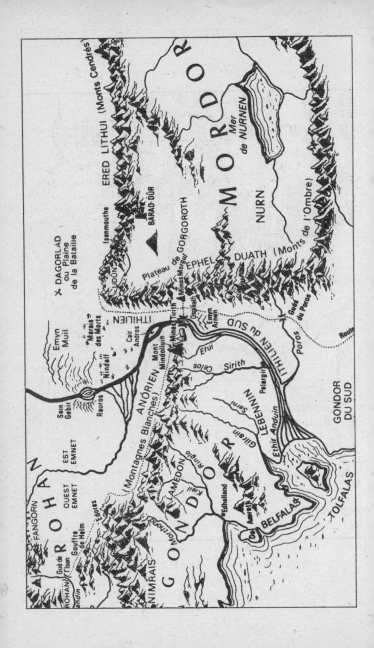